KARINE GIEBEL

Karine Giebel a été deux fois lauréate du prix marseillais du Polar : en 2005 pour son premier roman *Terminus Elicius* (collection « Rail noir », puis réédité chez Belfond en 2016) et en 2012 pour *Juste une ombre* (Fleuve Éditions), également prix Polar francophone à Cognac. *Les Morsures de l'ombre* (Fleuve Éditions, 2007), son troisième roman, a reçu le prix Intramuros, le prix SNCF du polar et le prix Derrière les murs. *Meurtres pour rédemption* (Fleuve Éditions, 2010) est considéré comme un chef-d'œuvre du roman noir. Ses livres sont traduits dans une douzaine de langues et, pour certains, en cours d'adaptation audiovisuelle. *Chiens de sang* (2008), *Jusqu'à ce que la mort nous unisse* (2009), adapté sur France Télévisions en 2019, *Purgatoire des innocents* (2013) et *Satan était un ange* (2014) ont paru chez Fleuve Éditions. En 2016, *De force* a paru chez Belfond, suivi du recueil de nouvelles *D'ombre et de silence* (2017), de *Toutes blessent, la dernière tue* (2018), *Ce que tu as fait de moi* (2019) et *Chambres noires* (2020) chez le même éditeur. *Glen Affric* a paru aux Éditions Plon en 2021. Tous ses livres sont repris chez Pocket.

CE QUE TU AS FAIT
DE MOI

ÉGALEMENT CHEZ POCKET

KARINE GIEBEL

CE QUE TU AS FAIT DE MOI

belfond

place
des
éditeurs

© Belfond, un département 2019.
ISBN : 978-2-266-31327-8
Dépôt légal : mars 2021

Prologue

Regarde. Regarde bien…

Tu n'étais pas prêt à me rencontrer. Mais qui l'est vraiment ? Qui peut se croire assez solide pour m'affronter ? Moi, qui t'ai rendu vivant, douloureusement vivant. Qui ai brûlé tes déguisements pour te mettre à nu. Avant de t'écorcher, jusqu'à l'âme.

Tes yeux ne voient plus que moi, plus qu'elle. Ton cœur ne bat plus que pour moi, pour elle. Ton instinct te guide inexorablement vers moi, vers elle.
Ta voix n'est plus qu'un requiem. Pour moi, pour elle.
Requielle…

Regarde. Regarde bien ce que tu es devenu…

Tu n'étais pas prêt, sans doute. À vivre aussi fort, à avoir aussi mal. Prêt à perdre tes certitudes, ton équilibre et ta raison. Prêt à oublier qui tu étais et qui tu comptais devenir.

Prêt à mourir pour moi, pour elle.

À tuer pour moi, pour elle.

Mais désormais tu sais que la mort n'est rien quand on a goûté à mes délices et mes supplices. Quand on a succombé à mon exquis venin… Il a coulé dans tes veines jusqu'à te rendre fou. Pourtant, tu en veux encore.

Tu en veux toujours plus.

Bientôt, il ne te restera plus rien. Sauf l'empreinte gigantesque que j'ai laissée en toi. Ce brasier qui te consumera entièrement. Parce que tu n'as pas su me vivre, me résister, me vaincre. Parce que tu as tout sacrifié pour moi, pour elle.

Ta voix n'est plus qu'un long et pathétique requiem. Un requiem que j'ai composé pour toi, pour elle.

Requielle…

Regarde… Regarde bien ce que j'ai fait de toi.

« Chaque cœur chante une chanson inachevée, jusqu'à ce qu'un autre cœur la chuchote en retour. »

Platon

1

En arrivant dans les locaux de la DDSP[1] de L.,
le commissaire divisionnaire Jaubert eut l'impression
de pénétrer dans une église par un jour d'enterrement.
Le silence frappait, écrasant. Les regards meurtris
fuyaient à son approche, il surprit même quelques
larmes sur les joues d'un jeune brigadier. Flanqué
du commandant Delaporte, son adjoint, et de deux
agents de son équipe, Jaubert se laissa guider dans
les interminables couloirs par un gardien de la paix qui
avait l'air aussi choqué que ses collègues. Aucun doute,
une tragédie venait de marquer ces lieux à jamais.

Lorsque le portable de Jaubert avait sonné, vers
23 h 30, il s'apprêtait à partir en escapade avec
une femme qui n'était pas la sienne. Petite fugue
en Normandie, soigneusement préparée depuis
des semaines, afin que Mme Jaubert ne se doute de rien.
Le commissaire de l'Inspection générale de la police
nationale avait soupiré, négocié et même pesté, mais

---

1. Direction départementale de la sécurité publique.

n'avait pu se soustraire à son devoir. L'affaire était trop importante pour être confiée à l'un de ses subordonnés. On avait besoin de lui pour faire la lumière sur ce qui s'était passé ici. Il avait donc appelé Delaporte afin qu'ils se rejoignent sur les lieux du drame avant de prévenir Clotilde que leur virée normande était reportée *sine die*. À son tour, elle avait soupiré puis râlé, et Jaubert avait dû lui promettre que ce n'était que partie remise.

Il s'entretint d'abord un moment avec ses collègues de la brigade criminelle qui avaient procédé aux premières constatations, interrogé les témoins puis placé les suspects en garde à vue. Il monta ensuite au dernier étage pour y rencontrer le commissaire divisionnaire Bertrand Germain, qui dirigeait d'une main de fer la DDSP de L. Proche de la retraite, le directeur semblait avoir été frappé par la foudre. Un peu hébété, il fit un rapide topo de la situation à son collègue de l'IGPN[1]. Il butait sur les mots, ayant soudain perdu son éloquence et sans aucun doute ses certitudes. Comment une telle horreur avait-elle pu se produire ici ?

Jaubert et ses adjoints redescendirent alors d'un étage et bifurquèrent dans un nouveau couloir pour arriver devant une porte. Un planton qui montait la garde les toisa avec mépris. Depuis qu'il avait intégré la police des polices, qu'il était devenu un « bœuf-carotte », le divisionnaire avait pris l'habitude de ces

---

1. Inspection générale de la police nationale.

regards hostiles. Il pénétra dans la pièce, qui devait mesurer une quinzaine de mètres carrés et dont les murs étaient d'un blanc fatigué par les années. Un autre flic y était enfermé. Le commandant divisionnaire Richard Ménainville lui tournait le dos, posté devant la fenêtre armée de barreaux en acier. Comme un prélude à la cellule carcérale qui l'attendait peut-être.

— Bonsoir, commandant, commença Jaubert.

Richard Ménainville fit lentement volte-face et Jaubert découvrit son visage tuméfié. Un masque de douleur au milieu duquel étincelait son regard de fauve.

— Commissaire Jaubert, IGPN. Et voici le gardien Dutheil. Asseyons-nous, s'il vous plaît.

Ménainville se laissa tomber sur une chaise. Une table blanche en faux bois séparait les deux hommes. Jaubert y posa un calepin et un stylo tandis que le gardien Dutheil, jeune femme d'une trentaine d'années, allumait son ordinateur portable. Elle adressa un signe de tête à son chef, lui indiquant qu'elle était prête à consigner les propos du suspect.

Le divisionnaire dévisagea son collègue de longues secondes. Richard Ménainville ne semblait pas inquiet ni anxieux. Seulement désespéré.

— Racontez-moi ce qui s'est passé ce soir, reprit Jaubert.

Ménainville ne répondit pas, fixant ses mains posées à plat sur la table. D'habitude, c'était lui qui cuisinait les prévenus dans cette même salle. Jaubert se souvenait de l'avoir croisé, des années auparavant. Ménainville faisait partie de ces flics efficaces et irréprochables, connus et respectés de tous. Admirés, même. Il avait débuté au 36 alors qu'il n'était que lieutenant, puis capitaine. Excellents états de service, marqués par un acte héroïque en début de carrière. En prenant du galon, il avait rejoint la DDSP de L. pour y assurer le commandement de la brigade des stupéfiants et retourner par la même occasion non loin de ses terres natales.

— Je ne suis pas là pour vous juger, rappela Jaubert. Juste pour vous écouter… Je voudrais seulement comprendre.

— *Comprendre* ? répéta Ménainville avec un sourire d'une infinie tristesse.

Le son de sa voix, enfin.

— Oui, comprendre, insista le commissaire.

— Vous ne pouvez pas comprendre, fit Ménainville dans un mouvement de tête. C'est une trop longue histoire…

À cet instant, le divisionnaire Jaubert ne connaissait que l'épilogue de cette *histoire* qu'il pressentait compliquée à souhait. Une de celles qu'il aimait tant à démêler.

À cet instant, il avait oublié sa maîtresse et son séjour raté en Normandie. Il ne voulait plus qu'une chose, une seule. Savoir ce qui avait conduit le patron des Stups à sombrer ainsi.

— J'ai tout mon temps, commandant. Toute la nuit, s'il le faut…

Deux portes plus loin, salle d'interrogatoire numéro 2. Le commandant Delaporte était adossé contre un mur, face au lieutenant Laëtitia Graminsky, ratatinée sur sa

14

chaise. Au creux de ses mains fines, un gobelet de café déjà froid, qu'elle fixait comme un gouffre dans lequel elle aurait aimé s'abîmer. Un jeune brigadier attendait que l'échange commence, les mains au-dessus du clavier de son PC.

Delaporte observa Laëtitia un instant. Il la trouva jolie, malgré son visage marqué et la suture adhésive qui masquait une longue et fine plaie sur sa joue gauche. Elle portait un tee-shirt trop grand pour elle, sans doute prêté par un collègue. Un chemisier déchiré et taché de sang était posé sur une petite table dans un coin de la pièce.

— Je vous écoute, lieutenant, encouragea le commandant.

— Que voulez-vous que je vous dise ? soupira la jeune femme.

— Tout… Tout ce qui s'est passé depuis le début.

— Ça risque d'être long !

— Pas de problème, j'ai tout mon temps. Toute la nuit, s'il le faut…

2

Je me souviens parfaitement du jour où elle a franchi la porte de mon bureau. Un instant qui ne s'effacera pas de ma mémoire, c'est certain. C'était un mardi matin, c'était le 22 août.

Il y a des secondes cruciales, capables de changer le cours d'une existence.

Le silence, d'abord, celui qui précède la catastrophe et annonce le cauchemar. Le silence, la stupeur... juste avant le déferlement que rien ne peut stopper, la vague qui emporte tout sur son passage.

Un tsunami.

Aujourd'hui encore, je suis incapable d'expliquer ce qui s'est passé. Incapable de dire pourquoi j'ai plongé, sans parvenir à me raccrocher à quoi que ce soit. Si seulement j'avais plongé seul...

On se croit solide et fort, on se croit à l'abri. On suit un chemin jalonné de repères, pavé de souvenirs et de projets. On aperçoit bien le ravin sans fond qui borde notre route, mais on pourrait jurer que jamais on n'y tombera. Pourtant, il suffit d'un seul faux pas, d'une seule embardée. Ensuite, c'est la chute. L'interminable chute…

C'était un mardi matin, c'était le 22 août. Laëtitia a franchi la porte de mon bureau et ma vie a volé en éclats…

***

C'était un mardi, je crois. Le 22 août, ça j'en suis certaine. J'avais mis un temps fou à me préparer. Levée aux aurores, je n'avais rien pu avaler, pas même un café tant j'étais stressée. Je m'étais coiffée avec soin, maquillée. C'est pour la tenue que j'ai longuement hésité. J'ai d'abord tenté un pantalon noir, un chemisier et des bottines à talons… Je me suis dit que ça faisait trop féminin, que ce n'était pas adapté au boulot. Mais je ne voulais pas non plus m'habiller comme un mec ! Finalement, j'ai opté pour un jean taille basse avec un tee-shirt orné de grosses fleurs, style seventies, et des Chuck Taylor aux pieds. J'étais enfin prête.

Avant de quitter mon petit studio, j'ai téléphoné à Amaury. Il m'a encouragée, rassurée, sûr que j'allais briller pour mon premier jour. Ensuite, il m'a passé Lolla. Entre deux bouchées de céréales, elle m'a demandé quand je reviendrais, pourquoi j'étais de nouveau partie. Je me souviens de la douleur dans mes tripes, même si j'avais choisi cette séparation. Parce que Lolla, elle, n'avait rien choisi.

On va se revoir très vite et très souvent, ma puce. Tu sais que maman doit aller travailler mais qu'elle pense à toi très fort et tout le temps…

17

J'ai réussi à ne pas pleurer en prononçant ces quelques mots, attendant d'avoir raccroché pour essuyer une véritable tempête. J'étais sûre de mes choix, déterminée comme jamais. Mais en cet instant, le doute et le déchirement sont arrivés sans crier gare.

Amaury m'a rappelée, devinant que j'allais mal. Une fois de plus, il a pansé mes plaies, m'a réconfortée à distance. J'avais pris une décision et devais m'y tenir, ne pas faiblir. Je réalisais mon rêve et cette séparation durerait le moins longtemps possible.

Pendant le trajet en bus, j'ai écouté de la musique pour me détendre. J'ai traversé cette ville que je ne connaissais pas encore, en essayant de me concentrer sur cette journée qui allait, à coup sûr, marquer un tournant dans mon existence.

Adolescente, j'étais fragile et forte à la fois. Vulnérable et féroce, disait mon père... Je voulais ma place dans ce monde que je devinais impitoyable, cherchant ce que je pouvais lui apporter et ce qu'il pourrait bien m'offrir en retour. À 15 ans, contre l'avis de mes parents, j'ai pris une décision irrévocable ; je serais flic et rien d'autre. Le lycée, le bac, la fac de droit, le concours de commissaire... J'avais dessiné sur la carte de ma vie un véritable parcours fléché dont je pensais que rien ne pourrait me détourner. Sauf qu'à 17 ans, mon chemin a croisé celui d'un homme qui en avait 25. Un mouvement du corps, un regard, un sourire. Une sensation si forte qu'elle se fait immédiatement certitude.

Lui et personne d'autre.

Lui, qui devient le jour et la nuit, le plaisir et l'angoisse, ma force et ma faiblesse... Amaury a été le premier, il serait forcément le seul. Oubliés les flirts, les chagrins nés de ce qu'on croyait être l'amour. L'amour, le vrai, il était là, devant moi. J'avais 18 ans lorsque nous nous sommes mariés et 19 lorsque je suis tombée enceinte de Lolla. Tandis qu'Amaury enchaînait les petits boulots, j'ai dû renoncer à mes études.

Provisoirement. Car je ne renonce jamais.

Pendant que je suivais mes cours de droit, Lolla allait à la crèche, puis à la maternelle, et mes beaux-parents s'en occupaient le soir jusqu'à ce que je rentre de la fac. J'ai réussi à tout mener de front. Ma vie de femme, ma vie de mère, ma vie d'étudiante.

Mon master en poche, j'ai passé le concours d'officier de police, mon diplôme ne me permettant pas de me présenter à celui de commissaire... Et après ? J'avais tout le temps de gravir les échelons ! Ensuite, j'ai intégré l'école de police et je ne voyais ma fille que le week-end. C'était dur, mais...

— Vous vous écartez du sujet, lieutenant ! De façon lyrique, certes...

Laëtitia fusilla du regard le commandant Delaporte qui se sentit soudain mal à l'aise. Les yeux bleus de la jeune femme lançaient des éclairs froids et métalliques. À cet instant, elle lui sembla bien plus *féroce* que *vulnérable*...

— Si vous voulez comprendre cette histoire, il faut que vous sachiez qui je suis, argua-t-elle.

— Sans doute. Toutefois vous n'êtes pas obligée d'entrer dans le détail !

Elle se mura dans le silence et Delaporte se mordit la lèvre, conscient qu'il n'aurait pas dû la freiner en pleine confession.

— Je vous écoute…

Quelques secondes de flottement.

— Pourquoi je vous parlerais, après tout ? murmura-t-elle.

— Parce que vous n'avez pas le choix, prétendit Delaporte.

— Ça se discute.

— Ou peut-être simplement parce que vous en avez besoin, essaya-t-il un peu maladroitement.

Elle tourna la tête, fixant le mur blanc.

— OK, je suis désolé de vous avoir interrompue. Continuez, je vous en prie…

Elle soupira à son tour avant de croiser les jambes. *Dommage qu'elle ne soit pas en jupe*, songea le commandant en reprenant place en face d'elle.

— Je suis sortie major de ma promotion, poursuivit Laëtitia. Du coup, j'ai pu choisir le poste qui m'intéressait le plus. En arrivant à la DDSP, j'ai été accueillie par le boss, le divisionnaire Bertrand Germain. Il m'a bassinée pendant une heure avec le manque d'effectifs, le manque de budgets, le manque de tout… avant de me parler enfin de ma brigade, les Stups.

— Drôle de choix, souligna Delaporte. Pourquoi les Stups et pas la Crim' ?

Laëtitia haussa les épaules tout en embrasant une cigarette. Le commandant s'empressa d'ouvrir la fenêtre, sans doute incommodé par l'odeur. Perdue dans ses souvenirs, la jeune femme ne s'en rendit même pas compte.

20

— J'aurais préféré la Crim', c'est vrai, avoua-t-elle. Mais vu les postes disponibles, ça m'obligeait à m'éloigner encore plus de mon mari et de ma fille. Et puis les Stups, ça me tentait bien. Promesse d'action, de terrain, d'adrénaline... Un vrai boulot de flic, quoi ! Si j'avais su...

— Si vous aviez su *quoi* ? risqua Delaporte.

Ignorant la question, Laëtitia poursuivit en écrasant rageusement sa Gauloise dans le cendrier en aluminium. Le commandant avait l'impression d'être enfermé dans un confessionnal plutôt que dans une salle d'interrogatoire. À ce moment précis, il sut que l'histoire qu'il s'apprêtait à entendre était tout sauf simple.

— À la fin de l'entretien, le commissaire Germain m'a accompagnée jusqu'au bureau du commandant divisionnaire Richard Ménainville. Je peux vous dire que je n'en menais pas large...

***

Je dirigeais les Stups depuis huit ans. Travail harassant, horaires de dingue, résultats désespérants... mais j'aimais mon boulot. Je l'ai toujours aimé. Germain m'avait prévenu qu'on allait enfin recevoir du renfort. Un lieutenant fraîchement sorti de l'ENSP[1]. Quand j'ai su qu'il s'agissait d'une femme, j'avoue avoir déchanté. Pourtant, j'avais déjà deux nanas dans la brigade, une dans chaque groupe, et sincèrement, je n'avais jamais eu à m'en plaindre. Mais à ce rythme-là, j'allais bientôt diriger des réunions Tupperware !

---

1. École nationale supérieure de la police.

— Ménainville, allez droit au but, je vous prie.

— Vous avez raison… Vous n'auriez pas une clope ?

— Désolé, je ne fume pas. Je vais en faire demander. Continuons si vous le voulez bien.

— Le 22 août, vers 9 heures, Germain a débarqué dans mon bureau en compagnie de Laëtitia… Le lieutenant Graminsky. Je me suis levé, nous nous sommes serré la main…

À ce contact, généralement anodin, une onde de choc m'a secoué de la tête aux pieds. Un truc incroyablement fort. C'était comme si… Comme si la terre tremblait. Comme si mon horloge interne se déréglait. Comme si…

Son regard, ciel légèrement menaçant au fond duquel brillaient deux lames de rasoir. Son sourire désarmant, sa peau blanche et nette… Ses cheveux clairs, noués en une tresse qui lui tombait jusqu'au creux des reins. Je me souviens qu'elle portait un jean et un tee-shirt multicolore avec un petit blouson qui lui arrivait à la taille. Elle s'est assise en face de moi, m'a fixé droit dans les yeux. Il y a eu un silence, de longues secondes où nous nous sommes jaugés sans rien nous dire. Germain parlait mais je ne l'écoutais pas. Je n'entendais plus rien. J'étais devenu sourd et muet, complètement subjugué par ma nouvelle recrue.

J'ai tenté de reprendre mes esprits et lorsque Germain nous a laissés, j'ai présenté la brigade à Laëtitia, le groupe dans lequel j'avais décidé de l'affecter, celui dirigé par le capitaine Olivier Fougerolles.

Elle parlait peu, avait l'air impressionnée. Par mon grade, peut-être.

Elle m'a quand même dit qu'elle était mariée et maman d'une petite fille de 7 ans. J'ai été surpris, elle me semblait si jeune... Elle avait 26 ans, en paraissait à peine 18.

À la fin de l'entretien, je lui ai montré son bureau, qu'elle allait partager avec le major Nathalie Dumont, l'autre agent féminin du groupe Fougerolles. Une simple table coincée contre un mur... J'avais presque honte.

Je ne sais pas si mon malaise s'est vu mais je crois bien que oui, parce que mon adjoint, Olivier Fougerolles, qui nous avait rejoints pendant l'entretien, m'a dit une phrase du genre : « T'avais pas l'air dans ton assiette, tout à l'heure... »

Huit ans qu'on bossait ensemble, Olivier et moi. Un adjoint irremplaçable, courageux et loyal, un flic hors pair. On était vite devenus amis malgré nos différences. Il avait dix ans de moins que moi, avait été marié deux ans avant de divorcer. Il ne voyait sa fille qu'un week-end de temps en temps et, même s'il disait le contraire, je savais que cette situation le faisait souffrir. Il changeait de nana tous les mois, parfois même toutes les semaines, incapable de nouer une relation sérieuse...

Après avoir accompagné Laëtitia dans son bureau, je me suis enfermé dans le mien un long moment. Ce trouble, intense, c'était la première fois que je le ressentais. La première fois en quarante-cinq ans... Pourtant, j'aimais ma femme, Véro, et mes deux enfants, Alexandre et Ludivine.

Pourtant, j'étais heureux. Ou du moins, je croyais l'être.

Mais ça veut dire quoi, être heureux ?... On rencontre quelqu'un et on se dit : ça y est, j'ai trouvé celle avec qui j'ai envie de partager ma vie, construire quelque chose. Et puis les années passent et une sorte d'usure s'installe, comme la patine sur les vieux meubles. On se connaît de mieux en mieux et à la fin, on se connaît trop, peut-être.

J'ai tenté de me calmer en me disant que ce trouble allait passer. Demain, ce serait terminé, oublié...

***

Nathalie, elle était un peu froide avec moi. Je me suis assise en face d'elle, je n'avais rien sur le bureau, pas même un stylo. Je ne savais plus quoi faire de mes mains. Et puis elle m'a enfin parlé.

« Vire ton flingue... Fous-le dans le tiroir, celui qui ferme à clef. Ne garde jamais ton arme sur toi lorsque tu es ici, surtout s'il y a un suspect ou même un simple témoin dans nos locaux. C'est interdit par le règlement. »

Le problème, c'est que je n'en avais pas, de tiroir !

« Tu peux le mettre dans mon caisson, en attendant qu'on te livre le tien. »

Je me suis exécutée, en profitant pour tenter une approche.

« Tu es sur quoi ?

— Je tape le rapport de la mission de surveillance d'hier soir.

— Tu pourras m'expliquer ce que je vais faire ?

24

— Certainement pas ! Il n'y a que le patron qui peut décider de l'emploi du temps de chacun. Le patron et Olivier… Le capitaine Fougerolles, l'adjoint de Ménainville.

— Ils sont sympas, tous les deux ?

— Rien à redire, ils sont réglo.

— Bon… Mais ça ne me dit toujours pas ce que je vais faire !

— Va déjà voir le secrétariat, tu dois remplir des formulaires ! Et puis récupère quelques affaires : des stylos, des blocs de papier et tout ce qu'il te faut pour bosser.

— J'espère que je ne vais pas bosser qu'avec des stylos ! »

Je croyais faire de l'humour, détendre un peu l'atmosphère que je sentais lourde. Nathalie a levé sur moi des yeux moqueurs.

« Tu sais, le stylo et le clavier de ton futur PC, ce seront tes principaux instruments de travail… avec ton téléphone, tes baskets, ton appareil photo et ta patience. Voilà avec quoi tu vas bosser ici. La tenue de combat, tu ne la mettras pas souvent, crois-moi ! »

Soudain, un poids dans ma poitrine, comme si cette femme voulait me décourager avant même que je ne commence à travailler… Comme si elle se vengeait de ses propres problèmes sur moi. Je me suis brusquement demandé si j'avais fait le bon choix alors que jamais cette question ne m'avait effleuré l'esprit.

Dans les couloirs, je me suis reprise. Je débutais, la morosité de l'autre ne devait pas m'atteindre. Je connaissais mes objectifs, les mêmes depuis longtemps. Je savais pourquoi j'étais là, fière d'y être, et bientôt, tout cela ne serait plus qu'un mauvais souvenir.

J'étais ici parce que je l'avais décidé. J'avais atteint mon but.

Après tout, cette Nathalie était peut-être simplement aigrie par l'âge ou les soucis personnels… Elle était peut-être jalouse de moi, parce qu'elle n'était plus la seule femme dans le groupe !

Des conneries, tout ça. C'était simplement l'expérience qui parlait. L'expérience et rien d'autre.

Mais je n'ai pas voulu l'entendre.

3

Jaubert avait fait monter deux cafés et un paquet de cigarettes. Des Winston, comme Ménainville l'avait souhaité.

La soirée avait été écarlate, la nuit serait blanche.

Pas besoin de poser beaucoup de questions au patron des Stups, qui parlait sans se faire prier, soulageant sa conscience à bâtons rompus. Jaubert prenait parfois quelques notes tandis que le gardien Dutheil tapait le procès-verbal d'audition, tentant de résumer au mieux les propos du suspect.

Ménainville avala son café cul sec, grilla sa troisième clope.

J'aurais dû prévoir deux paquets, songea Jaubert.

— Laëtitia a fait de son mieux pour s'intégrer dans l'équipe, reprit Ménainville. Au bout d'un mois dans nos murs, elle connaissait tout le monde. Elle semblait volontaire et déterminée. Un peu réservée, un peu timide peut-être… Mais quand Germain m'a demandé mon avis sur cette nouvelle recrue, mes premières impressions étaient bonnes. Ça l'a sans doute rassuré ! C'est vrai, on a toujours peur quand on reçoit un nouveau. Parce que si on tombe sur un tocard, on est obligé de se le coltiner malgré tout. Sauf que Laëtitia était stagiaire et que les stagiaires, on peut encore les virer. À condition bien sûr qu'ils aient fait quelque chose de grave, cela va de soi...

— Je sais tout cela, commandant, rappela Jaubert. Racontez-moi plutôt quels étaient vos rapports avec cette jeune femme.

— Nos rapports ? Ils étaient strictement professionnels. Mais je dois dire que je ressentais quelque chose de fort à son égard. Chaque fois que je la voyais, chaque fois que je la croisais dans un couloir, mon cœur se mettait à battre plus vite...

— Vous voulez dire que vous étiez amoureux d'elle ? interrogea Jaubert.

— À cette époque, je n'en avais pas conscience. C'était juste que... elle m'attirait énormément. Irrésistiblement.

— Vous aviez envie de coucher avec elle, c'est ça ?

— On peut dire ça... C'est possible d'avoir un autre café ?

— Bien sûr... Poursuivez, je vous prie.

— C'était une période un peu particulière pour moi, se remémora Ménainville. J'étais plus absorbé par ma vie perso que par mon travail. Véro et moi, nous avions des problèmes avec notre fils Alexandre. Il venait d'avoir 15 ans, c'est pas un âge facile.

— Je suis au courant ! soupira Jaubert. Je suis passé par là !

— Ses résultats scolaires étaient en chute libre, il séchait les cours au bahut, il avait de mauvaises fréquentations... Alors, j'ai décidé de partager davantage

28

de choses avec lui. D'être plus présent, puisque Véro me reprochait de trop me consacrer au boulot...

— Je voudrais qu'on revienne au lieutenant Graminsky, commandant.

— Bien sûr, acquiesça Richard Ménainville. J'ai essayé de la mettre à l'aise au niveau professionnel. Je sais combien il est difficile de débarquer dans une équipe déjà soudée. Je la conviais à tous les briefings, je répondais à toutes ses questions. Je me rendais disponible pour qu'elle n'ait pas la sensation d'être larguée dans la jungle. Il faut du temps pour s'acclimater ici...

***

— J'avais l'impression d'être mise à l'écart.

— Mise à l'écart ? répéta Delaporte. Expliquez-vous...

— Eh bien, je passais mes journées clouée derrière le bureau, reprit Laëtitia. Je me tapais les retranscriptions d'écoutes... C'est passionnant, si vous saviez ! J'avais un casque sur les oreilles du matin au soir et mettais par écrit tous les échanges qui pouvaient avoir un intérêt dans le cadre d'une enquête. Parfois, je faxais les documents au parquet ou, au mieux, je faisais des recherches pour le reste du groupe quand le service documentation était débordé. Les rares fois où je sortais, c'était pour aller chercher du matos à la CEZAT[1]... À un moment, je me suis même dit qu'à ce compte-là, j'aurais mieux fait de passer le concours de secrétaire ! Ménainville ne m'associait jamais aux

_____

1. Cellule zonale d'assistance technique.

29

opérations. Lorsque l'équipe partait sur le terrain, je restais là, comme une conne, derrière mon bureau avec ma tonne de paperasse. C'était tellement différent de ce que j'avais espéré ! Tellement loin de ce que j'avais imaginé…

— Vous en avez parlé avec lui ?

— Pas tout de suite… Pour être sincère, je n'osais pas. Alors, j'en ai parlé à Nathalie.

— Vous aviez de bons rapports, toutes les deux ?

— Pas mauvais… Un peu froids, tout de même. N'empêche que je lui ai confié mon problème. Ça faisait plus d'un mois que j'étais là.

— Et que vous a-t-elle répondu ?

— Que… Que c'était normal, qu'il fallait d'abord gagner la confiance du patron et des autres membres de l'équipe, que je devais me montrer patiente. C'était une période vraiment difficile… Non seulement j'étais déçue par ce boulot, mais en plus je souffrais de ne pas voir ma fille et mon mari. On se rejoignait le week-end quand je n'étais pas de garde mais ça ne me suffisait pas. Et puis, j'étais inquiète…

— Inquiète ? Comment ça ?

— Lolla venait d'entrer au CE1 et ne s'en sortait pas bien. Elle aimait écrire, elle aimait lire, mais elle était nulle dans les autres matières. Son comportement en classe laissait à désirer et elle ne parvenait pas à se faire de copines. Sa maîtresse nous avait même dit qu'elle semblait parfois déprimée… Amaury se voulait confiant, mais moi, j'étais sûre que c'était parce que sa mère lui manquait. Ça ne pouvait que la perturber… Je l'appelais chaque soir et chaque matin, pourtant. Mais ce n'est pas pareil. Pas pareil qu'être là… Je commençais à regretter mes choix. Nathalie a essayé de me rassurer. Son fils Thomas avait 14 ans à l'époque… Même si c'était déjà un adolescent, elle en parlait comme d'un enfant. Elle le couvait beaucoup trop, je crois. Nos seuls sujets de conversation tournaient autour de son fils ou du boulot ! D'après ce qu'elle m'a dit, c'était un garçon introverti qui n'avait pas d'amis de son âge et restait des heures enfermé dans sa chambre à jouer à des jeux en réseau. Le genre de jeux où on dégomme tout le monde à coups de Kalach, vous voyez ? Quoi qu'il en soit, Nathalie comprenait mes angoisses de mère… Elle m'a dit que dans trois ans je pourrais demander ma mutation et me rapprocher de ma fille. Mais trois ans, c'est long, si long… Un jour, le patron a déboulé dans notre bureau. C'était un mercredi matin et je venais de téléphoner à Lolla, qui passait la journée chez mes beaux-parents. Elle avait été froide, comme si elle n'avait pas envie de me parler. Elle m'avait fait des reproches… Quand Ménainville est entré dans le bureau, j'étais en pleurs. Il a posé une main sur mon épaule…

« Qu'est-ce qui se passe, Laëtitia ?

— Rien, ne vous en faites pas », ai-je murmuré.

Embarrassé, il a quitté la pièce aussitôt. Je me suis dit qu'il n'en avait rien à foutre de moi !

Je me trompais.

La minute d'après, il est revenu avec un gobelet de café et une serviette en papier pour que j'essuie mes larmes.

« Racontez-moi, lieutenant, a-t-il ordonné doucement.

— C'est perso. C'est... ma fille.

— Grave ? »

J'ai haussé les épaules.

« Elle me reproche de ne pas être près d'elle, ai-je résumé.

— Je comprends. Mais pourquoi votre mari ne vous rejoint-il pas ici ?

— Il a un boulot à R. Un boulot qui le passionne. Je ne peux pas lui demander ça...

— Il fait quoi, dans la vie ?

— Il est écogarde dans un parc naturel régional.

— C'est original, comme métier ! a répliqué Ménainville. Il est fonctionnaire lui aussi, alors ?

— Non, contractuel. Et puis, il a toute sa famille là-bas.

— Et vous, votre famille... Elle est où ?

— C'est lui, ma famille. Je... Je suis en froid avec mes parents.

— Ah... Et si vous preniez deux jours pour aller voir votre fille ? »

J'ai regardé le patron à travers mes larmes. Je me souviens de lui avoir souri.

« Vraiment ?

— Si vous foncez à la gare, vous serez avec elle cette après-midi. »

Il a attrapé mon sac, me l'a mis dans les bras avant de me pousser vers la sortie.

« À lundi, lieutenant.

— Mais...

— C'est un ordre, a-t-il ajouté avec un grand sourire. Filez, maintenant. »

À cet instant, je l'ai trouvé encore plus beau que d'habitude…

— *Encore plus beau que d'habitude* ? s'étonna Delaporte.

Laëtitia hésita une seconde. Son regard clair, mystérieux, s'égarait dans le passé.

— Je le trouvais beau, c'est vrai. Beaucoup de charme. Mais surtout… je l'admirais. Intelligent, brillant, charismatique… Il était une sorte de modèle, le flic que je voulais devenir. Parce que, en plus d'être efficace, il était humain et sensible. Peu après mon arrivée dans la brigade, un de mes collègues a arrêté une toxico. Une jeune héroïnomane d'une vingtaine d'années qui se prostituait pour payer ses doses. Elle s'appelait Célia… Richard a tout tenté pour la sortir de cette spirale infernale. Pendant des semaines, il s'est occupé d'elle avec patience et acharnement.

— A-t-il réussi à la sauver ?

— Juste avant Noël, on a appris qu'elle avait succombé à une overdose.

La sirène d'un véhicule de secours résonna au cœur de la ville, lointain écho à cette maudite histoire.

— Ce jour-là, en passant près de la cuisine qui nous sert d'espace détente, j'ai aperçu Richard. Je crois bien qu'il pleurait… En tout cas, il semblait dévasté.

Delaporte marqua une courte pause avant de poursuivre.

— J'aimerais revenir sur un point, lieutenant : pourquoi êtes-vous brouillée avec vos parents ?

La jeune femme soupira, comme si elle n'avait pas envie d'aborder le sujet.

— C'est à cause de mon père. On ne s'est jamais entendus, lui et moi. Quoi que je fasse, je n'obtenais pas son aval, son soutien ou son assentiment. J'avais l'impression de le décevoir constamment, l'impression que je le décevrais toujours… Quand j'ai rencontré Amaury, les choses se sont aggravées. *Tu es folle, ma fille ! Te marier, si jeune ! Fais d'abord tes études, tu verras ensuite !* Il a été odieux avec Amaury, nous nous sommes engueulés et j'ai choisi de quitter la maison et de m'installer avec l'homme que j'aimais… Mon père trouvait qu'Amaury était trop vieux pour moi, mais ce qui le contrariait le plus, j'en suis sûre, c'est qu'il venait d'une famille très modeste et n'avait pas fait d'études.

— Votre père avait suivi de longues études ? en déduisit Delaporte.

— Absolument pas ! Mais il voulait que moi j'en fasse et que je rencontre un homme ayant une *bonne situation*. Quelle connerie… !

— Vous avez revu vos parents ?

— Ils ont refusé d'être présents à mon mariage et c'est mon beau-père qui m'a conduite jusqu'à l'autel. Ma mère est tout de même venue à la clinique quand j'ai accouché. Elle m'a dit que mon père était fâché à mort contre sa fille unique, qu'il en souffrait énormément. Elle m'a suppliée de tenter une réconciliation.

— C'est ce que vous avez fait ? supposa Delaporte.

Laëtitia hocha la tête.

— J'ai essayé, oui. C'était horrible…

Des larmes refoulées vinrent troubler un instant le bleu de ses yeux.

— Je suis allée chez eux avec Lolla et mon père m'a serrée contre lui. C'était si bon… J'attendais ce moment depuis si longtemps ! Parce que je l'aime, mon père, vous savez… Je l'aime tellement ! Autant que je le déteste… Je l'ai toujours admiré. Sa force, son courage, son honnêteté, son intelligence… On s'est assis dans le salon où rien n'avait bougé depuis mon départ. Les mêmes choses, aux mêmes places… On a parlé un peu, mais très vite, la conversation a dégénéré. Parce que j'ai osé dire que je reprenais mes études pour devenir flic… Mon père est entré dans une colère noire. Ce n'était pas un métier pour moi, je n'allais pas tenir six mois !

— Ce n'est pourtant pas un métier déshonorant, s'offusqua le commandant.

— Mes arrière-grands-parents ont immigré en France au début du XXᵉ, précisa Laëtitia. Ils venaient de Pologne…

— Graminsky, c'est d'origine polonaise, non ? Votre mari a les mêmes origines que vous ?

— Graminsky, c'est mon nom de jeune fille, expliqua Laëtitia. Je l'ai accolé à celui d'Amaury. Je m'appelle Laëtitia Graminsky-Duvivier.

— OK, poursuivez.

— Mon arrière-grand-père et mon grand-père étaient ouvriers dans la fourrure. Mon père a suivi le même chemin et a décidé de se mettre à son compte. Il est parti de rien, mais il a réussi. Et je crois qu'il aurait voulu que je prenne la suite. Sauf que, le jour de mes 10 ans, je lui ai balancé que jamais je ne me rendrais complice de cet ignoble commerce ! Je lui ai dit qu'il était un assassin, un tueur. J'ai reçu une gifle mémorable et nous n'en avons plus jamais parlé...

— Je vois, fit Delaporte. Il vous en veut de ne pas avoir repris les rênes de l'entreprise, de dénigrer sa réussite, de vous être mariée trop jeune à un homme plus vieux que vous et trop pauvre...

— C'est à peu près ça.

— Le commandant Richard Ménainville ne représentait-il pas un peu l'image de ce père perdu ?

— Non ! Je...

Laëtitia se tut, le considérant soudain avec étonnement.

— Je... Je n'avais jamais pensé à ça, avoua-t-elle. Je ne sais pas.

Delaporte se racla la gorge avant de continuer.

— Donc, vous n'étiez pas bien dans votre vie et pas mieux dans votre travail. Qu'avez-vous fait ensuite ?

— J'ai attendu encore et encore, mais rien ne changeait. J'étais toujours chargée de missions subalternes, comme éplucher les écoutes téléphoniques. Heureusement, les vacances de Noël sont arrivées. Sauf que je n'étais pas prioritaire, ou du moins pas la plus prioritaire de tous, et donc je n'ai pu avoir qu'une semaine... Une semaine avec Amaury et Lolla.

4

Parmi les cadeaux offerts à Lolla pour ce Noël figurait un journal intime assorti d'un joli stylo. Elle aimait écrire, nous avions donc espéré que cette surprise lui plairait. Elle m'a demandé ce qu'elle avait le droit d'inscrire dans ce carnet et je lui ai répondu qu'elle pouvait lui confier sa vie, ses petits soucis, ses peines et ses joies. Absolument tout ce qu'elle désirait.

Elle a commencé à le noircir le jour même.

Juste avant de repartir pour L., j'ai fait quelque chose d'interdit. Mais je brûlais de savoir ce qu'elle avait dans la tête et sur le cœur. C'est donc la peur au ventre que j'ai lu les pages écrites par ma petite fille.

Ma poupée préférée, c'est celle qui a les cheveux longs et blonds, les yeux bleus comme le ciel. Enfin, ici le ciel n'est pas toujours bleu, mais ça arrive quand même assez souvent.

Je l'ai appelée Letty, parce que c'est comme ça que papa appelle maman.

J'ai plein d'habits pour elle, c'est mamie qui les a cousus avec de vieux morceaux de tissu. Alors, je la

*change chaque jour et je lui parle, le soir, quand
je rentre de l'école, en attendant que papa quitte son
travail et passe me chercher. Souvent, on mange avec
papy et mamie et puis ensuite, on rentre à la maison.*

*Avec papa, on habite dans un appartement au troi-
sième étage sans ascenseur, dans le même village que
papy et mamie, tout près de la grande ville de R. Autour
de l'immeuble, il y a un beau jardin que je peux voir
depuis la fenêtre de ma chambre.*

*Papa, il dit qu'un jour, nous aurons une vraie maison,
avec notre propre jardin.*

Un jour… Quand maman sera revenue, peut-être.

*Vendredi soir, on est allés à la gare de R. Elle est
tellement grande, cette gare… Il y a des gens partout,
il y en a même qui dorment par terre. J'ai demandé à
papa pourquoi ils préféraient dormir par terre que dans
leur lit et il m'a répondu qu'ils n'avaient pas de lit. Pas
de chambre, non plus. Et pas de maison.*

Ça m'a donné envie de pleurer mais je n'ai rien dit.

*Papa et moi, on s'est assis sur le quai et on a attendu
longtemps. Il faisait très froid, mais j'avais mon manteau, mon bonnet et mes gants, alors ça va.*

*Le train est enfin arrivé et maman est descendue
avec sa valise et plein de cadeaux. Elle n'a pas essayé
de les cacher, parce que depuis trois ans déjà, j'ai compris que le père Noël n'existe pas. C'est qu'une invention des adultes. Une invention des parents pour que
les enfants restent tranquilles.*

Pour leur faire croire que la vie est belle.

Qu'elle est pleine de magie.

38

Mais la magie non plus, ça n'existe pas.
Sinon, j'aurais fait revenir maman. Pour toujours.

Quand elle est descendue du train, elle m'a serrée dans ses bras, comme si on ne s'était pas vues depuis très longtemps. Elle avait l'air fatiguée, mais elle souriait quand même.

On s'est fait plein de bisous et de câlins. C'était mon plus beau cadeau de Noël.

Et puis on est rentrés à la maison. Enfin, à l'appartement.

Avec papa, on avait préparé le sapin. Cette année, il est en plastique parce que papa dit que ce n'est pas bien de couper les arbres. Moi, je m'en fous de savoir s'il est vrai ou s'il est faux. Du moment qu'il brille…

Maman, elle ne m'a pas quittée une seconde depuis qu'elle est revenue, sauf quand je dors. Même quand je dors, je crois qu'elle est là, aussi. Qu'elle me regarde. Mais je n'en suis pas sûre.

On s'est promenées, on a fait des batailles de boules de neige, on a joué à des tas de jeux, on a même cuisiné. Je lui ai dit que je l'aimais, plein de fois. Parce que peut-être qu'elle reviendra plus vite si elle sait. Si je suis sage, aussi.

Oui, il faut que je sois sage, que je travaille bien à l'école et que je lui écrive des petites cartes pleines de mots d'amour si je veux qu'elle revienne habiter avec nous.

Demain, maman repartira. Sur le quai de la gare, peut-être on pleurera toutes les deux.

Parce que le père Noël n'existe pas. La magie non plus.

5

Avec mon épouse Véronique, nous avions décidé de partir à la montagne pour les vacances. Nous sommes allés dans le Jura, dans une petite station dite familiale.

Je n'ai jamais aimé le ski, ma femme non plus, mais j'espérais que ça ferait plaisir à mes gosses.

On ne peut pas dire que ça se soit très bien passé. Ludivine semblait contente, mais Alexandre avait l'air au purgatoire…

Une après-midi, alors qu'il croyait que j'avais quitté le chalet, je l'ai entendu téléphoner à l'un de ses potes ou à l'une de ses copines, je l'ignore.

Ce fut douloureux et instructif, je dois dire…

Je suis au bout de ma vie, je te jure que j'en peux plus d'être ici… C'est mon père qu'a décidé qu'on devait partir à la montagne… Non, même pas ! C'est une petite station de merde, où y a que des vieux…

Putain, j'aurais préféré rester à L. avec toi plutôt que de passer mes vacances dans ce trou ! Je lui ai

dit, hier, à mon père... Il s'est énervé, on s'est engueu-
lés... Ouais, ça arrive souvent. Il comprend rien à ce
que je veux, il sait pas qui je suis ! Il n'a jamais été
jeune, c'est pas possible ! Il a toujours été vieux. Vieux
et con !

Non, au bahut, personne n'est au courant... J'ai trop
honte. Si jamais ils apprennent qu'il est keuf, c'est
la mort.

T'aimerais pas changer de parents, toi ?... Ouais,
ben, t'as du cul !...

Ils veulent que je fasse des études. Des études
de quoi ?... Ce que je ferai plus tard ? J'en sais rien !
Mais ce qui est sûr, c'est que je ne serai jamais flic
comme mon père.

Moi, je voudrais faire des BD... Ouais, je passe mon
temps à dessiner. Mais mon vieux, il dit que c'est pas
un métier sûr, que je dois garder le dessin comme
passion et aller à la fac pour avoir un avenir.

Il les a même pas regardés, mes dessins ! Il sait
même pas que j'ai du talent ! Il en a rien à foutre
de moi. Tout ce qui l'intéresse, c'est son putain de
travail.

6

Laëtitia s'était accoudée à la fenêtre pour fumer une cigarette.

— Reprenons, ordonna Delaporte.

— En rentrant de vacances, début janvier, j'ai parlé de mon problème à mon chef de groupe, le capitaine Fougerolles.

— Et ?

La jeune femme revint s'asseoir derrière la table.

— Il m'a conseillé d'aller voir le commandant. Alors, j'ai pris mon courage à deux mains et j'y suis allée…

***

Quand elle a débarqué dans mon bureau, il n'y avait plus personne à l'étage. Elle a demandé à me parler.

« Asseyez-vous, je vous en prie… Que se passe-t-il ? Quelque chose ne va pas ?

— Oui, c'est exactement ça : quelque chose ne va pas… Voilà, je voudrais savoir si vous avez confiance en moi.

42

— Bien entendu.

— Dans ce cas, pourquoi ne me confiez-vous aucun travail intéressant ? »

Déstabilisé, je n'ai pas répondu immédiatement. Je ne pouvais m'empêcher de regarder Laëtitia non pas comme un officier sous mes ordres, mais comme une femme qui me plaisait et venait me reprocher des choses.

« Les tâches que je vous ai confiées sont très importantes pour la bonne marche de la brigade.

— Sans doute, a-t-elle ajouté en me fixant droit dans les yeux. Mais je voudrais faire du terrain, comme les autres. Je… Je n'ai pas choisi ce métier pour rester dans un bureau, vous savez !

— Je m'en doute et je comprends votre impatience. Mais je voulais d'abord que vous puissiez vous intégrer à l'équipe…

— Comment pourrais-je m'intégrer si vous me tenez constamment à l'écart des autres ? »

C'était une réponse pertinente. Je n'avais pas su m'expliquer.

« Sur le terrain, il faut une équipe soudée. Je devais laisser à mes hommes le temps de vous connaître, et à vous, de les connaître… Mais j'avais justement l'intention de vous faire participer dès la semaine prochaine à une opération.

— Ah… Je n'ai pas eu assez de patience, c'est ça ? J'aurais dû la fermer ! »

Elle semblait soudain tellement mal à l'aise, tellement coupable… J'ai tenté de la rassurer.

« Ne dites pas ça, Laëtitia. Je préfère que mes coéquipiers viennent me parler. Les rancœurs, les doutes, les questions, ce n'est jamais bon… Vous avez bien fait.

— Alors j'ai hâte d'être à la semaine prochaine ! En tout cas, je vous remercie de m'avoir écoutée… et je vous souhaite une bonne soirée.

— Vous rentrez chez vous ?

— Oui, pourquoi ? Vous avez encore besoin de moi ?

— Non… Je… Je pensais que nous pourrions prendre un verre quelque part, histoire de faire un peu connaissance. »

À cet instant, je ne me suis pas reconnu. Je voulais du temps avec elle. Rien qu'avec elle. C'était plus fort que moi, plus fort que de savoir que ma femme et mes enfants m'attendaient. Mon fils, notamment. Je lui avais promis qu'on irait choisir ensemble ses nouvelles chaussures de sport.

J'ai dévisagé Laëtitia, craignant une remontrance dans ses yeux fascinants. Mais elle n'a rien laissé paraître.

« Si vous voulez, patron ! Avec plaisir… »

Le cœur battant, j'ai attrapé mon blouson et nous sommes sortis. J'étais heureux, c'est con à dire. Comme quand j'étais au lycée et qu'une fille me faisait les yeux doux. Heureux comme un gosse.

En me dirigeant vers le café au bout de la rue, j'essayais de chasser de mon esprit une image, un visage : celui de Véronique, ma femme. Pourtant, je n'avais encore rien à me reprocher.

Si. Ce désir pour elle, c'était déjà enfreindre les règles.

Quand nous nous sommes attablés dans le café, il était environ 19 heures. Elle a posé son paquet de cigarettes sur la table, des Gauloises blondes, je m'en souviens. J'ai commandé une bière, elle a pris une boisson sans alcool. Un jus d'ananas, je m'en souviens.

Je me souviens de tout. De chaque seconde, chaque détail.

J'ai entamé la discussion de façon banale.

« Parlez-moi de vous.

— De moi ? »

Elle s'est mise à rire, pour masquer son embarras, je crois. Elle avait un joli rire, comme une envolée d'oiseaux vers le ciel. Elle a trituré son paquet de cigarettes puis a goûté son jus de fruits.

« Pas grand-chose d'intéressant à raconter… J'ai fait mes études de droit, j'ai passé le concours et… me voilà !

— Vous vous êtes mariée à quel âge ?

— 18 ans. Et j'ai eu Lolla à 19.

— C'est bien jeune, ai-je noté.

— Ça vous choque ?

— Pas du tout, non… Mais comment vous avez fait pour vos études avec la petite ?

— Eh bien, quand elle a eu 1 an, je l'ai mise à la crèche et je me suis inscrite à la fac. Mes beaux-parents la gardaient en dehors des horaires de la crèche, puis de la maternelle… Ils ont été super !

— Et vos parents à vous ? »

Elle a marqué un temps d'arrêt, j'avais touché un point sensible.

« Je suis fâchée avec eux », a-t-elle simplement redit.

Elle n'avait visiblement pas envie de m'expliquer, alors j'ai préféré changer de sujet.

« Pourquoi avoir choisi la police ? Par hasard ? Pour avoir du boulot ?

— *Par hasard* ? Pas du tout, monsieur.

— Ne m'appelez pas "monsieur", par pitié ! J'ai l'impression de prendre vingt ans d'un seul coup !

— Ah… "Patron", c'est mieux ? C'est comme ça que tout le monde vous appelle. »

J'aurais aimé qu'elle m'appelle Richard, entendre mon prénom dans sa bouche.

« Comme vous voudrez… Alors, pourquoi la police ?

— Depuis que je suis ado, j'ai envie d'être flic. C'est comme… comme si j'avais toujours su que j'étais faite pour ce boulot.

— Vraiment ?

— Ouais, c'est bizarre… mais c'est la vérité. Et puis, avoir pu obtenir les Stups, c'est encore mieux !

— C'est un service plutôt désespérant !

— Désespérant ? a-t-elle répété.

— Décourageant, si vous préférez… Les dealers, c'est comme le chiendent : plus t'en arraches à la terre, plus il en repousse partout. Faudrait un bon désherbant style napalm pour éradiquer toute cette merde ! »

Je l'avais choquée, même si elle s'est forcée à sourire.

« Je plaisante, lieutenant ! ai-je aussitôt ajouté. Qu'est-ce qui vous a attirée dans le métier de flic ?

— Mener des enquêtes, découvrir la vérité, un boulot avec de l'action. Et puis… Comment on dit déjà ? Défendre la veuve et l'orphelin ? »

Là, c'est moi qui suis parti à rire.

« *Défendre la veuve et l'orphelin* ? Quel bel idéal… ! Malheureusement, et sans vouloir briser votre rêve, être flic, ce n'est pas vraiment ça…

— C'est juste façon de parler. Et vous, patron, vous l'aimez ce boulot, non ?

— Oui, je l'aime. Et moi non plus, je ne l'ai pas choisi par hasard », ai-je concédé.

J'avais oublié le visage de Véronique. Dévoré par le sien, qui occupait désormais tout l'espace. Devant mes yeux, dans ma tête.

Elle s'est mise à parler de Lolla, je nageais dans ses paroles comme dans une eau tiède et pure. Elle m'a posé des questions sur ma femme, mes mômes. J'ai dû lui dire que j'avais une épouse formidable qui avait renoncé à son travail pour s'occuper des enfants. Que j'avais un fils très doué pour le dessin. Je lui en ai même montré un que j'ai piqué dans la chambre d'Alex et que je garde constamment sur moi, plié en quatre dans mon portefeuille.

Elle a voulu que je lui parle de ma fille, qui avait cinq ans de plus que la sienne. Alors, je lui ai raconté que Ludivine rêvait toujours aux princesses, même si elle lorgnait sur les talons aiguilles de sa mère et se maquillait en douce. Elle a ri de bon cœur avant de se remettre à évoquer sa petite fille qui lui manquait tant.

Je l'ai écoutée de longues minutes. Je l'écoutais, c'est tout. On aurait dit que sa voix comblait un vide quelque part en moi.

Plus je la regardais, plus je sentais monter un désir violent ; si violent qu'il en devenait douloureux. Plus je la regardais, moins je me souvenais que j'étais marié, que j'avais des enfants.

Pour la première fois depuis quinze ans, je venais d'oublier ma vie.

« Patron, je voulais vous dire que… J'ai vu ce que vous avez fait pour Célia. C'est formidable. »

Ce compliment a aggravé mon trouble.

« Elle est morte, ai-je rappelé. Ça signifie que j'ai échoué.

— Ce n'est pas votre faute. Vous avez tout tenté pour la sauver, vous avez fait votre maximum et… et j'ai de la chance de vous avoir comme chef », a-t-elle dit soudain.

Elle me souriait, me regardant droit dans les yeux.

Elle vous regarde toujours droit dans les yeux, Laëtitia.

À cet instant, j'ai cru déceler quelque chose dans son attitude. Comme une invitation. J'ai avancé doucement ma main vers la sienne, j'ai effleuré ses doigts. Elle s'est retirée brusquement, mon trouble s'est transformé en malaise.

Un long silence nous a séparés.

« Excusez-moi. »

C'est tout ce que j'ai trouvé à dire. *Excusez-moi.*

« C'est pas croyable ! Pas croyable », a-t-elle murmuré avec une rage à peine contenue.

C'est dingue comme ses yeux peuvent être durs. Tranchants comme des sabres.

Elle a pris son sac, s'est levée et m'a laissé en plan. J'ai récupéré quelques pièces dans ma poche et les ai jetées sur la table avant de me précipiter à sa poursuite. Je l'ai rattrapée à l'angle de la rue.

« Laëtitia ! »

Elle ne s'est pas arrêtée, ne daignant même pas se retourner.

« Lieutenant Graminsky ! »

Là, elle a fait volte-face.

« Oui ?

— Je… Laëtitia, excusez-moi, s'il vous plaît. Je ne sais pas ce qui m'a pris…

— Moi je le sais. Mais n'en parlons plus », a-t-elle assené en s'éloignant.

Une gifle. J'ai reçu une gifle en pleine gueule. Elle passait l'éponge mais son regard était une offense.

Pourtant, je lui avais seulement effleuré la main.

***

J'ai tout à coup réalisé que nous n'étions pas là pour parler boulot ou faire connaissance, comme il l'avait prétendu.

Il voulait me sauter, voilà la vérité.

Parce que je suis une femme, parce que je venais d'arriver, parce qu'il avait du pouvoir.

Ça m'a fait mal.

C'est vrai que ça peut paraître exagéré, mais ça m'a ulcérée. Ce n'était pas la première fois que ça m'arrivait… Pendant mes études de droit, j'ai fait quelques petits boulots et j'ai dû repousser les avances de mes chefs à plusieurs reprises. Je crois que, quand on est jeune et plutôt pas mal, *baisable* comme ils disent, on rencontre souvent ce genre de problème. J'ai croisé des tas de filles à qui c'est arrivé.

Ménainville, jusqu'à ce soir-là, je trouvais que c'était un mec bien, un chef extraordinaire. Alors, je voulais lui montrer que je pouvais être un bon élément dans son équipe. Je voulais qu'il soit heureux de m'avoir dans sa brigade. J'aurais voulu qu'il m'apprécie pour mon travail, pas pour mes mensurations.

Raté.

Il était comme les autres, j'ai éprouvé une immense déception.

Oui, en fait, je comprends mieux maintenant ma réaction aussi vive : ma déception a été à la hauteur de l'admiration que je lui vouais. Malgré tout j'ai su garder mon calme. Je l'ai repoussé, certes, mais sans l'humilier. C'est plus tard que j'ai compris que je lui avais fait mal. J'avais certainement blessé sa fierté masculine en osant quitter la table, en le plantant devant tout le monde. Je n'étais pas entrée dans son jeu.

À la rigueur, il aurait préféré que je ne dise rien ou seulement : *Je ne peux pas, patron. Je ne veux pas mélanger le travail et la vie privée. Je suis mariée, vous comprenez ?*

Que je lui serve un petit discours dans ce genre, quoi. Afin qu'il garde la tête haute.

Quand je suis rentrée chez moi, j'ai chialé un bon coup. Je pleurais comme une gamine en me répétant que j'aimais Amaury et que j'avais bien fait de repousser les avances du patron. Que j'avais eu raison de le remettre à sa place.

La vérité, c'est elle qui me faisait pleurer comme une Madeleine.

J'aime Amaury. Alors pourquoi ce type, ce sale type, m'attire ? Pourquoi je regrette de l'avoir rejeté ?

Le commandant Delaporte se mit à arpenter la salle d'interrogatoire en traînant les pieds. Il écoutait cette histoire visiblement banale qui avait fini de façon tragique. Il aurait aimé que cette jeune femme commence par lui raconter la fin. Qu'elle lui épargne les détails sordides. Détails dont il savait néanmoins qu'ils avaient tous leur importance.

***

— Comment ont évolué vos relations après ce… cet incident ? demanda Jaubert.

— Le lendemain, j'étais horriblement gêné de ce qui s'était passé au bar, avoua le commandant Ménainville. Mais ni elle ni moi n'avons montré quoi que ce soit. On n'en a plus reparlé.

— Que ressentiez-vous alors ?

— J'étais très contrarié, je regrettais mon geste. Je me disais que je m'étais lancé bien trop tôt, que si j'avais su être patient, j'aurais eu beaucoup plus de chances avec elle. Et puis je me sentais… humilié.

— Humilié ? Simplement par son refus ?

— Se prendre une veste, ce n'est jamais facile. Mais sa réaction si… violente, ça m'a blessé. Je crois aussi que je m'en voulais un peu…

— Vous vous en vouliez de quoi ? De lui avoir fait des avances ? Je ne comprends plus très bien…

— Je m'en voulais d'avoir eu l'idée de tromper ma femme.

— L'aviez-vous déjà fait auparavant ?

— Non, jamais.

— Vous êtes sûr, commandant ?

— Évidemment que je suis sûr ! Je sais encore ce que je fais !

Cette remarque sonnait faux, étant donné ce qui venait de se passer ici même quelques heures auparavant.

— Même pas une petite aventure extraconjugale ? insista Jaubert.

— Rien du tout. J'étais fidèle à Véro.

Le divisionnaire songea à Clotilde, sa maîtresse. Il avait du mal à croire ce que lui jurait Ménainville. Ça le rendait soudain un peu coupable.

***

— On a continué à bosser comme si de rien n'était, se souvint Laëtitia. Mais il y avait une gêne entre nous…

— Vous pensez qu'il vous en a voulu ?

— Sur le coup, je n'en ai pas eu l'impression.

Le commandant se mit à arpenter une fois encore le bureau, ce qui avait le don d'agacer Laëtitia. Il semblait incapable de rester en place plus de cinq minutes.

— Ensuite ? demanda-t-il.

— Eh bien ensuite, j'ai enfin été invitée à rejoindre mes collègues sur le terrain. Au début, je n'ai fait que quelques planques, puis quelques filatures… Jamais en solo, bien sûr ! Les autres n'avaient pas encore confiance en moi, c'était évident… Je jouais toujours des rôles secondaires. C'était surtout le capitaine Fougerolles, mon chef de groupe, qui semblait méfiant. Il me traitait comme une gamine écervelée… Il était sympa mais ne s'appuyait pas sur moi. Il aimait juste plaisanter avec moi, des plaisanteries un peu lourdes, d'ailleurs… Dès qu'il s'agissait de choses sérieuses, il me tenait à l'écart. Vous savez, comme quand on ne veut pas parler devant les enfants…

— Il vous a fait des avances, lui aussi ?

— Pas à ce moment-là.

— *Pas à ce moment-là* ? Poursuivez.

Laëtitia ferma les yeux un instant, comme si elle cherchait un souvenir. Ou la force de se souvenir.

Poursuivre… Continuer à se mettre à nu. Avouer des choses intimes à cet inconnu qu'elle trouvait fade et borné.

Poursuivre… alors qu'il aurait fallu s'arrêter à temps.

Elle s'éclaircit la voix avant de reprendre.

— Faire un peu de terrain m'a fait du bien, mais je voulais plus… Je voulais être traitée comme les autres. Je me suis dit que j'étais peut-être impatiente, que je devais gagner leur confiance. J'ai redoublé d'efforts pour qu'ils m'acceptent dans leur groupe si soudé. Je n'ai pas compté mes heures, je les ai soulagés de beaucoup de tâches subalternes, je me suis rendue utile, pour ne pas dire indispensable. Et puis… Et puis un soir, au début du mois de février, j'ai trouvé Amaury en bas de chez moi. C'était en milieu de semaine, je ne m'y attendais pas…

Il était tard quand j'ai débouché dans la rue. En m'approchant de l'immeuble, j'ai aperçu une silhouette devant la porte. Plus j'avançais, plus mon cœur accélérait.

Les larmes ont devancé mon sourire. Je me suis arrê-tée à un mètre de lui, pleurant comme une enfant sur le trottoir. Il m'a rejointe, m'a serrée dans ses bras.

« Il est arrivé quelque chose à Lolla, c'est ça ? ai-je aussitôt craint.

— Non, elle va bien, ne t'en fais pas. »

Mon cœur a repris son rythme normal, j'ai séché mes larmes. Pourtant, je savais qu'il n'était pas là juste pour me voir. Je sentais qu'il avait des choses à me dire.

Nous sommes montés jusqu'au studio et il s'est laissé tomber sur le sofa qui me servait aussi de lit.

« T'as un truc à boire ? »

Je lui ai donné un verre de gin avec du jus d'orange, son apéro préféré, puis je me suis collée contre lui.

« Qu'est-ce qui se passe ?

— C'est la merde… »

Je n'ai posé aucune question, attendant qu'il se livre de lui-même.

« J'ai deux mauvaises nouvelles, a-t-il attaqué. Tu veux laquelle d'abord ? »

Il tentait de sourire, mais je pouvais voir le nœud qui lui serrait la gorge.

« Commence par la pire, ai-je supplié.

— Mon père a passé des examens. Il a un cancer… »

Ça m'a fait un choc, terrible. Je suis d'abord restée sans voix, puis j'ai demandé des détails.

— Je ne vois pas le rapport avec notre affaire, inter-vint Delaporte d'un air agacé.

— Vous le verrez plus tard, contre-attaqua Laëtitia avec un regard oblique. Si vous me laissiez parler, on gagnerait du temps ! Donc, mon beau-père avait un cancer du poumon et Amaury était dévasté. Mais la soirée n'était pas terminée… Amaury m'a ensuite annoncé que le Parc n'allait pas renouveler son contrat. À la fin du mois de février, il pointerait au chômage… J'ai tenté de le rassurer, lui promettant qu'il allait vite retrouver du travail, que son père allait être soigné puisque le cancer avait été dépisté à temps… Il a pleuré dans mes bras comme un gosse, c'était la première fois que ça arrivait… Il a toujours été fort, Amaury. Fort et rassurant. Là, c'est moi qui le réconfortais. Nous avons passé la nuit ensemble, blottis l'un contre l'autre. Et le lendemain, il est reparti vers R. J'ai su que nous allions traverser une période difficile. Même si j'étais loin de me douter à quel point elle serait *difficile*…

7

— Vous l'avez envoyée sur le terrain, finalement ? interrogea Jaubert.

Le commandant Ménainville hocha la tête.

— Bien sûr. Le capitaine Fougerolles ne la trouvait pas fiable, trop fragile. Au début, on l'a mise avec des groupes de deux dans des planques, pour qu'elle se familiarise avec nos méthodes. Ensuite, elle a participé à quelques filatures.

— Elle s'en sortait bien ?

— Aucun problème, il faut dire que c'était facile, sans risque... Mais la première fois qu'on l'a lâchée seule sur le terrain, elle a fait une connerie.

— Quel genre ?

— Le genre qui met en l'air des semaines de boulot ! soupira Ménainville en allumant une Winston.

Jaubert ouvrit la porte de la cellule et s'adressa au gardien de la paix en faction dans le couloir.

— Pourriez-vous veiller à ce qu'on nous monte deux cafés et deux paquets de Winston, s'il vous plaît ?

— À vos ordres, commissaire.

... Ma brigade avait pas mal d'affaires sur le feu, notamment le groupe Fougerolles, alors Olivier et moi avons décidé qu'il était temps d'envoyer Laëtitia en première ligne. On était sur un trafic qui durait depuis un moment aux abords d'un lycée. Des petits dealers qui fournissaient les élèves du bahut en fumette. On les avait tous identifiés, photographiés sous tous les angles. Il ne restait plus qu'à les serrer, les interroger et les envoyer faire causette avec le juge. On les a tapés un lundi, à 6 heures du mat. On avait constitué cinq groupes, dont un était dirigé par Laëtitia. Pour l'occasion, elle avait quatre bleus sous ses ordres, ainsi que le major Nathalie Dumont. Chaque équipe était chargée d'interpeller un ou plusieurs membres du réseau.

Laëtitia a complètement merdé... Son groupe avait pour mission d'arrêter deux frères vivant à la même adresse : Benjamin et Corentin. À 6 heures pile, j'ai donné le top et Laëtitia et son équipe ont perquisitionné l'appartement des frangins, avant de ramener les deux lascars à la DDSP.

Laëtitia les a placés en garde à vue, les a interrogés l'un après l'autre. Elle n'a pas obtenu leurs aveux, mais grâce à l'enquête préliminaire nous avions suffisamment de biscuits pour les balancer au juge. Surtout que, pendant la perquise, Laëtitia et son groupe avaient trouvé de la came et du liquide. Les deux dealers étaient cuits. Sauf que...

Sauf que leur avocat les a fait libérer illico presto pour vice de procédure... Laëtitia avait tout bonnement inversé leurs prénoms sur les PV de garde à vue !

Alors quand ils se sont présentés devant le juge, leur avocat s'est fait un plaisir de démonter notre procédure et ces deux-là nous ont échappé. Ils avaient fait exprès de donner le prénom de l'autre et Laëtitia n'a pas checké avec leurs papiers ! Ces deux connards ont quitté le Palais libres comme le vent et se sont évaporés dans la nature…

***

— Le commandant m'a convoquée dès qu'il a su que le juge avait libéré mes deux prévenus…

— Il vous a passé un savon ? supposa Delaporte.

Laëtitia hocha la tête.

— Il m'a reproché de ne pas avoir vérifié avec leurs papiers d'identité.

— Comment une telle erreur a-t-elle pu se produire ?

— C'est Nathalie qui a rédigé les PV, expliqua la jeune femme. Nous avions mené les interrogatoires ensemble, mais c'est elle qui s'est chargée de la rédaction. Ensuite, elle a été appelée par le capitaine Fougerolles et m'a filé les PV en me disant que je devais les relire et les signer…

— Et vous ne les avez pas relus, c'est ça ?

— Si, assura la jeune femme. Mais je n'ai pas vu que ma collègue avait inversé les identités et les photos.

— Vous l'avez dit à Ménainville ?

— Non, je n'ai rien dit, sinon que c'était ma faute. Ça l'était, d'ailleurs. Je n'ai pas été assez attentive.

— Sans doute, mais ça aurait pu vous dédouaner d'une partie de la faute ! objecta Delaporte. Le major Dumont était un agent expérimenté et...

— C'est pas mon genre, trancha Laëtitia. Je fais une connerie, je l'assume.

— Vous en avez parlé au major Dumont ?

— Après mon entrevue avec le patron, je lui ai raconté ce qui s'était passé.

— Comment a-t-elle réagi ? Est-elle allée voir Ménainville pour...

— Non, elle m'a juste dit : *Désolée, Laëtitia, mais je t'avais conseillé de relire les PV... C'est toi qui dirigeais le groupe, c'était à toi de soigner ta procédure.*

— Ce n'est pas très fair-play ! souligna Delaporte.

— En effet. Ce jour-là, j'ai compris qu'elle ne me considérait toujours pas comme un membre de l'équipe à part entière. Et que je ne pouvais pas me fier à elle.

— Vous n'avez pas eu envie de la balancer au commandant ? s'étonna Delaporte.

— Je viens de vous le dire : c'est pas mon genre ! Le lendemain, Nathalie a finalement proposé d'aller parler au patron, mais je lui ai dit que c'était réglé.

— Ménainville a-t-il été virulent lors de cet entretien ?

— Non, il a été très correct même si je le devinais énervé. Il m'a fait des reproches mais s'est bien comporté.

— Et ensuite ?

— Ensuite, le patron a invité l'ensemble du groupe Fougerolles chez lui, pour un apéro. Il paraît qu'il fait ça une à deux fois par an, avec chacun des deux groupes de la brigade... Genre soirée de cohésion !

— Vous y êtes allée ?

59

— Évidemment ! J'étais heureuse d'être conviée, de ne pas être mise à l'écart… Les conjoints étaient les bienvenus mais Amaury a préféré rester avec son père, à nouveau hospitalisé. J'avais fait un effort vestimentaire, j'avais passé un pantalon noir avec un chemisier légèrement transparent. Je suis arrivée pile à l'heure et j'ai été accueillie par Richard. J'ai tout de suite compris que ma tenue lui faisait de l'effet. Il m'a d'ailleurs dit que j'étais très en beauté ! Un peu embarrassée, je me suis contentée de sourire. Il m'a présenté son épouse, Véronique. Une femme superbe. Bien plus belle que moi ! C'est pas difficile, me direz-vous…

Le commandant esquissa un sourire.

— Pourtant, c'est moi que le patron regardait. On aurait dit qu'il ne pouvait s'en empêcher… Même s'il a essayé d'être discret, j'ai craint que Véronique ne finisse par s'en apercevoir ! J'ai trouvé cette situation gênante mais pas désagréable, je dois dire. Je me sentais jolie, désirée… Véronique et moi avons fait connaissance. Nous avions pas mal de goûts en commun et elle m'a prêté quelques bouquins. Elle m'a parlé de sa fille, je lui ai parlé de la mienne… C'était une belle soirée, je trouve. Et c'est ce soir-là que le patron m'a tutoyée pour la première fois. Il tutoyait tous les membres de la brigade, je me suis dit que j'avais enfin ma place dans le groupe…

8

— Comme prévu, fin février, Amaury s'est retrouvé au chômage. Il n'y a pas eu de miracle… Pas de magie, comme dirait Lolla. Il avait déjà commencé à chercher un autre poste, mais vu son expérience un peu particulière, ce n'était pas évident. Il m'a dit qu'il réfléchissait à bosser dans un autre domaine, le champagne, peut-être…

— Il touchait des allocations ? demanda Delaporte.

— Oui, heureusement. Je lui ai suggéré que ce licenciement pouvait être une chance de nous retrouver tous ensemble, qu'il pouvait chercher un job ici, à L. Mais il voulait rester près de ses parents qui avaient besoin de lui. Et il pensait que ce n'était pas une bonne idée de changer Lolla d'école en cours d'année. Toutefois, il m'a promis que si son père allait mieux, il ferait le nécessaire pour la rentrée. Autant vous dire que j'ai prié pour que Jacques, mon beau-père, guérisse au plus vite !

— Vous êtes croyante ? en déduisit le commandant.

— C'est juste façon de parler, rectifia la jeune femme. Pourrais-je avoir un peu d'eau, s'il vous plaît ?

— Bien sûr. Je m'en occupe.

Il s'éclipsa un instant et Laëtitia en profita pour fumer une cigarette. La fenêtre donnait sur la cour intérieure de la DDSP. Pas grand-chose à voir, à part quelques véhicules stationnés. Les images de la soirée défilaient en continu devant ses yeux. Ces images qui prouvaient qu'une vie peut basculer en quelques secondes.

Mais non, il n'avait pas suffi de quelques secondes. Tout cela était le fruit d'une histoire qui avait débuté plusieurs mois auparavant. Finalement, ce qui s'était passé ce soir avait commencé le jour où elle avait choisi ce poste…

Delaporte réapparut avec un gobelet d'eau fraîche qu'il posa sur la table.

— Vous vous rappelez qu'il est interdit de fumer dans les lieux publics ?

— Au point où j'en suis, murmura-t-elle en jetant son mégot au travers des barreaux.

— Continuons, si vous le voulez bien.

— Ensuite, il y a eu ce fameux soir… C'était juste après les vacances d'hiver, je rentrais de quelques jours avec ma famille. C'était le 5 mars, je me souviens qu'il faisait très froid… Tout le monde était sur le pont, quelque chose se préparait. Et puis, Olivier a débarqué dans le bureau.

— *Olivier* ?

— Le capitaine Fougerolles. *Paraît que t'es en manque d'action, Graminsky ? Alors amène-toi, tu vas être servie !* On allait intercepter en flag un échange important de came. Cette fois, c'était du sérieux, je ne vous dis pas dans quel état j'étais !

62

— J'imagine ! Et cette opération a-t-elle été une réussite ?

Laëtitia quitta à nouveau sa chaise. Elle fit craquer ses doigts avant de fourrer les mains au fond des poches de son jean. Elle se mit à marcher, imitant le bœuf-carotte.

C'est vrai que ça détend. Et que ça doit agacer l'autre.

Puis elle se figea. Appuyée contre le mur de la salle, elle semblait revivre ces événements en direct.

— Racontez-moi, insista Delaporte, qui présageait que l'interrogatoire prenait un virage essentiel.

Mais la jeune femme restait muette.

Putain d'opération. Putain de soirée...

Même dans ses pires cauchemars, elle n'aurait pu imaginer un fiasco pareil.

Elle prit une longue inspiration et se lança enfin, comme on se jette dans le vide...

... Nous nous sommes tous installés dans la grande salle pour préparer l'intervention. Vu l'ampleur de l'affaire, quelques gars du deuxième groupe de la brigade, celui dirigé par le capitaine Saadi, avaient été appelés en renfort. Nous serions une quinzaine sur le terrain.

Richard avait pour habitude d'attribuer un nom de personnage à chaque opération. C'était une sorte de jeu entre lui et ses équipes. En général, ça avait un lien avec un film ou un bouquin.

Opération Javert, Dantès, Rastignac... Tony Montana, Vito Corleone, Harry Callahan, ou encore Catherine Tramell.

Cette fois-ci, c'était l'opération Max Cady.

« *Les Nerfs à vif* ! s'est écrié le lieutenant Damien Girel.

— Bien joué », a souri Richard.

Puis il a distribué les rôles et nous a expliqué le déroulement de l'opé.

Le soir même, vers 21 heures, nous avons quitté la DDSP. La voiture du patron ouvrait le cortège, celle de Nathalie suivait… Moi, j'étais dans celle d'Olivier, avec Damien. Nous avons traversé une cité qui semblait déserte. Pas âme qui vive au cœur de cette nuit sans lune. Pas étonnant avec ce froid à vous geler les canalisations ! Seulement quelques fenêtres éclairées, carrés de feu au milieu des immenses blocs de béton. Nous avons continué dans une zone industrielle, sommes passés près d'une gare de triage… Tout le monde se concentrait.

Et moi, je flippais. De plus en plus.

Enfin, nous sommes arrivés près du lieu de l'échange, sinistre à souhait. Un grand terrain vague au fond duquel se désagrégeait une usine désaffectée.

Le capitaine Fougerolles s'est retourné vers moi.

« Fais gaffe à toi, Graminsky. J'ai envie de te ramener en un seul morceau et ces gars-là sont pas des tendres… »

La voix du patron l'a interrompu.

« À tous de Ménainville, on commence l'approche. »

On a plongé dans cette obscurité glaciale, je me suis mise à claquer des dents. Le froid, c'était un bon alibi. Il était sans doute normal d'avoir peur, même si j'avais attendu ce moment si longtemps. Il faut dire que pour une première grosse interpellation, j'étais servie !

On s'est tous planqués derrière un mur autour du patron. À ce moment, je l'ai trouvé impressionnant. De toute façon, je le trouvais *toujours* impressionnant. Il se dégageait de sa personne une force phénoménale, un calme étonnant. Il a balancé les dernières recommandations avant la bataille et moi, je voyais bouger ses lèvres mais je n'entendais pas vraiment ce qu'il disait. Tout se brouillait dans ma tête.

Me concernant, l'opé *Nerfs à vif* portait son nom à merveille.

C'est rien, Laëtitia, ça va passer. Ça va aller...

Et puis soudain, il s'est adressé à moi. J'ai sursauté.

« Graminsky ?

— Oui, patron ?

— Tu sais te servir de ton flingue, au moins ? »

Tout le monde me regardait, j'ai tenté de retrouver mes moyens.

« J'étais parmi les meilleurs aux entraînements de tir ! »

Ils ont tous souri, j'ai compris que je venais de dire une énorme connerie.

« Savoir se servir de son flingue, ça veut dire justement savoir *ne pas* s'en servir ! a précisé le commandant. On n'est pas là pour faire un carton mais pour choper quelques gars en douceur... EN DOUCEUR !

— Oui, ça va, j'ai compris !

— On y va. »

Il a fallu traverser le terrain vague au pas de course, en rasant les murs délabrés. Près de l'usine, tout le monde a sorti son arme. Surtout, ne pas tirer, sauf si ma vie ou celle d'un collègue est directement menacée. C'était ce que j'avais appris à l'école.

Ils auront des flingues, eux aussi ? Et s'ils nous tirent dessus ? Ça fait mal de se prendre une balle ? Peut-être qu'on perd tout de suite connaissance et qu'on ne sent plus rien...

Je me rappelle que j'avais envie de pisser, que je serrais les dents.

Tandis qu'on avançait à pas de loup, j'ai commencé à entendre des voix encore lointaines.

C'est rien, Laëtitia, ça va passer. Ça va aller...

Brusquement, le patron s'est immobilisé et toute l'équipe s'est figée derrière lui. Il s'est retourné vers nous pour diviser le groupe en quatre. Il s'exprimait par signes, je le trouvais de plus en plus impressionnant. Une drôle de pensée m'a alors trotté dans la tête.

Comment j'ai pu refuser ses avances ? Il est génial, ce type !

Je me suis retrouvée avec Damien, Arnaud et lui. Arnaud Jaouen, un mec d'une trentaine d'années avec qui je n'avais pas échangé dix phrases depuis mon arrivée. À croire que nous ne parlions pas la même langue, lui et moi. D'ailleurs, je l'avais surnommé le Muet. Les autres membres de la brigade se sont dispersés dans un ordre établi, de façon à encercler le lieu de l'échange. J'étais contente que le patron me garde auprès de lui. Je le suivais ou, plutôt, je m'abritais derrière lui.

Putain, mais pourquoi t'as peur comme ça, Laëtitia ?

Nous sommes arrivés en vue des malfaiteurs. Cinq types à trente mètres devant nous, en grande négociation. Nous nous sommes accroupis et le commandant s'est tourné vers moi. Il m'a souri avant de chuchoter :

« Ça va, Laëtitia ? »

J'ai essayé de sourire à mon tour, je n'y suis pas arrivée. Mais j'ai hoché la tête de manière affirmative. Et là, ma peur a fondu, telle de la poudreuse. Comme si Richard m'insufflait sa force et son courage. J'étais prête. Enfin.

« Tout le monde est en position ? » a-t-il murmuré dans son micro.

Grâce à mon oreillette, j'ai entendu que chacun était à sa place. Je serrais le Sig Sauer dans ma main droite, me raccrochant à ce morceau de métal assassin.

C'est à cet instant que la catastrophe s'est produite.

Sans doute le pire moment de ma vie.

J'ai senti quelque chose contre mon cœur. Une vibration. Le temps que je comprenne, il était trop tard.

Mon portable sonnait.

Il n'avait jamais sonné aussi fort.

Une fanfare dans un monastère.

Le patron m'a logé un regard de tueur dans les prunelles, j'ai cru que c'était la fin du monde. Les cinq mecs ont tourné la tête vers nous avant de défourailler l'artillerie lourde. Ménainville s'est redressé pour braquer son pistolet dans leur direction.

« Police ! Lâchez vos armes ! »

En réponse, les balles ont fusé de partout, les trafiquants prenaient la fuite en assurant leurs arrières. Une opération parfaitement préparée qui tournait à la pagaille générale.

Une guerre des tranchées.

Une tragédie.

Mes collègues sont tous partis au front tandis que moi, je suis restée assise par terre, effondrée. Toute la peur refoulée au plus profond de moi venait de rejaillir en une fraction de seconde. Je ne voyais plus rien au milieu du chaos. Plus aucun de mes muscles ne répondait, pas la moindre réaction. Mon pistolet dans la main, les yeux grands ouverts sur le désastre.

Immobile, inutile.

La seule chose que je faisais, c'était trembler comme une feuille. J'avais merdé, j'allais tout faire foirer. Pire, ils allaient tous mourir par ma faute.

Rapidement, le silence est revenu.

« Graminsky, debout ! »

En relevant la tête, j'ai vu le visage de Ménainville, dur comme de la pierre.

« T'es blessée ?

— Non...

— Alors lève ton cul, magne-toi. »

J'ai obéi, je ne sais plus avec quels muscles, et j'ai enfin regardé autour de moi. Ils avaient réussi à choper deux des types. Damien Girel était à terre. Il avait reçu une balle qui, heureusement, était venue se loger dans son gilet. J'ai su plus tard que ça lui avait pété une côte. Les collègues l'ont aidé à se relever et nous sommes sortis de l'usine.

Je me concentrais sur une seule chose : ne pas pleurer.

Nous sommes arrivés près des voitures. Les deux malfaiteurs étaient assis par terre, les mains menottées dans le dos. Tous les membres de l'équipe m'ont dévisagée, je ne me suis jamais sentie aussi seule. Quand Ménainville s'est dressé face à moi, j'ai regretté de ne pas avoir d'armure. Mon simple gilet pare-balles n'allait certainement pas suffire.

« Je suis désolée, ai-je murmuré.

— Tu étais bien là, tout à l'heure, lorsque j'ai demandé à tout le monde d'éteindre son portable ? »

Que pouvais-je répondre ? Que j'avais regardé ses lèvres mais n'avais rien écouté ? Inutile d'aggraver mon cas, j'ai préféré garder le silence. Mais ce silence ne lui suffisait pas.

« Tu as entendu ma question ?

— Oui… Je… J'étais persuadée d'avoir laissé mon téléphone au bureau.

— Vraiment ? Donne-le-moi. »

J'ai pris le Samsung dans la poche intérieure de mon blouson, il me l'a arraché des mains, l'a jeté par terre avant de l'écraser avec le pied et une rage destructrice. Il ne m'avait pas quittée des yeux, attendant peut-être que j'ose protester. J'étais révoltée, mais je n'ai rien dit. J'ai ramassé ma bouillie de téléphone, récupéré la puce et l'ai mise dans la poche de mon jean.

« Ça fait du bien, patron ? » a vérifié Nathalie avec perfidie.

Inutile de rêver, personne n'allait me soutenir dans cette épreuve.

« Ça soulage ! » a confirmé Ménainville.

Puis il s'est de nouveau tourné vers moi pour la question finale.

« Tu as quelque chose à dire, peut-être ?

— Oui, patron. »

La colère me donnait des ailes ; colère contre moi, contre lui, contre eux. Contre celui ou celle qui venait de me téléphoner.

« Vous me devez cinq cents euros. »

***

J'ai peut-être été dur avec elle. Mais on aurait pu y laisser des plumes. Je me souviens de ma colère, de ma rage quand j'ai pété son téléphone.

J'avais donné la consigne juste avant l'assaut, cette connerie aurait pu coûter la vie à l'un de mes gars.

J'avais soudain réussi à occulter ce que je ressentais pour elle. Elle n'était plus qu'une mauvaise recrue.

Et la nuit n'était pas finie. On peut dire que ce soir-là, elle nous a fait la totale…

***

On était tous rentrés à la brigade, je tentais de me remettre de mes émotions. Mes mains continuaient à trembler, mon cœur refusait de se calmer.

Personne ne m'avait adressé la parole depuis la fin de l'opération. Pétrifiée derrière mon bureau, je broyais ma rage dans une totale solitude. Je venais de décevoir mes coéquipiers, comme lorsque l'on rate une marche au moment d'entrer sur scène.

Irréparable à coup sûr.

En plus, je m'étais ridiculisée devant la brigade entière et pas seulement aux yeux de mon groupe. Mes tristes exploits ne tarderaient donc pas à faire le tour de toute la direction. Je n'osais même pas rentrer chez moi alors que je ne servais à rien. Comme si j'avais peur d'ajouter la désertion à mon triste palmarès.

Après avoir vu un médecin ainsi que leurs avocats, les deux suspects tombés entre nos mains passaient un sale quart d'heure d'interrogatoire. Un chez le patron, l'autre chez le capitaine Fougerolles. Je n'étais pas conviée à assister à la suite des opérations. Punie, au coin, au piquet.

C'est alors que la mélodie aigrelette de mon téléphone m'a fait sursauter. C'était mon fixe, cette fois. Forcément, je n'avais plus que celui-là.

« Graminsky ? »

La voix rauque de Fougerolles.

« Amène-toi, j'ai besoin de toi. »

Besoin de moi ? Ça sonnait bien dans mon oreille ! Ils avaient encore besoin de moi, je n'étais pas complètement rejetée… Je me suis levée d'un bond pour courir jusqu'à son bureau. Il a désigné le prévenu d'un signe de tête.

« Je te le confie quelques minutes. Je reviens. »

J'ai regardé le type assis sur la chaise, les poignets menottés devant lui.

« Bien, capitaine. »

Fougerolles s'est éclipsé et je me suis installée en face du trafiquant qui me dévisageait avec insistance. Bien sûr, je n'étais pas investie d'une mission essentielle : garder un œil sur un mis en cause pendant que le chef allait pisser, ce n'était guère reluisant… mais c'était toujours mieux que ruminer seule dans le bureau.

Tout d'un coup, je me suis aperçue que je connaissais ce mec. J'étais médusée de retrouver un ancien copain d'école alors que j'étais à près de deux cents kilomètres de ma ville natale.

« On se connaît, non ? » m'a-t-il brusquement demandé.

J'ai feint de n'avoir rien entendu.

71

« Laëtitia Graminsky, collège Albert-Camus…
Allez, fais pas celle qui se souvient pas ! On est même
sortis ensemble ! »

Cette soirée était vraiment digne d'un film d'horreur.

« Tu peux pas dire à tes potes de m'arranger le coup ?
En souvenir du bon vieux temps ! »

Je l'ai fusillé du regard.

« Ferme-la ! »

Il s'est tu, mais il continuait à me fixer avec animosité. Le face-à-face silencieux a duré plus longtemps
que prévu. Fougerolles n'était peut-être pas parti pour
soulager une envie pressante. J'avais des fourmis dans
les jambes, je me suis levée. À chacun de mes mouvements, je me sentais épiée par le type sur la chaise.

Soudain, il s'est jeté sur moi avec une prodigieuse
agilité. Je n'ai même pas eu le temps de crier. Je me
suis retrouvée par terre avec le canon d'un flingue
enfoncé dans ma gorge.

Mon flingue.

« Si tu cries, je te bute… »

Il m'a relevée en m'empoignant par le col de ma
chemise avant de m'écraser contre le mur.

« Vire-moi ces menottes. Si tu tentes quoi que ce
soit, je te fume. »

Il m'a lâchée et a reculé d'un pas en braquant le Sig
Sauer en direction de mon visage. J'ai marché jusqu'au
bureau de Fougerolles, j'ai pris la clef et je me suis
figée à trois mètres de lui.

« Viens me détacher, connasse ! Magne-toi ! »

Impossible que ce cauchemar n'ait pas de fin. J'étais
sans doute en train de rêver, j'allais me réveiller.

Je me suis exécutée, n'ayant guère d'autre choix. J'aurais pu essayer de le désarmer, mais le métal froid contre mon front m'a fait perdre le peu de moyens qui me restaient. Il était libre de ses mouvements, désormais. Il allait peut-être me descendre et à vrai dire, j'en avais presque envie.

« On va se tirer d'ici tous les deux », a-t-il murmuré.

Alors qu'il me tenait par le bras, j'ai avancé lentement, le canon sur la tempe droite. Dans le couloir, nous nous sommes retrouvés face à Fougerolles qui revenait dans son bureau. Le capitaine n'avait pas d'arme.

« Dégage ou je la bute ! a hurlé le prévenu. Je vous bute tous !

— Calme-toi, a répondu Olivier. Pose cette arme, pas de connerie…

— Ta gueule ! Barre-toi ! »

Les hurlements ont fait sortir le patron de son bureau. Il avait son pistolet à la main.

« Putain ! Lâche ton flingue ou j'te jure que je la bute !

— D'accord, a tempéré Ménainville. Ne t'énerve pas… »

Il a posé son arme sur le sol, un silence de mort s'est répandu dans le couloir. Damien et Nathalie avaient accouru eux aussi, tout le monde était là pour assister au désastre.

Le type me serrait désormais la gorge, nous avons reculé vers l'escalier qui menait à la sortie.

Je fixais le patron, je voyais la peur dans ses yeux. Pourtant, moi, je n'avais plus peur. J'avais envie qu'il tire pour mettre un terme à ce naufrage. Pour ne pas voir la suite de cette lamentable histoire. Et puis j'ai pensé à Lolla. Elle avait besoin de moi. Je ne pouvais pas mourir, je n'avais même pas le droit de le souhaiter.

On approchait de l'escalier quand tout à coup il y a eu un choc. Je suis tombée à terre, je n'ai rien compris. Jusqu'à ce que je réalise que le Muet venait de désarmer mon agresseur.

Le Muet, qui était resté planqué derrière la porte coupe-feu de l'escalier et avait saisi le suspect par-derrière. En moins de trente secondes, il avait retrouvé ses menottes et était conduit sans ménagement jusqu'aux cellules.

Le patron m'a aidée à me relever.

« Ça va ? Rien de cassé ?

— Non, rien… »

Sauf ma fierté.

Puis Fougerolles a récupéré l'arme utilisée par le trafiquant.

« C'est ton arme de service ? »

J'ai juste hoché la tête.

« Comment a-t-elle pu atterrir entre ses mains ? »

Le patron a saisi l'arme, comme pour vérifier que c'était bien la mienne.

« Tu l'avais gardée sur toi, c'est ça ? a continué le capitaine. Bordel, on ne t'a rien appris à l'école de police ? »

J'avais envie de pleurer mais rien n'est sorti. Aucun mot, aucune larme.

« Laisse-la, maintenant, a ordonné Richard. Laëtitia, tu rentres chez toi et demain matin, on aura une petite discussion, toi et moi. »

Elle est allée chercher ses affaires et a quitté la taule sans un mot. J'étais tellement énervé que je n'ai même pas vérifié comment elle allait. À vrai dire, j'en avais rien à foutre. Tout ce que je voyais à ce moment-là, c'est qu'on avait frôlé la catastrophe à deux reprises au cours d'une même soirée.

Par sa faute.

Je me suis tout de même demandé si je n'avais pas ma part de responsabilité dans cette histoire. Peut-être n'avais-je pas su m'assurer de ses capacités avant d'aller au feu avec elle. Olivier m'a certifié que je n'avais rien à me reprocher, que c'était elle la brebis galeuse.

Et les brebis galeuses, c'est bien connu, on s'en débarrasse.

Pourtant, cette nuit-là, quand je me suis mis au lit aux côtés de ma femme endormie, je n'ai pas cessé de penser à elle, à ce que j'allais être obligé de faire dès le lendemain. À ce qu'elle pouvait ressentir au même moment. Était-elle en train de pleurer, seule dans son appartement ?

Elle ne s'était peut-être même pas rendu compte de la gravité de ses fautes.

Je ne savais plus très bien.

Je n'ai pas réussi à m'endormir avant l'aube, et là, je m'en souviens, j'ai rêvé d'elle.

9

Le commandant Delaporte faisait sa ronde dans la salle d'interrogatoire, traînant toujours les pieds sur le linoléum.

Il va finir par y laisser ses semelles, songea Laëtitia en grillant une cigarette. Elle ferma les yeux sous l'effet de la lassitude. Tant de choses à dire, encore. Raconter l'indicible, parer de mots les douloureux souvenirs, ceux qu'on voudrait ne jamais partager, ne jamais revivre. Dire les regrets, les remords, les erreurs. Feuilleter un livre qu'on aimerait jeter au feu.

— Et le lendemain, que s'est-il passé ?

— Je croyais avoir vécu l'enfer avec cette soirée, murmura Laëtitia. Mais ce n'était rien comparé à ce qui m'attendait. Je n'avais pas fermé l'œil de la nuit. Je me disais que… Je me disais que le patron allait me passer un savon mémorable. Que je n'étais pas près de retourner sur le terrain. Mais je n'aurais jamais imaginé que…

… Ce matin-là, je suis arrivée en retard. J'avais mis un temps fou à me maquiller, me coiffer, m'habiller.

Tout tenté pour cacher les stigmates de l'insomnie sur mon visage.

Je m'étais mentalement préparée à affronter le commandant, répétant la scène des dizaines de fois. J'allais m'excuser, m'écraser, faire profil bas. Me transformer en serpillière. Ensuite, je rattraperais mes erreurs, avec acharnement. Je commençais mal, certes, mais j'allais lui prouver que je valais mieux que l'image désastreuse que j'avais donnée la veille.

Lorsque je suis arrivée, Nathalie m'a dit une seule phrase :

« Le patron te cherche… Il veut te voir immédiatement. »

Il fallait s'y attendre. J'ai posé mon sac, je suis partie dans le couloir. Avant le bureau de Ménainville, j'ai bifurqué en direction des toilettes. J'y suis restée cinq minutes, campée devant le miroir, à me concentrer, à rejouer la scène une dernière fois.

J'ai fait des conneries, c'est parce que je manque d'expérience… Mais vous verrez, patron, tout va s'arranger, rien de tout cela ne se reproduira.

Je me suis souvenue de ce que m'avait dit Amaury le matin même, au téléphone. Son soutien, son réconfort, si importants dans ces moments-là.

Ton boss comprendra, il va juste te serrer la vis. C'est normal après ce qui s'est passé.

Je suis enfin sortie de mon refuge et, après avoir respiré un bon coup, j'ai toqué à la porte. Assis derrière son bureau, Ménainville fumait une cigarette. Premier signe de sa mauvaise humeur. Il ne fumait presque jamais, sauf quand il était contrarié.

« Bonjour, commandant.

— Tu es à la bourre, Graminsky. Assieds-toi. »

Je me suis alors aperçue de la présence du capitaine Fougerolles. J'allais morfler deux fois plus.

« Bon, je ne vais pas y aller par quatre chemins, a attaqué Richard. Ce qui s'est passé hier soir est très grave et j'espère que tu le sais.

— Oui, j'en suis consciente, patron. Et je m'excuse de…

— Tes excuses, je m'en branle ! »

Ça m'a clouée sur place. Ménainville était rarement vulgaire, la nuit n'avait donc pas suffi à le calmer. Je n'ai rien osé ajouter, préférant le laisser passer ses nerfs. Il a écrasé sa clope comme il avait piétiné mon portable.

Avec rage.

« Je n'ai jamais vu quelqu'un enchaîner autant de conneries en si peu de temps ! a-t-il repris. Tu as battu tous les records ! À cause de toi, à cause de tes négligences, de tes fautes même, nous avons frôlé par deux fois la catastrophe… Et si nous avons pu éviter le pire, c'est parce que le reste de l'équipe a très bien réagi.

— Je sais, patron… Je vous assure que ce genre de choses ne se reproduira pas.

— J'en suis certain.

— Vous pouvez compter sur moi !

— Je crois que tu n'as pas bien compris, Laëtitia : je suis certain que ça ne se reproduira pas, parce que tu es virée. »

Douche froide. Je me suis levée d'un bond, comme si la chaise m'avait envoyé une décharge électrique.

« Mais commandant, vous ne pouvez pas faire ça ! Je viens d'arriver, je n'ai aucune expérience…

— Ça fait six mois que tu es parmi nous ! L'inexpérience ne peut excuser tes fautes ! Tu as manqué d'intelligence, de rigueur, de courage…

— Vous n'avez pas le droit de me virer ! »

Nul, comme défense. Mais je ne savais plus quoi dire. Je n'avais pas prévu ce scénario, n'ayant pas envisagé une seconde qu'il était capable d'aller aussi loin.

« C'est moi, le patron de cette brigade, non ? Et je ne peux pas me permettre de garder un élément dangereux pour l'équipe ! Tu te rends compte que mes gars auraient pu y rester hier soir ? Tu te rends compte de ça, Graminsky ? On n'a chopé que deux types sur les cinq qu'on avait prévu d'arrêter ! Tu as foutu en l'air des semaines de boulot ! Et tu crois qu'il va suffire de t'excuser pour que je passe l'éponge ? »

J'ai cessé de répondre, cherchant mes mots face à un mur de glace. Et encore, un mur de glace, on peut espérer le faire fondre.

Un mur en béton armé, plutôt.

Alors, j'ai voulu m'enfuir, quitter le bureau. Réflexe stupide, j'en conviens.

Ne plus rien entendre, ne plus subir cette humiliation.

Mais Fougerolles m'a empêchée de partir en me barrant simplement la route.

« Je crois que le patron n'a pas terminé… Va t'asseoir. »

J'ai refusé, je suis restée debout. Et les larmes sont arrivées jusqu'au bord de mes yeux. Ménainville en a profité, d'une façon ignoble.

« C'est ça, chiale ! C'est tout ce que tu sais faire…

— Ne me parlez pas sur ce ton ! »

Je venais de hurler, je crois que ça l'a un peu ébranlé.

« Je n'ai même pas le droit de me défendre, c'est ça ?

— OK, vas-y, donne-moi une bonne raison de ne pas mettre fin à ton stage, a-t-il soupiré.

— Je… Je n'ai rien voulu de ce qui s'est passé…

— Manquerait plus que tu l'aies fait exprès ! a soudain dit Fougerolles.

— Mettons que tu croyais vraiment que ton téléphone était resté au bureau, a enchaîné le patron. Avant l'assaut, il me semble bien avoir demandé à tout le monde de vérifier que les portables étaient éteints, non ?

— Peut-être… Je n'ai pas entendu. J'étais concentrée et…

— *Concentrée ?* Tu te fous de ma gueule en plus ? Tu devais vérifier, tu ne l'as pas fait ! Et ensuite, quand les mecs nous ont tiré dessus, tu as réagi comment, hein ? T'es restée le cul par terre, t'es même pas venue nous aider !

— Je n'étais pas en état !

— Tu entends ça, Olivier ? Mademoiselle Graminsky *n'était pas en état* ! Je rêve… Et encore, si tu t'étais arrêtée là… Mais il y a eu la suite ! Tu ignorais qu'on ne doit jamais garder son flingue sur soi ici ? Surtout quand on a un suspect dans la pièce ! Nathalie m'a bien dit qu'elle t'avait donné la consigne le jour de ton arrivée !

— Si, je le sais ! Bien sûr que je le sais…

— Dans ce cas, pourquoi avais-tu ton arme sur toi ?

— Je… J'étais bouleversée par ce qui s'était passé à l'usine, je n'étais pas dans mon état normal.

— Le type qui t'a braquée, il nous a affirmé bien te connaître. Tu confirmes ? »

Je me suis décomposée.

« Réponds ! a hurlé Ménainville. C'est vrai ?

— On était dans le même collège, c'est tout. C'est lui qui m'a reconnue, moi, je ne me souvenais pas de lui. »

Le commandant est venu se planter devant moi.

« J'espère que tu ne me caches rien, Graminsky…

— Mais non, je vous jure !

— Tu ne te souviens pas de tes anciens petits copains ? » s'est étonné Fougerolles.

Nom de Dieu ! Cette ordure leur avait même donné les détails.

« J'avais 14 ans et puis… Non, je… Je ne me souvenais pas de lui.

— Il a prétendu que tu l'avais aidé, a enchaîné Richard. Que cette prise d'otage n'était qu'un leurre, que tu lui avais donné ton flingue. Il a même affirmé que l'idée venait de toi. »

Je recevais les claques, les unes derrière les autres. Un passage à tabac. Pas le temps d'encaisser le coup précédent que déjà j'en prenais un autre en pleine gueule.

« Qu'est-ce que tu as à répondre à ça ? s'est acharné le patron. Tu l'as aidé, oui ou non ?

— Il m'a sauté dessus, il a pris mon arme… Je n'ai rien fait pour l'aider, au contraire. Je vous jure que c'est vrai !

— Je préfère croire un flic plutôt qu'un dealer, question de principe. Mais ça ne change rien à ce qui s'est passé ni à la décision que j'ai prise.

— Commandant, je viens de vous le dire, je n'étais pas dans mon état normal, je… J'étais tellement bouleversée…

— Écoute-moi bien, Graminsky : chaque membre de l'équipe est comme le maillon d'une chaîne. S'il y en a un qui cède, c'est toute la chaîne qui risque de casser. Alors, tes états d'âme, je m'en balance ! Tu n'as pas de tripes, tu n'as pas de jugeote, et surtout, tu n'as aucun sang-froid. Donc, ta place n'est pas aux Stups. Je pense que je suis assez clair, non ? »

Je me suis appuyée contre le mur, j'allais tomber. Plier sous les attaques.

Je suis devenue pitoyable.

« S'il vous plaît, commandant, laissez-moi une chance ! »

J'ai vu le doute dans ses yeux. Je venais de fendre sa carapace.

« Je ne peux pas… Je vais faire en sorte de mettre fin à ton stage pour insuffisance professionnelle. Mais si tu veux, tu peux démissionner, je crois que ce serait plus raisonnable.

— Démissionner ? »

Je venais de relever la tête.

« Pourquoi ? Ça vous pose un problème de me virer, c'est ça ? Eh bien, tant pis ! Je ne démissionnerai pas !

— Réfléchis bien, Graminsky : c'est ça ou tu seras licenciée. Ce ne serait pas très bon pour la suite, ça…

— Peut-être que l'administration ne vous donnera pas raison ! »

Fougerolles a laissé échapper un sourire narquois.

« T'en fais pas ! a-t-il balancé. Avec le rapport qu'on va te coller au cul, t'as aucune chance de t'en sortir !

— Exact, a confirmé Richard. D'autant plus que je ne vais pas me gêner pour parler de la procédure que tu as foirée en inversant les prénoms des deux frères sur les PV de garde à vue ! Tu n'as pas oublié qu'à cause de toi ces deux connards sont toujours en liberté quelque part, n'est-ce pas ?

— C'était peut-être ses copains de classe, eux aussi ! a ironisé le capitaine Fougerolles.

— Ce n'est pas moi qui avais rédigé ces PV ! ai-je rétorqué. C'est Nathalie qui s'est trompée ! »

Le commandant a ouvert un dossier posé sur son bureau. J'ai constaté avec horreur qu'il avait gardé copie desdits PV. Il les a brandis sous mon nez.

« Cette signature en bas de la page, c'est bien la tienne, non ?

— Oui, mais…

— Peu importe qui les a rédigés, on ne signe pas un PV sans le vérifier. C'est la base. Et puis tu aurais dû m'informer le jour même que ce n'était pas toi qui avais fait l'erreur. C'est un peu facile d'accuser Nathalie aujourd'hui ! »

J'ai compris que rien ne les ferait céder, les larmes ont inondé mon visage. Ils se sont tus, ils n'étaient plus très à l'aise. J'ai tenté une dernière fois de les apitoyer.

« S'il vous plaît, laissez-moi une autre chance, ai-je murmuré entre deux sanglots. Je ne veux pas quitter la police…

— Tu n'y as pas ta place, a asséné le patron. Je suis désolé que ça se termine ainsi, mais je pense à la sécurité de mes gars avant tout. Je te donne vingt-quatre heures pour démissionner. Demain matin, si ta lettre n'est pas sur mon bureau, mon rapport sera sur celui du directeur. Te laisser démissionner, c'est vraiment le seul cadeau que je peux te faire... »

J'ai essuyé mes larmes d'un geste violent.

« C'est parce que je n'ai pas voulu coucher avec vous que vous me virez ? C'est ça ? »

Ça ne servirait à rien, c'était même odieux de ma part, mais c'était sorti naturellement.

J'ai vu Ménainville vaciller tandis que Fougerolles le dévisageait avec stupeur.

« Vous attendiez la première occasion, pas vrai ? Vous ne l'avez pas digéré ! »

Richard est très vite retombé sur ses pieds. Une fois le coup encaissé, il me l'a rendu. Puissance dix.

« Tu t'imagines vraiment que j'ai envie de coucher avec toi ? Tu te crois irrésistible ? »

Je me suis retournée vers Fougerolles, comme si je le prenais à témoin.

« Il m'a fait des avances et j'ai refusé ! »

J'aurais dû me douter que le capitaine défendrait son pote.

« Ça ne serait pas plutôt toi qui l'as allumé ? Il n'y a qu'à voir comment tu le regardes ! Ne prends pas tes rêves pour des réalités !... Je te conseille de ne pas essayer de salir le patron. Sinon, tu vas le regretter. Tu as fait des conneries, tu payes. Ici, c'est comme ça que ça marche.

— Laisse tomber, Olivier ! Ce n'est même pas la peine de répondre à ça... Retourne dans ton bureau, Graminsky, tu as de la frappe à faire. J'attends ton rapport sur ce qui s'est passé hier soir. Je te tiendrai informée de la suite donnée à cet entretien. Et n'oublie pas : vingt-quatre heures, pas une de plus... »

Je me suis enfuie jusqu'aux toilettes, j'y suis restée un quart d'heure. Envie de vomir, de pleurer.

Salaud !

Salauds !

J'ai pensé rentrer chez moi mais ils n'attendaient que ça pour ajouter l'absence à la longue liste de mes fautes. Pour m'enfoncer encore un peu plus. Alors, je me suis traînée jusqu'au bureau et j'y suis restée jusqu'à 17 heures sous le regard ébahi de Nathalie.

***

Elle a quitté la pièce, j'ai piqué une nouvelle clope dans le paquet d'Olivier qui est venu s'asseoir près de moi, le cul sur mon bureau.

« C'est vrai, ce qu'elle a dit ? Tu lui as fait des avances ? »

Je n'avais pas voulu montrer ma faiblesse devant elle mais ne pouvais mentir à mon meilleur ami. J'ai gardé le silence en guise d'aveu.

« Ça m'étonne de toi ! » a conclu Fougerolles.

Il avait pris un ton admiratif. Comme si ce pitoyable échec était un exploit.

« Ce n'était pas vraiment des avances, me suis-je défendu. On était au bar, je lui ai juste pris la main. J'avais l'impression qu'elle en avait envie...

— C'est sûr ! T'as qu'à voir comment elle te regarde !

— Alors tu peux m'expliquer pourquoi elle m'a envoyé sur les roses ?

— Les nanas, c'est jamais simple ! Elle a peut-être eu peur que son mari l'apprenne… En tout cas, je te comprends. Elle est vraiment pas mal gaulée, cette petite !

— Ouais, mais finalement, je suis content qu'elle m'ait dit non parce que, aujourd'hui, je serais bien emmerdé. »

Encore un blanc dans notre conversation, j'avais l'impression qu'Olivier réfléchissait.

« Remarque, c'est l'occasion…

— L'occasion de quoi ? ai-je demandé.

— Ben là, sûr qu'elle ne te refusera rien, vu les circonstances.

— T'es malade ou quoi ?

— Elle te plaît et tu la tiens. Pourquoi ne pas en profiter ? Tu lui mets le contrat entre les mains : si elle cède, elle reste. Sinon, elle est virée. Tu vas voir, je suis certain qu'elle va accepter… En plus, je te le répète, tout le monde ici a vu qu'elle te bouffe des yeux ! Elle sera doublement d'accord…

— T'es barge ! Je ne me vois pas en train de faire ce chantage dégueulasse ! De toute façon, je ne veux pas qu'elle reste, elle n'est pas à la hauteur.

— Tu sais, elle a un peu manqué de chance, a estimé Olivier. Qui n'a jamais oublié d'éteindre son portable ? Et qui n'a jamais oublié de ranger son flingue ? Sauf que là, tout a foiré. Y a des jours comme ça… Sinon, je ne crois pas qu'elle soit si mauvaise que ça. Et puis, elle nous est utile pour tout le boulot de recherche. On pourrait la foutre à la documentation… »

J'ai secoué la tête, je ne m'abaisserais pas à ça.

« Jure-moi que tu n'en as pas envie ! a lancé mon adjoint en riant.

— Là n'est pas la question ! Je ne me vois pas en train de forcer une fille à coucher avec moi…

— Mais qui te parle de la forcer ? C'est juste… un arrangement à l'amiable.

— C'est un chantage, c'est même du harcèlement sexuel ! Tu veux m'envoyer au trou ou quoi ?

— Ça va, ne dramatise pas ! » a-t-il répondu en riant de plus belle.

Avant de quitter mon bureau, il est revenu à la charge.

« La vie est courte, Richard, et moi je crois qu'il faut céder à ses envies…

— J'aime ma femme, je te rappelle.

— Justement !

— Quoi, *justement* ?

— Après quinze ans de mariage, c'est salutaire ! Une petite aventure extraconjugale, ça peut sauver un couple, crois-moi.

— Qu'est-ce que t'en sais, toi ? Tu n'as été marié que pendant deux ans…

— Allez, avoue… Tu commences à te lasser, ce n'est plus comme avant. C'est normal, il n'y a pas à en avoir honte… Et si tu t'éclates un peu, tu seras d'autant plus amoureux de ta femme après.

— T'as de drôles de théories ! ai-je répondu. Véro ne me le pardonnerait jamais.

— Comment serait-elle au courant ? Tu as du pouvoir, profites-en.

— C'est bon, Olivier, arrête avec ça, maintenant ! Tu me fais chier.

— D'accord, j'arrête… On se retrouve toujours ce soir chez toi ?

— Oui.

— Véro est déjà partie en week-end ?

— Cette après-midi.

— OK, j'apporterai à boire. J'ai en stock deux formidables quilles de bourgogne, tu m'en diras des nouvelles ! Et arrête de te prendre la tête avec cette fille. »

Il est sorti, je suis allé ouvrir la fenêtre. L'air glacé m'a fait frissonner, je me suis appuyé sur le rebord. Je repensais aux paroles d'Olivier, au visage et aux larmes de Laëtitia.

Non, je ne pouvais pas… Ça ne me ressemblait pas.

Pourtant, j'en avais envie. Impossible de le nier.

Mais impossible de le faire.

Je n'étais pas un salaud. Les idées amorales d'Olivier m'avaient toujours fait sourire. Aujourd'hui, elles me faisaient mal car elles trouvaient un écho en moi. Un écho terrifiant.

J'ai pensé à Véro, si chère, si précieuse. Ça m'a définitivement conforté dans mon choix.

10

J'ai quitté le bureau en saluant Nathalie, qui avait eu la décence – ou l'indifférence – de ne me poser aucune question quant à l'entretien avec le patron.

Dans la rue, un vent froid m'a attaquée, je me suis défendue en relevant le col de mon blouson et j'ai libéré les larmes contenues toute la journée. Dévisagée par les passants, je me sentais seule dans la foule. Je ne pouvais pas rejoindre Amaury pendant le week-end puisque j'étais de garde le samedi. J'affronterais donc seule ce cauchemar. Mais c'était peut-être mieux ainsi.

Comment lui annoncer que j'allais être virée ? Après tous ces efforts, ces sacrifices… Après avoir martelé des années durant que ma voie était là et nulle part ailleurs, que j'étais faite pour ce boulot et pour aucun autre…

Je bravais un sentiment de honte, un sentiment d'échec qui ressurgissait du passé. Mon père avait raison, je n'étais bonne à rien. Incapable de réussir, quelle que soit la voie choisie. Erreurs dans mes choix, comme dans mes actions.

Je sanglotais en arrivant dans mon studio, où je me suis échouée sur le lit pour laisser libre cours à un raz de marée, une déferlante salée et saccadée.

Ça a duré deux heures avant que le flot ne s'assèche.

Je me suis traînée jusque dans la salle de bains, j'ai plongé la tête dans le lavabo rempli d'eau froide. Et puis j'ai pris une douche très chaude, très longue.

J'avais recouvré quelques forces, j'étais prête.

Mais prête à quoi ?

Je me suis de nouveau allongée sur le pieu, une Gauloise à la main.

Prête à quoi ?

J'avais envie d'agir, je n'allais pas rester les bras croisés à me morfondre, à pleurer sur mon sort.

Lamentable.

Il y avait forcément une solution.

Je ne veux pas être virée, je ne veux pas que l'histoire s'arrête aussi vite. Me retrouver au chômage alors qu'Amaury vient de perdre son travail.

Refuser cette défaite cuisante.

Convaincre Ménainville.

Aller lui parler une dernière fois ? C'était peut-être la solution.

Je le savais seul chez lui, l'ayant entendu dire à Nathalie qu'il était célibataire pendant trois jours ; son épouse était partie avec les gamins chez ses parents, dans le sud de la France.

J'ai fermé les yeux, tentant d'imaginer la scène.

Je frappais à la porte, il m'ouvrait, acceptait de me parler. Dans une ambiance tout autre que celle du bureau, je parvenais à le faire changer d'avis. Le rapport finissait dans un tiroir, j'avais jusqu'à la fin de mon stage pour l'enterrer définitivement. Bien sûr, je n'aurais plus droit à l'erreur.

Oui, aller lui parler.

Je me suis habillée, coiffée. Maquillée légèrement. De toute façon, aucun fard n'aurait pu masquer l'effet dévastateur des dernières quarante-huit heures sur mon visage. Mais ainsi, il verrait à quel point cette situation me touchait. J'ai passé une robe noire, pas très longue et plutôt décolletée. J'ai hésité un instant devant le miroir : je n'étais ni vulgaire ni allumeuse. Seulement à mon avantage.

Je savais pertinemment l'effet que je produisais sur Richard.

Aujourd'hui encore, je suis incapable de dire si j'avais vraiment, *pleinement*, conscience de ce que je faisais.

User de mon charme comme d'une arme.

Une arme à double tranchant. Qui pouvait tout aussi bien se retourner contre moi.

À cet instant précis, j'aurais fait n'importe quoi pour renverser le destin. Si j'avais pu utiliser la magie noire, je l'aurais fait. Si j'avais pu remonter le temps, je l'aurais fait. Quels qu'en soient les risques.

User de mon charme comme d'une arme.

Je saurai la contrôler, j'arriverai à prendre l'avantage.

C'était ma dernière chance.

Ma seule chance.

Dehors, la pluie m'attendait, froide, fine et tranchante. J'ai enfilé à la hâte mon manteau long, j'ai pressé le pas. Depuis l'apéritif organisé chez lui, je savais où Menainville habitait. Je me suis mise à l'abri dans la petite voiture que j'avais achetée d'occasion quelques semaines auparavant et j'ai enfin trouvé le courage d'appeler Amaury qui m'avait laissé trois messages anxieux.

Le courage de l'appeler, mais pas celui de lui dire la vérité. Pour la première fois, j'ai menti à l'homme que j'aimais. Le patron m'avait chapitrée, menacée d'une sanction, rien de plus. Amaury était soulagé, j'ai joué la comédie du mieux que j'ai pu.

Je lui ai menti pour ne pas qu'il s'inquiète alors qu'il était déjà dans une situation difficile. Parce que j'avais honte d'être licenciée pour insuffisance professionnelle. Et puis surtout, il m'aurait exhortée à ne pas me rendre chez le commandant à cette heure-ci.

Au moment où je tournais la clef dans le contact, je doutais toujours : si Ménainville refusait de m'écouter ? S'il m'enfonçait davantage parce que j'osais venir le déranger chez lui ? S'il me foutait carrément dehors ?

J'ai enclenché la première, appuyé sur l'accélérateur.

Il ne peut pas faire pire que me virer, de toute façon. S'il refuse de m'écouter, j'aurai au moins le sentiment d'avoir tout tenté. Je n'aurai aucun regret.

User de mon charme comme d'une arme.

J'ignorais encore qu'il est des armes qu'il ne faut jamais utiliser. Des jeux auxquels il ne faut jamais jouer.

Je me croyais capable de dicter les règles, de mener la danse, d'emporter la victoire.

Alors que je n'étais plus qu'une proie sur le point de se jeter dans la gueule du loup.

Je me croyais prête à tout.

Alors que je n'étais préparée à rien.

J'étais simplement en train de commettre la plus grave erreur de ma vie.

***

On regardait le match de foot à la télé.

Olivier et moi, deux vieux potes affalés sur le canapé, devant la énième bière.

Une soirée comme celle-là, je n'en avais pas vécu depuis longtemps ! Ça me changeait des bons petits plats et des devoirs de maths, véritable torture pour les parents. Le théorème de Pythagore après une journée de boulot, punition suprême…

Malgré la présence d'Olivier, je continuais à penser à Laëtitia.

Malgré tous mes efforts, je n'arrivais pas à me la sortir de la tête.

J'allais la virer, je ne pouvais pas faire autrement. C'est ce que mes hommes attendaient, ce que la raison me dictait. Mais ça signifiait que je ne la verrais plus. C'était insupportable, inutile de le nier.

Je me répétais que j'étais le patron des Stups, avant tout.

Mon devoir, avant tout.

Au moment où notre équipe marquait un deuxième but, peu avant la mi-temps, on a sonné à ma porte.

« T'attends quelqu'un ? s'est étonné Olivier.

— Non, personne…

— C'est elle, j'en suis sûr.

— Elle qui ?

— Graminsky, évidemment !

— Arrête tes conneries », ai-je marmonné.

Quand j'ai ouvert, je suis resté sidéré. Laëtitia, transie par le froid et la pluie, sur le seuil de ma maison.

« Excusez-moi de vous déranger à une heure aussi tardive, commandant… Je suis venue vous rapporter ça. »

Elle m'a tendu un sac plastique que j'ai saisi sans la quitter des yeux.

« Ce sont des livres que votre femme m'avait prêtés… J'ai pensé qu'il valait mieux que je vous les rende, puisque je vais m'en aller. »

Alibi minable, mais elle aurait eu du mal à en trouver un autre.

« Ça ne pouvait pas attendre demain ? »

J'étais agressif, presque malgré moi. Parce que je faisais des efforts surhumains pour la chasser de mes pensées et qu'elle surgissait par effraction dans mon intimité.

Elle franchissait la frontière interdite, elle me provoquait.

« En fait… je voulais aussi vous parler », a-t-elle avoué.

Je me souviens d'avoir souri.

« Et que voulais-tu me dire ? »

Elle s'est mise à trembler, j'ai réalisé qu'elle était sous la pluie. Un minimum de savoir-vivre s'imposait, même si une voix m'intimait l'ordre de la laisser sur le pas de la porte.

« Entre.

— Merci… »

Dès qu'elle a eu le dos tourné, j'ai donné un tour de clef avant de mettre le trousseau dans le tiroir du meuble de l'entrée.

C'est à ce moment précis que j'ai commis la plus grave erreur de ma vie.

***

Je me suis avancée dans la salle à manger où la télé vomissait les hurlements hystériques de supporters imbibés.

Merde... Les mecs n'aiment pas qu'on les dérange en plein match de foot ! J'aurais dû attendre au moins la fin de la première mi-temps.

Quand j'ai vu Fougerolles sur le canapé, une bière à la main, j'ai cru défaillir. Il allait tout faire rater. D'ailleurs, le capitaine a deviné à quel point sa présence me contrariait ; il m'a adressé un sourire inqualifiable, à la fois dédaigneux et moqueur.

« Je vois que je vous dérange, ai-je bafouillé. Je vais y aller, on se parlera demain...

— Tu pars déjà ? a ricané Olivier en se redressant. Je gêne, peut-être ? Ça contrarie tes plans, Laëtitia ?

— Calme-toi, Olivier », a prié doucement le commandant.

Il a saisi la télécommande pour clouer le bec à la télé. J'ai fait un rapide tour d'horizon de la pièce : ils s'étaient offert un bon gueuleton, la table en témoignait. Une bouteille de whisky entamée, deux de bourgogne vidées. Et des cadavres de canettes de bière qui gisaient sur la table basse.

Ils étaient bourrés.

Mauvais plan.

« Je m'en vais, désolée de vous avoir importunés. »

J'ai fait demi-tour, Ménainville m'a retenue par le bras.

« Tu es venue jusqu'ici en pleine nuit, sous la pluie… Tu avais sans doute quelque chose d'important à me dire, non ?

— Je…

— Quelque chose à te proposer, plutôt ! a insinué Fougerolles.

— Ta gueule ! a ordonné le patron. Laisse-la parler. »

Ne pas perdre mes moyens. Ces deux types à moitié ivres étaient les mêmes que ceux avec qui je bossais chaque jour depuis des mois. Les mêmes, à part la dose d'alcool dans le sang.

« Viens t'asseoir et discutons », a proposé Richard.

Je n'ai plus osé protester, il a pris mon manteau et je me suis posée dans un fauteuil. Je me suis aperçue que ma robe était vraiment courte. Beaucoup trop courte. D'ailleurs, Olivier lorgnait mes jambes sans aucune gêne.

Richard m'a proposé un verre. J'ai refusé mais il m'a servie d'autorité. C'était un cocktail déjà prêt, à base de rhum et de jus de fruits. C'était ce que j'avais choisi le soir de son apéro maison. Il s'en souvenait… Je n'avais pas l'intention de boire, d'autant que j'étais à jeun depuis la veille. Mais ce verre me donnait une contenance. J'ai avalé une gorgée, c'était bon, le sucre masquant l'alcool à merveille.

« Bon, je t'écoute. Qu'est-ce que tu avais de si urgent à me dire ? Quelque chose qui ne pouvait pas attendre demain, j'imagine…

— Vous m'avez donné jusqu'à demain matin pour démissionner. Donc, ça ne pouvait pas attendre.

— C'est-à-dire ?

— Eh bien, j'aimerais que vous reconsidériez votre position à mon égard... »

Fougerolles s'est levé ; j'ai constaté qu'il marchait droit. Soit il avait moins bu que je le présumais, soit il tenait très bien l'alcool.

« Comme c'est bien dit ! a-t-il ironisé.

— Vous voulez bien me laisser parler, capitaine ? ai-je rugi. Si ce n'est pas trop vous demander !

— Oh ! Ne vous énervez pas, *lieutenant Graminsky* ! Je suis tout disposé à entendre votre jolie voix nous expliquer que nous nous sommes trompés sur votre compte... que c'est la malchance qui vous a poursuivie en cette maudite journée du 5 mars !

— J'ai commis des erreurs, j'en conviens, mais avouez que je n'ai pas eu de chance...

— Eh bien, moi, je trouve que tu en as eu, de la chance ! a rétorqué le patron. Il n'y a pas eu de mort malgré toutes tes conneries et ça, crois-moi, c'est un sacré coup de bol ! »

Fougerolles s'est marré, je lui aurais volontiers balancé mon cocktail à la figure. Mais j'ai préféré l'ignorer et concentrer mes efforts sur Ménainville. Finalement, j'ai vidé mon verre, en espérant que l'alcool m'insufflerait du courage.

« Pourquoi refusez-vous de m'accorder un peu de clémence, commandant ? Vous ne voyez que ce qui s'est produit hier, vous occultez complètement les six mois passés dans votre brigade. Six mois pendant lesquels j'ai fait mon travail consciencieusement, six mois pendant lesquels je n'ai pas compté mes heures…

— C'est vrai, a-t-il admis. Mais si j'avais besoin d'une secrétaire, cet argument serait recevable. Or, j'ai besoin d'un officier capable à la fois d'assumer le boulot administratif et d'intervenir sur le terrain… et là, je crois que tu ne fais pas le poids. J'en suis même sûr. »

Je me suis levée, le patron aussi.

Ultime cartouche.

« Je vous le demande, commandant : accordez-moi une deuxième chance et je vous jure que je ne vous décevrai pas.

— Ta proposition ne m'intéresse pas, Graminsky. Je suis désolé que tu te sois déplacée pour rien, mais je ne reviendrai pas sur ma décision… Cependant, je veux bien t'accorder un sursis : je te laisse un mois pour trouver un autre boulot. Quand tu l'auras, tu pourras démissionner sans perte de salaire. »

Je venais d'échouer, une fois encore. Rien ne le ferait céder. J'allais perdre mon travail, faire partie des rares fonctionnaires incapables d'être titularisés. Toutes ces années d'efforts allaient se solder par une cuisante humiliation.

Alors, mes nerfs ont pris le dessus, sans que je parvienne à me contrôler.

« Vous n'êtes que deux putains de misogynes ! Vous me virez parce que je suis une nana, rien d'autre ! Pauvres cons…

— Dans ce cas, comment tu expliques que Nathalie est là depuis trois ans et qu'elle est super bien notée ? a contre-attaqué Richard. Ma décision n'a rien à voir avec le fait que tu sois une femme… Et puis tu vas nous parler sur un autre ton, OK ?

— Je vous parle comme je veux ! Vous me dégoûtez… Elle est belle, la police française ! Deux superflics vautrés devant la télé à regarder un match débile et à s'enfiler des bières jusqu'à plus soif ! Deux ivrognes qui profitent que bobonne soit en voyage pour se bourrer la gueule ! »

J'étais en roue libre. Je craquais complètement, cédant à la panique, à la colère, à l'hystérie. Ménainville a serré sa poigne sur mon bras.

« Ne parle pas comme ça de ma femme, d'accord ?

— C'est bon ! Lâchez-moi, vous me faites mal… Je me casse, de toute façon. »

Il m'a libérée, a posé ses mains contre le mur, de part et d'autre de mon visage. Au fond de ses yeux noirs, j'ai décelé autre chose que de la colère.

Prédation.

Le bousculer serait une erreur de plus.

« Laissez-moi partir, ai-je demandé d'une voix plus calme.

— T'avais qu'à pas débarquer chez moi. »

Fougerolles s'était de nouveau affalé sur le canapé, se délectant du spectacle.

« Qu'est-ce que tu es venue chercher ici, exactement ?

— Je vous l'ai dit : je voulais vous parler… Mais j'ai perdu mon temps, je n'aurais pas dû.

— Pas sûr, a murmuré le patron. On pourrait passer un marché, tous les deux…

— Quel marché ?

— Ne me dis pas que tu ne comprends pas, Laëtitia ! Que tu n'y as pas pensé… »

Il a caressé mon visage, j'ai fermé les yeux. C'est là que j'ai commencé à avoir peur.

« Ne me touchez pas. »

J'avais ordonné cela d'une voix tremblante, à peine audible. Pourtant, j'y avais mis toutes mes forces. Il s'est écarté de moi avant de lancer l'offensive.

« Comme tu voudras… Vas-y, rentre chez toi. Demain, j'enclenche le licenciement pour insuffisance professionnelle et surtout, j'appelle le proc pour lui dire que tu as aidé ton ex-petit copain à s'évader de nos locaux en lui filant ton arme. Tu vas voir, une procédure judiciaire, c'est le pied ! Tu vas connaître l'enfer, le vrai… N'est-ce pas, Olivier ?

— Je ne souhaite ça à personne ! »

J'ai cessé de respirer. Mes jambes allaient me lâcher, j'étais pétrifiée contre le mur du salon. Richard est reparti à l'assaut, avec de grands gestes, un ton emphatique. L'alcool l'avait désinhibé.

« Réfléchis un peu, Laëtitia : je te propose de garder ta place. Ce boulot dont tu as toujours rêvé ! Ce boulot pour lequel tu as bossé pendant des années. Tu auras tout le temps de racheter tes fautes. Sinon, tu vas te retrouver sans travail, sans salaire… Remarque, t'auras plus besoin de salaire puisque tu seras logée et nourrie par la pénitentiaire ! Ta fille est bien jeune… Le parloir de la taule, ce n'est pas un endroit pour elle.

— Vous ne pouvez pas faire ça, ai-je murmuré en secouant la tête.

— Ben si, on peut, a confirmé le capitaine. Le petit dealer de merde se fera un plaisir de témoigner. »

Richard est revenu se coller à moi.

« Joli programme, non ? Tu as vraiment envie de ça, Laëtitia ? »

Je l'ai poussé, j'ai attrapé mon manteau et j'ai titubé jusqu'à la porte. Pourtant, ce n'était pas moi qui avais bu.

« Réfléchis bien, lieutenant ! Demain matin, il sera trop tard, a martelé le commandant. Cette offre est à prendre ou à laisser… maintenant ! Réfléchis bien avant de te sauver.

— Le juge ne vous croira jamais ! ai-je hurlé.

— On parie ? »

Je me sentais de plus en plus en danger mais je n'étais guère surprise. Quand on entre dans une tanière, on s'attend forcément à y trouver un fauve.

Le patron a poursuivi son ignoble chantage.

« Une chance sur deux, Laëtitia… Si un juge qui n'aime pas spécialement les flics croit les affirmations de ce type, t'es mal barrée… C'est dur, la taule. Très dur, même. Et puis, ton mari te quittera, tu peux en être sûre. Il demandera le divorce, il aura la garde de Lolla… »

J'étais pétrifiée face à la porte d'entrée, comme si une chaîne invisible m'empêchait d'aller plus loin.

Qu'est-ce qui m'arrive ? Qu'est-ce que je dois faire ?

Richard, juste derrière moi. Son souffle dans ma nuque.

« Crois-moi, Laëtitia, si tu passes cette porte, tu feras une énorme connerie. »

Asphyxié par la peur, mon cerveau ne fonctionnait plus. Je comprenais ce qu'il me disait, les horreurs qu'il balançait, les menaces qu'il proférait. Mais je n'arrivais plus à réfléchir.

Et puis, soudain, mon instinct de survie a pris le dessus. Je me suis jetée sur la porte, j'ai tourné la poignée : verrouillée.

Terrible sentiment d'oppression dans la poitrine.

J'étais prisonnière.

Je me suis acharnée sur la porte, je me suis mise à pleurer, encore. La main du patron s'est abattue sur mon épaule, telle la serre d'un rapace.

« Calme-toi, Laëtitia… »

Sa voix était douce, rassurante. Le contraire de sa main. Il m'a reconduite jusque dans la salle à manger, a confisqué mon manteau, m'a fait asseoir dans le fauteuil.

« Laissez-moi partir ! »

Je gémissais plus que je ne parlais. Il a de nouveau caressé mon visage.

« Tu partiras lorsque tu seras plus calme, je ne veux pas que tu te plantes en voiture… Laëtitia, je ne pensais pas vraiment ce que je disais, tout à l'heure. Je suis à peu près sûr que ce mec ment, même s'il me reste quelques doutes. Je veux croire qu'il ne s'agissait que d'erreurs, pas d'une trahison.

— Je ne l'ai… pas aidé… Je vous le jure… J'en ai rien à foutre de lui ! Je ne me rappelais… même pas… qu'il existait ! »

Les mots sortaient de manière saccadée, entre deux sanglots. Richard s'est accroupi devant moi, a pris mes mains glacées dans les siennes, les a serrées très fort. Ça m'a fait du bien.

« Comprends-moi, Laëtitia, je ne fais que mon boulot… Et puis je dois t'avouer une chose : j'essaie de rester neutre, mais tu m'embrouilles un peu la cervelle.

— Laissez-moi partir… Vous n'êtes pas dans votre état normal, vous me faites peur !

— Tu n'as pas à avoir peur, je t'assure…. Je ne veux pas te faire de mal, je veux juste… Tu sais que j'ai envie de toi, n'est-ce pas ? Tu sais l'effet que tu produis sur moi ? »

Il a rempli mon verre, l'a porté jusqu'à mes lèvres.

« Tiens, je crois que tu as besoin d'un petit remontant. »

J'ai obéi. J'ai vidé le verre en quelques secondes tandis qu'ils m'observaient, tels deux chasseurs jaugeant leur proie. Je tentais de gagner du temps, trouver une échappatoire à ce collet où j'étais venue m'étrangler.

J'avais bien compris ce qu'ils désiraient, cette fameuse hypothèse que je n'avais même pas voulu imaginer… Je crois que si Richard avait été seul, j'aurais pu trouver la force de me plier à ses exigences. Mais là, c'était trop dur.

« J'aimerais partir, maintenant…

— Fallait pas venir nous allumer ! a balancé Fougerolles.

— Arrête, Olivier ! » a prié le.commandant.

Puis il s'est tourné vers moi.

« Si tu veux partir, tu t'en vas. On ne va pas te forcer. Mais si tu restes…

— Je ne peux pas…

— Pourquoi ? On ne te plaît pas ? »

J'ai gardé le silence pour ne pas les offenser. Qu'aurais-je pu répondre, de toute façon ? Peu importe qu'ils me plaisent ou non.

« Alors, où est le problème ? a demandé Richard en souriant.

— J'aime mon mari. Je ne veux pas le tromper !

— Et moi ? Tu crois que je n'aime pas ma femme ? »

Je commençais à sentir les effets de l'alcool dans ma tête. Je n'en buvais presque jamais. Mon corps ne m'appartiendrait bientôt plus si je ne réagissais pas. Je me suis levée, j'ai tendu la main droite devant moi.

« Donnez-moi la clef de la porte, commandant… S'il vous plaît. »

Il a serré les mâchoires, n'a pas bougé.

Le combat ne faisait que commencer.

***

Quand je revois les images de cette soirée, de cette nuit, même, j'ai l'impression de regarder un film. Un film auquel je n'aurais pas participé. Un acteur jouait mon rôle, ça ne pouvait pas être moi. Je n'ai pas pu faire une chose pareille.

Bien sûr, j'avais bu plus que de raison. Bien sûr, je n'étais pas dans mon état normal.

L'alcool est décidément un bon alibi.

J'aimerais bien croire que c'est l'ivresse qui m'a métamorphosé. Ce serait continuer à me mentir à moi-même.

Dire que c'est la faute d'Olivier ? Qu'il m'a chauffé, entraîné sur la pente dangereuse ?

Ce n'est pas faux. Il avait toujours une grande influence sur moi, même si j'étais son supérieur. S'il ne m'avait pas poussé, je n'aurais jamais eu le cran. Si toutefois on peut parler de cran… Mais il a juste été un détonateur, la petite flamme qui allume la mèche.

Impossible de me dédouaner avec ça.

La vérité est laide, la vérité fait mal. Je savais ce que je faisais. Je savais ce que je disais. J'ai terrorisé cette fille pour qu'elle cède et se plie à mes volontés. Sans me soucier des conséquences que cela aurait. Des conséquences inimaginables de toute façon.

Des mois qu'elle m'obsédait en secret. Des mois près d'elle, sans pouvoir la toucher.

Je sais, ça n'explique pas tout. Et surtout, ça n'excuse rien…

— Nous sommes des êtres humains, commandant, pas des animaux !

Le divisionnaire Jaubert n'avait jamais parlé si fort depuis son arrivée.

— Si tous les mecs se mettaient à violer les filles qui leur plaisent et qui refusent, nous ne serions qu'une bande de criminels !

— Je ne l'ai pas violée !

— Vraiment ?

— Non, je ne l'ai pas fait.

Jaubert passa une tête dans le couloir.

— Je voudrais trois cafés serrés ! Et que ça saute !

Le gardien Dutheil sursauta lorsque le divisionnaire claqua violemment la porte.

— Reprenons. Vous dites que vous ne l'avez pas violée… Dans ce cas, je vous écoute.

***

« Donnez-moi les clefs, commandant… S'il vous plaît. »

Il fallait que je sorte de cette maison, que j'échappe à ses griffes monstrueuses. Parce que je n'allais pas tarder à céder. Parce que mon cerveau m'intimait des ordres contraires à ma volonté.

L'alcool, il ne me l'avait pas fait boire pour rien. Pas pour me réconforter ; pour me faire baisser ma garde. M'ôter mes dernières forces.

Dans ma tête, des voix me chuchotaient des horreurs. *Si tu ne leur obéis pas, ils vont devenir violents, ils vont te forcer. Ça va être plus terrible encore.*

Richard ne m'a pas donné les clefs. Il m'a emprisonnée contre lui, m'a parlé d'une voix à la fois douce et autoritaire. Comme il le faisait si bien.

« Laëtitia, je sais que tu en as envie… »

J'ai secoué la tête en signe de dénégation.

« Alors pourquoi être venue ? Pourquoi tu débarques chez moi à cette heure-là ? Tu savais que ma femme ne serait pas là, tu le savais, non ?

— Je voulais juste vous parler !

— Tu comptes jouer avec moi combien de temps ? a-t-il repris. Je ne suis plus un gamin ! Tu m'allumes et ensuite, tu veux t'enfuir ? Tu me prends pour qui, Laëtitia ?

— Je ne voulais pas vous… allumer…

— Vraiment ? Et cette robe ? Tu ne mets jamais de robe… »

Sa main a glissé sur ma gorge avant de descendre plus bas.

Pourquoi avais-je mis une robe ? Mais pourquoi ? Il avait peut-être raison, je l'avais peut-être fait exprès.

« Des mois que tu m'obsèdes, des mois que je lutte pour ne pas flancher… »

106

J'avais conscience de lui plaire, mais je n'avais pas imaginé à quel point je *l'obsédais*. Ça m'a effrayée. Il m'a embrassée dans le cou, j'ai essayé de me libérer de son emprise. Il m'a poussée doucement contre le mur.

« Tu le sais et tu t'en amuses, n'est-ce pas ? a-t-il continué.

— Non ! Mais non… »

Il m'a enfin lâchée pour remplir un verre. J'ai cherché de l'aide dans le regard du capitaine Fougerolles qui assistait silencieusement à la scène. Ils allaient cesser de me torturer, se mettre à rire et me dire : *C'est une blague, Laëtitia ! On t'a bien eue !*

Mais je n'ai trouvé aucun secours auprès d'Olivier. Ce que j'ai lu dans ses yeux a fini de me terroriser.

Il attendait son tour. Patiemment.

Le patron est revenu vers moi, le verre plein à la main.

« Bois, ça va te faire du bien…

— Non, arrêtez vos jeux à la con !

— Mais je ne joue pas Laëtitia… Jouer, c'est terminé. »

Il m'a mis le verre entre les mains, m'a aidée à le porter à mes lèvres. C'est là que j'ai abandonné la lutte.

Éviter le pire. Le viol, pur et simple.

Alors, j'ai bu, espérant peut-être tomber dans le coma.

Il s'est de nouveau collé contre moi.

« Qu'est-ce que vous voulez ? ai-je murmuré.

— Tu me donnes ce que j'attends, j'efface l'ardoise. Et surtout, je fais comprendre à ce petit salopard qui t'accuse qu'il a intérêt à fermer sa gueule devant le juge.

— C'est juste… juste ce soir ?

— Non. C'est quand je veux, où je veux… et comme je veux. »

Mon cœur s'est tordu de douleur. J'errais dans un marécage boueux, je m'y enfonçais doucement. Je sentais ses mains sur moi, je sentais qu'il m'écrasait par sa puissance, son pouvoir.

« Et… le capitaine ? »

J'étais en train de négocier l'impensable.

« Lui aussi va devoir fermer les yeux. Du coup, il faut que tu lui donnes un petit quelque chose en retour… »

Il s'est éloigné de moi, mais au lieu de me soulager, cette rupture momentanée n'a fait que décupler ma peur. Il s'est servi un verre puis il est revenu poser son front contre le mien.

« Tu es d'accord, Laëtitia ? Je peux encore te donner les clefs, bien sûr… À toi de choisir, maintenant. »

Choisir, maintenant.

Mais quel choix ?

De toute façon, il ne me laisserait pas partir. Il mentait.

Vous expliquer ce qui s'est vraiment passé dans ma tête ? J'en suis incapable. J'avais tellement peur… Cette frayeur, indescriptible, qui paralyse chaque atome du corps. Les mots se mélangeaient dans ma pauvre cervelle en ébullition.

Tu vas connaître l'enfer, le vrai… Ta fille est bien jeune, le parloir de la taule, ce n'est pas un endroit pour elle… Tu as vraiment envie de ça, Laëtitia ?… Sans travail, sans salaire… C'est dur, la taule… Ça fait des mois que tu m'obsèdes… Fallait pas venir nous allumer !... Et cette robe ?... Tu ne mets jamais de robe...

C'était ma faute.

J'ai embrassé Richard. Comme si je tournais une scène de cinéma et que le réalisateur allait dire *Coupez !* d'une seconde à l'autre.

Mais personne ne m'a sauvée.

C'est ta faute, Laëtitia. C'est toi qui es venue jusqu'ici.

Richard avait gagné. Je me souviens juste d'avoir émis une condition, d'avoir murmuré un ordre dérisoire.

« Pas devant lui... »

Richard m'a prise par le poignet pour m'entraîner vers l'étage. Il a échangé un regard avec son adjoint. Un regard que je n'oublierai jamais tellement il m'a fait mal.

C'était ma faute, après tout...

***

Je l'ai déshabillée, pas entièrement, très lentement ; elle se laissait faire.

La peur germait dans ses yeux avant de descendre en cascade le long de son corps, sur sa peau si fine, si blanche. Au début, j'ai failli perdre mes moyens. Et puis, finalement, ça m'a... comment dire ?... galvanisé. J'éprouvais une telle force, une telle puissance.

Aujourd'hui, j'en ai honte, mais ce soir-là...

J'avais tellement attendu, tellement souffert. Souffert de son indifférence. Pendant des mois, elle avait pris plaisir à observer l'effet qu'elle produisait sur moi. Comme si j'étais le sujet d'une cruelle expérience.

Elle s'était bien amusée. Maintenant, c'était mon tour. Maintenant, elle était à moi. Et elle était encore plus belle que je ne l'avais imaginé.

Mais il restait Véronique. Son ombre planait dans cette chambre, dans ce lit. Impossible de l'occulter. De bannir cette culpabilité qui me rongeait, une douleur lancinante qui partait de mon cerveau et finissait dans mes tripes.

Véronique, Laëtitia ; double crime, double peine.

La douleur s'est vite muée en colère. J'aurais dû la retourner contre moi. Mais c'est Laëtitia qui l'a subie. J'étais brutal, ça ne m'était jamais arrivé avant. Pas dans ce genre de moments, en tout cas. Au début, Laëtitia n'a rien fait pour se défendre ou me sauver. Comme si ma violence lui était égale. Comme si elle était normale ou acceptable.

**

J'obéissais à tout, tel un automate. Je me souviens que j'avais froid, j'étais presque nue.

Nue devant cet homme que je ne connaissais pas, que je n'aimais pas.

Il m'a poussée sur le lit, a serré mes poignets. Comme s'il avait peur que je prenne la fuite. Comment aurais-je pu me sauver alors que mes jambes ne fonctionnaient plus ? Alors que plus rien en moi ne survivait, à part la peur ?

J'ai fermé les yeux, j'ai eu envie d'appeler au secours. Mais qui ? Depuis longtemps déjà, c'est vers Amaury que je me tournais dès que j'étais en danger. C'était mon homme, mon amour, mon protecteur.

Mon ange gardien.

Amaury, à qui je ne pourrais jamais avouer le crime que je subissais. Celui que je commettais.

C'est ta faute, Laëtitia. Seulement ta faute.

Richard était sur moi, il serait bientôt en moi. Chacun de ses gestes me blessait, ses mains étaient des lames tranchantes qui fendaient mes chairs. Ses lèvres, des tisons qui brûlaient ma peau. Il serrait de plus en plus mes poignets, le moment approchait. Je me demandais ce qu'il attendait. Avait-il peur lui aussi ? Peur de ce qu'il allait commettre ?

« Pas la peine de me faire mal », ai-je murmuré.

Ça l'a calmé, juste au bon moment. Il est devenu moins brutal. Mais c'était douloureux quand même. J'ai serré les mâchoires pour ne pas crier, il a de nouveau entravé mes poignets dans un réflexe. Comme pour vérifier que j'étais bien sa prisonnière. Il me fixait droit dans les yeux et, dès que je fermais les paupières, il me faisait mal, pour que je les ouvre à nouveau. Il voulait que je le regarde, que j'assiste à sa victoire.

Je l'ai détesté ; haï, même. Comme je n'avais jamais haï personne. Il prenait son temps, faisant durer son plaisir et mon calvaire. Les secondes devenaient minutes, j'étais la proie du diable en personne.

Il est arrivé au bout de ses forces, enfin. Son visage, transformé par un plaisir sans limite.

Il s'est assis, a pris sa tête entre ses mains. On aurait dit qu'il sortait d'un mauvais rêve. Moi, agitée de tremblements nerveux, j'essayais juste de respirer, j'écoutais mon cœur marteler ma poitrine. Des décharges électriques parcouraient ma peau en feu.

J'ai remonté le drap sur moi et je lui ai tourné le dos, pour ne plus le voir, pour cacher mon visage. J'ai entendu qu'il se levait, qu'il enfilait son pantalon.

« Pardonne-moi, je sais pas ce que j'ai… Je ne suis pas comme ça, d'habitude… Je t'ai fait mal ? »

J'avais envie de le frapper, de le tuer, même. Mais aucun mot n'aurait pu traduire ce que je ressentais, de toute façon.

Enfin, il a quitté la pièce et je suis restée tétanisée en écoutant ses pas dans l'escalier. Comme s'il me piétinait encore. L'ivresse me faisait flotter dans un autre monde, le vertige m'entraînait dans une ignoble transe. Le lit tournait sur lui-même, le plafond suivait. L'alcool m'imposait sa loi, je ne pouvais plus rien pour me sortir de là.

Les pas ont retenti à nouveau sur les marches de bois, frappant ma tête telles des masses. En rouvrant les yeux, j'ai deviné le capitaine Fougerolles près du lit qui me regardait en souriant.

« Je vais essayer de faire aussi bien. »

Ses paroles, sa voix, tout cela n'était qu'une musique floue, sans contour. Une musique atroce. Il m'a donné un verre, une nouvelle dose.

Laëtitia, réagis ! Fais quelque chose pour empêcher ça…

Cette nuit n'aurait donc pas de fin. Le liquide sucré s'est insinué de force dans ma bouche, dans ma gorge, pour y attiser les flammes. Olivier s'est allongé près de moi, m'a prise dans ses bras pour me sortir de ma torpeur. J'ai aperçu la silhouette de Richard près de la porte de la chambre.

« Je veux pas qu'il reste ! »

J'avais donc encore le pouvoir de parler. Ça m'a étonnée.

« Tais-toi, a murmuré Olivier. Tu as juste dit que moi, je ne devais pas regarder… Pas Richard… Dans un contrat, chaque mot a son importance ! »

J'ai entendu le rire de Ménainville qui allumait une cigarette, assis près du lit. Nouveau flot d'ivresse dans ma tête. Super puissant, cet alcool. Non, c'était moi qui ne le supportais pas.

« Je savais que tu viendrais, a chuchoté Olivier dans mon oreille. Je le savais… »

Comment aurait-il pu le deviner alors que je l'ignorais moi-même ?

J'ai définitivement abandonné la lutte. D'autres bras, d'autres baisers. Olivier était surprenant de délicatesse. Il me parlait, me rassurait. Me disait que j'étais belle à se damner.

J'étais devenue un objet de désir, comme jamais je ne l'avais été.

Ils étaient deux à mes pieds.

Deux hommes, deux modèles, que j'admirais encore quelques heures auparavant.

Deux à se surpasser pour moi.

Je me suis soudain sentie investie d'un pouvoir sans limites.

C'était ça ou mourir, je crois.

Un pouvoir illusoire. Car je ne décidais de rien, je ne faisais que subir.

Ensuite, je me souviens seulement que mon corps ne m'obéissait plus. Je me souviens d'avoir tout fait pour endiguer le raz de marée qui déferlait en moi. Ma tête allait exploser, mon corps se fendre en deux.

Je n'ai pas réussi à cacher le plaisir, intense, qui m'a traversée, renversée, pulvérisée.

Comment ai-je pu ? Comment ai-je pu leur offrir cela ?

Le rhum, c'était forcément le rhum. Impossible que ce soit moi. Mon corps n'avait pas pu me trahir de la sorte.

Richard et Olivier n'ont plus quitté la chambre, n'ont plus attendu leur tour. Ils m'ont obligée à boire, encore. Et le plaisir a continué, sans que je puisse rien empêcher. C'était bien mon cerveau qui était aux commandes. C'était bien moi, Laëtitia, qui me grisais dans les bras de ces deux hommes. J'avais envie de mourir alors que je ne m'étais jamais sentie aussi vivante.

Un tel pied, ça ne peut pas exister. Ça ne peut pas m'arriver.

Mon mari, il ne m'avait jamais donné ça.

Et moi, je n'avais jamais donné ça à personne.

11

À l'aube, j'ai tenté d'ouvrir les yeux. Ce lit, ce plafond, ces murs… Décor sorti tout droit d'un de mes cauchemars.

J'ai tourné la tête et le vertige m'a saisie. Cerveau dans le coton, corps dans la fange.

Quand j'ai vu Richard recroquevillé dans un fauteuil, à peine vêtu de son jean, un déluge d'images s'est abattu sur moi.

Non, je n'ai pas pu… Pas pu coucher avec ces deux hommes, m'abaisser à toutes ces choses…

Je me suis levée, j'ai vacillé. Un essaim de guêpes avait élu domicile dans mon crâne ; un hachoir électrique me découpait méthodiquement les tripes.

Je me suis habillée à la hâte et sans un bruit. J'avais si peur de réveiller le monstre assoupi au seuil de son antre… Mes chaussures à la main, je suis descendue en m'agrippant à la rampe. Dans le salon, je suis tombée nez à nez avec Fougerolles, allongé sur le canapé. Endormi, Dieu merci.

Second coupable.

Le capitaine n'avait même pas trouvé la force de rentrer chez lui. Je me suis approchée à pas de loup pour récupérer mon sac à main. Sur la table basse, la fameuse bouteille de cocktail au rhum. Elle était vide, mon ennemie jurée. Je l'avais bue entièrement.

Furieuse envie de la fracasser sur le crâne d'Olivier, qui semblait avoir sombré dans le coma. Je l'ai empoignée, j'ai levé le bras… mais il a soudain bougé, râlé. Prise de panique, je me suis enfuie et me suis heurtée à la porte. Toujours verrouillée.

Sortir d'ici.

La fenêtre de la cuisine était ouverte. Je l'ai enjambée, m'écorchant au passage.

Un petit jour, atrocement froid pour la saison.

Courir à en perdre haleine, pieds nus sur le gazon gelé. Le portail électrique aussi était désormais fermé. Escalader la clôture, m'accrocher à nouveau la jambe sur le grillage. J'aurai laissé tant de morceaux de chair dans cette maudite baraque, cette maudite nuit…

La rue, enfin. Sans âme qui vive. Courir encore, jusqu'à ma petite Peugeot, en me retournant sans cesse pour vérifier qu'ils ne me suivaient pas.

Je me suis arrêtée pour reprendre ma respiration. Appuyée contre le capot de ma voiture, je tentais de ne pas m'évanouir. Pliée en deux, j'ai vomi dans le caniveau. Vomi ce putain de rhum. Et ma honte aussi. Avant de m'écrouler sur le trottoir à la saleté repoussante.

Presque aussi sale que moi.

***

Quand je me suis réveillé, Laëtitia avait disparu. J'avais envie de gerber, ayant dépassé la dose autorisée. La dose de tout, d'ailleurs. Je suis descendu, j'ai failli me vautrer dans l'escalier.

Elle n'était plus là.

Ça m'a rassuré. Ne pas avoir à l'affronter.

Tu n'es qu'un lâche, Richard.

Quelques minutes plus tard, ça m'a terriblement angoissé. Où était-elle ? Comment allait-elle ?

J'ai trouvé la fenêtre de la cuisine ouverte sur le jardin. Je me suis aspergé d'eau froide au-dessus de l'évier avant de retourner dans le salon. J'ai secoué Olivier, il a fallu un moment pour que je parvienne à le réveiller. Assis sur l'accoudoir du canapé, j'avais dessaoulé en un temps record. Mon adjoint m'a regardé, l'air surpris.

« Qu'est-ce qui se passe ? a-t-il marmonné.

— Réveille-toi, putain… »

Il s'est assis à son tour, a tenu un moment son front entre ses mains. Il a toussé toutes ses clopes, j'ai cru qu'il allait cracher ses poumons ou ce qu'il en restait. Puis il est complètement revenu à lui.

« Où elle est ?

— Partie.

— Tu lui as parlé ?

— Non, elle n'était déjà plus là quand je me suis réveillé…

— Quelle heure il est ?

— 8 heures.

— T'as du café ? »

J'ai hoché la tête en repartant vers la cuisine. J'ai voulu fermer la fenêtre parce que j'avais froid.

C'est alors que j'ai vu le sang qui maculait le bois blanc. Cette fois, j'ai vraiment failli vider mes tripes dans l'évier. La voix d'Olivier m'a fait sursauter.

« J'ai un de ces mal de crâne, bordel ! »

Il s'est approché, a vu le sang à son tour.

« Elle s'est blessée en enjambant la fenêtre, ai-je murmuré.

— Elle a dû s'écorcher le genou, a soupiré Olivier. C'est pas un drame. Et puis ferme, on se les gèle ! »

J'ai obéi avant de préparer le café. Olivier a fait un tour dans la salle de bains, j'ai entendu qu'il prenait une douche. Quand il est revenu, les tasses étaient sur la table. Il a allumé une cigarette.

Évitant soigneusement son regard, je fixais mon café et tournais machinalement la cuiller dedans.

« OK, a soudain dit mon adjoint. Qu'est-ce qui ne va pas ? »

Je l'ai dévisagé avec stupeur.

« *Qu'est-ce qui ne va pas ?* Tu oses me le demander ?

— Vide ton sac, camarade… »

Je lui ai piqué une Marlboro. J'ai fait la grimace, vraiment dégueulasse de bon matin ! Surtout quand on a l'estomac au bord des lèvres.

« On a déconné, cette nuit ! Et tu le sais très bien.

— Possible…

— Si au moins je l'avais vue ce matin, si j'avais pu lui parler…

— Tu la verras au bureau.

— Si elle vient !

— Évidemment qu'elle va venir ! Maintenant qu'elle a rempli sa part du contrat, on ne peut plus la virer. Alors tu penses bien qu'elle va se pointer à la première heure ! D'ailleurs, elle doit déjà y être...

— J'aurais quand même bien aimé lui parler.

— Et tu lui aurais dit quoi, hein ? *Merci pour tout, chérie, reviens quand tu veux* ? »

Je n'avais pas le cœur à plaisanter, j'ai levé les yeux au ciel.

« Elle a pris son pied comme jamais... D'ailleurs, elle nous l'a dit ! a renchéri Olivier.

— On l'a quand même un peu aidée, non ?

— On l'a juste aidée à se détendre, à se sentir bien... Et après, c'est notre talent qui a fait le reste, mon pote ! »

Il s'est étiré comme un chat.

« Quelle nuit, camarade ! »

J'ai enfin réussi à sourire, Olivier a continué sur sa lancée. Chacun sa manière d'affronter la culpabilité.

« Putain, y avait longtemps que je ne m'étais pas autant éclaté ! Faudrait qu'on fasse ça plus souvent... »

J'ai pris le parti de le suivre. De cacher l'inquiétude qui me bouffait de l'intérieur, de jouer aux plus forts.

« En tout cas, son mec va avoir du mal à la rendre heureuse, maintenant ! »

Olivier s'est tordu de rire.

« Le pauvre, comment veux-tu qu'il lutte ? a-t-il embrayé. Elle va te le plaquer vite fait bien fait, le petit garde forestier !

— Ou alors, elle va lui apprendre des tas de choses le week-end prochain ! »

Olivier était plié en deux sur sa chaise, nous étions complices comme jamais.

Complices du même crime.

« Comment elle a dit qu'il s'appelait, déjà ? a demandé Olivier.

— Amaury !

— Ouais, c'est ça, Amaury ! Déjà, il part avec un lourd handicap ! »

N'importe quoi nous aurait fait rire.

Rire, pour oublier qu'on avait envie de pleurer.

Olivier a continué à improviser sur la même partition.

« Tu te souviens quand elle a dit... »

Il a mimé quelques mots avec ses lèvres. J'ai écarquillé les yeux.

« Elle a dit ça ?

— T'étais en pleine action, t'as pas dû entendre ! »

J'avais mal aux abdos tellement je riais.

« Je te jure qu'elle a dit ça ! a répété Olivier.

— Ma femme ne m'a jamais fait ce compliment ! C'est rudement efficace, le cocktail machin truc ! Tu m'étonnes qu'ils le vendent aussi cher...

— C'est pas l'alcool, c'est nous ! »

Brusquement, j'ai cessé de rire. De me prendre pour ce que je n'étais pas. Le café venait de me nettoyer les neurones, peut-être.

Fini de jouer. Atterrissage difficile.

« Allez, je prends ma douche et on va au bureau...

— OK, patron !

— Et arrête de rire comme un con.

— OK, patron ! »

Sous l'eau brûlante, les larmes ont succédé aux rires. Je pleurais comme un gosse.

Si elle me crache à la gueule quand j'arrive au bureau ? Si elle balance tout devant les autres ? Et si... si elle ne vient pas ?

Si elle ne vient plus jamais ?

Je me suis séché, le corps et les larmes.

Peut-être que l'alcool n'y est pour rien, qu'elle a vraiment aimé la nuit que nous avons passée.

D'ailleurs, l'alcool n'avait fait que la rendre inoffensive et soumise. Il aurait pu la rendre agressive aussi, on avait eu de la chance. Quoi qu'il en soit, le cocktail n'avait pas accompli de miracle... Donc oui, elle avait aimé.

Et puis, je lui ai laissé le choix. Et puis... on ne l'a pas brutalisée.

On se rassure comme on peut. Il *fallait* que je me rassure, à tout prix.

J'ai repensé à notre plaisir, à ses yeux, à son sourire. J'ai évité de regarder la photo de ma femme et de mes gosses qui trônait sur mon chevet.

Une erreur de parcours ? Impossible de mentir.

Ce plaisir, je ne pourrais jamais l'oublier.

Cette fille, je ne pourrais plus m'en passer.

J'ai pris mon flingue, je suis redescendu. Olivier faisait le ménage, nettoyait les cendriers, jetait les bouteilles vides. Il avait mis la musique à fond, Guns N' Roses en plein délire. Nous nous sommes dévisagés bizarrement. Nous partagions désormais quelque chose dont la force nous dépassait. Une expérience qui pouvait changer notre vie.

Un secret qui pouvait nous détruire.

Et, malgré l'amitié qui m'unissait à lui depuis de longues années, j'éprouvais un sentiment étrange en le regardant. Cette nuit, il avait fait l'amour avec une femme que j'aurais voulu être le seul à posséder.

Pour lui, l'histoire s'arrêtait là.

Désormais, elle était à moi et à moi seul.

« On y va ? a proposé Olivier.

— Faut d'abord que j'appelle ma femme...

— Je t'attends dans la bagnole. J'ai jamais supporté les mensonges ! »

Il est parti en riant, je me suis effondré sur le canapé. Il m'a fallu au moins dix minutes pour parvenir à décrocher le combiné.

— Et vous osez dire que ce n'était pas un viol, commandant ? brailla le divisionnaire Jaubert. Vous vous foutez de moi !

Il tourbillonnait autour de la table, Ménainville fixait ses chaussures auxquelles il manquait les lacets.

— Arrêtez de tourner en rond comme ça, vous me donnez envie de gerber...

Cette méthode, Richard la connaissait par cœur. Il l'avait maintes fois utilisée. La vie est parfois ironique...

— Si ce n'est pas un viol, vous appelez ça comment ?

— Elle était d'accord ! Et puis elle... elle était un peu réticente au début, mais après, elle a aimé ce que nous faisions... C'est même elle qui nous poussait !

— Ben voyons ! Vous lui avez bien fait avaler de l'alcool, non ?

— Ce n'est pas l'alcool qui a pu la transformer à ce point.

— C'est pourtant bien pour la *transformer* que vous l'avez fait boire, non ?

Ménainville ne répondit pas. Est-ce que tout cela avait encore une importance ? Lui savait que le rhum n'était qu'un détail. Mais pour la loi, ce *détail* le rendait coupable d'un viol. Ça, il ne pouvait l'ignorer.

— Racontez-moi donc la suite, ordonna le divisionnaire. S'est-elle présentée au bureau ?

Richard prit une profonde inspiration. Cette confession l'acculait dans ses retranchements les plus secrets, là où personne n'était jamais allé. Ce type, cet inconnu, faisait sortir de lui des lambeaux d'horreur.

— Alors, commandant ? Est-elle venue travailler ce jour-là, oui ou non ?

— Non. Je… Je suppose qu'elle dormait ou qu'elle cuvait l'alcool. Olivier et moi n'étions pas frais mais nous avons fait bonne figure devant nos hommes… La matinée est passée très vite et, l'après-midi, nous étions en équipe réduite. C'était samedi, beaucoup étaient en week-end. Et Laëtitia était censée être là… À 15 heures, elle n'était toujours pas sur le pont.

— Vous êtes-vous inquiété de son absence ?

— Je regardais sans cesse ma montre, j'allais de temps en temps traîner devant son bureau, histoire de voir si elle était arrivée. Mais la pièce demeurait désespérément vide… J'ai eu envie de me rendre chez elle, j'étais très mal à l'aise.

— Votre adjoint était-il également inquiet ?

— Apparemment, non. En tout cas, on n'en a pas parlé.

— Vous aviez envie de vous rendre chez elle pour faire quoi ?

— Je voulais juste vérifier qu'elle allait bien…

— Vraiment ? S'il ne s'agissait pas d'un viol, pour-quoi avait-elle des raisons d'aller mal, à votre avis ?

Jaubert fixait son collègue déchu avec perfidie.

— Au contraire, elle aurait dû être épanouie, se hâter de vous rejoindre pour remettre ça !

Ménainville se leva brusquement, le divisionnaire recula d'un pas.

— Arrêtez vos conneries, Jaubert ! Je n'ai pas à subir ça ! gueula Richard.

— Et Laëtitia Graminsky ? Avait-elle vraiment à *subir ça* ?

Le patron des Stups ravala sa colère ; il retomba d'un bloc sur sa chaise. Jaubert, conscient qu'il ne devait pas braquer son suspect pour ne pas tarir le flot de ses confessions, retourna s'asseoir à son tour.

— Bon, on se calme et on reprend.

Ménainville alluma une cigarette. Ses mains trem-blaient, pauvres feuilles malmenées par le vent. Ces mains qui venaient peut-être de commettre l'irré-parable. Pour l'instant, Jaubert ignorait encore ce qui s'était réellement passé dans ce bâtiment quelques heures auparavant. Ce dont il était sûr, en revanche, c'est que Richard Ménainville y tenait sa part de res-ponsabilité.

Il regarda son prévenu un moment sans parler. Il avait pitié de lui. Cette détresse évidente qu'il ne tentait même plus de cacher sous un masque de fer le touchait. Il se souvenait de cet homme, de ce flic respecté qu'il avait croisé à quelques reprises.

Cette nuit, devant lui, il n'y avait plus qu'une ombre à l'agonie. À cause d'une femme, d'une connerie, d'une montée d'hormones.

Que les hommes sont faibles…

— Vous vous sentez de continuer, commandant ? vérifia-t-il.

Continuer à l'appeler « commandant » même si bientôt il risquait de ne plus l'être. Une façon de le mettre en confiance.

— Oui, ça va aller.

— Bien. Dans ce cas, je vous écoute.

… En fin d'après-midi, j'ai quitté la DDSP. Je suis resté dans ma voiture un moment, réfléchissant à ce que je devais faire. Laëtitia n'avait pas donné signe de vie. J'avais essayé de la contacter chez elle et sur son portable, en vain.

Et si…

Si elle allait vraiment mal ?

J'ai démarré au moment où Olivier tapait contre ma vitre en me faisant signe de la baisser.

« Qu'est-ce que tu fous ? T'es pas encore parti ? » s'est-il étonné.

Je n'ai rien répondu.

« Tu vas chez elle, je me trompe ? »

J'ai juste hoché la tête. De toute façon, Olivier savait toujours tout de moi. Comme s'il pouvait lire dans mes pensées. Il a grimpé sur le siège passager.

« Écoute, Richard, j'ai bien vu que tu t'inquiètes et franchement je crois que…

— Ta gueule, Olivier. Ferme-la, s'il te plaît. »

Il a soupiré, a sorti son paquet de clopes.

« Fume pas dans ma bagnole, merde ! »

Il a soupiré à nouveau, a remis le paquet dans sa poche.

« OK, tu vas faire quoi chez elle ?

— Je veux vérifier qu'elle va bien.

— Et si elle n'est pas à son appart, tu vas te mor-fondre toute la nuit ?

— Elle y est, j'en suis certain.

— Bon, si ça peut te rassurer... »

J'ai coupé le contact, il m'a considéré avec com-passion.

« T'as les jetons, pas vrai ?

— Un peu.

— Dans ce cas, on y va à deux. »

Je me suis tourné vers lui, songeant d'abord à le remercier de son soutien. Et puis soudain, j'ai eu un doute. Affreux.

« Olivier, on n'y va pas pour... »

Là, c'est lui qui m'a fixé avec stupeur.

« Eh, Richard ! Tu me prends pour qui ? Je t'accom-pagne, c'est tout ! Ça va, j'ai baisé toute la nuit, je n'ai même pas eu le temps de recharger les batteries !

— OK, oublie ce que je viens de dire... »

J'ai démarré, il a repris son paquet de clopes, je l'ai laissé fumer dans ma bagnole. Je n'étais plus à ça près.

***

Je suis sortie de la douche, la dixième depuis le matin. J'ai enfilé mon peignoir, j'ai continué à gre-lotter. Je me suis traînée jusqu'au lit pour enfouir ma tête dans l'oreiller.

J'avais pleuré des heures durant, j'avais frappé les murs et le sol. Jamais encore je n'avais traversé un moment aussi dur. La honte est un sentiment meurtrier. Maintenant, je le savais.

On peut mourir de honte.

Et mourir était la seule chose qui me faisait envie.

J'avais gagné, gardé le droit de rester flic. Mais le prix à payer semblait au-dessus de mes forces.

Tu as fait ce que tu devais faire, Laëtitia. Tu n'as pas à avoir honte. Ils ont eu ce qu'ils voulaient, ils se sont bien amusés, ils ne recommenceront pas.

Mais une phrase m'a percutée de plein fouet.

C'est quand je veux, où je veux... et comme je veux.

Ménainville ne s'arrêterait pas là, il en demanderait encore. Il en demanderait toujours plus.

Alors, je me suis remise à pleurer.

Et soudain, au milieu du chaos, j'ai entendu sonner à la porte.

Électrochoc.

Amaury ? Impossible, il était au chevet de son père tout le week-end. À moins que... Un changement de programme, peut-être. Il ne fallait pas qu'il me trouve dans cet état. Il poserait des questions, forcément.

La sonnette a retenti une nouvelle fois. Je suis allée coller mon œil au judas.

Nouveau choc. À tomber à la renverse.

Ils étaient là, tous les deux.

Ils en veulent encore.

Je suis restée immobile contre le mur de l'entrée, bloquant ma respiration. Ménainville a toqué contre la porte.

« Laëtitia ? C'est moi, Richard... Je sais que tu es là. Ouvre, je t'en prie, j'ai à te parler. »

J'ai fermé les yeux, je n'avais plus assez d'air dans les poumons. Mais j'avais trop peur qu'ils m'entendent respirer.

« Laëtitia, ouvre cette porte, je suis là pour discuter, rien d'autre… »

Discuter ? Comment pourrait-on *discuter*, désormais ?

« Laëtitia, s'il te plaît ! »

J'ai été obligée de prendre un peu d'air avant de tourner de l'œil. J'ai entendu qu'il tripotait la serrure. J'ai cherché comment m'enfuir, j'ai même songé à sauter par la fenêtre.

Oui, on peut mourir de honte.

Finalement, je me suis calmée. Ou plutôt, la colère a pris le dessus sur tout le reste.

Affronte-le, Laëtitia.

Affronte-les, tous les deux.

Dans le placard de l'entrée, j'ai récupéré ce dont j'avais besoin, puis j'ai déverrouillé la porte. Richard était accroupi devant, en train de bidouiller la serrure. Il s'est relevé, visiblement mal à l'aise. Fougerolles m'a souri, je ne l'ai même pas regardé. Je ne leur ai même pas parlé.

Je fixais Richard droit dans les yeux.

Je tenais mon flingue dans la main droite, derrière mon dos.

S'il fait un pas en avant, je le descends. Je lui vide le chargeur dans la tête. Non : entre les jambes.

« Salut, Laëtitia… Excuse-nous de te déranger. »

Je n'ai pas pu m'empêcher de rire, un rire nerveux.

« Vous craignez de me *déranger*, commandant ? Difficile à croire. »

Là, ils ont baissé les yeux. Le patron a mis quelques secondes à retrouver la parole et un semblant d'assurance.

« On peut entrer ?

— Je ne suis pas seule. Mais si vous avez des choses à dire, je vous écoute. »

Je l'ai déstabilisé, une fois de plus. Il s'est éclairci la voix pour continuer.

« Comme tu n'es pas venue travailler aujourd'hui, on voulait vérifier que tu allais bien.

— Je ne suis pas venue parce que j'avais mal à la tête. C'est à cause du rhum, je crois. Vous n'aurez qu'à décompter cette journée de mes congés.

— Et… tu t'es blessée en sortant de chez moi, non ?

— Juste une égratignure. Je n'avais pas les clefs, j'ai dû me débrouiller. »

Il gardait le silence, je gardais le doigt sur la détente de mon arme.

« Bon… Dans ce cas, nous allons te laisser, a-t-il enfin capitulé.

— Je vous souhaite une excellente soirée, commandant. À lundi. »

J'ai claqué la porte, j'ai entendu qu'ils s'éloignaient. Quelques secondes plus tard, j'ai regardé par la fenêtre. Dès que je les ai vus grimper dans la voiture, j'ai hurlé. Hurlé à faire trembler les murs. Puis je me suis à nouveau jetée sous la douche.

***

Nous sommes remontés dans ma caisse, je n'arrivais pas à démarrer.

« T'avais raison, a admis Olivier. Elle ne va pas bien.

— Je m'attendais à pire…

— *Pire* ? Il aurait mieux valu qu'elle nous balance son poing dans la gueule… Au moins, ça lui aurait fait du bien. »

Je me sentais terriblement coupable. J'ai secoué la tête.

« Elle a dit oui, elle a accepté le marché, alors maintenant, il faut qu'elle assume son choix ! a ajouté Fougerolles un peu brutalement.

— Tu as sans doute raison, mais ça me fait drôle de… de l'avoir forcée à…

— On ne l'a forcée à rien ! s'est emporté Olivier. Elle a accepté. ACCEPTÉ, tu piges ? Elle n'avait qu'à refuser. C'est elle qui est venue, exprès pour ça, je te rappelle ! Et puis, tu en fais toute une histoire… Merde à la fin ! On n'a rien fait de mal, on a juste baisé !

— Si on n'a rien fait de mal, tu peux m'expliquer pourquoi elle ne va pas bien ? »

Il a haussé les épaules, a soufflé.

« Qu'est-ce que j'en sais, moi ? Parce que c'est une gamine ! Elle doit se poser des questions à la con… »

Il s'est mis à parler d'une voix de femme, haut perchée.

« *Mais qu'est-ce que j'ai fait, Seigneur Dieu ? J'ai accepté de me faire sauter par deux types ! Et j'ai pris mon pied, en plus… Je suis vraiment la dernière des dernières !* »

Il m'a regardé en souriant.

« C'est compliqué, les nanas… Depuis que t'es marié, t'aurais dû t'en apercevoir ! Elle s'en veut d'avoir aimé ça. Je crois qu'elle est morte de honte, en fait. C'est débile, mais ça ne m'étonne pas. C'est plutôt le contraire qui m'aurait surpris... Elle aurait voulu rester de marbre, qu'on passe pour des cons et des impuissants. Raté, lieutenant Graminsky : tu t'es vautrée dans le péché et tu as adoré ça !

— Je te trouve vraiment cynique...

— *Cynique ?* T'es gonflé ! Je te rappelle, au cas où l'alcool t'aurait fait des trous dans la cervelle, que c'est toi qui lui as fait du chantage. Et quel chantage ! Jolie démonstration, mon frère ! Franchement, tu m'as épaté. Je ne te connaissais pas ces talents ! »

Il parvenait presque à me faire oublier ma culpabilité.

« Détends-toi, Richard. On s'est vraiment éclatés et tu veux savoir ? J'ai hâte qu'on recommence ! »

Je me suis raidi sur mon siège.

« Pourquoi tu me regardes comme ça ? C'est bien le contrat, non ? On va juste lui laisser un peu de temps, le temps de répondre à ses fameuses *questions*, on va être très gentils avec elle, on va la rassurer et... Pourquoi tu me regardes comme ça, merde ! »

— Je croyais que...

— Que quoi ? C'est bien ce que tu lui as dit, non ? »

Cette fois, c'est moi qu'il s'est amusé à imiter.

« *C'est quand je veux, où je veux... et comme je veux...* Vraiment impressionnant, mon pote ! »

J'avais envie de lui hurler qu'il ne la toucherait plus jamais. Mais je n'ai pas osé. Peut-être parce qu'il m'aidait à retrouver ma fierté. Peut-être parce que je ne me sentais pas capable d'assumer seul cette situation.

J'ai demandé :

« Tu crois qu'elle était vraiment avec quelqu'un, tout à l'heure ?

— Bien sûr que non ! C'était du bluff pour pas qu'on entre.

— Évidemment. Et tu crois qu'on... qu'on lui a fait mal ? Physiquement, je veux dire...

— Tu me fais chier avec tes questions, Richard ! Tu fais mal à ta femme quand tu couches avec elle ?

— Non, bien sûr que non...

— Alors pourquoi ce serait différent avec la petite ? Je ne me souviens ni de l'avoir frappée ni de l'avoir ligotée ou poignardée... Si ma mémoire est bonne, on s'est comportés comme des hommes, pas comme des bêtes ! Bon, on s'arrache ? »

Je n'ai pas démarré. Je réfléchissais aussi vite que je pouvais. À haute voix.

« On ne pourra pas continuer indéfiniment...

— Sûr, le chantage, ça ne marchera pas très long-temps, a confirmé Olivier. Mais elle a tellement aimé ça que désormais, ce sera juste pour le plaisir.

— Tu délires !

— Tu verras ce que je te dis !

— Tu sais, Olivier, je vais t'avouer un truc... mais j'espère que tu ne vas pas le prendre mal... »

Il a sorti son paquet de clopes et a souri.

« Démarre, tu me parleras en route. »

J'ai mis le contact avant de baisser ma vitre.

« Tu voulais *m'avouer* quoi ?

— Je... J'avais pensé que pour toi, ce serait seule-ment une nuit. »

Il a avalé la fumée de travers avant de tousser comme un tuberculeux.

132

« Merde ! »

Il a repris sa respiration, a jeté sa cigarette par la fenêtre. Puis il est parti à rire, ce qui m'a soulagé.

« T'es amoureux d'elle ou quoi ? Tu la veux pour toi tout seul, c'est ça ?

— J'ai pas dit que j'étais amoureux d'elle ! me suis-je défendu.

— T'as peur que je te fasse de l'ombre ? Pourtant, je t'ai trouvé pas mal au pieu cette nuit ! Pas mal du tout, vu ton grand âge ! »

J'ai réalisé que pour lui, tout cela n'était qu'un jeu. Il riait comme un gamin.

« Arrête tes conneries !

— Non, c'est vrai… T'as assuré un max, mon pote ! Encore un peu d'entraînement et tu seras presque aussi bon que moi ! »

J'ai ri aussi, je ne pouvais pas faire autrement.

« Bon, je te promets que tu l'auras pour toi tout seul si c'est ce que tu veux… Mais tu nous laisseras bien nous revoir de temps en temps, quand même ?

— Rien, c'est moi le patron !

— Allez, sois pas mesquin… Juste une fois de temps en temps ! »

Il me suppliait faussement du regard. J'ai attrapé un fou rire.

« OK, accordé.

— Merci, chef, t'es vraiment un frère ! »

Quand je repense à ces discussions surréalistes, ces conversations qui ressemblaient à du marchandage, je me demande comment nous avons pu être aussi odieux. Aussi inconscients de la gravité de ce que nous étions en train de dire. En train de commettre.

Peut-être que c'est ce boulot qui nous avait rendus ainsi. L'impression d'être des hommes hors du commun, des chasseurs invulnérables. À force de combattre les salauds de la pire espèce, on finit par croire que notre mission nous donne des droits que les autres n'ont pas. Et puis, se confronter chaque jour à l'horreur de la nature humaine, ça endurcit.

Peut-être que c'est ça.

Peut-être pas…

Nous avons passé la soirée ensemble. Reparlé de cette nuit, de cette femme. De sa beauté, de sa fragilité. Sa peau, ses yeux, le son de sa voix.

Nous avons continué à nous prendre pour des mecs forts, des héros, des demi-dieux.

Olivier faisait tout pour m'extraire de mes doutes, me rendre ma confiance. Pour que je continue à jouer, comme il avait lui-même envie de jouer.

Le pire, c'est qu'il a réussi.

On a même failli débarquer en pleine nuit chez Laëtitia. Heureusement on avait trop bu pour retrouver le chemin.

***

— J'ai passé la nuit à côté du lit à guetter le moindre bruit dans l'escalier, la peur au ventre. À me dire que le lundi, il faudrait retourner au bureau…

Le commandant Delaporte dévisageait la jeune femme avec compassion.

— Ce qu'ils vous ont fait porte un nom selon le code pénal…

— Je connais le code pénal, commandant.

— Et… vous n'avez pas songé à porter plainte ?

— Ce dont je rêvais, c'était de les tuer tous les deux. Mais porter plainte, je n'y ai pas pensé à ce moment-là.

— Pourquoi ?

Laëtitia fit à nouveau craquer ses doigts.

— La honte, vous savez ce que c'est ? demanda-t-elle.

— Oui, évidemment.

— Je parle de la vraie honte. Celle qui vous habite, qui vous colle à la peau. Celle dont vous êtes persuadé qu'elle peut se lire sur votre visage… Celle qui vous marque au fer rouge et vous donne envie de disparaître. Cette honte-là, croyez-moi, elle vous empêche de trouver la force de raconter.

— Pourtant, aujourd'hui, vous me racontez cette histoire et…

— Aujourd'hui je peux. À ce moment-là, j'aurais préféré mourir plutôt que parler.

12

Le dimanche a été une journée horrible. Je n'ai pas mis le nez dehors, même pas ouvert les volets alors qu'enfin le soleil inondait la ville. Comme si cette lumière pouvait me blesser, mettre au jour ce qui me rongeait de l'intérieur.

Terrée au fond de ma tanière, je léchais mes plaies.

Je savais qu'il me faudrait sortir, affronter la réalité et surtout, affronter leurs visages, leurs sourires de vainqueurs.

Peut-être même leurs nouvelles exigences.

Et cela, dès le lendemain matin.

J'ai pensé appeler un médecin, me faire porter pâle. Mais je m'étais abaissée à ça pour gagner le droit de garder mon poste. Pour gagner le droit de continuer à travailler avec eux. Avec ces ordures.

À cet instant, bien sûr, je regrettais d'avoir *accepté*. J'aurais dû me battre, me défendre. Mais impossible de revenir en arrière. Alors, il fallait y retourner. Sinon, ce que j'avais fait perdait toute signification et je n'avais plus rien à quoi me raccrocher.

Ce qui me tourmentait le plus, ce n'était pas d'avoir cédé aux avances de ces deux hommes. J'y avais été contrainte et forcée, j'en étais consciente. Évidemment, l'humiliation subie me faisait mal, horriblement mal. Mais le pire, c'était ce plaisir indécent qui m'était tombé dessus comme une pluie d'injures.

Ça, je ne pouvais me le pardonner.

L'alcool me donnait un semblant d'excuse. Je n'étais pas moi-même, j'avais perdu la notion de la réalité, des valeurs et de tout le reste. Mais comment vérifier que le rhum était seul responsable ?

Il m'avait désarmée, désinhibée. Rien de plus.

Il fallait que je retrouve des forces, que je me remette debout. Question de vie ou de mort. Alors, je me suis cramponnée à cette idée : c'était l'alcool qui m'avait conduite sur le mauvais chemin, l'alcool et rien d'autre.

En milieu d'après-midi, j'ai ouvert les volets, rangé mon studio dévasté.

C'est l'alcool, forcément.

Les sous-vêtements que je portais le vendredi soir ont fini à la poubelle ainsi que la robe. Puis je suis retournée la chercher. C'était Amaury qui me l'avait offerte, je ne pouvais pas la mettre aux ordures. Je l'ai lavée et je l'ai fait sécher au-dessus du radiateur avant de la repasser, en espérant que le fer brûlant effacerait leurs empreintes digitales… comme j'aurais aimé le faire sur ma peau. Parce que, après une vingtaine de douches et trois bains, j'avais encore l'impression de sentir leur odeur sur moi.

J'ai réussi à téléphoner à Amaury. Il a bien compris que j'allais mal, mais je lui ai assuré que c'était simplement à cause du savon que Ménainville m'avait passé. Il ne pouvait pas voir mon visage, ne pouvait pas deviner.

La nuit est tombée sur ma douleur, j'ai refermé les volets, cadenassé la porte. Puis je me suis mentalement préparée à l'épreuve du lendemain. J'imaginais la scène de mon retour, j'écrivais le scénario d'un film d'horreur.

Entrer à la DDSP, sourire aux lèvres. Saluer mes collègues, comme chaque matin depuis des mois, en finissant par le capitaine Fougerolles, toujours très matinal.

Cette idée m'a fait frémir de la tête aux pieds. Il allait falloir lui serrer la main, le regarder droit dans les yeux.

Ensuite, vers 9 heures, Ménainville débarquerait. Il ferait le tour des bureaux, s'approcherait de moi. À lui aussi, il faudrait serrer la main et lancer, en souriant : *Bonjour, patron.*

En serais-je capable ?

Je n'ai pas mangé – je n'avais rien avalé depuis vendredi mais bizarrement je n'avais pas faim – et j'ai continué à imaginer mon retour dans l'arène. Sembler indifférente à ce qui s'était passé. Me comporter comme je l'avais toujours fait, ne rien leur donner à penser. Reprendre le cours de ma vie où je l'avais laissé.

Ça va aller, Laëtitia, tu vas y arriver.

C'était l'alcool, forcément.

Être forte, les regarder en face sans sourciller. Comme pour leur dire : c'est moi qui ai gagné.

Ça va aller, Laëtitia, tu vas y arriver.

***

Le dimanche soir, ma femme et mes enfants sont rentrés au bercail. J'avais tout juste eu le temps de cuver mes cuites du week-end et de remettre la maison en état.

Lorsque Véro a passé le pas de la porte, j'ai eu l'impression que mon crime s'écrivait en lettres majuscules sur mon visage et qu'elle allait me démasquer en quelques secondes. Elle m'a embrassé, comme elle le faisait toujours. Elle m'a raconté son week-end, je l'ai écoutée, feignant d'y prêter une vive attention. Je l'ai aidée à défaire les bagages, j'ai même préparé le repas.

Surtout, ne pas en faire trop, au risque de lui mettre la puce à l'oreille.

Fatigués, les enfants se sont mis au lit dès 22 heures. Je suis allé les embrasser, comme chaque soir quand je ne rentrais pas trop tard. Et puis, je me suis retrouvé en tête à tête avec mon épouse. Je ne dis pas que je n'en éprouvais pas de plaisir, bien au contraire. Mais il y avait cette culpabilité que je m'étais évertué à bannir et qui revenait me hanter dès que je la regardais.

Pourtant, Véro ne s'est aperçue de rien. Vers minuit, nous sommes montés nous coucher. Je craignais presque qu'elle s'approche de moi, j'espérais qu'elle serait trop épuisée, comme ça lui arrivait souvent. À peine m'étais-je allongé qu'elle est venue se blottir contre moi.

Je n'ai pas osé prétexter la fatigue, je l'ai prise dans mes bras, j'ai fermé les yeux. J'ai voulu éteindre la lumière, elle a refusé en souriant. Elle avait envie de me voir, je lui avais manqué.

« Toi aussi, mon amour, tu m'as manqué… »

Sale menteur, fumier, salaud.

J'ai eu du mal à être à la hauteur au début. J'avais le sentiment qu'elle pouvait sentir le parfum de Laëtitia sur ma peau, ça me privait de mes moyens.

Je voulais tant me faire pardonner cette faute que j'y ai mis toutes mes forces. Du moins, ce qu'il en restait après ce week-end de débauche. J'essayais de ne surtout pas penser à Laëtitia, de me concentrer sur les yeux de Véro.

Véronique, qui me serrait dans ses bras, ne se doutant pas que je l'avais trahie de la pire des façons.

Finalement, ce n'est pas si difficile de mentir.

Finalement, j'y suis arrivé.

**

Je suis allée travailler à pied et, tout au long du trajet, j'ai eu envie de faire demi-tour. J'ai fini par passer la porte de la taule et là, j'ai ajusté mon sourire.

Comme prévu dans mon scénario.

J'ai rejoint les locaux des Stups, tout le monde était déjà là, à part le patron. J'ai eu droit à une jolie galerie de regards hostiles. Salutations aussi glaciales qu'un matin de décembre.

Ils m'avaient tous en travers de la gorge. Seul Damien m'a adressé un sourire amical alors que c'est lui qui avait le plus morflé à cause de mes erreurs. C'est fou comme ça m'a fait du bien.

Il me restait à aller saluer le capitaine Fougerolles. Je me suis accordé une pause à la machine à café, j'ai respiré un bon coup. Puis, mon gobelet à la main, j'ai marché jusqu'au bout du couloir, là où se trouvent les bureaux des deux chefs.

Comme toujours, sa porte était ouverte et je me suis arrêtée sur le seuil. Plongé dans la lecture d'un dossier, Olivier n'a pas remarqué immédiatement ma présence.

J'ai vu frémir mon café, comme si un séisme se préparait. Je suis parvenue à maîtriser mes tremblements au moment où il levait la tête.

« Bonjour, capitaine. »

Il s'est mis debout, m'a toisée avec un regard où j'ai cru déceler tout le mépris du monde. Avec le recul, je pense que c'était seulement de l'embarras.

« Bonjour, Graminsky ! Comment vas-tu ? »

Nous nous sommes serré la main, il n'a plus voulu me lâcher.

« Maintenant, t'as intérêt à faire attention », m'a-t-il murmuré.

J'ai essayé de me libérer, il a resserré sa poigne jusqu'à m'écraser les doigts.

« Plus de conneries, hein, Laëtitia ? T'as plus de joker…

— J'ai du travail qui m'attend, capitaine. »

Il a souri à nouveau, je crois que mon cran l'a épaté. Peut-être savait-il que mon assurance n'était que façade. Mais c'est déjà pas mal d'arriver à construire un mur d'enceinte, il en était conscient.

Quand allait-il enfin lâcher ma main ? J'avais l'impression de m'être coincé les doigts dans un étau brûlant. Brûlure qui partait du bout des ongles et remontait progressivement jusqu'à l'épaule. Bientôt, elle atteindrait mon cerveau.

Lui ne semblait plus ressentir aucune gêne, aucun remords. Il m'a obligée à m'approcher, comme s'il s'apprêtait à me confier un secret.

« Tu as fait le bon choix, Laëtitia. Surtout, ne regrette rien. Et puis, je voulais te dire que j'ai passé un super moment avec toi… Je… J'espère que toi aussi.

Je t'aime bien, tu sais. Alors je ne voudrais pas que Richard te vire… Fais gaffe, plus de conneries et tout se passera bien, tu verras. »

La façade s'est craquelée, le mur n'allait pas tarder à s'effondrer. Ce qu'il m'a dit m'a touchée. Non, il ne me méprisait pas, je le voyais dans ses yeux clairs. Il tentait même de me libérer du corset de honte qui m'étouffait.

« J'ai compris, capitaine. »

***

Après avoir déposé Ludivine au collège et Alexandre au lycée, je suis arrivé à la DDSP vers 9 heures. J'ai pris mon temps pour saluer tout le monde en bas, retardant l'échéance. Il a bien fallu rejoindre ma brigade. Poignées de main en série.

J'ai commencé par le groupe dirigé par le capitaine Saadi, repoussant encore le moment où j'allais me retrouver face à Laëtitia. Puis je suis passé au groupe de Fougerolles. Je suis allé voir les mecs en premier, et le brigadier Jaouen m'a interpellé.

« Patron ? Je peux vous demander quelque chose ?

— Bien sûr, Arnaud…

— Qu'est-ce que vous comptez faire avec Graminsky ? »

Putain, la matinée commençait bien ! Je m'étais posé des centaines de questions mais j'en avais oublié une, pourtant essentielle : justifier mon choix devant le reste de l'équipe.

Il fallait gagner du temps.

« Qu'est-ce que tu entends par là ?

— Elle va dégager après ce qui s'est passé, n'est-ce pas ?

— Eh ! a protesté Damien. On dirait que tu parles d'un objet encombrant !

— Écoutez, les gars, j'ai justement prévu une réunion ce matin pour en discuter. Laissez-moi le temps d'arriver et dans une demi-heure, tout le monde dans la grande salle, OK ? »

Ils ont hoché la tête, je suis sorti. Mais au lieu d'aller saluer les filles, je suis parti directement voir mon adjoint.

« Elle est là ?

— Salut, Richard… Oui, elle est là.

— Tu l'as vue ?

— Elle est venue me dire bonjour, comme chaque matin. »

Il souriait de mon attitude, j'ai tenté de me reprendre.

« T'en fais pas, camarade, dis-lui un mot gentil et tout ira bien…

— C'est ce que tu as fait ?

— Oui. Et ça a marché comme sur des roulettes.

— Bon… J'ai dit aux gars qu'on se réunissait dans une demi-heure. Arnaud veut savoir ce que je compte faire pour Laëtitia.

— C'est toi le patron, non ? Donc, c'est toi qui décides.

— Tu crois qu'ils vont se douter de quelque chose ?

— Douter de toi ? Aucun risque ! Tu es quelqu'un de bien, tu lui accordes une deuxième chance, ils n'ont rien à dire contre ça. »

J'ai pris la direction du bureau des filles, franchi la porte en souriant. Manque de bol, Nathalie n'était

143

pas là. Laëtitia s'est levée, elle m'a tendu la main avant même que j'aie pu dire un mot.

« Bonjour, Laëtitia.

— Bonjour, patron. »

J'ai senti sa voix trembler tandis qu'elle soutenait mon regard. Au contact de sa main, un plaisir immense m'a submergé.

« Comment tu vas ?

— Bien, je vous remercie. »

Sa voix égrainait des cristaux de glace. C'était le moment du fameux mot gentil. Mais je ne l'ai pas trouvé.

« Bon… Réunion dans la grande salle, dans une demi-heure. Préviens Nathalie. Je vais annoncer à toute l'équipe que tu restes parmi nous malgré…

— Malgré mes fautes ? C'était ce qui était convenu, je n'en attendais pas moins. »

J'aurais tant aimé une émotion, un sourire, ne serait-ce qu'un léger mouvement vers moi. Là, j'avais l'impression d'échanger avec un cocontractant, une femme d'affaires.

« Effectivement, c'est ce qui était convenu », ai-je répondu.

Elle s'est rassise, a remis les doigts sur son clavier, ne m'accordant plus la moindre attention.

***

Je m'étais mise à l'écart dans un coin, me préparant à cette nouvelle épreuve. Nous attendions le patron qui tardait à arriver, personne ne parlait. Fougerolles ne m'a regardée à aucun moment, j'ai admiré sa maîtrise malgré ma rancœur.

Enfin, Ménainville a fait son apparition.

« Tout le monde est là ? »

Il semblait nerveux.

Pas si facile que ça, hein, connard ?

« Ça va aller vite, a-t-il embrayé. Vous savez tous ce qui s'est passé jeudi soir et certains se posent des questions… à juste titre, d'ailleurs. »

Il a enfin tourné la tête vers moi.

« Laëtitia a commis deux erreurs graves et, dès le lendemain matin, j'ai eu un entretien avec elle en présence d'Olivier. Elle a conscience de ses fautes, nous en avons parlé longuement. Après réflexion, j'ai décidé de ne prendre aucune sanction…

— Ben voyons ! »

C'était le Muet qui venait de s'exprimer, Ménainville l'a assassiné du regard.

« Tu permets que je parle, Arnaud ? Tu veux bien attendre que je te donne la parole pour intervenir ? »

J'avais le cœur qui cherchait à sortir de ma poitrine, les lèvres qui tremblaient. Je sentais tellement d'hostilité envers moi, tellement de mépris… Mais Richard s'est imposé, comme toujours. Il était redevenu impressionnant, le chef de meute dans toute sa splendeur.

« Donc, comme j'étais en train de le dire, j'ai décidé de ne prendre aucune sanction à l'égard de Laëtitia, car il est de mon devoir de lui donner une seconde chance. Une opération s'est mal passée, je pense que, par la suite, elle tirera les leçons de cet échec et fera tout pour nous montrer qu'elle peut être à la hauteur… N'est-ce pas, Laëtitia ? »

Incapable d'articuler un mot, je me suis contentée de hocher la tête.

« Je vous demande donc de vous comporter avec elle comme vous le faisiez jusqu'à présent, car n'oubliez pas que nous formons une équipe et que c'est le secret de notre réussite. Des observations ? »

Le major Dumont a devancé le Muet en levant la main.

« Oui, Nathalie ?

— On aurait pu y passer, jeudi soir, a-t-elle affirmé d'une voix calme. Aussi, malgré tout le respect que je vous dois, je me permets de vous dire que je trouve votre décision pour le moins surprenante. »

Elle m'a regardée avant de continuer.

« Je n'ai rien contre Laëtitia, c'est une fille sympa. Mais franchement, je crois qu'elle n'est pas faite pour ce boulot. Et je pense que vous commettez une erreur, patron. »

Le Muet a pris le relais.

« Je suis d'accord avec Nathalie, je songe avant tout à notre sécurité. »

Ils parlaient de moi comme si j'étais absente. J'ai serré les poings, luttant contre une nouvelle envie de chialer. Ils n'attendaient que cela, j'ai réussi à me contenir.

« Je prends bonne note de vos remarques, a riposté Ménainville d'une voix dure, mais je ne reviendrai pas sur ma décision. D'ailleurs, je suis certain que vous reverrez bientôt votre jugement. Et si jamais je me suis trompé, je l'assumerai, soyez-en sûrs… Maintenant, on retourne travailler et on n'en parle plus. »

Rompez, le chef a parlé.

Les jours à venir s'annonçaient difficiles, je n'avais pas intérêt à me louper. Ils attendaient tous le moindre faux pas.

Une autre menace pesait au-dessus de ma tête. Mais celle-là, personne ne s'en doutait.

Il a fallu que j'aille réparer le masque aux toilettes. Il s'était craquelé, déjà. J'ai vidé ma haine, mes peurs, j'ai même crié en mettant une main devant ma bouche.

Quand je suis sortie des sanitaires, Damien m'attendait.

« Je suis content que le patron ait pris cette décision… Ça m'étonne de lui, mais je suis heureux que tu restes parmi nous… Je suis sûr que tu vas y arriver ! »

J'ai juste souri. Vu mon état, j'ai oublié de le remercier.

***

Le divisionnaire Jaubert avait décidé de s'octroyer une pause. Dans ce genre de confession qui pouvait durer des heures, il fallait se nettoyer la tête. Rester concentré, certes, pour ne rien rater, ne rien omettre. Mais prendre également le temps de reposer son esprit. Il fit quelques pas dans le couloir désert puis s'arrêta devant la machine à café. Encore un expresso, de quoi tenir le coup.

Au cours de sa longue carrière il avait vu de tout. Des règlements de compte, des bavures, des suicides – arrangés ou non – et des viols. Parce que depuis que les femmes avaient fait leur entrée en force dans la maison, certaines avaient eu à payer le prix fort. Mais ça n'arrivait pas que dans la police, ça pouvait arriver n'importe où. Comme les problèmes de harcè-lement sexuel ou moral.

Cette histoire-là, il la sentait différente, hors du commun et de la banalité.

Il se décida enfin à franchir la porte de la salle d'interrogatoire numéro 2. Le commandant Delaporte se leva immédiatement et Jaubert s'avança vers Laëtitia pour lui serrer la main.

— Bonsoir, lieutenant Graminsky. Je suis le divisionnaire Jaubert, de l'IGPN. Je suis en train d'interroger le commandant Ménainville, dans la salle d'à côté, et…

— Et quoi ?

C'est vrai qu'elle avait des lames de rasoir au fond des yeux. Mais peut-être s'étaient-elles acérées depuis…

Elle possédait un charme mystérieux, indéfinissable.

— Je voulais voir votre visage, murmura-t-il.

— …

— Ménainville me parle de vous depuis des heures. J'avais besoin de voir à quoi vous ressemblez…

— Alors ? À quoi je ressemble ?

— Au portrait qu'il m'a fait de vous.

Delaporte profita de cette diversion pour aller chercher deux cafés et échapper ainsi quelques secondes au regard si dur de Laëtitia.

Il desserra sa cravate, ferma les yeux. Il avait chaud, il avait froid. Il était atteint d'une sorte d'émotion incontrôlable.

Cette nana possède un pouvoir surnaturel, c'est pas possible !

Une main posée sur son épaule le fit sursauter.

— Ça va, Vincent ? Tu t'en sors avec la petite ? s'enquit Jaubert.

— Oui.

— On dirait pourtant que t'as vu un fantôme ! Ou un monstre…

— Cette fille, elle est un peu…

— Un peu quoi ? Un peu trop jolie ?

— Non, c'est pas ça. Je ne sais pas en fait… Cette histoire de… Vous savez, cette histoire…

— Le viol ? Oui, j'en suis là, moi aussi. Sauf que moi, c'est le violeur que j'ai en face. Faut prendre du recul, Vincent. Il ne faut pas que tu encaisses comme ça, c'est pas bon… Cette nana, c'est une affaire.

— Hein ?

Jaubert éclata de rire.

— Une affaire à élucider, crétin !

Delaporte consentit à sourire.

— Allez, Vincent, retournes-y et sois fort ! Ne te laisse pas déconcentrer par ses beaux yeux, OK ?

Le commandant regagna son poste sous le regard un peu paternel de son supérieur. Lui aussi devait retourner au feu. Dans la salle numéro 1, il retrouva son suspect sous la garde d'un agent en tenue qui s'éclipsa immédiatement, soulagé de déserter cet oppressant huis clos. Ménainville s'était levé et fumait une cigarette près de la fenêtre qui donnait sur la cour. Jaubert vint se poster à côté de lui et scruta à son tour le parking où dormaient les voitures sérigraphiées.

— À quoi vous pensez ? interrogea soudain Ménainville.

Jaubert fut presque surpris d'entendre le son de sa voix. D'entendre une question.

— Je viens d'aller voir le lieutenant Graminsky dans la salle d'à côté.

Le patron des Stups esquissa un sourire.

— Elle est belle, n'est-ce pas ?

— Exactement comme vous me l'avez décrite.

Richard avait l'esprit tendu vers elle, essayant d'entrer en contact malgré l'épaisseur des murs. Jaubert le sentait, comme des ondes électriques qui parcouraient la pièce et se heurtaient à l'étanchéité sans pitié des cloisons.

— Vous voulez bien me raconter la suite ? demanda-t-il.

— J'aimerais vous dire non, mais je crois que je n'ai guère le choix, n'est-ce pas ?

— C'est faux... Vous pouvez refuser de me parler, ce n'est pas à vous que je vais apprendre la procédure ! Mais vous savez aussi qu'il vaut mieux parler maintenant. C'est votre seule chance de...

— De quoi ?

Sa voix était calme, résignée.

— De m'en sortir ?

— Peut-être... De sauver les meubles en tout cas.

— Il n'y a plus rien à sauver. Les meubles, il y a longtemps qu'ils ont brûlé.

— Vous êtes sûr que vous n'avez vraiment plus rien à sauver ? insista Jaubert.

— Non, franchement, je ne vois pas.

— Continuons, Richard...

C'était la première fois qu'il l'appelait par son prénom. Une ruse pour se l'approprier, ne rien y voir d'amical.

***

Le week-end suivant, je suis arrivée à R. vers 20 heures. Amaury et Lolla m'attendaient sur le quai. J'ai serré ma fille contre moi, jusqu'à l'étouffer. Puis j'ai embrassé mon mari. J'avais tant de mal à le regarder, tant de mal à lui sourire.

On était vendredi soir, il avait préparé un bon repas, mis les petits plats dans les grands. Nous avons fait dîner Lolla, puis elle a voulu que je lui lise une histoire, comme quand elle était plus jeune. Un livre offert par ma belle-mère, qui parlait d'un petit garçon en danger parce qu'il avait osé mentir à ses parents. La morale était aussi simple qu'effrayante.

Si on ment à ceux que l'on aime, on risque de tout perdre.

Ensuite, j'ai pris une longue douche, j'ai rejoint Amaury dans le salon et nous sommes passés à table. Il m'a raconté sa semaine en détail, tous les postes auxquels il avait candidaté, son espoir de décrocher un entretien. Un de ses amis le faisait bosser au black, des petites missions ponctuelles de livraison de colis.

Je feignais de l'écouter mais je n'entendais pas grand-chose ; je m'évertuais seulement à masquer mon malaise, ça dévorait toute mon énergie.

J'appréhendais la suite. Tandis qu'il parlait, je ne pensais qu'à ça. À ce qui allait se passer après. J'ai songé à lui dire que j'avais mes règles mais, manque de bol, je les avais eues quinze jours avant.

À un moment, j'ai failli tout lui balancer. Il suffisait de trouver les mots.

J'ai couché avec deux mecs en même temps, j'ai pris mon pied.

Non : *J'ai été violée par deux salauds qui m'ont droguée et je ne me souviens plus de rien.*

Je tentais d'imaginer sa réaction face à cet aveu. Irait-il directement à la DDSP pour casser la gueule à mes agresseurs ? Me conduirait-il dans un commissariat pour porter plainte ?

Ou peut-être… Peut-être me jetterait-il dehors sur-le-champ, trop dégoûté pour trouver encore l'envie de me toucher.

De toute façon, j'ai été incapable de lui dévoiler quoi que ce soit. Il y a des nœuds bien trop serrés pour qu'on parvienne à les défaire.

J'ai débarrassé la table pendant qu'il se douchait en chantant et je me suis changée à la hâte, choisissant un pyjama qui n'avait rien d'affriolant.

Raté.

Je crois que même si j'avais enfilé une parka et un bonnet, il aurait eu envie de moi.

Pour la première fois, je me suis forcée avec lui. D'habitude, j'aimais ces retrouvailles charnelles. Même si avec Amaury, je n'avais jamais ressenti le même plaisir qu'avec… Pour être sincère, je ne savais même pas que c'était possible.

Nous deux, c'était bien, c'était doux, c'était agréable.

Ce n'était pas explosif.

Je n'avais jamais eu envie d'aller voir ailleurs, car ce qui comptait, c'était l'amour qui nous unissait. Notre complicité, nos gestes tendres, nos rires, nos points communs. Nous partagions tout, ne nous disputions presque jamais. Nous pouvions compter l'un sur l'autre en toutes circonstances. Il était attentionné, gentil, prévenant.

Il était un mari et un père idéal.

Il était l'homme de ma vie.

Mais ce soir-là, je n'ai eu ni désir ni plaisir. Seulement un intense moment de concentration pour ne commettre aucun faux pas. J'accomplissais une mission à haut risque. Je connaissais les gestes par cœur, je *le* connaissais par cœur.

Je venais de remporter une magnifique victoire sur moi-même.

« T'es bizarre, ce soir… On dirait presque que tu t'es forcée, que tu pensais à autre chose…

— Je suis juste crevée, ai-je murmuré. Pardonne-moi, mon chéri. »

Première fissure qu'il faudrait vite consolider avant que tout l'édifice ne s'écroule.

***

— Et votre épouse ? A-t-elle deviné que vous lui cachiez quelque chose dans les jours qui ont suivi ?

— Non… Elle ne s'est aperçue de rien, assura Ménainville. J'ai découvert à ce moment-là combien j'étais fort.

— Qu'est-ce que vous entendez par *fort* ?

— Je savais mentir… J'avais l'habitude de bluffer dans mon boulot, c'est vrai, mais… mentir, *lui* mentir, je croyais ne pas savoir.

13

Combien de fois j'ai regretté d'avoir réussi le concours d'officier de police, d'avoir réalisé mon rêve…

J'avais cru m'adresser à saint Pierre, j'avais en réalité poussé les portes de l'enfer.

J'aurais pu démissionner, c'est certain. Je me serais retrouvée sans salaire, mais il y avait les allocations chômage d'Amaury. Avec un peu d'imagination, j'aurais même pu trouver une explication pour me justifier auprès de lui. Boulot harassant, trop différent de ce que j'avais espéré.

Pourtant, je suis restée à mon poste.

Je sais que ça peut paraître difficile à comprendre, mais admettre que j'avais eu tort de devenir flic, c'était admettre que je m'étais trompée depuis le début. Depuis des années. C'était remettre en cause une partie de ma vie et de mes idéaux.

Avouer à tous mon échec.

Quand je tentais d'imaginer cette solution radicale, c'était un peu comme m'imaginer perdue. Sans but, sans mission, sans objectif.

Presque comme si on m'enlevait le nord et le sud.

Démissionner, ça signifiait également m'être abaissée à coucher avec mes chefs pour rien. Alors, je me suis cramponnée. Je n'avais pas eu de chance de tomber dans cette brigade, je mangeais mon pain noir. Mais un jour, ça irait mieux.

Le tout étant de résister jusque-là.

L'équipe au grand complet s'était liguée contre moi. À part le lieutenant Damien Girel, qui était le seul à me sourire et à me parler de temps à autre, toujours discrètement. Il se gardait bien d'afficher son soutien ! Quant aux autres, ils me faisaient payer mes fautes. Sans se douter que j'avais déjà payé.

Le prix fort.

Ils partaient déjeuner sans moi, je n'étais pas conviée aux briefings du patron, tenue à l'écart de tout. Comme si j'étais contagieuse, en quarantaine.

« Pas de sanction », avait affirmé Richard lors de cette fameuse réunion.

Pas de sanction, vraiment ?

Je me tapais toutes les tâches ingrates qui répugnaient mes collègues. J'usais mes doigts sur le clavier, fatiguais mes rétines sur l'écran. Taper des rapports, des notes. Fouiller les archives poussiéreuses, passer des coups de téléphone à la chaîne pour dénicher une aiguille dans une meule de foin et continuer à me charger de retranscrire les écoutes téléphoniques.

Voilà à quoi ressemblait mon quotidien.

Tout juste s'ils ne me demandaient pas de leur préparer le café !

J'étais devenue leur larbin, leur souffre-douleur. Je ne mettais plus le nez dehors, j'avais des horaires impossibles, j'étais interdite de terrain.

Au goulag, au fin fond de la Sibérie.

Ménainville m'en faisait baver encore plus que les autres. Il voulait que ses gars lui pardonnent la clémence dont il avait officiellement fait preuve envers moi. D'autant que des bruits commençaient à courir, certainement initiés par Nathalie : *Le patron ne l'a pas virée parce qu'il n'est pas insensible à son charme.*

Pour couper court à ces rumeurs, Richard se montrait terriblement froid et dur à mon égard. Quant au capitaine Fougerolles, il semblait indifférent à tout cela, feignant de ne rien voir, de ne rien entendre…

— Cette situation a duré combien de temps ? s'inquiéta Delaporte.

— Des semaines…

— Le commandant Ménainville a-t-il de nouveau essayé de…

— De coucher avec moi ? Non, il n'a plus rien tenté. Ni lui ni Fougerolles. Je me disais que je les avais refroidis. Ou qu'ils avaient eu ce qu'ils voulaient, que je ne les intéressais plus. Au fil des jours, je me persuadais que c'était terminé, que tout cela n'était qu'un mauvais souvenir… D'ailleurs, début avril, il s'est passé un truc qui m'a confortée dans cette idée. Fougerolles était en congé, le Muet aussi. À midi, Nathalie et Damien sont partis déjeuner, sans moi bien évidemment. Je suis sortie pour m'acheter un sandwich, comme tous les jours. Arrivée dans la rue, je me suis soudain dit : *Merde, j'en ai marre de bouffer un jambon-beurre devant mon ordinateur.* Alors, même si j'étais seule, j'ai décidé de m'offrir une vraie pause

156

déjeuner. Je me suis arrêtée devant un resto qui avait une terrasse au soleil, une autre couverte…

Elle cessa brusquement de parler ; s'efforçant de ne pas la brusquer, Delaporte attendit patiemment qu'elle accepte de continuer.

Il y avait foule, presque toutes les tables étaient occupées. Un jeune serveur s'est immédiatement approché de moi.

« Bonjour, c'est pour déjeuner ? »

Non, crétin, c'est pour contrôler la température de tes congélos !

« Une personne seule ? »

Seule, oui. C'était le moins qu'on puisse dire.

« Vous aviez réservé ?

— Non.

— Je n'ai plus qu'une table de quatre, je suis navré…

— J'ai vu une table en terrasse, ai-je insisté. Il fait un peu frais, mais…

— Désolée, elle est réservée !

— Bon, tant pis. »

Soudain, j'ai éprouvé une sensation étrange. Une sorte de pression, ou plutôt d'oppression. J'ai pivoté d'un quart de tour et là, je l'ai vu.

Richard, attablé à quelques mètres de moi. Qui me regardait. Qui me fixait, plus exactement.

Un coup de poing dans le ventre, voilà ce que j'ai ressenti.

« Désolé, mademoiselle, a répété le serveur.

— Ce n'est pas grave », ai-je murmuré.

157

Dieu merci, aurais-je pu ajouter.

J'ai fait demi-tour, soudain pressée de quitter cet endroit devenu malsain. Mais évidemment, Ménainville m'a interpellée.

« Je te fais une place, Laëtitia ? »

Puis il s'est adressé au garçon.

« Ajoute un couvert, s'il te plaît. »

Une seule envie : prendre mes jambes à mon cou. Déjà, Richard s'était levé pour tirer la chaise en face de lui, tel un parfait gentleman. Sauf que ce n'était pas une invitation. Plutôt un ordre.

Le serveur s'est étonné de mon indécision. Il m'a accompagnée jusqu'à la table, quelques pas, à peine trois ou quatre mètres à franchir. Le sentiment de m'approcher d'un ravin abrupt ou de la gueule d'un squale.

« Assieds-toi », a prié Ménainville.

Il s'est réinstallé à sa place, en face de moi. Si près de moi.

Beaucoup trop près.

J'aurais voulu que la table mesure cinq mètres, comme celles que l'on trouve dans les châteaux. J'aurais voulu n'être jamais venue dans cet endroit.

Je voyais Richard tous les jours, je le voyais même à longueur de journée. Mais me retrouver assise en face de lui… Partager un repas, ce n'est pas anodin. Et puis, impression idiote qu'en dehors du bureau, j'étais à nouveau vulnérable.

Le serveur a fini de dresser mon couvert et m'a confié une carte derrière laquelle je me suis planquée. Je n'avais pas encore prononcé un seul mot.

« Tu veux boire quelque chose ? » a demandé poliment Richard.

Question banale. Deuxième coup de poing dans le bide, pourtant. La même phrase que ce maudit soir…

« Non, merci.

— Ils ont des cocktails sans alcool, a précisé le patron.

— De l'eau, ça ira très bien. »

Il a rempli mon verre, je m'abritais toujours derrière ma carte. Je n'ai jamais autant détaillé un menu ! Mais je ne voyais rien. Les plats se mélangeaient. Les mots n'avaient plus aucun sens.

Je ne levais pas les yeux sur lui, je sentais son regard sur moi.

En moi.

Le serveur s'est ramené, j'ai finalement choisi le plat du jour sans même savoir ce que c'était. Le jeune homme m'a confisqué le menu, je me suis retrouvée sans paravent.

Une cible dans le viseur d'un sniper.

« Détends-toi, Laëtitia.

— Vous savez, je n'ai pas beaucoup de temps, j'ai du travail et…

— Tu as peur que ton chef t'engueule ? a-t-il plaisanté. Je te rappelle que ton chef, c'est moi. »

Comment l'oublier ?

« Je suis content que tu sois venue ici, a-t-il ajouté. Mais je suppose que ce n'est pas un hasard. »

J'ai dû avoir l'air complètement débile.

« Tu voulais me voir ? Me parler, peut-être ?

— Non, je… je ne savais pas que vous étiez là…

— Je déjeune ici très souvent, pourtant.

— Comment voulez-vous que je le devine ? »

Il a souri.

« Peu importe, a-t-il conclu. Que ce soit par hasard ou non, ça nous donne l'occasion de passer un moment ensemble. Et puis, manger tous les jours un sandwich au bureau, ce n'est pas sain. »

Je l'ai dévisagé avec étonnement. Il s'était donc aperçu que je passais mes pauses déjeuner devant mon ordinateur ?

« Je n'ai guère le choix, ai-je balancé avec hargne.

— Parce que les autres ne t'invitent pas à te joindre à eux ?

— C'est ça, oui… Je suis une paria ! Mais ça m'est égal. De toute façon, je n'ai pas envie de bouffer avec eux.

— Ils n'ont pas encore digéré tes conneries… Pas encore accepté le fait que je ne t'aie pas virée ou même sanctionnée. »

Je l'ai enfin défié.

« *Pas sanctionnée* ? Vous en êtes sûr ?

— Explique-toi…

— Pas la peine.

— Si, j'y tiens. Tu as l'opportunité de t'exprimer, ne la laisse pas passer. »

Il avait raison. J'ai repris espoir. Un espoir idiot. Je me suis dit que, peut-être, je pouvais essayer de faire cesser ce cauchemar au bureau.

« Me refiler toutes les retranscriptions d'écoutes, c'est pas une sanction ?

— Non. C'est seulement te donner un travail dans tes cordes. »

Salopard.

Furieuse envie de l'insulter, de lui jeter mon verre d'eau à la figure, de le gifler.

Pourtant, j'ai ravalé ma colère.

« Bien sûr… Servir de bonniche à tout le monde, c'est sans doute ce pour quoi je suis faite.

— N'exagère pas, a répondu calmement Ménainville. Le boulot de lieutenant, c'est aussi ça, tu sais… »

J'ai voulu prendre une clope dans mon paquet, Richard a posé sa main sur la mienne. Mon cœur a vrillé.

« C'est non-fumeur, ici. Désolé. »

J'ai vite retiré ma main. Elle était en feu.

« Vu que c'est une terrasse couverte, j'ai cru que… Pas grave, ai-je ajouté.

— Pour revenir à ton boulot, je peux difficilement te renvoyer sur le terrain, a-t-il poursuivi. Après ta prestation… mes gars auraient du mal à l'admettre. Et puis, tu es la dernière arrivée, tu débutes dans le métier, c'est normal que tu te tapes le boulot de merde. Ainsi va la vie… »

À quoi bon répondre ? Visiblement, il n'avait pas l'intention de changer de comportement à mon égard. Je perdais mon temps.

Lorsque les plats du jour sont arrivés, je me suis aperçue avec dégoût que c'était une entrecôte bien saignante.

« Pas la peine de faire la gueule, Laëtitia, a soudain balancé Ménainville.

— Je ne fais pas la gueule…

— Vraiment ? Qu'est-ce que ça doit être quand tu fais la gueule, alors ! »

Il se marrait, j'ai haussé les épaules.

« Tu es pourtant bien plus jolie quand tu souris… »

***

Si longtemps que je ne l'avais pas vue sourire.

Si longtemps que je n'avais pas entendu son rire.

Depuis un mois, depuis cette fameuse opération et surtout, depuis cette fameuse nuit.

Laëtitia souffrait, j'en étais conscient. Difficile de ne pas le voir. Elle souffrait chaque jour d'être traitée comme une merde, un sous-fifre. Oui, je l'avais sanctionnée, elle avait raison. Mais j'avais tenu parole, elle était restée dans l'équipe. Elle était seulement devenue la dernière roue du carrosse.

Je n'en ressentais aucune culpabilité. Après tout, elle avait mérité ce qui lui arrivait. Mérité d'être assignée à des tâches subalternes. Elle ne valait pas mieux que ça en tant que flic.

Lui donner à nouveau sa chance sur le terrain ? J'y songeais, parfois. Mais il était encore trop tôt. Vis-à-vis de mon équipe, je ne pouvais pas me le permettre. Ils me connaissaient, savaient mon intransigeance vis-à-vis des incapables, mon allergie chronique à l'incompétence. Ils se seraient posé des questions.

Et je ne voulais pas qu'ils s'en posent. Pas à mon égard.

J'ai attaqué mon entrecôte, elle a simplement grignoté l'accompagnement, du bout des lèvres.

« Tu n'aimes pas ? ai-je demandé.

— Je n'ai pas très faim, a-t-elle prétexté.

— Pourquoi tu es venue au resto dans ce cas ?

— …

— C'est moi qui te coupe l'appétit ? »

162

Toujours aucune réponse. Un silence vraiment embarrassant. Pourtant, je me sentais plutôt à l'aise.

« Apparemment, je te coupe aussi la parole ! »

Elle m'a envoyé un regard meurtrier auquel j'ai répondu par un sourire.

« C'est vraiment agréable de déjeuner avec toi !

— Fallait pas m'inviter à votre table, a-t-elle marmonné.

— Il ne fallait pas accepter de t'asseoir en face de moi si tu n'en avais pas envie. Mieux encore, il ne fallait pas venir justement dans le resto où je déjeune presque chaque jour... »

***

« Si c'est ma présence qui te coupe l'appétit, je peux partir », a-t-il enchaîné.

J'ai écarquillé les yeux.

« Tu veux que je te laisse déjeuner tranquille ? Tu veux que je m'en aille, Laëtitia ?

— Euh... non, bien sûr que non.

— Je m'en voudrais que tu retournes bosser l'estomac vide à cause de moi. »

Il semblait sincère, j'étais de plus en plus étonnée.

« Ce n'est pas ça, je vous assure... C'est parce que je n'aime pas la viande rouge. »

Là, il s'est marré.

« Je n'avais pas compris que c'était ça, le plat du jour. Je croyais que c'était du poisson...

— Ah... Je te commande autre chose ?

— Non, ça ira, je vous remercie, patron. »

Il était prévenant, malgré ma froideur polaire. Je me suis un peu détendue.

Un peu, seulement.

Il s'est mis à évoquer une enquête en cours, m'a même demandé conseil au sujet d'une procédure sur laquelle il hésitait. Mes études de droit étant bien plus récentes que les siennes, il voulait mon avis. Nous avions une conversation de boulot normale, banale. Entre un chef et sa subordonnée.

Certes, je ne me faisais aucune illusion. Je savais que je n'avais pas fini d'en baver, que ma peine de prison n'était pas près de se terminer. Mais je sentais que nos relations pouvaient évoluer dans le bon sens. Qu'un jour, enfin, il me sortirait du placard à balais dans lequel il m'avait confinée.

Ça m'a un peu rassurée.

Un peu, seulement.

Il m'a forcée à prendre un dessert parce que je n'avais pas avalé grand-chose, puis nous avons partagé un café. Je voulais aussi partager l'addition mais il a refusé catégoriquement. Il tenait à m'inviter, j'ai fini par accepter.

J'étais contente, finalement, d'être entrée dans ce resto. J'avais réussi à rester assise en face de lui pendant près de deux heures. À parler avec lui, même si c'était de tout et de rien.

J'étais contente et soulagée. Parce qu'à ce moment-là, je me suis dit : tout va rentrer dans l'ordre, maintenant. Bientôt. Il ne tentera plus rien de déplacé. Je ne suis plus qu'un agent comme un autre. Un jour prochain, je sortirai de ma cellule et reprendrai ma place dans la brigade, comme n'importe quel autre officier. Je n'ai plus rien à craindre de ce mec.

Mon patron, c'est tout…

***

J'ai payé l'addition et finalement, nous avons pris un deuxième café. Laëtitia était plus détendue qu'au début du repas, la glace avait légèrement fondu. Elle a même esquissé un ou deux sourires tandis que je lui racontais une anecdote sur Bertrand Germain, le boss.

Elle m'écoutait sagement mais je devinais la crainte que je lui inspirais encore. Je crois que si j'avais avancé la main vers son visage, elle se serait enfuie en courant, en hurlant. Je dois avouer que cette peur ne me déplaisait pas.

Depuis un mois, je rongeais mon frein. J'avais essayé de ne plus penser à elle de cette façon, de me raisonner.

En vain.

J'avais même emmené Véro passer un week-end dans un Relais & Châteaux, sans les enfants. J'espérais ainsi retrouver le droit chemin, la raison. Retrouver ma vie d'avant, mon équilibre passé. Mais ça n'a pas fonctionné. Pendant ces quatre jours, je n'ai songé qu'à Laëtitia.

À elle et à personne d'autre.

Depuis un mois, je ne cessais de repenser à cette fameuse nuit. Difficile de l'oublier alors que je voyais Laëtitia chaque jour. Au lieu de s'apaiser, mon attirance pour elle ne faisait que grandir. À chaque minute, chaque seconde.

Son style vestimentaire avait changé. Elle s'habillait désormais comme un mec. Toujours en jean, avec des pulls à col roulé, des vestes par-dessus. Elle se planquait sous ses fringues. Mais elle aurait pu débarquer au bureau en scaphandre, ça ne m'aurait pas empêché de la voir comme j'en avais envie.

Nue dans mes bras.

Je savais qu'on recommencerait. C'était inéluctable. Elle serait à moi de nouveau, il ne pouvait en être autrement. Pourtant, je n'avais plus essayé de m'approcher d'elle depuis cette nuit-là. Je ne saurais dire pourquoi, d'ailleurs. Sans doute laissais-je le temps aiguiser mon envie. Sans doute attendais-je le bon moment. Peut-être aussi un signe de sa part. Un regard, une parole, un geste. Un frôlement.

Ça viendrait, je le savais.

14

— En résumé, le commandant Ménainville ne s'est montré ni entreprenant ni menaçant ce jour-là ? conclut Delaporte.

— C'est bien ça. Nous sommes revenus ensemble à la taule et j'ai repris ma place au *placard*…

— Vous pensiez qu'avec un peu de temps et de patience, cette histoire allait bien se terminer ?

— Tout à fait. Sauf qu'il y a eu ce soir du 7 avril.

— Une semaine plus tard, donc…

— Il était presque 19 heures, j'étais encore à la DDSP car je devais finir de taper un document pour le patron. Les locaux étaient déserts, les autres étaient rentrés chez eux, Fougerolles était parti sur le terrain le matin et n'était pas repassé au bureau. Il n'y avait plus que Ménainville et moi à l'étage…

… J'avais les yeux rougis par des heures passées devant le moniteur, j'étais au bord de l'épuisement. Brusquement, en levant la tête, je me suis aperçue que Richard se tenait debout près de la porte. Protégé par la pénombre, il m'observait, tel un prédateur à l'affût.

« Tu as fini le travail que je t'ai confié ?

— Presque.

— *Presque* ? »

Il s'est avancé, j'ai fixé mon écran.

« Ce doc devrait déjà être sur mon bureau ! m'a-t-il rappelé. Il faut encore que je le relise et je n'ai pas l'intention de passer ma nuit ici.

— J'ai fini dans cinq minutes... »

Il s'est posté derrière moi, debout contre le mur. Mes doigts rataient soudain les touches, je revenais sans cesse en arrière.

Sa présence dans mon dos, son regard posé sur moi. L'air était devenu métal en fusion.

« Pas étonnant qu'il te faille autant de temps pour finir ce truc ! a ricané Ménainville. Même moi je tape mieux que toi !

— C'est vous qui me mettez mal à l'aise ! ai-je riposté. Je n'aime pas qu'on me surveille quand je bosse ! »

Ses mains se sont posées sur mes épaules.

Un piège à mâchoires.

« Je te mets mal à l'aise, Laëtitia ? » a-t-il murmuré en se penchant vers mon oreille.

Je me suis subitement changée en statue.

« Je te trouble, peut-être ?

— Non, pas du tout... »

Il a ôté ses mains, je crois que je n'ai jamais tapé aussi vite sur un clavier. Deux minutes plus tard, je lançais l'impression.

« Voilà, commandant, votre document est prêt, vous allez pouvoir le relire.

— Merci, Laëtitia.

168

— De rien. »

Je me suis levée, j'ai mis un peu d'ordre sur mon bureau. Je sentais qu'il épiait chacun de mes gestes ; il n'était pas venu pour son putain de dossier, il fallait que je m'échappe au plus vite. Mais je n'ai pas été assez rapide. Tandis que j'enfilais ma veste, il a passé ses bras autour de ma taille.

« Tu es pressée, Laëtitia ?

— Oui… J'ai un rendez-vous, je suis très en retard !

— Vraiment ? On pourrait passer un moment ensemble, toi et moi ? Je t'invite au resto, tu as bien mérité de te changer les idées. »

Me retrouver dans ses bras… Réminiscences de la nuit avec lui, sensations explosives. Envie de le tuer, envie de l'embrasser.

Résister.

« Lâchez-moi ! »

Il a resserré son étreinte, devenant moins tendre.

« Je ne comprends pas ta réaction…

— Laissez-moi ou je hurle !

— Tes cris me manquent, tu sais… »

J'étais pétrifiée. Ses lèvres ont effleuré ma nuque, un courant surpuissant m'a traversée, des orteils jusqu'à la racine des cheveux.

Résister.

Je me suis débattue, l'ai obligé à me lâcher avant de reculer lentement jusqu'au mur. Il était du côté de la sortie, m'ôtant tout espoir de fuite. Envolées la tendresse et l'invitation au resto. Il voulait juste gagner le duel.

« Laëtitia, aurais-tu oublié notre accord par hasard ? »

J'avais préparé la riposte depuis longtemps, ayant maintes fois imaginé la scène.

« Il n'y a plus d'accord, commandant. Vous avez officiellement annoncé que vous me gardiez, vous ne pouvez plus faire marche arrière. Plus d'un mois après, votre rapport est caduc… Mort et enterré ! Ça m'étonne que vous n'ayez pas pensé à ça ! »

Il a rengainé son sourire, serré les mâchoires.

« Je te conseille d'éviter ce petit jeu-là avec moi ! a-t-il rugi.

— Mais je ne joue pas, commandant… Je vous explique que vous vous êtes lourdement trompé sur mon compte : vous m'avez prise pour une petite conne sans cervelle et impressionnable… Faux ! Dès que la réunion avec le reste de cette charmante équipe a été terminée, j'ai su que vous veniez de perdre votre arme… et sans arme, vous ne pouvez pas m'avoir. »

Je restais sur mes gardes mais Richard n'allait tout de même pas me violenter ici, dans les locaux de la DDSP !

Il réfléchissait en me fixant avec férocité.

Férocité et envie.

Brusquement, son visage s'est transformé, comme s'il venait de trouver la solution.

« Tu aimes ton boulot, Laëtitia ? Tu aimes ce que tu fais à longueur de journée ?

— Un jour, cela changera, ai-je affirmé la tête haute.

— Désolé de te décevoir, mais tu es sous mon commandement pour au moins trois ans. D'ici là, impossible de demander une mutation… Et n'oublie pas que c'est moi qui validerai ton rapport de stage en août prochain. Alors, si tu veux être titularisée… »

Nouveau chantage. Celui-là aussi, je l'avais prévu.

« Vous perdez votre temps ! Pour refuser la titularisation de quelqu'un, il faut prouver qu'il a commis des fautes graves ou qu'il n'est pas professionnellement à la hauteur… Il faut mouiller sa chemise, *patron* ! Avoir un dossier en béton armé… Et je ne vous en laisserai pas l'occasion, soyez-en sûr. Je ne ferai plus aucune erreur. Comme je viens de vous le dire, vous ne pouvez plus utiliser ce qui s'est passé en mars puisque vous n'avez pas transmis votre rapport. Dommage, non ? »

Je m'étais documentée, je connaissais toute la jurisprudence. Il avait une chance de gagner mais ça, je ne l'aurais avoué pour rien au monde.

« Tu sais, je t'ai testée ces derniers temps. Je t'en ai fait baver pour vérifier que tu tenais vraiment à ce boulot. Tu résistes bien, je dois le reconnaître. Cette situation peut changer, Laëtitia… Tu pourrais faire un travail plus intéressant, participer plus à la vie de la brigade. »

Il essayait tous les chantages, les uns après les autres.

« Et pour cela, bien entendu, il faut que je couche avec vous ?

— Non, il faudrait que tu cesses d'être mon ennemie. Qu'on fasse la paix, tous les deux…

— *La paix* ? Tu parles !

— Écoute, Laëtitia, je suis désolé que ça se soit passé ainsi. J'aurais voulu que tout soit différent entre nous. Je regrette si j'ai pu te faire du mal, vraiment… »

C'était certainement une nouvelle stratégie, je n'ai même pas envisagé que c'était sincère.

« Rentre chez toi, si tu veux… Tu as assez bossé pour aujourd'hui. »

Ma rage montait. Voilà qu'il me la jouait *gentil*, maintenant ! Je crois que je le préférais encore dans le rôle du salaud. Qui lui allait comme un gant.

« Oui, je vais rentrer. Et je vous conseille d'arrêter de me menacer.

— Je ne te menace pas, Laëtitia !

— Vous ne vous rendez même plus compte de ce que vous dites ou quoi ? C'est le début de la sénilité ? »

J'ai attrapé ma veste, je le trouvais faible, j'ai eu envie de l'écraser. De le piétiner à mon tour.

« Votre femme serait vachement fière de vous, si elle apprenait ce dont vous êtes capable ! Et un jour, j'en suis sûre, elle l'apprendra… Ainsi que vos enfants, d'ailleurs. »

J'ai voulu quitter la pièce sur ce final fracassant, mais il m'a saisie par le bras et plaquée sans ménagement contre le mur.

« Si jamais tu parles à ma femme, je te jure que tu le regretteras toute ta vie, c'est bien clair ? »

Je n'ai pas répondu, il a davantage serré mon bras. J'avais trouvé une arme efficace, elle était en train de se retourner contre moi.

« C'est clair ? » a-t-il répété.

Il me fixait droit dans les yeux, se sentant à nouveau fort. Chacun son tour.

Quel jeu à la con…

« Vous allez me lâcher, oui ou non ?

— Pourquoi tu refuses de te laisser aller à ce que tu ressens ?

— Ce que je ressens c'est l'envie de vous tuer ! Vous voulez vraiment que je *me laisse aller* ?

— Tu mens !

— Non, je ne mens pas. Lâchez-moi immédiatement. »

Il a desserré sa poigne, il n'était pas si dangereux finalement.

« Je vous préviens : si vous continuez à me harceler, je vais déposer une plainte ! »

J'ai croisé la peur dans ses yeux. Mais il a réajusté son sourire.

« Personne ne va porter plainte… »

Une voix off, venue de nulle part. J'ai tourné la tête, Fougerolles était juste derrière moi, me barrant le chemin à son tour. La situation se corsait terriblement.

« Qu'est-ce que j'entends ? Tu veux porter plainte contre le commandant, Laëtitia ?

— C'est contre vous deux que je vais porter plainte !

— Tu as peur, Richard ? a-t-il vérifié en souriant.

— Pas vraiment, non…

— C'est drôle, moi non plus ! »

Le fait de me retrouver seule avec ces deux hommes a fait ressurgir la peur en moi. Une peur violente, animale.

Fougerolles est venu se coller à moi.

« Écoute-moi bien, Graminsky : dans la maison, on n'aime pas beaucoup les balances… »

J'ai gardé le silence, en essayant seulement de reprendre courage.

« Si tu fais une chose aussi dégueulasse que salir la réputation du patron, je te garantis que tu vas t'en mordre les doigts, ma jolie !

— Vous n'avez pas le droit de me menacer ! ai-je murmuré.

— Mais je ne te menace pas, Laëtitia : je t'explique ! Il faudra que tu prouves tes accusations… Et vu l'aura du commandant et ses états de service exceptionnels, tu n'as aucune chance de gagner… Tous les témoignages seront contre toi. Tous, sans exception. Tu perdras à coup sûr. Tu veux que je te raconte la suite ?

Il a allumé une cigarette avant de poursuivre.

« Tu resteras au placard toute ta vie. Personne ne voudra plus jamais te faire confiance. On ne fait pas confiance aux balances, Laëtitia… Personne ne voudra plus jamais bosser avec toi… »

Il m'a dévisagée pour juger de l'effet de ses paroles. Je fixais mes chaussures.

« Tu me déçois, Laëtitia, a continué le capitaine. C'est vrai, je croyais que tu étais une fille bien… et là, tu menaces de détruire une famille.

— Mais…

— Je t'ai entendue, tout à l'heure. Ne cherche pas à nier, c'est inutile. »

Il m'a prise par les épaules.

« Tu ferais ça ? Tu essaierais de détruire une famille ? Tu n'as pas honte ? Tout ça parce que Richard a un faible pour toi ? Tout ça parce qu'il t'aime ? »

J'ai eu la respiration coupée net. Il y a eu une seconde de flottement avant que Ménainville ne corrige le tir de son adjoint.

« Tu rêves, Olivier, je ne l'aime pas !

— Pardon, c'était juste façon de parler. »

Puis il s'est de nouveau adressé à moi.

« Je trouve ça vraiment écœurant ! Profiter de la faiblesse d'un homme... Tu veux te venger de quoi, hein ? C'est toi qui as voulu coucher avec nous !

— C'est faux ! »

Richard a pris la suite. À deux contre un, c'est toujours plus facile. Tellement facile...

« C'est bien toi qui es venue chez moi un soir où tu me savais loin de ma femme, non ? Fringuée comme une allumeuse, en plus ! Tu ne me feras jamais croire que tu voulais juste parler ! Et puis sous tes airs de sainte-nitouche, tu caches bien ton jeu ! Pas vrai, Olivier ?

— Sûr ! Mais tu vois, Richard, je crois qu'elle s'en veut à elle-même et qu'elle essaie de nous faire porter le chapeau. Elle n'assume pas sa vraie personnalité, elle veut continuer à jouer les filles irréprochables ! »

Le cauchemar recommençait. Les mêmes visages, les mêmes regards de chasseurs. Les mêmes insinuations blessantes. Je me sentais à nouveau sale. Normal, vu qu'ils me traînaient dans la boue.

« Faut pas t'en vouloir, Laëtitia, a conclu Richard. Tu te fais du mal, tu sais... Faut t'accepter telle que tu es. »

Je les ai bousculés violemment avant de prendre la fuite, laissant mon sac dans le bureau. J'ai dévalé l'escalier à toute vitesse, poussé les portes les unes après les autres. À l'accueil, le planton de garde m'a dévisagée avec stupéfaction. Dans la rue, j'ai continué à fuir, le plus vite possible. Arrivée au carrefour, je me suis jetée dans un bus à moitié désert où flottait une odeur de rance et de transpiration. Je n'avais pas d'argent pour payer ma place, je me suis réfugiée au fond. J'ai repris mon souffle et les larmes sont venues me soulager.

Salauds ! Comment ont-ils osé dire ces horreurs sur moi ? Non, je ne suis pas ce qu'ils prétendent. C'était l'alcool, forcément.

Mes sanglots faisaient se retourner sur moi les quelques passagers mais je m'en fichais. Il fallait que cela cesse, il fallait qu'ils trouvent un autre amusement que moi. Pourquoi me persécutaient-ils ainsi ?

Dire que j'avais eu la faiblesse de croire que tout cela était terminé.

Tant que je serais près de Richard, ça ne s'arrêterait jamais.

J'ai raté mon arrêt, je suis descendue au suivant. Heureusement, j'avais les clefs de mon appartement dans la poche de ma veste. Tout le reste, je l'avais laissé au bureau. Je les imaginais en train de fouiller mon sac, de regarder la photo d'Amaury dans mon portefeuille. Et tandis que je montais les étages, une phrase m'est revenue à l'esprit : *Tout ça parce qu'il t'aime ?*

Fougerolles, c'était son meilleur ami. Pourtant, il se trompait. Richard n'était pas amoureux de moi, il avait juste *envie* de moi. D'exercer un pouvoir sur moi.

Je suis enfin arrivée sur mon palier, exténuée.

Ménainville m'y attendait.

***

— Vous l'avez suivie ? supposa Jaubert.

— Non, je savais qu'elle rentrerait chez elle, j'ai pris la voiture et je l'ai attendue devant sa porte. Je voulais m'assurer qu'elle ne mettrait pas ses menaces à exé-cution.

— Hum… Ce n'était pas plutôt pour coucher avec elle ? Pour la *forcer* à coucher avec vous, devrais-je dire…

— Arrêtez de parler comme ça ! Vous ne pouvez pas comprendre…

— Et le capitaine Fougerolles ?

— Je ne lui ai pas proposé de venir.

— Lorsque Laëtitia vous a vu, comment a-t-elle réagi ?

Elle a lâché son trousseau de clefs, je l'ai ramassé et j'ai ouvert. J'ai poussé la porte, j'ai attendu qu'elle entre. Mais elle restait figée sur le palier.

« Viens, on sera mieux à l'intérieur pour discuter… On a à parler, toi et moi. Je t'ai rapporté ton sac, au fait… Tu es partie si vite que tu l'as oublié au bureau.

— Je ne veux pas que vous entriez chez moi, a-t-elle protesté d'une voix mal assurée. Je n'ai rien à vous dire. »

Elle avait pleuré, les traces de mascara sur ses joues en témoignaient. Ça m'a touché, direct en plein cœur.

Le montrer ? Non, jamais.

J'ai pris ma voix la plus douce, la plus rassurante.

« Entre, Laëtitia… Il ne se passera rien que tu n'aies pas voulu, je t'assure.

— Je ne veux pas que vous soyez là et pourtant, vous y êtes !

— Je ne m'en irai pas, tu le sais très bien. Alors cesse de te comporter comme une gamine… On va s'asseoir et parler. D'accord ? »

À force, les voisins allaient sortir sur le palier.

« Si tu refuses d'être raisonnable, je vais être obligé d'employer la force ! » ai-je murmuré.

Elle s'est résignée à entrer, me croyant vraiment capable de tout... J'ai refermé la porte et nous sommes restés face à face dans un silence de mort qui s'est éternisé. J'avais envie de lui hurler que je l'aimais, que je ne dormais plus la nuit depuis que... Envie de la serrer contre moi, de me fondre en elle.

Mais je n'ai rien dit, rien révélé, surtout pas ma faiblesse.

« Si vous êtes venu pour continuer à me menacer, c'est inutile ! » a-t-elle soudain envoyé.

Je me suis cru obligé de sourire. Je jouais un rôle qui n'était pas le mien. Le rôle du méchant, du mec pourri. Je craignais de montrer mes failles, qu'elle y enfonce un poignard.

Elle était en train de me rendre fou. Sans même le vouloir.

« Je ne suis pas venu te menacer... »

Elle a reculé au fond de la pièce, je me suis assis sur la banquette qui lui servait de lit. J'ai regardé autour de moi, je découvrais son univers. J'ai réalisé que je ne la connaissais pas, que je ne savais rien de sa vie ou presque. Sur le petit bahut, j'ai vu la photo du fameux Amaury. La trentaine, un beau visage mais aucun charme.

Je l'ai haï tout de suite.

Lui, qui pouvait la toucher quand il le voulait, jouir de son sourire et même de son rire.

Le seul avantage que j'avais sur ce petit con, c'est que moi, je la voyais chaque jour.

Moi, je l'affrontais chaque jour.

J'avais tout raté avec elle, j'avais consumé mes chances. Depuis le premier jour et, surtout, depuis ce premier tête-à-tête au bistrot. Je ne pourrais sans doute jamais avoir ce que je voulais. Mais je ne me résignais pas à ne rien avoir, incapable de me passer d'elle, de vaincre cette obsession qui grandissait de jour en jour.

Alors il me restait la contrainte, les menaces, ce pouvoir que j'exerçais sur elle. J'évitais de penser à quel point c'était pitoyable, je me forçais à croire que j'étais fort. À cette époque, je refusais d'ouvrir les yeux sur moi, ça m'aurait fait trop mal. Il y a des choses qu'on ne peut regarder de front, sous peine de devenir aveugle.

« Viens t'asseoir », ai-je ordonné.

Elle s'est posée sur une chaise en face de moi, à une distance raisonnable. Elle me fixait avec colère mais aussi avec crainte.

Au moins, je ne la laissais pas indifférente.

Au moins, je lui faisais peur.

« Tu n'aurais pas quelque chose à boire ?

— Vaut mieux pas que vous buviez », a-t-elle répondu d'une voix tranchante.

Elle résistait encore, mais ses forces s'amenuisaient. J'ai ouvert le bahut pour faire l'inventaire des bouteilles, j'ai choisi du Tanqueray.

« C'est ton copain qui aime le gin ?

— Mon *mari*, il m'aime, moi… Et si vous continuez, il va s'occuper de vous !

— Putain, je suis mort de trouille !

— Vous vous croyez plus fort que tout le monde, hein ?

— Peut-être que je le suis... En tout cas, ce n'est pas cet avorton qui va m'impressionner.

— Vous ne le connaissez pas ! »

J'ai pris deux verres et des glaçons avant de retourner sur la banquette.

« Eh bien, parle-moi de lui, si tu veux... A-t-il retrouvé un travail ? »

Visiblement, elle ignorait que j'étais au courant du licenciement, de cette épine dans leur couple. C'est Nathalie qui m'avait confié l'information.

« Ça ne vous regarde pas ! a-t-elle craché.

— On est là pour discuter non ? À moins que tu ne préfères qu'on fasse autre chose ?

— Je préfère que vous sortiez de chez moi.

— J'ai prévenu ma femme que je ne rentrerais pas cette nuit... alors j'ai tout mon temps. Bon, est-ce qu'Amaury a retrouvé du travail ? Qu'est-ce qu'il fait, déjà ? Ah oui, il était garde champêtre ! »

Elle a croisé les bras devant elle, me fixant avec une colère de plus en plus évidente. J'ai rempli les verres, ajouté les glaçons.

« Allez, Laëtitia, parle-moi de lui.

— Il était écogarde », a-t-elle rectifié.

Elle avait balancé ça avec une fierté excessive. Comme un titre honorifique. J'ai émis un sifflement admiratif.

« Vos week-ends en amoureux doivent être hyper passionnants ! Vous parlez biodiversité et protection de la forêt, c'est ça ? »

Elle s'est renfrognée tandis que j'avalais mes premières gorgées de Tanqueray.

« Vous vous croyez malin ?

— Pas du tout ! Il a une belle gueule, en plus... »

J'ai mis le cadre par terre, photo face au sol, avant de poser le pied dessus.

Ton mec, je l'écrase. Je l'aplatis comme une merde.

Elle n'a pas osé intervenir.

« Tu l'aimes, ton *écogarde* ?

— Oui, je l'aime ! »

Ça aussi, elle l'avait affirmé en y mettant trop de cœur.

« Tant mieux, c'est super...

— Bon, vous avez fini ? J'aimerais aller me coucher. »

Sans le vouloir, elle prononçait les mots à bannir.

« Moi aussi, j'ai envie d'aller me coucher, Laëtitia... »

Elle a réalisé son erreur et s'est levée pour allumer une cigarette tandis que je finissais mon verre.

« Fameux, ce gin... Tu ne bois pas ? Tu as peur de l'effet qu'il pourrait produire sur toi ? Ou peur de moi peut-être ?

— Absolument pas.

— Tu mens. Je le sais, je le sens... Tu es en train de te demander comment tu vas me résister alors que tu n'as qu'une envie... Faire l'amour avec moi.

— J'ai *envie* que vous sortiez d'ici ! C'est tout ce dont j'ai *envie* !

— Je ne comprends pas ce qui te retient. On est là, tous les deux, à vouloir la même chose, on a la nuit devant nous... »

Je l'observais, elle regardait ailleurs. J'étais décidé à gagner ce bras de fer. J'avais déjà l'avantage, ce n'était plus qu'une question de minutes. Plus elle me résistait, plus je bandais.

« Je vous le répète une dernière fois, commandant Ménainville : je ne veux pas coucher avec vous ! J'aime mon mari, vous comprenez ?

— Ton mari ? Il n'est même pas là ! C'est bizarre, d'ailleurs… Pourquoi reste-t-il à R. s'il n'a plus de boulot là-bas ? Pourquoi ne vient-il pas s'installer ici, avec toi ? »

J'ai tendu le bras pour piquer une clope dans son paquet.

« C'est pratique pour lui… Toute la semaine, il est célibataire, il peut s'amuser comme il veut et le vendredi soir, il retrouve sa petite femme qui lui fait la lessive et lui prépare de la bouffe pour sa semaine.

— Qu'est-ce que vous en savez ? »

J'adorais quand elle se mettait en colère, quand ses yeux orageux étincelaient de mille feux. J'avais touché un point sensible, j'ai continué à appuyer de façon sadique.

« Tu crois vraiment qu'il passe ses soirées tout seul ? Tu connais mal les hommes, ma chérie ! S'il t'aimait autant que tu le prétends, il serait là chaque soir.

— N'importe quoi ! Tous les *hommes* ne vous ressemblent pas !

— Ne me dis pas que tu n'y as pas pensé ! Tu me déçois… Tu ne peux pas être aussi naïve, c'est pas possible !

— Ça suffit maintenant. Barrez-vous, foutez le camp ! »

Je me suis levé, elle a bondi de sa chaise.

« Ne me parle pas sur ce ton, Laëtitia. Ne me parle *jamais* sur ce ton.

— Je ne suis plus en service, je vous parle comme je veux !

— Mais demain, tu seras de service, ne l'oublie pas… Sous mes ordres. Si tu me manques de respect, je continue à te mener la vie dure.

— Vous devriez avoir honte ! »

J'aurais dû, oui.

Je me suis approché, désormais nos corps se frô-laient. Elle perdait ses moyens tandis que je retrouvais les miens à pleine puissance.

« C'est vraiment ça que tu veux, Laëtitia ? Que ta vie devienne un enfer ?

— Depuis que je vous connais, ma vie est un enfer !

— Ça pourrait être bien pire…

— Je vous l'ai dit tout à l'heure : vous ne pouvez plus rien contre moi !

— Tu te trompes, Laëtitia. Je te pousserai à la faute, fais-moi confiance. Ce sera si facile… Un vrai jeu d'enfant ! Et tu finiras ton stage à la doc… »

Le service documentation. Là où on enterre les fonc-tionnaires en fin de carrière, ceux qui ne sont plus aptes au terrain. Pour elle, jeune officier de police, ce serait la sanction suprême.

« Ou tu ne le finiras pas du tout, ai-je assené. La docu-mentation ou Pôle emploi… Tu préfères quoi, Laëtitia ? Tu vois, je suis sympa : je te laisse le choix ! »

Ses yeux se sont mis à briller, ses lèvres à trembler.

« Pourquoi vous vous acharnez sur moi ? a-t-elle murmuré.

— Je peux t'épargner ça. Ça dépend de toi, Laëtitia... Uniquement de toi. »

Je l'ai prise dans mes bras, je la sentais contractée, aussi rigide que la loi qu'elle avait rêvé de défendre.

« Je te promets que ça va changer... Je tiens à toi, tu sais. »

Elle se laissait progressivement aller contre moi, elle capitulait. De longues minutes, j'ai attendu qu'elle fasse le premier geste, qu'elle saute dans le vide et m'emmène avec elle.

Surtout ne pas avoir l'impression de la forcer. Sauvegarder mon amour-propre.

Je n'y serais pas arrivé, de toute manière.

J'ai embrassé ses cheveux, son front, j'ai séché ses larmes. Elle me regardait sans comprendre.

Je n'aurais pas su lui expliquer, d'ailleurs. Je l'ai attirée lentement dans mon piège, je ne l'ai pas brusquée.

Elle s'est dégagée de mon emprise, elle a ajouté du jus d'orange dans son verre avant de le boire cul sec. Je ne la quittais pas des yeux, j'attendais patiemment.

Un autre verre.

Cet alcool fort avait du mal à passer, je voyais qu'elle n'aimait pas le gin, qu'il lui brûlait la gorge. Ça me faisait tellement mal qu'elle soit obligée de boire pour franchir le pas. Tellement mal... Mais bientôt, cela changerait, j'ai réussi à m'en persuader. Elle buvait parce qu'elle était incapable de tromper son mari à jeun, parce que cela effaçait la culpabilité. Parce que c'était une fille fidèle, qu'elle avait des valeurs que je pouvais comprendre et respecter.

C'était la seule raison que je voulais voir, la seule supportable pour moi.

Elle s'est servi un troisième gin, je lui ai confisqué le verre.

« Arrête, Laëtitia ! Tu as assez bu, crois-moi… »

Elle n'a pas protesté, a grillé une nouvelle cigarette. Rapidement, l'alcool a fait son effet, son regard a changé, il s'est adouci. Son corps se détendait, ses muscles se relâchaient.

Elle a jeté sa cigarette par la fenêtre avant de s'asseoir à côté de moi.

« Je vous hais, commandant. »

J'ai souri. Elle a posé son front sur mon épaule, a murmuré un terrible avertissement à mon oreille.

« Un jour, je vous tuerai… »

Puis elle a défait le premier bouton de ma chemise, seulement le premier. C'était le signal que j'attendais.

La suite ne regarde que nous.

***

Une part de moi avait accepté, l'autre refusait. Alors la douleur s'est propagée comme un incendie que mes larmes n'ont pas réussi à éteindre.

Meurtri, Richard m'a rassurée, presque bercée.

Lui qui me blessait, lui qui me consolait.

Plus rien n'avait de sens.

Non, ne pleure pas, Laëtitia, je t'en prie. Non…

J'étais belle, désirable. Il ne pensait qu'à moi, ne voulait que moi.

Cet homme, que toutes les femmes regardaient avec envie, à qui tous les mecs rêvaient de ressembler… Cet homme ne pensait qu'à moi, ne voulait que moi.

Moi, Laëtitia, la petite Laëtitia. Enfant timide, ado-lescente complexée. Moi, insignifiante.

Me détachant lentement de ce corps au supplice, j'ai décidé d'exister, de goûter à mon tour à ce qu'il était venu chercher. J'ai soudain eu envie que ça ne s'arrête jamais. Qu'il reste en moi pour l'éternité.

2 heures du matin, chiffres rouge sang sur fond noir. Les minutes s'égrainaient, comme au ralenti. Assise sur le lit, le drap enroulé autour de moi. J'avais froid, je tremblais encore, je claquais des dents. J'avais mal au cœur, les murs avançaient vers moi comme si l'appartement allait m'engloutir, avant de reculer, à l'infini.

Je n'avais pas trouvé le sommeil malgré les effets assommants de l'alcool. Lui dormait, juste à côté. J'évitais de le regarder, ça me faisait trop mal.

J'aurais pu le tuer, il était à ma portée, enfin vulné-rable. Lui planter un couteau dans le dos, lui fracasser le crâne…

J'avais cédé, une fois encore. Cédé aux menaces, à son écrasante supériorité. Il ne m'avait pas laissé le choix. C'est ce que je me répétais.

Je me mentais à moi-même.

La bouteille de gin était un souvenir, un mauvais sou-venir qui gisait sur le sol, près de la photo d'Amaury, K-O sur le tapis.

J'essayais de comprendre ce qui m'arrivait, qui j'étais. Une autre Laëtitia. Une fille que je ne connais-sais pas, une étrangère dans ma propre vie. Un double faible et fort à la fois.

Et lui, l'homme assoupi à côté de moi, qui était-il ?

Un monstre, aucun doute. Alors, pourquoi l'avoir serré contre moi ? Pourquoi ne pas l'avoir mordu jusqu'au sang ?

Envie de toucher sa peau, tandis qu'il dormait paisiblement.

Envie de prendre mon arme de service pour lui exploser la cervelle.

Je savais bien ce qui m'attendait lorsque j'aurais complètement dessaoulé.

La haine, la honte, la douleur.

Sa main sur moi m'a fait l'effet d'une piqûre gorgée de venin.

« Tu ne dors pas ? »

Il m'a attirée de force contre lui. Il sentait bon, sa peau était douce, ses gestes tendres. Le lit tournait lentement, vieille barque à la dérive. Il a voulu recommencer, je n'ai rien tenté pour l'en empêcher. Je n'en avais pas la force.

Je n'en avais jamais eu la force.

Plus assez d'alcool dans mon sang, Richard s'est échoué sur la banquise. Il s'est rhabillé en silence et m'a embrassée. Avant de m'abandonner comme on se détourne du cadavre de sa victime juste après le crime.

— Je ne comprends plus rien, avoua le commandant Delaporte. Vous détestiez Ménainville ou vous l'aimiez ?

Un sourire énigmatique et triste se dessina sur les lèvres de Laëtitia.

— Vous savez, commandant, je crois qu'il y a des sentiments qu'on ne peut classer ni dans la haine ni dans l'amour.

— Après ce qu'il vous a fait, vous auriez dû le haïr...

— Vous avez raison. Mais avec ses menaces, il ne me laissait guère le choix, non ?

— Oui, ça je l'ai bien compris. Cependant...

— Vous vous demandez comment j'ai pu ressentir du plaisir avec un homme que je détestais, c'est bien ça ?

Le commandant hocha la tête. Cette conversation le mettait mal à l'aise. Cette histoire le mettait mal à l'aise. Cette fille, même...

— Je n'en sais rien. L'alcool me rendait docile, me permettait d'accepter l'inacceptable. Pour le reste... Je crois qu'il se produit parfois des alchimies secrètes. En fait, l'alcool mettait aussi en relief quelque chose que je ne pouvais pas voir en temps normal.

Delaporte était suspendu à ses lèvres.

— Dans ces moments, je comprenais à quel point il me désirait, tout ce qu'il était capable de faire pour être avec moi. Toutes les règles qu'il transgressait, tous les risques qu'il prenait... Ça me valorisait. Peut-être parce que jamais personne ne m'avait regardée comme ça, parce que jamais encore je n'avais produit un tel effet sur quelqu'un.

Le commandant écarquilla les yeux.

— Vous plaisantez !

— Pas du tout. Je n'ai pas le cœur à plaisanter, vous savez...

— Vous êtes… Enfin, je vous trouve très jolie et je suis étonné par ce que vous me dites.

— Être jolie, ça ne signifie pas avoir du charme, avoir ce petit quelque chose qui fait la différence… J'étais une fille banale.

— *Banale* ?

— Banale, oui. Adolescente, aucun garçon ne s'intéressait à moi. Je cachais mon visage derrière de grosses lunettes, mon corps derrière des vêtements amples. Seul Amaury avait su me trouver sous ce déguisement.

— À vous écouter, j'ai l'impression que Ménainville est un saint !

— Je n'ai pas dit ça. Vous ne *m'écoutez* pas…

— Expliquez-moi plus clairement, dans ce cas !

— Entre nous, c'était une épreuve de force. Tout a commencé par un combat, tout n'a jamais été qu'un affrontement. Ce plaisir, c'était aussi ça. Un savant mélange… Comme je vous l'ai dit, j'avais honte de ce qui se passait, de ce que je subissais. J'avais peur de lui aussi, de ce que je le sentais capable de faire pour prendre ce que je refusais de lui donner.

— Votre histoire n'est pas claire, lieutenant… C'est un psy qui aurait dû vous entendre !

— Peut-être… Et vous ?

— Quoi, moi ?

— Tout est toujours limpide dans votre tête ? Vous analysez toujours parfaitement ce que vous ressentez ? Ni contradictions ni doutes ?

— Si, bien sûr, j'ai des doutes. Mais je sais si j'aime quelqu'un ou si je le déteste !

— Vous vivez dans un monde en noir et blanc, commandant ? Alors vous ne pouvez pas me comprendre, c'est certain… Et vous ne comprendrez rien à cette histoire.

— On va faire une pause.

Delaporte l'abandonna aux mains du brigadier et quitta la pièce pour aller prendre l'air dans le couloir.

— *Un monde en noir et blanc* ! Je rêve !

Il soliloquait devant la machine à café, les mains au fond de ses poches.

— Pour qui elle se prend, cette petite conne ?

Il n'en pouvait plus de cet interrogatoire, il avait les nerfs à vif. Envie de refiler ça à un collègue et de rentrer chez lui rejoindre sa femme. Mais il avait aussi envie de retourner dans l'arène. Être près d'elle. L'écouter encore.

Tout est toujours limpide dans votre tête, commandant ?

Il poussa la porte de la salle, Laëtitia n'avait pas bougé d'un centimètre. Elle ne lui laissa pas le temps de s'asseoir.

— Vous vouliez savoir si je l'aimais ou si je le détestais ? Les deux, peut-être. Mais une chose est sûre : j'étais sous son emprise.

« L'amour n'est pas un feu qu'on renferme en une
âme :
   Tout nous trahit, la voix, le silence, les yeux,
   Et les feux mal couverts n'en éclatent que mieux. »

Andromaque, Racine

15

Le lendemain, Olivier est arrivé vers 7 h 30 au bureau. Il n'a pas eu l'air surpris de me trouver à mon poste.

« Je me doutais que tu n'étais pas rentré chez toi. »

Il s'est assis en face de moi, a allumé une cigarette. J'ai ouvert la fenêtre ; de bon matin, l'odeur du tabac me soulevait le cœur.

« Alors, raconte ! a-t-il prié. Tu l'as vue, hier soir ? »

J'ai simplement hoché la tête.

« Tu as perdu ta langue ou quoi ?

— Non.

— Eh bien, accouche ! Tu as passé la nuit avec elle, c'est ça ?

— Oui.

— Elle a accepté facilement ?

— Non.

— *Non, oui, non*… Tu es avare de paroles, ce matin. T'as pas assez dormi, c'est ça ? Peut-être même que tu n'as pas dormi du tout… »

Il m'a décoché un sourire en coin, je le lui ai rendu.

« C'était bien, c'est tout ce que je peux te dire…

« — C'est déjà quelque chose ! Je ne vous ai pas trop manqué ? Elle n'a pas été déçue que je ne vienne pas ?

— Tu devrais aller bosser.

— Et toi, tu devrais aller te raser, mon vieux. Ça se voit comme le nez au milieu de la figure que t'as découché ! »

J'ai passé une main sur ma joue, il avait raison. Dans mon armoire, j'ai récupéré une chemise propre, une serviette et ma trousse de toilette. Olivier m'observait du coin de l'œil, je ne lui en avais pas dit assez. Resté sur sa faim, il m'a suivi dans les couloirs déserts.

« Comment tu t'y es pris pour la décider ?

— Je lui ai fait peur. »

Ébranlé par cet éclair de lucidité, j'ai immédiatement enclenché la marche arrière.

« Elle n'attendait que ça, de toute façon !

— C'est pas l'impression que j'ai eue quand je vous ai surpris dans le bureau hier soir… Elle n'avait pas l'air aussi *réceptive* que tu le prétends.

— J'ai su la persuader… Ça s'appelle le talent, mon frère ! »

J'avais de nouveau endossé mon habit de don Juan, celui qui dissimulait à merveille mon sentiment de culpabilité. Nous sommes arrivés devant la porte des vestiaires.

« Tu comptes me suivre jusque sous la douche ? ai-je demandé à mon adjoint.

— Pourquoi pas ? Comme ça, tu continueras à me raconter… »

J'ai cru qu'il plaisantait, mais il m'a emboîté le pas. Je me suis enfermé dans une cabine, il s'est remis à parler.

194

« Tu penses vraiment qu'elle peut porter plainte contre toi ? »

Il ne plaisantait plus. Un mur nous séparait, c'était peut-être plus facile de laisser échapper ses craintes.

« Contre *nous*, tu veux dire… Non. Elle a trop peur de moi, ai-je affirmé. Elle ne dira rien, j'en suis certain.

— Je te fais confiance, Richard.

— T'as les jetons ?

— Non, pas du tout ! »

De l'autre côté, silence radio. L'eau chaude m'a soulagé, emportant les remords telles des peaux mortes. Cette deuxième expérience me rendait plus sûr de moi. J'étais en train de changer, en train de devenir un véritable salaud.

« Eh, Olivier ?

— Quoi ?

— J'ai vu la photo d'*Amaury* !

— À quoi il ressemble ? »

J'ai fermé le robinet, enroulé la serviette autour de ma taille avant de sortir.

« Alors, il est comment ? s'est impatienté Olivier.

— Une tronche de premier de la classe !

— Oh putain ! Elle doit pas se marrer tous les jours ! Heureusement qu'on est là pour la distraire… Bon, je me casse. À tout à l'heure. »

Il est sorti, je me suis dévisagé longtemps dans le miroir. Aucun doute, je subissais une transformation progressive mais radicale.

Même mon regard n'était plus le même.

Je me sentais plus fort qu'avant, beaucoup plus fort. Cette fille était une drogue puissante, un concentré d'amphétamines.

Le seul problème avec la came, c'est l'addiction.
Avant l'overdose fatale.

En sortant, je suis tombé nez à nez avec un lieutenant
d'une autre brigade, une femme dont j'avais oublié
le prénom. Plutôt jolie, un peu garçon manqué. Elle
m'a salué, je lui ai souri. Je me suis aperçu que je ne
la laissais pas indifférente.

Pourquoi je n'essaierais pas avec elle aussi ? Plus
rien ne me semblait impossible.

Mais seule Laëtitia m'attirait, les autres ne comp-
taient pas.

De retour dans mon bureau, j'ai appelé Véronique.
Je lui ai dit que je l'aimais, je lui ai dit des choses
tendres, sensuelles.

Ça ne m'a même pas fait mal.

***

Jamais encore je n'avais monté l'escalier aussi lentement. J'avais l'impression de traîner des chaînes, l'impression que mon corps était en train de se disloquer.
Je ne m'étais pas maquillée, j'avais tiré mes cheveux
en arrière. Vêtue de noir de la tête aux pieds, comme
si je portais le deuil.

Le deuil de moi-même.

Je ne suis allée saluer personne, m'asseyant directement devant mon ordinateur. Nathalie est arrivée,
et, malgré son ressentiment envers moi, elle a semblé
touchée par la détresse qui s'affichait en relief sur mon
visage.

« Ça ne va pas ? » a-t-elle demandé.

Damien Girel est entré à cet instant, Nathalie a répété sa question.

« Laëtitia, ça ne va pas ?

— Qu'est-ce que ça peut te foutre ? »

Elle est restée bouche bée avant d'échanger un regard étonné avec Damien.

« Pas la peine de me répondre sur ce ton ! s'est offusquée ma collègue.

— Pas la peine de faire semblant de t'inquiéter pour moi ! »

Cette dernière repartie a clos la discussion, Damien a tout de même eu le courage de venir me dire bonjour. Il s'est assis à côté de Nathalie puis ils ont commencé à bavarder. J'avais une jambe qui bougeait toute seule, j'étais frigorifiée.

« Alors, Graminsky ? Tu ne viens plus me dire bonjour ? »

Fougerolles était à la porte du bureau.

Je l'ai foudroyé du regard, il m'a tendu la main. J'ai consenti à ce geste, plus pour me débarrasser de lui qu'autre chose.

« Ça n'a pas l'air d'aller, ce matin… »

Nathalie a esquissé un sourire narquois. Elle s'attendait peut-être à ce que je réagisse de la même façon qu'avec elle. Que je dise à mon supérieur d'aller se faire foutre.

« Tout va très bien, capitaine. Je vous remercie.

— T'as pourtant une gueule de zombie ! a ajouté Fougerolles.

— C'est sans doute parce qu'on m'a assassinée. »

Damien et Nathalie ont relevé la tête, Olivier a perdu son sourire.

« Qu'est-ce que tu racontes ? »

Il a fermé les yeux un quart de seconde, craignant soudain que je ne continue sur ma lancée. Il regrettait sa question, je jouissais de son malaise.

« Je ne veux pas vous importuner avec mes problèmes, capitaine. Et vu que je sers de larbin à tout le monde, j'ai beaucoup de travail qui m'attend. »

Olivier était soulagé.

« Faut pas balancer des choses comme ça, Graminsky !

— Je sais, *faut pas balancer*, vous me l'avez déjà dit… Ne vous faites pas de souci, capitaine, j'ai bien compris la leçon. Je ne dirai rien, n'ayez pas peur. »

Il est devenu livide, c'est moi qui ai souri de façon démoniaque. Damien nous dévisageait tour à tour avec une incompréhension qui aurait pu être cocasse si j'avais eu le cœur à rire.

Fougerolles a tourné les talons, quittant précipitamment le bureau. Cinq minutes après, mon téléphone sonnait.

« C'est Richard… Viens immédiatement. »

***

Olivier était rentré comme un boulet de canon dans mon bureau. C'était rare de le voir aussi inquiet.

« Elle va nous balancer !

— Calme-toi, Olivier…

— Richard, je te dis qu'elle va nous balancer !

— Elle ne dira rien, je t'assure.

— Elle a déjà commencé.

— Comment ça ?

— J'étais dans son bureau, il y avait Damien et Nathalie… Elle a une mine de déterrée, on dirait qu'elle est en train de mourir… »

J'ai ressenti une légère douleur à l'abdomen, je l'ai vite refoulée. Il m'a raconté la suite puis a allumé une Marlboro pour se calmer.

« Tu pouvais pas fermer ta gueule, non ? ai-je répondu.

— Hein ? On s'était mis d'accord, tous les deux : on devait continuer à se comporter envers elle comme on se comporte avec les autres, alors il était normal que je fasse semblant de m'inquiéter !

— On ne s'est jamais comportés avec elle comme avec les autres ! Mais bon, passons…

— Et toi ? Tu lui as fait quoi pour qu'elle ait cette tête ce matin ? »

Je l'ai stoppé du regard, il n'a pas insisté. J'ai décroché mon téléphone.

***

Je suis entrée sans prendre la peine de m'annoncer. Ils étaient là tous les deux, Richard confortablement installé dans son fauteuil en cuir, Olivier assis sur le bureau.

« Tu pourrais frapper avant d'entrer ! a balancé Ménainville.

— Je ne suis pas comme vous, commandant : je ne frappe pas avant d'entrer… »

Olivier n'a pas compris l'allusion. Mais Richard l'y a aidé.

« Je t'ai frappée, moi ? Bizarre que je ne m'en souvienne plus !

— Il y a des choses bien pires que les coups…

— Qu'est-ce que t'en sais ? T'as déjà pris des coups ? Ton petit *écogarde* t'a fait goûter à ça ?

— Je ne vous autorise même pas à parler de lui, à le salir avec vos insinuations malsaines ! Lui n'a pas besoin de me forcer, lui n'est pas un lâche ! »

J'ai vu la haine altérer le visage de Richard, ses yeux noirs s'assombrir un peu plus encore. Déstabilisé par mon audace, Fougerolles n'est pas intervenu tout de suite. Il fallait d'abord qu'il trouve sa place dans ce duel.

Ménainville s'est approché de moi, je n'ai pas bougé d'un millimètre. J'avais momentanément perdu la notion de peur.

« Tu vas te taire et m'écouter, Laëtitia… Olivier m'a dit que tu avais été trop bavarde, tout à l'heure. »

J'ai regardé Fougerolles, sourire en coin.

« Je croyais qu'il ne fallait pas *balancer*, capitaine ? Vous ne montrez pas l'exemple ! »

Le patron est venu se coller contre moi.

« Je t'ai dit de la fermer. »

Soudain, la frayeur a ressurgi des profondeurs de la nuit. Il avait posé les mains sur mes épaules, ça avait suffi.

« Il faut que tu arrêtes tes conneries, Laëtitia. Il faut que tu comprennes qui commande, ici…

— C'est à vous d'arrêter les conneries ! »

Il a resserré sa poigne. J'ai cru qu'il allait me broyer les clavicules.

« Tu comprends ce que ça veut dire, *la fermer* ? »

Je n'ai plus ouvert la bouche, il a eu l'air satisfait et m'a enfin lâchée.

« Tu veux raconter à tes collègues qu'on a couché ensemble, c'est bien ça ? »

Allez, Laëtitia, réponds ! Ne te laisse pas marcher dessus, ne le laisse plus te piétiner !

« Non, je pensais plutôt leur dire que vous m'aviez violée. »

Mon coup de sabre lui a coupé la parole un instant. Seulement un instant.

« Vraiment ? Tu vas bien les faire marrer, à mon avis ! Tu n'imagines pas combien ils m'admirent !

— Comme ça, ils sauront enfin qui vous êtes vraiment et cesseront de vous *admirer* !

— Non, ils te prendront pour une mytho… ou une folle ! Déjà qu'ils ne t'aiment pas beaucoup…

— Ils me croiront, ai-je affirmé. Ils sauront quel fumier vous êtes ! »

Il m'a attrapé les poignets, m'a traînée jusqu'à son bureau avant de me forcer à m'allonger dessus en me serrant le cou. Fougerolles a tenté d'intervenir.

« Eh, Richard, calme-toi…

— Ta gueule ! » lui a enjoint le patron.

Puis il s'est de nouveau adressé à moi, d'une manière terriblement froide et déterminée.

« Tu veux que je te montre ce que c'est qu'un viol ? Pendant ma carrière, j'ai eu l'occasion de croiser pas mal de filles qui avaient subi ça. Leur état n'avait rien à voir avec le tien. Alors si tu dois parler, autant que tu aies des choses à raconter… Tu veux ? »

J'ai fait non avec la tête, je ne pouvais plus prononcer un mot tellement il m'écrasait la gorge.

« Non ? Donc, tu vas te taire… Si tu n'es pas capable d'assumer tes actes, c'est pas mon problème. Tu piges ? »

J'ai acquiescé, j'aurais acquiescé à n'importe quoi. Il m'a conduite jusqu'à une chaise.

« Assieds-toi… J'ai l'impression que tu ne te sens pas très bien ! »

Je tremblais comme une brindille, il jubilait.

« Tu sais ce que je crois, Laëtitia ? Je crois que tu refuses d'admettre que ça te plaît avec moi… avec nous, je veux dire. »

Olivier a tenté de sourire. Un rictus embarrassé, rien de plus.

« Tu joues les nanas offensées, tu veux nous culpabiliser… mais ça ne marchera pas, chérie : on a passé un contrat tous les trois. Et un contrat, ça se respecte. Tu as gardé ta place parmi nous alors que tu ne la méritais pas. Et ça, ça a un prix…

— Je vais démissionner, ai-je murmuré.

— Sûrement pas ! On a besoin de toi, ici : qui va se taper les écoutes ?

— Je vais démissionner ! » ai-je répété en haussant la voix.

Il s'est posté devant moi, je me suis ratatinée sur ma chaise.

« Tu veux qu'on s'en prenne vraiment à toi ? a-t-il continué. À moins qu'on ne s'en prenne à l'autre petit con… Comment il s'appelle, déjà ? Amaury, c'est ça ? »

J'ai écarquillé les yeux.

« T'as même pas idée de notre pouvoir, Laëtitia ! Si tu me contraries, je te jure que tu vas en prendre conscience…

— Vous n'avez pas le droit ! Et puis vous ne trouverez rien contre lui !

— Tu es sûre ? » a-t-il soufflé.

Une sueur glacée a coulé le long de ma nuque.

« J'ai mené ma petite enquête, a poursuivi Richard sous le regard ébahi de son adjoint. Il n'est pas si réglo que ça, ton *cher et tendre* !

— De quoi vous parlez ? »

Nous nous sommes fixés quelques secondes, pendant lesquelles je me suis demandé s'il mentait. À part le boulot au noir, je ne voyais pas ce qui pouvait être reproché à Amaury.

« Un flic des Stups mariée à un dealer, c'est quand même le comble ! » a asséné le commandant.

Heureusement que j'étais assise.

« Vous racontez n'importe quoi ! » me suis-je indignée.

Il a sorti un dossier de son tiroir, l'a brandi sous mon nez.

« Les preuves ! »

Fougerolles semblait de plus en plus dépassé par ce qu'il entendait.

« Vous bluffez...

— Non, Laëtitia, je ne bluffe pas. Ton mari adoré a de drôles de fréquentations, tu sais... »

À une vitesse hallucinante, j'ai tenté de comprendre. Certes, Amaury avait quelques potes un peu limite, un peu louches. Ils fumaient, ils magouillaient, rien de plus. Qu'il puisse y avoir un dealer parmi eux n'était pas exclu. Mais de là à...

« Des fréquentations qu'il vaut mieux éviter, surtout quand on est marié à un flic, a précisé Ménainville.

— Il ne touche pas à ça ! » ai-je riposté.

Richard a remisé le dossier dans un tiroir fermé à clef avant de me considérer avec un sourire effrayant.

« J'ai de quoi le faire plonger bien profond, a-t-il affirmé. Direct en taule. J'ai déjà un ami sur le coup. Je n'ai qu'un appel à passer pour qu'Amaury disparaisse du paysage pendant un bon moment. Parce que depuis qu'il est au chômage, il a trouvé une façon de gagner du pognon. Une façon pas légale du tout, si tu veux savoir… En prime, c'est avec un véhicule à ton nom qu'il fait ses trafics de merde. »

À son regard, j'ai compris qu'il ne plaisantait pas. J'étais dévastée.

« Alors si tu tiens à ton petit connard d'*écogarde*, je te conseille de fermer ta gueule. Sinon, vous morflerez tous les deux. Je crois que tu n'as pas bien saisi à qui tu avais affaire… »

Ma terreur augmentait, seconde après seconde. J'ai senti monter le flot, je n'ai pas pu attendre d'être sortie pour pleurer. Richard exultait.

« Allez, chiale un petit coup, ça va te faire du bien ! »

J'ai tenté de quitter l'arène, il m'en a empêchée.

« J'ai pas fini avec toi ! »

Il m'a remise de force sur la chaise, a sorti un Kleenex de sa poche pour essuyer mes larmes.

« Bon, je vois que tu as compris, Laëtitia chérie… Tu as compris, n'est-ce pas ? »

J'ai hoché la tête.

« Parfait ! »

Il a pris mes mains dans les siennes, les a serrées très fort.

« Tout pourrait être si simple, pourtant… Tu as le don de compliquer les choses, Laëtitia… Pourquoi tu m'obliges à être aussi dur avec toi ? Tu peux m'expliquer ?

— Je… Je voudrais que ça s'arrête…

— Nous deux ? Mais ça ne peut pas s'arrêter ! Tu es venue me chercher, rappelle-toi… C'est toi qui as voulu tout ça. Et avec nous, c'est pas comme avec ton copain : on a passé l'âge des petits jeux à la con, je t'allume et puis je joue les effarouchées… Tu es venue nous chercher, ne l'oublie jamais. »

J'ai revu le moment où j'avais frappé à sa porte. J'ai eu envie de me taper la tête contre un mur.

« C'était bien, cette nuit, non ? Ces deux nuits, d'ailleurs… Ça, tu vas avoir du mal à le nier. Comment oses-tu insinuer que je t'ai forcée ? Avec tout ce que tu m'as dit, tout ce que tu m'as fait… »

Il a regardé son adjoint avant de continuer son petit jeu cruel.

« Encore mieux que la première nuit, Olivier. J'aurais voulu que tu sois là !

— J'aurais bien voulu, moi aussi ! » a prétendu Fougerolles.

Il a de nouveau pris mes mains pour les embrasser.

« Arrête de te torturer, Laëtitia… Arrête de te faire du mal. Il n'y a pas de honte à avoir, il faut que tu grandisses un peu, que tu deviennes une vraie femme… Il n'y a que les gamines qui réagissent ainsi, qui n'assument pas leurs phantasmes. »

Le comble de l'humiliation. Pas d'alcool pour me soutenir, pas d'avocat pour me défendre. Seulement mes yeux pour pleurer. Il m'a aidée à me lever et m'a prise dans ses bras.

« Cesse de pleurer, Laëtitia… Tu vas finir par m'attendrir ! »

Il m'a embrassée sur le front, a de nouveau séché mes larmes. Peine perdue, je ne pouvais contenir mes sanglots.

« On viendra chez toi, ce soir. On pourrait se faire un petit gueuleton, tu veux ? »

Il a consulté le capitaine.

« Tu es libre, au moins ?

— Euh… Oui.

— Parfait ! Tu vas voir, on va passer une bonne soirée tous les trois… »

J'étais terrifiée, il s'est mis à rire.

« Je te laisse même partir tôt si tu veux, comme ça, tu auras le temps de te reposer, de dormir un peu… de te préparer. On te rejoint vers 21 heures. Ça te va, Olivier ?

— Nickel ! »

Fougerolles reprenait de l'assurance.

« Allez, Laëtitia, va bosser maintenant… Et souviens-toi toujours de ce que je t'ai dit : si tu parles, je m'occupe de ton mec personnellement. »

J'ai reculé jusqu'à la sortie.

« Laëtitia ? »

Je me suis figée face à la porte.

« Dis-moi que tu as compris.

— Je ne dirai rien… aux autres. À personne.

— Parfait ! »

J'ai posé la main sur la poignée que je distinguais vaguement entre mes larmes.

« N'oublie pas de te faire belle pour nous, ce soir… Je te trouve mauvaise mine, aujourd'hui. »

Je suis sortie, j'ai refermé la porte. Je me suis aidée du mur pour avancer jusqu'aux toilettes. Et soudain, j'ai heurté le sol.

Quelqu'un s'est penché sur moi, j'ai reconnu le visage de Damien.

« Laëtitia ? T'as un malaise ?

— Non, c'est rien, je suis tombée… J'ai la tête qui tourne…

— J'appelle un médecin ? »

Il m'a remise sur mes jambes, m'a dévisagée avec angoisse.

« Tu pleures ? »

Je me suis débattue, ne supportant pas ses mains sur moi.

« Calme-toi, je t'en prie ! Dis-moi ce qui t'arrive ! »

J'ai poussé la porte des toilettes, il m'a suivie. Appuyée sur le lavabo, j'ai fermé les yeux, serré les mâchoires.

« C'est le patron qui t'a encore engueulée ? J'ai vu que tu sortais de son bureau… Ou bien c'est le capitaine ? Tu avais l'air de lui en vouloir, tout à l'heure… »

J'ai répondu avec précipitation.

« Rien ! C'est… J'ai des problèmes personnels, c'est tout.

— Tu veux m'en parler ? Ça fait du bien de se confier des fois… »

Je me suis jetée dans ses bras, il a failli tomber à la renverse. J'ai hurlé ma terreur, mes douleurs.

Pas un mot, seulement des cris, des larmes. Damien a patiemment attendu que je me calme, m'offrant ses bras. Puis il a déchiré un morceau d'essuie-mains pour endiguer le flot.

« Si tu as des problèmes, il ne faut pas les garder pour toi.

— Ça va aller, ai-je assuré d'une voix brisée. Merci de t'inquiéter… Je ne veux pas t'embêter avec mes histoires, pardonne-moi.

— C'est rien… Enfin, je veux dire… si, ça a l'air grave.

— Ça va aller, ai-je répété. Merci.

— Bon, tu sais où me trouver, de toute façon. N'hésite pas, surtout. »

Il est parti, encore ébahi par ce qui venait de se produire. J'ai passé de l'eau froide sur mon visage, affronté mon portrait dégoulinant et ravagé dans le miroir. Puis je suis sortie à mon tour. Richard m'attendait dans le couloir, j'ai cessé de respirer.

« Qu'est-ce que tu es allée dire à Damien ? »

Je suis restée aphone, tétanisée.

« Réponds, a intimé Ménainville. Qu'est-ce que tu lui as raconté ?

— Rien… Rien du tout !

— Tu lui as parlé ?

— Non, je vous jure que non ! »

Il a vérifié que le couloir était désert avant de m'attirer contre lui.

« Ça va, je te crois, n'aie pas peur. J'ai hâte d'être à ce soir, si tu savais… Dès que tu t'éloignes, tu me manques. »

***

— Quand Laëtitia est sortie du bureau, votre adjoint a-t-il émis une remarque sur votre comportement ? interrogea Jaubert.

Richard ferma les yeux. Éprouvé par ce récit de l'indicible.

— Nous avons parlé cinq minutes.

— Ce n'est pas ma question, commandant.

— Il m'a dit que… que j'y étais allé un peu fort.

— *Un peu fort* ?

Jaubert ne put contenir un sourire amer.

— C'est le moins qu'on puisse dire ! Aviez-vous réellement quelque chose à reprocher au mari du lieutenant Graminsky ?

— Oui. En fait, j'avais prévu le coup. Je m'étais dit qu'il fallait que je trouve un moyen de la contrôler si jamais elle décidait de nous balancer. Alors, j'ai demandé à un ami en poste à R. d'enquêter sur Amaury. Et j'ai eu de la chance. J'ai un peu exagéré les choses auprès d'elle, mais j'avais appris qu'il fréquentait un dealer et qu'il l'aidait parfois à transporter de la came… Pas sûr qu'il sache vraiment ce qu'il livrait. Toutefois, aux yeux de la loi…

— Aux yeux de la loi, cette enquête n'était pas de votre ressort, coupa Jaubert. Comment vous êtes-vous justifié auprès de votre adjoint ?

— J'étais le patron, je n'avais pas à me justifier. Je lui ai juste dit que maintenant, on n'avait plus rien à craindre. Qu'elle ne parlerait pas… et qu'on allait passer une bonne soirée. Il en avait envie autant que moi. Il aurait seulement aimé que ce soit elle qui nous invite, mais il était bien conscient que c'était impossible. Et il était rassuré de savoir qu'elle ne nous balancerait pas.

— Expliquez-moi ce changement de cap, commandant. Pourquoi ce déchaînement de violence, tout à coup ?

— Je voyais qu'elle échappait à mon contrôle… Et puis j'avais moi-même du mal à me reconnaître. Je me sentais devenir invincible, j'étais persuadé qu'elle n'attendait que ça, que c'est comme ça qu'elle me désirait. Je refusais de voir la réalité en face… Je ne voulais pas lui laisser l'occasion de s'éloigner de moi, je ne voulais même pas y penser. Comme si…

— Comme si on vous privait soudain de votre drogue, commandant ?

— Oui. J'étais déjà dépendant et ça ne faisait que commencer.

— Il y a autre chose que j'ai du mal à comprendre : pourquoi inviter Fougerolles ? Je croyais que vous vouliez Laëtitia pour vous tout seul…

— Il fallait qu'il y trouve son compte, qu'il soit complice… qu'il soit mouillé jusqu'au cou pour qu'on reste solidaires.

— C'était un ami, je me trompe ? Votre meilleur ami, même. Vous auriez dû avoir confiance en lui, non ?

— C'était le cas, mais je devais lui donner sa part du gâteau. Je crois aussi que cette complicité m'aidait à…

— À supporter la culpabilité ? Vous affirmiez ne plus en ressentir !

— Il restait quelque chose de diffus, d'inconscient qui me poussait à partager le poids de la faute. Tout cela, je l'analyse clairement aujourd'hui. À l'époque, j'aurais été incapable de vous répondre.

— J'ai encore une question, commandant : aimiez-vous réellement cette jeune femme ? Je sais, vous me l'avez déjà dit, mais je vous demande justement une analyse claire : l'aimiez-vous vraiment ?

— Oui. Et je l'aime toujours. Passionnément.

— Vous faites toujours aussi mal quand vous êtes amoureux ?

— C'était la première fois que j'aimais ainsi, comment voulez-vous que je vous réponde ?

— La première fois ? Et votre épouse ?

— On ne peut pas comparer ces deux histoires. Avec Laëtitia, c'était tellement différent, tellement plus violent, tellement plus fort… Je n'étais plus le même homme. J'aurais fait n'importe quoi pour être avec elle… J'aurais vendu mon âme au diable.

— C'est ce que vous avez fait, Richard. C'est précisément ce que vous avez fait…

16

À 16 heures, j'ai pris le bus pour rentrer chez moi. Depuis le matin, je n'étais plus sur cette planète, j'étais descendue au fond du gouffre.

Arrivée dans mon studio minable, j'ai voulu m'allonger sur le lit. Comme je n'avais pas eu le temps de changer les draps, je me suis effondrée sur le tapis. Je ne pleurais plus, prostrée dans un mutisme écrasant.

J'ai sorti mon Sig Sauer du holster et je l'ai regardé comme s'il allait me donner la solution.

De quelle façon échapper à ce qui m'attendait ?

Une balle au bon endroit et l'affaire était réglée. J'ai posé le canon sur ma tempe, pour voir l'effet que ça me procurait.

Comment Amaury avait-il pu me trahir de la sorte ? Cela dit, je n'avais aucune preuve de ce que Richard avançait. Peut-être qu'il fréquentait un dealer, peut-être qu'il ne savait même pas que c'en était un. Et puis j'ai repensé à cette histoire de livraison de colis.

Non, Richard ne bluffait pas.

Mon portable a sonné, j'ai sursauté, failli appuyer sur la détente. J'ai posé le pistolet avant de décrocher.

« Oui ?

— C'est moi, ma puce ! »

Amaury…

« Pourquoi ton numéro ne s'est pas affiché ? ai-je demandé en guise de bonjour.

— C'est un pote qui m'a filé ce téléphone !

— Un pote ?

— Ouais, tu ne le connais pas. J'avais explosé mon forfait, il m'a donné ce portable prépayé pour l'appeler… Comment ça va, mon amour ? »

J'ai pris une profonde inspiration. Ne pas chialer.

« Pas très bien… C'est qui, ce pote ? Qu'est-ce qu'il fait dans la vie ?

— C'est quoi cet interrogatoire ? Je ne suis pas un de tes suspects ! C'est Martin, le mec dont je t'ai parlé, celui qui me trouve les petits boulots au noir… »

Martin. C'était lui, le coupable.

« Martin comment ?

— Qu'est-ce qui te prend, Letty ?

— Rien, je m'intéresse à toi, c'est tout… »

Il n'a pas eu l'air convaincu.

« Ils te font toujours chier au boulot, c'est ça ?

— Oui, c'est ça. D'ailleurs… j'ai envie de donner ma démission. »

Interloqué, il n'a pas répondu tout de suite.

« Tu es où, là ? s'est-il inquiété.

— Chez moi.

— Déjà ? Il est tôt, pourtant… Tu veux que je laisse la petite à ma mère et que je prenne le train pour te rejoindre ? Je passe la nuit avec toi et…

— Non, c'est pas la peine, je t'assure. Je suis crevée, je vais me reposer.

— Écoute, Letty, tu dois t'accrocher, ne pas démissionner… Avec tout le mal que tu t'es donné pour avoir ce poste ! C'était ton rêve, tu me l'as dit si souvent… Il ne faut pas te laisser abattre aussi facilement, il faut être forte ! »

Si seulement je réussissais à lui dire…

« Je serais déçu que tu fasses ça, a-t-il sermonné. Je suis sûr que tu vas y arriver, que tu vas t'imposer.

— On verra bien. Qu'est-ce que tu fais ce soir ?

— Je vais déposer Lolla chez mes parents, j'ai rendez-vous avec des potes. Mes anciens collègues. »

J'ai soudain songé aux insinuations de Richard.

Toute la semaine il est célibataire, il peut s'amuser comme il veut… Tu connais mal les hommes, ma chérie !

« Tu me passes Lolla ?

— Bien sûr. Repose-toi bien. Demain tu y verras plus clair, je t'assure… Je t'embrasse. Et je t'aime très fort.

— Moi aussi, je t'embrasse. »

Quelques secondes se sont écoulées avant que je puisse entendre la voix de ma fille. Cette voix qui me manquait tant. Elle m'a raconté sa journée d'école, sa dispute avec une copine. Sa solitude, aussi. Je la devinais derrière chaque mot, même si elle ne voulait pas me la confier. Pour ne pas me faire souffrir, sans doute.

Ma petite fille, si courageuse. Alors que moi, je m'étais montrée si faible, si lâche.

Je riais de ses facéties, elle ne pouvait pas voir mes larmes. Nous nous sommes serrées l'une contre l'autre.

Nous nous sommes embrassées, si fort. Puis il a fallu raccrocher.

Je me suis levée, avec l'impression d'avoir reçu des coups de bâton. Je n'avais rien mangé depuis la veille, je ne risquais pas d'avaler quoi que ce soit maintenant. Pourtant, j'avais la tête qui tournait. Je me suis forcée à boire deux grands verres de jus de fruits. J'ai consulté ma montre : 17 h 30. Incroyable comme le temps passe vite parfois.

Les attendre ici, telle une proie résignée ? Plutôt mourir.

Trouver une stratégie de défense, sortir les griffes, relever la tête, montrer les crocs. Voilà ce que devait faire la vraie Laëtitia.

Je me suis fait couler un bain, j'ai vidé la moitié du flacon de sels dedans. Je voulais me nettoyer de cette repoussante ignominie. J'aurais voulu changer de peau, comme un serpent. Être armée de crochets gorgés de venin, comme un serpent. Les enfoncer au plus profond de leur chair et les regarder crever lentement dans d'atroces convulsions…

Je me suis plongée dans l'eau tiède, j'ai fermé les yeux. Mais les images qui défilaient sur l'écran noir étaient insupportables.

Réfléchir, trouver l'issue. Tourner une clef dans une serrure, casser les murs s'il le fallait.

Ce salaud de Richard avait osé espionner Amaury, il avait franchi la frontière interdite. Mais il avait trouvé l'arme idéale. Celle qui me ferait plier, céder.

J'ai maudit Ménainville, j'ai maudit Amaury.

Écoute, Letty, tu dois t'accrocher, tu ne dois pas démissionner…

S'il savait que je n'avais même plus la liberté de renoncer.

À cause de lui, peut-être.

Avait-il conscience de participer à un trafic de stupéfiants ? Je ne pouvais y croire. Il n'aurait jamais pu me faire ça. Son pote avait dû l'embrouiller, lui raconter n'importe quoi. Mais quoi qu'il en soit, il s'était montré imprudent, me mettant dans une situation inhumaine.

Le tromper ou l'envoyer en taule. Voilà le choix qui me restait.

Mon portable, posé sur le rebord de la baignoire, s'est mis à vibrer. Appel masqué. J'ai décroché, machinalement. Amaury, sans doute, qui se faisait encore du souci pour moi.

« C'est moi… »

J'ai failli lâcher le téléphone en reconnaissant sa voix. Toujours aussi grave, toujours aussi calme.

« Tu m'entends, Laëtitia ? » a demandé Richard.

J'ai raccroché, repris ma respiration. Le téléphone a sonné de nouveau, je l'ai laissé s'épuiser.

Non, je ne te parlerai pas, espèce d'ordure !

Et puis il y a eu le bip d'un message.

Si tu ne décroches pas, je viens et j'enfonce ta porte.

Richard n'avait pas utilisé son portable pour envoyer ce texto. Il était bien trop malin pour laisser des traces évidentes de son harcèlement.

L'eau du bain est devenue glacée, je me suis mise à trembler. Le téléphone a sonné, encore et encore, une sonnerie que je croyais n'avoir jamais entendue. Un hurlement strident dans mes oreilles qui m'intimait l'ordre de décrocher.

« Qu'est-ce que vous voulez ?

— C'est pas croyable qu'il faille toujours employer la menace, avec toi ! a plaisanté Ménainville. À croire que ça te plaît... Tu fais quoi, là ? »

Sa voix était une corde qui s'enroulait autour de moi.

« Qu'est-ce que ça peut vous foutre ?

— J'ai envie de savoir... envie de te parler.

— Pas moi.

— Je suis sûr du contraire ! Alors, qu'est-ce que tu fais ?

— Je prends un bain !

— J'aurais aimé le prendre avec toi, ce bain...

— Pas moi ! »

Il s'est mis à rire.

« J'adore quand tu fais ça, Laëtitia. J'ai été un peu dur avec toi ce matin, mais c'est ta faute...

— Forcément, c'est toujours *ma faute* !

— J'ai seulement voulu m'assurer que tu ne vas pas commettre une erreur que tu regretterais toute ta vie. »

Il avait une façon très particulière de proférer les menaces. Presque comme s'il donnait des conseils d'ami.

« Vous avez autre chose à me dire ?

— Je t'appelais pour vérifier que tu n'avais pas l'intention de nous poser un lapin, ce soir. Parce que si jamais tu t'avisais de faire ça, je serais très déçu... Ce serait une trahison. Et quand je me sens trahi, j'ai tendance à ne plus me contrôler, tu vois ? »

J'ai eu le souffle coupé.

« Tu entends, Laëtitia ?

— Oui...

— Bien. Tu seras là, n'est-ce pas ?

— Oui, je serai là.

217

— Parfait. J'ai hâte de te voir, tu sais… Tu me manques. »

Les larmes sont revenues. Sans doute les entendait-il, même si elles étaient silencieuses.

« Tu as dû m'ensorceler, c'est pas possible ! J'ai tellement envie de toi, tout le temps. Je te trouve tellement belle, tellement unique… J'aimerais t'avoir près de moi constamment. »

Il y avait autant de sincérité dans sa voix que de contradictions dans son discours.

Je savais qu'il ne mentait pas. Ça m'effrayait encore plus.

Il était dingue de moi. J'étais devenue son obsession.

« Je veux que tu mettes ta robe noire, ce soir.

— Elle est sale, ai-je prétendu.

— Dommage… Tu en as bien une autre, non ? À tout à l'heure, Laëtitia. »

Il a raccroché, j'ai éteint le portable. J'ai quitté les eaux gelées pour me réfugier dans mon peignoir.

N'accepte pas, Laëtitia ! Ne te laisse pas intimider !

Il fera du mal à Amaury, il me fera du mal à moi. Il est capable de tout. Il est fou.

Il faut que je les laisse entrer, je n'ai pas le choix… Ils finiront bien par se lasser, ils oublieront que j'existe.

Comment choisir ? Quelle attitude me sauverait ? Laquelle me condamnerait ?

La corde autour du cou, je m'étranglais un peu plus à chaque mouvement tandis que ses paroles résonnaient dans ma pauvre tête.

Tu me manques, j'ai tellement envie de toi, tout le temps… tellement belle, tellement unique…

218

J'aurais aimé que les mots de Richard ne produisent aucun effet sur moi, qu'ils me laissent de marbre. Mais ils déclenchaient une multitude d'émotions qui, tels des vents contraires, m'envoyaient sur des rochers acérés où je risquais de me disloquer.

La peur, la haine.

L'envie.

Envie de me soumettre à cette impérieuse volonté, de me laisser aller à ce terrible sentiment, celui que j'avais ressenti pour lui à tant d'occasions. Cette admiration démesurée que je lui vouais malgré tout.

Ce désir m'a fait si mal que j'ai tapé mon front contre le miroir, jusqu'à le briser. Je pissais le sang, je suis tombée à genoux.

T'es rien, Laëtitia. T'es qu'une merde, il a raison. Tu n'as pas de volonté, pas de force.

J'ai stoppé l'hémorragie avec une serviette, je me suis traînée jusqu'au lit en laissant derrière moi une trace écarlate. J'y suis restée plus d'une heure sans bouger, juste en appuyant la serviette sur mon front.

Assommée.

Le temps a refusé de s'arrêter, la nuit est tombée. J'ai regardé les chiffres rouge sang : 20 heures.

L'heure de prendre une décision.

Préparer une valise et grimper dans ma voiture pour partir loin d'ici. Mais Richard tiendrait parole. Il se vengerait, ferait du mal à Amaury.

Il ne me laissait pas le choix. Il avait gagné, une fois encore.

Je serais à lui, une fois encore.

Je me suis levée, le vertige dans la peau, une grosse caisse dans le crâne. Devant le miroir de la penderie, j'ai nettoyé la plaie au-dessus de mon arcade sourcilière.

20 h 20. La panique a surgi de nulle part et s'est emparée de moi en quelques instants. Je tournais en rond, comme une bête qui se heurte aux barreaux d'une cage. Puis un froid intense a pris possession de moi. Chaque atome de mon corps est devenu glace.

Ça ne sert à rien de s'affoler, ça ne réglera pas mon problème. Il faut les affronter, leur donner ce qu'ils veulent.

Ne pas se débattre inutilement au risque de s'enfoncer encore plus vite dans les sables mouvants.

Un jour, je me vengerai, un jour, ils paieront. Le prix fort, ils n'imaginent même pas.

J'ai sorti la robe noire du placard, je l'ai passée.

Si froide, tout à coup… Froide et déterminée. Du verglas jusque sur ma peau.

Qu'ils viennent. Je vais leur montrer qui je suis.

J'ai attaché mes cheveux, enfilé mes bas et mes chaussures.

20 h 45.

Ils croient que je vais me dégonfler ? Ils croient qu'ils vont m'anéantir ? Je suis bien plus forte qu'ils ne le pensent.

J'ai rangé l'appartement, j'ai mis la photo d'Amaury dans le tiroir, aux oubliettes. Je me suis détaillée dans la glace de la penderie : j'ai eu horreur de mon reflet, on aurait dit une pute qui attendait le client. C'était ça, d'ailleurs. Sauf que mon salaire, ce n'était pas du fric et que cette passe, je ne l'avais pas choisie. Comme toutes les prostituées, finalement.

J'ai refermé le placard, j'ai allumé une clope et me suis penchée à la fenêtre. Peut-être que trois étages, ça ferait moins mal qu'une balle dans la tête.

Et puis, au moins, je pourrais voler une fois dans ma vie…

Le commandant Delaporte allait devoir affronter le récit d'une autre nuit. Il arrivait à saturation ; pourtant, il brûlait de connaître la suite. Ces fameuses contradictions…

— Vous êtes restée chez vous ? Vous saviez ce qui vous attendait et vous êtes restée chez vous ?

— Quel autre choix, à votre avis ?

— Appeler vos collègues à la rescousse, tout leur raconter !

— Et envoyer mon propre mari en taule ?… C'est quoi, votre prénom ? interrogea Laëtitia en allumant une cigarette.

— Vincent.

— Eh bien, Vincent, j'essaie de vous expliquer depuis tout à l'heure que… Que j'ai subi cette humiliation pour en éviter une bien pire. J'ai choisi celle qui ne se voyait pas pour ne pas avoir à affronter le regard des autres. Celle qui resterait enfouie au plus profond de moi. Porter plainte, c'était répéter devant des flics et des juges comment j'avais été… Ce que j'avais subi. Répéter des dizaines de fois la même histoire, celle que vous entendez ce soir… Et écouter Richard et Olivier me salir pour se défendre. Imposer ça à mon mari, à ma fille, à mes parents. Endurer ça, c'est pire que tout. Du moins, c'est ce que je pensais. Des soupçons

221

infâmes allaient peser sur moi : *elle l'a cherché,*
elle n'a eu que ce qu'elle méritait… Je n'avais pas
été agressée par un inconnu à la sortie d'une station
de métro. Je n'avais pas été frappée ou blessée avec une
arme. Je n'étais pas défigurée ou mutilée. Je n'avais
que les mots pour raconter, pour persuader les autres
de me croire face à deux superflics que tout le monde
respectait et admirait. Et puis je ne pouvais pas risquer
qu'Amaury soit condamné, et moi avec. Que serait
devenue Lolla ?

— Je comprends…

Elle sembla réconfortée par ces deux mots.

— Racontez-moi la suite, Laëtitia…

— Vous êtes sûr que vous voulez l'entendre ? Vous
m'avez l'air bien pâle, tout à coup…

Il haussa les épaules.

— Ne vous inquiétez pas pour moi ! Je fais mon
boulot, un point c'est tout.

— Alors accrochez-vous, Vincent. On passe à
la vitesse supérieure.

***

Olivier était nerveux, il tournait son verre de blanc
entre ses mains, grillait clope sur clope. Je le dévisa-
geais en souriant, vautré dans son canapé pleine peau.
Moi, plus rien ne me faisait peur. J'étais sur une sorte
de piédestal, bien au-dessus de la masse. Un pouvoir sans limite, une assurance à tout casser. J'étais
passé chez moi en coup de vent. Pour me doucher,
me changer et embrasser ma femme et mes gosses.
Du boulot par-dessus la tête, une planque à assurer

222

toute la nuit. Désolé, chérie. Sa confiance et sa compassion m'avaient touché. J'étais vite parti rejoindre mon adjoint-complice.

« Ce soir, faudrait pas aller trop loin quand même… a lâché Olivier.

— Si tu voulais abandonner la partie, fallait le dire.

— M'amuser, ça va. Mais là, j'ai l'impression que tu perds un peu les pédales !

— T'inquiète, Olivier : je n'ai pas l'intention de lui faire de mal. S'amuser, tu dis ? C'est justement le programme. Tu vas voir, elle va nous tomber dans les bras en moins de deux ! »

Tandis qu'Olivier remplissait les verres, j'ai sorti de ma poche un petit sachet et l'ai posé sur la table basse.

« C'est quoi ? a questionné mon adjoint.

— La saisie de la semaine dernière. Une partie, du moins. »

Il a ouvert le sachet, il n'en croyait pas ses yeux.

Des gélules de 2C-B.

« T'as piqué de la came au bureau ?

— On dira que c'était pour payer un tonton… Comment on fait, d'habitude ?

— Tu comptes lui faire avaler cette merde ? s'est alarmé Olivier.

— J'en sais rien, je me suis dit que ça pouvait servir… pour nous aussi. Paraît que ce truc, c'est du tonnerre ! Ils le vendaient comme aphrodisiaque au départ.

— Cette dope est peut-être coupée…

— Arrête de flipper, on dirait ma mère ! »

J'ai remis le Nexus dans ma poche, j'ai fini mon verre avant de me lever.

« On y va ? C'est très impoli d'arriver en retard... »

***

Lorsque la sonnette a retenti, mon cœur a fait une chute abyssale.

Deuxième coup de semonce. Inutile de regarder par le judas, ça ne pouvait être qu'eux. J'ai donné un tour de verrou et j'ai fixé Richard droit dans les yeux. Puis j'ai tourné les talons, j'ai entendu qu'ils me suivaient, qu'ils refermaient la porte derrière eux.

Ils n'étaient pas venus les mains vides ; Olivier a déposé sur la table une bouteille de vin, une autre de whisky. Richard a voulu m'embrasser, je me suis laissé faire.

J'étais conditionnée.

« Tu es très belle ce soir... Mais qu'est-ce que tu as au front ? »

Il a soulevé le pansement.

« C'est une sacrée entaille ! Qu'est-ce qui s'est passé ?

— Sans intérêt.

— Tu as dîné ? On peut commander un repas chez le traiteur, si ça te dit.

— J'ai pas faim. »

Richard s'est mis à l'aise, il a débouché le vin puis il est parti chercher de quoi manger dans les placards, comme s'il était chez lui. Pendant qu'il s'activait, Olivier me dévisageait, visiblement surpris de mon attitude. J'avais du givre dans les yeux.

« Tu t'es fait mal comment ? s'est-il enquis.

— Je n'ai pas envie de raconter. J'ai envie qu'on en finisse. »

Ça les a bien refroidis, Richard m'a jeté un mauvais regard.

« Qu'est-ce qui te prend, Laëtitia ? On n'est pas des sauvages ! On peut discuter, non ?

— Discuter de quoi ?

— Pour commencer, pourquoi la photo de ton mec a disparu ?

— Quelle importance ?

— Faut pas faire cette tête, Laëtitia, a dit bêtement le capitaine.

— Je suis là, non ? C'était le contrat. Qu'est-ce que vous voulez d'autre ?

— Un peu de chaleur ! a répondu Richard. Un peu d'entrain !

— Pour ça, il faudrait que j'aie envie de vous voir. Ce n'est pas le cas, désolée. Bon, on y va ? »

Là, je les ai carrément frigorifiés. Richard a rempli les verres, m'en a proposé un que j'ai refusé d'un signe de tête. Surtout, ne pas boire une goutte d'alcool.

C'était la règle numéro 1.

« Tu as décidé de nous pourrir la soirée, c'est ça ? a-t-il demandé d'un ton menaçant.

— Certainement pas ! Je m'en voudrais de gâcher votre petite sauterie entre amis ! Vous voulez que je coure m'enfermer dans la salle de bains pour que vous soyez obligés de défoncer la porte ? Que je hurle de terreur et que je me débatte ? Ça vous amuserait davantage ?

— Pourquoi pas ? Ça pourrait être drôle ! »

Ils ont vidé leurs verres, ils réfléchissaient. Ils n'étaient pas en condition, mon plan fonctionnait à merveille. J'étais devenue la reine du surgelé ! Deux poulets congelés, c'était jouissif à observer. Sauf que je n'avais pas encore gagné, il fallait que je tienne la distance sans m'écrouler. Olivier est parti dans la salle de bains, en est ressorti aussitôt, un morceau de verre à la main.

« T'as donné un coup de boule au miroir ? »

Richard est allé constater par lui-même les dires de son adjoint puis il est venu s'asseoir juste à côté de moi.

« C'est comme ça que tu t'es assommée ? Y a des manières plus douces, tu sais.

— C'est un accident, arrête de délirer !

— Ne me tutoie pas.

— Oh, pardon ! J'avais oublié que vous étiez le *patron* ! Mea culpa ! À vous voir comme ça, aussi pitoyable, j'ai oublié ! Mille excuses, commandant.

— Bien, apparemment tu as décidé d'être odieuse, je constate que tu n'as rien compris ce matin. »

Il s'est levé, a pris une cigarette dans mon paquet. Il préparait sa riposte, je l'attendais sans broncher.

« Tu penses que ton petit manège va suffire à nous repousser, peut-être ?

— Il n'y a pas de *manège*, commandant. Je suis là, j'ai mis la robe que vous vouliez, je vous attends. Je ne comprends pas votre problème… Vous n'arrivez pas à *assumer* vos actes ? Ou vos *phantasmes* ? C'est une réaction d'adolescent, ça ! Pas une réaction d'homme ! »

J'allais trop loin dans la provoc, j'allais m'en prendre plein la gueule. Mais après tout, je préférais encore ça.

Ça, plutôt que pleurer, boire et finir dans leurs bras, terrorisée et consentante. Je préférais encore qu'ils me frappent, qu'ils me violent. Qu'ils m'envoient à l'hosto.

« Tu me cherches ?

— Pas la peine, vous êtes là. »

Olivier a dévisagé son ami, craignant sa réaction.

« T'énerve pas, Richard, a-t-il prié. Elle fait ça pour nous décourager, rien d'autre…

— Elle fait ça parce qu'elle a peur.

— Vous vous trompez, *patron*. Si tel était le cas, je ne vous aurais pas ouvert la porte. Mieux, je serais partie avant votre arrivée !

— Faux. Tu n'es pas partie, parce que tu avais peur, justement. Tu sais très bien ce que tu risques… Arrête de jouer les professionnelles, ça ne te va pas du tout !

— Je ne le suis qu'avec vous, professionnelle, ne vous en faites pas pour moi !

— Vraiment ? C'est pas l'impression que tu m'as donnée jusqu'à présent…

— C'était l'alcool, rien d'autre. Désolée d'en mettre un coup à votre virilité, messieurs ! »

Ils avaient les nerfs à fleur de peau, ne tarderaient pas à exploser. J'étais certaine que Richard allait se jeter sur moi et me forcer. Je resterais aussi froide que la mort, malgré la douleur, la rage et l'humiliation. Ils allaient sortir de leurs gonds et devenir violents… Demain, je me pointerais au bureau complètement défigurée, ils seraient bien emmerdés.

Mais ils n'ont rien fait de tel.

Ils se sont commandé deux pizzas, une autre bouteille de vin et deux litres de jus de fruits, spécialement pour moi, vu que je refusais d'avaler une goutte d'alcool. Puis ils se sont mis à parler boulot, à plaisanter sur Bertrand Germain, le boss. Moi, je les observais sans comprendre, je cherchais l'astuce.

Le piège.

Je me suis servi un verre de jus d'orange, j'ai entamé mon deuxième paquet de cigarettes de la journée. On aurait dit qu'il fallait passer le temps, un peu comme dans ces soirées où l'on reçoit des invités ennuyeux qui refusent de partir alors qu'on tombe de sommeil.

J'occupais juste un petit morceau de banquette. Ils étaient installés sur des chaises, en face de moi. Richard racontait une de ses anciennes missions de flic, lorsqu'il était lieutenant au 36. Comment il avait choisi de prendre la place d'une dizaine d'otages lors d'un braquage de banque. Un acte héroïque qui lui avait valu une blessure par balle et le grade de commandant. Son histoire était passionnante, j'étais suspendue à ses lèvres.

Je buvais ses paroles.

Et mon jus d'orange.

Les couleurs me semblaient soudain saturées, le contour des choses beaucoup plus net. La fatigue, sans doute, combinée au stress.

Progressivement, je me suis détendue, j'avais l'impression d'être assise non plus sur la banquette, mais sur un lit de coton. Mon corps flottait dans un liquide tiède, de singulières pensées ont envahi ma tête. Je me suis mise à regarder Richard, à le bouffer des yeux.

Il est beau comme un dieu, j'adore ses mains, son sourire, le timbre grave de sa voix. Et ses yeux noir de jais... Olivier aussi me plaît. C'est pas le même genre, il est carrément plus beau, mais il a moins de charme. Non, je préfère Richard, aucun doute.

J'ai sursauté, comme si je sortais d'un rêve.

Qu'est-ce que je raconte ? Qu'est-ce qui m'arrive ?

J'ai vite terminé mon troisième jus de fruits, histoire de prendre des vitamines, de ne pas m'endormir. J'ai allumé une clope, encore. Rester vigilante malgré les étonnantes vibrations qui parcouraient mon corps. J'étais devenue violon caressé par l'archet. J'ai ouvert la fenêtre pour respirer un grand coup. Il faisait nuit, et pourtant, je voyais des nuages dans le ciel. Je les voyais distinctement. Ils avaient des couleurs et des galbes surprenants.

Juste au-dessus des nuages, la mer. Des vagues bleues, ourlées d'écume, déferlaient dans le firmament.

Je n'avais jamais rien vu d'aussi beau.

Mon regard s'est alors attardé sur la façade de l'immeuble d'en face. Des dessins géométriques, sortis tout droit du cerveau d'un artiste fou, clignotaient avant de partir en fumée.

J'ai fermé les yeux un instant, je me sentais bien. Étrangement bien.

Alors que cette soirée était un cauchemar.

« À quoi tu penses, Laëtitia ? m'a soudain demandé Richard.

— À rien, je vous écoutais parler...

— Encore un peu de jus d'orange ? »

Il a rempli mon verre, je me suis jetée dessus. J'avais très soif, terriblement soif. Comme si je venais de traverser le désert. J'ai repris ma place sur le sofa, ils ont continué à parler, Olivier était drôle, je me suis mise à rire.

Merde, Laëtitia ! Reprends-toi !

Impossible de lutter, j'étais pliée en deux sur la banquette. J'allais me faire dessus, je suis vite partie vers les toilettes.

J'aurais dû manger un peu, il y a tout qui tourne. Et puis j'ai soif, j'ai chaud.

Quand je suis revenue, ils étaient à la même place. Ils discutaient sagement dans mon salon-chambre-cuisine.

Ils sont là pour me sauter, aucun doute. Alors, qu'est-ce qu'ils foutent ?

Richard a enlevé son pull, il s'est retrouvé bras nus, en tee-shirt.

Putain, qu'est-ce qu'il est beau, j'ai envie de le toucher, j'ai envie qu'il me touche...

Des éclairs dans ma tête. Après avoir eu chaud, j'avais froid. Mes nerfs affleuraient à la surface de ma peau, mes muscles étaient sous tension, mon sang circulait à une vitesse hallucinante.

Rappelle-toi, Laëtitia : ce type est un salaud qui te veut du mal, il vous menace, toi et ton mari. Mon mari... Il n'est pas venu me rejoindre ici, il m'a abandonnée. Et en plus, il fricote avec des trafiquants de merde.

Mon mari, qui ne m'emmène nulle part, même pas au septième ciel. S'il me voyait maintenant, ça réveillerait peut-être ses ardeurs !

D'ailleurs, j'ai cru le voir, à un moment. Une vague silhouette devant la porte d'entrée.

Mais c'était seulement une hallucination.

Je prenais toute la banquette désormais, allongée sur le côté, les jambes repliées. Un sourire béat sur mes lèvres. Richard est venu près de moi.

« Tu veux qu'on s'en aille, qu'on te laisse dormir ? »

Il m'a caressé le visage et ce simple geste a déclenché en moi un désir fulgurant.

Un plaisir fulgurant.

J'ai passé mes bras autour de son cou, je l'ai attiré vers moi. Je riais, je l'embrassais, j'étais bien. Terriblement bien. J'en avais fait tout un drame, alors que c'était si agréable d'avoir deux hommes charmants à mes pieds.

Ils ont terminé la deuxième bouteille de jus d'orange, ça m'a étonnée.

« Vous carburez au soft, maintenant ? Vous avez peur que l'alcool vous rende impuissants ? »

Je n'avais pas ri ainsi depuis longtemps. Collée contre Richard, je mettais mes mains partout où je pouvais. J'ai regardé le capitaine, je lui ai fait signe de nous rejoindre.

C'était bon, encore mieux que les fois précédentes. Plus aucune culpabilité, plus aucune retenue non plus.

Magique, inoubliable.

Je me souviens de m'être endormie dans les bras d'un homme, je ne sais plus très bien lequel des deux. Peut-être les deux.

J'ai vu les premières lueurs de l'aube, je les ai trouvées sublimes. Ça, je m'en souviens parfaitement.

Et puis après, plus rien.

17

Une douce brûlure sur ma peau.

Du rouge, du rouge partout.

J'ai essayé de tourner la tête, ça m'a fait mal. Comme si une main de fer appuyait sur mon crâne pour l'empêcher de bouger. J'ai tenté de remuer les jambes, elles restaient insensibles aux ordres qui partaient mollement de mon cerveau.

Des secondes, des minutes ou peut-être des heures ont passé, me gardant prisonnière de cette camisole invisible. Avec ce rouge tout autour de moi.

J'ai enfin ouvert complètement les paupières, enfin bougé les bras et les jambes. Je me suis traînée jusqu'à la banquette, j'ai effleuré mon visage pour le reconnaître.

Le rouge, c'était le tapis sur lequel je me trouvais encore quelques secondes plus tôt.

La douce brûlure, c'étaient les rayons du soleil qui entraient chez moi par la fenêtre ouverte.

J'ai eu peur de regarder le réveil : 13 h 45.

Nom de Dieu !

J'ai alors rassemblé mes neurones en un seul bloc et tenté de les activer.

Qu'est-ce que je fous là, à cette heure ? Avec seulement une couverture sur la peau... L'appartement était impeccablement rangé. J'étais entière, il ne me manquait rien. Je n'avais mal nulle part. Sauf au crâne, au cœur et... à l'épaule. Je me suis levée, j'ai toussé, marché lentement jusqu'à la salle de bains. Plus de miroir. Normal, je l'avais pété. Ça, je m'en souvenais. Je l'avais brisé parce que...

Parce que Richard et Olivier devaient venir et que ça m'avait terrorisée.

Richard, Olivier.

Raz de marée monstrueux.

Flot d'images ininterrompu.

Eux, moi.

Eux et moi.

Avec les images me sont arrivés les sons, les rires et les paroles, juste avant les sensations. Une crispation a fendu mon ventre en deux, ça remontait doucement jusque dans ma tête, suivant ma colonne vertébrale.

J'ai failli tomber, je me suis rattrapée au lavabo.

Ça m'avait coupé le souffle tellement c'était bon.

Face au miroir de la penderie, j'ai cherché la source de cette douleur à l'épaule. J'avais un bleu, mais à y regarder de plus près, ce n'était pas qu'un hématome : j'avais été mordue.

Je me suis à nouveau réfugiée sur la banquette, après avoir enfilé un tee-shirt et une culotte. J'ai mis les mains sur mes yeux et mon front, appréhendant la fin de l'atterrissage.

Descente périlleuse.

Quitter le cosmos pour atteindre la Terre à la vitesse d'une comète qui pénètre dans l'atmosphère.

Enfin, j'étais en bas, j'avais survécu.

J'ai fermé les volets, refusant cette lumière vive, ce coup de projecteur sur ma déchéance.

En ruine, c'était l'expression qui résumait le mieux mon état.

Impossible d'accepter, de capituler, de dire quelque chose du genre : *C'est pas grave, on s'est bien amusés, on a passé un bon moment.*

C'était plutôt : *Ils se sont bien amusés avec moi, de moi. Ils ont eu tout ce qu'ils voulaient, ils n'ont même pas eu à demander.*

J'ai décroché le téléphone, éteint le portable. Amaury m'avait laissé plusieurs messages, mais je n'avais pas la force de le rappeler.

Comment ai-je pu ? Qu'est-ce qui m'est arrivé ? Je n'ai pas bu une seule goutte d'alcool, seulement du jus d'orange...

Le jus d'orange, évidemment ! Mais les bouteilles avaient été livrées en même temps que les pizzas, comment pouvaient-elles contenir de la drogue ? Une simple seconde d'inattention et Richard avait dû verser quelque chose dedans.

J'ai fouillé la poubelle, les pièces à conviction avaient disparu. C'était la preuve formelle que je ne me trompais pas. Pourquoi aurait-il emporté deux bouteilles vides ?

Une drogue de synthèse, voilà quelle avait été leur arme. Ça m'a légèrement soulagée, m'ôtant une once de cette immense culpabilité. J'ai même souri, je me souviens. Un sourire d'amertume profonde.

Une conne, je me suis fait avoir comme une conne !

C'était bien, inutile de le nier. C'était ça qui me faisait mal, comme toujours.

Ça et le viol.

Parce que d'accord, c'était bien mais… Encore cette terrible impression d'être souillée, salie, pénétrée par effraction.

Effroyable sensation, effroyable humiliation.

Un fardeau qui m'empêchait de marcher, de réfléchir ou de travailler.

L'après-midi s'est poursuivie ainsi, j'étais assise par terre, recroquevillée contre le lit défait. Sur le fameux tapis rouge…

***

Je ne pensais qu'à elle, à ce que nous avions vécu et partagé. Je préférais occulter la came, la présence d'Olivier.

Je ne voyais qu'elle et moi.

D'ailleurs, je la voyais partout.

Laëtitia n'est pas venue bosser, ce jour-là. Ça ne m'a pas étonné. Après la nuit que nous avions passée, avec la drogue qu'elle avait ingurgitée sans le savoir, elle n'émergerait pas avant l'après-midi. Et surtout, elle n'oserait pas m'affronter.

Toute la journée, j'ai accompli mon travail tel un automate. Fidèle au poste, je donnais le change. Mais j'étais ailleurs.

J'étais avec elle.

En début de soirée, alors que j'allais quitter le bureau, j'ai reçu un mail de sa part. J'ai hésité avant de l'ouvrir. Allait-elle m'insulter ? Me faire la déclaration que j'attendais fébrilement ? Finalement, c'était un message officiel et glacé.

« À l'attention du commandant divisionnaire Richard Ménainville.

Commandant,
Je suis au regret de vous annoncer que je suis souffrante. Le médecin m'a prescrit un arrêt de 7 jours, arrêt que vous recevrez dans les temps impartis.
Bien cordialement,
Lieutenant Laëtitia Graminsky »

Quand j'ai lu ces quelques lignes, j'ai eu des frissons et l'envie de pleurer. Simplement parce que j'allais passer une semaine sans elle.

C'était intolérable.

J'ai enfilé mon blouson, je suis rentré chez moi. Pour la première fois, je n'étais pas heureux de retrouver ma femme et mes enfants. Impression d'être en cage, de ne pas être à ma place.

Je perdais mes repères, je devenais étranger à ma propre vie.

Sensation effrayante, épouvantable.

Véro était énervée, fatiguée. Elle m'a reproché d'avoir déserté cette nuit encore. Je lui ai répondu que c'étaient les aléas de mon boulot, qu'elle n'aurait pas dû épouser un flic si elle voulait un mari qui rentre à 17 heures tous les soirs.

Je n'avais même plus envie de m'excuser ni de me justifier.

Je n'avais envie que de Laëtitia.

Véro m'a appris qu'Alexandre avait insulté un professeur au lycée, qu'il s'était pris un avertissement. Elle m'a ordonné d'aller lui parler, de tenir mon rôle de père. En traînant les pieds, je suis monté dans sa chambre lui faire la morale. Alex m'a envoyé sur les roses, avec un mépris qui m'a blessé. À bout de nerfs et d'arguments, je lui ai collé une gifle, sans maîtriser ma force. Je l'ai frappé si violemment qu'il a perdu l'équilibre et s'est effondré à mes pieds.

Je suis resté sidéré par mon propre geste.

Par ce que j'étais devenu.

Une fois les gamins couchés, Véro est entrée dans une colère noire. Alors, j'ai passé la nuit à scruter le plafond au-dessus du canapé. Je songeais à mon fils, je songeais à Laëtitia qui allait sans doute rejoindre sa famille et s'éloigner de moi.

Je ne le supporterais pas.

Le lendemain matin, j'ai parlé à Alexandre. J'ai exprimé des regrets mais aucune excuse. À Véro, j'ai dit que le boulot mettait mes nerfs à rude épreuve, qu'il fallait que je fasse un break.

Je suis passé voir mon toubib, prétextant être au bout du rouleau. Il m'a prescrit un arrêt et j'ai prévenu Olivier que je ne viendrais pas bosser de la semaine. Aller au bureau et ne pas voir Laëtitia, c'était l'assurance de devenir complètement fou. Plutôt déserter.

En fin de matinée, j'ai appelé ma femme pour lui annoncer que je partais quelques jours chez ma sœur dans le Sud-Ouest, qu'elle ne devait pas le prendre mal, que cette courte séparation nous ferait le plus grand bien. Véro n'a pas vraiment acquiescé, concluant la conversation par un *Fais comme tu veux, Richard* désabusé.

J'ai récupéré un peu de matos dans ma voiture avant d'aller en louer une. L'instant d'après, j'étais en planque en bas de l'immeuble de Laëtitia...

18

Laëtitia a quitté son appartement vers 11 heures. Afin qu'elle ne me repère pas, j'avais choisi chez le loueur un modèle très banal, une Clio blanche.

Je savais où elle se rendait. Elle allait à R., rejoindre son mari et sa fille. Je connaissais son adresse là-bas, je pouvais me permettre de la filer de loin.

Pendant le trajet, je me suis demandé ce que j'étais en train de faire. Abandonner ma propre famille pour suivre cette fille… Je perdais les pédales, Olivier avait raison. Mais c'était plus fort que moi. Impossible de résister à cette attraction.

La voir, même de loin.

L'apercevoir, c'était mieux que rien.

Je risquais de souffrir. Parce qu'elle serait avec l'homme qu'elle avait choisi d'épouser. Cet homme que je haïssais, simplement parce qu'elle l'aimait.

***

J'ai décidé de prendre ma vieille voiture, j'en aurais besoin sur place. *Via* l'autoroute, mon voyage durerait environ deux heures. Deux heures pour réfléchir à ce que j'allais dire à Amaury, à la façon dont j'allais agir. Je n'avais pas intérêt à me tromper. Il y allait de la survie de notre famille.

Lorsque je suis arrivée à R., je me suis garée non loin de notre immeuble et j'ai attendu patiemment derrière mon volant. La chance serait peut-être avec moi.

Quoique la chance, ces derniers temps, avait tendance à me tourner le dos...

***

Je me suis demandé pourquoi Laëtitia ne rentrait pas chez elle. Une heure plus tard, j'ai compris. Un homme est sorti du parking de l'immeuble sur un scooter, Laëtitia l'a pris en filature.

Son mari, aucun doute.

Elle était venue vérifier mes accusations.

Nous avons traversé plusieurs quartiers de R. pour arriver en plein centre-ville. Nous avons réussi à le suivre, la circulation n'étant pas trop dense. Rien de pire que de filocher un deux-roues... Amaury a stationné son scooter sur le trottoir avant de rejoindre un type à la terrasse d'un café. J'ai reconnu le fameux dealer dont mon collègue de la brigade des Stups de R. m'avait envoyé la photo.

Laëtitia avait rangé sa voiture sur un espace de livraison, cinquante mètres en aval du bistrot. Martin Leroyer, le trafiquant, a payé une bière à son coursier avant de lui remettre un petit colis. Amaury l'a placé dans le top case de son Yamaha et il est parti faire sa livraison. Laëtitia l'a laissé s'éloigner, ce n'est pas lui qui l'intéressait.

Leroyer a quitté le bistrot à pied, Laëtitia est descendue de sa voiture. Je leur ai emboîté le pas, avec la drôle d'impression d'être au boulot... Nous avons pris le tramway, puis le bus, pour arriver dans un quartier résidentiel de cette grande ville que je connaissais mal.

Laëtitia a commis quelques erreurs durant sa filature mais elle a eu la chance de ne pas se faire repérer. Il faut dire que ce Leroyer n'était pas spécialement méfiant. Un dealer de bas étage qui fourguait sa merde à quelques consommateurs de la haute. Une proie facile, du moins le croyais-je.

Il nous a gentiment conduits jusque chez lui, une maison avec jardin. Laëtitia a regardé le nom sur la boîte aux lettres avant de rebrousser chemin.

Le bus, le tram... Elle n'a pas fait attention à ma présence. Des années d'entraînement, je sais me fondre dans la foule, passer totalement inaperçu...

***

J'ai prévenu Amaury que je me chargeais de récupérer Lolla à la sortie des classes. Il était surpris de me savoir à R., je lui ai dit que j'avais posé une semaine de congé, prétextant être à bout de nerfs. À bout de forces.

C'était la vérité.

Postée en face de l'école, je songeais à ce que j'allais entreprendre dès le lendemain. Des choses difficiles m'attendaient, mais je n'avais pas le choix. Il fallait que j'enlève à Richard le moyen de faire pression sur moi.

Je devais le désarmer de toute urgence.

***

J'avais une vue parfaite sur Laëtitia qui attendait patiemment sa gosse. Une sonnerie a retenti, réveillant en moi un goût d'insouciance, de rire et de jeux. Quand j'étais môme, que je rechignais à faire mes devoirs et me battais dans la cour de récréation pour me convaincre que j'étais le plus fort. Quand les filles étaient encore des êtres mystérieux descendus d'une autre planète.

Quand mon cœur aimait sans saigner.

Des nuées de bambins se sont précipitées vers la sortie et le visage de Laëtitia s'est illuminé.

Celui de sa fille aussi.

Ces retrouvailles m'ont ému. Laëtitia serrait la petite Lolla dans ses bras, elles riaient toutes les deux. Si heureuses d'être ensemble.

À cet instant, j'ai réalisé à quel point mon lieutenant souffrait de cette séparation.

À cet instant, j'ai réalisé que moi, j'avais la chance de voir mes enfants autant que je le voulais. Pourtant, ces derniers temps, je m'éloignais d'eux chaque jour un peu plus, je les négligeais.

C'était la faute de Laëtitia.

C'était ma faute.

J'ai baissé la vitre, j'avais besoin d'air.

Lolla est montée à l'arrière de la voiture et nous sommes repartis en direction de leur appartement.

J'ai stationné ma Clio presque en face de l'immeuble et j'ai attendu que Laëtitia soit rentrée pour aller voir sur le digicode à quel étage elle vivait. Avec un peu de chance, je pourrais l'apercevoir derrière les fenêtres.

La nuit est tombée sur mon désarroi, j'ai déserté ma planque. Je me suis trouvé un hôtel à cinq cents mètres de là, un de ces endroits sans âme qu'on croise dans toutes les grandes métropoles.

Allongé sur le lit king size, je fixais le plafond. Me demandant, une fois de plus, ce que je foutais là.

Vers 22 heures, n'y tenant plus, je suis retourné sur place. À son étage, il y avait encore de la lumière, les volets n'étaient pas fermés. J'aurais peut-être droit à des miettes. Sa silhouette, sa longue chevelure, son profil délicat…

* * *

Amaury semblait heureux de mon retour surprise. Une fois Lolla couchée, après que je lui ai lu une histoire, nous avons dîné en tête à tête. J'avais décidé de ne lui parler de rien avant de détenir des preuves irréfutables.

Pendant le repas, il a fallu que je trouve une explication pour l'entaille sur mon front. Plutôt facile étant donné mon job. Puis Amaury m'a annoncé qu'il avait une piste pour un boulot. Un vrai travail. Qu'en attendant, il arrondissait les fins de mois grâce à ses livraisons de colis.

C'est lui qui abordait le sujet.

En le questionnant, en scrutant le fond de ses yeux, j'ai conclu qu'il ignorait le contenu de ces colis.

Ou alors, il mentait à merveille.

Mais ça, je n'ai pas voulu l'imaginer.

Il avait une livraison prévue le lendemain matin, je lui ai proposé qu'on la fasse ensemble. J'ai bien vu que ça l'embarrassait, je n'ai pas insisté.

J'ai pris des nouvelles de mon beau-père. Son état ne s'améliorait pas et Amaury en était très inquiet.

J'ai ouvert la fenêtre du salon, je me suis accoudée sur le rebord pour fumer une cigarette. Il m'a rejointe, m'a prise par la taille et m'a embrassée dans le cou… J'avais la sensation d'être observée, je me suis trouvée paranoïaque et ridicule.

Mais il y avait pire encore. J'étais dans les bras de mon mari, et pourtant, je n'avais plus l'impression d'être à ma place. Des images tombaient sur moi, telle une pluie acide. J'ai fermé les yeux, tenté de me reprendre…

***

Quand elle est apparue à la fenêtre, mon cœur s'est emballé. Même à contre-jour, même de loin, je la trouvais sublime.

Je ressemblais à un adolescent amoureux, j'étais pitoyable.

Mon sourire s'est vite évaporé. L'autre est venu se poster derrière elle, l'a enlacée puis embrassée, juste devant moi. J'ai serré violemment le volant. De là où j'étais, il m'a semblé que ce baiser était enflammé, passionné. Il a duré une éternité.

Il a passé les mains sous son tee-shirt.

Les miennes se sont crispées sur le volant.

Je l'avais bien cherché.

Mais j'avais espéré autre chose. Les voir s'engueuler, sans doute.

Ils ont tiré le rideau et ont disparu de mon champ de vision. Alors, j'ai escaladé la clôture censée protéger l'immeuble et j'ai vite repéré la voiture de Laëtitia. J'ai déposé une balise sous son aile droite, je l'ai activée depuis mon portable puis j'ai ouvert une portière sans aucune difficulté pour installer un micro sous le siège conducteur. Ensuite, je me suis traîné jusqu'à l'hôtel pour me retrouver à nouveau sur le lit bien trop grand pour ma solitude. Les mâchoires serrées, je tentais de reprendre le chemin de ma vie.

Ils s'aiment, je n'ai aucune chance. Je dois m'arrêter avant qu'il ne soit trop tard.

Sauf qu'il était déjà trop tard. Je l'avais dans la peau, comme une maladie, un virus incurable.

Je me suis subitement demandé pourquoi. Pourquoi Laëtitia ? Qu'avait-elle de plus que les autres ? Au cours de ma vie, j'avais croisé bien des femmes qui la surpassaient en beauté, en charme ou en charisme. Pourtant, aucune d'elles ne m'avait poussé au crime d'infidélité. Aucune n'avait déclenché en moi pareilles émotions. Pareille addiction.

Quel vide comblait-elle en moi ? Quelle peur venait-elle apaiser ? Quels souvenirs avait-elle ravivés ? Quelle image de moi voyais-je se refléter au fond de ses yeux ?

Quel instinct de prédation ou de protection avait-elle réveillé dans mon cœur ?

L'amour est un mystère, un dictateur sans merci qui impose sa loi et lève des armées d'esclaves. Obéir à ses injonctions, abandonner son libre arbitre.

Victime de ses stratagèmes silencieux, qu'allais-je devenir ? Qu'allait-il faire de moi ?

Un appel de Véro m'a violemment arraché à mes pensées.

« Bonsoir, ma chérie.

— Bonsoir, Richard. Ta sœur m'a dit que tu étais sorti… »

Heureusement que j'avais briefé Sophie et qu'elle avait accepté de me couvrir.

« Je n'arrivais pas à dormir, ai-je dit.

— Moi non plus, je n'y arrive pas.

— Je suis désolé de t'avoir laissée seule avec les gosses, mais j'avais besoin de faire une pause. Besoin de réfléchir, de m'éloigner du boulot…

— De t'éloigner de nous ?

— Ne crois pas ça, Véro. Je ne suis pas à la hauteur, ces derniers temps. J'en suis conscient…

— Je ne te demande pas d'être à la hauteur, a rectifié ma femme. Je te demande juste d'être là… D'être *vraiment* là. Et d'être toi. L'homme que j'ai épousé et à qui j'ai donné deux enfants. »

Chaque mot m'a bousculé.

« Ça va aller mieux, ai-je prétendu. Je te promets que ça va s'arranger.

— J'en suis sûre, mon amour. »

J'ai fermé les yeux une seconde, avant de les rouvrir sur la réalité.

« Je t'embrasse, a-t-elle ajouté.

— Moi aussi. Très fort… »

246

C'est moi qui ai déposé Lolla à l'école le lendemain matin. Elle semblait tellement heureuse que je sois près d'elle pendant quelques jours que je me suis dit qu'il fallait absolument que je trouve le moyen de revenir à R. ou qu'ils me rejoignent à L. Avec de la gaieté plein les yeux, elle m'a embrassée puis a traversé la cour d'un pas léger. Avant de disparaître dans le bâtiment, elle s'est retournée pour m'adresser un dernier signe.

Je me suis hâtée de regagner ma voiture et je suis partie me garer non loin de notre immeuble. Amaury en est sorti quelques minutes plus tard sur son Yamaha. Ce scooter dont la carte grise était à nos deux noms, Richard n'avait pas menti.

Il a retrouvé le fameux Martin dans un autre bistrot. Ce type était donc méfiant, ce qui accréditait la thèse du trafic de stups. Mon mari a récupéré son colis puis a repris la route. Plusieurs fois, j'ai failli le perdre dans la circulation, mais heureusement, Amaury n'a jamais été un fou du volant ou du guidon. Il conduisait prudemment.

À certains moments, je lui collais au train, pourtant il n'a rien vu…

***

Comme la veille, Laëtitia ne s'est aperçue de rien. Elle était tellement concentrée sur son dealer de mari qu'elle n'a pas songé à regarder dans son rétroviseur.

Curieuse situation, quand j'y repense. Elle filait son mari, je filais ma maîtresse.

Dès qu'Amaury a garé son scooter sur le trottoir, elle a pilé, puis elle a klaxonné pour qu'il n'entre pas dans l'immeuble. Il est resté sidéré, son colis entre les mains, attendant qu'elle se gare convenablement. Elle lui a fait signe de la rejoindre, j'ai activé le micro sur mon portable. C'était du matériel basique mais j'étais suffisamment près pour ne rien rater de leur conversation...

***

« Qu'est-ce que tu fais là ? s'est étonné Amaury. Tu m'as suivi ou quoi ?

— Oui, je t'ai suivi.

— Qu'est-ce qui te prend ?

— Tu sais ce qu'il y a dans ce colis ? ai-je demandé froidement.

— Non, pas précisément, a-t-il prétendu. Des documents urgents, sans doute...

— On va l'ouvrir pour vérifier.

— Certainement pas ! S'il est ouvert, le client va râler et je vais me faire engueuler.

— Donne-le-moi, ai-je ordonné en haussant le ton.

— T'es malade ou quoi ? »

De plus en plus mal à l'aise, il a voulu quitter la voiture, mais je l'ai retenu par la manche de son blouson.

« Je vais être à la bourre, ça suffit Letty ! »

Je lui ai arraché le carton des mains, il est resté stupéfait par la violence de mon geste.

248

« Tu veux que je me fasse virer, c'est ça ? Je te rappelle que je suis flic. »

Son malaise grandissait tandis que je récupérais un couteau dans le vide-poches. J'ai ouvert le colis le plus proprement possible, Amaury ne tenait plus en place.

« Tu m'espionnes, maintenant ? » s'est-il indigné.

Il essayait de me faire endosser le mauvais rôle, j'ai fait la sourde oreille. À l'intérieur du modeste carton, une enveloppe fermée que j'ai décachetée prudemment. Elle contenait des petits comprimés jaunes en forme de smileys.

« Qu'est-ce que c'est que ce truc ? » a murmuré Amaury.

Visiblement, il était sincère.

« À vue de nez, je dirais MDMA. »

Ma voix était glacée.

« MDMA ? a répété Amaury.

— Drogue de synthèse. »

J'ai fixé mon mari droit dans les yeux, j'ai vu son visage devenir translucide.

« Merde.

— Merde, en effet. Un dealer marié à un flic des Stups, c'est pas banal.

— Putain, Letty, j'en savais rien !

— Vraiment ? Ça ne t'a pas étonné qu'un mec que tu connais à peine te demande de livrer des colis et te paye au black ? Ça ne t'a pas étonné qu'il te donne rendez-vous chaque fois dans un endroit différent ? Qu'il te file un portable prépayé pour l'appeler ? »

Amaury a regardé ailleurs, ses mains tremblaient.

« Arrête de te foutre de moi ! ai-je soudain rugi.

— J'étais pas au courant, je te dis !

— Tu es donc si lâche que ça ? »

Il est resté un moment silencieux avant de se confesser.

« OK, je me doutais que ce n'était pas très légal. Mais je te jure que j'ignorais que c'était de la came ! Je… Je croyais que c'était des contrefaçons. C'est ce que Martin m'avait dit. Des montres, des sacs… »

J'ai laissé échapper un petit rire nerveux.

« C'est vrai que ça, ce n'est pas *grave* ! ai-je riposté.

— Si, mais… moins que la drogue. »

Encore un silence. Je réalisais que l'homme que j'aimais m'avait volontairement mise en danger.

« Je suis désolé, a-t-il enfin murmuré.

— Tu peux l'être, ai-je balancé d'une voix métallique.

— Je voulais juste gagner un peu de blé, acheter des trucs à Lolla… Comment tu as su ? »

J'ai réfléchi un instant.

« Dès que tu m'as dit que tu transportais des colis, je me suis doutée que tu t'étais fourré dans la merde. »

Il m'a regardée de travers.

« Tu n'as pas pu deviner comme ça… Ne me prends pas pour un con, Laëtitia.

— N'essaie pas de retourner la situation. C'est toi qui es en faute, pas moi !

— Dis-moi la vérité, Letty.

— Ce sont des collègues qui m'ont prévenue, ai-je prétendu. Des collègues de la brigade des Stups de R. Ils surveillent ton *pote* Martin et t'ont identifié. Alors, ils m'ont appelée. »

C'était *presque* la vérité, après tout.

« Qu'est-ce que je risque ?

— La taule, ai-je assené. Et moi aussi. »

Il s'est décomposé, a fait descendre la vitre de la voiture.

« C'est pas possible… Qu'est-ce qu'on va faire ? »

Cette question, je me l'étais posée cent fois. Et je n'avais pas encore la réponse.

« Est-ce que ce fumier sait que tu es marié à un flic ?

— Non, a juré Amaury. Il m'a posé des questions et j'ai prétendu que tu bossais à la poste… Mais tes collègues, qu'est-ce qu'ils t'ont dit ? Ils sont prêts à fermer les yeux sur ce que j'ai fait ?

— Je ne crois pas, non… En fait, ils ne m'ont pas donné l'info directement. C'est mon patron qui m'en a fait part.

— Ménainville ? Et il a réagi comment, ce salopard ?

— Pourquoi tu le traites de salopard ?

— Ben, depuis que tu es sous ses ordres, on ne peut pas dire que tu aies l'air très épanouie ! »

Difficile de le contredire.

« Alors, il a dit quoi ? a insisté Amaury.

— À ton avis ? Que j'étais dans de sales draps. Et ça a été une occasion supplémentaire de m'en prendre plein la gueule, figure-toi. »

Amaury a soupiré, j'ai allumé une clope.

« Bon, je vais aller trouver Martin et lui rendre sa merde », a-t-il décrété.

***

Mauvaise idée, pauvre con !

Décidément, ce mec faisait tout de travers. J'avais de plus en plus envie de le pulvériser.

« Brillante idée ! » a ricané Laëtitia.

Ça m'a fait sourire.

« Au cas où tu l'ignorerais, ces types sont capables de tout. S'il sait que tu as découvert le pot aux roses, il va s'en prendre à toi… À toi, ou même à Lolla. »

Bien vu, Laëtitia.

L'écogarde a protesté avant de s'excuser, à nouveau. Il était dans ses petits souliers.

« Je vais aller voir les flics et leur filer la came, a-t-il ensuite proposé. Comme ça, ils vont s'occuper de Martin et me foutre la paix. »

Je n'ai pas pu me retenir de rire. Elle l'avait trouvé où, ce tocard ?

« Tu rêves ! a rétorqué mon lieutenant. Tu as participé activement à un trafic de stupéfiants, tu as été payé en liquide, tu ne pouvais pas ignorer que tu commettais quelque chose d'illégal… et tu penses qu'ils vont te *foutre la paix* ? Tu vas passer devant un juge, moi aussi, peut-être. Et il y a des chances que tu finisses en taule, en fonction des éléments qu'ils détiennent. »

L'avorton a enfin fermé sa gueule, j'ai senti que Laëtitia réfléchissait.

« Il doit te filer le fric quand ? a-t-elle demandé.

— À 19 heures, il doit me payer la semaine. Six livraisons, soit trois cents euros. »

J'ai failli m'étrangler. En plus, ce crétin se faisait arnaquer ! Il lui a communiqué l'adresse de la rencontre et j'ai entendu que Laëtitia prenait une photo.

Sans doute le contenu du paquet. Puis elle l'a refermé. Elle avait tout prévu, même la colle.

« Va livrer ton putain de colis, a-t-elle finalement ordonné. Ce soir, tu vas au rendez-vous, tu prends le fric et tu lui dis que tu as trouvé un job, que tu ne peux plus bosser pour lui. Il ne doit surtout pas se douter que tu es au courant pour la dope, compris ?

— Et pour ce qui s'est passé avant ?

— Ce qui est fait est fait, a conclu Laëtitia. Le plus urgent, c'est que tu disparaisses de son entourage.

— Il n'y a pas une prescription ?

— Pour ce genre de trafic ? C'est six ans, a assené mon lieutenant.

— Quelle merde…

— Et j'espère que tu n'as jamais livré ces saloperies à un mineur, parce que sinon… »

***

Amaury devait retrouver Martin dans le salon privé d'un restaurant. Ce n'était pas la première fois qu'ils se voyaient dans cet endroit branché. Nous avions déposé Lolla chez mes beaux-parents et j'attendais mon homme dans la voiture, en me rongeant méthodiquement les ongles.

À 19 h 30, enfin, il est ressorti du restaurant. Dès que j'ai vu son visage, j'ai su que la rencontre s'était mal passée, qu'il y avait un problème. D'ailleurs, il n'est pas remonté dans la voiture, sans doute pour éviter qu'on nous voie ensemble. Il a avancé sur le trottoir et m'a adressé un signe discret afin que je le suive. J'ai mis le contact et nous avons quitté le boulevard pour nous engager dans une petite rue perpendiculaire. Là, il a grimpé sur le siège passager.

« Putain, c'est la merde », a-t-il annoncé.

J'ai continué à m'éloigner du restaurant, me suis garée deux rues plus loin.

« Vas-y, raconte.

— Il sait.

— Quoi ?

— Il sait que je sais… Même si tu as fait au mieux, le client de ce matin s'est aperçu que le colis avait été ouvert. Comme c'est un pote de Martin, il l'a prévenu. Du coup, quand je lui ai annoncé que je voulais arrêter, ce salopard m'a dit : *Tu comptes me balancer aux flics ?* Il est devenu fou… Si jamais je le dénonce, il s'occupera de Lolla… »

Un liquide en fusion a inondé ma poitrine, mon cœur a pris feu.

« Il connaît son école, notre adresse… Et il veut que je continue à livrer ses colis, sinon même chose… J'aurais voulu lui casser la gueule, à cet enfoiré, mais il y avait deux gars avec lui, je ne faisais pas le poids ! »

Les larmes ont inondé les yeux d'Amaury. Ça m'a retournée.

« Pardonne-moi, Letty, a-t-il murmuré. J'ai fait le con, pardonne-moi… »

J'ai pris sa main dans la mienne, je l'ai serrée très fort.

« Je vais trouver une solution, ai-je promis. On va s'en sortir… Tu prends le bus, tu vas chez tes parents et tu y restes avec Lolla jusqu'à ce que je revienne.

— Tu vas faire quoi ? s'est-il alarmé.

— Le nécessaire. Si jamais je ne t'ai pas donné de nouvelles à 22 heures, tu appelles ce numéro », ai-je ajouté en lui tendant une petite carte.

Il a lu les coordonnées avant de me dévisager, stupéfait.

« Ménainville ?

— Oui, Ménainville. Tu lui expliques la situation et tu le laisses gérer... »

***

Ça m'a fait drôle qu'elle lui file mon portable, qu'elle me voie comme un recours si les choses tournaient mal. La preuve qu'elle avait encore confiance en moi. Ça m'a réchauffé le cœur. Alors, j'ai murmuré :

« Je suis déjà là, Laëtitia. Juste derrière toi. Je ne te lâche pas... »

Il est descendu de la voiture, elle est retournée aux abords du restaurant. Je tâchais d'être au plus près sans qu'elle me remarque. Mais si elle entrait là-dedans, je ne pourrais plus la garder sur écoute, sous surveillance. J'ai commencé à flipper. Heureusement, elle n'a pas bougé de son véhicule, ce qui m'a rassuré. Nous avons patienté presque une heure avant que Martin Leroyer ne sorte de l'établissement.

Il était seul. Qu'allait-elle faire ?

Laëtitia a quitté sa voiture pour aller à la rencontre du trafiquant. Elle avait la main sur la crosse de son arme.

Putain, Laëtitia, déconne pas !

En arrivant à sa hauteur, elle a défouraillé et l'a discrètement menacé avec son pistolet à moitié caché

255

par son blouson. Elle l'a saisi par le bras, l'a forcé à monter dans la voiture. Je me tenais prêt à intervenir si jamais la situation basculait.

Il était peut-être armé lui aussi.

J'arriverais peut-être trop tard.

Ma tension grimpait en flèche. Moi qui avais pour habitude de préparer toutes mes opérations avec minutie, je n'aimais pas sa façon d'improviser. Mais je ne pouvais m'empêcher de la trouver incroyablement courageuse.

« Garde les mains sur tes cuisses, a-t-elle ordonné. Tu vas m'écouter bien attentivement. Tu te sers d'Amaury pour livrer de la came en lui faisant croire que c'est autre chose.

— Je ne comprends rien à ce que vous dites. Vous êtes qui, d'abord ?

— Tu comprends parfaitement ce que je dis, au contraire, a riposté Laëtitia. Donc, à partir de maintenant, tu oublies Amaury. Sinon, ce que j'ai entre les mains te fera un joli trou dans la cervelle. C'est clair ?

— Vous êtes flic, c'est ça ?

— Ta gueule. C'est moi qui pose les questions. Commence par effacer le contact d'Amaury dans ton téléphone. »

Je suppose que Martin s'est exécuté puisque je l'ai vu prendre quelque chose dans la poche intérieure de son blouson.

« J'ignore qui vous êtes, a-t-il repris, mais vous devriez ranger votre flingue parce que…

— Ta gueule, j'ai dit ! Je sais où tu habites, je sais tout de ton trafic, alors je te conseille de ne plus jamais approcher Amaury. Si tu reprends contact avec lui, d'une façon ou d'une autre, je te descends. T'as pigé ?

— C'est on ne peut plus clair, a-t-il répondu calmement.

— Fous le camp. Dégage de ma bagnole, maintenant... »

***

Il a obéi, repartant dans l'autre sens sur le trottoir. Mais il s'est retourné vers moi, et le regard qu'il m'a jeté m'a épouvantée.

Haine, menaces, vengeance. L'histoire ne s'arrêterait pas là.

La peur me faisait trembler, j'ai attendu qu'il disparaisse pour mettre le contact. Je me suis éloignée du restaurant et me suis à nouveau arrêtée pour appeler Amaury. D'une voix que j'espérais confiante et forte, je lui ai dit que j'allais bien et que j'avais réglé le problème.

J'ai repris la route en direction de la maison de mes beaux-parents. Lorsque je suis arrivée chez Maryse et Jacques, Amaury patientait sur le perron. Dès que j'ai mis un pied hors de la voiture, il s'est jeté sur moi et m'a longuement serrée dans ses bras.

« J'ai eu tellement peur ! Si tu savais comme je me sens coupable...

— Ça va aller », ai-je simplement répondu.

Difficile d'y croire, mais il fallait bien que je me raccroche à cette lueur d'espoir.

Ce salaud de Leroyer était peut-être dangereux, il pouvait ne pas en rester là.

Richard aussi était dangereux. Lorsqu'il apprendrait qu'Amaury avait disparu du trafic, il demanderait sans doute à son *pote* de R. d'intervenir. Arrestation de Leroyer et d'Amaury. À la rigueur, je préférais cette seconde hypothèse même si je n'en mesurais pas encore toutes les conséquences.

Je m'en suis alors remise aux manigances du destin, priant pour qu'il nous soit favorable.

Pendant le dîner avec mes beaux-parents, j'ai tenté de faire bonne figure malgré le nœud coulant qui se refermait lentement autour de ma gorge. J'ai trouvé que Jacques avait pris dix ans en quelques semaines et je l'ai admiré pour son courage.

Après le repas, j'ai réveillé Lolla et nous l'avons installée à l'arrière de la voiture avant de reprendre le chemin de notre immeuble.

La peur au ventre.

***

Dès que Laëtitia a disparu, Martin a passé un coup de fil puis il s'est à nouveau réfugié dans le restaurant. Une demi-heure plus tard, j'ai vu arriver un Evoque noir avec trois types à l'intérieur. Ils venaient rejoindre Leroyer, qui pouvait être leur chef comme l'un de leurs sous-fifres. J'ignorais alors quel rang il tenait dans ce trafic.

Pendant qu'ils étaient dans l'établissement, je me suis discrètement approché de la voiture, la nuit était mon alliée. J'ai déposé une nouvelle balise sur le Range Rover avant de retourner dans ma petite Clio.

Ils sont tous ressortis au bout de trente minutes. Quand j'ai vu que Leroyer grimpait à l'avant, j'ai compris qu'il était le chef de cette bande de minables. Je n'avais pas affaire à des types de grande envergure. Ça ne voulait pas dire qu'ils n'étaient pas dangereux.

Bien au contraire.

Grâce à la balise et à mon smartphone, je n'ai eu aucun mal à suivre ces lascars. Nous avons quitté l'hypercentre de R. et l'Evoque a fait une première halte tout près du domicile de Laëtitia. Une autre devant l'école où était inscrite Lolla.

Aucun doute possible, ce salopard préparait sa riposte. Il allait s'en prendre à Amaury, à Laëtitia. Ou pire encore, à leur fille. Ses complices ont déposé Leroyer devant une boîte et là, j'ai hésité. Je ne pouvais pas me couper en deux.

Finalement, j'ai décidé de laisser filer le Range Rover et de me concentrer sur ce *cher* Martin. Si, comme je l'avais présumé, il était le chef, c'était lui que je devais neutraliser.

Toujours viser la tête.

Je suis entré dans la boîte, me suis installé au bar. Mon trafiquant était avec une fille qui, vu son état, devait se défoncer à longueur de journée. Ils ont pris un taxi et sont allés directement chez lui. Pendant qu'ils baisaient, j'ai appelé la DDSP et demandé à un copain une recherche sur la plaque de l'Evoque. Il appartenait au petit frère de Martin.

Bonne pioche.

J'ai ensuite téléchargé une vidéo qu'un collègue parisien m'avait envoyée par mail. Courte, mais frappante.

Vingt-cinq secondes d'horreur.

259

La nana est partie vers 4 heures du matin alors que je grillais ma dernière cigarette. Tandis qu'elle grimpait dans son Uber, j'ai esquissé un sourire.

Le champ libre, enfin.

Durant cette longue attente, j'avais eu le temps de réfléchir. Plusieurs solutions s'offraient à moi.

La première, la plus simple, était de contacter l'ami qui m'avait donné le trafic et l'implication d'Amaury. Lui proposer de serrer Leroyer dès le lendemain matin.

Sauf que ce minable allait balancer et charger Amaury et que mon collègue ne pourrait pas faire autrement que de l'arrêter lui aussi. Idée qui, je dois l'avouer, était savoureuse.

L'autre problème, c'était que Leroyer avait déjà distribué des ordres à ses sbires afin qu'ils s'occupent de Laëtitia et de sa gamine. Cette idée-là me réjouissait beaucoup moins.

L'autre solution, c'était de me démerder tout seul pour mettre cet enfoiré hors d'état de nuire. Je n'avais pas vraiment de plan, juste une vague idée. À mon tour d'improviser.

Je risquais de tout perdre à ce jeu-là. Je risquais notamment de foutre en l'air ma carrière.

J'ai escaladé le mur de clôture en espérant que Leroyer n'avait pas de clébard dans son jardin. Il m'a fallu ensuite trouver un moyen d'entrer. Vu qu'il commençait à faire chaud, ça a été presque trop facile. Ce crétin, ou sa conquête d'une nuit, avait laissé une fenêtre entrouverte au rez-de-chaussée.

Mon arme à la main, j'ai traversé la maison plongée dans la pénombre jusqu'à la piaule. Martin était à poil, allongé sur le ventre en travers de son lit à baldaquin.

Quelle drôle d'idée… Se prenait-il pour le roi de cette ville ?

J'ai armé mon Sig Sauer et je lui ai posé le canon sur la nuque.

Réveil difficile.

« Tu bouges et t'es mort. »

Il s'est tétanisé de la tête aux pieds.

« On dirait que c'est pas ta journée, hein, Martin ? » ai-je murmuré.

Il ne pouvait toujours pas voir mon visage, seulement entendre ma voix. Ses doigts se sont crispés sur les draps. La tête enfoncée dans l'oreiller, il a manqué de s'étouffer.

« Appelle tes potes. Ceux qui roulent en Evoque noir. Et tu ne te retournes pas vers moi, OK ? »

Il s'est assis, a récupéré son smartphone sur le chevet, a sélectionné un numéro.

« Je leur dis quoi ? a-t-il poliment demandé.

— Qu'ils oublient l'idée de s'en prendre à Amaury, à sa femme ou à sa fille. Qu'ils oublient cette idée *définitivement*. Je te conseille d'être convaincant. »

Convaincant, Martin Leroyer l'a été. Rien à redire.

« Et maintenant ?

— Maintenant, tu vas me dire où tu planques la taz », ai-je continué.

Il a gardé le silence, ainsi que je m'y attendais. J'ai fait remonter le canon de l'arme sur son crâne, j'ai appuyé plus fort, jusqu'à l'obliger à baisser la tête.

« Allez, Martin, sois sympa !

— Mais vous êtes qui, putain ?

— Actuellement, je suis ton plus gros problème.

— Je ne sais pas de quoi tu parles, mec... J'ai pas d'extaz.

— Il y en a qui livrent des pizzas à domicile, d'autres, ce sont des nems ou des raviolis chinois, ai-je soupiré. Mais toi, Martin Leroyer, tu livres de la tata à des gamins qui ne savent pas faire la fête sans se défoncer la tronche.

— Je touche pas à ça, tu fais erreur...

— Tu vois, Martin, les pizzas c'est légal, les nems c'est toléré, mais la MDMA c'est interdit. J'y peux rien, moi... C'est la loi. »

J'ai retourné mon pistolet et lui ai filé un coup de crosse dans la tête. Éjecté du lit par le choc, il s'est écroulé sans connaissance sur la moquette. J'ai récupéré de quoi le ligoter et je l'ai soulevé pour l'adosser contre son lit. Il pesait au moins quatre-vingts kilos, j'ai cru me faire un tour de reins. Je lui ai attaché les poignets dans le dos, ainsi que les chevilles. Il poussait de curieux gémissements, il n'était pas loin du réveil.

Quand il est revenu à lui, je lui faisais face, assis dans un fauteuil, mon flingue sur les genoux. Un bandana couvrait le bas de mon visage.

« Bien dormi ? »

Ses yeux ont roulé dans leurs orbites, son front s'est plissé. Nous baignions dans une pénombre propice aux confidences.

« Alors, dis-moi, elle est où, ta came ?

— J'ai pas de came... »

Il m'a suffi de déplier le bras droit pour lui péter le nez. Il s'est mis à pisser le sang.

« On va dégueulasser ta belle moquette, mon pote. C'est dommage… Je repose ma question : elle est où, ta came ? »

Il résistait encore, mais vu son gabarit, je savais qu'il ne tiendrait pas très longtemps. Ce n'était pas un vrai dur, juste un fils de bourge qui avait mal tourné en optant pour l'argent facile.

« Soit tu parles, soit je vais chercher ton frangin au 32 *bis*, rue de la République. »

Il a ouvert la bouche, ébahi.

« Eh oui, ducon, je sais que tu as un frère qui s'appelle Philippe. Tu veux que j'aille le réveiller, que je le ramène ici et qu'on finisse la nuit ensemble tous les trois ? Ça pourrait être sympa… »

Il est resté silencieux, essayant sans doute de mesurer les conséquences d'un aveu. J'ai pris mon téléphone, j'ai déclenché la vidéo.

« Regarde ce qui arrive à ceux qui me contrarient », ai-je dit calmement.

Au bout de quelques secondes, il a voulu tourner la tête, tellement c'était dégueulasse. Mais je l'ai forcé à affronter les images jusqu'à la fin. Celles d'un type qui brûlait vif au milieu d'un terrain vague.

« Alors, Martin, je vais chercher ton petit frère et je fais un barbeuc avec lui ?
— Arrêtez, putain !
— Je t'écoute.
— Je l'ai pas ici.
— Ça, je m'en doute. Je veux l'adresse, tout de suite. »

263

Grâce au GPS de la Clio, je suis arrivé sur les lieux trente minutes plus tard. Une série de garages dans un hangar en pleine ville. J'avais la télécommande ainsi que la clef du box.

À l'intérieur, la drogue était à peine dissimulée. J'ai trouvé une jolie provision de MDMA, mais aussi d'autres friandises très prisées de la jeunesse : Special K, Crystal, Liquid X… J'en ai récupéré une certaine quantité avant de retourner chez Martin, qui m'attendait sagement, ligoté et bâillonné. J'ai rempli deux verres avec du whisky. Dans celui destiné à Martin, j'ai versé un savant mélange de GHB et de Rohypnol, dégotés dans son garage. Je me suis penché vers lui.

« Si tu veux pas que je crame ton frangin, tu m'as jamais vu, c'est clair ? »

Il a hoché la tête, je lui ai ôté son bâillon.

« Si tu balances Amaury, même punition, ai-je ajouté. Tu as compris ? »

Nouveau hochement de tête.

« Tu as compris ? ai-je répété en haussant le ton.

— Je ne connais pas d'Amaury Duvivier, a-t-il précisé.

— Parfait… À la tienne, connard. »

Je l'ai forcé à avaler le contenu du verre et j'ai attendu. Pendant qu'il se tapait un mauvais trip, j'ai effacé mes empreintes dans la maison. En fouillant son disque dur, j'ai trouvé un fichier où il notait les différentes livraisons de came ainsi que les coordonnées des coursiers et des clients. Après une brève hésitation, j'ai effacé tout ce qui concernait le mari de Laëtitia. J'ai fait la même chose sur son portable. Puis j'ai senti que mon patient était prêt et je lui ai détaché les chevilles pour l'accompagner jusqu'à sa voiture, garée dans le jardin. Docile, il planait complètement. Je l'ai fait monter sur le siège passager et, trois minutes après, il s'est endormi comme une masse.

À son réveil, il aurait tout oublié à compter de la rasade de single malt amélioré.

De toute façon, à aucun moment il n'avait pu voir mon visage.

***

Le lendemain, nous nous sommes barricadés dans l'appartement et avons gardé Lolla avec nous.

Interdiction d'aller à l'école. Pour couper court à ses questions, nous avons prétexté avoir entendu parler d'une épidémie de méningite.

Nous ne pourrions pas nous cacher éternellement et réfléchissions à la meilleure solution.

Amaury ne cessait de s'excuser, nous avons beaucoup parlé. Vu notre différence d'âge, il avait toujours été comme un grand frère pour moi. Un grand frère, un amant, un mari, le père de ma fille.

Le centre de ma vie. Le pilier qui soutenait l'édifice.

Depuis la veille, pourtant, on aurait dit un petit garçon qui avait fait une énorme connerie.

J'ai décidé de lui pardonner sa faute. Peut-être parce que moi aussi, j'avais des choses à me faire pardonner. Je ne cessais de penser aux nuits avec Richard et Olivier.

Ce plaisir indécent.

Indécent, mon comportement.

La culpabilité me travaillait au corps inlassablement.

Lui pardonner, me pardonner.

C'est la drogue, Laëtitia. La drogue et l'alcool.

La nuit précédente avait été marquée par un rêve terrifiant suivi d'une longue insomnie. Cauchemar durant lequel Richard parvenait à me convaincre de tuer Amaury et Lolla, tandis qu'il assassinait son épouse et ses enfants. Je m'étais extirpée de cet horrible songe au moment où nous nous débarrassions des corps dans une rivière tourmentée. Après avoir repris mon souffle, j'étais allée embrasser ma petite fille qui dormait paisiblement et lui avais promis de toujours veiller sur elle.

Lui pardonner, me pardonner. Et affronter la suite.

Que se passerait-il lorsque je retournerais au bureau ? Richard allait recommencer à me harceler, ça ne faisait aucun doute.

Sauf que je ne céderais plus.

Plus jamais.

Quelles que soient les menaces qu'il emploierait.

Prendre cette décision et m'y tenir.

Mais l'urgence était de m'assurer que Lolla ne risquait plus rien.

Dans la soirée, Amaury a décrété que le lendemain, il irait au commissariat le plus proche pour avouer ses délits et dénoncer Martin. Il passerait devant le juge, finirait peut-être en prison, mais ça mettrait fin au problème. Je l'ai admiré pour son courage avant de lui rappeler que Lolla avait besoin d'un père et que Martin avait certainement des complices qui vengeraient leur ami. La seule issue était qu'il vienne s'installer à L. avec moi, même s'il était sur le point de trouver un nouveau travail à R.

Nous n'avions guère le choix.

Au milieu de la nuit, il a capitulé et nous nous sommes enfin endormis, blottis l'un contre l'autre.

De nouveau, j'ai rêvé de Richard. Cette fois, c'était lui que j'assassinais.

La mort, juste après l'amour, ardent et passionné.

Je le noyais dans une eau sale et profonde. Mais quoi que je fasse, son corps s'obstinait à refaire surface. Je m'acharnais pendant des heures, pendant des jours. En vain.

Il ne me restait qu'une solution. Sombrer avec lui, nous précipiter vers le fond pour ne jamais en revenir.

Je me suis réveillée en hurlant.

Assis à côté de moi, Amaury me fixait.

Le matin, j'ai pris le risque de m'aventurer à l'extérieur. Je n'avais plus de cigarettes et commençais à être en manque. Amaury a tenté de m'en dissuader mais je n'ai rien voulu entendre. Je n'allais pas me terrer dans l'appartement indéfiniment ! Je lui ai ordonné de rester avec Lolla et j'ai pris mon arme avant de sortir.

Une fois dehors, la peur m'a noué le ventre. Je regardais partout autour de moi, comme un animal traqué.

Je me sentais épiée à chaque pas…

***

J'ai été étonné de voir Laëtitia franchir le portillon de la propriété. Seule et à pied.

Elle semblait angoissée, nerveuse, observant tout ce qui l'entourait. Alors, il a fallu que je la suive de très loin pour ne pas me faire repérer. Elle a acheté quelques provisions dans une supérette avant d'entrer dans le tabac-presse situé à cent mètres de chez elle. Elle en est ressortie avec une cartouche de clopes et un journal. Elle a allumé une Gauloise puis a ouvert le quotidien local avec fébrilité. Elle a lu un article en pleine rue avant de rentrer chez elle au pas de course…

***

Je suis remontée en courant jusqu'à l'appartement et j'ai montré à Amaury l'article qui faisait la une.

Un livreur de drogue… livré à la police !

Le papier expliquait comment les policiers du SRPJ[1] de R. avaient eu la surprise de trouver devant leurs locaux un homme ligoté et endormi dans sa voiture. Sur le tableau de bord, plusieurs comprimés de MDMA et de kétamine. Autour de son cou, un carton avec une adresse et une clef. La brigade des stupéfiants avait perquisitionné l'endroit – un garage – et trouvé une importante quantité de drogues de synthèse ainsi que quelques armes de poing. Chez le dealer, les coordonnées de ses complices et de ses clients, qui avaient tous fini en garde à vue.

Personne ne savait qui avait drogué, attaché et livré le malfaiteur, qui était passé aux aveux à son réveil et avait été incarcéré par le juge, ainsi que plusieurs de ses acolytes.

« C'est toi qui as fait ça ? m'a demandé Amaury, stupéfait.

— Non… Moi, je l'ai juste menacé, ai-je répondu.

_____

1. Service régional de police judiciaire.

— Alors, c'est un miracle... »

Afin d'être certaine qu'il s'agissait de Martin, je me suis rendue au SRPJ dans la matinée. Je venais en curieuse, en voisine, en collègue. Vu que j'étais de la maison, j'ai pu glaner quelques informations.

Quand je suis rentrée, j'ai serré Amaury dans mes bras.

« Affaire réglée, ai-je simplement dit. Ce salopard est en cabane. Il devait avoir des ennemis, tant mieux pour nous.

— Et s'il me balance ? » s'est inquiété Amaury.

« Je ne peux pas te garantir qu'il ne le fera pas. Mais s'il avait parlé de toi, les flics seraient déjà là... »

***

Le soir, j'ai suivi la voiture de Laëtitia. Vers 18 heures, ils ont déposé Lolla chez les beaux-parents puis sont allés au restaurant. J'imagine qu'ils voulaient fêter la bonne nouvelle.

Tandis qu'ils dînaient en amoureux, je broyais du noir dans ma voiture, regrettant par moments de les avoir sortis de la merde. Mais si je ne l'avais pas fait, Amaury serait peut-être venu s'installer à L. avec elle.

Si je ne l'avais pas fait, il serait peut-être mort. Et Laëtitia en aurait souffert...

— Vous la faisiez déjà souffrir, souligna le divisionnaire Jaubert.

— Elle aurait été dévastée. Je ne pouvais pas souhaiter ça pour elle.

— Pourquoi ne pas lui avoir dit que vous étiez son sauveur ? s'étonna le commissaire.

Richard haussa les épaules en allumant une Winston.

— Vous ne vouliez pas qu'elle sache que vous l'aviez suivie jusqu'à R., c'est ça ?

— Non, soupira Ménainville. J'aurais pu dire que j'étais venu lui porter secours. Je ne l'ai pas fait pour qu'elle m'aime ou qu'elle m'admire. Seulement pour qu'elle ne soit pas malheureuse.

Jaubert soupira à son tour.

— Vous êtes resté à R., après ça ?

— Non, je suis rentré chez moi. Les voir ensemble, les savoir ensemble, c'était au-dessus de mes forces… Alors, j'ai repris le boulot avant la fin de mon arrêt.

— Laëtitia est revenue au bureau, ensuite ?

— Oui, la semaine suivante, comme prévu.

19

J'avais eu du mal à quitter Amaury et Lolla. Le trajet retour jusqu'à L. avait été une épreuve douloureuse. Chaque kilomètre qui m'éloignait d'eux pour me rapprocher de Richard était un cimeterre qui s'enfonçait lentement et profondément dans mes entrailles.

Au moment de la séparation, Amaury m'avait serrée dans ses bras, plus longuement qu'à l'accoutumée. Cet épisode qui aurait pu nous détruire nous avait rapprochés.

Lolla n'avait pas pleuré. Bien plus forte que moi, il faut croire.

Une fois encore, j'avais lu son journal intime. J'en nourrissais une grande culpabilité mais n'avais pas réussi à m'en empêcher.

Lolla continuait à souffrir de la séparation que je lui infligeais. Je lui manquais cruellement, il lui arrivait de pleurer en cachette, ce qui m'a brisé le cœur. Elle s'inquiétait de l'état de santé de son grand-père, aussi. Trop de choses à affronter pour une petite fille de 7 ans…

Les dernières pages écrites l'avaient été pendant mon bref séjour à R. Lolla était heureuse de cette parenthèse mais avait vite compris que quelque chose clochait.

Je suis sûre que papa et maman ont des problèmes, des ennuis… Et si c'était pour ça que maman est revenue alors que c'est pas les vacances ? Ils n'en parlent pas devant moi, bien sûr. Aujourd'hui, ils m'ont même interdit d'aller à l'école et ils ont inventé une excuse bidon ! Je sais qu'ils ont menti, mais je ne sais pas pourquoi…

Je trouve que maman a changé. Est-ce que c'est à cause de son travail dans la police ? Il y a beaucoup de tristesse dans ses yeux et dans sa voix. De la peur, aussi. On dirait qu'elle est malheureuse. Quelqu'un lui a fait du mal ? Ou bien c'est elle qui a fait du mal et elle s'en veut ? Je ne suis pas sûre et je n'ose pas lui dire. Mais peut-être que je me fais des idées, comme dit souvent papa… Il dit que je réfléchis trop dans ma petite tête et que mon cerveau va se mettre à bouillir…

Non, ma chérie, tu ne te fais pas des idées. Tu as lu en moi comme dans un livre ouvert. Parce que le lien qui nous unit est incroyablement fort. Et que jamais rien ne pourra le casser…

Le matin de ma reprise, je suis arrivée très en avance à la DDSP. Sans doute parce que, une fois encore, je n'avais pas réussi à dormir.

Être à nouveau près de lui.

À sa portée.

À sa merci.

Je redoutais cet instant plus que tout au monde.

Je le voulais, plus que tout au monde.

Envie irrépressible de remonter sur le ring pour y retrouver son adversaire le plus valeureux.

J'ai enfermé mon arme dans le caisson, mon bureau était impeccable. Mes collègues s'étaient chargés du travail en souffrance. Quoi de plus normal après tout ?

J'ai pris un café et me suis aussitôt réfugiée dans l'espace détente. J'ai jeté un œil au tableau des effectifs et me suis aperçue que le patron s'était absenté quelques jours. En arrêt maladie, en même temps que moi.

Alors, l'évidence m'a frappée : Richard m'avait suivie jusqu'à R. Je n'étais pas paranoïaque, c'était bien sa présence que j'avais sentie à maintes reprises.

L'arrestation de Martin Leroyer ne relevait pas du miracle.

Richard m'avait suivie.

Et il nous avait sauvés.

J'ai quitté la cuisine pour rejoindre mon bureau. Je marchais dans le couloir désert lorsqu'il est arrivé en sens inverse.

Ce face-à-face que je redoutais plus que tout.

Que je désirais plus que tout.

Nous nous sommes dévisagés un instant sans prononcer le moindre mot. Puis je lui ai tendu la main en continuant à le fixer droit dans les yeux.

« Bonjour, commandant. »

Richard a pris ma main dans la sienne, m'a attirée doucement vers lui. J'ai résisté, consciente que le contact était inévitable. Il a passé son bras gauche autour de ma taille et nos corps se sont touchés. Son visage effleurant le mien, il m'a murmuré quelques mots à l'oreille.

« Tu m'as manqué, Laëtitia. Beaucoup manqué… »

Transformée en vierge de marbre, j'ai fermé les yeux et cessé de respirer.

« Briefing dans la grande salle à 9 heures précises », a-t-il ajouté.

Il a lâché ma main, a desserré son étreinte avant de s'éloigner d'une démarche souple et assurée.

Toi aussi, tu m'as manqué.

Notre équivoque, nos incertitudes, nos luttes intérieures.

Ce qui nous sépare, ce qui nous rapproche. Ce qui nous enchaîne et nous libère.

Ces douleurs, jusqu'au plaisir. Ces plaisirs, jusqu'à la douleur.

À cet instant précis, j'ai été traversée par un mauvais pressentiment sur l'issue de ce duel. Se terminerait-il par la destruction totale de l'autre ? De nous deux ?

Des flammes, des braises rougeoyantes… jusqu'à ce qu'il ne reste que des cendres.

Puis je me suis raisonnée.

Non, Richard. Je ne me laisserai pas anéantir.

Une nouvelle opération se préparait. Bien sûr, j'y tiendrais un rôle secondaire, comme d'habitude. Figurante, dans le meilleur des cas.

Dans la grande salle, je me suis installée au fond, telle la mauvaise élève que j'étais. Olivier est entré à son tour, il a salué tout le monde avant de venir s'asseoir près de moi.

« Salut, Graminsky. Tu vas mieux ?

— Oui, merci. J'ai cuvé mon jus d'orange. »

Il a souri, allumé une cigarette. Richard fermait les yeux sur cette habitude, le laissant cloper dans les locaux.

« Explosif, ce jus d'orange ! ai-je enchaîné. J'aurais bien voulu racheter la même marque, dommage que vous ne m'ayez pas laissé les bouteilles.

— Je vois que tu es en forme, ça me fait plaisir. »

L'entrée de Richard sur scène lui a coupé la parole. Tous les regards ont convergé vers lui, comme à chaque fois. Le silence s'est fait, comme à chaque fois.

Il s'est posté debout face à nous, monopolisant l'attention.

« Ce soir, on sort ! a-t-il annoncé avec son sourire carnassier.

— Il est très en forme, lui aussi, m'a glissé Olivier à voix basse. Surtout depuis ce matin…

— À 22 heures, on lance l'opé McMurphy », a poursuivi le patron.

Il a attendu une réaction, le titre du film ou du livre correspondant à son personnage et Nathalie a tenté sa chance.

« *Die Hard* ?

— Non, dans *Die Hard*, c'est McClane, pas McMurphy », a rectifié Richard.

Grand silence, le patron jubilait.

« Personne ne sait ? a-t-il ricané. Bande d'ignares !

— *One Flew Over the Cuckoo's Nest*, ai-je dit. Roman de Ken Kesey et film de Miloš Forman… »

Ils m'ont tous dévisagée avec stupéfaction.

« Randle McMurphy, héros de *Vol au-dessus d'un nid de coucou*, ai-je alors traduit.

— Bravo, Laëtitia ! m'a félicitée Richard. Un point pour toi.

— On monte un dispo dans un hôpital psy ? » a lancé Damien.

Ménainville a repris son sérieux pour nous exposer la suite. Nous nous apprêtions à interpeller Memmo, dealer sans grande envergure mais qui, d'après nos écoutes, faisait partie d'un réseau important. Le but était de le serrer avec la plus grosse quantité de came possible afin d'avoir un moyen de pression suffisant pour qu'il devienne notre informateur et nous permette de remonter jusqu'à la tête du trafic.

Un grand classique.

Ce qui l'était moins en revanche, c'était la façon de procéder. Richard avait obtenu l'accord du parquet pour une provocation à l'infraction. Nous allions donc l'inciter à nous vendre de la drogue.

Le patron s'est tourné vers moi, ses yeux ont pénétré au plus profond des miens.

« L'opé McMurphy reposera sur les épaules de Laëtitia. »

J'ai failli tomber de ma chaise.

« Sur Laëtitia et sur Damien, qui se feront passer pour deux clients », a précisé Richard.

Je ne serais donc pas simple figurante ce soir ; j'endosserais le rôle principal. Un poids phénoménal s'est abattu sur mes épaules. L'ayant peut-être deviné, Damien m'a adressé un sourire rassurant.

« Pour ceux qui étaient absents récemment, sachez que notre ami Memmo fournit une bonne partie du campus scientifique de la fac. Pour leurs soirées branchées, pour évacuer le stress des examens, nos chers gamins ont besoin de petites friandises colorées. »

Il s'est approché de Nathalie, l'a enlacée de façon sensuelle. J'ai cru qu'elle allait avoir une attaque… ou un orgasme. J'ai réalisé combien elle en pinçait pour le patron.

La voir dans ses bras m'a procuré un effet inattendu. Pendant une seconde, une trop longue seconde, ça m'a fait mal.

Richard a continué son numéro.

« Une petite pilule et hop, on se rapproche, on devient tactile, on s'aime… Tout le monde s'aime ! »

Il a lâché Nathalie, déçue que ce soit déjà fini.

« Et comme Memmo est un type sympa, il leur fourgue toutes sortes de saloperies à un prix imbattable ! »

C'est vrai que Richard était très en forme. J'essayais de me dire que mon retour n'avait rien à voir avec sa bonne humeur, mais je savais bien que je me mentais à moi-même.

« Memmo est un type sympa, a-t-il repris, sauf que sa dope a déjà tué deux étudiants. »

On a tous cessé de sourire.

« Donc, il me faut du sang jeune pour berner cette ordure. Damien, Laëtitia, vous n'avez plus tout à fait l'âge d'aller à la fac, quoique… Mais je suis sûr qu'avec un petit effort vestimentaire de votre part, l'enfoiré n'y verra que du feu. Laëtitia, tu mèneras les négociations. OK pour toi ? »

J'ai hoché la tête, tentant d'avoir l'air sûre de moi. Tentant de masquer la peur qui germait dans mon ventre.

La peur de faire à nouveau foirer une opération.

***

— Pourquoi avoir confié cette mission au lieutenant Graminsky ? interrogea Jaubert. Vu ses antécédents, n'était-ce pas un peu aventureux ?

Ménainville soupira, ce mec lui mettait les nerfs à l'envers. Même si l'avenir était écrit noir sur blanc, il fallait encore supporter cet interropurgatoire. Pourtant, Richard découvrait le soulagement que procurent les aveux. Toutes ces choses enfouies si profondément qu'il croyait ne jamais pouvoir les déterrer…

— J'aurais pu me passer d'elle, c'est évident. Mais elle m'avait donné ce que je voulais, je me devais de lui renvoyer l'ascenseur, de lui rendre sa place au sein de l'équipe.

— Vous avez eu un comportement inqualifiable dans cette histoire, commandant… J'espère que vous le réalisez ? Vous êtes-vous demandé si cette fille était en état d'intervenir dans une opération de terrain que j'imagine délicate ? Étant donné les circonstances, la pensiez-vous capable d'accomplir son travail correctement ?

— J'ai pris le risque.

— Vous avez pris beaucoup de risques… Beaucoup trop. Vous avez joué avec le feu. Et visiblement, vous avez perdu.

— Oui, j'ai perdu. Vous voulez connaître la suite ou on s'arrête ici ?

— Je veux la suite, commandant. Nous ne sommes pas au bout de cette histoire, il me semble.

— Nous sommes arrivés sur site vers 21 heures, avant que Memmo ne commence à *bosser*... Toute l'équipe s'est mise en place et j'ai ordonné à Laëtitia de me rejoindre dans ma voiture pour les derniers préparatifs...

... Elle s'est assise sur le siège passager, ne m'a pas regardé. Elle fixait la rue, tête haute.

« Bonsoir, Laëtitia. »

Pas un mot, pas un mouvement. Une Vénus grecque de profil. Et quel profil... La lumière chimique des réverbères lui conférait la grâce d'une esquisse sur papier glacé.

« Comment vas-tu ?

— Très bien, commandant. »

J'ai souri tout en posant une main sur sa cuisse.

« Ça va, chérie, inutile de me causer comme un serveur vocal ! »

Elle a chassé ma main, je l'ai remise aussitôt. Elle n'a plus protesté.

« Tu te sens d'attaque, au moins ?

— J'attends vos instructions. »

Je me suis mis à rire. Je la trouvais aussi ridicule que touchante dans son rôle de fille offensée. Cette froideur contrastait tant avec les souvenirs incandescents de la nuit que nous avions passée dix jours auparavant. Cette nuit, si lointaine déjà. Pourtant, j'avais l'impression que c'était la veille... Qu'il suffisait de souffler sur les braises pour rallumer l'incendie.

Je devinais sa souffrance, son combat pour paraître indifférente et professionnelle. J'avais envie de la prendre dans mes bras, mais j'ai pensé au boulot, tenté de me concentrer. J'ai retiré ma main et l'ai posée sur le volant.

« Tout le dispo de ce soir va reposer sur tes épaules… Es-tu en état de travailler ?

— Aucun problème, commandant.

— Parfait ! Dans ce cas, redis-moi comment tu vas procéder. »

Elle m'a enfin regardé. Ses yeux étaient deux creusets débordant d'une colère noire.

« C'était quoi ? a-t-elle demandé. Du GHB ? La drogue des violeurs ? »

Je me suis forcé à sourire.

« Je ne vois pas de quoi tu parles.

— Vous le savez très bien. »

Comme je restais silencieux, elle s'est acharnée.

« Vous pouvez me dire où vous avez mis les bouteilles de jus d'orange ?

— C'est la pizzeria qui les a livrées. Tu crois que j'ai payé le pizzaïolo pour qu'il verse du GHB dans le jus de fruits ? Tu délires !

— Ma question est simple, commandant : où sont les bouteilles vides ?

— Qu'est-ce que j'en sais, moi !

— C'était du GHB, oui ou merde ?

— On est là pour travailler, pas pour papoter !

— Je ne *papote* pas, commandant. Je vous pose une question. Une question simple. Et si vous ne me répondez pas, je me casse.

— Tu commettrais une faute, ai-je souligné.

— Je ne suis plus à une près.

— Tu n'as pas bien appris tes leçons, Laëtitia ! Si je t'avais fait avaler du GHB, tu aurais complètement oublié ce qui s'est passé durant cette soirée. Or, je suis certain que tu t'en souviens !

— Faux. Le GHB est amnésiant s'il est mélangé à de l'alcool, pas à du jus d'orange, a-t-elle rectifié. Donc, c'était quoi ? »

J'ai compris que ce petit jeu n'aurait de cesse tant que je n'aurais pas assumé.

« Du Tu-ci-bi. »

Lèvres pincées, elle a tourné la tête.

« J'en ai pris aussi, ai-je ajouté comme si cela pouvait la consoler. C'était bien, non ? Je crois que c'est une expérience à tenter…

— Quand on est volontaire, peut-être ! a-t-elle rétorqué avec rage. Mais moi, une fois de plus, je n'étais pas d'accord.

— J'ai répondu à ta question, non ? Alors on reparlera de ça un autre jour, si tu y tiens. Maintenant, je veux que tu te concentres. Je t'écoute. »

Elle a mis quelques secondes à réendosser son uniforme de flic.

« Damien et moi, on entre dans le bar et on demande à parler à Memmo puisqu'on ne l'a jamais vu de notre vie. On s'appelle Jules et Natacha, on est des potes d'Anita.

— Elle fait quoi, Anita ?

— Master Génie industriel à la fac de L.

— Elle a un mec ?

— Yanis, étudiant en même année. Jules et moi, on est en master 2 mécanique. Et c'est elle qui nous a dit où trouver Memmo.

— Tu lui commandes quoi ?

— Des doses de MDMA et… »

— Non, on ne dit pas MDMA, ai-je corrigé.

— C'est vrai, excusez-moi… Molly et Mexxy, soixante-quinze de chaque.

— Comment va-t-il réagir ?

— Il va s'étonner de la quantité et je lui ferai comprendre que je compte organiser plusieurs soirées sur le campus et me faire un petit pourcentage sur la came.

— Parfait, Laëtitia. S'il est toujours réticent, que feras-tu ?

— J'insisterai.

— Sers-toi de tes atouts. Tu as du charme, il n'y sera pas insensible.

— Ben voyons ! Je peux aussi lui proposer de le payer en nature, non ?

— Pourquoi ? Une semaine avec ton mec, ça ne t'a pas suffi ? T'en veux encore ? »

Elle m'a fustigé du regard. J'y étais allé un peu fort.

« Espèce d'enfoiré ! Si les autres ne nous surveillaient pas, je vous mettrais ma main dans la gueule !

— Du calme, Laëtitia. On est en train de bosser, alors tu me parles autrement et tu restes concentrée.

— Ne dites plus jamais un truc dans ce genre, sinon, observée ou pas, je vous jure que…

— C'est bon, excuse-moi… Excuse-moi, Laëtitia. »

Ça l'a calmée net. J'ai soupiré avant de poursuivre.

« Voici une photo d'Anita, histoire que tu saches à quoi elle ressemble si jamais il te pose des questions. Regarde-la bien, imprime-la bien. »

Elle détaillait le portrait avec une grande attention, ça m'a rassuré. Je lui ai ensuite confié l'argent liquide nécessaire à la transaction, en priant pour le revoir à la fin de l'opé. Elle l'a placé dans la poche intérieure de son blouson en jean.

« Il faudrait montrer la photo d'Anita à Damien, non ? a-t-elle suggéré.

— Il l'a vue cette après-midi… Que va faire Memmo s'il accepte la commande ?

— Il va nous emmener dans l'arrière-salle, exiger de voir le fric : je le lui montre mais je ne lui donne rien. Il va me demander d'attendre, le temps d'aller chercher la marchandise. Quand il reviendra, nous irons sous le porche de l'immeuble pourri qui est à côté pour procéder à l'échange… »

Je lui ai filé une montre dotée d'un émetteur.

« Tu vas t'équiper avec ça. Il y a un bouton pressoir sur le côté du cadran. Lorsque tu appuies, on reçoit un signal et on sait que c'est le moment d'intervenir… Tu appuies seulement lorsque tu es sûre qu'il a la dope et que vous êtes sur le point de procéder à l'échange. Trente secondes plus tard, on est tous là. Moi, je reste au volant, au cas où.

— Il est armé ?

— Possible. Tu as d'autres questions ?

— J'en ai une, oui. Martin Leroyer, ça vous dit quelque chose ? »

J'ai marqué un temps d'arrêt avant de répondre.

« Quel rapport avec notre affaire ?

— Aucun, a admis Laëtitia.

— Alors n'en parlons plus. »

Elle a longuement fixé la montre à son poignet.

« On fait un essai pour le signal ? a-t-elle proposé.

— Allons-y… »

J'ai allumé mon récepteur, elle a appuyé sur le bouton, ça marchait comme sur des roulettes.

« Tu n'es pas obligée d'accepter cette mission, Laëtitia.

— Je n'ai pas peur.

— Parfait… J'approcherai la bagnole quand la transaction aura commencé. Arnaud et Nathalie sont déjà dans le bar, attablés au fond, Olivier est dans le bistrot d'en face, près de la devanture. On a un micro sous le billard dans l'arrière-salle, on pourra t'entendre… On a même posé un mouchard sur sa Volvo. Tu vois, tu es couverte.

— C'est bon, je peux y aller ?

— Une dernière chose… Relève ta manche. »

J'ai sorti une seringue et une aiguille neuves de ma poche.

« Pour faire plus vrai, quelques traces de piqûre sur le bras gauche…

— Hein ?

— Ces fumiers sont parfois très méfiants.

— Mais je suis censée m'enfiler des petites pilules, pas me shooter à l'héro !

— L'un n'empêche pas l'autre. Fais-moi confiance… T'as juste à piquer la surface de la peau. »

Elle s'est exécutée comme un petit soldat, je lui ai tendu un Kleenex pour qu'elle sèche les perles de sang qui naissaient sur sa peau blanche. Memmo est arrivé, j'ai branché mon oreillette.

« À tous : ça entre. En avant pour l'opé McMurphy. »

Les membres du groupe ont répondu, ils étaient prêts.

« Laisse-moi ton arme et ta carte et va rejoindre Damien. »

Elle a déposé son attirail de flic dans la boîte à gants.

« Bonne chance, lieutenant.

— Merci, commandant. »

***

En traversant la place, je me suis fait interpeller par deux poivrots affalés sur un banc.

« Eh, mademoiselle ! Tu viens boire un coup ? »

J'avais peur, inutile de le nier. Pendant ces quelques dizaines de mètres, j'ai revu les nuits avec Richard, mon tête-à-tête avec Martin Leroyer, l'opération *Nerfs à vif*… Et puis, le visage de Lolla.

Mais pour la première fois depuis longtemps, je ressentais autre chose que simplement de la honte ou de la peur : l'équipe comptait sur moi, je retrouvais mon vrai travail, je redevenais un flic à part entière… J'étais sur le terrain, au cœur de l'action.

Ça peut paraître ridicule comparé à ce qui m'arrivait en parallèle, mais c'était pourtant ce que j'éprouvais. Montée d'adrénaline salvatrice, fierté démesurée.

Je me suis assise sur un muret, à côté de Damien. Nous n'étions pas équipés pour entrer en contact avec les autres, pour ne pas risquer que Memmo s'en aperçoive.

Nous étions échoués sur une île déserte.

« Comment tu te sens ? s'est enquis mon collègue.

— Ça va, ai-je prétendu. Et toi ?

— J'ai un peu le trac. On y va ?

— C'est parti. »

Scène du bar, première. Action !

Quand nous sommes entrés dans le troquet, j'ai jeté un œil au fond. Nathalie et le Muet jouaient aux amoureux transis, formant un couple finalement assez bien assorti. Aussi atrabilaires l'un que l'autre. Nous nous sommes avancés vers le comptoir. Le patron, un type peu gâté par la nature, m'a adressé un sourire appuyé sans prêter la moindre attention à mon coéquipier.

« Bonsoir ! Qu'est-ce que je vous sers ?

— Deux pressions », a demandé Damien.

Le fameux Memmo se tenait à trois mètres de là, devant un pastis. J'ai fait mine de ne pas le voir, continuant à m'adresser au serveur, à qui j'avais visiblement tapé dans l'œil.

« Memmo est là, ce soir ?

— Qu'est-ce que vous lui voulez, à Memmo ?

— C'est une copine qui m'a dit que je pouvais le trouver ici, j'ai besoin de lui parler… »

Le barman m'a désigné le dealer d'un signe de tête. Memmo me fixait déjà avec curiosité.

« C'est le charmant monsieur là-bas…

— Merci ! »

Comme prévu, j'ai laissé Damien au comptoir et migré vers Memmo.

« Salut, je viens de la part d'Anita… C'est bien vous, Memmo ?

— Pour vous servir… T'es une copine d'Anita ?

— Ouais ! ai-je balancé en souriant.

— Tu fais des études, toi aussi ? »

J'ai hoché la tête.

« Mécanique ! ai-je pavoisé. Je suis en master 2. Je m'appelle Natacha.

« — C'est un joli prénom, j'aime bien. »

Je jouais la nana sûre d'elle, un peu délurée.

Ça va aller, Laëtitia, ça va bien se passer.

« Alors, bichette, qu'est-ce que je peux faire pour toi ? »

Bichette. Ça commençait fort. J'ai légèrement relevé ma manche, ça faisait plus vrai que nature. J'ai remercié intérieurement Richard pour sa lumineuse idée.

« J'organise des soirées, j'ai besoin de carburant pour mes invités », ai-je dit à voix basse.

Memmo a fixé Damien.

« Et le petit mec, là-bas, c'est qui ?

— C'est le mien ! ai-je annoncé avec un grand sourire.

— Il est pas bavard… Il est timide ou quoi ?

— Un peu. Mais il est cool. »

Memmo a siroté tranquillement son pastis, comme s'il réfléchissait. Il devait avoir environ 40 ans, grand et costaud, cheveux coupés très court. Son tee-shirt moulant épousait son impressionnante musculature, certainement entretenue dans une salle spécialisée. Peut-être aussi par quelques anabolisants.

Puis le dealer est descendu de son tabouret et m'a frôlée.

« Suis-moi… »

J'ai pris mon verre pour le talonner jusque dans l'arrière-salle où un billard crasseux tenait compagnie à un baby déglingué. Il s'est adossé au billard, je me suis plantée devant lui.

« Qu'est-ce qui te ferait plaisir, ma jolie ?

— Molly et Mexxy.

— Combien ?

— Soixante-quinze de chaque. »

Ses yeux sont sortis de leurs orbites.

« Tu veux shooter un rhinocéros ou quoi ? »

J'ai souri, me rapprochant sensiblement de lui.

« Je vais me faire un petit bénef dessus.

— T'as le blé, cocotte ? »

Cocotte. De mieux en mieux. Bientôt, ce serait *ma poulette* ou *ma petite chatte.*

J'ai discrètement sorti l'argent de ma poche.

« Ça fait combien ?

— Mille deux.

— Y a mille cinq, là…

— Fais voir de plus près. »

Je lui ai tendu la liasse, il a maté un des billets comme s'il savait reconnaître les vrais des faux. Quand il l'a mis dans sa poche, j'ai avalé de travers.

« Eh ! Mon pognon…

— Quoi ? »

Il avait pris un air menaçant. Il jouait au mâle dominant, *moi j'en ai, toi non.* Ne pas se laisser impressionner, faire comme si cet argent était à moi, comme si j'avais sué pour le gagner.

« T'auras le fric quand j'aurai mes Sweets. »

Le tutoyer à mon tour, j'ai pensé que ça ferait plus vrai.

« T'as pas confiance ? Remarque, moi non plus, a défié Memmo. Je ne sais pas pourquoi, mais… »

Garde ton sang-froid, Laëtitia.

« Tu la connais bien, Anita ? Elle ne m'a jamais parlé de toi !

— Ouais, c'est une bonne copine.

— Et son mec, tu le connais ? »

288

— Bien sûr. T'es parano ou quoi ?

— Il s'appelle comment ?

— Putain, t'es pire qu'un poulet, toi ! Yanis, ça te va ?

— OK, c'est bon, t'énerve pas, ma petite chatte ! »

Bingo. J'imaginais déjà le reste de l'équipe en train de se marrer. Grâce au micro sous le billard, ils connaissaient désormais tous les petits surnoms dont Memmo m'avait gratifiée.

Il m'a rendu le billet avant d'allumer une clope, juste sous l'écriteau *Interdit de fumer*. J'ai fait pareil.

« Bon, je vais chercher de quoi faire ton bonheur. Je reviens d'ici un quart d'heure… »

Il a disparu, j'ai pu enfin respirer. La première partie de ma mission s'était plutôt bien déroulée. J'ai vidé la moitié de ma bière puis j'ai fait signe à Damien de me rejoindre.

« C'est OK ? » a-t-il murmuré.

J'ai hoché la tête, il m'a enlacée. Je me suis légèrement raidie, il m'a glissé quelques mots à voix basse.

« Peut-être qu'il nous observe, faut qu'on ait l'air d'un vrai couple. »

Tandis que nous nous embrassions, j'imaginais Richard en train de nous regarder. Puis l'attente a commencé.

Il y a des quarts d'heure plus longs que des journées ; celui-ci m'a semblé sans fin.

Quand Memmo a enfin poussé la porte du bar, ça faisait une demi-heure qu'il en était parti. Il nous a fait signe de le suivre et nous sommes sortis, comme le patron l'avait prévu. Mais, au lieu de tourner à gauche pour aller sous le porche, il est parti sur la droite.

Bouffée acide dans ma poitrine.

« Où on va ?

— J'ai mis le paquet dans ma caisse. Elle est garée pas loin… »

À cinquante mètres du bistrot, une BMW X5. Une bagnole que je ne pourrais jamais m'acheter avec mon salaire de flic. Elle était stationnée dans un endroit particulièrement sombre et mon angoisse est montée en flèche. Surtout quand je me suis rappelé que la balise avait été posée sur une Volvo et non sur une BM. Combien de voitures possédait ce type ?

Memmo a déverrouillé les portières avant d'ouvrir l'arrière droite, côté trottoir. Puis il nous a invités à regarder dans l'habitacle. Sur la banquette, un sachet plastique.

« On fait l'échange à l'intérieur, les enfants, a-t-il ordonné. Plus discret… »

Monter dans la voiture n'était pas prévu, j'ai hésité à presser le bouton de la montre avant de me raviser.

Tu appuies si et seulement si tu es sûre qu'il a la dope, avait martelé Richard.

Je n'allais pas encore faire foirer une opération !

Memmo a convié Damien à grimper à l'avant, tandis que nous nous installions tous les deux à l'arrière. J'étais occupée à ouvrir le sachet pour en vérifier le contenu lorsque Memmo a défouraillé.

Un Glock automatique, l'arme des tueurs.

Il a attrapé mon bras gauche, m'interdisant d'appuyer sur l'émetteur.

« Bouge pas, connasse. »

Puis il s'est adressé à Damien.

« Toi, tu démarres.

— On se calme ! » a prié mon collègue.

Memmo a enfoncé le flingue dans ma gorge où plus rien ne passait, pas même un filet d'air.

« Démarre, fils de pute. Sinon, je la fume. »

Damien s'est hâté de se mettre au volant, la voiture a démarré en douceur.

« Plus vite ! » a braillé Memmo.

Mon coéquipier a appuyé sur l'accélérateur, l'homme a confisqué mon portable puis m'a lâchée tout en me gardant dans sa ligne de mire. Alors, j'ai enfin pressé le bouton, même s'il était bien trop tard.

J'aurais aimé que Richard soit près de moi. C'est dur à dire, mais c'est vrai. L'impression qu'il était le seul à pouvoir me protéger.

« Accélère », a exigé Memmo.

Il s'est retourné un instant, un sourire crispé a fendu son visage.

« Je crois qu'on nous suit… C'est bizarre, non, *ma petite caille* ? »

J'ai tenté de trouver les mots.

« Pourquoi on nous suivrait ?

— À toi de me le dire…

— Mais j'en sais rien, moi ! Et puis où vous nous emmenez, d'abord ? Qu'est-ce qui vous prend ?

— On va se trouver un coin tranquille pour causer tous les trois. En attendant, on va être obligés de semer le bâtard qui nous colle au train ! »

Il m'a de nouveau attirée contre lui, m'étranglant avec son bras. J'ai poussé un cri.

« Eh, ducon, tu accélères ou tu veux vraiment que je bute ta copine ? »

Damien a mis pied au plancher, nous avons entamé un rallye en pleine ville.

Le désarmer, faire quelque chose ! Mais c'était risquer l'accident, on roulait à presque cent kilomètres-heure.

« Tourne à droite ! »

Damien a obéi, concentré sur la route.

« T'as intérêt à le semer, sinon vous êtes morts tous les deux ! »

Je me suis adressée à la Sainte Vierge et puis à Dieu. Des années que je n'avais pas fait ça, je ne me souvenais même plus des prières. Mais avec tous les péchés que j'avais commis, ils ne m'aideraient jamais ! J'ai pensé à Amaury, à Lolla surtout. Je leur ai confié un adieu touchant et silencieux.

Memmo dictait l'itinéraire, Damien obéissait, essayant de ne pas envoyer la bagnole dans le décor ni d'écraser un piéton. Nous sommes arrivés sur une voie rapide, Richard était toujours derrière nous. Juste avant une bretelle, Memmo a planté le canon de son Glock dans la nuque de mon coéquipier en hurlant :

« Sors ici ! Ici ! »

Damien a coupé deux voies pour se rabattre à droite, juste devant un énorme camion. Queue de poisson, coups de klaxon, freinages en urgence. Nous venions de quitter la voie rapide et l'inévitable s'est produit.

« Yeah ! s'est exclamé Memmo. On l'a semé, cet enculé ! Bravo, mon petit gars ! »

Coincé par le 38 tonnes, Richard n'a pas réussi à nous suivre. Nous avons débouché sur un sens giratoire qui comportait malheureusement cinq sorties. Le patron ne nous retrouverait jamais.

Nous avons roulé encore une bonne quinzaine de minutes avant d'échouer dans un quartier que je connaissais mal. Puis Memmo a forcé Damien à engager la BM sur une petite route qui se terminait en parking au bord d'un canal.

Un coin désert, obscur, glauque à souhait. Décor idéal pour tragédie annoncée. J'avais fait foirer l'opé Max Cady, j'allais mourir pendant l'opé McMurphy. Mon nom serait gravé sur une plaque oubliée dans cet endroit sordide. J'aurais droit au drapeau tricolore sur mon cercueil et obtiendrais le grade de commandant à titre posthume.

Memmo m'a toisée avec un sourire diabolique.

« On sera bien ici, non ? Qu'est-ce que t'en penses, Natacha ? Au fait, c'est ton vrai nom, *Natacha* ?

— Écoutez, je sais pas ce que vous voulez mais nous, on veut juste notre came. Alors donnez-nous les doses, prenez le fric et on se casse !

— Pas si vite, *cocotte*. »

Il a filé un violent coup de crosse dans la nuque de Damien, qui s'est écroulé d'un bloc sur le volant de la BMW. J'en ai profité pour tenter de le désarmer, mais il avait une force phénoménale et il a bloqué mon attaque avant de m'assener un coup de poing qui m'a quasiment assommée. Il m'a arrachée à la voiture puis m'a jetée par terre. Groggy, j'ai rouvert les yeux pour loucher sur le canon de son flingue.

« Dis-moi un peu qui tu es, d'accord ?

— Mais je vous l'ai déjà dit ! ai-je gémi. Je suis une copine d'Anita !

— Arrête ton numéro ! Anita, je l'ai appelée avant de revenir dans le rade. Et la Natacha qu'elle connaît

293

ne te ressemble pas du tout ! C'est con ça, hein, *ma caille* ? »

J'ai dit ce qui me passait par la tête en me remettant debout.

« Elle est barge ou quoi ? »

Il s'est mis à imiter Anita.

« *Ma copine Natacha ? Ouais, je lui ai parlé de toi !...* Alors je lui ai dit que tu étais mignonne comme tout et là, elle s'est bien marrée. »

J'ai fermé les yeux. J'étais perdue.

« *T'es bien le premier à trouver que Natacha est mignonne !* »

Il m'a collé sous le nez une photo affichée sur son smartphone. Le portrait de la fameuse Natacha, envoyé par Anita. Brune, les cheveux courts, les yeux globuleux.

« Donc t'arrêtes de te foutre de ma gueule, OK ? Comment t'as eu mon nom ? Qui t'envoie ? Qu'est-ce que tu cherches ? »

Il m'a empoignée par le bras, m'a violemment projetée contre la voiture. J'ai mangé la carrosserie de plein fouet, je suis tombée par terre, sonnée. Il m'a ramassée comme un vulgaire paquet et m'a ajusté une droite dans la mâchoire qui m'a de nouveau clouée au sol. Le goût du sang dans ma bouche, une douleur aiguë dans tout le crâne. J'ai malgré tout essayé de me relever.

« Arrêtez, merde ! »

J'étais à genoux, j'ai senti la froideur du métal sur mon front.

« Adieu, Natacha...

— Non ! Arrêtez ! Vous ne pouvez pas faire ça !

— Je vous fume tous les deux, je vous jette dans le canal et je rentre tranquillement chez moi...

— Je suis flic ! »

Je venais de hurler ça, sans savoir si c'était une bonne ou une mauvaise idée. On ne tue pas un policier, ça entraîne trop de complications. D'ailleurs, il n'a pas tiré.

« On est officiers de police, tous les deux...

— Je m'en doutais, putain ! Reste à genoux et mets les mains derrière la tête !

— Ne vous énervez pas...

— Ta gueule ! »

Il m'a enfoncé le canon du flingue dans la bouche. Mon estomac s'est révulsé. Un goût que je n'oublierai jamais.

Puis il a cessé son jeu cruel.

Il réfléchissait, sans doute. Il était autant dans la merde que moi.

« Si vous nous tuez, vous aurez tous les flics de ce pays sur le dos ! Ils connaissent votre nom, votre adresse et la moindre de vos habitudes... Vous n'aurez pas le temps de dire ouf qu'ils vont vous serrer ou vous abattre comme un chien ! »

J'avais débité ça d'une traite, comme si je l'avais appris par cœur. Malgré les circonstances, je me suis trouvée admirable.

Mais ça n'a servi à rien.

« Parce que si je vous laisse en vie, ils ne vont pas me serrer, peut-être ?

— La peine ne sera pas la même ! me suis-je exclamée.

— Raconte-moi ce que tu sais ! Tout ce que tu sais ! »

Je lui ai fait un résumé, à quelle brigade nous appartenions, comment il était surveillé depuis des semaines. Je gagnais du temps en espérant que Richard allait enfin nous retrouver. Mais comment aurait-il pu accomplir pareil miracle ? La balise avait été posée sur une autre voiture, il n'avait aucun moyen de nous localiser.

Sur le point de reprendre connaissance, Damien a poussé un râle. Alors Memmo l'a sorti de la BM comme s'il ne pesait rien et l'a fouillé, sans doute pour vérifier qu'il n'était pas armé. Il lui a confisqué son portable et quand mon collègue a rouvert les yeux, il a reçu un terrible coup de pied en pleine tête qui l'a renvoyé dans l'autre monde. Pendant que Memmo s'occupait de lui, j'aurais pu essayer de m'enfuir. De courir à toute vitesse.

J'y ai pensé, je l'avoue.

Sauf qu'il m'aurait tiré une balle dans le dos. Ou qu'il m'aurait rattrapée.

Sauf que m'enfuir, c'était abandonner mon coéquipier.

Memmo a ouvert le coffre de sa voiture, a mis Damien à l'intérieur.

« Voilà, on va être tranquilles, maintenant ! a-t-il dit avec un sourire effrayant. Vous, les keufs, vous êtes vraiment des gros bâtards ! Ton patron t'a envoyée toi parce que t'es la plus baisable de la bande, je me trompe ? Il s'est dit que ça allait me faire oublier la prudence, pas vrai ? »

Évidemment, il fallait qu'on en arrive là.

« Eh ben je vais lui montrer ce que j'en fais, des petites salopes de flics dans ton genre ! Quand il va te retrouver, je te garantis qu'il aura les boules ! Il m'a pris pour un minable, hein ? Il va voir qui je suis ! »

Ma dernière heure était arrivée.

Memmo m'a demandé de me relever. J'entendais les flots inquiétants de noirceur s'écouler tout près, au travers des feuillages épais. J'allais finir ma vie, ma très courte vie, dans cette tombe liquide. Mon corps allait se déformer d'une manière horrible, j'imaginais mon visage à la morgue, méconnaissable. Les larmes d'Amaury, de Lolla. Et même celles de mes parents.

Mais Memmo ne m'a pas emmenée vers le canal, il m'a poussée vers sa voiture. Il a voulu me forcer à monter à l'arrière, je ne me suis pas laissé faire.

Je préférais encore qu'il me tue.

Une gauche en pleine tête m'a fait perdre connaissance. Quand je suis revenue à moi, j'étais allongée sur la banquette, les mains ligotées avec la ceinture de sécurité et Memmo vautré sur moi, en train d'essayer d'arracher mon jean. Je me suis mise à gémir, à pleurer.

Il n'arrivait pas à défaire le bouton de mon pantalon, heureusement que je n'étais pas en jupe. Je croyais que toutes mes forces m'avaient abandonnée, j'avais le crâne en mille morceaux. J'allais y passer, je n'avais plus de doute là-dessus.

Tu n'as pas le droit de baisser les bras. Bats-toi, Laëtitia !

J'ai réuni les ultimes forces nées de la terreur et je me suis débattue pour ralentir sa progression. Nouveau coup de poing au visage, j'ai hurlé de plus belle.

« Ta gueule ou je te défonce la tronche ! »

Enfin, j'ai réussi à lui flanquer mon genou entre les cuisses. Le souffle coupé, il a lâché son arme qui a glissé sous le siège conducteur. J'ai libéré ma main gauche, j'ai tendu le bras pour récupérer le pistolet. Memmo a essayé de m'en empêcher, on s'est battus dans cet habitacle exigu. Je m'étais transformée en lionne, j'encaissais les chocs, tentais de les lui rendre. Je l'ai même mordu, lui arrachant un hurlement bestial. C'est là que j'ai pu attraper le Glock. N'ayant pas le temps d'ôter la sécurité, je m'en suis servi pour le frapper au visage et à la tempe. Il s'est écroulé sur moi, il pesait des tonnes, j'ai cru que j'allais m'étouffer. J'ai ouvert la portière derrière moi et j'ai rampé hors de la bagnole tandis qu'il reprenait connaissance.

La donne avait changé. Maintenant, c'était moi qui tenais l'arme.

« Sors de là, connard ! » ai-je hurlé.

Il est descendu, fixant le pistolet avec une frayeur évidente. Je l'avais salement amoché, il pissait le sang, je crois que je lui avais pété le nez.

« À plat ventre, vite ! »

Il a obtempéré, je devais ressembler à une furie. Capable de tout, même d'abattre un homme désarmé. Je me suis agenouillée sur son dos, lui ai collé le canon du pistolet sur la nuque.

« Tu voulais me baiser, hein ? Maintenant, je suis en légitime défense, je peux te descendre si je veux ! »

Je braillais telle une hystérique.

« Putain, arrête ! a supplié Memmo. Arrête, merde ! Je t'aurais pas tuée, je voulais juste te filer une leçon… »

Lui aussi avait changé de voix, on aurait dit qu'il pleurnichait.

« Une *leçon* ? C'est moi qui vais t'en donner une, fumier ! »

Je lui ai confisqué son portable pour appeler Richard. Ça cognait dans ma tête, c'était insupportable. J'ai réussi à ne pas m'évanouir à nouveau et, surtout, à me souvenir du numéro du patron. Mes doigts tremblaient tellement qu'il a fallu que je m'y reprenne à plusieurs fois.

***

Je suis arrivé le premier sur les lieux et je l'ai vue, assise par terre, un gros flingue entre les mains, à quelques mètres du type à plat ventre sur le sol.

« Laëtitia ! »

Je me suis précipité, elle s'est jetée dans mes bras, au moment même où Nathalie et Arnaud arrivaient à leur tour. Olivier a déboulé juste après.

Ils ont menotté le prévenu, l'ont obligé à se relever. On a alors tous vu qu'il avait le visage en sang, on n'arrivait pas à croire que c'était l'œuvre de la fragile Laëtitia.

« Damien… », a-t-elle murmuré.

Le coffre de la voiture était ouvert, on n'avait même pas vu que mon petit lieutenant était à l'intérieur. Il était sonné mais en vie. Je serrais toujours Laëtitia contre moi. Vu les circonstances, je me suis dit que cette attitude pouvait sembler normale aux yeux du groupe.

Elle refusait de me montrer son visage, je l'ai amenée dans la lumière des phares et nous avons constaté les dégâts. Elle avait la lèvre supérieure fendue, ainsi que l'arcade sourcilière, une belle plaie sur le crâne et du sang partout, sur le visage, les mains, les vêtements. Elle boitait, incapable de poser son pied gauche par terre.

« Mon Dieu ! a murmuré Olivier. Qu'est-ce qu'il t'a fait ? »

Il fallait que ça sorte, elle a commencé à hurler. Qu'il l'avait frappée, à coups de crosse, à coups de poing, qu'il lui avait posé le canon du flingue sur le front, l'avait mis dans sa bouche, qu'elle avait cru mourir, finir dans le canal. On voyait bien que sa tunique était déchirée, que le bouton de son jean était arraché. Je devais poser la question, celle dont nous redoutions tous la réponse.

« Il a voulu te…

— Oui, il a voulu », a-t-elle confirmé, soudain plus calme.

Elle s'est remise à pleurer, je l'ai de nouveau prise dans mes bras.

« Et il a… »

Bizarre que je n'arrive pas à le dire.

« Il t'a violée ? »

Elle nous a rassurés d'un signe de tête, soulagement général. Elle nous a raconté la suite, ses mains attachées par la ceinture de sécurité, comment elle s'en était sortie. Il fallait qu'elle dise tout cela maintenant, qu'elle ne garde rien. On l'a écoutée, abasourdis par sa prouesse.

Elle s'en est ensuite prise à moi, ainsi que je m'y attendais.

« J'ai failli crever par votre faute ! Vous m'avez laissée tomber, vous m'avez abandonnée dans les mains de ce salopard !

— C'est fini, Laëtitia… Tu as été formidable, je savais que je pouvais te faire confiance. »

Elle s'est calmée rapidement, épuisée, au bord de l'évanouissement. Nous sommes tous partis en direction de l'hôpital, Memmo avait également besoin de soins. Avant de le laisser aux mains des médecins, je lui ai fait une promesse :

« Toi, je vais bien m'occuper de toi, tu peux compter sur moi… »

20

— J'ai eu très peur, confessa Laëtitia. J'ai cru que j'allais mourir dans d'atroces souffrances.

— C'est normal d'avoir peur dans pareille situation, assura le commandant Delaporte. Que s'est-il passé, ensuite ?

— J'ai eu dix jours d'arrêt, je suis restée chez moi.

— Pourquoi ne pas être retournée à R. ?

— Je ne voulais pas que Lolla me voie dans cet état. J'étais méconnaissable, effrayante. Ça l'aurait traumatisée.

— Je comprends. Avez-vous vu le commandant Ménainville durant votre congé ?

— Il est passé me voir dès le premier soir. Il était 19 heures, je dormais.

— Comment s'est-il comporté ?

— Je me rappelle qu'il avait apporté des fleurs…

… Il était drôle, avec son bouquet à la main. Il portait mieux le flingue que les roses.

Je l'ai fait entrer, persuadée que dans l'état où j'étais, je ne craignais pas grand-chose. Trois points de suture sur le crâne assortis à un joli pansement, un œil au beurre noir, un hématome monstrueux sur la joue, la lèvre supérieure gonflée. La cheville bandée, seulement une grosse entorse. Et un doigt cassé, une attelle à la main gauche.

« Je suis venu voir comment tu vas, a-t-il commencé.

— Ça peut aller, je vous remercie. J'ai mal au crâne, mais je prends des cachets…

— Je peux m'asseoir ? »

J'étais étonnée qu'il demande la permission. Lui qui s'était tant permis ! Il était prévenant, inquiet pour moi. Il avait un sourire et un regard tendres.

J'ai profité de sa présence pour prendre des nouvelles de Damien.

« Il va bien, a répondu le patron. Mais Memmo lui a quand même pété le nez et une dent…

— Vous êtes allé le voir ?

— Bien sûr. Je suis passé chez lui après le déjeuner. »

Nous sommes restés silencieux quelques secondes, à nous dévisager. Puis Richard m'a serrée contre lui.

« J'ai eu peur de te perdre, Laëtitia ! J'ai eu tellement peur… »

Encore sous le choc de ce qui m'était arrivé la veille, j'avais besoin d'être rassurée. Je me suis laissé faire en occultant les paroles ; profiter seulement de ces bras protecteurs, comme un écrin pour briser la solitude.

Amaury ne viendrait pas parce que son père était à nouveau hospitalisé et qu'il voulait rester à son chevet. Certes, c'était une bonne raison, une raison louable. Mais j'étais meurtrie par sa décision. Moi aussi, j'avais besoin de lui à mon chevet, besoin de sa présence. Il aurait pu laisser Lolla à ma belle-mère, venir au moins deux ou trois jours. Mais le seul effort qu'il avait consenti, c'était de me rejoindre le vendredi soir.

M'abandonnant à ma douleur, à ma peur et à mes cauchemars.

Je lui en ai voulu, tellement voulu… S'il avait été blessé, je serais allée le réconforter au bout du monde. Enfin, je crois que c'est ce que j'aurais fait.

Alors, il me restait les bras de Richard. Réchauffer mon cœur gelé d'effroi contre le sien, oublier que j'avais flirté avec l'autre monde. Pour une fois qu'il n'exigeait rien en retour… Comme si nous faisions une trêve.

« Memmo… Il a parlé ?

— Pas encore, a avoué Richard. On l'a récupéré à l'hosto ce matin et depuis, on le cuisine. Il parlera, il nous donnera ses potes, j'en suis sûr.

— Pourquoi vous… Pourquoi vous m'avez droguée, l'autre soir ? »

Je l'ai senti crispé, mal comme jamais.

« Je n'ai pas envie qu'on reparle de ça, Laëtitia.

— J'ai besoin de comprendre.

— Je ne supporte pas quand tu es froide avec moi, a-t-il murmuré. Je ne peux pas le supporter… Quand tu me rejettes, c'est pire que tout. »

Je n'ai plus rien dit. Blottie contre lui, je me suis assoupie. Je ne sais pas combien de temps j'ai dormi dans ses bras, je me souviens juste que j'y étais bien, réconfortée, consolée.

Jusqu'à ce que quelqu'un d'autre sonne à ma porte. Richard est allé ouvrir, c'était Olivier qui venait à son tour aux nouvelles. Le capitaine m'avait apporté des chocolats, chacun son style.

Me retrouver ici, avec ces deux hommes... même si c'était sans peur, sans crainte et sans défiance, ça ravivait de cruelles blessures.

Alors je les ai raccompagnés rapidement.

***

— C'est à ce moment que j'ai compris que je l'aimais vraiment, éperdument.

Jaubert froissa son gobelet plastique avant de le balancer dans la corbeille à la façon d'un basketteur du dimanche.

— Pourquoi ?

— Quand l'autre fumier l'a embarquée dans sa BM et qu'il m'a semé, j'ai eu aussi peur que mal... Peur de la retrouver morte sur le bord d'une route, peur de ce qu'il pouvait lui faire subir, peur qu'il me l'enlève... J'ai éclaté en sanglots quand j'ai perdu la trace de la bagnole.

— Difficile de vous suivre, commandant Ménainville. Vous empruntez des chemins tortueux ! Vous aimez votre épouse et vos enfants, vous aimez Laëtitia... Vous l'aimez, j'en suis sûr, mais vous lui faites du mal... Avez-vous à nouveau essayé de coucher avec elle ?

— Pendant son arrêt, je suis allé la voir chaque jour... Olivier est passé deux fois, aussi.

— Vous vous sentiez coupable de la tournure qu'avait prise cette opération ?

— Un peu. Mais comment imaginer la parano de ce type ? Il avait remarqué qu'il était suivi les jours d'avant, il nous l'a dit pendant l'interrogatoire. C'est ce qui explique sa méfiance.

— Donc, je repose ma question : avez-vous essayé de coucher avec elle pendant sa convalescence ?

— Non. À aucun moment. Pourtant, elle était douce avec moi…

Il souriait, Jaubert imagina qu'il s'agissait d'un bon souvenir.

— C'étaient des moments de tendresse, rien d'autre. Des moments magiques où j'essayais de lui ôter sa peur… Elle me racontait ses cauchemars, elle avait besoin de ma présence. Ça la réconfortait, je crois.

— A-t-elle été suivie par un psy ?

— Je lui ai proposé de contacter la cellule de soutien psychologique, mais elle a refusé. Le soutien, c'était moi qui le lui apportais chaque soir.

— Ces quelques jours ont été l'occasion d'un rapprochement pour vous deux, je me trompe ?

— C'est ce que je pensais.

— En tout cas, ils ont été agréables !

— Oui, très. Sauf ce jeudi soir…

— Quel jeudi soir ?

— Je suis passé la voir, il était déjà 19 h 30. Et quand la porte s'est ouverte, j'ai eu un choc…

… Ce n'était pas ma petite Laëtitia, c'était son écogarde.

Qu'est-ce qu'il fout là, ce con ? On n'est pas encore vendredi !

« Bonsoir, je suis le commandant Ménainville, je viens prendre des nouvelles de Laëtitia.

306

— Ah, c'est vous… »

Il avait balancé ça avec morgue, mais s'est malgré tout effacé pour me laisser entrer. Étendue sur la banquette, Laëtitia s'est assise dès qu'elle m'a vu. Les hématomes lui dévoraient toujours le visage, elle semblait épuisée. Je l'ai quand même trouvée sublime.

Je l'ai embrassée sur la joue, son mari nous fixait.

« Tu veux bien donner à boire au commandant, s'il te plaît, mon chéri ? »

Mon chéri… Deux mots anodins, qui m'ont fait un mal de chien. Même s'il n'était pas ravi de m'offrir un verre, *son chéri* s'est exécuté.

« Qu'est-ce qui vous tente, monsieur ? »

Il prenait un malin plaisir à me servir du *monsieur*, histoire de marquer notre différence d'âge, je suppose. Et il évitait ainsi de m'appeler *commandant*.

Je l'ai deviné jaloux, suspicieux. Se doutait-il de quelque chose ?

J'ai choisi un porto, j'ai même eu droit à des cacahuètes. Laëtitia m'a raconté sa journée, je l'écoutais sans la quitter des yeux, mourant d'envie de la toucher. Ce contact me manquait, j'avais l'impression d'être à poil sur un iceberg tandis que l'autre continuait à me fixer.

Méchamment.

Il avait des choses à me dire, je le sentais. Au bout de dix minutes, il s'est lancé.

« Laëtitia m'a appris que vous passiez la voir chaque soir… C'est gentil de votre part !

— C'est normal, ai-je répondu sèchement.

— Oui, c'est vrai. Après tout, c'est à cause de vous qu'elle est dans cet état !

307

— Expliquez-vous, ai-je ordonné.

— C'est bien vous qui l'avez envoyée dans la gueule du loup, non ? Vous auriez pu causer sa mort !

— Arrête ! a doucement supplié Laëtitia.

— Vous l'avez conduite à l'abattoir ! Vous êtes complètement irresponsable !

— S'il te plaît, Amaury !

— Laisse-le parler, Laëtitia… Laisse-le s'exprimer. »

J'ai souri, ça l'a davantage énervé, coupé dans son élan.

« C'est tout ce que j'avais à vous dire ! a-t-il conclu.

— Laëtitia est flic, ai-je rétorqué calmement. C'est un métier qui comporte des risques, même si je veille à les limiter au maximum. Cette opération a été menée avec les précautions d'usage mais elle a mal tourné. Je ne crois pas avoir quelque chose à me reprocher…

— Facile, *les risques du métier* ! a-t-il craché. Belle excuse ! »

J'avais une furieuse envie de lui coller mon poing dans la gueule. Vu sa carrure, je n'en aurais fait qu'une bouchée, mais je me suis contrôlé. C'est Laëtitia qui lui a cloué le bec pour mon plus grand plaisir.

« Arrête, maintenant ! Ça suffit. Le patron a raison, je connaissais les risques en devenant flic, j'en assume les conséquences. »

Il a haussé les épaules, s'est rassis. Elle avait pris ma défense, je jouissais intérieurement. Pourtant, mieux valait quitter la scène avant que ça ne dégénère. Je n'ai même pas fini mon verre, je me suis levé. Mais l'éco-garde avait encore des choses à dire.

« Pas la peine de passer demain soir, *monsieur*… »

J'ai enfilé mon blouson, pris mes clefs.

« J'emmène ma petite Letty au vert. Elle va se reposer quelques jours, loin d'ici. »

Il avait envie de dire *loin de vous*, n'a pas osé. Laëtitia l'a considéré avec étonnement. Visiblement, elle n'était pas au courant, il improvisait.

« Bonne idée ! ai-je dit.

— Je crois qu'elle en a besoin. J'espère qu'elle ne vous manquera pas trop, *monsieur* ? »

Désormais, il cherchait l'affrontement. D'ailleurs, il arborait une posture arrogante. Laëtitia était dans ses petits souliers.

« En tout cas, je vous remercie d'avoir veillé sur elle chaque soir, a-t-il ajouté. Mais maintenant, je suis là, inutile de vous donner cette peine, *monsieur*. »

Nous nous sommes dévisagés tels les rivaux que nous étions.

Deux mâles, une femelle. Une histoire vieille comme le monde.

Si je perdais mon sang-froid, c'est Laëtitia que je risquais de perdre. Elle tenait à ce mec, j'en étais conscient. J'ai donc fait un effort surhumain pour me contenir. Mais je n'ai pu m'empêcher de répondre.

« Ça m'a fait plaisir de veiller sur elle pendant votre absence. »

J'avais volontairement appuyé sur le mot *absence*.

« J'imagine ! »

Puis j'ai enfoncé le clou.

« Elle se sentait seule.

— Il ne faudrait pas trop en faire, *monsieur*. Il ne faudrait pas être trop présent ici, si vous voyez ce que je veux dire… »

La phrase de trop, la goutte qui a fait déborder le vase.

Je l'ai chopé par le col de son polo et je l'ai scotché contre la cloison la plus proche qui a tremblé d'effroi.

« Écoute-moi bien, petit con : tu gardes tes insinuations pour toi, OK ? Moi, je suis marié, j'ai des gosses et Laëtitia, c'est un de mes lieutenants, rien de plus. Si c'était un autre de mes gars qui était blessé, je passerais le voir chaque jour aussi… D'ailleurs, c'est ce que je fais avec son collègue, le lieutenant Girel. Alors, tu te calmes et tu retournes à tes jouets, d'accord ?

— Arrêtez ! s'est écriée Laëtitia. Putain mais arrêtez ! »

Je me suis aperçu que l'avorton n'arrivait plus à respirer, je l'ai lâché. Puis j'ai quitté la scène, claquant la porte derrière moi.

**

Quand Richard a disparu, je me suis précipitée vers Amaury qui se tenait la gorge.

« Ça va ?

— Laisse-moi tranquille ! »

Il m'a repoussée sans ménagement avant de s'exiler dans la salle de bains. L'angoisse coulait dans mes veines. J'ignore comment, mais Amaury sentait qu'il y avait quelque chose entre Richard et moi. Il est revenu dans le salon, a pris sa veste.

« Où tu vas ?

— J'ai besoin d'air !

— Mais qu'est-ce qui t'arrive, Amaury ? Qu'est-ce qui t'arrive ? Pourquoi tu as dit ça à Ménainville ? »

Il m'a attrapée par les épaules, m'arrachant une grimace de douleur.

« Arrête de me prendre pour un con ! a-t-il hurlé.

— Mais…

— Tu crois que je suis aveugle ? Tu crois que j'ai pas vu comment il te regarde ? Non, pardon, comment il te BOUFFE DES YEUX ! Et quand j'ai ouvert la porte, je te dis pas la tronche qu'il a faite ! Comme si ça le gênait que je sois là… J'ai vraiment eu l'impression de déranger !

— Lâche-moi. »

Il m'a libérée, je me suis assise. Je cherchais une justification, j'ai pensé qu'il fallait aller dans son sens.

« Écoute, bébé, c'est vrai que je lui plais, moi aussi je l'ai compris…

— Ah ! Tu vois, tu avoues !

— Laisse-moi parler, je t'en prie. Je lui plais, mais c'est tout. Ça s'arrête là. Lui ne me plaît pas. Il n'y a que toi qui comptes. Tu devrais le savoir, depuis le temps ! »

Ça l'a calmé, même s'il avait encore des ressorts sous la peau.

« Il se croit tout permis, ce con, hein ? Il vient ici, il t'embrasse, te tutoie… Et toi, tu le laisses faire, pas vrai ?

— Il ne fait rien d'inconvenant, ai-je menti. Je ne peux pas me permettre de…

— C'est ça ! C'est le patron, il a tous les droits !

— Mais non ! Il tutoie tous ses agents, il n'y a pas que moi… Il fait la bise aux autres filles, aussi. Tu te fais des idées, je t'assure. »

J'ai changé de stratégie, je me suis approchée de lui, je l'ai enlacé.

« Tu es jaloux, mon amour ? Ce n'est pas désagréable, comme sensation !

— Je ne veux pas que ce mec te regarde comme il le fait !

— Tu veux quoi ? Que je lui crève les yeux ?

— S'il ne s'arrête pas, c'est moi qui les lui crèverai…

— Il ne t'a pas fait mal, au moins ? »

Je m'inquiétais simplement mais Amaury s'est senti humilié par cette question.

« Bien sûr que non ! Tu me prends pour un naze ? Mais la prochaine fois qu'il ose me toucher, je lui explose la tronche !

— Il n'y aura pas de prochaine fois.

— Ouais, j'espère qu'il a compris, cet enfoiré. »

Il fallait dévier la conversation qui revenait un peu trop sur Richard.

« Où on va, alors ? ai-je demandé avec un sourire.

— Quoi, *où on va* ?

— Tu as dit que tu m'emmenais…

— C'était pour qu'il ne repasse pas… qu'il te laisse tranquille. T'es pas en état de partir en week-end, a-t-il prétexté. Et puis j'ai du boulot, figure-toi. »

Amaury avait pris son nouveau poste. Il bossait désormais dans une boîte de conseil en environnement, et il avait apporté de quoi travailler sur son ordinateur.

J'ai baissé les yeux, je me suis éloignée de lui.

« Vaut mieux que tu te reposes. Je te promets qu'on partira une prochaine fois. Avec Lolla. »

Avec Lolla. Me rappeler que nous étions mariés et parents d'une petite fille.

Son portable a sonné, il est allé sur le palier, comme s'il avait peur que j'entende la conversation. J'ai pensé coller mon oreille à la porte avant de me raviser. Après la façon dont je l'avais cocufié, je ne me sentais pas le droit de le soupçonner. Je suis retournée me coucher, j'ai allumé la télé. Je me souviens d'avoir laissé échapper quelques larmes. Trop de choses dans ma pauvre tête. Ces mensonges, ces humiliations, ces doutes...

Et puis le goût de métal et de mort dans ma bouche. Ce goût qui ne partirait sans doute jamais.

21

Le jour de ma reprise, j'ai été accueillie en héroïne dès que j'ai passé la porte de la DDSP. J'avais du mal à y croire, mais beaucoup sont venus me féliciter pour ma bravoure. J'ai eu droit aux louanges de Bertrand Germain, le boss. De lui, et de tout un tas de collègues que je connaissais à peine.

Le vilain petit canard était devenu cygne à la blancheur irréprochable.

Je suis arrivée dans ma brigade en marchant sur l'eau et j'ai croisé le capitaine Fougerolles dans le couloir. Il m'a gratifiée d'une tape amicale sur l'épaule, comme si j'étais l'un de ses vieux potes.

« Alors, Graminsky ? Ça fait quoi d'être une star ?

— N'exagérons rien ! ai-je répondu avec fausse modestie.

— En tout cas, heureux de te revoir parmi nous !

— Merci, capitaine. »

Ce mec était vraiment étrange. De l'extérieur, rien ne pouvait laisser penser que lui et moi avions échangé bien plus que des paroles. Pour un peu, je lui aurais pardonné tout ce qu'il m'avait fait subir. Mais ça restait au fond de moi, un peu comme le goût du métal dans ma bouche.

Pourtant, il fallait tourner la page.

Pendant mon arrêt, j'avais eu le temps de réfléchir. De me préparer longuement à ce retour que je n'imaginais tout de même pas aussi triomphal.

Tout ce qui s'était passé était de l'histoire ancienne, je repartais de zéro. J'avais gagné ma place au péril de ma vie, prouvé mon courage. Je ne devais plus rien à personne, n'offrirais plus rien d'autre que ma force de travail. Ménainville et Fougerolles l'avaient sans doute compris. Sinon, il me faudrait le leur expliquer calmement.

Aux Stups aussi, tout le monde m'a félicitée, tout le monde m'admirait. Les marques sur mon visage et mon doigt encore dans l'attelle concouraient certainement à cet élan d'enthousiasme. Même le Muet a eu une petite phrase sympa. Quant à Damien, il m'a carrément serrée dans ses bras. J'étais affreusement gênée, même si son geste n'était qu'amical, rien d'autre. Il portait toujours la trace du coup de pied asséné par Memmo et lui comme les autres considéraient que je lui avais sauvé la vie.

J'ai réalisé que j'étais désormais intouchable.

Alors, je suis allée saluer Richard dans son bureau. Quand il m'a aperçue, son visage s'est éclairé d'un sourire. Nous ne nous étions plus vus depuis le soir où il avait *croisé* Amaury chez moi.

« Tu te sens de reprendre, Laëtitia ?

— Oui, je vais beaucoup mieux.

— J'en suis heureux. Je suppose que tu as eu droit à un accueil chaleureux ?

315

— Bien plus que ça… J'ai l'impression d'avoir accompli une prouesse !

— Mais c'est le cas. Tu t'en es sortie vivante et, mieux encore, tu as protégé ton coéquipier en mettant ce salaud hors d'état de nuire. Ton histoire a fait le tour de toutes les brigades !… Je suis désolé pour ce qui s'est passé jeudi dernier, avec ton… mari. Je n'aurais pas dû le malmener ainsi, pardonne-moi.

— Disons qu'il vous a cherché… Mais ça s'est arrangé, ensuite.

— Tant mieux, a-t-il menti. Et vous êtes partis où, en week-end ? »

Cette fois, c'est moi qui ai menti.

« Nous sommes allés en baie de Somme. C'était super !… Comment ça s'est passé avec Memmo ? Vous avez eu ce que vous vouliez ?

— C'est en bonne voie.

— En bonne voie ? Mais la garde à vue est terminée, il est en prison, maintenant… »

Richard est retourné s'asseoir derrière son bureau, soudain fort mal à l'aise.

« Non, il n'est pas en taule. »

Olivier nous a rejoints à ce moment-là.

« J'étais en train de dire à Laëtitia que nous avions libéré Memmo, a expliqué le patron.

— Ah… »

La peur venait de rejaillir du fond de mes entrailles. J'ai essayé de la contrôler.

« Mais pourquoi est-il libre ? Le juge n'a pas…

— Nous avons passé un marché avec lui, a indiqué Richard. Il nous permettra de serrer la tête du réseau,

316

c'est dans ce but que nous voulions l'arrêter, je te le rappelle. »

Mon cerveau avait occulté la finalité de l'opé McMurphy. Et dans mon esprit, la donne avait changé ; il avait menacé d'une arme deux officiers de police, tenté de me violer...

« Comment c'est possible ? Après ce qui s'est passé !

— Il n'y a pas eu de plainte déposée.

— Le parquet aurait dû le poursuivre quand même !

— Le proc nous a écoutés, a expliqué Olivier. Il a accepté de le laisser en liberté.

— Il peut revenir me voir n'importe quand !

— N'aie pas peur, Graminsky, a dit le capitaine. Il ne t'approchera pas, c'est convenu entre nous.

— *Convenu* ? Je rêve !

— Tu n'as aucun souci à te faire », a renchéri Ménainville.

J'ai serré les poings.

« Ce mec a essayé de me tuer ! Il peut recommencer demain, s'il en a envie !

— Calme-toi, a prié Fougerolles. Je t'assure qu'il ne tentera rien contre toi. »

Ménainville s'est levé pour prendre le relais.

« Je comprends ton angoisse, Laëtitia, mais je te jure que tu n'as rien à craindre... Il est sous surveillance.

— Comme le soir où il a essayé de me buter ? Il ne paiera jamais pour ce qu'il nous a fait, hein ? »

Là, ils n'ont rien trouvé à dire. Qu'auraient-ils bien pu répondre ?

« Il n'ira jamais en prison, n'est-ce pas ? C'est bien l'accord que vous avez négocié avec ce fumier, je me trompe ? On passe l'éponge, on oublie tout ! »

Richard a essayé de me faire avaler cette couleuvre, d'abord en douceur.

« Laëtitia, ce type est notre seule chance de démanteler le réseau et…

— C'est plus important que de le faire payer pour ce qu'il m'a fait ? »

J'avais les larmes aux yeux. Larmes de rage, de désespoir, de peur aussi. Que ce monstre soit en liberté me mettait les tripes à l'envers.

« Je sais que tu as subi quelque chose de très dur…

— Non, vous ne pouvez pas savoir ! D'ailleurs, vous vous en foutez de ce que j'ai subi ! ai-je hurlé. Voilà la vérité ! S'il recommence avec moi ou une autre, c'est sans importance, n'est-ce pas ? »

J'ai essuyé mes larmes avant de les dévisager avec dégoût.

« Ça ne m'étonne pas de vous, ai-je murmuré. Laisser un violeur en liberté, ça ne peut pas vous choquer…

— Ne dis pas des choses pareilles, Laëtitia ! a ordonné Richard en fermant la porte de son bureau.

— C'est comme un membre de votre famille, en quelque sorte !

— Tu n'as pas le droit de nous parler comme ça ! » s'est insurgé Olivier.

J'allais de l'un à l'autre, toutes griffes dehors.

« Vous avez échangé vos points de vue, tous les trois ? Vous vous êtes donné des conseils sur la méthode la plus efficace pour violer une fille ?

— Surveille tes paroles, Graminsky ! a grondé Fougerolles. Et contrôle tes nerfs, ça vaudra mieux !

— Vous êtes de la même race que lui. Et même pire ! »

Et dire que je croyais repartir de zéro. Et dire que je croyais…

Richard m'a tourné le dos. Il n'avait pas supporté mes dernières paroles. Ils sont restés silencieux un moment, tandis que je tentais de dompter mes nerfs. Puis Ménainville est sorti de son mutisme et s'est approché de moi.

« La vérité fait mal, hein ? ai-je balancé.

— Tu ne peux pas nous comparer à ce salopard, Laëtitia. Tu n'en as pas le droit ! »

Il s'est de nouveau énervé.

« Est-ce qu'on t'a déjà cognée à coups de crosse ? Est-ce qu'on t'a mis un flingue dans la bouche ? Est-ce qu'on t'a attaché les mains et frappée à coups de poing ? Est-ce que nous refourguons de la came à des ados en manque ? Penses-tu vraiment qu'on mérite que tu nous rabaisses au même rang que cette petite pourriture ? »

Vu sous cet angle, il avait raison. Mon silence l'a calmé.

« Pour ce qui est de l'opération, a enchaîné Olivier, nous avons fait notre travail. Ce type est notre seule chance de mettre à mal un trafic qui inonde le campus de saloperies. Il y a déjà eu deux morts, je te rappelle ! Et… nous n'avons pas oublié ce qu'il t'a fait, crois-moi.

— Si je peux le lui faire payer un jour, je le ferai, a ajouté Richard. D'ailleurs, on ne s'en est pas privés. »

Je l'ai dévisagé avec étonnement.

« Il a passé un sale quart d'heure dans ce même bureau… Il s'en souviendra toute sa vie. Mais je devais penser à notre mission, je devais profiter de lui pour serrer les autres. C'est ça, mon boulot. *Notre* boulot, Laëtitia. Maintenant, si tu veux porter plainte contre lui, c'est ton droit. Je ne t'en empêcherais pas. On l'arrêtera de nouveau, on le foutra en taule et il sera condamné. Si c'est ce que tu veux, tu peux encore le faire. »

J'ai réfléchi un instant ; je venais d'intégrer véritablement cette brigade par un acte héroïque. Ce n'était pas le moment de tout faire rater pour assurer une vengeance personnelle.

Héroïque, je me devais de l'être jusqu'au bout.

« Je ne porterai pas plainte. Je ne veux pas compromettre votre travail. Et... je m'excuse pour ce que je vous ai balancé, mais c'est pas facile pour moi de...

— Je comprends, a coupé Richard. Si tu as besoin de voir un psy, n'hésite surtout pas. »

J'ai deviné de l'inquiétude chez Fougerolles. Avait-il la trouille que je raconte tout à un psy ? L'histoire de Memmo, certes, mais aussi tout ce que Richard et lui m'avaient fait subir.

« Non, je n'en ai pas besoin.

— Bien... Et si tu es fatiguée ou même simplement démoralisée, tu rentres chez toi. Il suffit de venir m'en parler, d'accord ? »

J'ai hoché la tête, il a essayé de me sourire. Mais il gardait mes paroles en travers de la gorge. Je l'avais blessé, je les avais blessés tous les deux.

Tant mieux.

J'ai quitté la pièce, exténuée. J'ai regagné mon bureau, fait un point sur les affaires en cours avec Nathalie. Je sentais qu'elle avait encore les boules contre moi. Mon exploit ne suffisait pas à effacer l'ardoise entre nous. Peut-être même qu'elle vivait mal ma nouvelle gloire au sein de la DDSP.

Je me suis approchée de la fenêtre. Dans la cour, sous un porche, un homme attendait. J'ai cru reconnaître Memmo.

Fausse alerte.

Je n'avais pas fini de le voir partout.

Comme chaque nuit, dans mes cauchemars.

22

Laëtitia interrogea la grande pendule près de la porte : la nuit avançait inexorablement. Il y a des choses que rien ne peut arrêter, désormais elle le savait.

Le commandant Delaporte avait fait monter une pizza pour apaiser une petite faim, Laëtitia n'y avait pas touché, se contentant de boire du café ou du thé. Du moins ce breuvage au citron que les concepteurs du distributeur avaient osé baptiser thé.

— On continue ? fit Delaporte.

Laëtitia hocha simplement la tête.

— Donc, vous avez repris vos fonctions, vous étiez une sorte d'héroïne et…

— Ça n'a pas duré longtemps, vous savez… La gloire est éphémère, commandant ! Mais j'étais désormais respectée. Disons que le fait d'avoir neutralisé Memmo avait racheté ma lamentable prestation lors de l'opé *Nerfs à vif*.

— Parlez-moi de Ménainville, lieutenant. Je suppose que l'histoire ne s'est pas arrêtée là… Il est revenu à la charge ?

Laëtitia sourit ; cette expression était finalement très appropriée, très imagée.

… Ça faisait un peu plus d'une semaine que j'avais repris le boulot. Même s'il restait quelques stigmates de l'agression sur mon visage, j'avais pu enfin revoir Lolla. Pendant ces dix jours, Richard et moi n'avions échangé que des propos professionnels et des regards ambigus.

Ses regards, si expressifs malgré le noir de ses prunelles…

On aurait dit qu'il n'osait plus s'approcher de moi. Était-ce le résultat de sa confrontation avec Amaury ? Avait-il compris que mon mari nourrissait des doutes sur nous ?

Était-ce simplement parce qu'il n'avait plus aucun moyen de pression sur moi ?

Quoi qu'il en soit, je n'avais pas eu à le remettre à sa place.

Le capitaine Fougerolles a imité le patron, même si lui aussi me reluquait parfois avec gourmandise. Pas les mêmes regards que ceux de Richard, non. Pour Olivier, ce n'était qu'un jeu. Du moins, c'est ce qu'il laissait paraître.

Je croyais être sortie d'affaire.

Quand je repensais à ces trois nuits, c'est-à-dire souvent, un curieux mélange de dégoût et d'envie me serrait le cœur. Ils avaient laissé des traces en moi, inutile de le cacher.

Mais j'étais sûre de ne plus jamais vouloir ça.

Un soir, au début du mois de mai, j'étais en planque dans le sous-marin avec Damien. On surveillait un des membres de ce fameux réseau, un type que nous avait balancé Memmo. Il ne se passait rien depuis des heures, on rouillait sur place. J'enfumais Damien avec mes clopes, il ne protestait même pas. Il avait seulement entrouvert la petite trappe sur le toit de la camionnette. Il lisait un bouquin, me souriait de temps à autre. Mignon, tel un enfant sage et discret.

Les planques avec lui, c'était un vrai bonheur. Mais elles étaient rares. En général, le patron s'arrangeait pour que je me retrouve en tête à tête avec le Muet, Nathalie ou un autre membre du groupe. Il avait sans doute compris que je m'entendais bien avec Damien, ce qu'il supportait mal.

Richard était jaloux, Richard était possessif.

Richard avait peur.

Damien a délaissé son roman pour venir s'asseoir à côté de moi. Il m'a proposé du café qu'il avait apporté dans une Thermos. On a commencé à discuter, il m'a raconté des blagues, je riais sans retenue. Il était drôle, jamais vulgaire.

Brusquement, trois coups légers frappés à la porte latérale du fourgon nous ont fait sursauter. Damien est allé ouvrir, son flingue à la main. C'était Ménainville.

« Ça va, vous vous amusez bien ? a-t-il attaqué d'emblée. On vous entend vous marrer depuis la rue. Bravo la discrétion !

— Désolé, patron ! a bafouillé Damien. On se faisait un peu chier, alors je racontais des conneries à Laëtitia. »

Richard s'est servi un café avant de s'asseoir en face de moi. On ne riait plus, une chape de plomb s'était abattue sur le soum.

Malheureusement, Damien a laissé échapper un bâillement.

« C'est vrai que c'est ta deuxième nuit sur le pont, s'est souvenu Richard. Tu dois être crevé…

— Non, ça va, patron. Juste un petit coup de barre !

— T'as qu'à rentrer chez toi, je vais te remplacer. »

J'ai supplié Damien des yeux ; je l'ai supplié de tenir tête à Ménainville.

« Non, je vous assure, ça va aller ! » a répété mon collègue.

Richard a entrouvert la porte de la camionnette.

Personne ne tenait tête au patron.

Personne.

« Va te reposer ! a-t-il ordonné avec un sourire paternel. Tu prends un taxi et tu me fileras la note, OK ? »

Damien a récupéré ses affaires et m'a fait une bise avant de disparaître. J'étais soudain terriblement mal à l'aise. Richard m'a piqué une clope puis s'est de nouveau installé en face de moi. Je me suis tournée pour surveiller la rue, faussement concentrée sur ma mission. Je sentais qu'il me fixait. Son regard, une coulée de lave dans mon dos. Brûlure qui est vite devenue intolérable. Alors je me suis levée pour faire quelques pas. Il est venu derrière moi, a passé ses bras autour de ma taille, a posé ses lèvres sur ma nuque.

« Tu me manques, Laëtitia… »

J'avais souvent songé à ce moment, à ce que je lui dirais si…

Le repousser. Résister.

Pour cela, il fallait d'abord que je me dégage de son emprise. Ce contact me faisait perdre mes moyens. J'ai dénoué l'étreinte, j'ai essayé de m'éloigner, il m'en a empêchée. J'étais bloquée contre la paroi du fourgon, il ne comprenait pas mon attitude. Il ne voulait pas comprendre.

J'ai essayé de parler.

« Richard, je… Je… »

Ces mots répétés des dizaines de fois face à mon miroir, pourquoi ne venaient-ils pas à mon secours ?

« Tu quoi ? a-t-il demandé en souriant.

— Commandant, je… Il ne faut pas… »

Mon bégaiement idiot semblait l'amuser, ça lui donnait confiance en lui. Il m'a de nouveau serrée contre lui, mais cette fois, je me suis violemment dégagée, avant de me réfugier à l'autre bout du soum. Deux mètres à peine nous séparaient.

« Arrêtez, commandant !

— Pourquoi Laëtitia ? On est seuls, enfin tranquilles, on peut profiter de ce moment… »

Il avançait vers moi, je ne pouvais plus reculer.

Parle avant qu'il ne soit trop tard, Laëtitia. Parle avant qu'il ne repose les mains sur toi.

« Je ne veux pas de ça, commandant ! Je ne veux même pas que vous me touchiez ! »

Il s'est arrêté, désemparé. Comme s'il venait de se heurter à un rempart invisible.

« Tout ça, c'est fini, ai-je continué d'une voix tremblotante. C'est terminé ! Il ne se passera plus rien entre nous… Je ne veux pas tout mélanger, je ne veux pas qu'on dépasse les relations de travail, vous et moi. »

Mon texte me revenait. En face, Richard encaissait, mot après mot.

Coup après coup.

« J'ai enfin gagné ma place dans cette brigade, tout le monde me respecte désormais… Vous ne pouvez plus me faire chanter.

— Mais… qui te parle de chantage ? J'ai changé, je t'assure ! »

Il a fait un pas vers moi, ça a suffi à ce que nos corps se frôlent.

« Tu veux que je souffre, c'est ça ? Que je paye pour mes fautes ?

— Non… Non… Ce n'est pas ça, je… »

Il était à nouveau trop près, je mélangeais les mots, les idées.

« Je comprends, a-t-il poursuivi d'une voix douce. Tu m'en veux pour ce que j'ai pu faire avant, mais je te l'ai dit : j'ai changé… Plus question de chantage. C'est juste toi et moi.

— Non, c'est rien du tout !

— Je sais que tu en as envie, tu n'arrives même plus à parler quand je m'approche de toi !

— C'est… C'est parce que vous me faites peur !

— Peur ? Mais pourquoi ? »

Son sourire s'est élargi, il était encore sûr d'arriver à ses fins.

« Arrête de te comporter comme une gamine, Laëtitia !

— Laissez-moi tranquille ! »

J'étais ridicule à perdre ainsi mon sang-froid. C'est vrai que je redevenais une gamine face à lui.

Richard a fait une nouvelle tentative, je n'ai même pas laissé ses mains m'atteindre, j'ai ouvert la porte du camion pour m'enfuir sur le trottoir.

Pire que tout, comme réaction. Refuser de l'affronter, me sauver, c'était déplorable.

Il m'a rattrapée au bout de dix mètres, m'a saisie par le poignet.

« T'es malade ou quoi ? a-t-il chuchoté. Tu veux qu'on nous repère ? Remonte tout de suite dans le soum ! »

Il m'a raccompagnée de force vers le fourgon et la porte s'est de nouveau refermée sur ma peur.

Richard avait changé de visage, moins sûr d'obtenir ce qu'il voulait.

« Je ne comprends rien à tes réactions ! C'est quoi qui ne va pas ? C'est à cause de l'autre petit con ? Qu'est-ce que tu fous avec ce minable ?

— Ne parlez pas d'Amaury comme ça ! »

Comprenant qu'il faisait fausse route, il a bifurqué.

« Tu te poses trop de questions, tu refuses de faire ce dont tu as envie parce que tu... Je ne sais même pas pourquoi ! »

Il avait mal, n'arrivait plus à le cacher.

« Pour moi, ce n'est pas un jeu, Laëtitia. Je t'aime, si tu savais combien je t'aime... »

Cet aveu m'a fait frémir de la tête aux pieds.

Il venait d'ôter son armure, c'était le moment de porter l'estocade.

« Moi pas, commandant. Moi, je ne vous aime pas. »

J'ai vu la souffrance exploser dans ses yeux. Une souffrance telle que j'ai hésité à poursuivre. Mais il le fallait.

« Je ne vous aime pas, ai-je répété en détachant chaque syllabe. Je vous admire beaucoup, commandant. Je veux continuer à travailler dans votre équipe, mais je ne suis pas amoureuse de vous et je n'ai pas envie qu'on couche ensemble. S'il vous plaît, comprenez-le. »

Il a vacillé, reculé d'un pas, s'est appuyé contre la paroi ; le dernier coup l'avait atteint de plein fouet, j'ai cru qu'il allait se mettre à pleurer. Mais il m'a tourné le dos, a allumé une autre cigarette et l'a fumée en regardant la rue. Pétrifiée contre la porte, je restais prête à m'enfuir de nouveau s'il devenait violent. Je le croyais capable de tout. Je l'observais avec crainte, dans ce silence insupportable.

« Commandant, je ne voulais pas vous blesser, je vous le jure. Mais je…

— Tais-toi, je t'en prie. »

Il n'était pas agressif, plutôt suppliant. Le silence était pesant comme jamais. J'aurais préféré qu'il me hurle dessus. J'aurais pu le détester plus facilement.

Il a écrasé sa clope, s'est levé.

« Je crois qu'on n'obtiendra rien de plus ce soir, on va rentrer. Tu as laissé ta voiture à la brigade ?

— Non…

— Alors je te dépose chez toi. »

Il s'est mis au volant, je suis passée sur le siège passager, ne pouvant pas rester bêtement à l'arrière du fourgon. Il était mutique, fixant la route, conduisant nerveusement. Je me sentais embarrassée, tellement soulagée.

J'avais enfin réussi à lui parler. Enfin vaincu celui qui me faisait si peur.

En bas de mon immeuble, j'ai détaché ma ceinture. Il fallait bien que je trouve une formule de politesse.

« Je suis désolée, patron. Je…

— Bonne nuit, Laëtitia. »

Le son de sa voix m'a écorchée. On aurait dit la voix d'un mort.

« Bonne nuit, commandant. »

***

— Quel effet ça vous a fait, quand elle vous a dit qu'elle ne vous aimait pas ? s'inquiéta Jaubert.

— J'aurais préféré qu'elle prenne son arme et me tire une balle dans le ventre, je crois que j'aurais eu moins mal…

— Qu'avez-vous fait après l'avoir déposée chez elle ?

— J'ai repris le chemin du bureau. Je me suis arrêté sur le bord de la route, je n'arrivais plus à conduire… et puis j'ai enfin pu ramener le soum à la brigade et j'ai récupéré ma bagnole. Il était 1 heure du matin, je n'avais pas envie de rentrer chez moi. Comment garder le masque face à mon épouse ? J'ai erré un moment dans les rues désertes, sans but précis. J'ai vu un rade encore ouvert, un de ces bars à putes, un de ces horribles endroits qui filent le cafard. Mais j'y suis tout de même entré. Je me suis assis au comptoir, j'ai commandé un whisky, suivi de beaucoup d'autres… jusqu'à ce que le patron me dise qu'il devait fermer. J'ai sorti ma carte de flic et lui ai ordonné de continuer à me servir… Il y avait une fille qui me tournait autour, qui lorgnait mon portefeuille.

— Une prostituée ?

— Non, sainte Thérèse ! Évidemment, une prostituée ! Je l'ai suivie jusque dans sa piaule pourrie, dans l'espoir de me calmer avec elle. Mais ça a été une horreur…

— C'est-à-dire ?

— Je préfère ne pas en parler.

— Vous n'avez pas pu, c'est ça ? Vous aviez trop bu ?

— Je viens de vous dire que je préférais ne pas en parler. Vous êtes sourd ou quoi ?

Jaubert fit quelques pas.

— Comme vous voudrez, Ménainville. De toute façon, j'ai compris ! assura-t-il en souriant.

— Vous n'avez rien compris du tout ! J'ai reporté ma haine sur cette pauvre fille. Je ne me suis pas reconnu, je n'étais plus moi-même ou peut-être que si…

Ménainville le fixait avec un regard de tueur. Comme s'il revivait ces moments en direct.

— Je n'ai pas pu, c'est vrai. Je me suis dit que c'était l'alcool, je savais bien que non. Que mes yeux soient ouverts ou fermés, je ne voyais qu'elle… Je ne voyais que Laëtitia. J'entendais sa voix en train de m'assassiner, de me dire *Je ne vous aime pas*. C'est pour ça que je n'ai pas pu… J'ai filé du fric à la fille, je me suis rhabillé. Elle s'est mise à ricaner, à balancer des trucs sur les flics, qu'on était tous des impuissants. Je lui ai dit de fermer sa gueule, mais je crois qu'elle avait bien picolé, elle aussi…

— Et elle n'a pas *fermé sa gueule*, c'est ça ?

— J'ai pas supporté. Pas supporté qu'elle me rabaisse, elle aussi. Pas supporté de me voir dans cette

331

piaule dégueulasse, en compagnie d'une pute. Alors je… Je l'ai tabassée.

Jaubert eut besoin de se rasseoir.

— Vous aviez déjà frappé une femme avant ça ?

— Non, jamais.

— Vous aviez déjà été violent envers votre épouse ou vos enfants ?

Ménainville se décolla légèrement de sa chaise et se pencha vers Jaubert.

— Jamais, vous m'entendez ?

— OK, je vous crois, commandant.

— Je l'ai laissée par terre. Ensuite, je suis redescendu jusqu'à ma bagnole. J'ai dû m'arrêter dans l'escalier, je n'arrivais plus à avancer. Puis je me suis mis au volant de ma caisse et j'ai attendu un peu. J'étais dans une sorte d'état second… C'est quand j'ai vu le sang sur mes mains que j'ai réalisé. Comme si je dessaoulais d'un seul coup. Je suis remonté et quand la fille m'a vu entrer, elle s'est mise à hurler.

— Elle n'avait pas perdu connaissance alors ?

— J'avais cru pourtant… Peut-être avait-elle fait semblant pour que j'arrête de la cogner. Je lui ai donné l'argent que j'avais sur moi, avant d'aller retirer ce que je pouvais au distributeur pour qu'elle ne porte pas plainte. J'étais rassuré qu'elle soit debout, j'avais cru un instant l'avoir tuée… Je lui ai demandé pardon avant de me tirer.

— Êtes-vous rentré chez vous après ça ?

— Oui. Je n'avais nulle part où aller, de toute façon. En arrivant, j'ai pris du café et une douche, ma femme dormait lorsque je me suis couché. J'ai gardé les yeux ouverts jusqu'à l'aube, je voyais tour à tour Laëtitia et la fille du bar. Leurs visages se mélangeaient parfois…

**

— Quel effet ça vous a fait quand il vous a dit qu'il vous aimait ? vérifia Delaporte.

— Ça m'a secouée. Drôlement secouée, même… Mais pendant la nuit, alors que ses paroles résonnaient en boucle dans ma tête, je me suis dit qu'il se mentait à lui-même, qu'il se fourvoyait sur ses propres sentiments… Il croyait m'aimer alors que je n'étais qu'une obsession. À ce moment-là, je n'ai pas voulu comprendre.

— Après cet épisode, comment vous sentiez-vous ?

— Je tenais ma vengeance. Mais à vrai dire, ça ne m'a apporté aucune satisfaction… Seulement du soulagement. Un grand soulagement. J'avais enfin réussi à le faire reculer, à imposer ma voix.

Delaporte esquissa un sourire.

— C'était une victoire sur lui ou sur vous ?

— Un peu des deux… Mais la peur était encore là, bien présente. Je l'avais profondément blessé, je craignais qu'il ne se venge d'une manière ou d'une autre. Et puis je me suis calmée. Je ne devais avoir aucun regret. J'étais intégrée à l'équipe maintenant, il n'avait plus de moyen de pression sur moi, mis à part que je n'étais pas encore titulaire… Je suis allée me coucher, mais je n'ai pas fermé l'œil de la nuit.

23

— C'est là que ma vie a commencé à basculer. Chaque jour, je devais supporter de voir Laëtitia, de l'avoir tout près de moi, de la regarder s'épanouir dans son travail... avec interdiction de la toucher. Un véritable supplice.

— Vous n'avez pas réussi à vous faire une raison à son sujet ? s'étonna Jaubert.

Ménainville ne put s'empêcher de sourire. Un de ses fameux sourires à l'absolue tristesse. Si désespérés qu'ils en devenaient effrayants.

— Me faire une raison ? La raison, je l'ai perdue. Petit à petit, jour après jour. Un peu comme si Laëtitia m'avait arraché le cœur et le tenait entre ses mains. Elle jouait avec, le broyait de toutes ses forces, le piétinait, le brûlait... Je me sentais partir vers autre chose, je me transformais. On dit souvent que l'amour est capable de métamorphoser quelqu'un... Je peux témoigner que c'est vrai, mais pas dans le sens où on l'entend habituellement.

— Êtes-vous certain que vous ressentiez bien de l'amour, *au sens où on l'entend habituellement* ?

vérifia Jaubert non sans perfidie. N'était-ce pas plutôt une sorte de… rage ? La rage d'un mauvais perdant ?

— Parce que vous pensez qu'il s'agissait d'un jeu, peut-être !

— En tout cas, j'ai l'impression que c'était plus une obsession que de l'amour.

— Une obsession, sans doute…

Ménainville se leva pour aligner quelques pas.

— C'est quoi l'amour, d'après vous ? demanda-t-il au divisionnaire.

Jaubert s'accorda quelques secondes de réflexion.

— Eh bien… C'est un sentiment très puissant, c'est lorsque… lorsque l'on est prêt à tout donner à quelqu'un, à tout partager avec cette personne. Quand on ne peut concevoir la vie sans elle.

— Alors, c'était bien de l'amour. Parce que la vie sans Laëtitia, c'était la vie sans oxygène. J'étouffais, j'avais mal sans aucun répit… Une douleur à la fois diffuse et précise. Dans ma tête, dans tout mon corps. Il y avait un brasier allumé en moi, une chose monstrueuse qui me consumait de l'intérieur.

— Précisez…

— C'est clair, il me semble !

— Précisez vos réactions, quels ont été les signes ou les symptômes de votre *métamorphose*.

— Je ne dormais presque plus, seulement quand je tombais d'épuisement, et à peine trois ou quatre heures d'affilée. J'ai perdu dix kilos en un temps record. Je malmenais mes gosses, je leur hurlais dessus, je n'avais plus aucune patience avec eux. Moi qui étais un père modèle avant de rencontrer Laëtitia, ou en tout cas qui tentais de l'être… Lorsque je passais le week-end en famille, je prétextais la fatigue pour aller me coucher dans l'obscurité, pour les fuir autant que je le pouvais.

— Votre femme s'est-elle doutée de la raison de ce changement ?

— Elle a cru que c'était à cause de mon travail. Que j'étais surmené, dépressif. Elle a été exemplaire.

Ménainville retomba sur sa chaise. Visiblement, évoquer ce sujet l'éprouvait durement. Mais Jaubert avait l'habitude de torturer ses suspects. Simplement en les forçant à se mettre à nu.

— Elle ne m'a rien reproché, continua le commandant. Pourtant, j'étais odieux avec elle comme avec mes gamins. Elle a tout supporté, ma gueule de six pieds de long, mes isolements prolongés, les soirées que je passais dehors même quand je n'étais pas de service… Mes cris, mes crises, mes insomnies. Un jour, elle m'a demandé ce qu'était devenu l'argent qui manquait sur le livret.

— Celui qui avait servi à acheter le silence de la fille du bar ?

Ménainville acquiesça d'un signe de tête.

— Je lui ai dit que je n'avais pas de comptes à lui rendre, que c'est moi qui gagnais ce putain de fric, qu'elle n'avait qu'à cesser de s'acheter des fringues ou d'aller chez le coiffeur. Elle a encaissé, on ne s'est plus parlé pendant quelques jours.

— Et au boulot ?

— C'est la seule chose que j'ai continué à faire à peu près bien, du moins au début. Je ne voulais pas décevoir Laëtitia. Elle m'avait dit qu'elle m'admirait beaucoup, souvenez-vous…

— Je m'en souviens, Richard.

— C'était donc tout ce qui me restait, mon ultime espoir. Qu'elle continue à m'admirer à défaut de m'aimer… Je me disais que, peut-être, elle finirait par tomber amoureuse de moi. Alors, je jouais mon rôle de chef, celui que personne ne conteste. Celui qui mène l'équipe à la victoire. Mais là aussi, mon comportement a progressivement changé…

***

On avait chopé un mec en flagrant délit. Un dealer de crack… Dealer et consommateur, visiblement. Damien et moi, on a commencé à l'interroger. Je n'étais pas encore bien rodée à ce genre d'exercice, j'observais plus que je n'agissais. Et puis Ménainville a débarqué dans la salle d'interrogatoire. Dans cette salle, d'ailleurs… Il s'est assis non loin du suspect, certainement pour le déstabiliser. Il n'a pas prononcé un mot, l'a juste fixé avec son regard pénétrant. Mais ce prévenu n'était pas le genre à faire dans son froc, il n'a répondu à aucune de nos questions. Il nous narguait, conscient qu'avec le peu de came qu'on avait trouvé sur lui, il ne risquait pas de moisir très longtemps dans nos locaux.

Peu après l'intrusion de Richard, le dealer a commencé à nous insulter. *Je nique la police, je baise les flics, vous avez qu'à tous aller vous faire enculer…* Bref, il avait du vocabulaire, aucun doute ! Puis il s'en est pris à moi, m'a couverte d'insultes. Brusquement, Richard l'a chopé par le col de son blouson et lui a collé une droite. Mon coéquipier et moi, on était paralysés, sans aucune force de réaction. Richard a saisi

337

le mec par la nuque et lui a tapé la tête contre la table comme un malade.

C'est là que je me suis mise à hurler.

« Patron, ça suffit ! Arrêtez ! Mais arrêtez-vous, merde ! »

Il s'acharnait sur sa proie. Incontrôlable.

Pendant ces quelques secondes, je l'ai imaginé faisant la même chose avec moi. Je me suis imaginée entre ses mains. J'ai vu sa violence, sa sauvagerie.

Damien et moi on est enfin intervenus malgré la terreur qu'on ressentait. On lui a fait lâcher prise, mais le mec était déjà drôlement amoché. On a été obligés d'appeler un toubib et l'IGPN a déboulé. Avec Damien, on a soutenu le patron, même s'il ne nous avait rien demandé d'ailleurs… On a raconté que le type nous avait agressés, qu'on s'était défendus. Puis qu'il s'était lui-même tapé la tête contre la table… Les états de service exemplaires du commandant ont joué en sa faveur et Bertrand Germain, le taulier, est intervenu. Vos collègues ont finalement étouffé l'affaire, mais ça nous a foutu un coup, on a tous commencé à se poser des questions.

***

— Donc, au boulot aussi, votre comportement a progressivement changé ? reprit Jaubert. C'est-à-dire ?

Richard haussa les épaules.

— Difficile de continuer à bosser quand on a la cervelle et les tripes dévastées par une maladie incurable.

— Vous vous êtes absenté ? supposa le divisionnaire.

— Non, jamais, sauf pour les congés que je prenais en même temps que Laëtitia… Je pouvais prévoir, vu que c'est moi qui signais ses feuilles ! Il fallait que je la voie chaque jour. Même si je n'avais pas le droit de la toucher, même si ça me détruisait toujours un peu plus…

— N'aurait-il pas mieux valu demander votre mutation ? Vous éloigner d'elle ?

— J'aurais préféré crever.

Jaubert afficha un air découragé.

— Je vous repose ma question : qu'est-ce qui a changé dans votre comportement au sein de la brigade ?

— Parfois, je tyrannisais mon équipe. Ne supportant plus le moindre écart, la moindre erreur. J'étais triste, irascible, colérique. Je devenais violent.

— Vous m'avez avoué tout à l'heure avoir frappé une fille sans défense !

— Ça, ce n'était que le début… Les prémices. Un jour, j'ai tabassé un mec que Laëtitia et Damien interrogeaient. Seulement parce qu'il avait osé insulter Laëtitia. Je l'ai massacré.

— Je m'en souviens, révéla Jaubert. Un de mes gars m'en a parlé à l'époque… Mais nous avions conclu à de la légitime défense, même si nous avions deviné un dérapage de votre part. Et nous avons fermé les yeux.

— Oui, vous avez fermé les yeux, reprocha Ménainville. Alors que vous auriez dû les ouvrir avant qu'il ne soit trop tard.

Le divisionnaire encaissa.

— Comment pouvions-nous imaginer ce qui était en train de vous arriver, Richard ?

— J'étais en train de devenir fou... Fou à lier.

— Et votre adjoint, Fougerolles... Il s'en est bien aperçu, quand même ! Il était votre ami, il a certainement dû essayer de vous aider, non ?

— Il a essayé, oui. Après mon *dérapage*, comme vous dites, il est venu me parler. Un soir où je traînais à la taule pour retarder le moment de rentrer chez moi...

... J'étais assis derrière mon bureau, immobile. Je ne faisais rien. Ou plutôt si : je pensais à elle.

Olivier est entré.

« T'es encore là ? Qu'est-ce que tu fous ?

— Lâche-moi, tu veux ? »

Mon adjoint a soupiré, puis il est venu s'asseoir sur le bureau, tout près de moi.

« Qu'est-ce qui ne va pas, Richard ?

— Rien... Tout va bien. »

Ma réplique l'a fait rire. Un rire amer.

« C'est vrai que t'as l'air d'avoir une patate d'enfer, camarade !

— Fous-moi la paix, Olivier.

— Non, Richard. Je vois bien que tu es à la dérive et je ne vais pas laisser mon meilleur pote se noyer sans réagir. C'est à cause de Laëtitia, n'est-ce pas ? »

À quoi bon répondre ? Il savait très bien ce qui me carbonisait les méninges.

« Qu'est-ce qui s'est passé avec elle ? a-t-il patiemment poursuivi.

— Ça ne te regarde pas. »

Il ne s'est pas laissé décourager aussi facilement.

« Tu devrais me parler, Richard. Partager, ça fait du bien... Je t'emmène boire un verre quelque part ?

— Si je veux me bourrer la gueule, je peux le faire seul, j'ai pas besoin d'une baby-sitter. »

J'étais odieux mais Olivier s'est accroché.

« Tu trouves que j'ai une tronche de baby-sitter ? » a-t-il rétorqué en rigolant.

J'ai souri à mon tour.

« Allez, mon frère, suis-moi. Je vais te payer une bière... ou ce que tu voudras.

— Je viens de te dire que j'ai pas envie de parler.

— Tu peux boire sans parler ! Amène-toi, ne m'oblige pas à te supplier... Je déteste ça ! »

J'ai capitulé, nous nous sommes rendus dans un pub. Là, il a recommencé à me cuisiner. En douceur, avec tact. Comme j'éludais toutes ses questions, il est devenu plus précis.

« Tu as essayé de la revoir mais elle t'a envoyé chier, c'est ça ? »

Il était fort pour faire craquer les prévenus, Olivier. Le meilleur pour les décider à passer à table. Mais avec moi, il a échoué, se heurtant à un mur. Il ne demandait qu'à m'aider, ce n'était pas de la curiosité malsaine, juste une main secourable. J'aurais peut-être dû la saisir pendant qu'il était encore temps. Pourtant, impossible de lui parler. Les mots ne sortaient pas, englués dans ma peine et mon désespoir.

J'étais dans une prison étanche. Une cage en verre incassable. Voilà dans quoi j'étais enfermé.

J'ai au moins tenté de le rassurer.

« Olivier, je te remercie de t'inquiéter pour moi, mais ça va s'arranger. Ne t'en fais pas.

— Je le souhaite, a-t-il répondu sans conviction. Parce que je sens à quel point tu as mal. Et forcément, ça me fait mal à moi aussi. »

Je l'ai dévisagé avec émotion. J'ai failli tout lui dire. Comme une brèche qui s'entrouvrait, une fêlure dans le blindage.

En réalité, je lui ai tout avoué. Mais juste en le regardant, sans prononcer une seule parole.

« Je sais que c'est Laëtitia qui te met dans cet état, a-t-il poursuivi. Et je me sens coupable. C'est moi qui t'ai chauffé, qui t'ai poussé. Si je n'avais pas eu cette idée à la con, tu l'aurais virée et on n'en parlerait plus. Je m'en veux à mort...

— Tu n'y es pour rien. C'est moi le seul responsable. »

Il a secoué la tête pour marquer son désaccord.

« Richard, je suis là pour toi. Tu n'es pas obligé de me parler ce soir, mais... je crois que ça te ferait du bien de te confier. N'importe quand, même si c'est au beau milieu de la nuit. D'accord ?

— D'accord.

— Et puis, j'espère que tu vas vite reprendre le dessus. Tu as un boulot qui te passionne, dans lequel tu es le meilleur ! Tu as une famille extra... et un ami sur lequel tu pourras toujours compter. T'es un mec fort, je te fais confiance. Je mettrais ma vie entre tes mains... C'est sûr, je te confierais ma vie, Richard. Sans hésiter. »

Il fallait qu'il s'arrête avant que je ne chiale comme un gosse. Il était en train de me livrer une véritable déclaration d'amitié.

342

Alors que depuis des mois, j'espérais une déclaration d'amour.

Il m'a ramené à la DDSP, où j'ai récupéré ma bagnole. J'étais en état de conduire, n'ayant pas réussi à me saouler. Même l'alcool ne passait plus.

Ni faim ni soif.

Exclusivement nourri de peine, de douleur. De l'image de Laëtitia…

— Vous avez donc refusé l'aide de Fougerolles ? résuma Jaubert.

— Je n'ai rien refusé du tout. C'est seulement que je n'ai pas réussi à lui parler. J'ignore pourquoi… J'ai essayé de suivre ses conseils, tenté de me *raisonner*, comme vous dites. J'ai même pris une semaine de congé, de façon à ne plus voir Laëtitia pendant sept jours. Sept journées interminables, infernales. J'étais comme un drogué en manque, en crise… J'ai essayé, je vous l'assure. Mais rien n'y a fait. Mon obsession ne cessait d'enfler, de m'étouffer… Je ne supportais même plus les dimanches ou les jours de repos, ces jours où je ne la voyais pas. Alors j'ai…

Il hésita à continuer, Jaubert l'y incita en douceur.

— Vous pouvez tout me dire, Richard, murmura-t-il. Je suis là pour vous écouter, pour comprendre ce qui vous est arrivé.

— J'ai pris des photos de Laëtitia. Je l'ai suivie, elle ne s'est aperçue de rien. Enfin, je crois, en tout cas. Des dizaines et des dizaines de clichés que je transférais sur mon PC au bureau. Et que je passais parfois des heures à contempler. Quand j'étais loin d'elle, quand j'étais chez moi, je regardais les photos sur mon téléphone ou sur mon ordinateur.

— Chez vous ? sursauta Jaubert.

— Oui, chez moi. Même si Véro était dans la pièce d'à côté, même si elle risquait de me surprendre.

— Ça vous est arrivé souvent de suivre le lieutenant Graminsky ?

— Oui, souvent. Je stationnais en bas de chez elle, un peu plus loin que la porte de son immeuble, et j'attendais qu'elle sorte, parfois des heures, parfois en vain… Et je la filais, comme je l'aurais fait pour un suspect.

— Mais pourquoi ? Vous aviez peur qu'elle voie un autre homme ?

Ménainville considéra le divisionnaire avec étonnement.

— *Un autre homme* ? Je vous rappelle qu'elle avait déjà un mari. Un certain *Amaury*, vous vous souvenez ?

— Je voulais dire un autre homme en plus de son mari.

— Pour qui vous la prenez, bon sang ?

— Désolé, Richard.

Surtout, ne jamais insulter Laëtitia devant lui. Jaubert aurait dû retenir la leçon.

— Non, je la suivais simplement pour la voir. Il m'est arrivé de passer des soirées entières en planque en bas de chez elle, essayant d'apercevoir sa silhouette en ombre chinoise derrière les rideaux.

— Je vois, fit Jaubert, atterré. Vous avez vraiment pété un câble !

Ménainville alluma une clope et rectifia :

— C'est plus tard que j'ai pété un câble.

— Disons alors que c'était en bonne voie.

— Si vous voulez.

— Continuez, je vous en prie. Continuez à me parler de cette époque…

**

— Il y a un autre épisode qui me revient en mémoire, se souvint Laëtitia. C'était peu de temps après le passage à tabac du prévenu… On avait une opé prévue le lendemain, l'arrestation d'un couple de dealers. Je vous passe les détails, parce que ce n'est pas ça qui importe. Le patron nous a tous réunis dans la grande salle pour préparer l'intervention. Il était déjà 9 h 30, et pourtant le Muet manquait à l'appel. Nous avons pris un café pour passer le temps puis, à 10 heures, Richard a décidé de commencer la réunion sans Arnaud. Il a distribué les rôles, nous expliquant tout très clairement, comme à son habitude.

— Comment se comportait-il avec vous dans ces moments-là ?

— Depuis l'épisode du soum, il n'avait plus rien tenté. Je sentais bien qu'il souffrait, mais je l'évitais autant que possible et tout se passait à peu près bien. Lors de cette réunion, il ne m'a pas regardée. À aucun moment il n'a posé les yeux sur moi. Sauf lorsqu'il m'a dit ce qu'il attendait de moi. Un rôle secondaire, certes, mais un rôle quand même. Comme toujours, je l'ai trouvé incroyablement sûr de lui, efficace, charismatique… Fidèle à lui-même, quoi. On entendait les mouches voler tellement on était concentrés sur sa voix. Faut dire qu'on voulait se faire pardonner…

— Pardonner quoi ?

— Ben, la veille, on avait merdé dans le cadre de la même affaire. Le Muet, Damien et moi, on devait filer un type. Une longue filature où on se relaie.

— Vous savez, avant d'intégrer l'IGPN, j'étais lieutenant, comme vous. Alors les filoches, je connais !

— Pourquoi avez-vous rejoint les bœufs-carottes, au fait ?

— Ce n'est pas le sujet, éluda le commandant. Donc, Ménainville vous avait confié une filature et... ?

— Et on a foiré. Le mec nous a semés, ou plutôt, on l'a perdu. C'était Damien qui était chargé de le suivre à ce moment-là, mais il a eu un problème dans la circulation et on l'a paumé. Richard ne nous a rien reproché, ce qui m'a étonnée. On pensait se faire remonter les bretelles... Donc, la réunion était quasiment terminée lorsque Nathalie a demandé le nom de l'opération. Tout le monde attendait le jeu habituel, la fameuse devinette. Apparemment, Richard n'y avait pas songé et il a réfléchi quelques instants avant de lâcher : *Vu qu'on s'apprête à interpeller un couple d'amoureux, ce sera l'opé Francesca Johnson.* Grand silence dans la salle, chacun essayant de trouver à quoi correspondait ce nom, qui était cette femme. Quand ma mémoire m'a donné la réponse, un long frisson a secoué ma colonne vertébrale. J'ai relevé les yeux sur Richard...

... Je me suis aperçue qu'il me fixait.

« Laëtitia ? J'ai comme l'impression que tu connais la réponse, non ?

346

— Francesca Johnson, ai-je murmuré. Héroïne du livre et du film *Sur la route de Madison*.

— Exact », a répondu le patron sans aucune joie.

Félicitations de tout le groupe : *Bravo, Laëtitia, bien joué, super film, grande histoire d'amour, trop tragique et trop triste pour moi*... Seul Olivier a compris le sous-entendu et a levé les yeux au ciel. Francesca Johnson, qui refuse de suivre l'homme qu'elle aime passionnément pour ne pas trahir son mari et ses enfants.

Les deux amants en souffriront le reste de leur vie.

J'ai eu l'impression que tout le monde allait deviner ce qui s'était passé entre le patron et moi. Comment osait-il ? Et pourquoi ne pas baptiser la prochaine opération *Tristan et Yseult* ?

Heureusement, l'arrivée d'Arnaud a fait diversion. Il était déjà 11 heures. Sans penser à frapper, le Muet a ouvert la porte. Il était essoufflé, ayant sans doute monté les étages en courant.

« Bonjour !

— Arnaud ! a lancé Ménainville. C'est gentil à toi de nous rendre une petite visite !

— Désolé, patron, s'est aplati le Muet. J'ai eu un contretemps et...

— Quel genre de contretemps ? »

Je suis peut-être la seule à avoir senti arriver le danger. La seule à avoir décelé dans le regard de Richard cette étincelle qui augurait une violente explosion. Ses yeux, que je connaissais par cœur.

Le Muet s'est permis de plaisanter, comme il aurait pu encore se le permettre quelques mois auparavant.

« Elle était grande, yeux bleus, comme ceux de Laëtitia... »

En plus de chambrer gentiment le patron, cet inconscient a prononcé mon prénom.

« Un sourire craquant ! »

Tout le monde se marrait, tandis que moi je surveillais Richard du coin de l'œil, avec une inquiétude grandissante.

« Et son cul ? a soudain demandé Ménainville. Tu veux aussi nous parler de son cul, peut-être ? »

Le Muet a cru que le chef entrait dans son jeu, qu'il pouvait continuer à se faire pardonner son retard par des facéties.

« Non, patron, je suis un gentleman !

— Tu vas surtout arrêter de te foutre de ma gueule, a alors assené Richard d'une voix sinistre. Tu penses pouvoir te pointer avec deux heures de retard et te moquer de nous ?

— Je suis désolé, mais...

— Ferme-la ! »

Le Muet est redevenu muet. Et livide. Le commandant s'est approché de lui.

« Tu es en train de m'expliquer que tu t'es permis de ne pas venir à une réunion de la plus haute importance parce que tu étais avec une gonzesse, c'est bien ça ?

— En fait non, je blaguais.

— Depuis quand on te paye pour *blaguer* ? »

Arnaud a changé sa version des faits.

« Je... J'ai été malade toute la nuit, j'ai quasiment pas dormi et ce matin, je n'ai pas entendu le réveil.

— Je me contrefous de tes pitoyables explications ! »

Le Muet s'est décomposé et n'a plus osé protester. Mais Richard s'est acharné sur lui d'une manière ignoble. D'habitude, lorsqu'il passait un savon, ce n'était jamais en public. Ce matin-là, il s'en est donné à cœur joie.

« J'ai pas besoin d'un petit branleur au sein de mon équipe ! Tu crois que tu bosses dans un commissariat de quartier ?

— Mais…

— Ta gueule ! » a hurlé Richard.

Contre toute attente, Damien s'est permis de prendre la défense de son collègue. Un courage de kamikaze.

« Patron, ça arrive à tout le monde d'être malade. »

Richard l'a fustigé du regard.

« Tu veux te mêler de la conversation ? Très bien… Parlons de toi ! »

Damien a rapetissé d'un seul coup.

« Toi, même pas foutu de filocher un suspect ! Pourtant, je ne vous avais pas demandé un truc compliqué… Mais même ça, vous n'en êtes pas capables ! J'en ai marre de bosser avec une équipe de minables ! »

Richard a soudain quitté la salle en claquant violemment la porte. On est restés abasourdis. Jamais encore il ne s'était montré aussi dur envers nous. Fougerolles est allé le rejoindre et dix minutes plus tard, Richard est revenu, apparemment calmé.

« Bon, on oublie ce qui vient de se produire et on reprend. »

***

— Vous avez donc pris des photos de Laëtitia à son insu, vous avez passé des soirées entières à épier les fenêtres de son appartement et vous la suiviez, résuma Jaubert.

— Oui, il m'arrivait de la suivre même quand elle était avec son mari.

— Vous voulez dire que vous alliez jusqu'à R. ?

— J'y suis allé plusieurs fois, confessa Richard. J'espérais toujours les voir se disputer, j'espérais qu'ils allaient se séparer. Je n'attendais que ça. Parce que je pensais qu'alors elle m'aurait enfin regardé.

— Mais elle a continué à le rejoindre chaque vendredi soir, c'est bien ça ?

— Malheureusement, oui. Je rêvais de le tuer... De l'étrangler de mes propres mains ! Parce qu'il me la prenait, me la volait.

— C'est plutôt l'inverse, commandant ! rappela Jaubert. C'est vous qui avez tenté de lui voler Laëtitia.

— Non... Vous vous trompez. Laëtitia n'était pas faite pour ce tocard.

— Ça, c'est vous qui le dites, assena le division-naire. Donc, vous avez suivi Laëtitia, vous avez rêvé de tuer son mari, et quoi d'autre ?

— Ça ne vous suffit pas ? répliqua Richard dans un sarcasme.

— Je suis certain que vous ne me dites pas tout, commandant. Je suis sûr que vous êtes allé encore plus loin. Je me trompe ?

Ménainville fit non de la tête.

— Un jour, alors que Laëtitia était partie en opé avec Damien et Nathalie, j'ai fouillé dans son sac qu'elle avait eu le malheur de laisser au bureau. J'ai pris les clefs de son appart et j'ai foncé chez elle.

— Pour y faire quoi ?

— À votre avis ? Si vous êtes aussi bon que vous le prétendez, vous devriez le deviner !

Jaubert ne s'offusqua pas de cette repartie. Ménainville le testait, ce n'était pas pour lui déplaire.

— Voyons… Pour dérober un objet personnel, sans doute. Un objet que vous aviez envie de garder près de vous ?

— Raté, *monsieur le divisionnaire* ! Vous me prenez pour un fétichiste, c'est ça ? Pourquoi pas aller voler ses petites culottes pendant que vous y êtes !

— Désolé de vous froisser, commandant !

— J'ai l'impression que vous ne comprenez pas ce que j'éprouvais pour Laëtitia. Ce que *j'éprouve* pour elle. Ce n'était pas un simple désir physique ou une simple obsession. Je ne suis pas un malade mental, Jaubert.

Ménainville le dévisageait sans haine, mais le divisionnaire ressentit malgré tout d'étranges frissons. Ce mec faisait peur.

Son amour passionnel faisait peur.

— Je ne suis pas fou, récidiva Ménainville.

Jaubert s'éclaircit la voix avant de reprendre :

— Alors, pourquoi être allé chez elle ?

— Pour y déposer quelque chose.

Cette fois, le divisionnaire se montra plus perspicace.

— Un micro ?

— Bien, vous êtes en progrès ! ricana Ménainville.

— Où ?

351

Le commandant écrasa son mégot et considéra le divisionnaire avec déception.

— Pas dans ses chiottes, en tout cas !

— Sous son lit ?

— Bravo, vous allez finir par devenir un fin limier, *monsieur le divisionnaire* !

— Changez de ton, Ménainville ! Nous ne sommes pas là pour nous amuser à des jeux à la con !

— Vous avez raison : nous sommes là pour éplucher ma vie, violer mon intimité, pour que vous puissiez rédiger un dossier à charge contre moi, pour que vous puissiez m'enfoncer et faire en sorte qu'un juge m'envoie à l'ombre jusqu'à la fin de mes jours.

— Nous sommes là parce que l'irréparable a été commis, rectifia le divisionnaire. Pour le moment, rien ne me prouve que c'est vous le coupable. Et je ne suis pas en train de vous *enfoncer*, j'essaye de comprendre pourquoi cette brigade est devenue scène de crime… Le dossier à charge, c'est le juge d'instruction qui s'en occupera.

Richard resta silencieux un moment.

— Si vous croyez que je prends mon pied à *violer votre intimité*, vous vous mettez le doigt dans l'œil, commandant, poursuivit nerveusement Jaubert. Je préférerais être ailleurs, croyez-moi ! J'ai mal au cul à force de rester sur cette chaise pourrie, j'ai faim et je suis éreinté ! Alors franchement, je ne prends aucun plaisir à *violer votre intimité* !

— Ça va, c'est bon, n'en faites pas trop ! souffla son prisonnier.

— Bon… Essayons de garder notre sang-froid, voulez-vous ? Désirez-vous faire une pause ?

352

— Non.

— OK, poursuivons… Vous avez donc déposé un micro dans le studio de Laëtitia. Pourquoi, exactement ?

— Pour l'entendre vivre. Pour partager son quotidien. Pour être près d'elle, toujours…

— Vous espériez quelque chose de spécial ?

— C'est-à-dire ?

— Vous espériez l'entendre confier à quelqu'un qu'elle était amoureuse de vous, par exemple ?

— J'espérais surtout mieux la connaître. Tout connaître d'elle. J'ai continué à passer certaines de mes soirées en bas de chez elle, sauf que là j'avais la bande-son. Je m'approchais d'elle, en catimini.

— Qu'avez-vous appris ?

Ménainville s'absenta un moment. Il baignait dans la tiédeur de ses souvenirs, il n'était plus là.

Jaubert dut le ramener un peu rudement sur terre.

— Répondez à ma question, s'il vous plaît.

— Pas grand-chose… Elle appelait son mari, sa fille. Sa mère, de temps en temps. Finalement, j'ai découvert qu'elle avait peu d'amis.

— Et l'avez-vous espionnée quand son mari la rejoignait à L. ? Car cela devait arriver, n'est-ce pas ?

— Évidemment.

— Vous les avez espionnés tandis qu'ils…

Ménainville esquissa un sourire face à l'embarras de son collègue.

— Pendant qu'ils baisaient ? C'est ça, votre question ? Forcément, puisque j'y passais une bonne partie de la nuit.

— Ça a dû vous faire mal, non ?

— *Forcément*, ça m'a fait mal.

353

— Vous êtes maso, c'est pas possible !

— En même temps, ça m'a un peu rassuré. J'ai trouvé qu'ils manquaient d'ardeur… Ils faisaient l'amour après le repas… Réglé comme un coucou, l'avorton ! Ils étaient proches, complices. Mais je n'ai pas senti de passion brûlante entre eux. Ni dans les paroles, ni dans les actes.

— C'était un micro, pas une caméra ! rappela Jaubert en souriant.

— Avec moi, Laëtitia laissait exploser son plaisir. Tandis qu'avec l'autre, c'était beaucoup plus discret, pour ne pas dire silencieux !

— Peut-être parce qu'il n'y avait ni drogue ni alcool, non ? ironisa le divisionnaire.

Face au regard meurtrier de Ménainville, Jaubert évita de s'appesantir.

— Bref, vous vous êtes persuadé que vous la rendiez plus heureuse que lui dans un lit, c'est bien ça ?

— Je ne m'en suis pas *persuadé*, je l'ai constaté.

— Hum… Et a-t-elle parlé de vous ? Avez-vous entendu votre nom durant ces écoutes ?

— Oui, révéla Richard. Un jour, elle a parlé de moi à une de ses copines de l'ENSP, une certaine Amélie. Elle ne lui a pas dit qu'on avait couché ensemble, non, mais… Sa copine a dû lui demander comment était son chef et Laëtitia a répondu : *Il est beau, impressionnant et charmant.*

— Elle a dit ça ? s'étonna Jaubert. Vous êtes sûr d'avoir bien saisi ?

— Vous insinuez que j'entends des voix ?

— Non, mais parfois, on a tellement envie de quelque chose qu'on se persuade que ça arrive…

Elle aurait pu parler de quelqu'un d'autre, surtout que vous n'aviez que la moitié de la conversation !

— Voici précisément ce que j'ai entendu, au mot près, rétorqua Ménainville : *Pourquoi tu veux savoir comment est mon patron ? Qu'est-ce que ça peut te foutre, Amélie ?... Ben il est efficace, hyper compétent... Physiquement ? Il est charmant, il est même très beau. Et très impressionnant.* Fin de citation. Ça vous va ?

— Ça me va.

— Vous ne me croyez pas, n'est-ce pas ?

— Si, je vous crois, prétendit Jaubert. Mais je trouve ça surprenant...

— Pour être franc, je ne sais pas si Laëtitia était sincère avec son amie ou si elle a simplement voulu lui faire croire que, pour elle, tout allait pour le mieux dans le meilleur des mondes. Mais ça m'a fait du bien, tant de bien... Ça m'a redonné espoir.

Jaubert fut sensible à l'honnêteté dont son prévenu faisait preuve.

— Donc, vous la preniez en photo, vous la suiviez, vous l'écoutiez jusque dans son intimité... Tout cela n'a fait que nourrir votre obsession !

— Non, commissaire : tout cela n'a fait qu'apaiser la faim que j'avais d'elle.

— Et votre épouse, au milieu de tout ça ? Elle ne s'apercevait toujours de rien ?

— Elle me croyait de plus en plus surmené, de plus en plus dépressif. Elle n'a pas soupçonné un instant que j'aimais une autre femme. En tout cas, elle ne me l'a pas montré.

— Vous aviez toujours des relations intimes avec elle ?

— Non, je ne la touchais plus. Ça aussi, elle le supportait, l'acceptait, au motif que j'étais en dépression et qu'il était donc normal que je n'aie plus aucun appétit... ni à table ni au pieu.

— Avez-vous consulté un psy ?

— Pour quoi faire ?

Jaubert écarquilla les yeux.

— Comment ça, *pour quoi faire* ? Parce que vous étiez en train de devenir fou !

— Un psy n'aurait pas pu m'aider. Ce qu'il m'aurait fallu, c'est un lavage de cerveau, effacer de ma mémoire chaque centième de seconde depuis ce 22 août, depuis qu'elle était entrée dans mon bureau... Mais j'ai pris des médocs, tout de même. Parfois des somnifères, pour parvenir enfin à trouver le repos. Parfois, des anxiolytiques quand je me sentais prêt à commettre une connerie.

— Du style ?

— Du style bousiller son mec.

— Vous auriez dû en prendre aujourd'hui, constata douloureusement Jaubert. Et Amaury ? L'avez-vous suivi durant cette période ?

— Oui... Je suis allé à R. plusieurs fois et je lui ai collé au cul.

— Songiez-vous sérieusement à le tuer ?

— Je n'y suis pas allé pour ça, même si cette envie me prenait à chaque fois que je l'apercevais. C'était pour voir à quoi il passait ses soirées... Si j'avais pu le surprendre en compagnie d'une fille, je l'aurais balancé incognito à Laëtitia et ainsi, elle l'aurait quitté sur-le-champ.

— Mais il passait ses soirées seul, c'est bien ça ?

— Je n'en sais rien… Les fois où je lui ai filé le train, il s'est tenu à carreau. Je n'ai pas pu obtenir la moindre preuve.

Jaubert leur offrit une longue pause. Le temps de comprendre.

Comprendre ce qui s'était passé entre ces murs. Ce qui s'était passé dans la tête de cet homme, presque ordinaire.

Presque…

Cet homme qui avait connu quelque chose que peu de gens effleurent.

La passion, la vraie.

Extrême.

Sans limites.

Sans règles.

Cette chose fabuleuse et meurtrière, cet incendie qui ne peut être maîtrisé, ce raz de marée que rien ne peut arrêter.

Cette chose fabuleuse et mortelle.

Ce mystère qui a dicté les plus belles lignes. Les actes les plus héroïques et les plus lâches.

Cette chose fabuleuse et fatale.

Personne n'est assez fort pour la vivre. Personne n'est préparé à l'affronter, même si chacun la désire plus que tout. En vain, la plupart du temps.

La passion… La vraie. Sans elle, ou sans l'espoir de la connaître un jour, que serions-nous ?

Des coquilles vides et froides.

Jaubert savait que l'homme assis en face de lui ne craignait pas ce qui l'attendait. Pas une seconde il n'aurait peur. Parce qu'il avait vécu.

Cette chose fabuleuse...

Ce cataclysme qui nous rend vivant, vraiment vivant.

Douloureusement vivant.

Cette chose fabuleuse...

Il observa Ménainville, prostré sur sa chaise.

Ce maître chanteur.

Ce maître, devenu esclave. Esclave de cette chose fabuleuse et fatale.

Un court instant, il l'envia. De toutes ses forces.

24

Un vendredi soir morose, seul à la brigade. Tout le monde était parti, Nathalie et Arnaud étaient en planque. Moi, j'aurais dû être à la maison. Mais rien à faire, je n'avais pas envie de rentrer.

Je me suis rendu dans le bureau des filles pour m'asseoir dans le fauteuil de Laëtitia. Les yeux fermés, j'avais la stupide impression de pouvoir sentir son parfum. J'ai manipulé ses objets personnels, simplement parce qu'ils gardaient précieusement son empreinte.

Encore plus mal que d'habitude, bien plus que les autres jours. J'avais surpris une conversation entre elle et Damien ; ce soir, son mari venait à L. et l'invitait au restaurant pour fêter leur anniversaire de mariage.

Il était 21 h 30, ils devaient être attablés.

J'avais envie de casser quelque chose, de tuer quelqu'un.

Ce salaud était en tête à tête avec elle, il jouissait de son sourire, de ses rires, de ses regards espiègles, du velouté de sa peau.

Lui avait tout ça.

Moi, rien.

Juste un bureau vide et la tête pleine de fureur.

J'ai imaginé la suite de leur soirée en amoureux. Ils allaient sans doute se hâter de rejoindre le studio et l'autre pourrait profiter d'elle toute la nuit. J'ai pulvérisé une étagère, tous les dossiers sont tombés dans un fracas supposé me soulager.

La jalousie.

Voilà un sentiment que j'appréhendais pleinement ce soir-là. Ça m'incendiait la tête, c'était plus fort que moi, plus fort que tout.

Mais il me restait un pouvoir sur elle et sur les événements.

***

Huit ans de mariage. Il y avait bien longtemps que nous n'avions pas passé une aussi belle soirée. Le restaurant était charmant, l'ambiance romantique. L'air étant doux, nous profitions de la terrasse. J'admirais avec émotion le cadeau qu'il venait de m'offrir, le genre de présent qui fait fondre une fille. Une bague en or blanc, sertie d'un magnifique rubis.

Son père allait légèrement mieux, son nouveau travail le comblait, Amaury était détendu, souriant. Très amoureux. Soirée idyllique, jusqu'à ce que mon portable sonne. Le numéro du boulot s'est affiché.

Mauvaise blague, cheveu sur la soupe.

« Ne décroche pas ! a imploré Amaury.

— Je suis obligée. Mais je vais faire vite, c'est promis… Allô ?

— C'est moi.

— Que se passe-t-il ?

— Je t'attends au bureau.

— Je ne suis pas d'astreinte ce soir. C'est Nathalie.

— Elle est déjà sur le terrain, j'ai besoin que tu viennes immédiatement.

— Vous ne pouvez pas demander à quelqu'un d'autre ? Arnaud ou Damien… Ou même le capitaine ?

— Cesse de discuter et de me faire perdre mon temps ! Ramène-toi, c'est un ordre. »

Richard a raccroché, j'ai eu peur de lever la tête vers Amaury. Ses lèvres étaient crispées sur son amertume, ses yeux crachaient des flammes.

« Je suis désolée, chéri, je suis forcée d'y aller.

— C'était lui ? Ménainville ? »

J'ai hoché la tête, lui faisant doublement mal.

« Reste ici.

— Amaury, je ne peux pas !

— Tu es de repos, oui ou merde ? Alors tu restes. »

J'ai allumé une clope, histoire de nous accorder cinq minutes.

« Il t'appelle n'importe quand et toi, tu te précipites, c'est ça ?

— Tu crois que j'ai le choix ?

— Dis-lui d'aller se faire mettre !

— Amaury ! C'est mon patron, je n'ai pas le droit de discuter… Je ne suis même pas titulaire. L'équipe a besoin de moi, je dois y aller.

— File-moi ton portable, je vais lui expliquer les bonnes manières, à ce vieux con ! Puisque tu en es incapable, je vais lui dire moi-même !

— Arrête, je t'en prie. »

Le serveur est arrivé, pile au mauvais moment. Avec son nœud pap et sa bienveillance de pacotille.

« Vous avez terminé l'entrée, monsieur, madame ? Puis-je apporter la suite ? »

Amaury a fixé le garçon avant de lui balancer dans les gencives une phrase assassine qui m'était destinée :

« Non, monsieur et madame ne prendront pas *la suite* ! Madame est appelée en urgence.

— Ah… Madame est médecin ? »

Quel crétin !

« Même pas, a répondu Amaury avec un sourire méchant. *Madame* est simple petit flic ! Mais *madame* a des obligations… Son patron vient de la sonner, alors il faut qu'elle se dépêche d'y aller ! »

Comprenant qu'il ne devait pas s'attarder dans le coin, le nœud pap est reparti en embarquant les assiettes tandis qu'Amaury continuait son show.

« C'est quoi, cette urgence ?

— J'en sais rien, il ne m'a pas dit ! Comme si ça me faisait plaisir de te planter là… Tu crois que je ne préférerais pas rester ici avec toi ?

— Il a envie d'une petite pipe, c'est ça ? »

Je suis restée interloquée quelques secondes. Puis j'ai éteint ma clope avec rage, comme si je la lui écrasais sur la figure.

« Tu dis n'importe quoi, tu as trop bu.

— L'alcool me rend lucide, figure-toi !

— L'alcool te rend *très con*, figure-toi ! »

J'ai pris mon sac, y ai enfourné mes cigarettes et mon portable.

« Vite, il ne faudrait surtout pas le faire attendre.

— Stop ! Maintenant, ça suffit ! Je te laisse la voiture, je vais prendre un taxi.

— C'est ça, magne-toi de le rejoindre ! Cours, rampe, s'il le faut… C'est pour ton avancement, n'oublie pas ! »

J'avais envie de le gifler. Tout le monde nous observait, nous étions l'attraction de la soirée.

« Je préfère ne pas continuer à entendre ces conneries ! Finalement, je suis bien contente de partir !

— C'est ça, casse-toi. »

J'ai demandé au serveur de me commander un taxi et j'ai patienté sur le trottoir. J'avais chaud, je bouillais de l'intérieur.

« Quel con ! Quels cons… »

Amaury est sorti à son tour. Quand il est passé près de moi, j'ai essayé de rattraper le coup.

« Écoute, chéri, tu es ridicule de penser que je…

— *Ridicule* ? Tu te rends compte que nous étions tous les deux en train de fêter quelque chose d'important ? D'important pour moi, en tout cas…

— Mais pour moi aussi, c'est important ! Qu'est-ce que tu vas t'imaginer ? »

Il a pris les clefs de la voiture dans la poche de son pantalon, m'a tourné le dos.

« J'ai payé la note, au fait ! a-t-il lancé en s'éloignant. Je te souhaite une très bonne soirée ! »

Le taxi est arrivé, je me suis engouffrée dedans avec des larmes plein les yeux.

***

Elle n'allait plus tarder, je tournais en rond dans mon bureau. J'avais téléphoné sans réfléchir, par pur instinct de jalousie. Par pur réflexe de défense.

Maintenant, il fallait assumer.

Deux options s'offraient à moi. Lui annoncer clairement que je n'avais aucune raison valable de la faire venir ici ce soir. Aucune raison, sauf que je l'aimais à en crever. Ou bien inventer une mission pour passer la soirée à côté d'elle. Le problème, c'est que je n'avais pas envie de passer la soirée près d'elle.

Je voulais bien plus.

Je me suis forcé à regagner mon fauteuil, je me suis figé en face de la porte. Muscles tendus comme les cordes d'un violon, nerfs transformés en lignes à haute tension. Je me faisais peur, capable de tout et de n'importe quoi. Finalement, je regrettais de l'avoir appelée. J'ai consulté ma montre pour la dixième fois. L'instant approchait, je n'avais toujours rien décidé.

D'abord, me calmer. Retrouver ma véritable identité. Mettre le monstre en cage.

Non, je ne suis pas un monstre ! Je suis simplement amoureux d'elle.

Obsessionnellement, éperdument amoureux d'elle.

Tragiquement épris d'une fille qui pourrait être la mienne.

« Bonsoir, patron. »

Pris sur le fait, j'ai sursauté et lâché le stylo que j'étais en train de déchiqueter dans ma main droite. Elle était déjà au seuil de mon antre. Je l'ai admirée longuement, me remplissant la tête de son image. Elle était sublime, dans sa robe grenat. Je me suis levé, télécommandé jusqu'à elle.

« Patron ? Qu'est-ce qui se passe ? Pourquoi vous m'avez appelée ?

— Je te l'ai dit : j'ai besoin de toi.

« — Je n'ai pas pu me changer, j'espère que ça ne posera pas de problème… Quel est le programme ? »

Je n'avais pas eu le temps de peaufiner mon piège. Je me contentais de la fixer, comme si c'était la dernière fois que je la voyais. Pour incruster cette image dans mon cerveau malade.

En filigrane pour l'éternité.

« Patron ?

— J'avais envie de te voir, c'est tout. »

C'était sorti naturellement. Ce n'était pas si dur que ça, finalement.

Je me suis approché, jusqu'à la frôler. J'ai ressenti alors le plaisir que procure la drogue à l'héroïnomane. J'attendais qu'elle me réponde : *Moi aussi, j'avais envie de vous voir*. Mais elle a gardé le silence, me dévisageant sans comprendre, sans y croire.

Entre stupeur et douleur.

Une fois la surprise passée, son visage a changé. Ses yeux m'ont jugé sans espoir de clémence. Ses lèvres tremblaient sous l'effet de la colère. J'aurais dû m'excuser, me mettre à genoux, lui hurler que je l'aimais.

Mais j'ai dit n'importe quoi.

« Je t'ai dérangée, peut-être ? »

Elle a voulu faire demi-tour, je l'ai coincée dans l'encadrement de la porte. Impossible qu'elle parte, ça aurait pu me tuer.

« Arrêtez-vous, maintenant ! a-t-elle murmuré d'une voix à peine audible et pourtant si forte.

— Tu ne préfères pas être avec moi plutôt qu'avec ce minable ? »

Je continuais sur le même registre, alors que le minable, c'était moi.

« C'est mon mari et je l'aime ! D'ailleurs, je vais le rejoindre, puisque vous n'avez pas besoin de moi.

— Tu n'iras nulle part.

— Foutez-moi la paix !

— Je t'aime, Laëtitia. Quand vas-tu enfin le comprendre ? »

Je lui disais *je t'aime* comme je distribuais les ordres, de manière autoritaire.

« Non, vous ne m'aimez pas, vous êtes seulement obsédé par moi ! De toute façon, moi je ne vous aime pas ! Quand allez-vous *enfin le comprendre*, nom de Dieu ! »

Le comprendre, je ne pouvais pas. Je ne pouvais même pas l'entendre. J'aurais préféré devenir sourd. Elle allait encore partir, s'enfuir. Mon cœur allait exploser, ma tête avec. Je l'ai prise dans mes bras, la serrant comme un naufragé s'accroche à une bouée. Elle se débattait avec violence, je tenais bon.

« Laëtitia ! Je t'en prie, écoute-moi…

— Lâchez-moi, espèce de dingue ! »

Espèce de dingue.

Elle me traitait de fou simplement parce que je l'aimais. Ça m'a fait tellement mal… Il fallait qu'elle comprenne, qu'elle sache ce que j'éprouvais, ce que j'endurais.

Pour elle.

Le rideau s'est déchiré, mettant à nu le monstre d'amour qui se dissimulait derrière. Ce monstre, prêt à tout dévaster sur son passage.

« Je t'aime ! Je ne dors plus, je ne mange plus, je ne fais que penser à toi… »

Et là, sans prévenir, je me suis mis à chialer comme un gosse. Je l'étreignais toujours, je ne pouvais pas la lâcher. Je me serais noyé.

« Je quitterai ma femme pour toi, je ferai tout ce que tu veux ! Il n'y a que toi qui comptes ! »

J'ai continué à pleurer sur son épaule, à la serrer au risque de l'étouffer. Elle a cessé de se débattre, s'est immobilisée contre moi.

***

Quand il a fondu en larmes, je suis restée sidérée. Je l'imaginais capable de beaucoup de choses ; mais pleurer devant moi, ça, jamais.

C'était peut-être une ruse pour m'attendrir ? Non, il pleurait vraiment, ne contrôlant plus rien. Chacun de ses sanglots était un cri de souffrance. Ça m'a mise terriblement mal à l'aise. Ça m'a touchée, aussi. Jusqu'à des profondeurs abyssales, faisant vibrer en moi des émotions insoupçonnées.

Je réalisais enfin ce qu'il ressentait pour moi.

Au départ, j'avais cru à une banale histoire de cul. Une obsession, ensuite. Un jeu de pouvoir, une dérive, une déviance.

J'avais cru…

Richard m'aimait vraiment.

Plus qu'Amaury, peut-être.

Plus que mon père, c'était certain.

Il m'aimait, comme jamais personne ne m'avait aimée.

Je n'avais pas compris, j'avais été aveugle.

Il est tombé à genoux devant moi, me serrant toujours par la taille, son visage contre mon ventre. Il m'a parlé, encore. Chaque mot s'est gravé en moi de manière indélébile.

« Dis-moi ce que tu veux que je fasse, Laëtitia… Je te donnerai tout ce que tu voudras ! Sans toi, je vais mourir, tu entends ? »

J'ai fermé les yeux, j'ai caressé ses cheveux. Puis je l'ai forcé à se relever, ne supportant pas cette soumission ridicule. Il est resté contre moi, il refusait de me lâcher. Il en était incapable, je crois.

J'ai tenté de recouvrer mes esprits, de me sortir de ce piège.

Tu dois lui dire, Laëtitia. Ne pas te laisser engloutir.

Le Richard qui t'a tant troublée, ce n'est pas cette loque humaine qui chiale dans tes bras. Celui qui t'a troublée, c'était le commandant Richard Ménainville, le patron des Stups, un homme que personne n'ose affronter, un homme qui n'a peur de rien.

Celui qui pleurniche ce soir sur son sort ne mérite même pas que tu le regardes, Laëtitia.

Parce que si tu le regardes, tu vas te brûler les yeux. Tu vas sombrer, couler à pic, toucher le fond.

Il a une femme, des enfants. Tu as un mari, une petite fille.

Tu ne dois pas plonger, tu dois cogner.

Frappe fort, Laëtitia. Frappe fort, maintenant.

Achève-le, sinon il te détruira.

Je l'ai repoussé violemment alors qu'il ne s'y attendait plus. Il a manqué de basculer en arrière.

« Arrêtez votre cirque, monsieur Ménainville ! »

Il s'est retenu au dossier d'une chaise, ployant sous chacun de mes coups.

« Vous voulez abandonner votre femme ? Allez-y, quittez-la, elle et vos enfants, si ça peut vous faire du bien ! Mais ne me prenez surtout pas comme alibi.

— Non, Laëtitia ! C'est pour toi que…

— *Pour moi ?* Vous croyez que j'ai envie de passer ma vie avec un vieux mec qui chiale comme un gosse qui vient de s'écorcher le genou ? »

Il était à terre, ne manquait plus que la mise à mort. Le coup d'épée final.

Fatal.

« Je ne veux pas de vous, vous ne m'intéressez pas. Je ne vous aime pas et je ne vous aimerai jamais. Je veux que ce soit bien clair dans votre tête de malade ! Vous êtes mon chef, je travaille avec vous, mais ça s'arrête là. Et si vous vous permettez de me déranger une nouvelle fois pour satisfaire vos envies de barjo, je vous jure que je le raconte à tout le monde. Et croyez-moi, ils vont bien se marrer ! Regardez-vous… vous êtes pitoyable ! Où est donc passé le superflic ? »

Richard tenait à peine debout.

Aujourd'hui encore, j'ignore pourquoi j'ai été si dure avec lui. Si odieuse.

Peut-être que je lui rendais la douleur infligée. L'humiliation subie. Toutes ces humiliations.

Je me sentais forte. Je l'écrasais, le piétinais, comme il m'avait piétinée.

Mais je crois que la réponse est beaucoup plus simple. Quand j'ai enfin compris qu'il m'aimait, j'ai eu l'impression qu'un gouffre s'ouvrait sous mes pieds.

Que j'allais brûler vive dans les flammes d'une passion meurtrière.

La puissance de ses sentiments m'a terrifiée. J'étais incapable de l'affronter, de l'accepter. Parce que ça aurait remis mon existence en cause.

Ça aurait détruit tout ce que j'avais construit.

Je l'ai abandonné, avec l'impression que je venais de passer un homme à tabac, que j'avais du sang plein les mains. J'ai tourné les talons, je me suis jetée dans le couloir. Mon cœur était lancé à pleine vitesse sur des montagnes russes, mes poings refusaient de se desserrer. J'ai accéléré, j'avais peur qu'il ne me rattrape pour me faire payer l'offense. Me rendre chaque coup infligé.

J'ai poussé la porte de l'escalier, j'ai enfin pensé à respirer. C'est alors que j'ai senti sa présence derrière moi. Chutant du grand huit, mon cœur s'est écrasé au sol et je lui ai marché dessus.

Je me suis retournée, juste en haut des marches. Richard me dévisageait avec une fureur schizo. Ses yeux toujours pleins de larmes étincelaient de démence. Il m'a saisie par les épaules, m'a soulevée et suspendue au-dessus du vide.

Je n'ai même pas pensé à hurler.

Ma vie tenait à lui. Il pouvait m'assassiner simplement en me lâchant. Seule la pointe de mes escarpins touchait terre. S'il desserrait son étreinte, je partais en arrière et dévalais un étage complet.

« Arrêtez, commandant… Vous le regretterez toute votre vie… »

Il souriait, maintenant. Sa voix était atrocement calme.

« Tu as peur de mourir ? Tu pourrais juste te briser la colonne vertébrale, remarque. Rester sur une chaise roulante toute ta vie… Tu crois que ton mari voudrait toujours de toi ?

— Arrêtez, s'il vous plaît. J'ai une petite fille !

— Comment t'as dit, déjà ? *Pitoyable*, c'est ça ?

— Si vous me tuez, vous irez en taule… »

J'arrivais juste à murmurer, comme si, en haussant le ton, j'allais provoquer l'irréparable.

« Qu'est-ce que tu veux que ça me foute, hein ? Je suis tellement *dingue* ! Ma place est en prison, non ? Ou dans un asile.

— Non, votre place est ici, patron. On a tous besoin de vous.

— Vraiment ? Depuis quand tu as besoin d'un *barjo* ?

— J'ai dit ça pour… pour que vous compreniez… comme un électrochoc.

— C'est fou comme la peur de mourir change les gens. Comme elle les pousse à mentir. J'ai vu ça si souvent…

— Arrêtez, commandant… Je vous en prie. »

Il m'a ramenée vers la terre ferme, j'ai à nouveau senti le sol sous mes pieds. Mes jambes n'ont pas tenu le choc et je me suis écroulée devant lui, une main accrochée à la rampe. Je venais de frôler la crise cardiaque.

Richard s'est baissé pour mettre ses yeux à hauteur des miens, toujours armé de son sourire assassin.

« T'as eu peur, hein, Laëtitia ?

— Vous êtes complètement fou !

— Peut-être. Mais c'est comme ça que tu m'aimes, non ? »

Il m'a obligée à me relever, je n'ai plus eu le choix. Nous avons descendu l'escalier, nous sommes passés devant l'accueil. Il me soutenait puisque je ne parvenais plus à marcher. Nausées, vertiges… J'allais m'évanouir.

« Elle a un malaise ! a-t-il lancé à l'agent de garde. Rien de grave mais je la ramène chez elle.

— Vous voulez que j'appelle un médecin ? »

Il m'a regardée.

« Tu veux qu'on appelle un médecin, Laëtitia ? »

Paralysée, je n'ai pas réagi.

« Non, ça va aller ! » a ajouté Richard en direction du bleu.

Dans la cour, il m'a forcée à monter dans sa voiture et il a bouclé ma ceinture. J'ai été prise de spasmes, chaque parcelle de mon corps vibrait. Il s'est mis au volant, a verrouillé les portes avant de démarrer.

« Qu'est-ce que t'as à trembler comme ça, Laëtitia ? Tu as peur d'un *vieux* comme moi ? Tu es *pitoyable*, tu sais ! »

Il était devenu fou, je l'avais rendu fou. Il fallait le ramener à la raison avant qu'il ne…

Qu'il ne quoi, d'ailleurs ?

Qu'il ne me tue ? Qu'il ne me viole dans un terrain vague ?

Dans un sursaut, j'ai retrouvé l'usage de la parole.

« Écoutez, commandant…

— Tu ne m'appelles plus *monsieur* ?

— Je vous demande pardon pour tout à l'heure, je voulais juste vous expliquer que c'est impossible entre nous. Vous êtes marié et… »

Ma voix tremblait autant que le reste de mon corps. Il avait placé le gyro sur le toit et prenait un malin plaisir à accélérer.

« C'est sûr, tu m'as insulté simplement pour me faire comprendre que nous deux, c'est Roméo et Juliette, pas vrai, Laëtitia ? Arrête de te foutre de ma gueule, s'il te plaît. Ça a tendance à m'énerver… et je ne voudrais pas tuer quelqu'un. »

J'avais le Sig Sauer dans mon sac, encore accroché à moi en bandoulière. J'ai essayé d'être la plus discrète possible. Il fixait la route, ne me regardait pas. J'ai ôté la sécurité et l'ai braqué sur lui.

« Range ça, a-t-il ordonné. Tu vas te blesser.

— Arrêtez-vous, maintenant ! Arrêtez tout de suite cette bagnole, sinon…

— Sinon quoi ? Tire, n'hésite surtout pas. »

Un doigt qui tremble comme ça sur une détente, c'est impressionnant. Pourtant, ça ne lui faisait aucun effet.

« Qu'est-ce que tu attends, Laëtitia ? Vas-y, tue-moi.

— STOP ! »

Il a appuyé comme un malade sur la pédale de frein. J'ai été violemment projetée vers l'avant et la ceinture m'a bloquée net, m'écrasant la cage thoracique. Quand je suis repartie en arrière, ma tempe a heurté la vitre latérale de plein fouet. Le pistolet m'a échappé, Richard l'a récupéré avant de redémarrer immédiatement. J'ai porté une main à mon visage, j'ai senti le sang chaud sur mes doigts.

« C'est malin ! a-t-il faussement déploré. Tu vas salir les sièges de ma bagnole ! »

Je me suis mise à pleurer. J'avais la tête comme un hall de gare. Tout résonnait à l'intérieur d'une façon démesurée.

« Faut pas pleurer, Laëtitia ! Regarde-toi... Tu es *pitoyable* ! »

Nous avons roulé de longues minutes. Aveuglée par mes larmes, sonnée par le choc, je flottais entre deux eaux.

Quand la voiture s'est enfin arrêtée, j'ai reconnu l'endroit où Memmo m'avait emmenée. Richard m'a forcée à descendre, m'a traînée jusqu'au bord du canal. J'ai hurlé, supplié, rien n'y a fait. Quand il m'a lâchée, je suis tombée et j'ai reculé à même le sol jusqu'à buter contre un arbre. L'eau coulait dans mon dos, cette eau noirâtre qui allait peut-être m'emporter.

Richard s'est accroupi pour que nos visages soient face à face. Incapable d'articuler le moindre mot, je me contentais de le fixer. Il a sorti un Kleenex de sa poche, a délicatement essuyé le sang sur ma peau.

« Tu vois, je ne pleure plus, a-t-il dit. Tu as raison, tu sais... J'étais lamentable tout à l'heure. Mais c'est parce que j'ai cru que tu avais un cœur.

— Laissez-moi partir.

— Tu permets ? J'ai encore des choses à te dire. Et là, j'ai comme l'impression que tu m'écoutes...

— Oui, je vous écoute.

— Parfait. Ça t'a fait du bien de me traîner plus bas que terre ?

— Je... Je voulais pas... vous...

— Essaie de t'exprimer clairement ou bien ferme-la. Tu me préfères comme ça, n'est-ce pas ? »

J'ai fait non de la tête.

« Ah bon ? Je croyais que tu me préférais en vrai mec bien macho, bien dégueulasse, bien brutal… C'est pas ça ? J'ai pas dû bien comprendre, alors !

— Je ne voulais pas vous blesser ! »

Il s'est mis à rire, s'est assis en face de moi.

« J'aurais pourtant juré du contraire ! »

Je me suis tue puisque chacun de mes mots semblait attiser l'incendie.

« T'aurais pas une cigarette ? »

Il a fouillé dans mon sac, a allumé deux clopes, m'en a donné une. Comme si nous conversions le plus normalement du monde.

« Que se passe-t-il dans ta jolie petite tête, Laëtitia ? Rien qu'à ton regard, je sens à quel point tu as peur de moi. Il y a tant de choses que je pourrais te faire…

— Vous n'avez pas le droit !

— *Le droit* ? Le monde est injuste, c'est la loi du plus fort. Et le plus fort de nous deux, c'est moi.

— Vous pensez aux conséquences ?

— Rien à branler des conséquences. Ça fait des semaines que je ne dors plus, que je ne bouffe plus… Tu es en train de me tuer à petit feu, mais ça, tu en as le *droit*, pas vrai ?

— Ce n'est pas ce que j'ai voulu.

— C'est ce que tu as fait.

— C'est vous le responsable, je ne vous ai jamais donné le moindre espoir ou la moindre raison de croire que…

— Je suis donc fou à lier ? J'ai vu des regards qui n'existaient pas, j'ai imaginé des étreintes qui n'exis-taient pas, du plaisir qui n'existait pas ?

— Pas pour moi !

— Arrête, Laëtitia. Ce n'est plus le moment de mentir. C'est le moment de vérité. Là, tout de suite. Quand tu m'as pris dans tes bras, quand tu t'es blottie contre moi, quand tu m'as embrassé... Tout ça n'a pas existé ?

— Si, mais je ne vous ai jamais dit que je vous aimais... Jamais.

— Tes yeux me l'ont dit si souvent... »

Il semblait être revenu à la raison, j'ai senti le danger s'éloigner.

« Richard, j'aurais voulu qu'on reste chacun à notre place. C'est vous qui avez faussé les règles du jeu !

— C'est vrai. Mais je ne peux pas aller contre ça. J'ai essayé, pourtant.

— Alors il faut que je parte, que je quitte la brigade. Ainsi, vous pourrez m'oublier et tout rentrera dans l'ordre.

— Plus rien ne sera en ordre, désormais. Je préfère te tuer que te laisser partir. »

J'ai lâché ma cigarette.

« Te tuer ici, maintenant. Et me tuer après.

— Vous êtes complètement fou ! ai-je répété.

— De toi, oui.

— Vous avez des enfants, Richard ! Est-ce que vous pensez à eux ?

— Je ne pense à rien d'autre qu'à toi... Tu vas vraiment partir ? »

Il avait mon arme de service à la ceinture. Il a posé la main sur la crosse, me fixant droit dans les yeux.

« Tu vas partir, Laëtitia ? »

Tu veux mourir, Laëtitia ? Voilà la vraie question qu'il me posait.

« Non », ai-je capitulé.

Au milieu du chaos et de la terreur émergeaient à nouveau des sentiments équivoques.

Une déclaration comme celle-là, on n'en reçoit qu'une dans sa vie.

On passe son temps à l'espérer ou à la redouter.

Bénédiction ? Malédiction ?

Il m'a attirée contre lui, m'a embrassée avant de me porter dans ses bras jusqu'à la voiture.

Ni drogue ni alcool. Mais cette peur et cette souffrance mélangées étaient encore plus fortes que n'importe quelle came.

Ça décuplait mon plaisir.

Richard aurait pu me tuer ce soir.

Ça...

Il était prêt à mourir pour moi.

Ça décuplait mon plaisir.

Je pensais à Amaury qui m'attendait à la maison. Ruminant sa colère, en proie à la jalousie. Et pour cause.

Ça...

J'arrachais sa peau avec mes ongles, je plantais mes dents dans sa chair, j'imaginais les piètres excuses qu'il serait obligé de fournir à sa femme.

Ça décuplait mon plaisir.

Je n'aimais pas cet homme.

Ça...

L'amour, ce n'est pas ça. Ça ne peut pas être ça !

Ça décuplait mon plaisir.

J'avais le droit de vie ou de mort sur lui.

Et ça…

Il m'a déposée en bas de chez moi. Ni adieu ni au revoir. Seulement un regard qui m'écrasait à nouveau. Qui voulait dire clairement : *Tu es à moi. On recommencera quand je le voudrai. Ce ne sera jamais fini.*

Je me suis jetée sur le trottoir, puis dans l'escalier. Sur le palier, j'ai essayé de contrôler ma respiration, de réajuster mon masque d'épouse fidèle.

Amaury était sans doute déjà couché.

Pourvu qu'il dorme, qu'il ne me demande pas une réconciliation sur l'oreiller. Ce serait au-dessus de mes forces.

Ne pas oublier de m'excuser platement, lui promettre qu'on retournera très vite au restaurant et que cette fois, c'est moi qui l'inviterai… Ne pas omettre ce détail.

Surtout, le remercier encore pour la bague.

Je me suis recoiffée vite fait, mal fait, j'ai tenté d'enlever les traces de poussière sur ma jolie robe et j'ai inséré la clef dans la serrure. Amaury m'attendait, prostré sur le canapé. J'ai voulu l'embrasser, il a tourné la tête. Je me suis assise en face de lui, prête pour le réquisitoire à charge.

« Tu as passé une bonne soirée ? a-t-il commencé d'une voix que je ne lui connaissais pas.

— Horrible ! J'en peux plus…

— Tu m'étonnes ! J'imagine que tu dois être bien fatiguée.

— Une planque merdique, pendant des heures, ai-je inventé. Tout ça pour rien. Je sais que tu m'en veux pour ce soir, mon chéri, et tu as raison.

— J'ai même de bonnes raisons… *d'excellentes* raisons, devrais-je dire !

— J'en suis consciente et je te promets que ça ne se reproduira pas, j'ai briefé mon patron. Et pour me faire pardonner, on remettra ça demain soir. Cette fois, c'est moi qui t'invite ! »

Par bonheur, je me souvenais de mon texte à la perfection.

Par malheur, les mots n'ont eu aucun effet sur Amaury. Il me toisait toujours avec une haine effroyable.

« Tu sens un drôle de parfum… Un parfum d'homme.

— Tu délires ! ai-je lancé avec un rire d'opérette. Mais c'est vrai que j'ai besoin d'une bonne douche ! »

J'allais me lever, me sauver, il m'a saisie par le poignet.

« Oui, tu as besoin d'une douche. »

Sa poigne sur mon bras, on aurait dit des menottes.

« Tu devrais même prendre un bain, tellement tu es sale. »

Fête foraine dans mes entrailles. Trouver un sourire, une mimique d'étonnement.

« N'exagère pas, tout de même !

— Il faut effacer les traces, *lieutenant*… Les traces du crime, n'est-ce pas ?

— Qu'est-ce que tu racontes, Amaury ?

— C'était bien, au moins ?

— Quoi ?

— Sur la banquette arrière de sa bagnole, c'était bien ? Tu as pris ton pied ? »

Un étau puissant a broyé mes tripes jusqu'à en extraire la substance. Il m'a lâchée, s'est levé pour se servir un verre de gin. La bouteille avait morflé, je l'ai réalisé à cet instant.

J'étais perdue.

J'ai tout de même essayé un dernier coup de poker.

« De quoi tu parles ?

— Je parle de ta mission de ce soir, avec ton cher patron… sur les bords du canal. »

Il ne bluffait pas. C'était la fin.

Il s'est mis à marcher de long en large devant le canapé.

« Je te parle de ta *mission*, quand vous avez baisé dans sa bagnole ! »

Incapable du moindre mot, j'avais l'impression de tomber du haut d'une falaise. Une chute interminable.

« Je t'ai suivie jusqu'à l'hôtel de police, je voulais vérifier que tu allais bien là-bas. Le taxi t'y a déposée, ça m'a un peu rassuré mais pas totalement… Je suis resté dans ma voiture, en me disant que j'étais lamentable d'avoir des soupçons pareils sur toi. Mais il fallait que j'en aie le cœur net, il fallait que je sache ! Alors, quand je vous ai vus sortir du bâtiment, j'ai continué à vous filer. Je me suis arrêté avant le parking et j'ai fini à pied. Je me suis demandé ce que vous veniez foutre là ! Je vous ai vus parler dehors, assis par terre. Et puis après…

— Amaury ! Je te jure que je n'ai pas eu le choix ! Il m'a menacée, il m'a forcée et… »

— Forcée ? »

Il a avalé son gin avant de jeter le verre contre le mur, juste au-dessus de ma tête. J'ai protégé mon visage tandis qu'une pluie d'étoiles tranchantes s'abattait sur moi.

« Je t'ai vue ! a-t-il hurlé. Je vous ai vus, tous les deux ! Et ce que j'ai vu, ce n'est pas une fille *forcée* par un mec ! Une pute avec un client, sur un parking pourri, voilà ce que j'ai vu ! »

Il y a des moments où on aimerait disparaître, se fondre dans le néant pour ne pas avoir à subir la pire des déchéances. Des moments où on aimerait être mort ou n'avoir jamais existé.

« Ça fait combien de temps que tu couches avec ce porc ? Combien de temps que je passe pour le dernier des cons ?

— Tu n'es jamais passé pour un con, Amaury ! Je te jure que… »

Il m'a assené un coup de poing dans le visage, j'ai basculé sur la banquette. Cette violence inédite était sans doute à la mesure de sa colère, de sa peine. De son désespoir.

Il s'est remis à hurler, j'ai reculé au bout du canapé.

« Arrête de jurer, merde ! Comment tu as pu me faire ça, le jour de notre anniversaire ? J'avais confiance en toi, je t'aimais ! »

Il s'est mis à vociférer, comme s'il se parlait à lui-même.

« Putain, qu'est-ce que j'ai été stupide ! Et dire que j'étais en train de chercher un boulot ici, à L., pour qu'on ne soit plus séparés… »

Puis il m'a à nouveau regardée, avec tout le dégoût du monde.

« Pendant que tu te faisais tringler par ton patron, j'ai eu le temps de réfléchir… Je vais demander le divorce. Un divorce pour faute. Et le juge me filera la garde de Lolla. Aucun doute là-dessus. Parce que tu l'as abandonnée pour ta carrière, parce que tu fais un métier avec des horaires à la con, parce que tu vis dans un studio minable ! Parce que depuis des années, c'est moi qui m'occupe d'elle. Tu ne la verras plus que de temps en temps et encore, si je le veux bien. »

Il a enfilé son blouson, a pris ses clefs. Je me suis jetée sur lui pour le retenir.

« Amaury ! Je t'en supplie, ne pars pas…

— Ne me touche pas ! »

Il m'a poussée, j'ai atterri sur le tapis avant d'éclater en sanglots.

« C'est ça, chiale ! Si tu crois que ça va me faire le moindre effet ! Tu peux crever, maintenant, je n'en ai plus rien à foutre ! Et je te préviens : tout le monde sera au courant… Je vais leur raconter à quoi tu passes tes soirées, comment tu comptes obtenir de l'avance-ment ! Tout le monde va savoir qui tu es vraiment ! Je vais le raconter à mes parents, aux tiens, à tous nos amis. »

La porte qui claque, ses pas dans l'escalier. J'ai hurlé encore, comme si ça pouvait le retenir. J'ai même entendu le moteur de sa voiture, et puis plus rien.

J'avais tout cassé, tout démoli.

Les genoux sur le tapis, la tête sur le sofa, j'inon-dais les coussins d'une averse de sel amer et brûlant. Je tapais du poing, je mordais le tissu.

Comment avais-je pu tomber aussi bas ?

Tout le monde va savoir qui tu es vraiment.

Les proches, les amis, tout le monde serait écla-boussé, telle serait sa vengeance. Il ne cacherait pas ma trahison même s'il devait endosser le rôle de cocu, je le connaissais trop bien.

Laëtitia est une traînée qui se fait sauter à l'arrière d'une voiture dans un endroit sordide le jour de son anniversaire de mariage. Par son patron, en plus. Pas par amour ou par égarement, non. Pour sa promotion de carrière, allaient-ils forcément penser. Voilà ce qu'est la vraie Laëtitia.

Ça faisait si mal.

Ça ne faisait que commencer.

Tout ça à cause de ce fou.

Tout ça à cause de moi.

***

Je suis sorti de la douche, tout était silencieux dans la maison. *Ma* maison, il fallait que je m'en souvienne.

Je me suis détaillé dans le miroir, j'ai constaté les dégâts. Laëtitia m'avait lacéré le dos, de la nuque jusqu'au bas des reins. Dans le cou aussi, et même sur le visage.

Pourquoi était-elle si brutale, si violente ? Ça me surprenait autant que ça me plaisait. Entre nous, elle avait raison, ce n'était pas de l'amour. C'était bien plus. Une passion sans limites, sans bornes. Un sentiment qui allait bien au-delà des conventions ou des convenances.

Entre nous, c'était animal. Inévitable et inexorable.

J'ai enfilé un tee-shirt, un caleçon et je me suis glissé sous les draps aussi discrètement que possible.

La voix de Véro m'a fait sursauter.

« Où étais-tu ? »

Une voix claire, étincelante comme la lame d'un couteau.

Véronique m'attendait. Depuis des heures.

« Au bureau, ai-je murmuré. J'avais des trucs à régler. »

Elle a allumé la lumière, s'est assise sur le lit. J'ai bien été obligé de la regarder. Elle m'a paru si terne à côté de Laëtitia.

« J'ai appelé Olivier, a-t-elle continué. Il m'a dit que tu ne bossais pas ce soir.

— T'as appelé Olivier ? Mais ça va pas ou quoi !

— Non, ça ne va pas, Richard. Ça ne va plus, de toute façon. »

Je croyais pouvoir jouer longtemps à ce jeu. J'avais oublié qui elle était vraiment. Qu'elle vivait, qu'elle souffrait. Qu'elle n'était pas un meuble.

« Je te dis que j'ai bossé tard, je voulais tout laisser nickel avant le week-end.

— Te fous pas de moi, Richard !

— Ne crie pas, tu vas réveiller les enfants.

— Qu'est-ce que t'en as à faire de tes gosses ? Tu ne les vois même plus, on dirait qu'ils n'ont plus de père. »

Là, j'avoue que ça m'a fait mal. J'ai fermé les yeux, j'ai pensé à Laëtitia pour me calmer.

« Véro, on reparlera de ça demain, OK ? J'ai sommeil.

— Moi pas.

— Eh bien va regarder la télé, dans ce cas ! Mais fous-moi la paix ! »

Elle s'est levée, a enfilé son peignoir.

« Ne t'en fais pas : je vais te foutre la paix. Une paix royale, même ! Au fait, c'est quoi, la griffure que tu as dans le cou ? Et celle sur la joue ? »

J'ai passé machinalement la main sur la légère balafre qui dépassait de mon tee-shirt.

« C'est une toxico en crise que j'ai serrée ce matin. Elle a...

— Enlève ton tee-shirt ! a-t-elle ordonné.

— Qu'est-ce que c'est que ces insinuations à la con ?

— Enlève ton tee-shirt, j'te dis ! »

Je me suis rallongé, je lui ai tourné le dos.

« Si t'as rien à cacher, pourquoi tu refuses de te déshabiller ?

— Parce que tu me casses les couilles, voilà pourquoi ! »

Jamais encore je ne lui avais parlé sur ce ton. Elle a quitté la chambre, j'aurais dû la rattraper, m'excuser. J'ai juste serré l'oreiller, comme si j'étreignais le corps de Laëtitia. Je me suis endormi en souriant. Sans me demander comment allait la mère de mes enfants.

Ma femme.

25

Laëtitia secoua son paquet de cigarettes désespérément vide avant de l'abandonner à côté du cendrier.
Delaporte demanda un ravitaillement puis regagna sa
place face à la jeune femme.

— Je présume que votre week-end n'a pas été
drôle ?

Elle ne prit même pas la peine de répondre.

— Pouvez-vous m'expliquer pourquoi vous avez
couché une nouvelle fois avec votre supérieur ?
Uniquement parce qu'il menaçait de vous tuer ou…

— Ça ne vous paraît pas suffisant comme raison ?
coupa-t-elle.

— Si, bien entendu. Je me suis mal exprimé.

— Le problème avec Richard, c'est que je ne maîtri-
sais rien. Cet homme déclenchait en moi des réactions
aussi violentes que contradictoires. Je le détestais, je le
désirais, je l'admirais, je le méprisais…

— C'est bien compliqué, soupira le commandant.
J'ai du mal à suivre.

— Ce n'est pas nouveau ! fit remarquer Laëtitia.

— Donc, vous n'avez pas vraiment obéi sous la menace, si je comprends bien ? Pas *uniquement* sous la menace ?

— La seule chose dont je suis sûre, c'est que j'aurais *dû* refuser… En tout cas, c'est cette soirée-là qui a tout changé. Sans elle, je ne serais pas là aujourd'hui.

***

Le week-end à la maison a été horrible. Véro ne m'a pas adressé la parole, les enfants n'ont pas cessé de se chamailler. Et moi, je tournais en rond comme un fauve en cage. Une seule idée en tête : retrouver Laëtitia.

Quitter ma femme pour vivre avec Laëtitia.

Mais je n'ai pas eu le courage de dire quoi que ce soit à mon épouse. J'ai laissé le fossé se creuser entre nous, minute après minute.

J'ai été d'une lâcheté écœurante.

À force de subir cela, elle allait finir par prendre la décision fatidique à ma place, me dédouanant ainsi d'une bonne part de responsabilité. J'attendais qu'elle franchisse le pas, qu'elle me foute dehors ou s'en aille avec les gosses.

Mes enfants… Ma chair, mon sang, comme on dit. *Ça ne m'empêchera pas de les voir.*

Je me suis répété ça tout le week-end pour me rassurer. Je les prendrais le mardi soir et le mercredi, je les verrais un week-end sur deux. Finalement, ça ne changerait guère.

Je n'allais pas tarder à sortir de prison, voilà l'impression que ça me donnait.

Bien sûr, quand je regardais Véro souffrir en silence, j'avais le cœur serré. Ma femme, depuis plus de quinze ans, ma fidèle et dévouée compagne, mère admirable et épouse modèle... Mais dans ma tête, tout était désormais limpide, je lui avais donné ce que j'avais à lui offrir. Il resterait les souvenirs impérissables, la tendresse et une profonde reconnaissance.

Elle allait me manquer à certains moments, c'était inévitable. Cette complicité, ce *Je te connais par cœur...* Un peu trop, peut-être.

Avec Laëtitia, j'allais démarrer une nouvelle vie. Parce qu'elle avait beau hurler qu'elle ne m'aimait pas, elle m'avait donné une fois de plus la preuve qu'elle mentait. Cette nuit sur les bords du canal valait mieux que n'importe quelle déclaration. Une osmose parfaite, un peu brutale certes, mais parfaite.

Il fallait juste qu'on s'apprivoise un peu, qu'on apprenne à se connaître. Mais qu'elle garde son mystère, ses secrets. Que j'enquête sur elle de longues années.

Nouvelle page, nouvelle vie. Avec elle, pour elle.

Assis dans le salon, j'ai songé que Laëtitia pouvait encore me rejeter. J'ai fermé les yeux et lui ai parlé, persuadé qu'elle m'entendrait, où qu'elle soit.

Laëtitia... c'est douloureux et terrifiant ce qui nous arrive. Mais c'est aussi une chance que nous serions fous de refuser. Et même si je sens ta crainte, je sais que nous ne pourrons pas lutter indéfiniment contre ce qui nous submerge, nous attire, nous unit.

Si nous résistons à cette passion, si nous ne lui cédons pas, elle nous achèvera l'un après l'autre sans aucune pitié.

Ce qu'elle fera de nous ? Des ombres gelées d'effroi et de solitude, pétries de regrets, de remords et de chagrin. Des damnés, des suppliciés, promis aux pires châtiments.

Laëtitia, je t'en prie... Si nous avons peur des flammes, nous succomberons à un hiver sans fin.

Dans la cuisine, Véro préparait le repas du soir. Je suis allé la rejoindre, elle a fait comme si elle ne me voyait pas. Je l'ai prise dans mes bras, je l'ai serrée très fort.

« Pardonne-moi, ma chérie… Pardonne-moi. »

Elle s'est mise à pleurer, elle m'a pardonné.

Pardonné d'avance une faute qu'elle ignorait encore.

***

La fin du monde, de mon monde. Celui que j'avais patiemment créé.

Tout ce que j'avais mis des années à construire venait de s'effondrer en quelques minutes.

La première nuit, je l'ai passée sur le tapis. Au tapis, plutôt.

Le samedi, j'ai appelé Amaury mais il n'a pas décroché. Je lui ai laissé plusieurs messages, plusieurs textos aussi.

Je m'excusais à n'en plus finir.

Je parlais dans le vide.

Le dimanche, j'ai navigué sur un océan nauséabond, détresse mâtinée de fureur. Des heures sur le lit, à fixer le plafond craquelé, à fumer telle une condamnée. Je bougeais peu, rampais plus que je ne marchais.

De temps en temps, je me mettais à pleurer, en silence.

De temps en temps, je me mettais à boire, avec dégoût.

J'ai écouté quelques messages sauvegardés sur mon portable. Entendre la voix d'Amaury, quand il m'aimait encore. Quand j'étais encore aimable.

Entendre la voix de Lolla, aussi. *Maman, tu rentres quand ?*

Alors, j'ai composé le numéro de la maison. Cet endroit où je n'aurais plus le droit de mettre les pieds. Quand Amaury a enfin décroché, j'ai fermé les yeux.

« C'est moi. Je voudrais qu'on discute…

— Je n'ai plus rien à te dire. Tu t'adresseras à mon avocat.

— Laisse-moi parler à Lolla, au moins !

— T'as vu l'heure ? Elle est déjà couchée.

— Réveille-la, je t'en supplie ! Je suis sa mère, j'ai le droit de lui parler.

— Tu ne la mérites pas, a assené Amaury. Une mère indigne, voilà ce que tu es !

— Je veux lui parler ! ai-je répété avec désespoir.

— Elle est assez perturbée comme ça. Tu as détruit notre couple, notre famille, je ne te laisserai pas détruire ma fille. »

Il a raccroché, j'ai rappelé. En vain.

Je me suis traînée jusqu'à l'évier pour boire un peu d'eau. J'ai vu un couteau sale, je l'ai récupéré avant de retourner sur mon tapis.

Par terre, c'est là qu'était ma place.

Mère indigne.

J'ai fixé la lame puis l'ai posée sur mon bras.

Dessiner la honte et la douleur sur ma peau. Leur donner une forme. Creuser des sillons écarlates, écrire ma peine en lettres de sang. Faire sortir de mes veines ce liquide amer. Ce venin, ce poison.

Des courbes, des lignes, des croix.

Avoir mal, c'est vivre.

Vivre, c'est avoir mal.

Après m'être scarifié les bras et les jambes, je me suis acharnée sur le ventre. Là où se logeait la honte.

Une mère indigne.

La nuit qui a suivi a été le voyage le plus éprouvant de ma vie. J'ai arpenté des chemins hérissés de ronces, jonchés de remords et de dégoût. J'ai traversé un immense désert de solitude. J'ai franchi tous les cauchemars, visité tous les gouffres jusqu'à l'enfer. J'ai affronté des légions qui levaient l'étendard de la honte.

J'ai rampé dans la boue, la fange et le déshonneur. J'ai respiré des bouffées acides, air brûlant qui remplissait ma tête de soufre tandis que mon sang se transformait en lave incandescente.

Telle a été ma nuit.

J'avais vidé une bonne partie des bouteilles lorsque je l'ai vu passer la porte de mon studio. Ce monstre obscène, sans forme ni visage. Seulement des yeux immenses et rougeoyants. Ondoyant devant moi, tel un serpent, il m'a agonie d'insultes, accablée de menaces. Il m'a frappée, si fort que j'ai plongé dans l'obscurité la plus complète.

Quand je suis revenue à moi, le jour s'était levé.

Lundi matin.

Je me suis fait couler un bain. Effacer les dernières traces.

Tu ne verras plus ta fille… Tu ne la mérites pas.

J'ai cherché mon arme avant de réaliser que Richard l'avait gardée avec lui. Je me suis habillée, j'ai tressé mes cheveux puis je me suis regardée en face dans le miroir. J'étais redevenue laide, comme quand j'avais treize ans.

J'ai chéri ce que j'avais été, haï ce que j'étais devenue.

Tu as détruit notre couple, notre famille, je ne te laisserai pas détruire ma fille.

Je suis retombée sur mon tapis, j'ai fixé la bouteille de gin qu'il avait presque vidée. Ultime souvenir de l'homme que j'aimais.

Cet amour dont j'avais pris pleinement conscience pendant ces deux jours d'horreur. Comme s'il fallait perdre les choses pour en concevoir la valeur.

Une mère indigne, voilà ce que tu es.

Je n'étais plus flic, plus mère, plus femme.

Je n'étais plus rien.

Plus une goutte de sève à l'intérieur de moi.

Un arbre mort qui sonnait creux.

***

— Comment était Laëtitia, le lundi matin ? s'enquit le divisionnaire Jaubert. Elle semblait plutôt heureuse de vous voir ou bien…

— Elle n'est pas venue travailler, répondit Ménainville la gorge serrée. Nathalie a essayé de l'appeler, elle a laissé des messages, en vain.

— Où était-elle ?

Richard se traîna jusqu'à la fenêtre. Décor aussi lugubre que son âme.

— Où était-elle, commandant ? répéta Jaubert.

— En début d'après-midi, j'ai quitté le bureau avec Olivier. Nous devions faire une reconnaissance sur le terrain. J'ai dit à mon adjoint que je voulais passer chez Laëtitia, c'était presque sur notre chemin…

… Olivier me regardait bizarrement, comme s'il cherchait à lire en moi.

« T'as couché avec elle, récemment ?

— Vendredi soir. »

Ça l'a scotché sur son siège.

« Je croyais qu'elle était avec son mari, qu'ils devaient fêter un truc ? »

J'ai souri même si je n'étais pas spécialement à l'aise.

« Ben, c'est avec moi qu'elle l'a fêté !

— Comment t'as fait pour la décider, cette fois ? »

Cette question m'a blessé, je lui aurais volontiers collé mon poing dans la figure. Mais c'était mon ami.

« Rien. Je n'ai rien fait, ai-je prétendu.

— C'est cool, alors… Et c'était bien ?

— Génial. Tu sais, faut que je te dise que…

— Quoi ? T'es amoureux d'elle, c'est ça ?

— *Vraiment* amoureux », ai-je précisé.

Il s'est mis à rire.

« Ça se voit tant que ça ?

— Autant que ton nez au milieu de ta figure, mon vieux !

— Ah… Et tu en penses quoi ? » ai-je demandé.

Il a hésité un instant avant de poursuivre, j'ai su que la réponse ne serait pas celle que j'espérais.

« Je pense que ça a changé ton comportement et pas du tout en bien, si tu vois ce que je veux dire… Il faut que tu te décroches d'elle au plus vite. Voilà ce que j'en pense, mon frère. Et pour être honnête, j'attendais avec impatience que tu me le demandes pour pouvoir te balancer tout ça.

— Je vais quitter Véro. »

C'est tombé dans l'habitacle comme le marteau sur l'enclume.

« Tu vas quitter ta femme pour Laëtitia ? Rassure-moi, c'est une mauvaise blague ?

— Pourquoi tu me juges comme ça ?

— Mais, Richard, tu délires !

— Absolument pas. C'est Laëtitia que j'aime, c'est avec elle que je veux vivre, désormais.

— Et tes gosses ? Putain, Richard, dis-moi que tu me mènes en bateau !

— Arrête de le prendre sur ce ton, ai-je ordonné. Je croyais que tu étais mon ami, que je pouvais te confier n'importe quoi…

— Justement, je suis ton ami et il est temps que je te vienne en aide ! Tu as perdu la tête à cause de cette petite, mais il faut que quelqu'un te dise que tu fais fausse route !

— Non, Olivier, j'y ai longuement réfléchi. J'ai envie de vivre avec Laëtitia. Quant à mes gosses, je…

— Et Laëtitia, qu'est-ce qu'elle en pense ?

— Eh bien… on n'en a pas encore parlé, mais…

— Elle est toujours avec son mari, non ? Alors comment tu peux savoir qu'elle va te répondre *Oui, Richard, viens habiter chez moi, dans mon petit studio* ?

— Elle sera d'accord. On ne peut pas lutter, de toute façon. Ça ne sert à rien.

— Putain, j'y crois pas ! Elle pourrait être ta fille, en plus !

— Et après ? Tu es jaloux ou quoi ?

— Inquiet pour toi, oui ! Jaloux, non. »

J'ai garé la voiture en double file, j'ai coupé le contact.

« J'essaye de faire vite, ai-je dit.

— Tu me prends pour Médor qui attend gentiment son maître dans la bagnole ? »

J'ai levé les yeux au ciel, il est monté avec moi. Premier coup de sonnette, pas de réponse.

« On est venus pour rien », a marmonné Olivier.

Deuxième coup de sonnette.

« Allez, on se casse ! » a-t-il soufflé.

Je sentais sa présence. Impossible à expliquer mais j'étais certain qu'elle était là, derrière cette cloison. J'ai tourné doucement la poignée de la porte, j'ai eu la chance qu'elle ne soit pas verrouillée.

« Laëtitia, tu es là ? C'est le commandant et le capitaine. »

Je préférais nommer nos grades, des fois que l'éco-garde ait joué les prolongations. Sauf que si je les avais trouvés au pieu, j'aurais balancé son mari par la fenêtre.

« Laëtitia ? »

Le studio était plongé dans une pénombre à peine éraflée par un rayon de soleil qui entrait par un défaut du volet. J'ai avancé prudemment, avec toujours la même obsession : et s'ils étaient au lit tous les deux ? Mais ils n'étaient pas sourds, ils auraient entendu sonner. Quelque chose ne tournait pas rond.

Mes yeux, tels ceux d'un chat, se sont faits à l'obscurité et j'ai distingué une silhouette sur le lit. Sa silhouette.

« Laëtitia, tu dors ? »

J'ai tâtonné jusqu'à la fenêtre ouverte pour pousser le volet.

« Debout, lieutenant ! C'est l'heure ! »

Je me suis retourné, j'ai vu le visage décomposé d'Olivier, avant de voir Laëtitia, inerte au milieu de son lit.

« Merde, a murmuré mon adjoint. Merde... »

On était tous les deux sans réaction face à l'inimaginable. Il y avait les boîtes de cachets vides, la bouteille d'alcool, la lettre posée près d'elle. Il y avait ces plaies horribles sur ses bras, le couteau ensanglanté sur la table basse.

Puis Olivier a retrouvé ses moyens, il s'est jeté sur le lit, a pris son pouls.

« Elle respire encore ! Appelle le SAMU, vite ! »

Je ne réagissais toujours pas, complètement assommé.

« Putain, Richard, appelle le SAMU, merde ! »

Olivier a pris son portable et a composé le 15 tandis que je tombais à genoux.

26

Mélange écœurant de produits chimiques et de bouffe industrielle. Odeur difficilement supportable qui me retournait l'estomac. Olivier était sorti fumer une clope tandis que j'attendais dans le couloir, tel un mendiant, à l'affût de la moindre blouse blanche qui me ferait l'aumône de quelque nouvelle.

Les gars du SAMU ne s'étaient pas montrés optimistes. Cachets avalés depuis trop longtemps, à très forte dose, avec de l'alcool. Nous étions peut-être arrivés trop tard.

J'avais pris la lettre avec moi mais ne l'avais pas lue. Sur l'enveloppe, il y avait seulement marqué *Pour Lolla, quand elle aura 10 ans*.

Des vagues de culpabilité emplissaient ma tête, acides et meurtrières.

Elle s'est foutue en l'air à cause de moi, j'en suis sûr. Mais pourquoi ?

En revenant, Olivier m'a questionné du regard.

« Toujours rien, ai-je répondu.

— Tu sais ce qui l'a poussée à faire ça ?

— Non, je ne comprends pas.

— Tu as vu les marques sur ses bras ? Et le couteau sur la table...

— Oui, j'ai vu, ai-je douloureusement acquiescé.

— Tu peux me parler, Richard... T'es sûr que ça s'est bien passé entre vous deux, vendredi soir ? Tu l'as fait boire ou... vous avez pris de la dope ?

— Non, rien.

— Bon... Il faut prévenir son mari.

— Déjà ?

— Comment ça, *déjà* ? »

Il m'a considéré avec compassion avant d'ajouter : « Je m'en charge, si tu veux. »

J'ai simplement hoché la tête. Mon adjoint a commencé par appeler le secrétariat. Il n'a pas donné de détails, juste que Laëtitia était hospitalisée, qu'il lui fallait le numéro de son mari. Après l'avoir reçu par texto, il s'est éloigné pour passer ce délicat coup de fil. Seul à nouveau, je me suis mis à murmurer une litanie sans fin et sans effet.

« Réveille-toi, Laëtitia. Réveille-toi, je t'en prie... »

Olivier a réapparu dix minutes plus tard.

« Il arrive ? » ai-je supposé.

Il me faudrait donc m'éloigner de Laëtitia, idée intolérable.

« Non, il ne viendra pas. »

Perturbé, mon ami a pris quelques secondes avant de poursuivre.

« Il m'a dit qu'ils s'étaient séparés. Mais il m'a demandé de le tenir informé.

— *Informé* ? » ai-je répété bêtement.

Ce que je désirais ardemment depuis des mois venait de se produire. Mais vu les circonstances, ça ne m'a procuré aucune joie.

« Il m'a filé le numéro des parents de Laëtitia, je les ai appelés, a ajouté Olivier. Ils font au plus vite… Vendredi soir, Laëtitia et son mari fêtaient leur anniversaire et ce matin, ils sont séparés… C'est curieux, non ?

— Il t'a expliqué ?

— Rien du tout. Il n'avait pas à le faire, d'ailleurs. En tout cas, on dirait qu'il n'en a plus grand-chose à foutre d'elle.

— Quel salaud !

— Richard, il s'est passé quoi vendredi ? »

Ma jambe bougeait toute seule et faisait trembler toute la rangée de chaises en plastique reliées l'une à l'autre par une colonne vertébrale ronde et métallique.

« Richard ? »

Je n'ai pas eu à répondre, car un toubib venait vers nous, la mine funeste et le pas lourd.

« Vous êtes les collègues de Mme Graminsky-Duvivier ? C'est bien vous qui l'avez trouvée ? »

On a répondu d'une seule voix.

« Oui ! Alors ?

— Elle est en vie. »

On aurait dit qu'il annonçait son décès.

« Elle est dans le coma… La famille est prévenue ? »

Olivier a hoché la tête. Moi, j'attendais la suite. J'ai failli empoigner le médecin par sa blouse pour qu'il crache le morceau, comme je l'aurais fait avec un suspect.

« Comment va-t-elle ?

— Elle est dans le coma, je viens de vous le dire, a soupiré l'urgentiste. Je ne peux pas me prononcer pour la suite. »

Je suis retombé sur la banquette, incapable de tenir plus longtemps sur mes jambes.

« Elle a fait deux arrêts cardiaques. Un pendant son transfert ici, l'autre en arrivant. Nous avons réussi à la réanimer mais nous ne savons pas encore si le cerveau a été touché… Désolé messieurs, je ne peux vous en dire plus pour le moment. S'il y a une évolution, je vous tiendrai au courant.

— On peut la voir ? ai-je tenté.

— Certainement pas. Je vous laisse, j'ai du travail. »

Il est reparti vers sa tâche, j'ai serré ma tête entre mes mains, la secouant de droite à gauche. Olivier a passé son bras autour de mes épaules, ça m'a fait du bien.

« Elle est jeune, a-t-il murmuré. Elle peut s'en tirer, garde espoir. »

Ses paroles m'ont un peu calmé ; un peu, pas plus. Le fait de ne pas comprendre la raison qui l'avait poussée à vouloir sa propre mort me rendait malade.

« Si tu n'as rien fait de mal, ce n'est pas ta faute, a dit Olivier.

— Rien fait de mal, non… »

Brusquement, un flot d'images m'est arrivé en pleine figure, comme un coup de poing assené des dizaines de fois.

Olivier et moi en train d'abuser d'elle. La drogue dans le jus d'orange, les menaces envers elle et son mari, le chantage. Memmo qui la braque avec son flingue et sa queue. Moi qui l'appelle pendant qu'elle dîne avec son cher et tendre. L'insulte faite à ma femme, ces odieux mensonges. Et même la prostituée que je cogne.

Tout ça m'est revenu d'un coup, dans le désordre. J'ai cru que j'allais m'asphyxier à force d'ingérer l'horreur.

L'hosto, c'était le bon endroit pour faire un malaise mais j'ai préféré sortir, respirer l'air vicié du dehors, appuyé contre un énorme pilier, tandis que les ambulances et les fourgons de pompiers déversaient leur lot de victimes comme une bouche de l'enfer. Des blessés, des malades, des presque morts.

Tableau effrayant de la fragilité humaine.

Il m'a fallu de longues minutes pour reprendre pied, pour m'extraire de cette fange abominable.

Pour voir surgir d'autres images. Son sourire, rare mais précieux, ses étreintes amoureuses, ses regards malicieux. Pour entendre sa voix me murmurer des choses tendres, sentir la douceur de ses mains sur ma peau chauffée à blanc.

Pendant un instant, j'avais oublié le principal : nous étions faits l'un pour l'autre.

Laëtitia était en train de crever sur un lit médicalisé. J'aurais donné ma vie pour sauver la sienne.

Si ça, ce n'était pas la preuve que je l'aimais…

Mais je ne pouvais rien lui donner, à part mes prières.

L'après-midi était un mauvais souvenir, la nuit serait un cauchemar. Olivier avait informé l'équipe, ainsi que Bertrand Germain, le grand patron. Il s'était contenté de leur dire que Laëtitia était hospitalisée dans un état grave.

Damien nous a rejoints, terriblement inquiet. J'en ai conclu qu'il en pinçait pour Laëtitia mais ça, je l'avais deviné depuis longtemps. Il nous a questionnés, nous ne savions quoi répondre. Finalement, Olivier lui a avoué la vérité.

Quand il a retrouvé la parole, Damien a promis de ne rien divulguer aux autres, par respect pour elle. Après tout, elle n'avait pas choisi d'attenter à ses jours au bureau, personne n'avait donc à le savoir.

Une heure plus tard, ce sont les parents de Laëtitia qui ont débarqué. Il a fallu leur annoncer la mauvaise nouvelle. La mère s'est mise à pleurer, j'ai vu le père flancher légèrement, comme s'il allait tomber. Ils sont aussitôt partis à la recherche du médecin, à la recherche d'informations. J'ai ordonné à Damien de rentrer, en lui promettant de l'appeler si Laëtitia se réveillait.

À nouveau seuls, Olivier et moi avons échangé un triste regard.

« On a déconné avec elle, a murmuré mon adjoint. Elle était trop fragile. »

J'ai secoué la tête, refusant d'entendre ça.

« Tu as prévenu Véro ?

— Oui, je lui ai dit que je ne rentrerais pas cette nuit parce qu'un de mes lieutenants était à l'hosto.

— *Un de tes lieutenants*, hein ?

— Ça va, fais pas chier, Olivier ! »

Les parents de Laëtitia sont revenus vers nous. Mme Graminsky a fondu sur moi, m'empoignant comme une forcenée.

« Merci, monsieur, a-t-elle murmuré. Merci… Si vous ne l'aviez pas trouvée, elle serait… »

Sa phrase a fini dans un sanglot déchirant, je l'ai serrée contre moi.

« C'est un coup de chance, ai-je répondu. Venez vous asseoir. »

Un paquet de Kleenex et un thé chimique plus tard, Mme Graminsky a retrouvé la parole.

« Vous avez eu des nouvelles par le médecin ? » ai-je espéré.

Elle m'a regardé avec une incommensurable douleur.

« Il nous a dit que... qu'elle... »

Embouteillage de mots dans sa bouche, aucun ne pouvait s'en échapper. Alors c'est son mari qui a pris le relais.

« Le docteur nous a dit qu'elle avait peut-être été agressée.

— Agressée ? a répété Olivier. Comment ça ?

— Agressée ! a renchéri le père avec colère. Il a dit précisément que son corps portait certaines traces inquiétantes, mais il n'est sûr de rien. »

Olivier m'a fixé.

« Vous allez retrouver le salaud qui lui a fait ça, hein ? » a gémi Mme Graminsky.

D'abord, il y a eu ce silence horrible, partagé par chacun d'entre nous. Puis Olivier a rassuré la mère.

« Ne vous inquiétez pas, madame : si quelqu'un lui a fait du mal, nous le retrouverons. Je vous le promets. Mais d'abord, il nous faut en être sûrs. Elle s'est peut-être fait ça toute seule.

— Toute seule ?

— Ce ne serait pas la première fois, a dit le père. Souviens-toi quand elle était adolescente... »

La mère a baissé les yeux, sans doute gênée d'évoquer ce souvenir.

« Elle a déjà essayé de se suicider ? » a interrogé Olivier.

Heureusement qu'il était là car j'étais incapable de parler. Incapable de réagir.

« Non, mais quand elle avait 13 ans, elle s'est mutilée, a révélé M. Graminsky. Scarifiée avec une lame de rasoir. »

Je me suis souvenu de ces fines cicatrices qu'elle portait sur les cuisses.

« Pourquoi avait-elle fait ça ? s'est enquis mon adjoint.

— Il paraît que c'était la crise d'adolescence. C'est ce qu'on nous a dit à l'époque… Vous avez vu son mari ? a-t-il soudain demandé.

— Il est prévenu, a répondu Olivier. Mais… je crois qu'ils viennent de se séparer.

— C'est peut-être lui qui lui a fait du mal, alors ? a lancé la mère.

— Je ne pense pas, madame. Mais nous vérifierons, soyez-en sûre. Il faut attendre que Laëtitia se réveille, maintenant. »

M. Graminsky a pris sa femme par les épaules, un peu durement.

« Nous allons trouver une chambre d'hôtel dans le coin, a-t-il murmuré. Tu vas pouvoir te reposer et nous reviendrons tout à l'heure. »

Tandis qu'ils s'éloignaient, Olivier me dévisageait sans relâche, comme si le mot *coupable* était tatoué sur mon front. Mâchoires serrées, je fixais le mur blanc qui me faisait face.

« Jure-moi que tu ne lui as pas fait de mal, Richard. Jure-le-moi maintenant. »

Quelques larmes acides ont brouillé ma vue.

« Je l'aime, Olivier. Je ne veux pas lui faire de mal… Je n'ai pas voulu lui en faire, en tout cas. »

Le toubib est venu vers nous, j'ai séché mes larmes à la hâte. Il nous a conduits jusqu'à son minuscule bureau, nous sommes restés debout face à lui.

« Comme je viens de le signaler à M. et Mme Graminsky, votre collègue porte des traces qui laissent supposer une agression récente. Je ne suis pas légiste, mais…

— Vous pouvez être plus précis ? a exigé Olivier.

— Eh bien, elle a reçu un coup violent au visage et elle a des coupures peu profondes sur les bras, les jambes et le ventre.

— Des scarifications ?

— Ça y ressemble. Elle s'est peut-être mutilée elle-même, je l'ignore. Mais ce n'est pas tout. Elle présente également des hématomes à l'intérieur des cuisses, qui font penser à un viol ou à des relations sexuelles brutales. »

J'ai cherché une chaise du regard, m'asseoir vite avant de tomber. Je me suis appuyé au dossier.

« Après, je ne suis sûr de rien, vous savez. Il y a des peaux fragiles qui marquent facilement… Elle a pris les cachets ce matin, des anxiolytiques, des somnifères, des antidouleurs, ainsi qu'une forte dose d'alcool. Pour le reste, nous attendons qu'elle se réveille. Maintenant, si vous le voulez bien, j'ai des patients à voir. »

Nous sommes retournés dans le couloir, sur les sièges en plastique gris.

« Le coup au visage, c'est toi ? a questionné Olivier.

— Bien sûr que non ! Pour qui tu me prends, putain ?

— Et les *relations brutales* ? »

Là, je n'ai rien répondu, avouant mon crime en silence. Je n'aurais jamais pensé que l'amour pouvait laisser des traces aussi laides.

« C'est toi ? s'est acharné Olivier.

— Non, ce n'est pas *moi*. C'est elle et moi… C'est nous. »

27

J'avais finalement eu l'autorisation d'entrer dans le box et j'avais gardé mon poste toute la nuit durant, fidèle vigie au chevet de mes amours mortes…

Mon amour, en train de mourir.

Les parents de Laëtitia étaient revenus, puis repartis peu après minuit, tenant tout juste sur leurs jambes. En seulement quelques heures, ils avaient vieilli d'une décennie. Je m'imaginais à leur place, regardant ma fille dans le coma après qu'elle a essayé de mourir. J'ai vite chassé cette idée insoutenable.

J'avais réussi à me débarrasser d'eux en leur promettant de les appeler dans la seconde si elle se réveillait. Leur présence me gênait.

Seul avec elle.

Je voulais être seul avec elle.

Lui tenir la main, lui parler, comme si ma voix pouvait l'atteindre au fin fond des abîmes où elle s'était réfugiée. Tout au long de cette nuit, j'ai composé un requiem pour elle.

Requielle…

À voix basse, je la suppliais de revenir dans ce monde qu'elle avait voulu quitter, lui rappelant qu'elle avait une fille qui avait besoin d'elle, lui promettant monts et merveilles à son réveil.

Nouvelle vie, nouveaux bonheurs.

Nouveau moi, aussi.

J'avais compris, j'allais changer.

Quant au minable qui l'avait abandonnée, elle l'oublierait, il s'évaporerait de son esprit, disparaîtrait comme il le méritait. Mais cette fois, sans douleur aucune.

J'ai caressé sa joue meurtrie. Comment ce petit salaud avait-il osé la frapper ? Comment avait-il osé abîmer ce visage ? Commettre ce sacrilège ?

Elle semblait calme, sereine. Si loin des horreurs et des menaces de ce monde. Elle était belle, sa chevelure claire ondulant sur l'oreiller comme un océan de blé, ses paupières closes, légèrement bleutées.

Instinctivement, mes yeux évitaient les traces du couteau dans sa chair. Cet abominable message qu'elle avait tatoué sur sa peau diaphane.

Quand on se mutile ainsi, c'est qu'on se déteste, qu'on déteste son corps. Peut-être le haïssait-elle parce qu'elle me l'avait donné avec fougue, avec passion. Pourquoi s'acharnait-elle à refuser ce sentiment ? Cette attirance contre laquelle ni elle ni moi ne pouvions rien ?

De temps en temps, une larme venait soulager ma douleur, s'écrasant sur le sol stérile sans un bruit.

Jusqu'au petit matin, j'ai vécu ainsi près d'elle un des moments les plus forts de notre histoire. Je n'ai même pas songé à dormir.

Damien et Olivier sont passés avant le travail, brisant par effraction notre intimité silencieuse. J'ai lâché sa main à temps, mon lieutenant n'a rien vu. Il m'a traîné de force vers la machine à café du rez-de-chaussée, inquiet de mon manque de sommeil, admiratif de mon dévouement envers l'un de mes coéquipiers.

Tout bien réfléchi, j'aurais fait pareil pour lui ou Nathalie. Je serais resté à l'hosto auprès de n'importe lequel de mes gars.

Mais ce dévouement-là n'avait rien à voir.

En revenant vers la chambre, nous avons vu y entrer le médecin, précédé de deux infirmières.

Laëtitia reprenait conscience.

Nous avons été contraints de rester dehors et une colère sourde m'a envahi ; après ces heures passées près d'elle, je venais de rater la seconde miraculeuse. Elle n'avait pas rouvert les yeux sur les miens, je n'avais pas été là au moment crucial. S'il n'y avait pas eu Damien à côté de moi, je crois que j'en aurais chialé.

Enfin, le médecin est ressorti, la mine toujours aussi sombre. Lui non plus n'avait pas dormi.

« Ça y est, elle est réveillée. Elle semble en possession de toutes ses facultés. Elle sait comment elle s'appelle, en quelle année nous sommes… mais il faudra un peu de temps pour faire le tour des séquelles possibles.

— On peut la voir ?

— Oui… Cela dit, j'ignore comment elle va réagir. »

Je n'ai pu y aller seul, bien sûr. Encore un moment rare dont je n'avais pas le privilège. Un tête-à-tête dont j'étais privé.

En nous voyant entrer, Laëtitia a fondu instantanément en larmes avant de tourner son visage vers la fenêtre. Terriblement embarrassés, nous cherchions la phrase appropriée à cet instant délicat.

Clamer mon bonheur, laisser exploser ma joie. La prendre dans mes bras, la serrer très fort, voilà ce que j'aurais voulu. Mais j'ai dû contenir toutes ces émotions dont la force me coupait la parole.

Laëtitia se dérobait toujours à notre regard. Damien s'est assis près d'elle, a tenté de lui prendre la main. Elle l'a retirée aussitôt.

« On est heureux que tu sois de nouveau parmi nous », a-t-il murmuré.

J'ai trouvé cette entrée en matière maladroite et choquante. Elle avait toujours été parmi nous. Toujours.

Et la réponse de Laëtitia nous a fait froid dans le dos. Pas seulement parce que sa voix semblait venir d'outre-tombe.

« Pas moi. »

Damien s'est tourné vers nous, cherchant de l'aide. Olivier a choisi de battre en retraite.

« On va te laisser te reposer », a-t-il dit.

Mais Damien n'a pas bougé. Il tenait bon, essayant malgré tout de renouer un contact. Toutes ses paroles ont glissé sur Laëtitia comme sur le marbre d'une pierre tombale. De longues minutes se sont écoulées, pesantes et irréelles. Jusqu'à ce que, brusquement, elle me regarde.

Un regard terrifiant, une souffrance à vif, mêlée de colère. Et même de haine, je crois.

Le choc a été terrible.

Olivier avait raison : mieux valait battre en retraite. Damien nous a accompagnés dans le couloir.

« Je vais essayer de lui parler, a-t-il dit. En petit comité, je crois que ça ira mieux. »

Mon adjoint et moi sommes partis prendre l'air. Assis sur un banc tagué, nous avons partagé une cigarette.

« Et si elle nous balance à Damien ? » a soudain redouté Olivier.

Un frisson nous a secoués. Il a continué son scénario catastrophe.

« Elle vient de se réveiller, elle a sans doute besoin de se confier. À coup sûr, elle va tout lui déballer ! Et là, on est très mal, mon frère…

— Elle ne fera jamais ça !

— Bien sûr que si, elle le fera. »

Nous sommes restés un moment dehors, les yeux posés sur l'entrée des urgences, là où se jouait peut-être notre avenir.

Si toutefois nous en avions encore un.

***

Le commandant Delaporte ouvrit la fenêtre. L'air était doux, la nuit voguait tranquillement vers une fin certaine.

— J'ai froid, murmura Laëtitia. Vous pourriez fermer ?

— Froid ? Il ne fait pourtant pas froid… Il fait même chaud !

Il poussa la baie vitrée en aluminium et revint s'asseoir en face de la jeune femme qu'il voyait désormais comme une rescapée, une de ces rares personnes à

411

avoir vu le faciès mystérieux de la mort penché au-dessus d'elles et à pouvoir en témoigner.

— Vous vous êtes réveillée combien de temps après ?

— Le lendemain matin. C'est Richard et Olivier qui m'avaient trouvée. D'ailleurs, ils sont entrés dans la chambre peu après mon réveil, en compagnie de Damien. Je me suis mise à pleurer… J'aurais tellement voulu que personne ne me voie comme ça, j'aurais tellement voulu qu'ils ne soient même pas au courant ! J'aurais tellement voulu… ne pas me rater.

— Vous êtes jeune, vous ne pouvez pas dire ça !

— Qu'est-ce que l'âge vient foutre là-dedans ? Vous n'imaginez sans doute pas la sensation qu'on éprouve dans ces moments-là…

Elle se leva, fit craquer ses doigts, déclenchant une grimace du commandant, qui détestait ce bruit d'os martyrisés.

— J'ai avalé ces cachets parce que j'avais tout raté. Et même mon suicide, je l'ai raté.

— Je crois que je peux comprendre. N'empêche que c'était une folie ! Et votre fille ? Vous avez pensé à elle ? rappela un peu durement le commandant.

— Je me suis dit qu'il valait mieux qu'elle n'ait plus de mère plutôt qu'une mère telle que moi… Une *mère indigne*.

— Le temps arrange beaucoup de choses, vous savez…

— Ouais, le temps nous a conduits ici ce soir, ça s'est vachement bien *arrangé* !… Vous me trouvez lâche ?

— Non, je trouve dommage que vous vous soyez condamnée à la peine capitale.

— Comme c'est bien dit, commandant !

— Donc, ils sont entrés tous les trois dans votre chambre et…

— J'ai refusé de leur parler. La présence de Richard me faisait particulièrement mal, c'était intolérable ! Je ne pouvais pas supporter son regard sur moi, son jugement… cet amour qu'il essayait de me donner de force. Lui et Olivier sont sortis, Damien est resté. Il a commencé par me demander la raison de mon geste, j'ai refusé de lui répondre. Et puis… j'ai appris que le médecin avait parlé d'agression.

— Agression ? s'étonna le commandant.

— Il y avait la trace sur mon visage, le coup de poing que m'avait donné Amaury, ainsi que les scarifications.

— Vous l'avez expliqué à Damien ?

— Il n'avait pas à savoir ça. Le médecin avait dit que j'avais peut-être été violée et là aussi, Damien désirait connaître le nom du coupable. Sauf qu'il n'y en avait pas. Bien sûr, j'aurais pu balancer Richard, c'était même le moment idéal…

— Pourquoi ne pas l'avoir fait ?

— Je ne voulais pas que toute cette boue sorte de moi. J'avais l'impression que si j'ouvrais les vannes, elle allait m'engloutir complètement. Comment lui raconter ce qui s'était passé avec Richard ? Comment lui avouer ce que j'avais accepté ? C'était indicible. Je n'ai quasiment pas dit un mot, juste que… Que tout cela ne les regardait pas, que c'était mon histoire personnelle et qu'Amaury n'était coupable de rien. Je me souviens encore des tentatives de Damien, comme si

d'un coup il était mon meilleur ami, mon confident !
À dire vrai, au bout d'un moment, j'ai failli craquer,
lui confier tout ce qui me dévorait de l'intérieur. Mais
c'était trop dur. Vraiment trop dur... Avant de quitter
le box, Damien m'a révélé que Richard avait passé
la nuit à mon chevet. Et que mes parents étaient venus
la veille au soir, qu'ils allaient sans doute arriver. Deux
chocs, coup sur coup...

***

— Damien est revenu vers nous au bout d'une
demi-heure, l'air découragé. Bredouille, selon ses
propres termes. Laëtitia disait qu'elle n'avait pas été
agressée et que son mari n'avait rien fait de mal. Je l'ai
laissée avec ses parents et je suis rentré chez moi me
doucher et me changer avant de partir pour la DDSP.
Tout le monde m'a demandé des nouvelles de Laëtitia
qui avait officiellement fait un malaise cardiaque. Je les
ai rassurés du mieux que j'ai pu et me suis plongé dans
le boulot, pour tenter de me changer les idées... Mais
je n'avais qu'une obsession. La même que celle qui
me rongeait depuis des mois : retrouver Laëtitia, être
près d'elle. Le soir, je suis retourné à l'hosto. Elle avait
été transférée dans une vraie chambre et je suis resté
devant la porte pendant au moins dix minutes avant
d'oser entrer. Je ne parvenais pas à oublier toute la
haine qu'elle m'avait jetée à la figure le matin même.
— Elle était comment ? demanda Jaubert.
— Elle dormait.

… Ils l'avaient sans doute assommée de calmants, comme si elle n'en avait pas pris assez comme ça. Assis près du lit, je l'ai contemplée sans broncher. Et puis je n'ai pas pu m'empêcher de la toucher, l'envie était trop forte, le manque trop impérieux. J'ai pris sa main, l'ai serrée entre les miennes. J'ai chuchoté *Je suis là, mon amour, tout va s'arranger*…

Elle a ouvert les yeux. J'ai tenté de sourire au milieu du désastre, d'occulter ce regard assassin qu'elle m'avait décoché en plein cœur.

Elle a retiré sa main, comme si elle se brûlait.

« Laëtitia, je suis si heureux de…

— Heureux de quoi ? a-t-elle murmuré.

— De t'avoir trouvée à temps. D'avoir empêché le pire. »

Elle s'est tournée vers le mur.

« Pourquoi as-tu fait ça ? » ai-je demandé.

Sa main serrait éperdument le drap et sa jambe bougeait dessous comme un métronome. J'ai contourné le lit pour voir son visage. J'ai eu le temps d'apercevoir ses larmes avant qu'elle ne me tourne à nouveau le dos. Inutile d'insister, elle ne voulait pas m'affronter en face.

« J'ai appris qu'il t'a quittée, Laëtitia. Ça veut dire qu'il ne valait pas la peine que tu te fasses du mal ainsi.

— Laissez-moi, s'il vous plaît.

— Je veux rester près de toi, Laëtitia.

— Sortez, commandant.

— Laëtitia ! Tu sais que je t'aime, n'est-ce pas ? »

Elle s'est levée, j'ai eu peur qu'elle ne soit trop faible pour rester debout. J'étais prêt à la rattraper dans mes bras, mais elle a tenu bon. Elle a ouvert la porte, m'ordonnant en silence de quitter la chambre.

Son regard, dur comme un silex mal taillé, me dépeçait l'âme à vif. J'ai tenté de la prendre dans mes bras, elle n'a pas bougé. Elle s'est juste raidie comme si la mort l'avait emportée depuis des jours. Alors, j'ai abandonné la lutte.

Elle avait sans doute honte de dévoiler ses faiblesses, honte d'avoir montré ses limites.

« Bonne nuit, Laëtitia. Je reviens te voir demain. »

J'ai entendu claquer la porte dans mon dos et je suis parti droit devant moi, humilié à mon tour. Mais l'humiliation n'était rien. C'était l'exil qui me causait souffrance.

Assis au volant de ma voiture, j'ai tenté de refaire surface.

C'était un réflexe de défense, rien d'autre. La plaie était encore trop fraîche pour supporter le moindre contact. Elle m'en voulait d'avoir provoqué sa séparation car je me doutais bien que son mari l'avait quittée à cause de moi. Mais bientôt, j'ai tenté de m'en persuader, elle m'en remercierait. Ce n'était qu'un mauvais passage. Tout irait mieux.

Bientôt.

28

— J'ai passé six jours à l'hôpital et ensuite, je suis allée chez mes parents, près de R. J'y suis restée deux semaines environ. Ils avaient insisté pour que je vienne me reposer à la maison quelque temps. Ils voulaient m'avoir à l'œil, redoutant une récidive. Je les comprends. De toute façon, je ne savais pas où aller, incapable de retourner dans le studio de L. Cet endroit empreint de mauvais souvenirs... Il fallait que je m'éloigne de cette ville, que je m'éloigne de Richard, surtout. Impossible de rentrer dans notre appartement, Amaury aurait refusé. Alors, je n'avais guère le choix.

— Comment s'est déroulée votre convalescence ? interrogea le commandant Delaporte.

— C'est un souvenir pénible... Ma mère était aux petits soins pour moi, elle ne me lâchait pas une seconde, j'étouffais. Mon père était plus distant, mais tout de même présent. En silence, il me jugeait. Je l'avais déçu, une fois encore. Et toutes ces questions auxquelles je ne pouvais pas répondre... Dès que maman me regardait, elle semblait me demander, terrorisée : *Pourquoi as-tu voulu mourir ?*

Laëtitia se tut quelques instants, réfléchissant peut-être à la réponse.

— J'ai laissé mes parents dans l'ignorance, n'étant pas prête à leur raconter que celui qu'ils surnommaient mon *sauveur* était aussi mon bourreau. Face à mon mutisme, ils ont cessé de m'interroger. Les jours ont passé, si identiques les uns aux autres… Je vivais dans mon ancienne chambre. Je ne sortais quasiment pas, j'écoutais de la musique triste en contemplant le plafond ou les murs. Je pleurais des heures durant, en parfaite harmonie avec les notes de Max Richter. Des cordes, du piano et des larmes… En fait, je passais mon temps à regretter de m'être ratée, ça occupait mes journées.

Delaporte eut du mal à continuer. Que dire, après ça ? Il tenta cependant de se concentrer sur son enquête.

— Le commandant Ménainville s'est-il manifesté ? demanda-t-il après s'être éclairci la voix.

— Dans la maison familiale, j'étais à l'abri. Il a essayé de m'appeler plusieurs fois, je refusais de prendre la communication. Il est même passé, un jour. Je me suis enfermée à double tour dans ma chambre… Il est reparti sans avoir pu me voir.

— Et votre mari ?

— Alors que j'étais chez mes parents depuis trois jours, il m'a apporté un dessin que Lolla avait fait pour moi. Bien sûr, elle ignorait ce qui m'était arrivé, Amaury lui avait juste dit que j'étais malade. Puis, vers la fin de mon séjour, il est enfin revenu avec elle et me l'a confiée pour l'après-midi…

... Lolla s'est jetée dans mes bras. L'étreinte a duré de longues minutes pendant lesquelles mon cœur s'est remis à battre. Pour la première fois depuis ma TS, j'étais heureuse d'avoir survécu. Mais dès que j'ai croisé le regard de ma fille, j'ai su qu'elle allait mal. Au début, j'ai cru que c'était parce qu'elle avait eu peur de me perdre. C'était d'ailleurs le cas. Son père avait prétendu que j'avais eu un problème au cœur, elle savait que j'avais séjourné à l'hôpital. Pendant que nous marchions dans la rue, elle serrait ma main avec une force incroyable. Elle a tenu à ce qu'on s'assoie un moment sur un banc, craignant que mon cœur ne soit fatigué.

« C'est vrai que vous allez divorcer, papa et toi ? » a-t-elle soudain demandé.

Amaury ne m'avait pas prévenue qu'il avait parlé à Lolla. Ça m'a fait un choc, terrible. Je n'y étais pas préparée. Pas préparée à voir cette angoisse et ce chagrin dans les yeux de ma petite fille.

« Oui, ma chérie, nous allons nous séparer. »

Ces quelques mots l'ont anéantie. Comme si jusqu'à cette seconde, elle n'y avait pas cru.

« Mais il ne faut pas que ça t'inquiète ou que ça te fasse trop de peine ! ai-je enchaîné. Parce que tu continueras à nous voir tous les deux, sauf que ce ne sera pas en même temps... Tu auras toujours un papa et une maman. »

Elle triturait une mèche de ses cheveux tout en observant un jeune couple d'amoureux qui poussaient un landau. J'avais du mal à retenir mes larmes.

« Pourquoi vous faites ça ? Papa m'a juste dit que c'est toi qui avais décidé de nous quitter... C'est à cause de moi que tu pars ?

— Non, Lolla ! Ce n'est pas à cause de toi, pas du tout ! Tu ne dois pas croire ça, d'accord ? Tu n'es pas responsable de notre séparation. Ton père et moi, on ne s'entend plus, ce sont des choses qui arrivent… Mais ce n'est pas ta faute.

— C'est la faute à qui, alors ? »

Il lui fallait un coupable. Je n'ai pas eu le courage de me dénoncer.

« Tu n'aimes plus papa ? » a-t-elle continué.

Elle ne me regardait toujours pas.

« Si, ma chérie. Je l'aime encore, mais… »

Elle s'est mise à pleurer sans un bruit, je l'ai attirée contre moi.

« Je croyais que tu allais revenir à la maison, moi », a-t-elle sangloté.

Nous avons mélangé nos larmes en une seule et même douleur. Je lui ai fait mille promesses de félicité et d'avenir. J'ai même eu la faiblesse de lui redonner espoir. Peut-être parce que je m'acharnais à y croire encore.

« Rien n'est perdu, ma chérie ! Il est possible qu'un jour, ton père et moi, on vive de nouveau ensemble. »

Elle a séché ses larmes mais j'ai compris que la plaie qui venait de s'ouvrir en elle ne se refermerait jamais…

— Votre mari ne vous a donc pas pardonné ? en conclut Delaporte.

— Non… Il semblait sincèrement désolé pour ma TS mais m'a répété que nous deux, c'était bien fini et que rien n'effacerait ma trahison. S'il avait appris ma liaison autrement, il m'aurait peut-être donné une seconde chance. Mais il m'avait vue avec Richard. Il m'a reparlé de ces images indélébiles, insupportables. Il m'a avoué les affronter chaque nuit. Sa blessure aussi ne se refermerait pas… Il avait envie de tuer Richard. Mais c'est à moi qu'il en voulait le plus. Parce qu'il m'avait *vue* de ses propres yeux avec un autre homme.

Elle marqua une courte pause avant de continuer.

— *Quand on veut vraiment mourir, on ne se rate pas.* Voilà la phrase effroyable qu'il m'a dite. Comme si mon suicide n'était qu'un appel au secours pour le faire revenir. Il n'a rien compris.

— Et… ensuite ?

— Je suis rentrée à L. sans prévenir personne. À part Amaury, bien sûr. J'ai rassuré mes parents avant de partir en leur jurant que je ne recommencerais pas. Ma mère me téléphonait trois fois par jour. Je m'obligeais à lui répondre, sinon elle m'aurait envoyé le SAMU.

— Avez-vous vu le commandant, à ce moment-là ?

— Non. Je n'avais prévenu personne, je vous l'ai dit. J'ai passé quinze jours avec les volets fermés, histoire qu'on pense que l'appartement était vide. Je vivais recluse dans mon terrier.

— Il vous a appelée ?

— Il a essayé. Sur le portable, sur le fixe. Avec la présentation du numéro, je pouvais choisir de ne répondre qu'à mes parents ou à ma fille et c'est ce que j'ai fait.

— A-t-il laissé un message ?

— Non. Aucun message.

— Vous êtes donc restée quinze jours dans votre studio, isolée du monde ?

— C'est ça. Sauf pour aller voir Lolla. Amaury m'avait autorisée à venir dans l'appartement pendant le week-end, tandis qu'il se réfugiait chez ses parents. En rentrant le dimanche soir, j'ai ouvert les volets. Et le lundi matin, je suis passée au cabinet de mon toubib pour qu'il me fasse un certificat de reprise. Je ne pouvais pas continuer comme ça… Je devais réagir pour Lolla.

— Si je calcule bien, c'était à peine cinq semaines après votre TS… C'est court ! Vous auriez pu prendre plus de temps pour vous remettre sur pied, vous reconstruire.

Laëtitia froissa avec rage son gobelet de café. Delaporte remarqua qu'elle souriait. Un sourire glacé d'amertume.

— C'est difficile de reconstruire un champ de ruines, commandant…

— Difficile, mais pas impossible.

— C'est sûr, en rasant tout ce qui est encore debout, jusqu'aux fondations ! Et puis en déblayant les décombres…

Delaporte soupira, un peu découragé.

— Vous êtes bien vivante, là devant moi !

— On ne vous a pas appris à vous méfier des apparences, commandant ? Vous savez, celles qui sont justement trompeuses… En fait oui, j'ai essayé de me reconstruire et je me suis aperçue qu'une seule chose pouvait me faire tenir debout.

— Quoi donc ?

— La haine… mêlée au désir de vengeance. Dehors, il faisait de plus en plus chaud, pourtant j'avais de plus en plus froid. Comme si une main de glace me serrait

422

le cœur. J'avais tout perdu, tout gâché. Je ne cessais de penser à la peine que j'avais causée à mon mari, à ma fille. J'avais essayé de me tuer parce que je me détestais, parce que je m'en voulais. Mais Lolla avait besoin de moi, je ne devais pas recommencer. Alors, j'ai reporté toute cette colère sur Richard, le second coupable. Le *vrai* coupable. Ayant trouvé un terrain fertile, la colère s'est vite transformée en haine. Parce que lui, il avait encore sa femme et ses enfants. Lui, il n'avait pas payé le prix fort pour notre nuit sur les bords du canal ! Or, il fallait qu'il paye.

— Même s'il vous aimait ? l'interrompit Delaporte.

Laëtitia baissa les yeux un instant.

— Son amour, je n'en voulais pas. Son amour, il avait détruit ma vie. Alors oui, il fallait qu'il paye. Qu'il s'étouffe avec son *amour*. Qu'il en crève.

Delaporte frissonna.

— Pendant la dernière semaine de mon arrêt, je n'ai pensé qu'à ça. Et c'est ce désir-là qui m'a poussée à rejoindre la DDSP…

***

Un mois sans elle.

Quatre semaines en enfer.

J'ai tout essayé pour entrer en contact avec Laëtitia. J'ai fini par appeler ses parents et j'ai découvert qu'elle était chez eux. J'ai enfin pu glaner quelques nouvelles. Sa mère m'a appris que Laëtitia passait ses journées enfermée dans sa chambre à écouter de la musique et à pleurer.

Je savais qu'il lui faudrait du temps pour revenir d'entre les morts et j'avais peur qu'elle ne tente à nouveau de les rejoindre.

Ça m'empêchait de dormir, ça m'empêchait de vivre.

Je me suis rendu à R. avec l'espoir de la voir, d'entendre enfin le son de sa voix qui me manquait tant. Ses parents m'ont bien accueilli. Ils ignoraient visiblement tout de notre relation et me considéraient comme le sauveur de leur fille.

C'était d'ailleurs le cas. C'était bien moi qui l'avais trouvée à temps.

Mais Laëtitia a refusé de me voir, ne serait-ce qu'un instant.

J'ai questionné Mme Graminsky, en espérant qu'elle avait recueilli les confidences de sa fille, qu'elle connaissait les raisons de sa tentative de suicide. Mais à elle aussi, Laëtitia refusait de se confier.

Alors je suis reparti vers L. sans réponse à mes questions.

Son geste radical avait-il seulement été causé par sa rupture avec Amaury ? Et pourquoi s'étaient-ils séparés ?

Après notre nuit si passionnée, pourquoi ne voulait-elle plus me parler ?

Le mois de juillet avait commencé, les enfants étaient en vacances et Véro me tannait pour que je pose des congés. Je me doutais que Laëtitia ne reviendrait pas tout de suite au bureau. J'avais même peur qu'elle n'y revienne jamais.

Alors j'ai cédé et pris deux semaines. Nous sommes partis dans le Sud chez mes beaux-parents, puis chez ma sœur. Contrairement aux étés précédents, nous n'avions pas eu le temps de prévoir autre chose.

Durant la première semaine, j'ai employé toute mon énergie à masquer mon malaise, mon manque et ma peine. Ce qui me tourmentait devait rester à l'intérieur de moi, je n'avais pas le droit de gâcher les vacances de mes mômes ou de ma femme.

La seconde semaine loin du travail et loin de Laëtitia, j'ai tenté une nouvelle fois de me raisonner. J'ai même songé que si jamais elle ne revenait pas à la brigade, ce serait pour moi une chance de décrocher. Je continuais à compter les jours loin d'elle comme un détenu compte les jours qui le séparent de la délivrance. Je continuais à penser à elle sans relâche. À rêver d'elle chaque nuit. Pourtant, avec de la volonté, du courage et de l'obstination, j'arriverais peut-être à me libérer de cette addiction…

— Mais Laëtitia est revenue, fit Jaubert.

Richard hocha la tête.

— J'avais convoqué le groupe Fougerolles dans la grande salle. Petite réunion informelle, pour faire un point sur une affaire. Soudain, Laëtitia est apparue. Une apparition, oui… Un de ces moments que je n'oublierai jamais.

— Malaise général, c'est ça ? supposa Jaubert.

— Ceux qui n'étaient pas au courant, autant dire la majorité du groupe, l'ont accueillie avec de grands sourires. Olivier, Damien et moi étions hébétés. Je me souviens précisément de ce qu'elle nous a dit : *Bonjour. Je reprends le travail aujourd'hui. Je suis désolée d'avoir été absente si longtemps, mais ça va mieux désormais.* Elle s'est assise à sa place habituelle, nous sommes restés silencieux quelques secondes et Olivier a enfin eu la bonne idée de parler : *On est très contents de te revoir, Graminsky.* Ensuite, j'ai repris mon briefing... sauf que les mots sortaient dans le désordre.

— Comment l'avez-vous trouvée ?

— Un bloc de glace. Très impressionnante, presque effrayante. À la fin de la réunion, elle a voulu quitter la salle avec les autres, le plus naturellement du monde, mais je l'ai priée de rester. Il fallait tout de même que je lui parle en tête à tête.

— A-t-elle accepté ?

— Elle n'a pas vraiment eu le choix. On aurait dit une statue. Je lui ai proposé de s'asseoir...

« Non, je vous remercie. Je préfère rester debout.

— Tu fais tout pour me mettre à l'aise, pas vrai ?

— Je ne suis pas là pour vous mettre à l'aise, commandant. Je suis là pour vous écouter. Vous aviez quelque chose à me dire ? »

Elle portait des manches longues malgré la chaleur ambiante. Les traces sur ses bras, sans doute, qu'elle tenait à cacher.

« Je veux juste savoir comment tu vas... Si tu es en état de reprendre le boulot.

— J'ai un certificat de reprise signé par le médecin, a-t-elle rétorqué d'un ton mécanique.

— Ce n'est pas ma question, Laëtitia. Est-ce que tu te sens de reprendre le travail ? En as-tu envie ?

— J'ai un certificat du médecin », a-t-elle répété.

Évidemment, je me suis énervé.

« Arrête avec ton certif ! T'es quoi, une machine qui récite son texte ? »

J'ai regretté tout de suite de m'être emporté mais elle semblait de toute manière insensible au ton de ma voix. À ma présence, même. C'était insupportable.

Je me suis approché, elle a reculé de trois pas en direction de la porte. Je n'ai pas insisté.

« Je sais que tu as souffert, Laëtitia, mais…

— Je ne veux plus jamais qu'on remette ça sur le tapis. »

J'ai serré les dents, gardé le silence un moment. Je me contentais de la regarder, privé d'elle depuis trop longtemps. Et cette envie de la toucher, de la serrer contre moi… Une envie irrépressible. Il fallait qu'elle s'éloigne rapidement.

« OK, tu peux y aller. Mais sache que je suis là pour toi, que ma porte est toujours ouverte si tu as besoin de parler. N'hésite pas.

— Merci, commandant. Mais ça ne sera pas nécessaire. »

Je me suis alors dit que la reconquérir serait aussi dur que de faire fondre un iceberg avec une allumette.

***

Je n'ai quasiment rien fait de la journée. C'est si difficile de se remettre dans le bain, après un mois d'absence. Après avoir eu envie de mourir… Tout paraît si ridicule, si dérisoire.

Si absurde.

Je ne pensais qu'à une chose : comment j'allais le faire payer.

Lui, l'homme au bout du couloir.

Fougerolles m'a filé quelques dossiers pour que je puisse me mettre à la page sur les affaires en cours. Il s'efforçait de paraître naturel, mais je devinais aisément son embarras.

J'ai ouvert les dossiers sans réussir à les lire. Ou plutôt, j'avais l'impression de lire une seule et même phrase, à chaque ligne : *Tu vas payer pour ce que tu m'as fait, salaud.*

À midi, mes collègues m'ont proposé de me joindre à eux pour le déjeuner, j'ai décliné leur invitation, prétextant que je n'avais pas faim.

Dès 17 heures, j'ai quitté le bureau en saluant Nathalie, qui avait tenté d'en apprendre plus sur ce qui m'était arrivé. Comme je répondais uniquement par oui ou par non, elle avait vite jeté l'éponge.

Je marchais lentement vers ma voiture lorsqu'on m'a interpellée.

« Laëtitia ? »

J'ai tourné la tête, Damien m'avait suivie.

« Ça te dirait de venir boire un pot ? » a-t-il timidement proposé.

Lui, il était au courant de ma TS, ça me mettait mal à l'aise. Mais j'avais besoin d'un soutien.

« Je connais un café très sympa à deux pas d'ici, a-t-il continué. Tu viens ? »

Je n'ai pas dit un mot de tout le trajet, Damien parlait pour deux, s'évertuant à combler le vide qui se dégageait de moi. On s'est assis à une table en terrasse, je me souviens que le bar vomissait une musique ringarde. Mon collègue a demandé deux bières blondes, j'ai allumé une clope.

J'ai subitement imaginé que Damien était en service commandé, que les chefs lui avaient suggéré de m'inviter histoire de me faire parler, de savoir comment j'allais. Je lui ai carrément posé la question, pour lui montrer que je n'étais pas dupe.

« C'est Fougerolles qui t'envoie ? Ou Ménainville peut-être ? »

Il a semblé sincèrement surpris.

« Non… Personne ne m'envoie. J'ai envie de te parler depuis ce matin, mais le bureau n'est pas l'endroit idéal. Alors je me suis dit que ce serait plus sympa ici. Tu sais, j'ai eu très peur quand…

— Je ne veux pas qu'on en reparle, ai-je murmuré.

— Je comprends. J'aimerais seulement que tu me dises si tu vas mieux.

— Je vais mieux.

— Sûr ?

— Sûr !

— Je suis heureux que tu sois de retour parmi nous. Tu me manquais beaucoup. »

J'ai souri, il s'est détendu. J'avais soudain très envie d'être avec lui. Il était à la fois une proie facile et l'arme idéale pour ma vengeance.

« Merci d'être venu à l'hôpital.

— De rien. Mais on était tous là… enfin presque !

— Les autres, je m'en fous. »

Il a failli s'étrangler avec sa bière, il a piqué un fard. Je lui ai lancé un regard style invitation pour une soirée inoubliable. Il ne savait plus trop quoi faire, sa maladresse m'a touchée. Je lui ai pris la main, je me suis levée.

« T'as quelque chose de prévu, ce soir ?

— N... Non... a-t-il bafouillé.

— On dîne ensemble ? »

***

— J'ai quitté le bureau vers 18 h 30 mais, à peine arrivé à la maison, j'ai prévenu Véro que j'avais une planque à assurer.

— Pratique pour les alibis, le métier de flic ! songea Jaubert à voix haute. Je suppose que vous aviez l'intention d'aller voir Laëtitia ?

— Évidemment. Où vouliez-vous que j'aille ?

— Évidemment, soupira Jaubert.

— Je suis reparti de chez moi après avoir pris une douche et embrassé mes enfants. Je suis monté chez elle, il n'y avait personne.

— Ou alors, elle n'a pas voulu vous ouvrir, rectifia le divisionnaire.

— J'y ai pensé, mais... je sentais qu'elle n'était pas là. Et j'avais raison, d'ailleurs.

— Vous avez de l'intuition pour un homme ! sourit Jaubert.

— Et un micro planqué sous son plumard, rappela Ménainville.

— Ah oui, c'est vrai.., J'avais oublié ce *détail* !

— Donc, je suis retourné dans ma bagnole et j'ai attendu. Vers 22 h 30, elle est descendue de la voiture de Damien. Elle lui a adressé un petit signe de la main avant de se diriger vers la porte. J'ai couru pour la rattraper avant qu'elle ne s'enferme chez elle...

***

Je cherchais mes clefs dans mon sac quand j'ai entendu des pas dans l'escalier, senti une présence dans mon dos.

Sa présence.

« Bonsoir, Laëtitia. »

J'ai mis quelques secondes à me retourner face à lui.

« Qu'est-ce que vous faites là ?

— Pardonne-moi de te déranger si tard, mais je voudrais que tu m'accordes un instant, a-t-il imploré. Je voudrais te parler.

— Je suis fatiguée. Vous me parlerez demain. Bonne nuit, commandant. »

Je n'ai pas sorti les clefs, pour qu'il n'ait pas la possibilité de s'incruster de force chez moi.

« S'il te plaît, Laëtitia… Laisse-moi entrer quelques minutes.

— Je vous répète que je suis fatiguée, commandant. J'ai sommeil.

— Je suis inquiet pour toi. Tellement inquiet… Pourquoi refuses-tu de me parler ?

— Vous n'avez pas à vous inquiéter », ai-je répondu avec froideur.

Je pensais qu'il allait prendre mon sac, y voler les clefs, me forcer à entrer… mais il n'a rien fait de tel. L'expression de son visage est restée douce et tendre.

« Tu as passé la soirée avec Damien ?

— Vous me suivez comme un petit chien ? C'est pour ça que vous êtes monté, n'est-ce pas ? Pour me reprocher d'avoir passé la soirée avec Damien !

— Pas du tout, a-t-il assuré. J'avais envie qu'on discute tous les deux. Simplement ça. »

Nous parlions à voix basse à cause des voisins, mais j'ai pensé qu'ils pouvaient tout de même nous entendre. J'ai failli l'autoriser à entrer avant de me raviser. Ne pas lui donner ce plaisir.

« Nous pourrions descendre dans la rue un instant, a-t-il proposé. Le temps de fumer une clope, qu'est-ce que tu en dis ? »

J'ai hoché la tête, il est passé devant. Je n'avais pas le choix. Sortir les clefs de l'appartement, c'était trop risqué.

Sur le trottoir, j'ai frissonné. La soirée était fraîche même si nous étions fin juillet. Il a immédiatement posé son cuir sur mes épaules. Le parfait gentleman… J'imaginais ses efforts, je souriais intérieurement.

J'ai sorti mon paquet de clopes, lui en ai proposé une. Il a refusé d'un signe de tête.

« Je vous écoute… mais soyez bref, je suis fatiguée.

— OK, je vais être direct, dans ce cas. Pourquoi as-tu voulu mourir ? »

***

Je savais que la tâche serait rude.

« C'est parce que Amaury t'a quittée, c'est ça ?

— Vous ne l'appelez plus le *minable* ? a-t-elle craché avec une bonne dose de venin.

— Non. Parce que ça te blesserait et que je ne veux pas te blesser. Pourtant, je le méprise encore plus qu'avant, sachant qu'il a osé te frapper.

— Ce n'est pas lui. Je me suis tapé la tête contre les murs lorsqu'il est parti, a-t-elle balancé d'un ton glacial. Tellement ça m'a fait mal. »

Ça m'a déstabilisé quelques instants.

« C'est lui qui t'a cognée, je le sais.

— Il avait de bonnes raisons de le faire ! Il nous a surpris en train de baiser dans votre bagnole. Le jour de nos huit ans de mariage. C'est pour ça qu'il m'a quittée et que j'ai tenté d'en finir. Parce que je l'aimais et que je l'aime encore. Mais j'ai tout détruit. À cause de vous. »

Apprendre qu'il nous avait vus m'a fait un choc.

« Je suis désolé, Laëtitia.

— J'ai répondu à votre question, maintenant partez, a-t-elle ordonné.

— Je te répète que je suis désolé.

— Et après ? Je l'ai perdu quand même. »

J'ai fait quelques pas, mais je suis revenu vers elle, restant à une distance raisonnable.

« Je ne voulais pas te faire de mal, Laëtitia.

— Bien sûr que non ! Vous avez juste menacé de me tuer !

— Je te jure que j'ai changé. Je t'aimais, j'étais fou de toi, je ne savais plus ce que je faisais. Et je t'aime toujours autant… Mais je ne veux plus de chantage ou de violence entre nous. »

Elle a baissé les yeux, tourné la tête. Écrasé sa clope.

« Et moi, je ne veux plus rien entre nous, a-t-elle asséné.

— Tu ne peux pas me dire ça après ce qui s'est passé… Tu refuses d'accepter ce qu'on éprouve l'un pour l'autre, ça te fait peur. Mais un jour, cela changera. J'attendrai le temps qu'il faudra. »

Je ne l'ai pas touchée malgré le désir qui incendiait chaque parcelle de mon être.

« Je vais te laisser rentrer chez toi. Je souhaitais juste que tu saches à quel point j'ai eu peur de te perdre… J'ai passé une nuit entière à l'hosto, près de toi. Je n'ai pas lâché ta main, j'ai prié pour que tu reviennes. Parce que je n'aurais pas supporté de te voir mourir. »

Elle m'a tendu mon blouson, je l'ai remis sur mes épaules puis j'ai fait trois pas vers ma voiture avant de me retourner. Elle était toujours là, elle me regardait.

« Je n'aurais pas supporté le monde sans toi, Laëtitia. Et je te demande pardon. »

***

— Je me suis enfermée dans mon studio à double tour. Puis j'ai contemplé la photo d'Amaury et je me suis mise à pleurer…

— Étiez-vous émue par ce que vous a dit Ménainville ? interrogea le commandant Delaporte.

— Non, ça m'a effrayée.

— Avez-vous eu l'impression qu'il avait changé, ainsi qu'il l'affirmait ?

— Il avait failli me perdre, il avait eu la trouille de sa vie… Alors, il a changé dans son comportement. Moins conquérant, moins dominateur, moins sûr de lui, plus patient. Mais… je savais aussi qu'il n'abandonnerait jamais. Que derrière la façade, il était toujours le même.

— Et après cette conversation, l'envie de vengeance était-elle encore là ?

***

Je suis resté un moment dans la rue. Un moment près d'elle.

Grâce à mon espion, j'ai entendu qu'elle pleurait. Des sanglots déchirants, qui ont duré longtemps. J'aurais aimé la consoler dans mes bras, ses larmes me transperçaient l'âme plus sûrement qu'un poignard acéré.

Les miennes, elle n'a pas pu les entendre.

29

— La semaine s'est déroulée comme un mauvais rêve. Des journées entières à me demander pourquoi j'étais revenue, se remémora Laëtitia.

— Revenue à la DDSP ? supposa Delaporte.

— Revenue d'entre les morts.

De plus en plus dur de continuer à interroger cette fille. Le commandant consulta sa montre. Il était tard, très tard. Le sommeil n'était déjà plus qu'un souvenir. Grâce aux dix cafés qu'il avait ingurgités. À cause de cette histoire qu'il vivait par procuration depuis maintenant des heures. Si intensément.

— Je n'ai pas réussi à me replonger dans le boulot. Pas la première semaine en tout cas. J'étais déconnectée de tout. Pourtant, Fougerolles a fait des efforts. Il m'a emmenée plusieurs fois pour des enquêtes, des filatures… Il essayait visiblement de me remettre dans le bain.

— Comment s'est-il comporté avec vous ? A-t-il eu des propos autres que professionnels ?

— Une après-midi, nous étions en chouf dans la bagnole, on attendait qu'un mec sorte de chez lui pour lui coller au train. On a patienté plus d'une heure. Je regardais la rue, je ne lui parlais pas…

« Tu veux une clope, Graminsky ? »
J'ai accepté.
« Tu sais… »
Il n'arrivait pas à continuer, ça m'a étonnée. Toujours si sûr de lui, à l'aise quelles que soient les circonstances.
« Ça m'a fait un choc quand on t'a trouvée inconsciente sur ton lit.
— Désolée de vous avoir *choqué*, capitaine !
— Ne sois pas aussi cynique, Graminsky. Tu m'en veux, j'en suis bien conscient, alors balance ce que tu as sur le cœur… Vas-y, n'aie pas peur. »
Je l'ai considéré froidement.
« Je l'ai mérité, a-t-il ajouté.
— Vous regrettez ?
— Évidemment que je regrette. Je me sens responsable de tout ça. »
Il s'est tu un moment, je n'ai pas essayé de l'aider, restant aussi cristallisée qu'un glaçon.
« L'idée venait de moi », a-t-il confessé.
Vas-y, avoue tes crimes.
« Tu plaisais à Richard et… lui aussi te plaisait. »
Je l'ai foudroyé du regard, il n'a pas sourcillé.
« Ne me dis surtout pas que je me trompe, Graminsky. Je ne suis pas aveugle.
— Je l'admirais en tant que chef, c'est tout !
— Arrête, a prié Fougerolles. Dès que t'es arrivée, tu l'as convoité comme un gros gâteau à la crème !

437

— Je déteste les pâtisseries. »

Il s'est marré, a allumé une nouvelle clope avec celle qui rendait l'âme.

« Tu le trouves moche, peut-être ?

— Non, je ne le trouve pas moche, mais… »

Merde, je viens d'employer le présent.

« Je ne le *trouvais* pas moche, ai-je rectifié, je le trouvais séduisant. Et après ? Des mecs séduisants, y en a plein les rues, c'est pas pour ça que j'ai envie de coucher avec eux.

— Sans doute… Cela dit, j'avais senti que tu n'étais pas insensible à son charme. Et lorsque tu as balancé qu'il t'avait fait des avances, je lui ai parlé. Juste après que tu as quitté le bureau, je l'ai poussé à te mettre le contrat entre les mains. Je me disais que ce serait bien pour vous deux. Toi, tu n'étais pas virée et lui…

— Vous avez fait ça pour mon bien, alors ? l'ai-je interrompu d'un ton sarcastique.

— Pas dans l'intention de te faire du mal, ça je peux te le jurer.

— Ça me rassure beaucoup, vous n'avez pas idée !

— Tu sais quelle a été sa réaction sur le moment ? Il m'a envoyé sur les roses en me disant qu'il ne pouvait pas te faire une chose pareille, qu'il n'était pas un maître chanteur… Et qu'il était hors de question qu'il trompe sa femme. »

Je détaillais une porte d'entrée en bois sculpté, comme si elle me fascinait au plus haut point. Comme si ce qu'il me disait ne m'atteignait pas, m'indifférait totalement. Mais il savait que je l'écoutais.

« Il a catégoriquement refusé, je n'ai pas insisté. Sauf que… Sauf qu'il a fallu que tu débarques ce soir-là.

— Voilà, c'est ma faute !

— Je n'ai pas dit ça, Graminsky. »

Bizarre qu'il m'appelle encore par mon nom alors que nous avions couché ensemble.

« Je t'ai même dit que c'était *ma* faute. Je n'aurais pas dû chauffer Richard, parce que cette histoire vous a fait du mal à tous les deux. Mais je n'aurais pas pensé que ça tournerait ainsi. D'ailleurs, je n'aurais même pas pensé que ça arriverait !

— Mais j'ai *débarqué*…

— Malheureusement oui. Maintenant, tu peux me dire ce que tu avais en tête ce soir-là, non ?

— Rien de précis. Je voulais essayer de persuader Richard de ne pas me virer.

— Tu étais prête à aller jusqu'où pour garder ton poste, lieutenant ? Tu comptais juste l'allumer, c'est ça ?

— Je n'aime pas ce mot.

— Je n'en connais pas d'autre, désolé… Mon vocabulaire est assez réduit ! De toute façon, vu comme t'étais fringuée, tu avais l'intention de lui jouer un numéro de charme, ça, tu ne me l'enlèveras pas de l'esprit.

— J'avais bien compris qu'il me trouvait jolie, j'ai cherché à m'en servir. Mais je n'avais pas songé un seul instant à coucher avec lui, si c'est ce que vous voulez savoir.

— Je te crois, Graminsky. »

Ça m'a étonnée.

« On avait trop bu, tu étais trop belle…

— J'aimerais qu'on arrête de parler de ça, ai-je exigé.

— Je crois qu'il vaut mieux qu'on en parle. Parce qu'on ne peut pas faire marche arrière. On a couché ensemble toi et moi, on ne peut pas l'occulter, tu ne crois pas ?

— Depuis des mois, vous faites pourtant comme s'il ne s'était rien passé ! »

Il m'a souri, avec tendresse.

« Je t'aime bien, Laëtitia. Je suis sincère... »

Je savais, oui. Qu'il était sincèrement attaché à moi. Qu'il m'aimait *bien*.

« Alors, j'espère que ça va aller, maintenant. J'espère que tu ne vas pas recommencer tes conneries.

— Vous auriez dû me laisser crever.

— Ne dis pas ça ! Tu es jeune, tu es belle, tu es intelligente... Tu as la vie devant toi ! »

Il m'avait sorti toutes les banalités à la suite. Il faisait ce qu'il pouvait.

« OK, ton mari t'a plaquée. Mais ça signifie que vous deux, ce n'était pas très solide, non ? »

J'ai souri tristement avant de répondre.

« Si vous trouviez votre femme au pieu avec un autre mec, vous réagiriez comment ?

— Je suis divorcé.

— Répondez, capitaine.

— Ben... Je crois que j'exploserais la tronche du type et... J'en sais rien, moi ! Ça ne m'est jamais arrivé !

— Vous ne quitteriez pas votre femme ? Même si c'était *solide* entre vous ?

— OK, tu marques un point. Ton mari vous a surpris, c'est ça ?

— Le jour de notre anniversaire de mariage... Ménainville m'a demandé de venir d'urgence au bureau, au prétexte qu'il avait besoin de moi. C'était juste pour m'éloigner d'Amaury, pour gâcher notre soirée.

— C'est dégueulasse, je l'admets, mais Richard allait mal, à cette époque.

— Le *pauvre* ! Il vous a raconté ce qu'il m'a fait ce soir-là ? »

Il a avoué son ignorance d'un signe de tête.

« Je ne voulais pas qu'on continue, je voulais qu'il arrête de me harceler. À votre avis, comment a-t-il réagi ? »

Fougerolles était de plus en plus embarrassé. Je crois qu'il n'espérait qu'une chose : que le suspect sorte enfin de chez lui pour faire diversion.

Tu as voulu parler ? Eh bien on va parler...

« Il a menacé de me tuer si je ne lui cédais pas. »

Olivier a écarquillé les yeux.

« Arrête tes conneries, Laëtitia !

— Il m'a emmenée de force là où ce connard de Memmo avait essayé de me faire la peau et m'a dit que si je le rejetais ou si je quittais la brigade, il me tuerait et se suiciderait ensuite... Amaury, qui se doutait de quelque chose, nous a suivis jusque là-bas. Et il nous a vus dans sa bagnole.

— Tu inventes ! a répliqué Fougerolles. Richard ne t'aurait jamais menacée de mort !

— Vous vous souvenez du jour où il a menacé de s'en prendre à moi et à mon mari, dans son bureau ? »

Fougerolles n'a pu que hocher la tête.

« Alors, posez-vous la question. Après ce que vous avez vu et entendu ce jour-là, êtes-vous sûr que je raconte n'importe quoi ?

— C'est lui qui t'a frappée ?

— Non. Il m'a *juste* forcée à coucher avec lui sous la menace d'un flingue. Voilà ce que votre *ami* a fait. Et ce qu'il va sans doute refaire bientôt…

— Je l'en empêcherai », m'a assuré Olivier.

De plus en plus surprenant. Mais finalement, c'était bien ce que je voulais entendre. Ce que j'avais espéré entendre.

« Je pense qu'il n'est plus dans le même état d'esprit, mais je vais lui parler pour en être certain. De toute façon, avant ta TS, j'avais déjà dans l'idée qu'il fallait que tu t'éloignes de lui. Parce que tu étais en train de le rendre barge…

— C'est ma faute, comme toujours !

— Change de disque ! Ce n'est pas ce que j'ai dit. Et laisse-moi finir, s'il te plaît. Je peux t'aider à obtenir une mutation. Loin, a précisé Olivier.

— Je ne suis pas titulaire, c'est impossible.

— Si tu fais ta demande, je m'arrange pour qu'elle soit acceptée. J'ai des amis bien placés… Tu en penses quoi ?

— J'en pense que si vous faites ça, Richard vous tuera. »

Il m'a dévisagée avec stupeur. J'ai enfoncé le clou.

« Si vous m'éloignez de lui, il vous tuera, capitaine. Vous voulez mourir ?

— Je saurai le raisonner.

— On ne raisonne pas un fou.

— Mais Richard n'est pas fou, merde ! Il est fou de toi, c'est différent…

— Qu'est-ce que ça change ?

— Avant ton arrivée, il n'avait jamais montré le moindre signe de folie ou de quoi que ce soit dans

442

le genre ! Il n'avait même jamais regardé une autre femme que la sienne. Et pourtant, tu peux me croire, des nanas qui l'ont branché, il y en a eu des tas !

— Encore une fois, vous me faites porter la faute. »

Il a soufflé, exaspéré.

« Tu me gonfles avec ça ! Il est tombé raide dingue de toi, personne n'y peut rien. Il n'y a pas de *faute* là-dedans… Alors, tu veux qu'on essaie d'obtenir ta mut ?

— Vous rêvez, capitaine. Vous n'y parviendrez jamais. Et vous risquez les foudres de M. Ménainville !

— Ça, c'est mon problème, Laëtitia. Richard, c'est mon pote. Mon meilleur ami, tu vois… Je ne peux pas le laisser se détruire comme ça. Je ne peux pas non plus le laisser te détruire.

— C'est pour lui que vous vous inquiétez, pas pour moi !

— Tu te trompes.

— Vous voulez vous racheter ?

— Je n'ai pas à me racheter, je ne crois pas à toutes ces conneries. Je ne vais pas tomber à genoux devant toi et te demander pardon, OK ? Je m'inquiète pour vous deux.

— Il faut que je réfléchisse, ai-je conclu. Je n'ai pas envie d'aller à l'autre bout de la France et de m'éloigner de ma fille !

— Tu as bien failli t'éloigner d'elle définitivement », m'a-t-il rappelé.

J'ai encaissé le reproche avant de poursuivre.

« De toute façon, mille kilomètres entre nous ne suffiraient pas. Et puis, pour demander ma mutation, je vais devoir invoquer de bonnes raisons. D'excellentes

raisons, même. Il va falloir que je balance le harcèlement à Germain. C'est ce que vous voulez ?

— Je te le déconseille, Graminsky, m'a-t-il mena-
cée d'une voix posée. On va trouver autre chose.
En attendant, je vais avoir une petite discussion avec
Richard… »

***

— Je ne suis plus retourné la voir de toute
la semaine…

— Vous avez réussi cet exploit ? s'étonna le divisionnaire.

Ménainville lui décocha un méchant regard, Jaubert
s'excusa d'un signe de la main.

— Le vendredi soir, alors que j'allais quitter la brigade, Olivier a débarqué dans mon bureau. Il avait l'air
préoccupé. Pas envie de plaisanter, apparemment. Moi
non plus, d'ailleurs. J'avais les nerfs en surchauffe.
Un mois et demi que je ne l'avais pas touchée. J'étais
en manque. Olivier a fermé la porte et s'est posé en
face de moi.

« Tu as déconné, Richard. »
Ça partait fort.
« Précise…

— Laëtitia m'a raconté ce que tu lui as fait ce
fameux vendredi soir. »
Mes mâchoires se sont crispées douloureusement.
Puis j'ai souri, d'une façon sans doute odieuse.

« Elle t'a donné les détails ? Les plus croustillants, j'espère !

— Arrête de jouer au plus malin, Richard. Tu l'as menacée de mort pour qu'elle accepte de baiser avec toi. Ça, c'est un sacré *détail*, en effet. Un détail *croustillant*, même ! Que tu avais *oublié* de me donner. »

Il a allumé une clope, je n'ai pas protesté.

« Et tu la crois ?

— Ce que je crois, c'est que tu as pété un plomb, Richard.

— Je ne lui ai pas mis un flingue sur la tempe.

— C'est pourtant ce qu'elle m'a dit. »

Je me suis approché de la fenêtre pour lui tourner le dos. De quel droit ?

De quel droit lui avait-elle confié cela ?

Et de quel droit venait-il se mêler de notre histoire ?

« C'est faux, ai-je assuré.

— Vas-y… File-moi ta version. Je t'écoute.

— Je lui ai dit à quel point je l'aimais, ce soir-là. Tout ce que j'étais prêt à faire pour elle. Je suis même tombé à genoux et j'ai chialé… Là, dans ce bureau. »

Je me suis rassis en face d'Olivier qui semblait bien embarrassé par mes aveux.

« Tu voulais la vérité, non ?

— Continue…

— Elle m'a traité comme une merde, traîné plus bas que terre. Tu ne peux même pas imaginer les horreurs qu'elle m'a balancées…

— Si, je crois que je peux. Je commence à la connaître, tu sais !

— Ensuite, c'est vrai, j'ai pété un plomb. Je suis devenu menaçant, je suis devenu fou… Elle m'a dit

445

qu'elle allait démissionner, partir, s'éloigner de moi. Alors oui, je lui ai répondu que je préférais la tuer et me tuer ensuite plutôt que de ne plus la voir. Après la déclaration que je lui ai faite, je peux t'assurer qu'elle était consentante. Et le mot est faible !

— Tu m'étonnes ! a ricané Olivier. Elle avait la trouille.

— Non, elle n'avait pas peur. Je ne l'avais jamais vue aussi passionnée. Mais il paraît que l'autre con nous a surpris. »

Olivier s'est levé à son tour. De plus en plus mal à l'aise.

« Écoute, Richard, je peux comprendre… Je peux essayer, du moins. Mais cette histoire est en train de te démolir. Tu t'en rends compte ?

— Bien sûr. Je ne suis pas complètement cinglé, je te signale.

— J'ai pas dit ça.

— Ne t'inquiète pas, Olivier, ai-je assuré d'une voix calme. J'ai changé, maintenant. Je n'utiliserai plus la menace.

— Mais tu comptes continuer avec elle, je me trompe ?

— *Continuer* ? Ça n'a jamais été fini entre nous ! Et ça ne le sera jamais. Parce que je l'aime et qu'elle m'aime. Parce qu'on ne peut pas se passer l'un de l'autre. »

J'ai vu la peur submerger ses yeux clairs.

« Richard, je ne veux pas te blesser, juste t'aider, d'accord ?

— D'accord.

— Je crois que Laëtitia ne t'aime pas. C'est autre chose… Tu ne la laisses pas indifférente, c'est évident, mais…

— Elle m'aime, l'ai-je coupé. Entre nous, c'est même plus fort que l'amour. Elle refuse de l'accepter, ça lui fait peur. Mais je serai patient, j'attendrai le temps qu'il faudra. »

Je me suis levé pour lui signifier que la discussion était close.

« Olivier, cesse de t'inquiéter pour moi ou pour elle, je peux t'assurer que je ne lui ferai plus aucun mal.

— Richard… Il faut qu'elle parte. »

Je l'ai fixé comme s'il parlait chinois. Alors, il a répété cette abomination.

« Il faut qu'elle s'éloigne de toi… Je peux lui obtenir une mutation.

— Si elle part, je pars aussi.

— Comment ça, tu pars ? » s'est étranglé Olivier.

J'ai pris mon flingue dans le tiroir, il a reculé de trois pas. J'ai ôté la sécurité et j'ai posé le canon sur ma tempe, le doigt sur la détente. Mon adjoint a ouvert la bouche mais aucun son n'est sorti.

« Comme ça, ai-je précisé froidement.

— Richard, déconne pas, je t'en supplie… »

J'ai rangé mon Sig Sauer avant de lui adresser un sourire glacé comme la mort.

« Mais elle ne partira pas, alors je n'aurai pas à m'exploser la cervelle. N'est-ce pas, mon frère ? »

J'ai enfilé mon blouson, je me suis dirigé vers la porte.

« Bonne soirée, Olivier. »

30

Avant de quitter la brigade, j'ai proposé à Damien qu'on passe la soirée ensemble. Dans un bistrot du centre, nous avons bu un verre en parlant de tout et de rien. Je me sentais bien en sa compagnie. Il était drôle, un peu timide, touchant et charmant. Il avait un côté naïf et désarmant qui apaisait mes angoisses et mes peines.

« On va dîner quelque part ? a-t-il proposé.

— Je n'ai pas très envie d'aller au restaurant. »

Il a tenté de cacher sa déception :

« Ce n'est pas grave, un autre jour…

— J'ai plutôt envie de t'inviter chez moi. »

Cette fois, il n'a pas su cacher son trouble.

« Je n'ai rien à manger, me suis-je excusée, mais on pourrait se commander une pizza ?

— Oui, c'est une bonne idée…

— On sera plus tranquilles qu'au resto ! » ai-je ajouté.

Mon studio était impeccablement rangé. Il faut dire que j'avais prémédité sa venue. J'ai dressé le couvert

448

sur la petite table de la cuisine et lui ai proposé de prendre encore un verre en attendant le livreur.

***

— Ils venaient d'arriver, sans doute quelques minutes avant que je branche le micro. Laëtitia lui a dit de se mettre à l'aise, j'ai entendu qu'elle leur commandait une pizza, j'ai compris qu'il allait passer la soirée avec elle…

— Ça vous a fait quoi ? demanda Jaubert.

— À votre avis ?… Quand le livreur est arrivé, je l'ai abordé pendant qu'il cherchait le nom sur l'interphone. J'ai inventé une histoire à dormir debout, que je voulais faire une surprise à une amie qui me croyait à l'autre bout du monde. Je lui ai tendu deux billets en lui disant d'en garder un en guise de pourboire, ça l'a décidé. Ensuite, je l'ai prié de sonner chez Laëtitia, de lui demander de descendre et de se casser…

— J'imagine la tête du lieutenant Graminsky lorsqu'elle vous a vu à la place du livreur !

— Oh non, je crois que vous ne pouvez pas imaginer…

… Elle est restée muette. Un air idiot sur le visage.

« Bonsoir, Laëtitia. Je crois que c'est pour toi, ai-je dit en lui tendant la pizza. Tu vas manger tout ça ? »

Elle n'osait même pas prendre la boîte en carton.

« Tu as retrouvé l'appétit, apparemment. C'est bien. »

Je venais de dire ça comme j'aurais annoncé la mort d'un proche.

« Qu'est-ce que…

— Je passais dans le coin. J'ai un mot à te dire.

— Mais… Comment vous…

— Quand j'ai vu le livreur se pointer, j'ai deviné que c'était pour toi… Une intuition, comme on en a parfois. »

J'ai posé le carton sur la rangée de boîtes aux lettres.

« Olivier est venu me voir… Alors comme ça, maintenant, tu lui racontes notre vie ?

— *Notre vie* ?

— Oui, notre vie. Nos histoires. Ce qui ne regarde que nous.

— Je… Il voulait juste savoir ce qui s'était passé, je n'ai rien inventé ! s'est-elle défendue.

— *Presque* rien. Mais ce n'est pas grave. Moi, j'assume ce que je fais et ce que je suis. Contrairement à toi. »

Son visage s'est crispé, j'ai pressenti qu'elle allait se sauver.

« Reste là, Laëtitia. Ou je monte, si tu préfères… Tu veux que je monte chez toi ?

— Non !

— Pourquoi, tu n'es pas seule ?

— Si. »

Je me suis contenté de rire. Puis la lumière s'est éteinte et je me suis collé contre elle.

***

« Je sais à quoi tu joues, Laëtitia, a-t-il murmuré dans mon oreille. Tu me provoques, tu me testes… Tu veux que j'en bave. Mais je te pardonne.

— Laissez-moi ! »

J'ai essayé de m'enfuir, il m'a saisie par le bras.

« Damien ne te donnera pas ce que tu attends, Laëtitia. »

Je priais pour qu'un voisin arrive et rallume la minuterie.

« Tu veux le rendre fou, lui aussi ?

— Non, c'est juste un ami.

— *Un ami* ? Il ne sera pas à la hauteur, mais il faut peut-être que tu essaies avec lui pour le comprendre… T'as l'intention de te taper tous les mecs de la brigade ? C'est de cette façon que tu comptes me faire payer le départ de ton mari ? Je ne t'imaginais pas comme ça ! »

J'ai senti germer la colère. Celle qui allait me permettre de réagir.

« Barrez-vous ! ai-je crié.

— Doucement, Laëtitia. Sinon, je monte chez toi et je lui fais descendre les trois étages sans passer par l'escalier. »

J'ai cessé de parler, de respirer. La lumière est revenue, Richard venait d'appuyer sur l'interrupteur.

« Damien t'attend, a-t-il dit. Et il ne faut pas qu'il te voie avec cette tête, sinon tu vas être obligée de lui mentir… Mais remarque, tu adores ça, mentir. Aux autres comme à toi-même. »

Il a récupéré la pizza, me l'a mise d'office entre les mains.

« Vas-y, maintenant. Amuse-toi bien avec lui ! Même si tu risques d'être déçue… parce qu'il ne fera jamais le poids en face de moi. »

Il est enfin parti et je suis restée un moment pétrifiée contre le mur. La lumière s'est à nouveau éteinte.

« Tu vas payer, espèce de salaud, ai-je murmuré. Tu n'imagines pas comme tu vas souffrir… »

Je me suis engagée dans l'escalier, les jambes incertaines. Je me suis arrêtée au deuxième pour me remettre d'aplomb. Damien est descendu à ma rencontre, inquiet de ne pas me voir revenir. J'ai prétendu être tombée sur un voisin bavard…

— Le lieutenant Girel s'est-il douté de quelque chose ? questionna Delaporte.

— Il m'a trouvée bizarre, mais n'a pas insisté.

— Et ensuite ?

— Vous voulez savoir si on a couché ensemble, c'est ça ?

— Ben… savoir si la pizza était bonne ou pas, ça ne m'intéresse pas vraiment ! sourit le commandant.

— Nous avons dîné, reprit Laëtitia. Je n'arrivais plus à me détendre, j'ai bu beaucoup de vin. J'étais certaine que Richard était en bas, dans la rue. J'avais l'impression qu'il pouvait me voir, m'entendre. D'accord, c'est ridicule, mais…

— Mais vous aviez peur.

— Peur, oui. Et en même temps, je me sentais forte. Je savais que, malgré son numéro de macho dans le couloir, je l'avais blessé rien qu'en invitant Damien chez moi.

— C'était bien ce que vous vouliez, non ? Qu'il paye pour votre séparation, votre tentative de suicide. Parce que vous risquiez de ne plus voir votre fille aussi souvent que vous le vouliez…

— C'est *précisément* ce que je souhaitais. Qu'il ait mal, de plus en plus mal… Alors, j'ai essayé de suivre mon plan. Il ne fallait pas que Damien s'en aille. Il fallait qu'il reste toute la nuit.

***

Assis dans ma bagnole, l'oreille aux aguets, j'écoutais Damien qui s'épuisait à détendre l'atmosphère. Ils ont dîné, ils ont parlé. Mon petit lieutenant lui racontait des anecdotes du boulot, elle semblait passionnée par ses récits insipides. J'avais les mains crispées sur le volant, le regard fixe.

Ne la touche surtout pas, Damien.

Ne fais pas ça…

— Vous ressentiez de la haine ? supposa Jaubert.

— Je me suis évertué à la refouler au plus profond de moi. Elle voulait seulement se venger, elle n'aimait pas Damien.

— Vous aviez quand même peur qu'il la touche, non ?

— Ça m'aurait fait mal, bien sûr, mais… j'appréciais Damien et je le plaignais de n'être qu'un jouet entre ses mains. J'avais pitié de lui.

— J'ai du mal à vous croire !

— C'est pourtant vrai. Et j'étais quasiment sûr qu'ils ne coucheraient pas ensemble… Pas ce soir-là, en tout cas. Damien, c'est pas un rapide !

**

Nous étions sur le canapé, Damien toujours aussi sage. Je n'ai pas réussi à me jeter sur lui. Ce n'était pas mon genre et après ce qui s'était passé dans le couloir, j'étais bien trop stressée. J'avais l'impression que Richard était à côté de moi… J'entendais encore ses paroles, au milieu de celles de Damien.

Tu risques d'être déçue… Il ne fera jamais le poids en face de moi… Tu veux le rendre fou, lui aussi ?

Oui, je risquais d'être déçue.

En effet, Damien ne *ferait pas le poids*, c'était évident. Comment aurait-il pu soutenir la comparaison ?

Damien n'était pas Richard.

Je n'éprouvais pour lui qu'une amitié mêlée de tendresse. Aucune attirance véritable.

Je ne l'avais jamais admiré, jamais désiré. Jamais détesté.

Il ne m'avait jamais troublée, jamais effrayée.

Oui, je risquais de lui faire mal.

Dégât collatéral de ma vengeance. Victime innocente.

Tournant en boucle dans ma tête, une phrase me perturbait plus que les autres.

Tu adores ça, mentir… Aux autres comme à toi-même.

Malgré les remords et les questions, je devais aller au bout de mon stratagème. J'ai pris la main de Damien, j'ai approché mon visage du sien et enfin, il m'a embrassée. Mais il n'est pas allé plus loin.

« Laëtitia, je ne sais pas si...

— Je ne te plais pas ?

— C'est pas ça, bien au contraire ! »

Il a de nouveau pris ma main.

« Tu as beaucoup souffert ces derniers temps, Laëtitia. J'aimerais qu'on se connaisse mieux d'abord, que tu saches vraiment de quoi tu as envie ou pas... Je crois qu'il est encore trop tôt pour toi. »

Allons bon ! Damien n'était pas du genre à se laisser gouverner par ses hormones ! Il pensait avec sa tête, même dans les moments les plus chauds.

J'étais complètement sonnée. Profondément touchée.

Je me suis blottie dans ses bras, il m'a serrée contre lui. C'était agréable.

Ni chantage, ni brutalité, ni menaces.

« Qu'est-ce qui t'est arrivé ? a-t-il murmuré. Qui t'a fait du mal ?

— Je n'ai pas envie d'en parler... et c'est fini, maintenant.

— Je n'en suis pas sûr. J'ai l'impression que quelqu'un te fait peur. »

Il était décidément parfait.

« J'ai vécu des choses très dures ces derniers temps. Tu as raison, j'ai souffert à cause d'un homme. Mais je ne veux pas te parler de lui... Il ne le mérite même pas. »

Il m'a prise par les épaules, m'a fixée droit dans les yeux.

« Tu es sûre que c'est terminé ? Parce que si quelqu'un te menace ou... »

Je me suis levée pour échapper à l'emprise de son regard. J'ai allumé une cigarette, me suis servi un dernier verre.

« Qui crains-tu ainsi au point d'avoir peur de parler ?

— Damien, je n'ai pas peur de parler, je n'en ai simplement pas envie. »

Il a soupiré et s'est levé à son tour.

« Si tu changes d'avis, tu pourras toujours te confier à moi », a-t-il dit d'un ton un peu mélo.

Il m'a embrassée à nouveau. J'ai cru qu'il allait finalement rester, je sentais bien qu'il en avait envie.

« Tu es de service demain ? a-t-il vérifié.

— Oui.

— Je passe te chercher puisque tu as laissé ta bagnole à la brigade.

— Je peux prendre le bus, si tu préfères. »

Il a refusé d'un signe de tête. Dans ses yeux, ce trouble, cette indécision.

« J'espère qu'on va se revoir, a-t-il conclu.

— Ben dès demain matin ! ai-je souri.

— Je veux dire, en dehors du bureau…

— J'ai bien compris. Et la réponse est oui, Damien. Avec plaisir. »

***

Le samedi matin, je suis passé à la brigade.

Parce que Laëtitia y était.

Laëtitia et Damien, les deux seuls lieutenants de service ce jour-là. J'avais mal géré le tableau des permanences ! Une erreur qui ne se reproduirait pas.

Quand je suis arrivé, le bureau de Laëtitia était vide, celui de Damien aussi. Même s'il n'avait pas passé la nuit avec elle, je savais qu'ils s'étaient embrassés et j'ai eu peur de les surprendre, enlacés dans un coin discret. Je crois que j'aurais massacré Damien...

En poursuivant ma perquisition, je les ai trouvés attablés devant un café dans la cuisine. Laëtitia n'a pas réussi à masquer ses émotions. Un entrelacs de colère et de crainte sur son visage. Je lui ai fait une bise, j'ai serré la main de Damien.

« Vous bossez aujourd'hui, patron ? s'est-il étonné.

— Je ne fais que passer, un dossier à boucler... Quelque chose de particulier ce matin ?

— On a un type à interroger, un dealer que la BAC[1] a serré cette nuit. On attend qu'ils nous l'amènent.

— Un coup de main ?

— Non merci, patron !

— Très bien. Je vais me prendre un café, moi aussi. »

Laëtitia était muette comme une carpe, je me suis assis en face d'elle.

« Ça va, Laëtitia ? Tu n'as pas l'air dans ton assiette, ai-je dit avec une inquiétude parfaitement feinte.

— Ça va très bien... J'ai un truc à faire, a-t-elle prétendu. Je vous laisse. »

Je m'y attendais. Et j'étais plutôt satisfait qu'elle s'en aille, heureux de briser leur intimité. Damien l'a suivie des yeux avec un sourire béat.

« Eh ! Redescends sur terre ! ai-je rigolé.

— Hein ? »

---

1. Brigade anti-criminalité.

Je me suis contenté de le fixer en souriant, il a rougi.

Quatre ans qu'il travaillait sous mes ordres, j'étais conscient d'être un modèle pour lui. Et même mes dérapages des derniers mois ne semblaient pas avoir éraflé l'admiration sans bornes qu'il me vouait.

« Il y a quelque chose entre vous ? ai-je demandé le plus naturellement du monde.

— Non ! s'est-il empressé de répondre.

— Je ne suis pas aveugle, je vois bien qu'elle te plaît.

— Depuis qu'elle est revenue, on a bu un ou deux pots ensemble, on a parlé... Je crois qu'elle a besoin de soutien.

— Après ce qu'elle a subi, c'est bien qu'elle ait un ami... Mais fais gaffe à toi, quand même.

— Comment ça ?

— Je n'ai pas envie de te ramasser à la petite cuiller toi aussi. Elle ne veut pas me dire grand-chose sur ce qu'elle a vécu mais je sens bien qu'elle n'est pas très équilibrée. Qu'elle a tout un tas de problèmes. Et j'ai peur que tu souffres à ton tour, à cause d'elle.

— N'ayez crainte, patron, a répondu Damien avec émotion. C'est vraiment sympa de vous inquiéter pour moi, mais je ne ferai rien qui me mette en danger. Et puis... »

Il hésitait, je l'ai encouragé d'un regard.

« C'est vrai qu'elle voudrait qu'on aille plus loin tous les deux, mais moi, j'ai rencontré une fille.

— Vous vivez ensemble ?

— Non, pas encore ! Elle n'est pas sur L., du coup on se voit de temps en temps, ce n'est pas régulier. Mais elle me téléphone tous les jours, quand même.

— Je suis content pour toi ! ai-je répondu en lui posant une main sur l'épaule.

— Je ne sais plus trop où j'en suis…

— Écoute ton cœur. Mais si cette nana t'appelle tous les jours, c'est qu'elle est accro ! Alors, ne gâche pas tout.

— Vous avez sans doute raison.

— Au fait, tu ne poses pas de congés cet été ? me suis-je étonné.

— Non, ma copine sera en vacances en septembre, alors je préfère prendre trois semaines à ce moment-là. Si vous êtes d'accord bien sûr.

— Aucun problème, Damien. »

Nous nous sommes tus un instant, il s'est servi un autre café.

« Et vous ? a-t-il soudain demandé. Vous allez bien ? J'ai eu l'impression que vous aviez des problèmes ces derniers temps… »

J'ai soupiré, pris un air grave.

« J'aurais voulu que ça ne déteigne pas sur mon boulot et j'en suis sincèrement désolé. J'ai eu quelques soucis personnels, tu as raison. Qui sont en train de s'arranger. Et je suis heureux de pouvoir compter sur des gens tels que toi. J'ai beaucoup de chance d'avoir une équipe aussi formidable. »

Je lui ai filé une tape dans le dos, je suis parti directement voir Laëtitia qui s'était installée derrière son ordinateur. Depuis la porte, je lui ai lancé :

« Tu peux venir dans mon bureau ? J'ai un boulot pour toi. »

Je suis reparti au bout du couloir, j'ai pénétré dans mon antre. Elle m'y a rejoint.

« Assieds-toi », ai-je prié.

Elle a obéi, me fixant avec rage.

« Qu'est-ce que vous me voulez ? »

J'ai pris un dossier dans mon tiroir, je le lui ai mis entre les mains.

« Je te l'ai dit : j'ai un travail pour toi. Tu es là pour bosser, non ?

— Oui, bien sûr. »

Je me suis installé dans mon fauteuil.

« Lis ce dossier, on en reparlera lundi. C'est le SRPJ qui m'a envoyé ça pour qu'on fasse une prélime[1]. C'est sur notre territoire. J'avais pensé te confier la direction de l'enquête. »

Elle m'a considéré avec étonnement.

« Tu lis et lundi tu me dis si tu te sens capable de gérer ça, OK ? Tu pourras demander l'appui d'un collègue, si besoin. Tu auras le renfort nécessaire. »

Elle semblait de plus en plus désarçonnée.

« D'accord. C'est… C'est tout ?

— Oui, c'est tout. Pourquoi ?

— Pour rien.

— J'ai bien réfléchi, Laëtitia. J'ai entendu ce que tu m'as dit. Entre toi et moi, tu ne veux plus que des relations de travail, c'est bien ça ? »

Elle a seulement hoché la tête, comme si elle n'en était plus tout à fait sûre.

« Si tel est ton choix, je vais le respecter. Maintenant, excuse-moi, j'ai du boulot et je ne compte pas passer mon samedi à la brigade. »

---

1. Enquête préliminaire.

Elle a sondé mon visage un instant avant de quitter la pièce. J'ai longuement souri en regardant la porte.

Tu vois, chérie, il n'y a pas que toi qui sais jouer à ce genre de jeu...

31

Le commissaire Jaubert frappa trois coups à la porte de la salle d'interrogatoire numéro 2, entra sans attendre la réponse.

— Vincent, j'aimerais te voir un moment.

Les deux flics se retrouvèrent dans le couloir.

— Un café ? proposa le divisionnaire.

Delaporte suivit son chef jusqu'au distributeur.

— Je voudrais qu'on fasse un point, annonça Jaubert en attendant que le premier gobelet se remplisse. Tu tiens le coup ? Tu n'as pas trop sommeil ?

— Je n'ai *plus* sommeil !

— Moi non plus… Je t'écoute.

Delaporte lui résuma en quelques phrases les confessions du lieutenant Graminsky, Jaubert fit de même. Il évita seulement d'évoquer le micro planqué dans le studio, puisque Laëtitia n'en avait pas parlé. Autant ne pas la perturber avec ça et ne pas perturber Delaporte par la même occasion.

— C'est étrange, commenta le divisionnaire. Vraiment étrange… On en est au même point tous les deux ! On dirait qu'ils sont reliés, qu'ils parlent presque d'une seule et même voix…:

— Je crois bien qu'ils sont reliés, en effet. Par quelque chose qui nous dépasse.

— J'en ai vu des crimes passionnels, dans ma longue carrière. Mais des histoires aussi surprenantes que celle-là… Cela dit, il se peut que leurs versions respectives finissent par diverger.

— Il y a des chances… Vous voulez qu'on échange ? proposa soudain Delaporte comme s'il demandait un service.

— Surtout pas. Visiblement, la petite te parle volontiers et Ménainville se confie à moi. Inverser les rôles maintenant serait une erreur. Ça te pèse de continuer avec elle ?

Delaporte hésita.

— Non, je ne peux pas dire ça… Et tout bien réfléchi, face à Ménainville, je ne sais pas si je ferais le poids !

Jaubert lui adressa un sourire rassurant.

— Je suis certain que oui… Bon, on y retourne ?

32

— Quand Ménainville a débarqué le lundi matin, il s'est d'abord arrêté dans le bureau de Damien et Arnaud. J'entendais sa voix et déjà, des crampes naissaient dans mon ventre.

— Des crampes ? répéta Delaporte.

— À chaque fois que j'entendais sa voix, à chaque fois que je le voyais… Puis il est entré, a embrassé Nathalie, lui a demandé si elle avait passé un bon week-end, si tout allait bien avec son fils. Ils ont parlé au moins cinq minutes et pendant tout ce temps, Richard n'a pas eu un regard pour moi. Comme si je n'étais pas là.

— Ça vous a blessée ? soupçonna le commandant.

Elle hésita avant de répondre. Delaporte se remémora alors les paroles de Ménainville. Celles qui avaient tant troublé la jeune femme.

Tu adores ça, mentir… Aux autres comme à toi-même.

— Disons que ça m'a étonnée, esquiva finalement Laëtitia. Puis enfin, il est venu vers moi, m'a fait la bise. Nouvelles crampes au ventre…

« Comment ça va, Laëtitia ? Tu as passé un bon dimanche ?

— Oui, merci.

— Tu as eu le temps de jeter un œil au dossier que je t'ai confié samedi ?

— Bien sûr… Je veux bien m'en charger.

— Je n'en attendais pas moins de toi ! a-t-il dit avec un large sourire. Je te laisse procéder comme bon te semble, tu as une totale liberté. Je te fais confiance. Par contre, tu m'informes au jour le jour. Moi, ou à défaut le capitaine. D'accord ? »

Je n'arrivais pas à croire qu'il venait de me confier la direction d'une enquête sur un trafic de produits dopants.

« N'oublie pas, a-t-il ajouté, tu évites d'être seule sur le terrain, tu prends des bleus avec toi. Bonne journée, mes chéries ! »

Nathalie a rigolé.

« Il a l'air en forme, le patron ! Ça fait plaisir à voir… J'adore ce type ! »

Elle attendait sans doute que je commente, mais je n'ai pas pu décrocher un mot. J'ai relu le dossier du début à la fin. Des informations que nous avaient adressées les Stups du SRPJ. Débordés, ils avaient souhaité que notre brigade soit cosaisie de l'affaire. Des débuts de pistes que j'étais chargée d'étoffer pour les aider à démanteler le réseau. L'occasion de montrer de quoi j'étais capable.

Je me souvenais subitement que j'étais officier de police. J'exerçais un métier que j'avais choisi. Une bouffée d'oxygène a réanimé mon cœur à l'agonie.

Richard est repassé pour donner un scellé à Nathalie. Je l'ai observé tandis qu'il lui parlait boutique, je l'ai trouvé particulièrement bien sapé, particulièrement élégant.

J'ai eu une soudaine envie de lui. Si soudaine et si violente que j'ai été secouée par un spasme brutal et que mon dos s'est décollé du dossier de la chaise...

Delaporte la fixait, sourire aux lèvres.

— Ça vous étonne ? questionna Laëtitia.

Ce qui le surprenait, c'est que cette fille, cette inconnue, se confie à lui de façon aussi directe.

— Pas vraiment. Je m'y attendais !

— Je vois que vous commencez à comprendre, Vincent.

— Je crois que oui. Continuez, Laëtitia...

***

— J'ai senti son regard sur moi, pendant que je causais avec Nathalie.

— Quel genre ?

— Le genre brûlant, précisa Ménainville en souriant.

— Lui confier la direction d'une enquête, c'était pour qu'elle retombe dans vos bras ?

— C'était pour entrer dans son jeu. Et parce que j'avais envie de lui prouver ma confiance. C'était un de mes officiers, non ? Il fallait bien que je la remette au boulot.

Jaubert souriait.

— Et vous ? Vous l'avez regardée pendant que vous parliez à Nathalie ?

— Pas un instant. Je suis reparti en direction du bureau d'Olivier. Il était au téléphone, apparemment avec un de ses indics, je l'ai laissé terminer, je me suis assis en face de lui…

… Il a raccroché, m'a considéré d'un air sévère.

« Salut, Richard. Tu veux quelque chose ?

— Savoir comment tu vas.

— J'ai connu mieux.

— Je m'en doute… Je suis désolé pour vendredi soir. Je suis venu te présenter mes excuses. »

Il a allumé une Marlboro. Son bureau baignait déjà dans un brouillard épais. Je suis allé ouvrir la fenêtre, fermée à cause de la climatisation.

« Tu ne devrais pas cloper en milieu étanche !

— Tu te fais du souci pour l'état de mes poumons ? Eh bien, moi, je me fais du souci pour ton état mental. »

Il n'y allait pas par quatre chemins. Normal, c'était mon ami.

« Tu dérailles, Richard. Ce que tu as fait vendredi, te mettre ton flingue sur la tempe, c'est… Putain, ça m'a poursuivi tout le week-end !

— Je te demande encore pardon.

— Ce n'est pas la question. Est-ce que tu vas continuer à avoir ce genre d'idée ?

— J'ai beaucoup réfléchi ce week-end. J'ai essayé d'être honnête avec moi-même, de regarder la réalité en face. »

Une forte lueur d'espoir s'est allumée dans ses yeux bleu-vert.

« J'aime cette fille, Olivier. Je l'aime comme je n'ai jamais aimé personne, tu m'entends ?

— Je t'entends », a répondu mon adjoint avec un découragement certain.

La lueur d'espoir venait de s'évanouir dans la fumée ambiante.

« Mais j'aimerais mieux être sourd.

— Si c'était le cas, je te l'écrirais sur une feuille de papier !

— T'es con...

— Tu es mon meilleur ami, alors je ne vais pas te mentir, histoire de te rassurer. Je te dois la vérité.

— Tu la dois surtout à Véro, m'a-t-il balancé dans les gencives.

— C'est vrai, mais je voudrais éviter qu'elle souffre.

— Tu es sûr que ce n'est pas déjà le cas ? a insinué Olivier.

— Ces derniers temps, je me suis mal comporté avec elle, mais j'ai rectifié le tir. Et... je ne veux pas l'abandonner avant d'être certain que Laëtitia est prête à vivre avec moi. Je sais, c'est lâche, mais ce n'est pas que de la lâcheté. Si Laëtitia partage mes sentiments, je quitterai Véronique et je ferai tout pour que ça se passe au mieux. »

Olivier m'a considéré avec stupeur.

« Richard, tu te rends compte de ce que tu es en train de dire ? C'est... monstrueux ! »

J'ai eu un coup au cœur.

« Non, Olivier. Ce n'est pas *monstrueux*. C'est difficile à expliquer, mais...

— Tu restes avec Véro au cas où Laëtitia ne voudrait pas de toi ? Comme si ta femme était... une sorte de lot de consolation ?

— Non, ce n'est pas ça, me suis-je acharné.

— C'est ce que tu viens de me dire ! À la rigueur, je pourrais comprendre que tu la quittes maintenant, sachant que tu l'as déjà trompée, que tu penses à une autre femme à longueur de temps. Mais t'entendre dire que...

— J'aime Véro et j'aime mes gosses.

— Et tu aimes Laëtitia. Bref, tu aimes tout le monde !

— Arrête de parler comme ça... Oui, il faudra que je choisisse, tu as raison. Mais je n'en suis pas encore là. Je l'avoue, je suis un peu perdu. Je voudrais cesser de penser à Laëtitia, reprendre le cours de ma vie là où je l'ai laissé. Ne pas faire de peine à mes gosses ou à Véro. Mais c'est impossible. C'est trop fort, je ne peux pas lutter. Et pourtant, je te le répète, j'aime ma femme.

— Je sais ce que tu ressens pour elle. Pour Véro, je veux dire. Dommage qu'ils ne proposent pas des cures de désintox pour ça, hein ? a déploré mon adjoint avec un sourire triste.

— Dommage, oui. Et non... C'est tellement puissant, tellement beau.

— Franchement, quand je t'ai vu avec ton feu sur la tempe, je n'ai pas trouvé ça très *beau*, Richard... Et ne t'excuse pas une troisième fois, par pitié ! »

J'ai souri, lui aussi.

« Je regrette, a ajouté Olivier. Je regrette d'avoir eu cette très mauvaise idée !

— Ce serait arrivé, de toute façon. Entre elle et moi, c'était inévitable. »

J'allais le laisser mais il m'a interpellé.

« Richard ? Si jamais Laëtitia ne partage pas tes sentiments, ou du moins si elle ne veut pas partager ta vie, que feras-tu ?

— Je te l'ai dit, je reprendrai le cours de mon existence là où je l'ai laissé. J'aurai mal, je souffrirai le martyre, mais…

— Au point de… ? »

Il a posé deux doigts sur sa tempe droite.

« Non. Je ne ferai jamais ça à mes gosses. Je n'en ai pas le droit. »

Il a semblé rassuré, enfin. J'ai pu rejoindre mon bureau et me mettre au travail. Mais un mot me restait en travers de la gorge.

Monstrueux.

— Vous me trouvez monstrueux, commissaire ? interrogea Richard.

— Je ne suis pas là pour vous juger, éluda le divisionnaire.

— Répondez… Je vous en prie.

— Non, je ne vous trouve pas monstrueux.

— Pitoyable, peut-être ?

— Encore moins. Je dirais plutôt… honnête.

— Honnête ?

— Oui. Vous êtes en train de me déballer votre vie, ou du moins les derniers épisodes marquants de votre vie, avec une franchise remarquable. Vous n'essayez pas d'embellir votre rôle, ne tentez pas de cacher les choses que vous avez faites, ni ce que vous avez ressenti…

— Je suis mort, Jaubert.

— Pardon ?

— Je suis mort. Et c'est bien que quelqu'un sache ce qui s'est passé. Ce qui s'est *vraiment* passé…

***

— Pendant cette semaine, je me suis concentrée sur l'enquête que m'avait confiée Richard.

— Au point d'en oublier votre désir de vengeance ? espéra Delaporte.

— C'était confus dans ma tête. Je passais d'un sentiment à l'autre, du feu à la glace. Ces fameuses émotions contradictoires… Mais l'envie de vengeance était toujours là. Je n'étais pas dupe du jeu que jouait Ménainville.

— Quel jeu, d'après vous ?

— Il voulait me reconquérir, il me l'avait dit. Il voulait me faire croire qu'il avait confiance en moi. Et il se faisait discret dans ma vie, je ne le voyais plus qu'au bureau. Toute la semaine, ça s'est passé ainsi.

— Donc, vous avez oublié un peu votre désir de le blesser, c'est bien ça ?

— Non ! Je viens de vous dire que…

Laëtitia alluma une cigarette. Delaporte rouvrit la fenêtre grillagée, laissant entrer un courant d'air dans la pièce.

— C'était là, en moi, bien présent. Je me souviens même d'avoir ressorti le portrait d'Amaury et de l'avoir posé sur ma table de chevet, à côté de la photo de Lolla.

— Vous aviez besoin de vous faire du mal ?

— Non… J'avais besoin de voir ce que j'avais perdu à cause de Richard.

— Ma question risque de vous choquer, mais… n'avez-vous pas, à ce moment-là, idéalisé Amaury et diabolisé Ménainville ?

— J'ai sans doute idéalisé Amaury, vous avez raison. On idéalise toujours ce que l'on n'a plus ou ce que l'on ne peut pas avoir. Mais diabolisé Richard… Je vous rappelle, commandant, que cet homme m'avait menacée, à plusieurs reprises, qu'il m'avait fait chanter, qu'il me harcelait, qu'il…

— Pas la peine de me répéter la liste de ses fautes ! coupa Delaporte. Donc, toujours envie de vous venger de lui ?

— Envie de le faire décrocher de façon violente. De le faire dévisser.

— *Dévisser* ? Pour qu'il tombe dans le vide ?

— Exactement. Et qu'il y reste. Moi, j'avais essayé de mourir, j'avais renoncé à la vie pendant un instant… Moi, j'étais tombée au fond du gouffre et je n'arrivais pas à en sortir. J'avais mal, tellement mal… Une blessure si profonde que rien ni personne ne pourra jamais la guérir.

— Je suis désolé de l'entendre.

— Le vendredi soir, j'ai tenté de revoir Damien, poursuivit Laëtitia d'une façon abrupte. Il était gentil avec moi, mais notre relation n'avait pas évolué depuis la semaine précédente.

— Vous vouliez vraiment arriver à vos fins avec lui, n'est-ce pas ? commenta Delaporte.

— Arriver à mes fins… Même si, je vous le répète, une certaine confusion régnait dans ma tête. Je ne pouvais pas voir Lolla car elle passait le week-end avec ses cousins, chez la sœur d'Amaury. Et j'appréhendais de rester seule avec ma douleur. Damien est venu dans mon bureau pour me dire au revoir, j'ai sauté sur l'occasion…

« Tu as quelque chose de prévu ce soir ? ai-je demandé.

— Oui.

— Ah… Eh bien, bonne soirée ! »

J'ai dû avoir l'air particulièrement déçue, il s'est approché de moi. Nathalie étant déjà partie, nous étions tranquilles.

« Laëtitia, je voulais te dire que… Il s'est produit un truc fort entre nous, mais je suis avec quelqu'un depuis peu. »

Je suis tombée de haut.

« Je l'ignorais, ai-je bafouillé.

— Bien sûr, puisque je ne t'en ai pas parlé. Alors c'est compliqué, tu comprends ?

— Oui, je comprends. »

Ma gorge était si serrée que j'arrivais à peine à parler.

« Cela dit, si tu es libre, on peut se voir demain », a-t-il ajouté.

Je l'ai considéré avec étonnement, il m'a pris la main.

« On pourrait boire un café ? »

Ça n'a pas arrangé la confusion dans mon esprit.

« Avec plaisir, ai-je répondu. Tu viens chez moi ? »

Il a acquiescé, m'a embrassée sur la joue, puis il est parti à son rendez-vous que j'imaginais galant. Je suis restée un long moment immobile derrière mon bureau.

Damien avait une copine. Il allait sans doute passer la nuit avec elle. Et moi, je serais seule dans mon studio minable avec les yeux d'Amaury posés sur moi, qui me jugeraient sans espoir de clémence.

Je me suis postée près de la fenêtre. J'ai vu Damien traverser la cour sous une pluie battante. J'étais tellement absorbée dans mes pensées que je ne l'ai pas entendu entrer. C'est son parfum qui m'a percutée en premier, j'ai fait volte-face.

Il me regardait.

Depuis combien de temps ?

***

Laëtitia a sursauté quand elle s'est aperçue de ma présence. Ça faisait pourtant trente secondes que j'étais là.

« Bonsoir, Laëtitia… Tu as l'air bien songeuse !

— Je… Je réfléchissais. »

Je me suis assis en face de son bureau.

« À quoi ?

— Ça ne vous regarde pas ! »

J'ai souri.

« Tu as raison. Je suis venu faire un point avec toi.

— Un point ?

— Au sujet de la prélime, ai-je précisé. L'enquête que je t'ai confiée, tu te souviens ? »

***

474

J'ai ouvert mon tiroir, mes mains tremblaient. Heureusement qu'il n'y avait que ma lampe de bureau pour éclairer mon malaise, mais je pense qu'il s'en est aperçu malgré tout. J'ai pris le dossier, je l'ai ouvert devant moi avant de lui faire part de mes découvertes, d'un ton que j'espérais neutre et professionnel. Jusqu'à ce soir-là, je n'avais informé que Fougerolles, évitant au maximum les contacts avec Richard.

Il me regardait droit dans les yeux et ne m'interrompait que pour me demander des précisions. Je n'avais guère avancé, mon exposé n'a pas duré longtemps.

« C'est bien, a-t-il conclu. Du bon boulot.

— Merci.

— Je ferai de toi un excellent lieutenant ! Je suis même certain que tu deviendras commandant ou, pourquoi pas, commissaire.

— Je n'ai pas de plan de carrière.

— Tu es encore trop jeune, mais ça viendra. »

Richard m'a donné quelques conseils pour faire progresser l'enquête, j'ai pris des notes en me disant : *Mais pourquoi n'ai-je pas pensé à ça ?*

Puis j'ai rangé le dossier, éteint l'ordinateur. Richard n'a pas bougé de sa chaise.

« Vous voulez autre chose ? ai-je balancé d'un ton féroce.

— Tu n'es pas trop déçue ? » a-t-il demandé en souriant.

J'ai dû avoir l'air imbécile.

Reprends-toi, Laëtitia. Fais-lui face, sois naturelle.

« Déçue par quoi ?

— Plutôt par *qui* ! Damien t'a avoué qu'il avait une copine, n'est-ce pas ? »

Comment faisait-il pour toujours tout savoir ?

« En quoi ça vous concerne ?

— Moi, j'étais déjà au courant. Et je me fais du souci pour toi... comme pour lui.

— Ben voyons ! »

J'ai enfilé ma veste, prête à quitter l'arène. Pour sortir du bureau, il fallait passer près de lui. Bien sûr, il s'est dressé entre la porte et moi.

« Je t'assure, Laëtitia, je suis inquiet. Je ne voudrais pas que tu fasses du mal à Damien en t'amusant avec lui. Je ne voudrais pas non plus que tu subisses une nouvelle déconvenue. »

Je me suis contentée de le fusiller à distance. Son sourire est devenu odieux. Et tendre à la fois.

« Je t'avais prévenue, non ?

— Bonne soirée, commandant ! »

Je l'ai poussé pour me frayer un chemin, il m'a rattrapée par le poignet, m'obligeant à revenir en arrière.

« Ça ne se fait pas de bousculer son chef, lieutenant...

— Lâchez-moi ! »

Il m'a carrément attirée contre lui. J'ai eu l'impression d'être aspirée par le vide. J'étais seulement dans ses bras. Il a approché son visage, resserré encore son étreinte. J'avais chaud, j'avais froid, tout ça en même temps.

« Tu ne me demandes plus de te lâcher ? a-t-il murmuré.

— Si... »

C'était un *si* à peine audible. À peine crédible. Pourtant, Richard m'a libérée. J'ai reculé de trois pas, je me suis cognée au bureau de Nathalie.

« Je te quitte, a-t-il ajouté sans se départir de son sourire. Ma femme m'attend. »

Il a disparu dans le couloir et je suis restée stupéfaite un moment, essayant de deviner quel nouveau jeu il était en train d'inventer…

Quel nouveau piège il me tendait.

33

— Damien vous a-t-il rendu visite le lendemain ? demanda Delaporte.

— Il a débarqué vers 15 heures, un bouquet de fleurs à la main. J'étais mal à l'aise, maintenant que je savais qu'il avait une copine. Hésitait-il entre elle et moi ? Il était peut-être comme tous les mecs et envisageait de la tromper avec moi...

— *Comme tous les mecs* ? répéta le commandant avec un sourire acide. Vous avez de vilains préjugés, lieutenant !

— Pardonnez-moi, commandant... Ce n'est pas votre cas, c'est ça ?

Delaporte hésita à répondre. Il était là pour écouter, pas pour se dévoiler.

— Vous avez raison, admit la jeune femme. Cette histoire m'a peut-être filé des *préjugés* envers les hommes.

— Reprenons, pria le commandant.

— Nous avons bu un café, nous avons discuté, encore... Il semblait bien en ma compagnie. Alors que moi, j'avais des idées vraiment moches, avoua Laëtitia.

C'est tout juste si je l'écoutais, concentrée sur la voix qui hurlait dans ma tête. *Vas-y, Laëtitia, couche avec lui, venge-toi ! Rien à foutre qu'il ait une copine, rien à foutre si je lui fais du mal, l'important, c'est que l'autre paye !*

— Effectivement ! commenta Delaporte.

— Et soudain, l'ambiance a changé…

Il a regardé la photo d'Amaury.

« C'est ton mari ? C'est à cause de lui que tu as essayé de…

— De mourir ? »

Il a hoché la tête, embarrassé.

« Oui, c'est mon mari. Bientôt, je dirai mon *ex*-mari.

— Tu devais vraiment l'aimer pour faire une chose pareille… »

Ma gorge s'est serrée, les larmes n'allaient plus tarder.

« Désolé, s'est excusé mon coéquipier, je ne voulais pas remuer le couteau dans la plaie. »

J'ai carrément éclaté en sanglots, incapable de me contrôler. Damien a d'abord posé une main sur mon épaule avant de me prendre dans ses bras.

« Calme-toi, Laëtitia… Ne pleure pas, je t'en prie. »

Il me parlait d'une voix douce, me serrait contre lui. Je laissais exploser toute la douleur, celle qui était sous ma peau, attendant la première fissure pour jaillir.

« Il… a bien fait… de me quitter, parce que… je ne vaux rien ! »

Je parlais par saccades, continuant à inonder sa chemise de chagrin.

« Ne dis pas ça, Laëtitia.

— Si ! J'ai été horrible avec lui, je l'ai trompé ! »

J'ai senti Damien interloqué par mes révélations. Pourtant, il m'a serrée plus fort encore, sans doute sensible à mes regrets, à la confiance que je lui témoignais, aussi.

« Il était merveilleux et moi, j'ai tout gâché ! »

J'étais littéralement effondrée dans ses bras.

« Ils auraient dû me laisser crever, comme ça je ne ferais plus de mal à personne !

— Tu n'as pas le droit de dire ça, Laëtitia. »

Sa voix s'était faite plus sévère.

« Moi, je suis heureux que tu sois encore en vie.

— C'est parce que tu ignores de quoi je suis capable ! »

Je me suis dégagée de ses bras, je l'ai considéré au travers de mes larmes.

« J'étais prête à te faire du mal à toi aussi. »

Pas facile de lui confesser cette horreur, mais il fallait que ça sorte.

« J'ai voulu coucher avec toi pour faire souffrir un autre mec… Uniquement par vengeance ! »

Il a encaissé la nouvelle, mes paroles venaient de le blesser. De l'humilier. À sa place, je serais partie sur-le-champ. Mais il n'a rien fait de tel.

« Te venger d'Amaury ? a-t-il supposé. Je ne comprends plus très bien…

— Non, c'est pas ça, c'est compliqué. Le mec à cause de qui Amaury m'a quittée, c'est de lui que je voulais me venger. Parce qu'il m'a fait du mal, tant de mal… Alors je voulais qu'il souffre lui aussi. Et je savais que s'il apprenait que j'étais avec un autre homme, ça le rendrait fou. »

Même s'il avait du mal à suivre, Damien avait compris l'essentiel : j'avais tenté de le séduire uniquement par désir de vengeance. Je l'avais utilisé comme une chose, un objet. J'ai cru qu'il allait me jeter son mépris à la figure et m'abandonner au milieu de ma peine.

Au contraire, il m'a souri.

« Ce n'est pas grave, Laëtitia. »

J'ai été tellement stupéfaite par sa réaction que j'ai cessé de sangloter. Seules quelques larmes continuaient à couler en silence. Nous sommes restés un moment prisonniers d'une gêne mutuelle.

« Tu vas très mal et dans ces cas-là on fait parfois du mal à son tour… sans même le vouloir.

— Damien, je te demande pardon. »

Son sourire est devenu malicieux.

« Je suis juste un peu déçu. J'ai cru que tu me trouvais terriblement sexy ! »

J'ai réussi à rire, lui aussi.

« En fait, je te trouve sexy, c'est pour ça que je t'ai choisi ! »

Sa main posée sur mon bras remontait lentement vers mon épaule. Nos regards se sont davantage troublés.

« Tu as une copine, Damien. Ne gâche pas tout avec moi, je t'en prie… Je ne te mérite pas. »

Il a retiré sa main, comme si ma peau était brûlante.

« J'aimerais qu'on devienne amis. Je suppose que tu n'en as pas vraiment envie, après ce que je viens de te confesser, mais…

— On est déjà amis, Laëtitia. Et ce que tu m'as avoué n'y change rien. »

J'ai failli me remettre à chialer, j'ai réussi à me contenir.

« Elle a de la chance… J'espère que ça marchera entre vous. Si tu savais comme tu me fais du bien », ai-je murmuré.

J'avais trouvé en lui un grand frère, un soutien précieux. L'impression d'un apaisement, comme lorsqu'on découvre au cœur du désert une oasis où étancher sa soif. Un oreiller à mettre sous sa nuque lorsqu'on est exténué.

La sortie d'un labyrinthe.

J'avais un ami, un mec bien. Une amitié foudroyante et sincère.

J'étais à nouveau prête à me battre.

À nouveau vivante.

— Il est resté tard, très tard.

— Vous avez eu envie de parler de Ménainville, de ce que vous aviez subi ? questionna Delaporte.

— Bien sûr, mais j'ai résisté. Ça aurait brisé des choses en lui. Ça l'aurait profondément perturbé. Il vouait à Richard une admiration sans bornes. Alors, j'ai gardé ça pour moi… Un moment, j'ai même réussi à oublier toute cette merde, simplement parce que Damien était là.

***

— Vous êtes allé espionner Laëtitia durant le week-end ? interrogea Jaubert.

Espionner… Un mot qui faisait mal. Une réalité qui faisait mal.

— Non, répondit Ménainville. Je suis resté avec Véro et mes enfants. J'avais promis qu'on ferait un truc

482

sympa tous les quatre et j'ai tenu parole. On a passé le week-end dans un parc d'attractions. Le lendemain, quand je suis arrivé à la brigade, j'ai senti que Laëtitia était différente. Qu'elle avait changé.

— Précisez.

— Elle affichait beaucoup d'assurance, me toisait avec un air qui semblait dire : *Maintenant, je vais mieux, tu ne pourras plus m'atteindre.* Dans son regard, un défi et un calme étonnants… Aussitôt, j'ai pensé qu'elle était arrivée à ses fins avec Damien. Je l'ai imaginée en train de… J'ai cru que j'allais faire un malaise et j'ai quitté son bureau.

Comme il ne parlait plus, Jaubert le remit sur les rails.

— Vous êtes allé voir le lieutenant Girel ?

— À quoi bon ? Je ne pouvais tout de même pas l'empoigner par le col et l'interroger comme un suspect ! Il fallait d'abord que j'en sois sûr. Et je savais que je ne tarderais pas à connaître la vérité. D'ailleurs, c'est ce qui s'est passé le mercredi soir. En sortant de la taule, je n'ai pas pu m'empêcher d'aller me garer en bas de son immeuble. J'avais entendu Damien lui dire *À ce soir…* Avide d'apprendre ce qui s'était vraiment tissé entre eux, j'ai une fois encore déserté mon foyer pour reprendre ma place de vigie. Je n'ai pas eu à attendre longtemps. Vers 20 heures, mon petit lieutenant a débarqué, les bras chargés de victuailles. La colère montait, doucement, telle une lame de fond. J'ai écouté chaque parole échangée, craignant le moment où j'entendrais ce que je redoutais. Mais ce que j'ai entendu ce soir-là, c'est pire que tout…

On avait fini de manger, un délicieux repas que Damien avait apporté. On riait comme des gamins. On avait un peu bu, il faut dire.

Ensuite, l'ambiance est devenue plus intimiste.

« J'ai le sentiment que tu vas mieux, Laëtitia.

— Oui, et c'est grâce à toi.

— Tu rigoles !

— Pas du tout. T'avoir comme ami, pouvoir compter sur toi, ça me donne la force de surmonter ce qui m'est arrivé.

— Arrête, tu me fais flipper ! Je ne veux pas prendre une telle importance dans ta vie…

— Ta présence m'apaise énormément. Te parler, rire avec toi… tout cela est comme un pansement sur mes blessures. »

Il a caché son émotion derrière une boutade.

« On ne m'avait jamais comparé à un pansement !

— C'est un beau compliment, tu sais… Grâce à toi, je reprends des forces, je me sens prête à affronter ce qui m'a effrayée. À l'affronter et à le vaincre.

— Tu veux parler du salaud qui t'a fait tant de mal ? a supposé Damien.

— Oui, je veux parler de lui. De cette ordure ! Mais je ne vais pas me venger, non. J'ai abandonné l'idée.

— Dommage, j'étais prêt à jouer le jeu ! » a rigolé Damien.

Je lui ai donné un coup sur le haut du bras.

« Arrête tes conneries ! Non, la meilleure façon de le faire souffrir, c'est l'indifférence. C'est afficher ma force, lui montrer que je guéris sans lui. Qu'il n'est rien, ce fumier !

— Vu comme tu en parles, j'ai l'impression que tu le vois encore… »

J'étais bien embarrassée.

« Oui, c'est un mec que je ne peux pas éviter. Il est… Il me harcèle, il ne me lâche pas.

— C'est un gars de la DDSP ? »

Là, je n'ai pas pu faire autrement que mentir.

« Non, pas du tout !

— Tu veux que je m'en charge ? a proposé Damien. Tu me dis qui c'est et je vais lui faire sa fête, à ce salopard ! »

J'ai vu qu'il était sérieux. Prêt à aller casser la gueule du salaud en question.

S'il savait…

« Je dois m'en sortir par moi-même.

— Mais… il est dangereux, ou quoi ?

— Non, ai-je menti. C'est un faible, un pauvre type. Il s'accroche à moi, il me fait même pitié parfois… C'est ça, c'est un faible, un lâche. Une ventouse dont on n'arrive pas à se défaire, une sorte de parasite dans ma vie ! »

Le portable de Damien a sonné, c'était son amie. Ce qui m'a étonnée, c'est qu'il ne lui a pas menti, lui révélant qu'il était avec moi. Il a raccroché quelques minutes plus tard, promettant de la rappeler avant de s'endormir.

« En parlant de parasite, a-t-il dit, il y a de sacrées interférences dans le téléphone ! T'as pas un voisin qui a une CB ou un truc dans le genre ?

— Ça se produit seulement de temps en temps. Quand ça arrive, je me déplace vers la porte, ça marche mieux.

— Bon... Donc ce mec te harcèle, mais tu promets qu'il n'est pas dangereux ? Je te répète que je peux aller lui foutre la trouille de sa vie... Je peux t'en débarrasser !

— Inutile d'insister, je refuse de te mêler à ça... Dis donc, j'espère que ça ne contrarie pas ta copine que tu sois chez moi ?

— Non ! Je lui ai dit qu'on bossait ensemble, qu'on était amis. Ça ne semble pas la gêner.

— C'est cool. Il faudra que tu me la présentes !

— On va attendre un peu, quand même... Tu es tellement jolie qu'elle risque de devenir jalouse finalement !

— Tu parles...

— J'ai sommeil et j'ai trop bu ! » a-t-il dit en récupérant son blouson.

Il m'a fait une bise et je l'ai raccompagné à la porte.

***

Les mâchoires soudées par la colère, j'ai vu sortir Damien tandis que Laëtitia débarrassait la table en chantonnant. J'ai éteint le micro mais sa voix a continué à tourbillonner dans l'habitacle. Les mots se plantaient au plus profond de mon cerveau, telles des aiguilles chauffées à blanc.

Faible, lâche, pauvre type... Il me fait pitié... ventouse... parasite...

Tu veux que je m'en charge ?

C'est ça, Damien. Viens donc te charger de moi.
Viens donc me foutre la trouille, me faire ma fête.

J'ai frappé le volant, je suis même sorti de ma caisse
pour distribuer des coups de pied dans les pneus. Je me
souviens d'avoir insulté Laëtitia. Pour la première fois
et à haute voix. De l'avoir traitée de salope et bien
pire encore.

Et puis j'ai rallumé le micro. Elle était devant la télé,
un truc drôle apparemment.

Elle riait aux éclats.

Je pleurais à chaudes larmes.

34

Jaubert dévisageait Ménainville, attendant patiemment la suite. Mais il finit tout de même par briser le silence. Accélérer le mouvement, avancer. Jusqu'au dénouement, inévitable.

Il aurait pu prier son suspect d'aller à l'essentiel, de passer sur les détails, les émotions… Il aurait pu, aurait même certainement dû.

Sauf qu'il n'en avait pas envie.

— Que s'est-il passé ensuite ? Vous êtes rentré chez vous ?

— Je me suis arrêté dans une station-service.

— Pour faire le plein ?

— Le plein d'alcool, précisa Ménainville. Et j'ai bu. Tellement que j'ai eu du mal à retrouver le chemin de ma baraque.

— Votre femme était couchée ? espéra Jaubert.

— Je l'ai réveillée en me cassant la gueule dans l'escalier. Quand je suis arrivé dans la chambre, elle avait allumé la lumière.

« Qu'est-ce qui se passe, chéri ? » a-t-elle demandé dans un demi-sommeil.

J'ai enlevé mes chaussures, ma chemise.

« Tu as bu, Richard ?

— T'es vachement observatrice, *chérie* ! »

Elle s'est extirpée des draps pour venir jusqu'à moi. Moi, qui ne parvenais même pas à virer mon froc, qui tenais tout juste debout.

« Richard, a-t-elle murmuré en posant la main sur mon épaule, qu'est-ce qui t'arrive ?

— Commence pas à me les briser !

— Parle-moi autrement !

— Je te parle comme je veux ! ai-je hurlé.

— Tu vas réveiller les enfants ! Et je n'ai pas envie qu'ils voient leur père dans ce triste état. »

Nouveau coup.

J'en prenais plein la gueule, ce soir.

J'ai cherché refuge dans la salle de bains, elle m'a suivi.

« Dis-moi ce qui se passe… »

Je me suis aspergé le visage, priant pour que Véro me laisse seul. Je suis entré dans le bac à douche, j'ai tiré le rideau. Je me suis foutu sous l'eau presque froide, en espérant que ça me ferait dessaouler. Quand je suis sorti, ma femme était toujours là, assise sur le rebord de la baignoire.

« Retourne te coucher ! »

Son regard sur ma déchéance, pire que tout.

« Richard, arrête… »

J'ai changé de ton.

« Je suis désolé de t'avoir réveillée… Je te rejoins dans une minute. »

Vaguement rassurée, elle m'a enfin abandonné. Les larmes sont revenues aussitôt. Même des litres et des litres d'alcool n'y pourraient rien changer. Les insultes de Laëtitia continuaient à me lacérer de façon méthodique.

Incapable d'aller m'allonger près de mon épouse, je me suis exilé dans la cuisine, devant une tasse de café froid. Je me suis trouvé pitoyable. Même si la douche avait estompé les effets de l'alcool, les murs bougeaient autour de moi. Je me suis remis à pleurer, comme un con dans cette pénombre sinistre, avec mes gosses qui dormaient paisiblement un étage au-dessus, avec ma femme qui m'attendait dans notre chambre. Avec les paroles de Laëtitia qui rebondissaient contre les parois de mon crâne.

Il n'est rien, ce fumier… Cette ordure…

« Richard ? »

Je n'ai pas eu le temps de sécher mes larmes. Véro a calé mon visage contre son ventre. J'ai continué à chialer, la serrant éperdument.

« Dis-moi ce qui t'arrive, mon chéri… »

Elle m'appelait encore *mon chéri*, me consolait comme un enfant. Elle souffrait pour moi, avec moi. Je crois que c'était la première fois qu'elle me voyait aussi désespéré. Elle caressait mes cheveux, attendant que je me calme avec une patience d'ange.

La savoir si compatissante, si inquiète après ce que j'avais commis, c'était intolérable.

Je me suis haï.

Je l'ai bousculée.

« Laisse-moi seul !

— Non, Richard. Parle-moi.

— Qu'est-ce que tu veux que je te dise ? »

Que j'aime à en crever une autre femme ? Que je rêve d'elle chaque nuit depuis des mois ?

Appuyé contre l'évier, les yeux perdus dans l'obscurité totale du jardin, j'ai senti ses bras m'enlacer, son front se poser en haut de mon dos.

« Je suis ta femme. Tu peux tout me dire. »

J'ai fermé les yeux, mes doigts se sont crispés.

« Va-t'en, Véro, ai-je murmuré dans un avertissement. Laisse-moi.

— Je ne peux pas... Je ne peux pas aller me coucher alors que tu es là, en train de pleurer... Qu'est-ce qui te fait tant de mal, Richard ? »

Envie de lui confesser l'inavouable. Ça m'aurait enlevé un poids énorme. Passer aux aveux, comme ces suspects que je cuisinais pendant des heures, jusqu'à ce qu'ils craquent. Ils semblaient si soulagés après...

Lui filer un fardeau qu'elle n'avait pas mérité.

Je me suis retourné, je l'ai prise dans mes bras.

« Pardonne-moi, Véro...

— Te pardonner quoi ?

— De te faire endurer tout ça. Je vais mal, en ce moment.

— Je le sais, je ne suis pas aveugle... Si ce n'est pas moi qui t'aide, qui le pourra ? Tu devrais me confier ce qui te ronge... »

Je me suis à nouveau retranché dans le mutisme, elle s'est dégagée de mon emprise pour s'asseoir en face de moi.

« Tu aimes une autre femme, n'est-ce pas ? »

Cette phrase a déchiré le silence comme un coup de feu. Heureusement que je me tenais à la paillasse, sinon je crois que je serais parti en arrière. C'était à cette seconde qu'il fallait choisir. Lui avouer, simplement en continuant à me taire. Ou lui hurler que je n'aimais qu'elle.

Malgré l'alcool dans mes veines, mon cerveau a envisagé toutes les options en un temps record.

Mieux qu'un café, mieux qu'une douche, ses paroles m'avaient dégrisé d'un seul coup.

Je me suis entendu répondre *Oui*.

C'est vrai que j'ai eu l'impression de me débarrasser d'une tonne. C'est vrai que ça m'a fait du bien. Mais pas autant que je l'avais espéré.

Le visage de Véro n'a pas accusé la moindre colère, ni même la moindre douleur. Elle est restée impassible.

« Si encore ça te rendait heureux… » a-t-elle soudain ajouté.

Complètement abasourdi par sa réaction, je n'ai pas su quoi dire. J'aurais voulu qu'elle se jette sur moi, qu'elle tente de m'arracher les yeux, qu'elle me roue de coups.

Mais non.

Si encore ça te rendait heureux…

Elle a quitté sa chaise, un peu désorientée alors que c'était moi qui avais bu. J'ai attrapé son poignet, je l'ai attirée contre moi. Je l'ai serrée, si fort que j'ai failli l'étouffer.

« Je t'ai trompée ! Je t'ai trompée… »

J'ai répété ça une bonne dizaine de fois, ma bouche contre son oreille. Elle s'est écartée de moi.

« J'ai compris depuis longtemps, a-t-elle révélé. Je me demandais juste quand tu allais me le dire. »

Elle est retombée sur sa chaise. Un des pires moments de ma vie.

« Tu continues à la voir ?

— Je… Non, c'est terminé. »

Ce n'était ni la vérité ni un mensonge.

« Tu souffres parce que c'est fini avec elle, c'est ça ?

— Je souffre parce que je ne sais plus où j'en suis. »

Elle a bu mon café froid avec une grimace de dégoût.

« Tu vas nous quitter ? »

Ce *nous* était un poignard qu'elle enfonçait dans mes tripes.

« Qu'est-ce que j'ai fait ? a-t-elle murmuré. Qu'est-ce que j'ai fait ou pas fait pour que tu…

— Tu n'y es pour rien, Véro. Je t'en prie, n'inverse pas les rôles. C'est moi le coupable.

— Oui, c'est toi, a-t-elle confirmé. Je n'ai jamais regretté de t'avoir choisi, Richard. Jamais, tu entends ? Pas une seconde, pas une minute, je n'ai regretté d'être mariée avec toi. »

Elle tournait lentement la lame dans mes entrailles.

« Et maintenant, tu regrettes ? »

Il fallait forcément qu'elle me réponde oui.

« Non, toujours pas. Je regrette seulement de n'avoir pas su te faire ressentir la même chose. »

Quand elle a quitté la pièce, le couteau était toujours dans mon ventre. Paralysé, je contemplais la chaise vide, la pièce vide.

Ce vide qui m'encerclait, prêt à m'engloutir.

J'ai failli reprendre la bagnole, me sauver comme le lâche que j'étais. Mais au bout de quelques minutes, je suis monté à mon tour.

Affronte tes responsabilités, Richard, arrête de fuir.

Je me suis allongé près d'elle, j'ai allumé ma lampe de chevet mais je n'ai pas osé la regarder. C'était juste que le noir me faisait peur.

« Elle est plus jeune que moi ?

— Ça n'a rien à voir...

— Donc, elle est plus jeune que moi.

— Je t'ai dit que c'est terminé ! »

J'ai enfin tourné la tête vers Véro qui me fixait sans haine, sans colère. Mais avec une volonté farouche au fond des yeux.

« Je ne te crois pas, Richard. Tu es triste, tu as bu... parce qu'elle t'a plaqué. Dans ta tête, ce n'est pas terminé. »

Je n'ai rien su répondre. Plus la force de mentir.

« C'est à toi de choisir, a-t-elle conclu. Je t'ai laissé assez de temps, je crois. »

J'aurais tellement voulu qu'elle hurle, qu'elle pleure. Qu'elle essaie de me tuer ou me supplie de rester.

« Ça n'a pas l'air de te bouleverser ! ai-je osé.

— Richard, ça fait des semaines que j'ai compris. Des mois que tu me trompes, sans doute. Des mois que tu me délaisses, moi et tes propres enfants. Alors que sais-tu de ma souffrance ? Tu ne l'as même pas vue... et tu ne la vois toujours pas. Tu veux quoi ? Que je me mette à boire, comme toi ? Ou à découcher ? Je te rappelle que nous avons deux enfants. Ces derniers temps, ils n'ont pas eu de père, il fallait au moins qu'ils aient une mère. »

Nouvelle pression sur la lame.

Elle s'est assise au bord du lit, me tournant le dos.

« Leur souffrance non plus, tu ne l'as pas vue.

— Si, Véro, me suis-je défendu. Je suis conscient de m'être comporté comme un salaud. »

Elle m'a regardé.

« Tu veux savoir si j'ai pleuré ? »

Ma gorge s'est serrée.

« Oui, j'ai pleuré. Toutes les larmes de mon corps. Je n'ai jamais autant chialé de ma vie. Je me suis posé des milliards de questions. Je me suis fait tous les reproches possibles. J'ai passé des heures à me détester dans le miroir, à me dire que j'étais devenue si laide que tu ne voulais plus de moi…

— Ça n'a rien à voir, Véro ! ai-je gémi.

— Je me suis demandé si je n'avais pas été assez présente pour toi, si je ne t'avais pas tout donné… Mais je n'ai pas trouvé la réponse, je n'ai pas compris pourquoi.

— Il n'y a rien à comprendre. »

Là, j'ai été pire que tout.

« Cette fille, elle a débarqué dans ma vie, elle… C'est elle qui…

— Arrête, Richard ! S'il te plaît, arrête… Ne sois pas lâche à ce point, je t'en prie. Tu vas peut-être me dire qu'elle t'a forcé ? »

J'ai baissé les yeux, pénitent sur les chemins de la rédemption.

« Je vais partir quelques jours avec les enfants. Ça leur fera du bien. J'ai réservé une semaine au bord de la mer, pas loin de chez mes parents. Quand nous reviendrons, il faudra que tu aies choisi entre elle et moi. »

Elle s'est rallongée.

« Entre elle et *nous*, a-t-elle précisé encore.

— Véro…

— Est-ce que c'est bien clair, Richard ? »

Elle s'est tournée sur le côté, j'ai éteint la lampe. Les larmes revenaient à l'assaut.

« Si je reste, est-ce que… tu me pardonneras ? ai-je espéré comme un enfant terrorisé.

— Je t'ai déjà pardonné, Richard. »

J'ai demandé asile dans ses bras, elle me l'a accordé. J'avais une femme merveilleuse ; je l'avais juste oublié.

Je lui ai dit que je l'aimais.

Je ne mentais pas.

J'aimais deux femmes, d'un amour différent.

L'un était rassurant ; l'autre violent, effrayant.

L'un était vital ; l'autre létal.

J'aimais deux femmes.

L'une était une drogue douce ; l'autre une drogue dure.

L'une était ma vie.

L'autre serait ma mort.

35

— Tout au long de cette terrible insomnie, lente agonie, j'ai repassé en boucle les paroles assassines de Laëtitia… Le lendemain, j'étais debout à l'aube n'ayant pas réussi à fermer l'œil de la nuit. Je me suis occupé des enfants, je leur ai préparé le petit déjeuner. Avec Véro, nous n'avons reparlé de rien. Nos regards étaient juste différents…

— Vous vous sentiez comment ? s'enquit Jaubert. Soulagé d'avoir avoué votre liaison à votre femme ou l'inverse ?

— Soulagé, exténué… Toujours aussi désorienté. Dans quelques jours, elle allait partir avec les gamins. Et si elle ne revenait pas ? Si finalement, elle décidait de me quitter ?

— Ça vous a effrayé ?

— À cet instant, oui, avoua Ménainville. Comme un pan entier de votre vie qui s'effondre.

— Je comprends… Mais dans votre tête, aviez-vous pris une décision claire et nette ? C'est terminé, j'arrête mes conneries ?

Richard acquiesça.

— Je me suis dit : Véro m'a pardonné, j'ai une seconde chance avec elle, je ne dois pas la laisser passer. Ce pardon était la preuve qu'elle m'aimait plus qu'elle ne s'aimait elle-même... Elle était prête à sacrifier sa dignité, à *oublier* la blessure profonde que je lui avais infligée. Avec elle, c'était du solide, du concret. Elle savait tout de moi, mes rêves comme mes cauchemars. Elle était la seule personne au monde à connaître mes failles, mes peurs. Mes petites manies secrètes et ridicules... La seule à qui je pouvais tout confier, la seule avec qui je pouvais tout affronter. Véro, c'était ma force, la source de mon courage. C'étaient des milliers de souvenirs incrustés dans ma chair. C'était une vie... Ma vie. Celle que j'avais choisi de construire, jour après jour, année après année. Toujours avec elle... J'ai réalisé que je ne voulais pas la perdre. Que je voulais voir grandir mes enfants, voir du respect dans leurs yeux. J'ai réalisé que je voulais voir vieillir ma femme... Lui tenir la main jusqu'au dernier souffle.

Quelques larmes vinrent troubler le regard de Richard, Jaubert s'éloigna un peu. Il avait soudain du mal à respirer. La gorge serrée, il se posta face à la fenêtre. *Des milliers de souvenirs...*

Presque six mois qu'il trompait son épouse avec Clotilde. Six mois qu'il lui mentait. Qu'il était faible et lâche.

Jour après jour, année après année... Jusqu'au dernier souffle.

Il desserra légèrement sa cravate, prit une profonde inspiration.

Risquer de tout perdre, comme l'homme assis en face de lui ?

Le commissaire tenta de se ressaisir, de ne rien laisser paraître.

— Je devais lutter contre mes sentiments envers Laëtitia, me désintoxiquer d'elle avant que cette passion ne me détruise complètement, reprit Richard. Mais comment y parvenir ? Comment me guérir de cette maladie ? Ne pas replonger à la première occasion ? Avec quelle arme vaincre cette addiction, cette faiblesse ? La volonté, le courage… j'avais déjà essayé. J'ai repensé à Célia, j'ai fait le parallèle entre son addiction et la mienne.

— Célia ?

— La jeune toxico que j'avais aidée, vous vous souvenez ?… Célia avait 19 ans, elle était héroïnomane depuis plus de trois ans. Elle voulait s'en sortir, renoncer à la came. Elle a tout tenté, les cures, les substitutifs… Elle me confiait combien c'était difficile. Avec elle, j'ai compris beaucoup de choses. Cette addiction mettait en évidence des blessures inconscientes qui remontaient sans doute à l'enfance. Et malgré sa volonté et son courage, elle ne pouvait oublier ce qu'elle avait ressenti dans les bras de l'héroïne. Le souvenir de ce plaisir intense, de cette plénitude, était gravé dans sa chair, dans chaque fibre de son corps. Elle disait que grâce à la came, elle se sentait entière… *Entière*, c'est le mot qu'elle employait. Plus aucune faim, plus une seule parcelle de vide en elle. Elle était rassasiée, apaisée, enfin rassurée… Elle était comblée.

— C'est ce que vous ressentiez dans les bras de Laëtitia ?

— Oui… c'est précisément ce que je ressentais.

— Comment Célia a-t-elle réussi à s'en sortir ?

— Elle est morte d'une overdose juste avant Noël.

Jaubert encaissa difficilement la nouvelle.

— Au fond de moi, ce matin-là, il y avait cette douleur intense et une violence qui ne demandait qu'à s'exprimer… Je suis arrivé en avance au bureau, avant tout le monde, même avant Olivier. À 8 h 30, Laëtitia a débarqué en même temps que Damien… Une simple coïncidence, sans doute. Mais les voir ensemble, la voir sourire, l'entendre rire… La violence a explosé d'un seul coup. Le voile devant mes yeux s'est déchiré et j'ai compris. Pour que Célia guérisse, il aurait fallu qu'elle trouve un monde sans drogue. Pour que je guérisse, il me fallait un monde sans Laëtitia. Si je voulais anéantir ces sentiments destructeurs, je devais anéantir Laëtitia…

***

— Le jeudi matin, je suis allée travailler de meilleure humeur. Presque le cœur léger. Je suis arrivée à la brigade en même temps que Damien, on était contents de se retrouver. On a salué tout le monde, Fougerolles m'a dit que j'étais resplendissante !

— Et votre patron ? demanda Delaporte.

— Richard a serré la main de Damien, m'a fait la bise. Rien d'anormal si ce n'est…

— Quoi ?

— Son regard m'a glacée. Il me souriait, mais c'est comme s'il braquait son flingue sur moi. Je l'ai défié en silence. Je lui ai souri à mon tour.

***

Dans la matinée, Laëtitia a frappé à la porte ouverte de mon bureau.

« Entre…

— Patron, je pars sur le terrain, je vais demander à Damien de venir avec moi. »

Bientôt, c'est elle qui distribuerait les ordres !

« Non, ai-je répondu. J'ai besoin de lui, ce matin.

— Ah… Mais tout le monde est pris ! »

J'ai décroché mon téléphone pour appeler l'autre groupe et enjoindre à l'un de mes gars de seconder Laëtitia. Je la fixais tandis que je parlais, jouissant de sa déception.

Déçue, tu n'as pas fini de l'être, chérie !

« Le brigadier Michel t'attend en bas », ai-je annoncé.

Un mec aigri, à la limite de l'autisme. Avec lui, j'avais la certitude qu'elle n'allait pas rire de la journée.

Tandis qu'ils quittaient la DDSP à bord d'une voiture banalisée, j'ai convoqué Damien. Je lui ai confié un travail plutôt ingrat, qui l'occuperait plusieurs jours. Je l'ai chaleureusement remercié d'accepter de s'en charger pour me soulager. Il est reparti avec l'impression d'accomplir une mission de la plus haute importance…

Seul à nouveau, je regardais par la fenêtre. Désormais, tout était clair dans ma tête.

Elle allait payer, je n'aurais aucune pitié.

Je prendrais le temps nécessaire, mais elle allait regretter ses paroles. Ces fameuses paroles dont elle ne pouvait se douter un instant que je les avais entendues. Que je les avais prises en pleine gueule.

Il fallait que ma douleur trouve un remède. Je n'en ai pas vu d'autre que faire souffrir Laëtitia. À nouveau, et bien plus fort. J'allais la démolir, jusqu'à ce qu'elle s'efface du paysage et de mon esprit. Ce que je m'apprêtais à faire pouvait la conduire encore à l'irréparable.

J'avoue y avoir songé.

Et je me souviens qu'à cet instant, j'ai souri.

Jaubert eut du mal à enchaîner après ce qu'il venait d'entendre.

— Qu'avez-vous fait ?

Il avait peur d'écouter la suite, mais n'avait pas le choix.

— J'ai invité Damien au restaurant, il ne s'est pas fait prier. Nous nous sommes rendus dans l'italien où j'avais déjeuné avec Laëtitia. J'ai une fois de plus remercié mon petit lieutenant d'avoir accepté ce dossier de statistiques qui n'était pas dans ses attributions. Il semblait heureux de me rendre service. J'ai commandé un apéritif et j'ai lancé mon attaque…

« Damien, j'ai un truc à te dire… mais c'est un peu délicat.

— Je vous écoute, patron.

— Voilà… Sans être indiscret, je voudrais savoir s'il y a un problème entre toi et Laëtitia. »

Il a écarquillé les yeux.

« Aucun problème, au contraire ! Pourquoi ? Qu'est-ce qui se passe ? »

Je jouais mon rôle à merveille, feignant d'être terriblement embarrassé.

« Ce matin, elle est partie sur le terrain et je lui ai proposé de faire équipe avec toi… parce qu'il m'avait semblé que vous vous entendiez bien. »

J'ai poursuivi, Damien suspendu à mes lèvres. Je prenais des risques, progressant sur un terrain miné. Mais au point où j'en étais…

« Elle a préféré que ce soit quelqu'un d'autre qui l'accompagne. »

Il a accusé le coup, j'ai vu que ça le blessait. Alors, j'ai enfoncé le clou dans sa chair tendre. J'avais de la chance, Laëtitia n'avait pas eu le temps de lui proposer de se joindre à elle avant mon refus.

« Elle m'a dit qu'elle n'avait pas envie de planquer avec toi et m'a prié de lui trouver quelqu'un d'autre.

— J'ignore pourquoi Laëtitia a dit ça, a avoué Damien. On s'entend bien, pourtant !

— Je l'ignore aussi, ai-je prétendu. Mais ce n'est pas tout… »

J'ai bu une gorgée de whisky, j'ai fixé Damien droit dans les yeux.

« Elle m'a aussi confié que ce matin, tu avais dit, je cite, que j'avais *une sale gueule*… »

Damien est devenu livide. Ayant surpris des bribes de conversation pendant la pause café dans la cuisine entre Laëtitia et lui, j'avais décidé de m'en servir.

Faire feu de tout bois.

« Patron, je… J'ai dit ça pour rigoler ! »

Je lui ai adressé un sourire rassurant.

« Évidemment, ne t'inquiète pas ! Et puis tu n'as pas tort, j'ai effectivement une tronche de déterré !

— Je suis désolé, a encore bafouillé Damien. Je ne voulais pas…

— Arrête ! Il n'y a vraiment rien de grave… Ce qui me gêne, en revanche, c'est que Laëtitia soit venue me le répéter. Elle ne m'a pas balancé que ça, en plus… »

Damien s'est ratatiné sur sa chaise.

« Elle a prétendu que tu avais déserté une après-midi en début de semaine, pour aller voir ta copine… alors que tu m'avais dit que tu partais sur le terrain. »

Ça, je l'avais appris grâce à mes écoutes clandestines de la veille, lorsqu'il l'avait confié à Laëtitia. Mon lieutenant rapetissait à vue d'œil.

« Si tu as pris une demi-journée pour aller voir ta nana, ce n'est pas un crime. Tu n'es ni le premier ni le dernier ! Et puis je suis content de ton travail, Damien. Tu es mon meilleur élément. Je ne vais certainement pas te fliquer, ce n'est pas mon genre !

— Je sais, patron, mais c'est vrai. Elle m'a appelé au dernier moment, parce qu'elle était à L. et…

— Je ne veux pas en entendre plus ! ai-je dit en rigolant. C'était bien, au moins ?

— Quoi ?

— Avec elle, idiot ! »

Il s'est marré à son tour.

« Oui, super !

— J'ai toujours détesté les fayots, Damien… Alors quand Laëtitia m'a balancé cette histoire, je suis resté sur le cul. Je ne la voyais pas comme ça. »

Mot après mot, Damien changeait de visage.

« Moi non plus, a-t-il murmuré.

— Je lui ai d'ailleurs répondu que ce que tu pouvais dire ne me regardait pas et que je ne concevais pas le travail d'équipe autrement que basé sur la confiance. Et tu sais ce qu'elle a répliqué ? Que justement, tu avais abusé de ma confiance, qu'elle avait trouvé ça minable et qu'elle tenait à ce que j'en sois informé.

— J'y crois pas », a dit Damien.

Oh si, il y croyait.

Parce que même si je lui avais annoncé que j'entrais dans les ordres, il m'aurait cru.

Parce que pour lui, j'avais la parole divine. Parce qu'il avait une confiance absolue en moi.

Parce que je l'avais toujours soutenu, comme chacun de mes gars.

Parce qu'il était d'une naïveté parfois déconcertante, qui allait sans doute de pair avec sa gentillesse.

Parce qu'il avait manqué d'un père et que j'aurais pu être le sien.

« Voilà ce que je voulais te dire, ai-je ajouté d'un ton désolé. J'ai expliqué à Laëtitia que je ne tenais pas à ce qu'elle vienne cafter dans mon bureau à chaque fois qu'elle entendait quelque chose sur moi ou constatait une entorse au règlement. Mais j'ai surtout pensé qu'il y avait un souci entre vous. Et du moment que ça déteint sur le boulot, je suis forcé de m'y intéresser... Tu comprends ? »

Il a hoché la tête.

« Je ne sais pas quoi vous répondre, patron. Je croyais qu'on était potes, Laëtitia et moi. Elle me l'a affirmé d'ailleurs, pas plus tard qu'hier... Je vais aller lui dire deux mots !

— Doucement, Damien. Elle est fragile, instable... Elle a des problèmes de personnalité. Alors, il faut y aller mollo avec elle, d'accord ? »

Il a soupiré, transfiguré par la déception et la colère.

« D'accord, s'est-il résigné.

— Reste calme, ne l'agresse pas. Souviens-toi de sa TS. Et puis, je ne tiens pas particulièrement à ce que tu lui racontes tout ce que je viens de te dire. Elle m'a fait confiance, je ne veux pas la braquer. »

***

Je suis rentrée à la brigade après une journée de merde. Le brigadier Michel n'avait pas décroché un mot, ma planque n'avait rien donné.

Nathalie m'a expliqué qu'elle avait dû prendre sa matinée pour accompagner son fils chez le médecin et qu'elle resterait un peu tard pour rattraper ses heures. Elle n'avait pourtant pas à se justifier devant moi. Par politesse, j'ai demandé des nouvelles de son gamin. Cette fois, il souffrait d'une gastro. Je me suis dit qu'il était tout le temps malade et qu'un garçon de 14 ans pouvait bien se débrouiller tout seul. Mais Nathalie le couvait comme une mère poule.

J'ai jeté un œil à ma messagerie avant de taper le brouillon de mon rapport, même si je n'avais vraiment pas grand-chose à écrire. Des heures perdues dans une voiture inconfortable en compagnie d'un mec antipathique qui avait de surcroît une haleine de chacal ! Voilà ce que j'aurais pu écrire dans mon rapport.

Je suis passée voir Damien. Son bureau semblait en état de siège : des papiers partout. Je me suis approchée, tout sourire.

« Tu fais quoi ?

— Rien d'intéressant.

— Ça a l'air chiant, en effet ! C'est le travail que t'a confié Ménainville ?

506

— C'est ça. »

Je l'ai trouvé bizarre. Dans sa façon de me parler et surtout, dans sa façon d'éviter mon regard.

« Tu veux prendre un verre quelque part ?

— Non, pas ce soir.

— Je peux te filer un coup de main ?

— Ça ira, je te remercie. »

Je me suis assise en face de lui, il a enfin levé les yeux sur moi.

« T'es de mauvaise humeur ? ai-je demandé d'un ton angélique. C'est ce boulot ?

— Non, c'est personnel.

— Bon… Je vois que tu n'as pas trop envie de causer, alors je vais te laisser… Bonne soirée. »

Quand j'ai quitté la brigade, j'étais mal à l'aise, surprise par l'attitude de Damien. Il avait peut-être appris une nouvelle contrariante, avait peut-être la migraine… Il me le dirait le lendemain.

Je n'avais pas de souci à me faire : nous étions amis.

***

Vers 19 heures, j'ai déserté mon bureau. En passant devant celui des filles, j'ai vu Nathalie.

« Comment va Thomas ? me suis-je inquiété.

— Pas très bien. Je crois qu'il somatise un peu. Je me demande s'il n'a pas des ennuis au bahut et s'il n'invente pas tout ça pour sécher les cours. »

Je devinais son inquiétude de mère. Touchante. Surtout qu'elle n'avait pas de mec, Nathalie. Le père du gamin était aux abonnés absents depuis sa naissance. Une situation difficile.

« Ils sont durs, à cet âge-là, ai-je commenté. Pas facile tous les jours, hein ? Rentre chez toi et va voir ton fils. »

Elle m'a adressé un sourire de gratitude.

« Ton gosse, c'est plus important que le boulot, non ? Je te raccompagne. »

Pendant qu'elle éteignait son micro, je suis allé voir mon petit lieutenant.

« Ne bosse pas toute la nuit, Damien… sinon je vais me sentir coupable !

— Je reste encore un peu et je me tire !… Laëtitia est passée, tout à l'heure, a-t-il chuchoté. Elle voulait qu'on aille prendre un pot.

— Elle est vraiment bizarre, cette fille, ai-je soupiré.

— Ouais… Mais j'ai refusé. Je ne pouvais pas, de toute façon. J'ai rendez-vous dans une heure ! »

Nous avons échangé un sourire complice.

« Alors bonne soirée !

— Vous aussi, patron… »

Nathalie a salué Damien et nous avons rejoint ma voiture garée dans la cour. Ce n'était pas la première fois que je la reconduisais chez elle même si, en général, elle quittait le bureau bien avant moi.

« C'est vraiment sympa de me ramener, a-t-elle dit.

— Je t'en prie. J'ai des enfants, moi aussi ! Je sais ce que c'est. »

J'ai repensé aux paroles de Véro, j'ai eu un saignement au cœur.

Pour ça aussi, Laëtitia allait payer.

Nous avons eu droit aux embouteillages de fin de journée, j'avais sciemment emprunté l'itinéraire le plus bouché.

« Ça se passe bien avec Laëtitia ? »

La question n'avait rien de saugrenu. D'ailleurs, Nathalie n'a pas semblé surprise.

« On ne peut pas dire que nous soyons devenues copines, mais ça va.

— Tant mieux. Tu comprends, après sa TS, j'étais inquiet de la voir reprendre du service... »

Elle a écarquillé les yeux, tandis que je fermais les miens une demi-seconde, comme si je venais de dire une énorme connerie.

« Merde. C'est vrai que tu n'es pas au courant.

— Quand elle a été absente un mois, c'était... ? »

J'ai hoché la tête. Nathalie est restée silencieuse un moment, apparemment sous le choc.

« Laëtitia ne voulait pas que ça se sache. Mais la vérité, c'est qu'elle a avalé des cachets quand son mari l'a quittée. Tu feras comme si tu ne savais rien, hein ?

— Ne vous en faites pas, je me tairai... Tout de même, se foutre en l'air pour un mec ! Le mien, il m'a plaquée juste après l'accouchement, c'est bien pire !

— Il a eu tort. »

Cette remarque l'a touchée, mais elle n'a rien laissé paraître. Une force de la nature, Nathalie.

« Comment elle a pu faire ça alors qu'elle a une petite fille ? C'est dégueulasse ! On n'a pas le droit d'abandonner ses gosses, putain... »

Je me doutais qu'elle réagirait ainsi. Que le geste de Laëtitia ne l'attendrirait pas, bien au contraire.

« Pour revenir à Graminsky, je ne sais pas trop quoi penser d'elle, ai-je prétendu. Elle se comporte de manière étrange avec moi. »

Je lui confessais mes doutes, comme une marque de confiance. Nathalie s'est alors sentie investie d'une mission essentielle, m'aider à comprendre une femme !

« Qu'est-ce qui ne va pas avec elle ? »

On aurait dit un médecin qui m'auscultait. À moi de trouver les bons symptômes. Nathalie était beaucoup moins naïve que Damien, il fallait la jouer fine.

« Eh bien, elle peut être très agressive envers moi ou tout le contraire... J'ai du mal à la gérer, je l'avoue.

— Le problème ne vient pas de vous, il vient d'elle. Elle est instable. Depuis qu'on bosse ensemble, j'ai eu le temps de m'en apercevoir.

— C'est ça, instable... Ça me rassure que tu penses la même chose, j'ai cru que c'était moi qui m'y prenais mal avec elle. Mais elle est parfois très gentille, ai-je ajouté. Trop, même... »

Je venais de ferrer sa curiosité.

« Vous voulez dire qu'elle vous a fait des avances ?

— Non ! me suis-je empressé de répondre. Soit elle me saute sur le poil, soit elle vient se confier à moi... avec des regards et des gestes que je trouve parfois déplacés. Mais bon, je me fais sans doute des idées !

— Pas si sûr », a insinué Nathalie.

J'ai joué la stupéfaction.

« Je pourrais être son père, tu rigoles !

— Ça m'étonnerait que ça la dérange ! a-t-elle balancé d'une voix cinglante.

— De toute façon, si jamais c'est le cas, elle finira par se lasser. Je n'ose pas l'envoyer sur les roses. J'ai tellement peur qu'elle recommence ses conneries !

— C'est tout à votre honneur, m'a félicité Nathalie. Mais vous n'êtes ni son psy ni son père, justement. Ce n'est pas votre rôle de la dorloter.

— Tu as raison… J'espère que j'ai eu une bonne idée en lui confiant la direction de cette enquête, mais je dois la laisser faire ses armes. Même si elle a un caractère de merde, je pense qu'elle peut devenir un bon lieutenant.

— Je pense comme vous.

— Je suis heureux de l'entendre… parce qu'une équipe soudée, c'est important. Et j'avais cru qu'il y avait un problème entre vous.

— Pourquoi ? Elle est venue se plaindre de moi ?

— Disons que depuis son retour, il y a eu des signes qui m'ont laissé penser que vous aviez quelques problèmes relationnels. La semaine dernière, elle voulait changer de bureau, s'installer dans celui qui est vide près de la cuisine.

— Elle vous a dit que c'était à cause de moi ?

— Non ! Seulement qu'elle serait plus tranquille toute seule, qu'elle pourrait mieux se concentrer.

— Ben merde alors ! s'est écriée Nathalie.

— Elle m'a assuré qu'elle t'appréciait et que ça n'avait rien à voir avec toi. De toute façon, j'ai refusé. Cet endroit nous sert à stocker les pièces à conviction, je n'ai pas envie de tout réorganiser parce que madame nous fait un caprice !

— Aucun lieutenant n'a son bureau perso ! Pour qui elle se prend, putain ?… Elle vous a dit autre chose ?

— Non, ai-je répondu avec embarras.

— Vous m'avez parlé de *plusieurs* signes, patron.

— Eh bien, ce matin, elle m'a balancé un truc sur toi, je n'ai pas du tout apprécié. »

Je faisais durer le suspense, Nathalie brûlait d'entendre la suite.

« Rien de bien méchant, juste que t'étais souvent absente à cause de ton fils toujours malade, que ça surchargeait les autres de boulot… »

La colère mûrissait comme blé au soleil, mes semences trouvaient un terrain fertile.

« J'ai eu l'impression que c'était une façon maladroite de me dire qu'il y avait trop de travail.

— Elle est vraiment gonflée ! a enragé Nathalie.

— C'est vrai, mais après ce qui s'est passé, je marche sur des œufs avec elle.

— Ça ne lui donne pas tous les droits ! Vous auriez dû la virer quand elle a déconné, si je peux me permettre. »

Je savais que le major Dumont n'avait toujours pas digéré cet épisode.

Comme sur du velours.

« Mais elle a prouvé par la suite qu'elle pouvait être efficace en opé, non ? Et puis je crois qu'à l'époque, je l'avais déjà sentie capable de faire une connerie…

— Elle vous a fait du chantage ? »

Je n'ai pas répondu tout de suite.

« C'est ça ? a insisté ma subordonnée.

— Disons qu'elle m'a fait un peu peur, je l'avoue.

— J'en étais sûre ! Vous êtes trop gentil, patron ! Et puis j'ai déjà vu des fausses tentatives pour faire chanter l'entourage ! »

J'ai à nouveau pris la défense de Laëtitia.

« Ne dis pas ça ! me suis-je offusqué. Elle a failli y passer, tout de même !

— Peut-être… Mais ce n'est pas pour ça qu'elle peut tout se permettre ! C'est vous le chef, alors si mes absences dérangent, c'est à vous de me le dire !

— Si j'avais des reproches à te faire, je ne me gênerais pas. Tu as des responsabilités que les autres n'ont pas, je le comprends très bien. Tu fais ton boulot de façon exemplaire, je suis ravi que tu bosses dans mon équipe. »

Je l'ai déposée en bas de chez elle.

« Merci encore, c'est sympa de m'avoir épargné le bus !

— Je t'en prie. Et ne te prends pas la tête avec Graminsky… Elle est fragile, ai-je ajouté. Il faut la ménager. OK ?

— Ne vous inquiétez pas, patron, je ferai comme si je n'avais rien entendu. »

J'ai repris le chemin de la maison, en mettant le gyro pour gagner du temps. En une seule journée, j'avais accompli ma mission. Je n'aurais pas à m'occuper d'Arnaud, Nathalie s'en chargerait. Laëtitia allait redevenir une paria.

Qu'elle ne trouve aucun soutien. Qu'elle soit seule.

À en crever.

L'isoler. Comme les fauves isolent la proie la plus fragile avant de l'encercler. Et de l'achever.

J'avais juste oublié une chose, cependant… Oublié que la frontière entre la haine et l'amour est parfois si mince qu'ils se mélangent pour n'être plus qu'une seule et même douleur.

J'avais juste oublié que je l'aimais toujours.

À en crever.

36

Vendredi matin, panne de réveil. Il était 9 h 30 lorsque j'ai passé la porte de la taule. J'ai trouvé l'équipe dans la cuisine, autour d'un café-réunion. Le patron aimait parfois organiser à l'improviste ce genre de briefings informels, pour se tenir informé des affaires en cours tout en parlant de tout et de rien.

Lorsque j'ai déboulé dans la pièce, j'ai eu la curieuse impression de déranger.

Richard a consulté sa montre.

« Bonjour, Laëtitia, a-t-il dit en souriant. Tu t'es perdue ?

— Désolée, il y a eu une coupure d'électricité dans la nuit et mon réveil n'a pas sonné.

— Ce n'est pas grave. Tu prends un café ?

— Oui, merci. »

Tandis que je saluais mes collègues, Richard m'a servie puis m'a installé une chaise à côté de lui.

« Tu n'as pas raté grand-chose pour le moment, rassure-toi ! »

J'ai essayé de cacher mon étonnement derrière un masque de glace, trouvant louche qu'il se montre aussi

514

sympa envers moi. Les discussions ont repris, j'ai adressé un sourire à Damien mais il a tourné la tête vers Nathalie. À mon tour, j'ai raconté ma planque foireuse de la veille en compagnie du brigadier Michel.

« Franchement, une journée avec lui, c'est une vraie punition ! » ai-je conclu.

Fougerolles s'est marré, Richard a souri. Mes collègues sont restés de marbre.

« Il était le seul disponible hier matin, a répliqué le patron. La prochaine fois, j'essaierai d'en trouver un qui soit à ton goût ! »

Histoire de blesser Richard, j'ai lancé à Damien :

« J'aurais vraiment préféré y aller avec toi ! »

Le visage de mon coéquipier s'est assombri, je me suis sentie soudain très seule et je n'ai plus ouvert la bouche. Lorsque Richard a mis un terme au petit concile, nous sommes retournés à notre poste.

« Ton fils va mieux ? » me suis-je enquise auprès de Nathalie.

Elle m'a fusillée du regard. Une rafale d'automatique, comme si je venais de l'insulter.

« Non, il est toujours malade.

— Merde… Il est avec son père ?

— Il n'a pas de père. »

De mieux en mieux… Un père, il en avait forcément un, mais j'ai préféré ne pas dire de connerie. Nathalie et moi n'avions jamais vraiment parlé. Je ne connaissais rien de sa vie. Le père en question était peut-être mort.

« Mais à son âge, il peut rester tout seul ! a-t-elle poursuivi d'un ton sarcastique. Vu que je m'absente beaucoup trop…

— Non, je ne trouve pas », ai-je répondu.

J'étais sincère, mais elle ne m'écoutait plus. Décidément, j'attirais les ondes négatives depuis la veille. Avant le week-end, je devais absolument parler avec Damien, afin d'élucider les raisons de sa mauvaise humeur.

**

À l'heure de la pause déjeuner, j'ai vu mes agents partir sans Laëtitia. Fougerolles est passé me chercher pour qu'on aille au restaurant. Dans le couloir désert, j'ai entamé la discussion.

« Olivier, il faut que je te dise… J'ai parlé avec Véro avant-hier soir. Je lui ai avoué que je l'avais trompée. »

J'ai vu l'appréhension éclore dans ses yeux.

« Et alors ?

— Alors, elle est prête à me pardonner. »

Mon adjoint était manifestement soulagé.

« Et qu'est-ce que tu vas faire avec Laëtitia ?

— Rien… Plus rien. »

Olivier a posé une main sur mon épaule.

« Je suis content, Richard. Tellement heureux que ça se termine ainsi… Comment tu te sens ?

— C'est pas facile… C'est même très dur. Mais je vais y arriver, je crois. Parce que j'en ai envie. Parce que c'est ce que je veux.

— À la moindre alerte, viens me voir, a-t-il ordonné. Je serai là, toujours là pour toi. D'accord ?

— Merci, Olivier. »

Dans la cour, nous sommes tombés sur Laëtitia qui fumait une clope.

« Tu ne déjeunes pas avec les autres ? » ai-je demandé le plus naturellement du monde.

Il ne fallait pas que je dévoile mon jeu. Comme le reste de l'équipe, elle devait me croire au-dessus de tout soupçon. Qu'elle ne voie pas arriver le coup, qu'elle ne puisse pas l'esquiver.

« Tu veux venir avec nous ? » ai-je proposé.

Olivier a semblé surpris, Laëtitia aussi.

« Tu ne vas pas rester ici toute seule ! ai-je ajouté. Allez, viens… »

Je savais qu'elle refuserait. Que ça lui ferait trop mal de se retrouver avec nous deux.

« Non, merci. J'ai du boulot qui m'attend de toute façon. »

***

Nathalie ne m'a pas adressé la parole de l'après-midi. Ce n'était pas la première fois, mais je sentais qu'elle avait quelque chose sur le cœur. Ça n'avait peut-être rien à voir avec moi, j'ai évité de sombrer dans la paranoïa aiguë.

Vers 17 heures, j'ai fait une pause thé vert dans la cuisine. Damien a débarqué pour prendre un verre d'eau. J'ai compris que ma présence le contrariait.

« Ça va ? Tu t'en sors avec ton dossier merdique ?

— Ça avance.

— Tant mieux ! Tu as un moment de libre ce week-end ? On pourrait…

— Écoute, Laëtitia, faut que je te dise un truc… »

Il a fermé la porte avant de s'asseoir en face de moi.

« Il vaut mieux qu'on ne se voie plus en dehors du bureau. »

Je suis restée sidérée quelques secondes.

« Mais pourquoi ? C'est ta copine qui…

— Ça n'a rien à voir avec elle, a-t-il annoncé un peu brutalement.

— Tu as dit qu'on pouvait rester amis, que…

— Je me suis trompé.

— Explique-toi, je ne comprends rien.

— Il n'y a pas grand-chose à comprendre, a-t-il conclu en se levant. Je préfère qu'on ne se voie plus en dehors du boulot, point barre. »

Il m'a plantée là, sans autre explication. J'ai traîné les pieds jusqu'à mon bureau où Nathalie m'a accueillie avec un regard lourd de reproches.

Non, je n'étais pas parano, ils m'en voulaient tous de quelque chose. J'avais dû faire ou dire une connerie, sans même m'en rendre compte.

***

— Vos hommes vous ont donc cru sur parole ? s'étonna Jaubert.

— Ils ont eu la réaction que j'attendais, acquiesça Ménainville. Je savais que ce serait facile et que Laëtitia en souffrirait. Je vous l'ai dit, elle n'avait guère d'amis. Plus de mec non plus. En gros, à part ses parents et sa petite fille, il ne lui restait plus grand monde. J'avais le champ libre…

— Le champ libre pour quoi ? J'ai bien compris que vous vouliez la détruire, commandant, mais la garder dans votre ligne de mire, la prendre pour cible, c'était encore penser à elle sans cesse. C'était finalement donner une nouvelle forme à votre obsession. Or…

— Après ce que j'avais entendu grâce au micro, j'étais arrivé à la conclusion qu'elle ne m'aimait pas, expliqua Richard. Mais moi, je l'aimais encore. Comme un dingue. Je ne pouvais pas l'oublier. Je ne pouvais pas, tout simplement. Et je ne le pourrai jamais, jusqu'à ma mort. Peut-être même au-delà, s'il y a quelque chose après la mort… Je n'avais plus le droit de l'aimer, elle rejetait mon amour ? Eh bien, j'allais la haïr. Elle me méprisait ? Elle méprisait cet amour fou que je brûlais de lui offrir ? Alors elle allait payer pour les tourments que j'endurais à cause d'elle… Une nouvelle obsession, vous avez raison. Mais à mes yeux, la seule façon de tirer un trait sur elle.

***

— D'un seul coup, Damien vous a fait la gueule… Du jour au lendemain ! Et Nathalie est également redevenue hostile à votre égard. Pourquoi ? demanda Delaporte.

— À l'époque, je l'ignorais. C'est plus tard que j'en ai compris la raison. Mais en cette fin de semaine, j'ai juste constaté que j'avais perdu l'amitié de Damien, que Nathalie me tournait le dos… Bref, mes plus proches coéquipiers semblaient m'en vouloir de quelque chose, sauf que je ne voyais pas ce que j'avais pu faire pour mériter ça. Pendant tout le week-end, j'ai cherché. Une parole malheureuse, un geste déplacé… Ce qui me blessait surtout, c'était l'attitude de Damien. Lui qui m'avait fait tant de bien, redonné tant de force.

Un soutien tellement précieux… Alors, je l'ai appelé, le samedi matin.

— Il vous a expliqué ?

— Il a refusé mon appel, j'ai laissé un message, en vain. C'est terrible de ne pas savoir pourquoi. Mes angoisses ont ressurgi, je me suis sentie seule, vulnérable… Je suis allée passer le week-end à R., Amaury ayant accepté de me laisser l'appartement et de dormir chez ses parents. J'étais heureuse de retrouver Lolla, de m'éloigner du bureau. Mais ces deux jours ont été pires que tout…

— Comment ça ? s'étonna le commandant.

Laëtitia ne put réprimer une larme.

— Vous voulez faire une pause ?

— Non, ça va aller… Amaury est parti dès mon arrivée, je l'ai à peine croisé et nous n'avons pas échangé la moindre parole. L'impression d'entrer en terrain ennemi. Ces instants étaient toujours affreux… Lolla faisait la sieste, je l'ai laissée dormir. Sur la table de salle à manger, bien en évidence, j'ai trouvé une enveloppe à mon attention. Une lettre dans laquelle Amaury m'annonçait qu'il avait demandé le divorce. Il avait tenu parole et consulté un avocat pour lancer la procédure. Ces quelques lignes étaient la preuve de mon échec, la preuve que j'avais tout raté, tout gâché… Quand Lolla s'est réveillée, elle a appelé son père. Lorsqu'elle m'a vue débarquer dans sa chambre, elle m'a tourné le dos. J'ai tenté de lui parler, mais elle était très en colère contre moi. Amaury lui avait redit que nous allions divorcer parce que je l'avais décidé. L'espoir que j'avais voulu lui redonner venait de s'effondrer. Elle pensait même que je lui avais menti le jour où nous avions parlé toutes les deux sur ce banc… Pour Lolla, j'étais la coupable. La responsable de son chagrin, de sa peine. J'avais détruit notre famille. Elle avait raison… Malgré tous mes efforts, elle a refusé de faire quoi que ce soit avec moi. Elle est restée prostrée dans sa chambre ou devant la télé. Avant que je parte, alors qu'Amaury venait de rentrer, ma propre fille m'a dit qu'elle ne m'aimait plus…

**

Le lundi matin, je suis arrivé un peu en retard. J'ai salué Damien, qui trimait toujours sur mon dossier piège, puis je suis passé dans le bureau des filles. J'ai vu tout de suite que Laëtitia avait morflé. Plus de sourire, plus de défi dans ses yeux, elle semblait dévastée. Je me suis d'abord adressé à Nathalie, me suis enquis de la santé de son fils. Ensuite, je lui ai raconté mon merveilleux week-end avec ma femme et mes enfants en Sologne. J'en ai fait des tonnes.

Ce moment en famille, organisé à la dernière minute pour faire une surprise à Véro, aurait pu être *merveilleux*, oui. Si j'avais réussi, ne serait-ce qu'un instant, à oublier Laëtitia.

Je me suis enfin approché d'elle.

« Tu as une petite mine, ce matin ! ai-je constaté avec une fausse inquiétude. Tu es malade ? Tu as des soucis ?

— Rien qui vous concerne ! » m'a-t-elle violemment craché à la gueule.

Nathalie m'a adressé un regard qui disait : *Ne la laissez pas vous parler sur ce ton, patron !*

« Tu sais, Laëtitia, je voulais juste savoir si tu allais bien, inutile de m'agresser !

— Vous vous foutez pas mal de savoir comment je vais ! a-t-elle crié.

— Il faut qu'on discute, toi et moi. Viens dans mon bureau, ai-je ordonné.

— J'ai du travail ! »

J'ai tapé du poing sur la table, elle a sursauté.

« Je t'ai dit de venir dans mon bureau, ai-je répété calmement. Alors tu obéis. »

Elle m'a emboîté le pas, j'ai ouvert la porte de ma tanière, lui ai fait signe de s'asseoir. Je me suis installé dans mon fauteuil, j'ai allumé mon micro. Je prenais mon temps. Ça ne me déplaisait pas de l'avoir en face de moi, de la provoquer en duel. Sans dévoiler mes armes, cependant.

J'ai enfin ouvert le bal, posément.

« Il va falloir que tu te calmes, Laëtitia. Tu n'as pas à passer tes nerfs sur moi, surtout en public. Je te rappelle que je suis ton supérieur hiérarchique et que tu me dois un minimum de respect.

— Je ne vous respecte pas ! a-t-elle assené.

— Eh bien moi, si. »

On se fixait droit dans les yeux, j'ai vu que ma repartie l'avait déstabilisée.

« Je te respecte au même titre que mes autres agents, ai-je poursuivi. Tu voulais qu'on ait des relations strictement professionnelles, c'est bien ça ? »

Elle s'était murée dans le silence mais je ne l'ai pas laissée trouver le moindre refuge.

« C'est bien ce que tu désirais, Laëtitia ? »

Elle s'est contentée de hocher la tête.

« Eh bien dans ce cas, comporte-toi de manière *professionnelle*. J'ai fait ce que tu m'as demandé, à toi de faire de même désormais. Si jamais tu me parles encore sur ce ton, je te garantis que je prendrai les mesures disciplinaires qui s'imposent. »

Je me suis approché d'elle.

« Est-ce que c'est clair, lieutenant ? »

Elle refusait de me donner quoi que ce soit.

« Est-ce que c'est clair, lieutenant ? ai-je répété en haussant la voix.

— Oui.

— J'ai pas bien entendu…

— Oui, *commandant* !

— Retourne travailler, maintenant. Car si tu veux être titularisée un jour, il faudrait me démontrer tes qualités de flic ! »

Elle s'est levée, si brutalement que la chaise a basculé.

« Pauvre con ! » a-t-elle murmuré.

Je l'ai saisie par le bras, la contraignant à un retour en arrière fulgurant.

« Qu'est-ce que tu viens de dire ?

— Rien ! Et lâchez-moi ! »

J'ai perdu mon sang-froid, je l'ai plaquée contre la porte. Je me souviens que la cloison a tremblé.

« Tu crois vraiment que tu peux venir m'insulter dans mon bureau ? Tu crois que je vais accepter ça ?

— Laissez-moi ou…

— Ou quoi ? Qu'est-ce que tu pourrais bien me faire, hein ?

— Je pourrais aller tout dire à votre *charmante épouse* !

« — Vas-y ! Ne te gêne surtout pas », ai-je dit en souriant.

Laëtitia n'a pas pu dissimuler sa stupéfaction.

« Ma femme sait tout. Et figure-toi qu'elle m'a pardonné...

— Vous mentez ! »

J'ai resserré ma poigne sur son bras, elle a grimacé de douleur.

« Oh non, je ne mens pas ! Tu peux aller te ridiculiser devant elle si ça te chante. »

Je l'ai remise de force sur la chaise, elle n'allait pas tarder à craquer.

« Je t'ai fait confiance, je t'ai donné la direction d'une enquête, j'ai été clean avec toi... et voilà comment tu me remercies ? En m'insultant et en me menaçant ? Je commence à me demander si ta place est vraiment chez nous... et pas dans un asile ! »

Je l'empêchais de se lever, elle s'est mise à pleurer.

« Vas-y, chiale ! Tu es douée pour ça... Mais ça ne m'atteint plus ! »

Elle a essayé de se contrôler. Après cette petite incartade, j'ai fait mine de reprendre mon sang-froid.

« C'est ta dernière chance : tu vas me boucler fissa cette putain d'enquête et t'as intérêt à filer droit. Tu ne me parles plus jamais comme à un chien, c'est compris ? »

Je lui ai tendu la boîte de Kleenex posée sur mon bureau, elle a essuyé ses larmes.

« Ce qu'il y a eu entre nous, c'est du passé, ai-je ajouté d'une voix calme. C'est ce que tu voulais et c'est ce que j'essaie de faire. Mais il faut que tu joues le jeu. »

Elle a hoché la tête.

« Je… Je me suis énervée tout à l'heure, mais c'est parce que rien ne va en ce moment !

— Tes ennuis personnels n'ont pas à franchir les murs de cette brigade. On a tous nos problèmes, OK ? »

Elle s'est remise à pleurer. Plus elle chialait, plus je me sentais fort.

« Je sais, mais…

— Mais quoi ? Les tiens sont plus graves que les nôtres, c'est ça ?

— Non.

— Alors tu vas te comporter correctement à l'avenir, oui ou non ?

— Oui. »

Elle s'est levée, a remis la boîte de mouchoirs sur mon bureau.

« Tu n'oublies rien ? » ai-je lancé tandis qu'elle posait la main sur la poignée de la porte.

Là, je lui en demandais beaucoup.

« Je m'excuse », a-t-elle dit.

Je crois qu'elle était sincère. Comme elle ne bougeait plus, attendant l'autorisation de sortir, je me suis approché d'elle.

« Moi aussi, je m'excuse, Laëtitia, ai-je murmuré. Les mots ont dépassé mes pensées. J'aimerais que tout se passe bien entre nous, tu comprends ?

— Oui, c'est ce que je voudrais aussi… Je peux y aller, maintenant ?

— Bien sûr. »

***

Le déjeuner, je l'ai encore passé dans mon bureau, en compagnie d'un sandwich. La discussion avec Richard ne m'aidait pas à me sentir mieux. Je ne pouvais même pas lui donner tort, même pas défouler mon mal-être sur lui.

Oui, ces derniers temps il s'était montré clean à mon égard. Impossible de le nier.

Non, je n'avais pas à l'insulter parce que j'avais les nerfs à vif.

Oui, il m'avait fait confiance en me donnant cette enquête.

Et non, je ne me montrais pas à la hauteur.

Pourtant, j'avais l'impression qu'il jouait un rôle, qu'il portait un masque. J'avais du mal à croire qu'il avait tout avoué à sa femme et surtout, qu'elle lui avait pardonné son infidélité. J'imaginais ses aveux, j'imaginais qu'il avait dû édulcorer et minimiser ses actes, peut-être prétendre qu'il s'agissait d'une nuit, rien de plus.

Une sordide et banale histoire de cul, rien de plus.

Mon envie de vengeance s'apaisait de jour en jour, presque malgré moi. Et son comportement de ce matin n'était pas de nature à remettre de l'huile sur le feu.

En revenant du restaurant, mes collègues se sont offert un café à la machine. Je les entendais rire depuis mon isolement monacal. Ma solitude n'en était que plus cruelle. Plus personne ne voulait de moi. Ni Amaury, ni ma fille, ni Damien… Ni Richard. J'ai relevé la manche de mon tee-shirt, j'ai contemplé les cicatrices. Message indélébile gravé dans ma chair, pour ne jamais oublier qui j'étais.

Une femme infidèle, une mère indigne, un mauvais flic.

Je suis allée voir Damien, il a essayé de se défiler, a fini par céder. Nous nous sommes enfermés dans la cuisine, l'espace détente, comme ils l'appellent.

Pourtant, l'ambiance était tout sauf détendue.

« Damien, je voudrais savoir ce que tu as à me reprocher. Du jour au lendemain, tu me fais la gueule et j'ignore pourquoi.

— *Tu ignores pourquoi* ? a-t-il répété avec un sourire qui m'a heurtée.

— Sans doute ai-je dit ou fait quelque chose qui ne t'a pas plu. Seulement, si tu ne me dis pas de quoi il s'agit, on restera sur un malentendu. »

J'ai compris qu'il se retenait de me balancer la vérité à la figure.

« Je n'ai pas envie de parler de ça, a-t-il simplement éludé. Mais sache que si je me comporte ainsi, c'est effectivement parce que tu l'as cherché.

— Explique-moi, merde ! me suis-je emportée.

— Je ne sais pas à quel jeu tu joues avec moi. Un double jeu, sans doute… Tu devrais te remettre en question, Laëtitia. Maintenant, excuse-moi, j'ai du travail qui m'attend. Le patron compte sur moi. »

Il s'est sauvé, je suis repartie dans mon bureau. Heureusement, Nathalie avait disparu. J'étais bien mieux seule pour cuver ma peine. Je cherchais à décoder les propos alambiqués de Damien. Quelqu'un lui avait dit des choses sur moi, je ne voyais pas d'autre explication.

À 15 heures, le capitaine Fougerolles m'a arrachée à mes pensées.

« Graminsky, j'ai besoin de toi ! »

Il m'a tendu plusieurs feuilles.

« Je voudrais que tu faxes ces PV d'audition au sub ! C'est dans le cadre de la garde à vue des trois mineurs, alors il faut que ça lui parvienne dans l'heure qui vient, OK ? Tu les fais relire au patron et puis tu me les faxes illico, je compte sur toi ! Notre fax est tombé en panne ce matin, faut descendre à l'accueil.

— D'accord, capitaine.

— Merci... J'y retourne, j'en ai encore un à interroger avec Arnaud. »

Il a disparu dans le couloir, j'ai soupiré. Quelle mission palpitante : faxer des PV d'audition ! Mission essentielle, tout de même, afin que le procureur accepte de prolonger la garde à vue. Ça ne me dérangeait pas, sauf qu'il fallait que j'aille les montrer à Richard.

L'affronter à nouveau.

J'ai frappé à sa porte, je suis entrée. Il était au téléphone, s'est excusé auprès de son interlocuteur avant de mettre la communication en attente.

« Oui, Laëtitia ? »

Toujours aussi poli, aussi posé. Toujours aussi clean. M'étais-je à ce point fourvoyée sur son compte ?

« Le capitaine m'a demandé de vous faire relire ces PV. C'est dans le cadre de la GAV des mineurs.

— Pose-les là, je m'en occupe.

— Il faut que je les faxe au substitut, ensuite... Ça semble urgent.

— Bien sûr. Reviens dans vingt minutes, OK ?

— D'accord. »

Je suis allée fumer une clope dans la cour. Puis j'ai repensé aux paroles de Richard et je me suis remise au travail. Il fallait que je trouve des éléments dans cette enquête, que je lui prouve mes *qualités de flic*. J'ai ressorti plusieurs relevés téléphoniques que j'avais reçus le matin même et dont j'espérais qu'ils me mettraient enfin sur une piste. J'ai commencé à les éplucher méthodiquement, en essayant d'occulter la procédure de divorce, les paroles de ma petite fille, l'animosité de Damien. En essayant d'occulter les derniers mois de ma vie.

Puis je suis retournée dans le bureau de Richard.

« Patron, vous avez relu les PV ?

— Oui, a-t-il répondu.

— Je peux aller les faxer, alors ?

— C'est fait. J'avais quelque chose à régler à l'accueil, je m'en suis chargé.

— Bon… Merci. »

Décidément, il m'étonnait de plus en plus.

Je me suis replongée dans ma procédure et j'ai enfin trouvé une ébauche de piste. Des échanges téléphoniques un peu trop fréquents entre un entraîneur sportif et un médecin. Soit ils étaient amants, soit ils partageaient la même passion pour les anabolisants.

Je me suis accordé une nouvelle pause nicotine-caféine pour stimuler mes neurones et lorsque je suis revenue, Nathalie était dans le bureau. Elle a fait comme si je n'existais pas. La routine.

Soudain, des cris dans le couloir. La voix de Fougerolles, apparemment furieux. Moins d'une minute plus tard, mon téléphone sonnait ; Richard me convoquait dans son bureau. J'y ai trouvé Olivier, visiblement hors de lui.

« Ferme la porte », a ordonné le patron.

Je me suis exécutée, tandis que mon instinct me chuchotait un avertissement.

Tu vas morfler, Laëtitia...

« Tu peux m'expliquer ce bordel, Graminsky ? » a chargé le capitaine.

Je l'ai considéré avec étonnement.

« T'as faxé mes PV d'audition ?

— Non, mais...

— Comment ça, *non* ? a hurlé Fougerolles. Je viens d'avoir le proc au téléphone, il lève la garde à vue de ces trois petits fumiers parce qu'il n'a rien reçu ! »

J'ai regardé Richard, attendant qu'il s'explique. Mais il n'a pas ouvert la bouche. Je me suis demandé ce qui se passait, j'ai songé que le patron avait des trous de mémoire.

« C'est le commandant qui les a faxés », ai-je alors expliqué à Olivier.

À son tour, Fougerolles s'est tourné vers Richard, qui avait changé de visage.

« Qu'est-ce que tu racontes, Laëtitia ? »

Je n'ai pas compris tout de suite, je suis restée silencieuse, dans une sorte de flou. On aurait dit un rêve, où tout est absurde, où rien n'a ni queue ni tête.

« Oh ! s'est écrié Fougerolles. Tu les as faxés, ces putains de PV, oui ou merde ?! »

Je me souviens d'avoir sursauté. Je n'avais jamais entendu Olivier gueuler si fort, sauf sur un suspect. J'ai à nouveau tourné la tête vers Richard, le suppliant des yeux.

« Je vous ai apporté les documents tout à l'heure ! Pour que vous les relisiez avant que je les transmette !

— Oui, a confirmé le patron. Et je les ai relus dans le quart d'heure qui a suivi… Ensuite, je te les ai rapportés en te donnant le feu vert pour les faxer. »

Pendant quelques instants, j'ai cru que je perdais la tête.

« Mais non ! C'est moi qui suis revenue les prendre et là, vous m'avez dit que vous les aviez déjà faxés à l'accueil ! »

Richard a froncé les sourcils, Olivier ne savait plus sur quel pied danser.

« Laëtitia, tu délires ou quoi ? a asséné Ménainville. Je ne t'ai jamais dit que je les avais envoyés. D'ailleurs, je ne sais même pas comment fonctionne ce fax, je ne suis pas secrétaire ! »

Enfin, j'ai compris. Que j'étais tombée dans un piège. Grossier mais efficace.

Richard s'est levé, a rouvert la porte.

« Suivez-moi », a-t-il ordonné.

Nous sommes retournés dans mon bureau et, après une brève recherche, Richard a déniché les PV sous ma pile de dossiers.

« Les voilà, a-t-il annoncé sans aucun triomphalisme.

— Putain ! a vociféré le capitaine. Comment t'as pu oublier de les envoyer, Graminsky ? Tu te rends compte que tu viens de foutre en l'air toute ma procédure ? »

Je fixais Richard tandis que la colère se propageait en moi comme un feu de forêt.

« Vous mentez, commandant », ai-je affirmé d'une voix tremblante.

Tout le monde m'a dévisagée comme une bête curieuse. Nathalie était derrière son écran, Damien

531

et Arnaud à la porte du bureau, attirés par les cris de Fougerolles.

La foule des grands jours pour assister à la curée.

« Qu'est-ce que tu viens de dire, Laëtitia ? s'est indigné Richard.

— Vous mentez ! Vous ne m'avez jamais rapporté ces documents.

— Je viens de les trouver sur ton bureau ! OK, tu as oublié de descendre les faxer, l'erreur est humaine… Un oubli, ça arrive à tout le monde. Mais les erreurs, faut savoir les assumer. »

J'ai perdu mon sang-froid.

« Je n'ai pas oublié ! C'est vous qui…

— Ça suffit ! a coupé le patron. Arrête ton numéro, tu veux ? Par ta faute, nous sommes obligés de remettre en liberté trois petits connards que nous avons mis des semaines à serrer !

— Ce n'est pas par *ma* faute ! C'est par *votre* faute !

— Tu arrêtes tes conneries ? s'est interposé le capitaine. T'en as assez fait comme ça !

— Mais non ! a ironisé Ménainville. Laisse le lieutenant Graminsky nous expliquer que c'est moi qui ai planté une procédure ! Et pourquoi, au fait ?

— Pour me faire accuser ! »

Richard a fait mine d'être blessé par mes allégations. Évidemment, Fougerolles a volé à son secours avec le soutien silencieux du reste de l'équipe.

« Tu es en train d'insinuer que le patron a volontairement saboté une procédure ? Pour te *faire accuser* ? »

Il s'est marré, un rire nerveux ; Damien me considérait avec désolation.

« Celle-là, c'est la meilleure ! a conclu Fougerolles. On aura vraiment tout entendu ! T'es barge, ma parole ! »

Puis il s'est tourné vers Richard :

« Cette fois, j'espère que tu ne vas pas laisser passer ça ! »

**

Je l'ai obligée à venir dans mon bureau, ainsi que mon adjoint. Je me suis installé dans mon fauteuil, ils sont restés debout face à moi. Laëtitia me fixait avec un regard meurtrier que j'affrontais sans sourciller.

« Bon, ai-je repris, je vois que tu n'as rien compris à ce que je t'ai dit ce matin, Laëtitia… Je vois que tu continues à faire n'importe quoi.

— Arrêtez votre petit jeu, commandant ! Vous avez voulu me piéger et vous avez réussi ! Quand est-ce que vous avez planqué ces PV sur mon bureau ? Lorsque je fumais ma clope dans la cour, c'est ça ? »

J'ai secoué la tête, comme si ses affirmations me désolaient.

« Comment oses-tu, Laëtitia ? Comment oses-tu inventer des choses pareilles ? C'est tout ce que tu as trouvé pour te venger de moi ? Foutre en l'air une procédure ? »

J'inversais les rôles, je jouais le mien à merveille. Laëtitia a dévisagé Fougerolles, son dernier espoir.

« Vous n'allez pas le croire, n'est-ce pas, capitaine ? »

Mon adjoint hésitait. Mais ça n'a duré qu'une seconde.

« Tu dérailles, Graminsky ! » a-t-il balancé.

Laëtitia a cessé de se débattre. Olivier refuserait de la croire, elle en a pris conscience. La colère et l'incompréhension brillaient au fond de ses yeux, orageux comme jamais. Elle s'est murée dans le silence, la seule défense qu'il lui restait. Les insultes demeuraient coincées dans sa gorge comprimée par la rage.

J'arriverais à les faire sortir, c'était juste une question de minutes.

Fougerolles a baissé la tête une seconde, j'en ai profité pour infliger à Laëtitia un sourire de vainqueur qu'elle a encaissé sans mot dire. Puis j'ai à nouveau endossé mon habit de chef irréprochable.

« Cette fois, tu ne vas pas t'en sortir indemne, ai-je proféré. Tu es allée trop loin, Laëtitia. Je ne vois que deux options pour expliquer ce qui vient de se passer : la meilleure, c'est que tu as oublié de faxer ces PV et que tu essaies de me faire porter le chapeau. »

Elle lorgnait le coupe-papier sur mon bureau ; sans doute avait-elle envie de me l'enfoncer en plein cœur…

Vas-y, chérie, jette-toi sur moi. Montre-moi de quoi tu es capable ! Montre à Olivier à quel point tu es cinglée…

« La seconde option, ai-je repris, c'est que tu as volontairement omis de faxer ces PV de façon à réduire notre travail à néant… pour te venger de nous deux, voire de nous tous, je ne suis plus sûr de rien…

— Putain, a murmuré Fougerolles. Je rêve !

— Non, Olivier. Malheureusement, tu ne rêves pas. »

Laëtitia ne disait toujours rien. Elle essayait juste de m'immoler à distance.

« Ça va te valoir un avertissement dans ton dossier, ai-je précisé. Et encore, je suis clément. Mais pour une stagiaire, c'est plutôt embêtant...

— Espèce de salaud ! »

Enfin...

Bravo, chérie. Surtout, continue... Ne t'arrête pas en si bon chemin !

Fougerolles a vacillé. Surpris qu'elle se permette.

« Olivier, tu as entendu ce qu'elle vient de dire, n'est-ce pas ? » ai-je vérifié.

Il a hoché la tête.

« Tes insultes devant témoin seront donc versées à mon rapport. Mais cette fois, ce sera un blâme. Là, c'est plus que gênant pour ta titularisation, je préfère te prévenir. Tu as quelque chose à ajouter ?

— Vous me le paierez ! »

Elle s'enfonçait de plus en plus.

Tu es merveilleuse, chérie...

« Allez, maintenant, les menaces ! Tu sais, Laëtitia, tu devrais la fermer. Parce que tu aggraves ton cas de seconde en seconde.

— Rien à foutre !

— Pour ton information, sache que si jamais tu récidives, si tu essaies de porter une nouvelle fois préjudice au service, je me verrai dans l'obligation de demander ta suspension et ton passage en conseil de discipline. Tu risques une mise à pied sans salaire et le licenciement pour insuffisance professionnelle ou faute grave. Est-ce que c'est bien clair, lieutenant ? »

Elle n'a pas répondu, bien sûr.

« La seule chose que je peux faire pour toi, c'est te conseiller d'aller consulter un psy... Je te rappelle que, suite à tes absences, ta titularisation est repoussée de plusieurs semaines. Et j'espère, même si j'en doute, que ta conduite à venir sera à même de rattraper tes fautes. Tu peux disposer, maintenant. J'ai un rapport à rédiger. »

Elle s'est dirigée vers la sortie, j'ai porté l'estocade : « Ah, j'oubliais ! Je te retire l'enquête, bien sûr. Je vais la confier à Nathalie, tu l'assisteras, tu seras sous ses ordres. »

Bonne soirée, chérie...

***

— J'ai pris mes affaires et je me suis cassée.

— Vous n'êtes pas allée voir le boss, Bertrand Germain ? s'étonna Delaporte.

— J'y ai pensé, avoua la jeune femme. Mais pour lui dire quoi ? Que j'avais couché avec Ménainville et Fougerolles, que Ménainville voulait se venger de moi parce que je ne lui donnais pas ce qu'il attendait ? Je ne détenais aucune preuve, j'avais les mains vides.

— Vous êtes rentrée chez vous ?

Laëtitia hocha la tête.

— Je me souviens d'être passée par plusieurs phases. La colère, la rage, l'épuisement, l'incompréhension... La peine, le sentiment d'avoir été humiliée... J'ai compris que Richard était en train de manœuvrer pour que je ne sois jamais titularisée. J'ai compris aussi le comportement de Damien et de mes autres collègues. J'ai supposé que Richard leur avait raconté des saloperies sur mon compte, j'ai imaginé le pire. Et moi, je n'avais

536

plus d'arme contre lui maintenant qu'il avait tout avoué à son épouse.

— Comment en étiez-vous sûre ?

Laëtitia lui adressa un sourire triste.

— Croyez-vous que Richard aurait pris de tels risques, sinon ?

— Évidemment… Avez-vous pensé à démissionner ?

— Démissionner en pleine procédure de divorce ? C'était me condamner à ne pas avoir la garde de Lolla. Déjà que c'était mal barré…

— Vous avez quand même un master en droit !

— Et après ? J'avais surtout un loyer et des factures à payer… Une fille qui me détestait, un mari qui allait m'enfoncer devant un juge… Voilà ce que j'avais.

— Je comprends.

— Ce soir-là, une question m'obsédait : pourquoi Richard s'acharnait-il sur moi ? D'accord, je l'avais repoussé, j'avais refusé son amour… mais il semblait avoir tiré un trait sur tout ça. J'ai songé qu'il devait vraiment souffrir pour réagir de cette façon. Oui, c'est ce que je me suis dit avant d'avaler des somnifères et de sombrer dans un sommeil qui ressemblait à un coma profond…

37

— Lorsque je suis arrivé à la brigade, Laëtitia n'y était pas.

— Qu'avez-vous fait ?

— J'ai rédigé mon rapport, répondit simplement Ménainville. Et je l'ai transmis au directeur.

— Avez-vous songé qu'elle pouvait avoir attenté à ses jours ?

— J'étais passé dans sa rue, j'avais branché mon micro et entendu du bruit dans le studio.

— Vous étiez donc rassuré…

— Mon but n'était pas qu'elle se suicide. Pas tant qu'elle serait sous mes ordres, en tout cas.

Un frisson glissa le long de l'échine du divisionnaire.

— Ça aurait fait d'elle une martyre aux yeux de mes coéquipiers, poursuivit Ménainville. Très mauvais pour moi… À 10 heures, comme elle n'était toujours pas là, je lui ai téléphoné. J'ai invité mon adjoint à écouter notre conversation.

***

La voix de Richard m'a fait l'effet d'un scalpel qui me traversait le tympan pour aller me déchirer le cerveau.

« Je voudrais savoir pourquoi tu n'es pas au bureau », a-t-il lancé sans préambule.

Je me suis doutée qu'un témoin entendait notre échange. Richard espérait que je l'insulte à nouveau, que *j'aggrave mon cas*.

« Je suis souffrante.

— La moindre des choses, c'est de prévenir son supérieur ! a rétorqué Richard.

— Effectivement, mais pas forcément dans la première heure. Je suis encore dans les temps.

— Tu as intérêt à me fournir un certificat médical.

— Je n'y manquerai pas, *commandant*. »

J'ai raccroché avant de jeter le téléphone.

Retourner là-bas, je ne m'en sentais pas capable. Pas ce jour-là. Alors, j'ai appelé mon toubib. Je lui ai expliqué que j'allais mal, à cause de mon boulot, de mon mari et de ma fille. Je lui ai confié être à nouveau la proie de pensées morbides. À peine était-il parti que j'ai contacté la DDSP pour leur annoncer que j'étais en arrêt. L'accueil m'a passé Richard, ainsi que je m'y attendais.

« C'est moi… »

Il n'a rien dit. Je le prenais au dépourvu, il n'y avait sans doute aucun témoin. On pouvait se parler vraiment.

« Je voulais vous prévenir que je suis arrêtée toute la semaine.

— C'est tout ce que tu as trouvé pour me faire chier ?

539

« — Ça vous contrarie de ne pas me voir, *commandant* ? Vous avez peur de vous ennuyer sans votre souffre-douleur ? Vous êtes perdu sans moi ?

— Fais pas la maligne, Laëtitia...

— J'ai d'étranges nausées, depuis hier. Et quand je vous vois, ces nausées s'aggravent ! »

Il m'écoutait, sans rien répondre.

« Oui, je crois bien que c'est vous qui me filez la gerbe, tellement vous êtes immonde !

— T'as fini ? Parce que moi, j'ai encore un travail...

— Oui, je sais, vous avez un rapport *capital* à rédiger !

— Non, ça c'est fait ! a-t-il ricané. Et tu peux me croire, je l'ai cuisiné aux petits oignons !

— Oh, mais je vous crois sur parole, *patron* ! »

J'ai eu soudain besoin de le tutoyer pour nous mettre sur un pied d'égalité.

« J'espère que ça t'a fait bander, au moins ? »

J'ai senti que mon audace verbale le désarçonnait. Mais il a très vite contre-attaqué.

« Il va falloir que tu reviennes un jour ou l'autre, Laëtitia. Dès lundi matin, peut-être. Alors, si j'étais toi, je...

— Tu n'es pas moi, espèce de fumier !

— Tu veux que je te rende visite ? »

Là, c'est moi qui ai vacillé.

« Tu veux que je vienne chez toi, Laëtitia ? a-t-il répété d'une voix menaçante mais étrangement douce. Tu pourrais me dire tout ça en face, qu'est-ce que tu en penses ? Oui, je crois que je vais passer. Comme ça, tu verras par toi-même si *ça me fait bander*...

— Je ne t'ouvrirai pas la porte !

540

— Ce ne sera pas un problème… À très vite, Laëtitia, et soigne-toi bien. »

Il a raccroché, je suis restée pétrifiée, puis je me suis jetée sur la porte pour vérifier qu'elle était bien verrouillée.

***

Ce n'était plus la guerre froide.

C'était la guerre totale.

Mais comme c'est moi qui l'avais déclarée, j'avais l'avantage. Parce que j'étais le patron, aussi. Que toute l'équipe me soutiendrait, telle une meute à mes côtés, prête à la déchiqueter.

Cet arrêt maladie m'a contrarié, même si je m'y attendais. Certes, ça n'arrangeait pas ses affaires, mais je ne pouvais pas la blesser, constater les dégâts de mon offensive sur son délicat visage. Je ne pouvais pas contempler sa souffrance, seulement l'imaginer. Et ce n'était pas assez.

Mes dernières paroles l'avaient terrorisée, je me doutais qu'elle s'était enfermée chez elle à double tour. Mais aucune porte ne m'empêcherait de l'atteindre.

J'ai pensé que peut-être, elle ne reviendrait jamais. Qu'elle se mettrait en longue maladie, puis demanderait un jour à reprendre son stage dans un autre service. Qu'elle déclarerait forfait, choisirait la fuite.

Pourtant, je crois que je la connaissais désormais assez pour savoir que ce duel ne se terminerait pas par un abandon.

***

Pendant trois jours, je ne suis pas sortie de chez moi. Terrée, tel l'animal aux abois.

Dès que j'entendais des pas dans l'escalier de mon vieil immeuble, je tremblais. La nuit, je ne parvenais pas à trouver le sommeil. De peur qu'il ne force la serrure, qu'il n'entre chez moi, qu'il…

Alors, je dormais dans la journée.

Un animal, oui.

Nocturne.

Voilà ce que Richard avait fait de moi.

Pendant ces nuits blanches, j'ai tourné en rond dans ma tanière. La folie me guettait, rôdant autour de moi sans relâche. Cet homme allait finir par me faire perdre la raison.

Pourquoi tant d'acharnement ? Tant de rage, de haine ?

Peu de réponses possibles.

Il m'aimait toujours, à la folie justement. Il ne supportait pas l'indifférence entre nous, se vengeait de la douleur que je lui avais sans doute infligée.

Je me suis demandé ensuite comment réagir. Comment me défendre face à un adversaire si déterminé…

Démissionner ? Autant rester en maladie, pour au moins toucher mon salaire.

Retourner travailler et subir encore ses attaques sournoises ? Son harcèlement qui ne ferait qu'empirer ? Je m'en sentais bien incapable.

La troisième nuit, j'ai compris que je devais l'affronter. La guerre était désormais ouverte, il fallait la mener, prendre les armes et partir au front. Alors, j'ai cherché de quelle façon le vaincre. Le battre, l'abattre, une bonne fois pour toutes.

Le terrasser ou mourir.

Je connaissais son unique point faible, son talon d'Achille.

Ce point faible, c'était moi.

C'est un rêve qui m'a donné la clef. C'est dans un songe que j'ai vu comment le détruire. Un rêve devenu plan de bataille, qu'il fallait juste trouver la force de mettre en œuvre. J'avais besoin d'un peu de temps pour ça, pour panser mes plaies et récupérer des forces.

Ensuite, il n'y aurait ni trêve ni compromission. Aucun cessez-le-feu, aucun armistice.

Cette fois, ce serait jusqu'à ce que mort s'ensuive.

L'un de nous se retrouverait au tapis. Pour ne jamais se relever.

38

— Donc, elle n'est pas revenue de toute la semaine, enchaîna Jaubert. Et votre femme est-elle finalement partie avec les enfants ?

— Oui, le vendredi. J'étais célibataire quelques jours.

— Avez-vous mis vos menaces à exécution ? Êtes-vous allé chez Laëtitia ?

— D'après vous ?

— Racontez-moi, commandant…

***

Le vendredi, j'ai tenté de me raisonner, de sortir de chez moi. Je n'avais plus de clopes, plus rien à bouffer, même pas mes ongles.

En milieu de matinée, je me suis habillée et j'ai essayé de tourner le verrou.

Impossible. Insurmontable phobie. Comme si mon pire cauchemar m'attendait sur le palier, replié dans l'ombre. Alors, j'ai appelé Richard sur sa ligne directe, en numéro caché. Il a décroché, j'ai raccroché. Il était

dans son bureau, la voie était libre. J'en étais arrivée
là : vérifier qu'il était bien à la brigade avant de mettre
le nez dehors.

Entendre sa voix, même au téléphone, même quelques
secondes, m'a fait un effet surprenant. Brûlure sur
la peau, crispation au cœur de mes entrailles.

Richard me faisait peur, me faisait mal.

Mais Richard m'attirait, me manquait.

Comment était-ce possible ?

Il était le danger dans ma vie, le piment et l'adrénaline. Pourtant, je voulais que cela cesse, même si
je craignais le sentiment de vide qui succéderait au
combat.

Je me suis précipitée dans l'escalier, je me suis arrêtée sur le trottoir. Respirer un peu d'air, goûter un
soleil généreux sur ma peau. Me réhabituer à la lumière
du jour, redevenir un animal diurne.

J'ai foncé au tabac puis finalement, j'ai décidé
de prendre mon temps, de refouler la frayeur qu'il
m'inspirait. Je me suis installée à la terrasse d'un
café, pour y déguster un peu de vie et un cappuccino.
Ensuite, j'ai fait mes courses au petit supermarché
du coin, puis je suis rentrée, récupérant au passage
mon courrier délaissé dans la boîte depuis trois jours.

Tu vois, Laëtitia, tu y arrives.

J'ai monté les étages avec appréhension. Et s'il
attendait devant ma porte ?

Je peinais, j'étais chargée.

Je peinais, exténuée par toutes ces épreuves.
L'impression d'avoir pris vingt ans en quelques mois.

Palier désert, j'ai cherché les clefs au fond de ma
poche. Des pas ont résonné dans mon dos, ma main a

lâché le trousseau, mon cœur a failli lâcher tout court. Ce n'était que le voisin du dessus qui descendait. J'ai réussi à articuler un *bonjour* avant de m'engouffrer dans mon appartement.

Double tour.

J'ai grignoté un morceau et me suis allongée. J'avais sommeil. Forcément, j'étais encore un animal nocturne…

***

Le vendredi, j'ai quitté la brigade avant midi afin d'accompagner mes enfants et ma femme à la gare. Lorsque je suis arrivé à la maison, les bagages étaient prêts, les gosses surexcités. Pendant le trajet, Véro m'a adressé des regards étranges. Tendres et menaçants à la fois.

« Tu vas faire quoi, ce week-end ? m'a-t-elle demandé.

— Je dois aller au bureau demain. Et dimanche, peut-être bien que je vais dormir toute la journée ! »

Elle a simplement souri.

Depuis mes aveux, nos relations étaient surprenantes. L'impression d'un commencement et d'une fin. Que nous repartions du début après avoir atteint le terminus. Mais comment rejouer un film dont on connaît déjà le dénouement ?

Mon infidélité nous avait rapprochés. Comme lorsqu'on reprend goût à la vie après avoir frôlé la mort. Notre couple avait failli périr, nos liens s'étaient resserrés.

Mon infidélité nous avait rapprochés, certes. Mais aussi éloignés. Détachés.

Finalement, la mort ce n'est pas si terrible… On avait, ne serait-ce qu'un instant, envisagé de vivre l'un sans l'autre. On s'était rendu compte que c'était possible.

Chaque nuit, nous avions rajeuni de quinze ans. Une véritable passion, ardente et impatiente. On se redécouvrait mutuellement. Mais si les gestes avaient gagné en assurance, les regards avaient perdu en confiance. Nous n'étions plus tout l'un pour l'autre. Nous étions en sursis, conscients qu'un jour, nous nous séparerions.

Toutes les nuits de cette semaine, j'avais rêvé de Laëtitia en m'endormant dans les bras de ma femme.

Jaubert dévisageait Ménainville avec fascination. Cet homme avait une façon étonnante de se livrer, de se foutre à poil devant lui. Avec impudeur et délicatesse à la fois.

Oui, cet homme était surprenant. Intelligent, élégant jusque dans son crime, jusque dans ses obsessions.

Il n'avait plus peur de rien, c'était évident.

— Je ne vous suis plus très bien, commandant, avoua le divisionnaire. Tout à l'heure, vous m'avez dit tenir à votre femme, ne pas vouloir la quitter, la perdre…

— C'est tellement compliqué, murmura Richard. Je voulais détruire puis oublier Laëtitia pour continuer ma vie avec Véro. Mais une fissure s'était créée dans notre couple, c'était indéniable. Et nous ne savions pas si nous pourrions la réparer.

— Vous avez donc déposé votre famille à la gare, reprit Jaubert.

— Sur le quai, j'ai embrassé ma femme, comme si je la voyais pour la dernière fois.

— Vous a-t-elle dit quelque chose de particulier ?

J'ai embrassé Véro, je l'ai serrée dans mes bras.

« Tu vas me manquer, ai-je dit. Tu vas revenir, n'est-ce pas ?

— Je ne sais pas, Richard. »

J'ai fermé les yeux.

« Je vais revenir, oui, a-t-elle ajouté. Mais j'ai besoin de réfléchir pour savoir si je resterai. »

Notre étreinte a pris fin. Elle a rejoint les enfants dans le TGV, les portes se sont fermées. Je leur ai adressé des signes jusqu'à ce qu'ils soient loin.

**

J'étais dans les bras de mon ennemi, je m'y sentais bien, en totale sécurité. Quand il a serré ses mains autour de ma gorge, je ne me suis pas débattue. Il me souriait. Richard m'a juré qu'il m'aimait tout en m'étranglant lentement.

Réveil en sursaut, plus une once d'air dans les poumons.

J'ai pris une profonde inspiration puis j'ai sombré à nouveau, les somnifères m'exhortant à replonger. Je somnolais plus que je ne dormais. En me tournant de l'autre côté, j'ai vu les chiffres rouge sang : 14 h 46. Un rayon de soleil s'invitait par un interstice du volet et rampait sur le tapis ; je l'ai suivi des yeux, planant sur un chemin lumineux.

C'est à cet instant que je l'ai vu.

J'ai cru d'abord à une hallucination. Une construction de mon esprit, la suite logique de mon cauchemar. Je me suis redressée d'un bond, j'ai cligné des yeux plusieurs fois. Et j'ai hurlé.

« Je t'avais dit que je passerais. »

Je n'ai plus osé bouger, tétanisée sous les draps. Comme quand on se retrouve face à un danger imminent.

Un flingue, un fauve, la mort.

Richard.

Il était sur une chaise à quelques mètres de moi. Il a tendu le bras vers la commode, a attrapé mon paquet de clopes, mon briquet. La flamme, qui dévoile son visage une seconde. Je ne pourrai jamais oublier cet instant, celui où j'ai vu ses yeux. Deux avens sans fond qui débordaient de colère.

« Tu prends trop de somnifères, Laëtitia, tu ne m'as même pas entendu entrer. C'est dangereux, tu sais… »

Cordes vocales en panne. Que lui répondre, de toute façon ? Nous avions dépassé le stade des paroles depuis si longtemps… Entre nous, ce n'était plus qu'instinct, passion et haine.

Depuis combien de temps m'observait-il ? Je devinais son sourire, son regard, l'impression de le voir en plein jour alors qu'il n'était qu'une ombre. Quand il a écrasé sa cigarette dans le cendrier, je n'avais toujours pas risqué le moindre mouvement.

« Tu es devenue muette ? Pourtant, l'autre jour, au téléphone, tu semblais avoir tant de choses à me dire… »

Mon cerveau s'est enfin remis en marche. Il se tenait entre la porte et moi, aucune issue. Hurler pour alerter les voisins ? À cette heure-ci, ils étaient peu nombreux dans l'immeuble. Et Richard me bâillonnerait en un rien de temps.

Le moment de se battre était donc arrivé. Je n'avais plus d'autre choix que de monter sur le ring.

« Non, je ne suis pas muette. Seulement surprise de vous trouver chez moi. Comment avez-vous ouvert la porte ?

— Un jeu d'enfant.

— Le mieux, maintenant, serait que vous sortiez d'ici.

— Je n'en ai pas envie.

— J'avais prévu ce scénario, je ne dors jamais seule… J'ai mon pistolet sous les draps. »

Il a ricané.

« Tu dois avoir drôlement peur de moi pour dormir avec ton flingue, ma pauvre Laëtitia ! Ou c'est parce que tu te sens vraiment très seule… Mais moi aussi, j'ai mon arme.

— Sauf que moi, je l'ai déjà dans la main. Alors, vous devriez partir.

— Tu bluffes. Sinon, il y a longtemps que tu m'aurais braqué !

— Mais c'est ce que je fais, commandant. C'est précisément ce que je fais… Je vise un peu en dessous de la ceinture. »

Il s'est encore marré.

« Tu n'oseras jamais me tirer dessus, Laëtitia.

— Je vous conseille de ne pas me tenter…

— Je suis mort de peur !

— Au moindre mouvement, vous serez mort tout court.

— Comment veux-tu que je m'en aille si je n'ai pas le droit de bouger ? a-t-il plaisanté.

— Vous vous levez, vous vous retournez et vous prenez la porte. Sans geste brusque. »

Il s'est mis debout, suivant mes ordres. Mais au lieu de pivoter sur lui-même, il s'est avancé vers moi.

« C'est étrange, j'ai l'impression qu'on a déjà joué cette scène, non ? Tu t'en souviens aussi ? C'était dans ma voiture. »

Il ne bougeait plus, prenant tout son temps.

« Et tu te souviens comment ça a fini ? Sur la banquette arrière… Tu n'as pas ton flingue, je le sais. Il n'y a rien d'autre que toi sous ces draps. »

J'ai dégagé mon bras pour braquer le Sig Sauer en direction de son visage.

« Un pas de plus et je vous expédie en enfer ! »

Il est resté sans voix. Incrédule, il fixait ma main armée.

« Eh oui, *patron*, je dors effectivement avec mon flingue. Je savais que vous viendriez, je vous attendais.

— J'avoue que tu m'étonneras toujours, Laëtitia ! »

Je me suis levée, le gardant en joue. Le canon était à cinquante centimètres de son cœur.

« Vous êtes entré chez moi par effraction, je suis en légitime défense.

— Si tu tires, tu ne m'oublieras jamais. »

Sa repartie a failli me faire tomber à la renverse.

« Alors vas-y… Descends-moi.

— Vous êtes fou !

— Peut-être. Mais seulement de toi. Seulement *à cause* de toi.

— Qu'est-ce que vous êtes venu chercher ici ?

— Je ne sais pas… Tu me manquais, c'est tout.

— Un soir, je vous ai dit que je vous tuerais…

— Je n'ai pas oublié.

— Je crois que c'est maintenant.

— Qu'est-ce que tu attends ? *Expédie-moi en enfer*, Laëtitia… N'aie pas peur, j'y suis déjà… Et tu m'y rejoindras. »

Il a fait un pas en avant, le canon du Sig Sauer a touché son torse. Puis il a doucement pris ma main, a posé son doigt sur le mien.

« Tu as besoin d'aide, on dirait. Ainsi, tu passeras tes plus belles années en prison et, chaque jour, tu penseras à moi du fond de ta cellule.

— Vous êtes prêt à crever pour détruire ma vie ?

— On dirait bien.

— Vous êtes fou… » ai-je répété.

Il a appuyé, mon doigt a pressé la détente.

Clic.

Comment avait-il pu voir, dans la pénombre, que mon pistolet était vide ? Impossible.

« C'est pas du jeu, Laëtitia… Un flic doit toujours avoir son arme chargée !

— Ce n'est pas un jeu !

— Si, tout n'est qu'un jeu, du début à la fin, a-t-il soupiré. Un jeu cruel, souvent triste. Une mascarade, une pièce de théâtre. »

Il m'a tordu le poignet, le pistolet est tombé sur le tapis. Je n'ai pas essayé de me défendre, c'était inutile. Et surtout, ça ne faisait pas partie de mon plan.

« Tu croyais vraiment m'arrêter avec ton flingue ? Vide, en plus… Tu n'as pas encore compris qui je suis, on dirait ! Tu me prends pour un pauvre type, un faible, un lâche ? C'est bien ça, Laëtitia ? »

Je soutenais son regard, évitant juste d'ouvrir la bouche.

« C'est toi qui manques de courage, a-t-il assené. Tu préfères te terrer chez toi plutôt que venir m'affronter ! Je vais te montrer de quoi je suis capable, chérie… »

Il a enfin lâché mon bras, j'ai reculé jusqu'à la fenêtre. Silence de mort, mauvais présage.

« C'est vrai que tu m'as fait souffrir, a repris Richard tout en avançant vers moi. Mais je vais te rendre la pareille, tu peux me croire. Et cent fois plus fort… Tu vas regretter tout le mal que tu m'as fait, je vais même te faire regretter d'avoir raté ton suicide… »

Son visage, à quelques centimètres du mien.

« Richard… »

Il a posé un doigt sur ma bouche pour m'obliger à me taire. Lentement, j'ai écarté sa main, passé les bras autour de son cou. Je me suis hissée sur la pointe des pieds et j'ai approché mes lèvres des siennes.

« Tu as raison, je n'ai pas envie de parler, ai-je murmuré. J'ai juste envie de toi. »

***

Elle était tout contre moi, dans mes bras. C'était ce que je désirais plus que tout. Mais il y avait cette douleur, cette colère… Cette alerte rouge qui venait de se déclencher dans mon cerveau.

Danger.

Mortel.

Si je plongeais une fois encore, je ne m'en sortirais plus jamais.

Pourtant, j'ai plongé. Sans me soucier de la suite, occultant mon passé, mon avenir. Occultant le reste du monde.

Il n'y avait plus qu'elle.

De toute façon, depuis que je l'avais vue, il n'y avait qu'elle. Et même avant. Comme si, durant ma vie entière, je l'avais espérée.

Mes mains déjà menottées à sa peau, il était trop tard. C'était pour ça que j'étais venu, pour ça que j'avais forcé sa serrure. Pour ne plus éprouver cette monstrueuse déchirure.

La moitié de moi, morte dès qu'elle s'éloignait.

Ce vide immense que m'infligeaient nos séparations. Ce jour-là, j'ai enfin compris le sens d'une expression banale.

Âme sœur.

Dès que sa peau ne touchait plus la mienne, dès que ses yeux n'effleuraient plus les miens, ma lente agonie commençait. L'impression d'être en plein désert. Sans eau ni nourriture. Sans espoir, sans guide. Son corps était fait pour le mien. N'était qu'une partie du mien. Il n'y avait qu'avec elle que je me sentais vivant. Pas à moitié, pas un peu. Vraiment vivant.

Douloureusement vivant.

Elle seule pouvait accomplir ce miracle.

Elle seule pouvait me réanimer ou m'achever.

***

Ces heures, je m'en souviendrai toujours. Richard avait raison ; jusqu'à ma mort, je ne l'oublierais pas. Jamais encore je n'avais éprouvé ça.

Il était à moi, j'aurais pu le tuer. D'ailleurs, c'est ce que j'étais en train de faire. À chaque étreinte, je lui injectais une nouvelle dose de poison dans les veines. J'étais sa drogue, sa came.

Létale, fatale.

Je ne m'étais jamais sentie aussi forte que dans ses bras. Il m'appartenait, corps et âme. Ses piètres tentatives pour me détruire n'étaient rien comparées à ma toute-puissance.

Je me voyais dans ses yeux. Mon reflet, si grand. Démesuré.

J'étais l'arme absolue. Sa respiration, son étincelle de vie.

Je serais sa mort.

J'ai prolongé le combat jusqu'à épuisement total. Nos chairs, gravées l'une dans l'autre. Moments prodigieux que je ne vivrais jamais avec un autre.

Un instant, quelques secondes à peine, j'ai songé qu'il était peut-être l'homme de ma vie. Mon âme sœur. Celle que l'on peut passer une existence entière à chercher en vain.

Pourtant, je devais le détruire, ma survie en dépendait. Cette passion tissée de haine nous consumerait jusqu'à ce que de nous il ne reste qu'un sulfureux souvenir. À force de nous brûler l'un contre l'autre, nous allions périr dans l'incendie, devenir cendres.

Je ne désirais pas mourir pour lui.

J'ai hurlé en silence que je ne l'aimais pas, jusqu'à frôler la folie. J'étais juste enchaînée à lui par une force mystérieuse, impérieuse.

Et les chaînes, ça se brise. Retrouver ma liberté, mon libre arbitre. Survivre, pour Lolla.

Je ne t'aime pas, Richard. Tu m'emportes vers les abysses, la démence. Je ne peux rien construire avec toi. On ne bâtit rien sur de la lave en fusion. Entre nous, ce sera toujours affrontement, lutte. Violence inhérente à la passion.

Tu me tueras si je ne te tue pas.

Toi ou moi, j'ai choisi.

Le soleil est parti, Richard s'était endormi dans la chaleur moite de mes draps, gardant une main sur moi.

Gardant toujours la main sur moi.

Je le regardais sans relâche. Bête fauve enfin rassasiée.

« Je vais te tuer, Richard… »

J'ai caressé son dos, senti la brûlure au bout de mes doigts.

« Pardonne-moi. »

39

Le commandant Delaporte contemplait Laëtitia. Subjugué, comme absent.

Laëtitia contemplait le vide. Comme absente. Égarée dans un monde qui n'appartenait qu'à elle. Ou qu'à eux.

Puis elle tourna la tête vers son interlocuteur, agrafa ses yeux aux siens. Assis sur la table, Delaporte faillit basculer en arrière. Un instant, il avait quitté cette salle pour plonger avec elle. Prisonnier des flammes à son tour.

— Ça va, Vincent ?

Il ne répondit pas, cherchant encore son équilibre. Quelque chose à quoi se raccrocher.

— Je vous ai choqué, on dirait…

Quelle question poser ? Quels mots choisir ? Ces mots, qu'elle maniait bien mieux que lui. Qui brossaient la réalité en un tableau de maître, sombre mais flamboyant. Ce n'était plus un crime mais un conte envoûtant, ondulant entre lumière et ténèbres, magique et sordide.

— Vous voulez connaître la suite, peut-être ?

Delaporte hocha simplement la tête. Prêt à repartir pour ce qu'il devinait être la fin du voyage.

***

Le samedi matin, j'étais attendu au bureau. Laëtitia dormait profondément. Je me suis habillé, j'ai essayé d'ouvrir la porte.

Je n'étais qu'à quelques mètres d'elle.

Déjà trop loin.

La douleur, trop forte.

Un véritable supplice.

Alors, je suis retourné m'allonger, j'ai posé une main sur son dos. À ce contact, la douleur s'est lentement calmée. Jusqu'à midi, je suis resté ainsi, avec une perfusion d'elle dans le bras, en me demandant comment les autres hommes parvenaient à vivre sans elle. Comment ils supportaient de ne pas la connaître. Comment j'avais pu exister avant de la rencontrer.

Puis enfin, elle a ouvert les yeux. Elle m'a souri, est venue caler sa tête sur mon épaule.

« J'ai faim ! a-t-elle murmuré.

— Qu'est-ce qui te ferait envie ?

— Et toi ?

— Ça fait plus de vingt-quatre heures que je n'ai rien avalé et je crois que je pourrais passer une semaine dans ce lit, sans boire, sans manger… »

Elle s'est levée, arrachant violemment l'aiguille de ma veine. Elle s'est vaguement rhabillée, a sorti quelques victuailles du frigo, a ouvert les volets. Elle a posé le repas sur un plateau, l'a apporté jusqu'au lit. Je l'ai regardée manger, je n'ai rien pu avaler.

Ce qu'elle dévorait me nourrissait par procuration.

« Tu ne vas pas bosser aujourd'hui ?

— C'est toi qui me dis ça ? ai-je répondu en souriant. Ils peuvent se débrouiller sans moi !

— Tu sais bien que non, a rétorqué Laëtitia en allumant une clope. Et ta femme ? Tu ne crois pas qu'elle se demande où tu es ? »

Véro avait laissé un message sur mon portable pour me dire qu'elle était bien arrivée. Je ne l'avais même pas rappelée.

« Elle est partie quelques jours avec les enfants, ai-je avoué.

— Je comprends mieux pourquoi tu as passé vingt-quatre heures ici ! »

J'ai pris sa main dans la mienne, avide d'une nouvelle dose. Quelques grammes de poudre magique.

« Il faut que tu t'en ailles, Richard. J'ai promis à Lolla de passer le week-end avec elle. Amaury me laisse l'appartement, il va dormir chez ses parents. »

Elle a lâché ma main pour s'exiler dans la salle de bains. Les yeux fermés, j'ai écouté l'eau couler sur sa peau.

J'aurais aimé être l'eau.

Elle est revenue, une serviette sur la tête, une autre enroulée autour du corps. Puis elle s'est habillée.

J'aurais aimé être l'un de ses vêtements.

Elle a ensuite préparé un sac avec quelques affaires. J'étais incapable de la quitter des yeux.

« Richard, il faut partir, maintenant…

— Tu reviens quand ?

— Demain soir.

— Et au bureau ?

— Je n'ai pas envie de retourner à la brigade où tout le monde me fait la gueule. C'est toi qui l'as voulu, n'est-ce pas ?

— Je ferai en sorte que les tensions s'apaisent.

— Dans ce cas, on se verra lundi », a-t-elle assuré.

J'ai enfilé mon blouson, remis mon flingue à la ceinture. Elle a ouvert la porte, m'a poussé sur le palier.

« Et demain soir ? ai-je imploré. Je peux venir, peut-être ?

— Non. Je vais rentrer tard, je serai fatiguée. »

Nous avons descendu l'escalier, j'ai porté le sac jusqu'au coffre de sa petite voiture. Je l'ai serrée dans mes bras. Une dernière dose. Pour tenir, seulement quelques heures. Elle m'a embrassé, s'est détachée de moi, a grimpé au volant. Quand elle a disparu, la douleur est revenue dans mes tripes, montant très vite jusque dans ma tête. Pourtant, j'étais heureux. Elle m'aimait, nous venions de passer vingt-quatre heures ensemble. Heureux, peut-être pour la première fois. Alors, pourquoi avais-je si mal ?

Le bonheur aussi est-il un supplice ?

***

J'avais mal.

Je roulais en direction de R. Le soleil me brûlait les yeux, faisant couler quelques larmes.

J'avais mal.

Juste en compagnie de Marillion. *The Space* en boucle.

J'avais mal, tellement mal… Cette douleur, au moment de la préméditation, sans doute. Je ne pouvais pas savoir, Richard étant mon premier crime.

Un crime passionnel.

Un crime qui resterait impuni.

Lui ou moi.

Lui et moi.

J'ai fermé les yeux. Le plaisir affleurait toujours sous ma peau. La douleur remontait du fin fond de mon âme.

J'avais fait ce qu'il y avait à faire. Je lui avais donné de quoi le rendre définitivement fou. Je lui avais filé suffisamment de came. Une drogue pure, une drogue dure. Pour qu'il succombe à une overdose.

Il lui en faudrait peut-être encore, l'idée ne m'a pas déplu. Au contraire.

Supporteras-tu sa mort, Laëtitia ? Pourras-tu te passer de lui ? Que deviendras-tu sans lui ?

Que devient un guerrier lorsqu'il perd son meilleur ennemi et que la lutte est terminée ?

***

Je suis rentré chez moi, incapable de passer à la brigade. J'ai pensé me coucher, dormir. Mais je n'avais pas sommeil, je n'avais pas faim, je n'avais pas soif.

J'étais juste en manque.

Déjà.

Je ressemblais à ces toxicos que je croisais sans cesse depuis huit ans. J'aurais donné n'importe quoi pour qu'elle soit près de moi. J'aurais vendu mon âme au diable, j'aurais commis n'importe quel crime, renié n'importe lequel de mes principes, abjuré tous les dieux.

Puis j'ai tenté de lutter, de me raisonner. J'ai pris une douche, mangé un morceau. Et enfin, j'ai rappelé Véro.

« Pourquoi tu ne m'as pas téléphoné plus tôt ? »

Ce n'était même pas un reproche, seulement une question.

Piège.

J'ai inventé une opé surprise le vendredi soir, suivie d'interrogatoires toute la nuit, agrémentant mon mensonge de mille et un détails. Je sais qu'elle ne m'a pas cru un seul instant. Pourtant, elle n'a rien dit. Après tout, elle avait choisi de mettre de la distance entre nous afin que nous réfléchissions chacun de notre côté. Elle m'avait laissé une semaine pour décider. En raccrochant, je me suis demandé ce que j'allais faire à son retour.

Aimer deux femmes, en sacrifier une. Quoi que je fasse, j'allais souffrir et faire souffrir.

Rester avec Véro, c'était choisir la raison. Partir avec Laëtitia, c'était de la folie.

Un oisillon qui craint de quitter le nid et de prendre son envol.

Moi, Richard Ménainville, quarante-cinq ans, commandant divisionnaire.

J'ai posé les yeux sur la photo de mes mômes. Ludivine, Alexandre. Je les ai regardés longtemps, je les ai même embrassés. Je leur ai dit à quel point je les aimais. Les perdre, eux aussi ? Me pardonneraient-ils un jour ? Comprendraient-ils ? Allais-je les détruire ?

Après Véro, j'ai appelé Olivier pour qu'il me fasse un topo de ce qui s'était passé pendant mon absence.

Rien d'intéressant. Mon boulot, pourtant, qui avait été une véritable passion.

L'après-midi s'est déroulée lentement. Loin d'elle, le temps s'arrêtait.

Souvenir du plaisir plein les veines, questions plein la tête.

La nuit est enfin arrivée. Pas le sommeil.

Le dimanche, la maison s'est transformée en cellule. Je me heurtais sans cesse aux barreaux. Le plaisir s'était estompé, les questions multipliées.

En début de soirée, une force irrésistible m'a entraîné jusque chez Laëtitia. Je suis resté longtemps dans ma bagnole et à 22 heures, je l'ai vue entrer dans l'immeuble.

Une seule envie. La rejoindre.

Lui montrer ma faiblesse, ma dépendance ?

Non, je ne dois pas monter. Il faut qu'elle m'espère, qu'elle me désire.

À 22 h 10, je frappais à sa porte. Elle a ouvert, armée d'un sourire plein de reproches.

« Richard, je t'ai dit que ce soir... »

Je ne lui ai pas laissé finir sa phrase. J'ai poussé la porte, me suis invité de force.

« Richard, je ne veux pas que... »

Je l'ai attirée contre moi.

« Tu ne veux pas quoi ? » ai-je murmuré.

Elle n'a plus rien dit. Je l'ai soulevée du sol, portée jusqu'au lit.

***

Le lundi matin, nous avons pris notre petit déjeuner ensemble. Richard était descendu acheter des croissants, il avait préparé du café.

« Il faut que je passe chez moi, a-t-il dit. Je dois récupérer mon flingue et me changer… On se retrouve au bureau ?

— Je crois plutôt que je vais rappeler le médecin.

— Laëtitia… il faut que tu y retournes. Tu n'as plus rien à craindre, maintenant.

— Tout va s'effacer d'un coup de baguette magique ?

— Non, bien sûr que non… mais je vais faire en sorte que ça s'arrange.

— Je ne vois pas comment ! Tu leur as raconté des tas de saloperies sur moi, n'est-ce pas ? Avant le coup des PV, tu as dû leur dire des trucs vraiment moches… pour que Damien me fasse la gueule comme ça ! »

Il était mal à l'aise.

« C'est ça, a-t-il avoué. Mais je n'ai pas eu à leur dire grand-chose, en vérité.

— Tu te rends compte que ça me blesse encore plus ? »

Il a baissé les yeux.

« Je voulais te faire mal. Je n'avais que ça pour t'atteindre.

— Mais pourquoi ?

— *Pourquoi* ? s'est-il étonné. Tu… Laëtitia, si tu savais combien tu m'as fait souffrir… en me disant que tu ne m'aimais pas, que tu ne m'aimerais jamais. En me traitant de lâche, de pauvre type, de parasite… »

J'ai froncé les sourcils.

« Je ne t'ai pas dit ça…

— C'est tout comme ! a-t-il rétorqué d'un air embarrassé. Tes yeux me l'ont dit… À mon tour, je te demande pourquoi tu as joué à ce jeu, alors que… Alors que c'était faux ? »

J'ai allumé ma première clope, je suis allée la fumer à la fenêtre.

« J'avais peur, je crois, ai-je dit.

— De moi ?

— De toi, de nous… J'ignore où tout ça va nous mener. Nous deux, c'est dangereux.

— Oui, mais c'est une évidence, on ne peut pas lutter.

— Eh bien, moi, j'ai essayé de lutter. »

Il m'a enlacée.

« Reviens au bureau, a-t-il prié. Je vais me débrouiller pour que ça se passe mieux. Ça ne se fera pas en un jour, mais…

— Je ne m'en sens pas capable, Richard. Je ne sais même pas ce que tu es allé leur raconter ! »

Il a soupiré puis s'est lancé, m'avouant ses péchés. C'est vrai que ce n'était pas bien méchant. Ça leur avait pourtant suffi à me détester. Ça signifiait qu'ils ne m'aimaient pas beaucoup avant… Nathalie, ça m'était égal. Mais Damien, ça m'a heurtée.

« Tu reviens bosser, n'est-ce pas ? a encore imploré Richard. J'ai besoin de toi… »

Je lui ai répondu par un sourire triste.

« D'accord. »

Il m'a embrassée, serrée contre lui. Puis, enfin, il est parti.

— Comment s'est passé votre retour ? s'enquit Delaporte.

Laëtitia fit une grimace et haussa les épaules.

— Mal, évidemment ! Mes collègues m'ont à peine dit bonjour. Nathalie avait repris l'enquête sur les produits dopants, elle m'a filé du boulot, me traitant comme son sous-fifre. Alors qu'elle n'était que major, et moi lieutenant !

— Est-ce que Ménainville a tenu sa promesse ? A-t-il essayé d'apaiser ce climat ?

— Je crois, oui. Il a réuni l'équipe le lundi après-midi. Je n'y étais pas, bien sûr, mais il m'a raconté lorsqu'il est venu chez moi, le soir...

***

Je ne lui avais même pas demandé si elle avait envie qu'on se voie. Ça me semblait tellement évident ! Elle a ouvert, s'est effacée pour me laisser entrer. Elle était crispée. J'ai voulu la serrer dans mes bras, elle a esquivé l'étreinte.

« Ça ne va pas ?

— Si ! a-t-elle ricané. J'ai passé une merveilleuse journée ! »

Je me suis servi un whisky avant de m'installer sur la banquette.

« Je leur ai parlé. Je leur ai dit que tu avais été sanctionnée pour tes fautes, que je t'avais collé un blâme et que maintenant, ils devaient passer l'éponge. Que c'était inutile de te traiter comme une paria, puisque tu avais déjà payé.

— Et comment ont-ils réagi ?

— Il a fallu que j'insiste, que je leur explique que c'était important pour la cohésion du groupe, que je ne voulais pas qu'ils se comportent ainsi avec toi… Laisse-leur un peu de temps, ils oublieront. »

***

Oh non, ils n'oublieraient pas. Mais c'était sans grande importance. Le problème n'était pas là.

Le problème, c'était lui.

Ma mission, le détruire.

« Tu as sans doute raison, ai-je répondu en souriant. Tu as faim ? »

Il a hoché la tête.

« Je t'invite au resto ? a-t-il proposé.

— Non… Je préfère qu'on reste ici. »

J'ai écrasé ma clope, me suis assise près de lui.

« Je suis contente que tu sois là », ai-je murmuré.

J'ai vu l'effet de cette simple phrase dans ses yeux. Noirs, et pourtant si nuancés. J'ai su qu'il ne rentrerait pas chez lui, cette nuit encore.

***

— En somme, vous êtes resté une semaine avec elle ? fit Jaubert.

— C'est ça, acquiesça Ménainville. Je ne rentrais chez moi que le matin, avant d'aller au bureau, pour me changer.

— Et votre épouse est revenue…

567

— Le vendredi soir, comme prévu. J'étais heureux de la revoir.

— Vraiment ? s'étonna Jaubert.

— Vraiment, confirma Richard. Heureux de revoir mes gosses, aussi… Ils m'ont raconté leurs vacances, Véro n'a pas beaucoup parlé. Fatiguée par le voyage, elle s'est couchée tôt sans me demander si j'avais pris une décision. Sans me dire quelle était la sienne.

***

— Richard a passé toutes les nuits de cette semaine chez moi.

— Quelques doses supplémentaires ! commenta Delaporte avec un sourire cynique.

— Il était accro, oui… Terriblement accro.

— Et vous ?

Elle sourit à son tour.

— Moi aussi.

— Est-ce à dire que vous n'aviez plus envie de le détruire ?

— Pas du tout, rétorqua Laëtitia. Je suivais simplement mon plan.

Delaporte se racla la gorge.

— Et ensuite ?

— Son épouse et ses enfants sont rentrés le vendredi, je n'ai pas revu Richard de tout le week-end. Mais le lundi soir, il a sonné à ma porte vers 19 heures.

***

Je savais que je ne pourrais pas passer la nuit avec elle. Mais j'avais besoin d'un moment. Même si c'était une heure. Besoin de la serrer dans mes bras après la torture de la journée.

Être près d'elle, si près d'elle. Nos corps pourtant séparés par les convenances et les interdits, comme par une membrane invisible.

Elle m'a servi un verre, s'est assise contre moi. Son sang irriguait à nouveau mes veines, son oxygène remplissait à nouveau mes poumons. L'aiguille qui s'enfonce dans la chair, le poison qui se répand doucement. Qui balaye toutes les souffrances, tous les manques.

Simplement parce que sa peau touchait la mienne.

Le temps nous était compté. Je devais prendre une décision, je ne supporterais pas longtemps ces moments trop courts. Ces avant-goûts de bonheur. Mais je n'avais toujours pas le courage de franchir ce fameux pas et après cette halte chez Laëtitia, je rentrerais chez moi pour rejoindre celle qui était encore ma femme, et resterait à jamais la mère de mes enfants.

***

Il me serrait contre lui comme s'il voulait m'étouffer. Comme s'il avait peur que je ne m'enfuie ou que je ne m'évanouisse dans une autre dimension. C'était ce soir-là que je devais passer à la vitesse supérieure, à l'étape suivante de mon plan. Mais je n'ai rien brusqué.

Vers 20 heures, il a desserré son étreinte. Il n'avait fait que m'enlacer, m'embrasser. Rien d'autre.

« On se voit demain ? » a-t-il dit avec un sourire triste.

Triste, car sonnait l'heure de la séparation.

« Je ne sais pas. »

La peur l'a transfiguré.

« Enfin, on se voit au bureau, ça c'est sûr, ai-je précisé.

— Mais… on pourrait se retrouver demain soir. Je pensais dire à Véro que j'avais une opé, on pourrait se faire un resto et… »

Je me suis à nouveau collée contre lui.

« Je ne veux plus de nous deux », ai-je continué.

J'aurais pu m'arrêter là. Je sentais déjà la douleur contracter chaque muscle de son corps. Mais ce n'était pas suffisant. Ça ne ferait que le blesser.

Et un fauve blessé est encore plus dangereux.

« Je ne veux plus de nous deux, ai-je répété. Plus comme ça… Je ne veux plus de ces rendez-vous clandestins, que tu penses à ta femme quand tu es avec moi… Je crois que nous deux, c'est impossible. »

J'avais le front contre son cœur, je l'ai entendu s'affoler. Une bête prise au piège.

Ce cœur que j'allais bientôt lui arracher.

40

Le mardi soir, comme je m'y attendais, Richard s'est présenté sur mon palier à 19 heures tapantes. Mais, comme il ne s'y attendait sûrement pas, j'ai refusé d'ouvrir. La clef bloquait la serrure, j'avais même coincé une chaise sous la poignée... Il a sonné plusieurs fois, m'a implorée à travers le morceau de bois qui nous séparait, qui l'empêchait de me toucher. Il m'a appelée sur mon portable, aussi. De moi, il n'a eu qu'un échantillon de voix sur le répondeur.

Assise sur mon lit, immobile et muette, je fixais la porte d'entrée, je devinais son corps derrière.

J'ai commencé à me balancer doucement.

Suis ton plan, Laëtitia... Ne cède pas. Ne lui ouvre pas.

Son corps, derrière. Ses mains, sa voix.

Résiste, Laëtitia. Résiste, sinon tu vas crever.

Au bout d'un moment, j'ai entendu qu'il abandonnait la lutte. Ses pas, dans l'escalier. Lourds, désespérés.

« Le manque, tu vas savoir ce que c'est, Richard ! » ai-je murmuré.

Le manque d'Amaury, je l'affrontais chaque jour. Le manque de ma fille, je le subissais depuis des mois. Il me fallait désormais en apprivoiser un autre que j'aurais voulu ne jamais ressentir.

Celui de Richard.

Quelques instants plus tard, j'ai téléphoné à Lolla. J'ai encore eu droit à des sifflements, des échos, ces fameux parasites. J'ai dû aller m'asseoir dos à la porte pour pouvoir entendre ma fille me raconter sa journée d'école, les petits soucis qui masquaient ses grandes angoisses. Mais au moins acceptait-elle de me parler sans trop d'animosité.

Je me suis ensuite préparé un dîner léger, même si je n'avais pas très faim. Le manque me coinçait l'estomac. Le manque et la peur. Richard était parti, certes, mais pour combien de temps ? Reviendrait-il dans la nuit ? Et demain, comment me ferait-il payer cet affront ?

J'ai allumé la télé pour briser le silence, l'image se brouillait à intervalles réguliers.

Putain de CB !

En portant mon plateau-repas vers la table basse, je me suis pris les pieds dans le tapis et j'ai tout renversé. Des morceaux de verre partout, jusque sous mon plumard. Merveilleuse soirée ! J'ai insulté le néant, chialé un bon coup et j'ai entrepris de tout nettoyer…

— Pourquoi vous me racontez tout ça ? s'agaça Delaporte.

Ces détails sordides de la vie quotidienne ne l'intéressaient guère. C'était autre chose qu'il brûlait d'apprendre.

— Je vous raconte *tout* ça, parce que cet incident m'a permis de faire une découverte importante, précisa Laëtitia. Un micro planqué sous mon lit. Un matériel HF, soigneusement collé sous une latte de mon sommier.

— Merde…

— Comme vous dites ! Tout est devenu clair, alors. Les parasites dans le téléphone et la télé… Comment Richard avait pu savoir que je l'avais traité de lâche, de faible, de pauvre type. Vous vous souvenez ? La discussion que j'avais eue avec Damien… À cet instant, je me suis doutée qu'il n'était pas vraiment parti, qu'il rôdait dans les parages, sans doute dans sa bagnole, en train de m'espionner.

— Ça vous a fait quoi ?

— Ça vous aurait fait quoi, à vous ?

— Un drôle d'effet.

— Je confirme… Savoir qu'il m'avait écoutée des heures durant, qu'il m'avait épiée dans ma vie de tous les jours, avait violé mon intimité… Qu'il s'était glissé sous mes draps, insinué au cœur de mes habitudes… Qu'il m'avait entendue parler à ma fille, à Damien, chanter sous ma douche… Apprendre qu'il m'avait surprise en train de pleurer à cause de lui. Je crois que c'était ça, le pire !

— Vous avez neutralisé le micro ? supposa le commandant.

Laëtitia nia d'un signe de tête.

— J'y ai songé, mais je ne voulais pas que Richard sache que j'avais trouvé son espion. J'ai pensé que ça pouvait m'être utile.

— Utile ?

— Oui, pour la suite… Je crois que si je n'étais pas tombée sur ce micro, j'aurais pu flancher, basculer de l'autre côté, céder à mes sentiments… Pour être sincère, je n'en étais pas loin. Mais cette découverte m'a confortée dans l'idée qu'il était fou. Fou et dangereux. Et que je ne devais pas faiblir.

***

— Je suis resté tard dans ma bagnole.
— Vous l'écoutiez ? se douta Jaubert.
Ménainville hocha la tête.
— J'avais envie de défoncer cette putain de porte !
— Qu'a-t-elle fait de sa soirée ?
— Elle a appelé sa fille puis a préparé son repas. Elle a dû faire tomber quelque chose, j'ai entendu un bruit de verre cassé. Elle s'est énervée, elle a même pleuré. Et puis elle a éteint la télé, fait le ménage…
— Et ensuite ?
Ménainville se leva, fit quelques pas, étira ses bras.

***

20 h 30, Richard était toujours à l'écoute. L'image brouillée de la télé en sourdine me permettait d'en être certaine. Alors, je me suis allongée sur mon lit et j'ai commencé à parler. Doucement, mais distinctement. J'ai fermé les yeux, posé une main sur mon ventre, imaginant que c'était la sienne.

Richard… tu me manques tellement. Si tu savais comme tu me manques, mon amour. J'ai envie que tu me prennes dans tes bras, que tu me serres contre toi...

***

Elle s'est remise à chialer.

Moi aussi.

Mais c'est impossible entre nous. Tu es marié, tu as des enfants. Je ne veux pas de ça... Je ne veux plus de ça, Richard ! Je voudrais que tu sois à moi, rien qu'à moi...

Je l'ai écoutée pleurer longtemps.

J'ai pleuré longtemps.

Submergé par l'émotion, incapable de me contrôler.

J'ai attendu qu'elle s'endorme pour rejoindre ma femme.

***

Hier, je suis arrivée tôt à la brigade. J'avais passé une nuit agitée, sans doute parce que je savais désormais que Richard pouvait m'entendre rêver. Je suis allée saluer Fougerolles qui, comme les autres, me faisait la gueule depuis que j'avais repris.

« Je peux vous parler, capitaine ? »

Il a semblé étonné de ma requête.

« Ce ne sera pas long, ai-je promis.

— Je t'écoute. »

Il a allumé une clope, je n'ai pas osé faire pareil.

« Je sais ce que vous pensez de moi, ai-je dit en guise de préambule.

— Ça, c'est pas sûr ! a balancé Olivier avec un sourire goguenard.

— Vous pensez que j'ai voulu saboter une affaire et vous nuire, autant qu'au commandant.

— Et ce n'est pas ce que tu voulais, peut-être ?

— Non, capitaine. Ce que j'ai à vous confier est assez délicat, mais…

— Je te préviens, Graminsky : si tu as l'intention de me raconter des saloperies sur Richard, tu perds ton temps !

— Je ne vous raconterai aucune *saloperie*… même s'il faut effectivement que je vous parle du commandant. Parce que c'est votre ami et que vous seul pouvez le raisonner.

— Je ne pense pas qu'il ait besoin d'être *raisonné* ! Toi, par contre…

— Vous devriez m'écouter, ai-je tranché d'une voix ferme. Il refuse d'accepter l'évidence… Que c'est impossible entre nous. »

Olivier a froncé les sourcils.

« Tu es en train de me dire que votre histoire a recommencé ?

— *Recommencé* ? Mais elle n'a jamais été terminée, capitaine.

— Arrête tes bobards !

— Vraiment ? Sa femme et ses gamins étaient absents la semaine dernière. Et où croyez-vous que Richard était pendant ce temps-là ? Chez moi, avec moi. J'ai essayé, pourtant… Essayé de lui dire non. Mais lorsque je le repousse, il fait de ma vie un enfer ! »

J'ai versé une petite larme, Fougerolles me fixait d'un air franchement hostile. Le faire basculer dans mon camp faisait partie intégrante de mon plan. Alors, je me suis acharnée.

« Si je refuse de coucher avec lui, il est capable de n'importe quoi. Le coup des PV, par exemple, ou raconter des choses ignobles sur moi à mes collègues. Il l'a fait avec Damien, avec Nathalie, avec vous peut-être ?

— Qu'est-ce que tu me joues, là ? s'est emporté Fougerolles. Tu essaies encore de...

— J'essaie juste de vous prévenir que ça va mal finir. Je ne sais plus vers qui me tourner, je n'ai plus que vous... Après cette affaire des PV, Richard est venu chez moi pendant que j'étais en arrêt, le jour même où sa femme est partie dans le Sud. Il m'a menacée, m'a dit que... »

J'ai essuyé mes larmes, Fougerolles m'écoutait attentivement. Il commençait à douter. Alors je lui ai tout raconté. Comment j'avais cédé à nouveau pour ne plus subir sa violence, son harcèlement. Comment il était redevenu tendre et gentil avec moi, puisque je lui donnais ce qu'il désirait.

« J'ai peur, capitaine. Hier soir encore, Richard est venu sonner à ma porte, mais je ne lui ai pas ouvert. Je voudrais tant qu'il comprenne que nous deux, c'est impossible. Qu'il ne doit pas détruire sa famille pour moi, parce que je ne veux en aucun cas faire ma vie avec lui. Je voudrais lui expliquer tout ça, mais il ne m'écoute pas. Il est obsédé par moi et... je suis terrorisée. Je... Je dois vous avouer que je suis attirée par lui, mais... Je ne l'aime pas. Je voudrais qu'il arrête de souffrir pour moi et de me faire souffrir par la même occasion. »

Fougerolles a mis quelques secondes à réagir. Il hésitait.

« Je ne peux pas avaler ça, Graminsky, désolé ! Richard n'aurait jamais planté une affaire pour te faire porter le chapeau. Trouve-toi un bon psy, ça vaudra mieux. »

Il aurait voulu hurler mais se contenait. Il aurait voulu me croire mais se l'interdisait. Je me suis levée, le poids du monde sur les épaules.

« Je ne suis pas folle, capitaine. J'aurai au moins essayé de vous prévenir. J'aurai essayé de faire quelque chose pour le sauver… et pour *me* sauver. Croyez ce que vous voulez. Faites comme vous voudrez. »

J'ai tourné les talons sans ajouter un mot.

***

Je suis arrivé à la DDSP à la bourre. Je suis allé directement dans mon bureau sans saluer personne. Mais j'ai tout de même croisé Olivier.

« T'as pas l'air bien », m'a-t-il lancé d'entrée.

J'ai passé la porte de mon antre, Fougerolles m'a suivi.

« Ça va, ai-je assuré.

— Vraiment ? T'as une sale gueule, pourtant !

— Je n'ai pas dormi. »

Je me suis assis, mon adjoint a fait de même.

« Qu'est-ce qui se passe, Richard ? »

Il me souriait amicalement. Cette amitié, si précieuse. J'avais justement besoin de parler, de partager avec quelqu'un le poids énorme qui me plombait la poitrine.

« Olivier, j'ai un truc à te dire, mais… je ne sais pas trop comment tu vas réagir.

— Qu'est-ce que ça peut foutre ? Vas-y, balance.

— Hier soir, j'ai annoncé à Véro que je la quittais. »

Un lourd silence a succédé à cette révélation fracassante.

« J'ai passé la nuit sur le canapé. Et ce matin, j'ai préparé un sac avec quelques affaires. »

Olivier restait impavide. Mais un fort coup de vent balayait déjà ses yeux clairs.

« Ça s'est plutôt bien passé, ai-je prétendu. On s'est séparés d'un commun accord. On discutera plus longuement dans quelques jours pour régler le divorce, la garde des enfants. Je lui ai promis qu'elle et les mômes ne manqueraient de rien. »

J'avais attendu que mes gamins soient couchés pour annoncer mon départ à Véro. Avant même que j'aie ouvert la bouche, elle savait ce que j'allais dire. Elle n'avait rien répondu, me fixant d'un air las, triste. Le ressentiment avait enfin transformé son visage, tandis que je lui jurais que je resterais un bon père de famille. Que je serais l'ex-mari parfait.

Elle avait alors dit une simple phrase : *C'est moi qui parlerai aux enfants demain.* Puis elle était partie s'enfermer dans notre chambre. Réfugié sur le canapé, j'avais navigué toute la nuit sur un océan démonté. Ballotté d'une vague à l'autre, écartelé entre soulagement et angoisse. Entre joie et peine.

Vers 2 heures du matin, j'avais ouvert le meuble du salon pour y récupérer les albums photos que Véro avait patiemment remplis depuis notre mariage. Page après page, minute après minute, les enfants grandissaient sous mes yeux pleins de larmes.

Quinze ans de clichés, de sourires, de souvenirs. Quinze ans d'anniversaires, de Noëls, de vacances.

Quinze ans d'amour.

Quinze ans de ma vie que je venais de ravager en quelques phrases.

Mais inutile de lutter, de me débattre. Je ne pouvais pas vivre sans Laëtitia. Je serais devenu fou. Renoncer à elle, c'était mourir. Autant prendre mon arme et m'exploser la cervelle.

Hier matin, avant d'aller travailler, j'ai écouté Véro apprendre aux enfants que leur père quittait la maison. Elle a été parfaite et admirable, comme toujours. Elle ne m'a accusé de rien, leur expliquant simplement que nous allions divorcer mais que ça ne changerait pas grand-chose à leur quotidien. Pourtant, ce que j'ai vu dans les yeux de mes propres gamins m'a lacéré le cœur. Tant de souffrance et d'angoisse. Tant d'incompréhension.

J'étais leur père. J'étais censé veiller sur eux, les protéger.

J'étais en train de les démolir.

Je les ai embrassés, j'ai tenté de les réconforter avant de rejoindre ma voiture. Des larmes, encore. Des sanglots, même. Puis j'ai lentement recouvré mon calme. J'ai pensé à Laëtitia, j'y ai pensé très fort et ma douleur s'est apaisée.

Je serai toujours là pour eux. Ils me pardonneront, ils comprendront. C'est juste une question de temps.

« Pourquoi ? »

J'ai sursauté. Perdu dans mes pensées, j'avais presque oublié qu'Olivier se tenait en face de moi.

« Pourquoi ? a-t-il répété avec un calme que je devinais précaire.

— Parce que c'est avec Laëtitia que je veux vivre. Je ne peux plus mentir à Véro, à mes enfants… et je ne veux plus faire souffrir Laëtitia. »

Il a secoué la tête.

« Tu es malade, Richard. J'ignore à quoi vous jouez, tous les deux, mais…

— Non, je ne suis pas malade ! ai-je riposté en contenant ma colère.

— Si ! a asséné mon adjoint. Tu m'avais dit que tu ne verrais plus cette fille !

— Je t'ai menti, ai-je avoué. Je l'aime, Olivier. Je ne peux pas me passer d'elle. Et maintenant, je sais qu'elle m'aime aussi.

— Tu te trompes. Et tu es en train de commettre la plus grave erreur de ta vie. »

Je me suis approché de lui, je ne cachais plus ma colère.

« Tu n'as pas le droit de me juger ainsi. Tu ne comprends décidément rien… C'est sans doute parce que tu es incapable de construire quelque chose de solide avec une femme que tu réagis comme ça ! Tu es jaloux, voilà tout. »

Il m'a répondu par un regard blessant avant de claquer violemment la porte.

***

Richard est resté dans son bureau toute l'après-midi. Il est juste passé nous saluer en coup de vent, comme si de rien n'était. Il m'a tout de même dévisagée de façon appuyée, avec un sourire tendre. Il ne m'en voulait donc pas de l'avoir laissé sur le palier. Logique, il avait entendu ma brûlante déclaration...

Vers 17 heures, il a quitté la brigade. Je suis allée traîner du côté de la cuisine, parce que Damien s'affairait à la photocopieuse à quelques mètres de là. J'ai pris mon courage à deux mains pour lui proposer un café. Il n'a pas eu le temps de refuser, je lui tendais déjà le gobelet ; serré, sans sucre, comme il aimait. Il a pris son expresso, m'a murmuré un merci un peu forcé.

« Damien, je regrette ce qui s'est passé ces dernières semaines. »

Il n'a rien répondu. Le café était trop chaud, il n'osait pas me planter là.

« Un jour, j'espère que je pourrai t'expliquer. Que tu m'en laisseras l'occasion. Sache simplement que je ne t'ai jamais trahi.

— Mais...

— Je voudrais au moins que toi, tu puisses comprendre. C'est important pour moi.

— Bon, pourquoi pas. »

J'ai déposé une bise sur sa joue. Je crois que ça lui a fait un certain effet.

« Merci, ai-je dit. Tu es vraiment un mec bien, tu sais... »

J'ai récupéré mes affaires dans le bureau où Nathalie faisait office de congélateur. Elle m'a avertie qu'elle allait planquer dans le soum toute la soirée avec un bleu. Le lendemain, ce serait mon tour. J'ai simplement hoché la tête et j'ai quitté la DDSP.

Richard m'attendait devant la porte de mon studio, assis sur la dernière marche.

« Bonsoir, Laëtitia. »

Il m'a embrassée, serrée contre lui.

« Il faut que je te parle, a-t-il dit. Je t'invite au restaurant.

— Tu me laisses un petit quart d'heure ? Je voudrais prendre une douche et me changer.

— Bien sûr. J'ai la nuit devant moi. J'ai même la vie devant moi… »

J'ai souri en ouvrant la porte. Il l'avait donc fait. Il avait eu ce courage ou cette faiblesse. La phase finale de mon plan pouvait commencer.

Il est entré derrière moi, sans s'apercevoir que j'avais fait poser un nouveau verrou.

Tandis qu'il se servait un fond de whisky, j'ai remarqué qu'il ne portait plus son alliance. Je me suis plantée devant la penderie : quelle tenue pour l'ultime scène de cette tragédie ? Comment allais-je m'habiller pour commettre mon assassinat ?

Son regard sur moi. Suivant mes gestes, mes courbes, chacune de mes hésitations.

J'ai choisi la robe noire. La fameuse. Celle qu'il aimait tant m'enlever.

Un détail. Qui lui ferait si mal le moment venu.

Ensuite, je me suis enfermée dans la salle de bains. Mes mains tremblaient ; bientôt, elles seraient maculées de sang. Bientôt, je serais une criminelle. J'ai découvert que la préméditation, tels les préliminaires amoureux, est le moment le plus intense.

J'ai pris ma douche, mon temps. Lorsque je suis sortie, je n'avais pas enfilé ma robe. Je me suis avancée vers lui, parée seulement de quelques gouttes d'eau tiède entre les omoplates. Je me suis agenouillée sur le tapis, j'ai posé les mains sur ses cuisses, remontant doucement jusqu'aux boutons de sa chemise. Redescendant vers la boucle de sa ceinture.

La dernière dose. Pour lui, comme pour moi.

« J'ai des choses à te dire, a-t-il murmuré.

— Après, ai-je ordonné. Après… »

Il m'a obéi.

Il m'obéissait toujours.

Le mot *maîtresse* prenait ici tout son sens.

Encore meilleur que d'habitude.

J'ai enfoncé mes ongles dans sa peau, il n'a pas protesté. Il n'avait plus de comptes à rendre. J'ai eu la certitude qu'il avait largué sa femme pour moi.

Pauvre fou.

Encore plus fort que d'habitude.

Parce que moi, je savais que c'était l'ultime étreinte. La prochaine qu'il connaîtrait serait celle de la mort.

L'amour avec un homme en sursis. Son dernier plaisir, ce serait moi.

***

Nous sommes redescendus de chez elle vers 19 h 30. Elle portait sa robe noire, ma préférée. Je ne m'étais pas trompé. Elle était passionnément amoureuse de moi.

Je la tenais par les épaules, les jambes cisaillées par un plaisir foudroyant. Tellement plus fort que d'habitude… Peut-être atteindrions-nous des sommets plus vertigineux encore.

Ensemble, rien d'impossible.

Avait-elle deviné ce que j'allais lui annoncer ? Tandis qu'elle me déshabillait, j'avais décelé quelque chose dans ses yeux, dans son sourire. Quelque chose de terrifiant. Mais cette nouvelle vie qui s'offrait à moi, tout ce qu'il y avait à reconstruire, c'était sans doute cela qui me terrifiait.

Nous avons quitté L., je roulais calmement, profitant de chaque seconde de ce bonheur flambant neuf. Par moments, j'avais la sensation d'être aspiré dans une colonne d'air chaud qui m'attirait vers le ciel.

Laëtitia n'a pas ouvert la bouche, contemplant la nuit, absorbée dans ses pensées.

Quelques instants plus tard, je garais la voiture sur le parking de l'auberge où j'avais fêté mes dix ans de mariage avec Véro. Pourquoi revenir ici avec Laëtitia ?

Peut-être parce que ça me rassurait.

***

— Excusez-moi de vous interrompre, commissaire, mais je voudrais voir un détail avec vous.

Jaubert confia Richard à un gardien de la paix avant de rejoindre Delaporte dans le couloir.

— Que se passe-t-il ?

— Le lieutenant Graminsky m'a appris que Ménainville avait planqué un micro chez elle ! J'ai pensé qu'il était important pour vous de…

— Je suis au parfum, Vincent ! Depuis un moment.

Delaporte écarquilla les yeux.

— Je ne te l'ai pas dit parce que je ne savais pas si elle était au courant et que je ne voulais pas que ça t'échappe lors de l'interrogatoire. À quel moment l'a-t-elle découvert ?

Le commandant raconta, Jaubert lui fit un sourire.

— Je vois que nous sommes toujours au même stade de l'histoire, toi et moi. Allez, on retourne dans l'arène…

***

C'était un endroit agréable. Chaleureux, romantique et raffiné.

Cadre idéal pour crime parfait.

J'ai détaillé longuement l'immense terrasse couverte, le jardin qui nous entourait, la déco sur les murs, les quelques couples attablés. Tandis que Richard ne regardait que moi, je le sentais. Inimitable brûlure sur ma peau, et même sous ma peau.

« L'endroit te plaît ?

— C'est très beau », ai-je acquiescé.

Le serveur, grande classe, m'a tendu un menu où ne figuraient pas les prix.

« Vous prendrez un apéritif ? »

Il attendait au garde-à-vous, entièrement dévoué à notre table pour le restant de la soirée.

« Champagne, votre meilleure bouteille ! a décidé Richard.

— Avec plaisir, monsieur. »

L'homme en noir et blanc s'est éclipsé, ravi de cette première commande qui augurait un alléchant pourboire. J'ai posé la carte à côté de mon assiette et me suis levée.

« Je reviens », ai-je murmuré.

Richard m'a souri. Un sourire désarmant, qui ne m'a pourtant pas désarmée. Ce n'était pas le moment de renoncer, de flancher. J'ai pris mon sac et me suis calmement enfuie vers les toilettes.

**

Elle est revenue au bout de quelques minutes, en même temps que la bouteille et les coupes. Elle s'est rassise, a tiré un peu sur sa robe. J'ai pris sa main, l'ai portée à mes lèvres.

« Je suis heureux d'être ici, avec toi. »

Un sourire angélique a adouci ses yeux de foudre, elle a allumé une Gauloise. Le serveur a pris ses distances, restant à l'affût du moindre de nos désirs. Nos coupes se sont entrechoquées dans un tintement délicat.

« Je t'écoute, a soudain dit Laëtitia.

— Pardon ?

— Tu voulais me parler, non ? Moi aussi… mais c'est toi qui commences », a-t-elle ordonné.

J'ai reposé mon verre, elle a écrasé sa cigarette dans le cendrier en cristal.

« J'ai quitté ma femme… Je suis libre, maintenant. »

Toujours ce sourire sur ses lèvres, un peu figé. Un peu glacé, désormais.

« Fini les rendez-vous clandestins, fini de se cacher. Laëtitia, je t'aime, comme jamais je n'ai aimé aucune femme. Alors je veux refaire ma vie avec toi… »

***

J'ai écouté sa déclaration enflammée sans l'interrompre. Buvant chacune de ses paroles comme un sirop sucré, préparant en retour l'acide chlorhydrique que j'allais lui envoyer en pleine gueule.

Je paraissais calme, sans doute. Pourtant, à l'intérieur de moi, c'était un véritable séisme. Un tremblement de terre qui faisait vaciller ce qui restait de moi.

Ces fameux décombres.

Ce champ de ruines.

« Mes sentiments démesurés t'ont parfois effrayée, Laëtitia. Je sais que tu as eu peur de moi, de ce que j'éprouve pour toi. Mais je sais aussi que tu partages ces sentiments. Alors, il ne faut pas avoir peur, mon amour. »

C'était la première fois qu'il m'appelait *mon amour*.

Magnitude 9 sur l'échelle de Richter.

« Il ne faut pas avoir peur de ce qu'on ressent l'un pour l'autre, a repris Richard. Il faut le vivre... ensemble. Je ne veux que ton bonheur, ton sourire... Je rêve de te rendre heureuse. »

Il s'est tu, m'a pris la main, l'a portée à ses lèvres à nouveau. Je l'ai laissé faire avant de me dégager doucement. Les bulles de Dom Pérignon me sont montées à la tête. La première fois que j'en buvais, la dernière sans doute.

Laëtitia, souviens-toi de la raison pour laquelle tu es ici.

Le faire décrocher de toi. Qu'il tombe et ne se relève jamais.

Car s'il se relève, il te tuera.

« Tu voulais me parler, toi aussi ? s'est tendrement souvenu Richard.

— Oui. »

J'ai allumé une autre cigarette, jeté un œil à ma montre. Il me restait dix minutes.

Pour commettre un assassinat, ça doit suffire. Surtout quand il est si minutieusement préparé.

J'ai armé mon sourire comme j'aurais armé mon Sig Sauer.

« Richard, il y a longtemps que j'ai compris ce que tu ressens... Toi, en revanche, tu n'as rien compris. »

D'ailleurs, il ne comprenait toujours pas. Que je tenais une grenade dégoupillée dans la main, qu'elle allait le défigurer d'une seconde à l'autre.

Il me contemplait avec émotion. Avec adoration.

« Je ne t'aime pas, Richard. Je ne t'ai jamais aimé. J'ai juste pris mon pied en baisant avec toi. Rien de plus, rien de moins. Mais ce n'est pas avec ça qu'on construit une vie, je pense que tu en seras d'accord. »

Son visage a commencé à se décomposer doucement, brûlé par l'acide. Ses lèvres se sont entrouvertes sur un silence de mort.

« Tout ce que je veux, c'est que tu m'oublies, que tu me lâches. Que tu me laisses respirer, que tu cesses de me harceler et de me pourrir la vie. Voilà ce que je veux. »

Ses yeux ont scintillé de reflets écarlates. J'ai eu l'impression qu'ils saignaient.

« Je voudrais que tu comprennes une bonne fois pour toutes que jamais je ne t'aimerai, Richard. Au début, je t'ai admiré pour ta force de caractère. Parce que tu étais un flic auquel j'aurais aimé ressembler. Mais maintenant, tu es devenu faible à cause de ce que tu éprouves pour moi. Je suis désolée d'apprendre que tu as quitté ta femme et tes gosses, parce que jamais tu ne vivras avec moi. Jamais, tu m'entends ? »

Ses doigts se sont crispés sur le vide.

« Je n'ai aucun sentiment pour toi, si ce n'est de la pitié. Alors j'espère que tu vas réussir à recoller les morceaux avec ta femme, qu'elle va accepter de te reprendre. C'est vraiment tout ce que je peux te souhaiter. Dès demain, je demanderai ma mutation. Olivier me filera un coup de main, il me l'a promis. »

J'ai plongé la main dans mon sac, j'en ai ressorti le micro que j'ai lâché dans sa coupe de champagne.

« Et si je peux me permettre un dernier conseil, tu devrais aller voir un psy parce que tu es malade. Je crois même que tu es fou. »

J'ai tourné la tête légèrement à droite, j'ai vu la berline se garer devant l'entrée.

« Excuse-moi, mon taxi m'attend. Il vaut mieux que nous nous séparions maintenant et pour toujours. »

Je me suis levée, j'ai enfilé mon gilet sous le regard ébahi du serveur. Puis j'ai attrapé mon sac et me suis dirigée vers la sortie sans me retourner.

Ma tension artérielle avait atteint des sommets.

J'ai grimpé à l'arrière du taxi avec l'impression que je venais de vaincre une légion ennemie mais que je n'allais pas survivre à mes blessures.

41

Jaubert s'attendait au pire.

— Comment avez-vous réagi ?

— Je n'ai pas réagi, avoua Ménainville. J'étais…
comment dire… mort.

— Mort ?

— Oui, mort. Plus rien ne fonctionnait en moi…
Cette paralysie a duré quelques minutes. Et puis, d'un
seul coup, la douleur a explosé. J'ai cru mourir pour
de bon. Je suis parti, le serveur m'a rattrapé pour que
je paye l'addition. Je lui ai filé ce que j'avais dans
mon portefeuille, sans même savoir combien je devais.
Je me souviens que je ne marchais pas droit, comme si
j'avais bu des litres d'alcool… J'ai rejoint ma bagnole,
je me suis effondré sur le siège.

— Vous avez pleuré ? imagina Jaubert.

— Non… Je… Je n'arrivais plus à respirer tellement ça faisait mal… Mes entrailles se déchiraient,
ma tête enflait. J'ai ouvert la boîte à gants pour récupérer l'alliance que j'avais eu tant de mal à enlever.
Pendant un temps infini, j'ai regardé cet anneau en
or qui n'avait plus aucune valeur. J'étais incapable

du moindre mouvement, comme si… Oui, vraiment comme si j'étais mort.

***

— Ménainville a-t-il essayé de suivre le taxi ?

— Non. Personne ne nous a suivis. Je suis rentrée chez moi, je me suis enfermée à double tour et j'ai appelé Fougerolles.

— Fougerolles ? s'étonna le commandant Delaporte.

— Oui. Je savais qu'il laissait toujours son téléphone allumé pour les urgences.

— Mais pourquoi avoir contacté le capitaine ? Il faisait partie de votre plan, c'est ça ?

… La première fois, Olivier n'a pas décroché. Je lui ai laissé un message.

« Capitaine, c'est Laëtitia. J'ai besoin de vous parler ! C'est urgent. Je… J'ai vu Richard, ce soir. Il m'a annoncé avoir quitté sa femme pour moi. Je lui ai dit… Enfin, rappelez-moi, je vous en prie, parce que j'ai peur. J'ai peur qu'il fasse une énorme connerie ! Rappelez-moi, capitaine. »

J'ai attendu de longues minutes. Interminables. Je fixais la porte de mon studio comme si elle allait voler en éclats d'une seconde à l'autre. Puis enfin, mon portable a vibré.

« Graminsky ? Qu'est-ce qui se passe ? »

On aurait dit qu'Olivier aboyait.

« Richard est venu chez moi, ce soir… »

Fougerolles a soupiré.

« Et alors ? C'est pas mes oignons. J'en ai marre de vos histoires à la con !

— Il faut que vous m'aidiez, capitaine ! Je vous en prie… »

Encore un soupir. J'ai eu peur qu'il ne raccroche.

« Bon, vas-y, raconte. »

Je lui ai fait un rapide résumé de la soirée en adoucissant légèrement mes propos.

« Tu l'as planté au milieu du dîner ? s'est écrié Olivier.

— Il valait mieux que ce ne soit pas lui qui me ramène. Mais maintenant, j'ai peur qu'il débarque chez moi !

— Ta porte est fermée, non ?

— Vous croyez vraiment que ça suffira à l'arrêter ?

— Calme-toi, Graminsky.

— Je lui ai dit que j'allais demander ma mutation, que vous alliez m'y aider.

— Comment a-t-il réagi, au resto ?

— Il n'a pas eu de réaction. Il est resté paralysé !

— Merde, c'est pas bon signe, ça…

— Aidez-moi, capitaine ! Par pitié, aidez-moi ! J'ai peur qu'il vienne cette nuit.

— Qu'est-ce que tu veux que je fasse ? Putain, je ne sais même pas où il peut être !

— Venez chez moi ! Je suis sûre qu'il va débarquer ! Ne me laissez pas seule… Il est capable de tout !

— OK, Graminsky. Ne panique pas, je serai là dans une demi-heure, d'accord ?

— Merci, capitaine. Merci beaucoup. »

J'ai enfilé un jean et un chemisier avant de jeter ma fameuse robe noire à la poubelle. Pour qui pourrais-je bien la porter désormais ?

Au bout de vingt minutes, on a frappé à ma porte, mon cœur a fait un looping et je me suis approchée à pas de loup.

« Graminsky ? C'est moi, Fougerolles. »

Il est entré, j'ai tout de suite refermé à double tour.

« Merci d'être venu, capitaine.

— Si j'avais pensé qu'un jour tu me dirais ça ! »

Je n'ai pas apprécié sa repartie, mais j'ai fait mine de ne rien avoir entendu. Je lui ai rejoué la scène de l'auberge, en y versant une bonne dose de sucre. Je voulais qu'il soit de mon côté, qu'il prenne mon parti. Il m'a écoutée en grillant une clope.

« Voilà, vous savez tout.

— C'est vrai que Richard risque de mal réagir. J'ai peur qu'il fasse une connerie ! Du genre de celle que tu as faite il y a quelque temps. »

Il m'a alors relaté la conversation qu'ils avaient eue un soir, au bureau. J'ai appris que Richard avait menacé de se tirer une balle dans la tête si je m'éloignais de lui, qu'il avait même posé le canon de son flingue contre sa tempe.

Ça m'a procuré un profond, un immonde plaisir. Lui aussi avait mal au point de songer à mourir. Mais ce n'était pas une surprise, il me l'avait déjà prouvé. L'épisode au bord du canal, le moment où il m'avait forcée à appuyer sur la détente de mon flingue…

Pourtant, qu'il l'ait dit à son meilleur ami m'a étonnée.

Un profond, un immonde plaisir.

Et une violente douleur.

Comme toujours avec Richard, les émotions contradictoires se percutaient. Il avait perdu la raison, je ne tarderais plus à la perdre à mon tour. Il était temps que ça s'arrête.

Olivier s'est mis à marcher de long en large, visiblement inquiet.

« Je ne pouvais pas lui dire autre chose, ai-je ajouté comme pour m'excuser. Je ne vais tout de même pas accepter de vivre avec lui au prétexte qu'il menace de se faire sauter le caisson !

— Bien sûr, a admis Fougerolles sans même me regarder.

— J'en peux plus, merde ! J'en peux plus... »

J'ai brusquement éclaté en sanglots. De vraies larmes. Mes nerfs qui lâchaient, la peur qui remontait à la surface. Le capitaine a posé une main sur mon épaule.

« Calme-toi, Laëtitia. Calme-toi, je t'en prie. »

Je me suis réfugiée dans ses bras, j'ai inondé sa chemise. Il caressait mes cheveux en répétant sans cesse *Calme-toi, ça va s'arranger, je suis là.*

Puis il a voulu partir pour retrouver Richard.

« Non ! ai-je imploré. Ne me laissez pas seule !

— Tu t'enfermes à double tour et s'il vient tu me téléphones. Je ferai le plus vite possible, d'accord ?

— Il défoncera la porte avant que vous n'arriviez, il va me tuer !

— Garde ton sang-froid, Laëtitia.

— Je vous dis qu'il va me tuer ! Et il se tuera ensuite. »

Il a soupiré, désemparé.

« Il ne va tout de même pas enfoncer la porte !

— Vous ne le connaissez pas !

— C'est mon ami. Alors oui, je le connais !

— Non, vous ne le connaissez pas… Vous ne le connaissez *plus* ! Il est capable de tout. »

Il a tenté de contacter Richard, lui a laissé un message.

« Salut, mon frère. Je sais que tu vas mal, je suis là pour toi, rappelle-moi… Rappelle-moi vite. »

Il a allumé une nouvelle clope, de plus en plus tendu.

« OK, voilà ce que je te propose, Graminsky : je vais t'héberger pour la nuit. Comme ça, tu ne restes pas seule ici. Prends quelques affaires, je t'emmène. Il n'ira certainement pas te chercher chez moi ! Je te dépose puis j'essaie de le trouver et de le calmer. »

***

— Au bout d'un moment, je ne saurais dire combien de temps, j'ai mis le contact.

— Pour aller où ? demanda Jaubert.

— Je ne sais pas…

— Comment ça ?

— Je veux dire que je ne savais pas où aller.

— Vous êtes rentré chez vous ?

— *Chez moi* ? Je n'avais plus de chez-moi, Jaubert. Je venais de quitter ma femme pour une autre qui ne voulait pas de moi… Je suis parti sur la route, sans but précis. J'ai eu une furieuse envie de planter ma bagnole dans un arbre, mais j'ai tourné le volant au dernier moment. Pas le courage de finir comme ça…

Jaubert le considérait avec compassion.

— Poursuivez, je vous prie.

— J'ai pensé prendre une cuite, pour oublier. Mais même l'alcool ne me faisait pas envie.

— Qu'est-ce qui vous faisait envie ?

— Rien... à part elle. D'aller chez elle... de la massacrer. J'ai repris la route de L. Ça cognait dans ma tête, ce désir de nous unir dans la mort grandissait en moi comme une bête monstrueuse. J'avais tout perdu à cause d'elle, vous comprenez... Tout se mélangeait dans ma pauvre cervelle ! La colère, la peine, le désarroi. Envie de la tuer, envie de mourir, envie de la serrer contre moi, encore et toujours... Je me suis garé dans sa rue, sûr qu'elle était rentrée à son studio. Où aurait-elle pu aller ?

— Chez une amie ou même chez ses parents !

— Elle n'avait pas d'amis, je vous l'ai dit... Je suis monté, j'ai tenté de forcer la serrure. Mais il y avait un nouveau verrou, difficile à crocheter. Laëtitia avait tout prémédité. Elle avait découvert le micro, m'avait supplié de quitter ma femme, avait sécurisé sa porte... Ce n'était plus un meurtre, c'était un assassinat.

— Vous êtes parti ?

— Non, j'ai appelé un serrurier. J'ai prétendu avoir besoin d'ouvrir cette porte pour mon boulot. C'était un mec à qui j'avais sauvé la mise, il aurait fait n'importe quoi pour moi.

— Un serrurier ? s'exclama Jaubert. Mais si Laëtitia était à l'intérieur ?

— Le studio était vide. Mon complice patientait sagement sur le palier. Je me suis allongé sur son lit, j'ai respiré son parfum sur les draps... J'ai tenté de me calmer, de me raisonner. D'oublier cette envie meurtrière. J'étais complètement perdu... Il ne restait qu'une personne vers qui me tourner. Une seule personne capable de m'empêcher de commettre le pire.

— Le capitaine Fougerolles ? supposa le divisionnaire.

Ménainville hocha la tête, ses mains se crispèrent légèrement. Il était à nouveau tendu, au moment de revivre cet épisode.

— Sur la route, j'ai voulu appeler Olivier pour le prévenir de ma visite. C'est là que je me suis aperçu que j'avais oublié mon téléphone à l'auberge. Tant pis, je débarquerais à l'improviste. S'il était sorti, je l'attendrais chez lui.

— *Devant* chez lui, rectifia machinalement Jaubert.

— Non, j'avais un double des clefs de son appart dans ma bagnole. Ça faisait longtemps qu'il me l'avait confié. Il avait les clefs de chez moi, j'avais les clefs de chez lui...

42

— Olivier m'avait dit de faire comme chez moi. Il avait allumé la télé, c'était censé me changer les idées. Son appart était sympa, plutôt spacieux…

— Ça, je m'en fous ! répliqua sèchement Delaporte.

Laëtitia le considéra avec étonnement.

— Je veux dire que la déco de son appartement, ce n'est pas le sujet !

— Bien sûr… J'étais donc installée sur le canapé lorsqu'on a sonné. J'étais mal à l'aise. Je me suis dit que ça pouvait être une amie à lui ou l'un de ses potes…

— Et c'était Richard, n'est-ce pas ?

Laëtitia hocha la tête.

— Quand je l'ai vu par le judas, j'ai frisé l'attaque ! Et puis je me suis dit qu'il ne pouvait pas entrer, de toute manière. J'ai éteint précipitamment la télé, j'avais le cœur qui battait à tout rompre ! J'ai essayé de me calmer, de ne surtout faire aucun bruit. Et puis soudain…

— Quoi ? s'impatienta le commandant.

— J'ai entendu une clef dans la serrure.

— Hein ?

— Richard était en train d'ouvrir la porte.

***

— J'ai appelé Olivier, il n'était pas là. Mais j'étais soulagé d'être chez lui, d'avoir trouvé un refuge. Il ne me restait plus qu'à attendre son retour. Je me suis effondré dans le canapé, mort de fatigue, de douleur. Sur la table basse, dans le cendrier, une cigarette mal éteinte agonisait. J'ai appelé de nouveau Olivier, je n'ai pas eu de réponse. L'appartement semblait vide, mais cette cigarette… Je l'ai écrasée et c'est là que j'ai vu le paquet de Gauloises blondes.

— Et alors ?

— Les clopes de Laëtitia. Olivier, lui, ne fumait que des Marlboro.

— Vous voulez dire que…

— Elle était là. Soudain, ça m'a sauté aux yeux. Dans le bordel ambiant, je n'avais pas remarqué, mais… sa veste jetée sur le dossier d'une chaise, son sac à main sur la commode de l'entrée… et son parfum sur les coussins du canapé. Laëtitia était là, dans l'appartement de mon meilleur ami…

… Après avoir verrouillé la porte, j'ai suivi le couloir d'un pas silencieux. J'ai d'abord inspecté la cuisine et le cellier. Puis je suis passé dans la première chambre, celle de la fille d'Olivier. Elle était vide. Je me suis penché pour regarder sous le lit, j'ai même jeté un œil dans l'armoire. Laëtitia se planquait. Là, tout près de moi. Je sentais sa présence.

Un bruit furtif dans le couloir. Je me suis précipité, je l'ai vue quitter la seconde chambre et s'enfuir vers la sortie. Je l'ai rattrapée au moment où elle ouvrait, je l'ai tirée en arrière. Je me souviens qu'elle a hurlé alors que je la jetais au sol. Pendant que je verrouillais à nouveau la porte, elle s'est relevée et a couru s'enfermer dans la salle de bains.

Ç'aurait pu être comique.

Ça devenait tragique.

Je n'étais pas dans mon état normal. Mais depuis quand ne l'avais-je pas été ? Je n'avais bu qu'une coupe de champagne, j'étais pourtant ivre.

Ivre de rage.

En plus de m'assassiner, Laëtitia m'avait trompé avec mon meilleur ami.

Jamais encore je n'avais ressenti ça. Intolérable souffrance que je devais soulager.

À n'importe quel prix.

***

J'ai vu son ombre au travers de la vitre martelée. Sa silhouette silencieuse m'a semblé encore plus immense que d'habitude. Il a tourné la poignée, j'ai observé avec désespoir le petit verrou qui me protégeait du chasseur.

Qui ne me protégerait pas longtemps.

Réfugiée dans un angle de la pièce, j'ai récupéré mon portable pour alerter Fougerolles. Mes mains tremblaient tellement que j'ai mis un temps fou à appuyer sur la bonne touche.

Premier coup d'épaule contre la porte. Les murs ont vacillé, j'ai lâché le téléphone. Je l'ai ramassé à la va-vite, j'ai enfin appelé Olivier.

Deuxième coup d'épaule. Le verrou a cédé, il s'est carrément arraché.

Une biche aux abois. Un prédateur assoiffé de sang.

Olivier a décroché, j'ai seulement eu le temps de dire *Il est là ! Au secours...* Richard m'a pris le portable des mains avant de le pulvériser contre le mur. Puis il m'a ceinturée alors que je tentais de m'échapper. Il m'a soulevée du sol, serrée contre lui, si fort que ma respiration s'est bloquée. Je lui tournais le dos, je ne pouvais pas voir son visage ou ses yeux. Il a approché sa bouche de mon oreille.

« Tu peux m'expliquer ce que tu foutais dans la chambre d'Olivier ? a-t-il murmuré.

— Richard...

— J'ai quitté ma femme pour une traînée, c'est ça ? »

Une sueur glacée a coulé le long de mon dos.

« Lâche-moi ! ai-je gémi.

— Jamais... »

Je lui ai filé un coup de talon dans le tibia, je me suis débattue comme une furie, j'ai réussi à me sauver. Il m'a récupérée dans le couloir, juste avant la porte d'entrée. Il m'a plaquée contre le mur, si violemment que plusieurs livres ont dégringolé d'une étagère et qu'un cadre s'est détaché de la cloison avant de se briser sur la console en marbre juste à côté de nous. Richard s'est emparé d'un morceau de verre, l'a approché de mon visage.

« Qu'est-ce que tu fais ici, Laëtitia ? »

J'ai failli me pisser dessus tellement j'avais peur. J'ai tenté de lui expliquer la raison de ma présence, mais il a vissé sa poigne autour de mon cou, m'empêchant une nouvelle fois de respirer.

« Je... J'ai demandé au capi... taine de...

— Tu lui as demandé quoi, au capitaine ? »

Richard parlait avec un calme effrayant. Mais ce que je voyais dans ses yeux noirs était plus effrayant encore.

Il était prêt à commettre l'irréparable.

J'ai songé à Lolla, songé que je ne la reverrais jamais. J'ai essayé de parler, aucun son ne pouvait sortir. Alors, Richard a légèrement desserré l'étau qui me broyait la gorge. Juste pour entendre mes pitoyables excuses.

« Je voulais pas... rester ch... ez moi... Il m'a dit que je... pou... vais venir...

— Depuis quand tu couches avec lui ? Vous êtes de vraies ordures, tous les deux !

— Non, on... ne couche pas... ens... emble, je... te jure... ! »

Le verre tranchant sur ma joue.

« Tu crois qu'il t'aimera toujours quand je t'aurai écorchée ?

— Arrête, Ri... chard... je t'en prie !

— Regarde, a-t-il murmuré. Regarde ce que tu as fait de moi... »

Sa main gauche a de nouveau comprimé ma trachée. Avec la droite, il a lacéré mon visage. Le verre a profondément pénétré ma chair, le sang a inondé mon cou, ma poitrine. Je n'allais pas tarder à m'évanouir, je ne parvenais presque plus à respirer.

Richard m'étranglait lentement. Méthodiquement.

J'ai essayé de lui faire lâcher prise. Il bloquait mes jambes et, même avec mes deux mains, je n'ai pas réussi à desserrer son étreinte mortelle. Ma vue a commencé à se troubler, un rouge sombre a envahi mon champ de vision. J'ai vaguement entendu la question qu'il s'acharnait à me poser.

« Ça fait combien de temps que tu baises avec Olivier ? »

Mes jambes ont flanché mais Richard me crucifiait au mur. Il a fait descendre le morceau de verre entre mes seins, sur mon ventre. J'ai senti ma peau se déchirer, encore. Je quittais ce monde doucement.

Puis soudain, un bruit, une voix…

***

« Lâche-la ! » s'est écrié Fougerolles.

J'avais le morceau de verre ensanglanté dans la main droite. Avec la gauche, je serrais la gorge de Laëtitia.

« Attends ton tour, ai-je répondu.

— Fais pas le con, Richard ! a imploré mon adjoint. Lâche-la tout de suite et pose ce truc.

— Ça fait longtemps que ça dure ?

— De quoi tu parles, bordel ?

— Tu vas sans doute m'expliquer ce que Laëtitia fait ici ?

— Libère-la et je t'explique tout ce que tu veux, Richard… »

Il avait levé les mains devant lui, en signe d'apaisement. Mais rien ne pouvait m'apaiser.

Rien.

« Elle va mourir, tu sais... Ce n'est plus qu'une question de secondes. Je comprends que tu ne veuilles pas la perdre, mais je t'avais prévenu. Fallait pas la toucher.

— Je ne l'ai pas touchée ! » a hurlé Fougerolles.

Brusquement, il m'a braqué avec son flingue.

« Richard, ne m'oblige pas à tirer... Lâche-la immédiatement ! »

Laëtitia s'était évanouie. J'ai même cru qu'elle était morte. J'ai desserré ma poigne, elle a glissé contre le mur, tombant inerte à mes pieds.

« Putain, tu l'as tuée ! a murmuré Olivier. C'est pas vrai... »

Il me tenait toujours en joue, son regard allant de mon visage à celui de Laëtitia.

« Jette ce morceau de verre ! a-t-il ordonné. Et recule... Recule ! »

J'ai obéi, feignant d'être effaré par mon propre geste. Mon adjoint a avancé prudemment.

« Recule, j'ai dit ! »

J'ai fait un pas de plus en arrière, Olivier s'est penché sur Laëtitia, a posé deux doigts sur sa carotide.

« Dieu soit loué ! »

Il était tellement soulagé qu'il ne m'a pas vu avancer. Il a levé les yeux à l'instant où mon poing s'abattait sur sa mâchoire. Sonné, il s'est effondré à côté de Laëtitia. Je l'ai relevé, plaqué à son tour contre le mur, lui enfonçant le canon de son arme dans la gorge.

« Tu es devenu fou, Richard...

— C'est possible, ai-je froidement acquiescé.

— Tu poses ce flingue et on parle, d'accord ?

— De quoi veux-tu qu'on parle, *mon frère* ? De la façon dont tu as baisé ma femme, par exemple ? »

Il a essayé de déglutir, n'a pas réussi.

« Véro ? T'es malade, j'ai jamais…

— Je te parle de Laëtitia, enfoiré !

— Richard, je te jure que je ne l'ai pas touchée depuis le soir où on est allés tous les deux chez elle !

— Et dire que je te considérais comme un ami… »

J'ai enfoncé un peu plus le canon dans sa gorge, il a poussé une sorte de râle. Laëtitia revenait à elle. Encore dans les vapes, elle aussi gémissait.

Pathétiques, les amants.

« Arrête de me prendre pour un con. Tu sais que ça a tendance à me rendre fou. Tu le sais, n'est-ce pas ?

— Je te donne ma pa… role, Richard ! Elle av… ait peur… »

Il avait du mal à parler, tellement j'appuyais sur sa trachée.

« Elle m'a dit pour… le resto…

— Quelle belle histoire ! »

***

Ma tête avait enflé, j'avais encore du mal à respirer. Toujours à terre, j'ai ouvert les yeux. Ménainville menaçait Fougerolles avec une arme.

Dans mon plan, ça ne finissait pas comme ça.

Richard se retrouvait seul. Plus de femme, plus de gosses, plus de maison. Et plus d'amis. J'avais prévu qu'il se brouillerait avec Olivier, qu'il ne trouverait aucun réconfort auprès de lui. Et que perdu au milieu d'un désert aride, il se ferait exploser la cervelle.

Je n'avais pas imaginé qu'il nous tuerait tous les deux.

« Richard, ne lui fais pas de mal, s'il te plaît, ai-je murmuré d'une voix cassée. Il voulait juste m'aider, il n'a rien fait.

— Ta gueule !

— On n'a pas couché ensemble, je te le jure !

— Et dire que j'ai abandonné mes gosses pour la dernière des salopes... Dire que je prenais ce fils de pute pour mon meilleur ami ! »

Je parlais dans le vide, Richard n'entendait plus rien, prisonnier de sa fureur, de son obsession.

« J'ai pas couché avec elle, putain ! a encore gémi le capitaine. Pose ce flingue, Richard ! Je voulais juste t'aider... »

Je ne pouvais plus rester inerte, *attendre mon tour*. Je me suis emparée d'un des livres tombés de l'étagère et, avec mes dernières forces, je l'ai lancé en direction de Richard. Il avait le doigt sur la détente, c'était risqué. Presque désespéré.

Pourtant, ça a fonctionné. Surpris, il a baissé sa garde quelques secondes et Olivier en a profité pour lui sauter dessus. L'arme a disparu sous un meuble de l'entrée, tandis que je me relevais, prête à aider Fougerolles à maîtriser la bête humaine qu'était devenu Richard. Mais à peine étais-je debout que le décor a entamé une valse démoniaque. Une main sur le mur pour conserver mon équilibre précaire, je regardais ces deux hommes se battre avec une violence inouïe. J'ai compris qu'Olivier ne ferait pas le poids. Il encaissait les coups, les uns après les autres. Parvenait à peine à les rendre. Richard était bien plus puissant que son adversaire et sa force était décuplée par la rage. Le capitaine n'avait aucune chance.

« Sauve-toi ! a-t-il ordonné. Sauve-toi, Laëtitia ! »

J'ai obéi.

Richard a tenté de m'attraper au passage mais le capitaine a réussi à l'en empêcher. J'ai dévalé l'escalier sans me retourner, abandonnant Olivier à une mort certaine. Je suis tombée, me suis relevée pour continuer à fuir comme si j'étais poursuivie par un monstre.

C'était le cas. Depuis des mois. Presque un an.

Dehors, j'ai couru avec la force du désespoir, de la panique. Le souffle court, je devinais à peine la rue au travers de mes larmes. Je suis entrée dans le premier troquet ouvert sur mon chemin. Les quelques clients m'ont dévisagée, incrédules, effarés. Qui était cette jeune femme, pieds nus, chemisier déchiré, visage en sang ? Grand silence. Je me suis précipitée vers le barman. Je lui ai dit que j'étais officier de police, que j'avais besoin de téléphoner en urgence. Il m'a passé son portable, j'ai appelé le seul numéro qui m'est venu à l'esprit.

Celui de Damien.

« L'amour comme un vertige, comme un sacrifice, et comme le dernier mot de tout. »

Alain-Fournier

43

Dos au mur. Épuisé, vidé. Sur le point de m'évanouir.

Olivier lui, ne bougeait plus.

Je venais de le massacrer. À coups de poing, à coups de pied.

Je venais de le massacrer. À coups de colère et de chagrin.

Je venais de battre à mort ce traître qui m'avait volé Laëtitia.

« Pourquoi tu m'as fait ça ? ai-je murmuré. Tu étais comme un frère... »

Je venais de renier tout ce que j'étais. De me condamner à perpétuité.

Pour elle.

À cause d'elle.

Dans la salle de bains, je me suis affronté dans le miroir.

« Un meurtrier. Voilà ce que tu as fait de moi... »

J'ai passé de l'eau sur mon visage. De fines cicatrices rouges ont marbré l'émail du lavabo. Olivier s'était défendu, j'avais la pommette explosée, la lèvre fendue. J'avais frappé si fort que mes poings étaient écorchés.

Avant de fuir la scène de crime, je suis repassé par le couloir, tout près du corps de celui qui avait été mon adjoint, mon confident, mon ami. J'ai titubé dans l'escalier, accroché à la rampe. J'ai rejoint ma voiture, j'ai mis le contact et je me suis branché sur la fréquence police. Les renforts roulaient en direction du domicile d'Olivier, Laëtitia avait donc prévenu la maison.

Trop tard.

Il était bien trop tard…

Je me suis éloigné de la rue, cherchant une destination.

« Où es-tu ? »

Ma propre voix m'a fait frémir. Celle d'un fou, d'un dément. D'un tueur.

« Je vais te retrouver, Laëtitia… »

Pendant une seconde, j'ai songé à mes enfants. À ce qu'ils allaient penser de leur père. Mais j'avais commis l'irréparable, je ne pouvais plus faire marche arrière.

Trop tard.

Il était bien trop tard…

Je ne les reverrais jamais.

Me restait une envie. Une seule.

La retrouver.

Dans la radio, j'ai entendu Damien demander aux collègues s'ils étaient arrivés sur les lieux. C'était donc lui qu'elle avait appelé. J'aurais dû m'en douter.

Un major a répondu qu'ils approchaient de l'immeuble où vivait Olivier.

Allez-y, les gars. Venez me chercher, venez maîtriser le monstre. Mais vous ne pouvez pas imaginer ce qui vous attend. Ce que je suis devenu.

Ce qu'elle a fait de moi.

Un brigadier est intervenu sur la fréquence pour annoncer qu'il avait récupéré Laëtitia dans le bar et la ramenait à la DDSP.

« Maintenant, je sais où tu es, mon amour. »

La retrouver.

Anéantir tous les obstacles qui se dresseraient entre elle et moi.

La retrouver et la faire payer.

J'ai croisé deux voitures avec gyrophare sur le toit qui fonçaient vers l'appartement d'Olivier. Les gars ne m'ont pas vu.

La retrouver.

Finir ce que j'avais commencé.

* * *

Le brigadier voulait me conduire aux urgences, j'ai refusé. Damien m'attendait au bureau, je devais lui expliquer ce qui s'était passé. Quand nous sommes arrivés à la DDSP, je suis montée directement à l'étage des Stups. Damien a écarquillé les yeux en découvrant mon visage martyrisé. Il m'a soutenue jusqu'à la petite cuisine, il a sorti la trousse de secours et, tandis qu'il désinfectait mes plaies, m'a priée de lui raconter.

Mais comment raconter l'indicible ? Je lui ai seulement dit que Richard était amoureux de moi, qu'il me harcelait depuis des mois. Qu'il m'avait trouvée chez Olivier et l'avait sans doute tué.

Damien est tombé sur une chaise. Il secouait la tête, refusant de croire que son mentor avait commis de telles horreurs.

C'est alors que le major l'a appelé sur son portable. Il venait d'arriver chez Olivier. Damien a mis le haut-parleur et durant la minute qui a suivi, il ne m'a pas quittée des yeux.

« *On attend le SAMU. Le capitaine Fougerolles est inconscient. Il est sacrément amoché, putain... Il a été roué de coups. Littéralement massacré ! Son visage est... Il est défiguré.* »

J'ai vu les larmes brouiller le regard de Damien. Il n'arrivait plus à parler.

« *L'appartement est désert. Son agresseur est parti.* »

Damien a raccroché, il me fixait toujours.

« Tu dis la vérité, hein, Laëtitia ? C'est le patron qui a... qui a essayé de tuer Olivier ? Tu ne me mens pas ? »

Désespérée, je l'ai dévisagé à mon tour.

« Non, Damien, je ne mens pas. Richard est devenu fou. Il est incontrôlable. »

Mon collègue a contacté Bertrand Germain, le taulier, pour l'informer de la situation et recevoir ses ordres. Il a ensuite saisi la radio, hésitant encore un instant. Jamais il n'aurait pensé être obligé de prononcer ces paroles un jour.

« *À tous, du lieutenant Girel. Message prioritaire. On recherche le commandant divisionnaire Richard Ménainville pour tentative d'homicide. Il est parti il y a moins de vingt minutes de la rue de la Liberté et circule probablement à bord de son véhicule, une Peugeot 508 noir métal... Immat : NY 811 RC,*

November Yankee 811 Romeo Charlie. Il est dangereux et sans doute armé... »

La gorge serrée par l'émotion, il a répété son message. Nous avons entendu plusieurs voitures quitter la cour, leurs sirènes hurlantes tranchaient la nuit. Puis un silence meurtrier s'est abattu sur nos têtes. Nous sommes restés un moment hébétés, terrassés.

« C'est pas possible... Pas possible ! a soudain murmuré mon coéquipier.

— Damien, je... je suis désolée, mais il faut que je m'en aille.

— Pourquoi ?

— Parce qu'il va venir.

— Hein ?

— Richard, il va venir me chercher.

— Qu'est-ce que tu racontes ? Il ne va pas débouler ici alors qu'il vient de buter le capitaine !

— Olivier n'est pas encore mort. Et Richard va venir, tu peux me croire. Il va venir me tuer, moi aussi.

— Il ne fera jamais ça ! s'est emporté Damien.

— C'est ici que tout a commencé, c'est ici que tout finira. J'en suis sûre.

— Tu as raison, mon amour. »

Cette voix nous a coupé la respiration.

Richard, debout à l'entrée de la pièce. Méconnaissable. Défiguré par la haine, la peine, le désespoir.

***

Le portable du divisionnaire vibra au mauvais moment. Contrarié, Jaubert consulta l'écran et s'excusa avant de s'exiler dans le couloir. Il revint trente secondes plus tard et se réinstalla face à Ménainville, perdu dans ses douloureux souvenirs.

— Je viens de recevoir des nouvelles du capitaine Fougerolles, annonça-t-il. Les médecins disent que son pronostic vital n'est plus engagé.

Il vit s'allumer une lueur d'espoir au fond des yeux de Richard.

— Il présente plusieurs fractures au visage, ainsi qu'une cervicale brisée et un trauma crânien. Ils ne peuvent pas encore se prononcer sur les séquelles qu'il gardera, mais il vivra.

La lueur disparut subitement du regard de Ménainville.

— C'est une bonne nouvelle, commandant, rappela le divisionnaire. Ça doit vous enlever un poids de savoir qu'il est toujours vivant, non ?

— Tout dépend dans quel état il sera à son réveil. Parfois, il vaut mieux être mort.

Jaubert rédigea un texto à l'attention de Delaporte, lui demandant de prévenir Laëtitia. Puis il reposa son téléphone et se concentra sur la voix de Richard…

… En arrivant à la DDSP, j'ai entendu le message de Damien à la radio. Tant de détresse dans cette voix familière… On aurait dit un éloge funèbre.

D'ailleurs, c'en était un.

C'était le mien.

J'ai garé ma voiture derrière le bâtiment et j'ai attendu un moment. J'ai vu se refléter au loin la lumière bleutée des gyrophares, j'ai entendu les sirènes hurler mon nom. Puis je suis entré par une porte dérobée, comme un voleur, un criminel.

D'ailleurs, j'en étais un.

Grâce à mon badge, j'ai pu contourner l'accueil sans difficulté. Je n'ai croisé personne, le peu d'agents présents à cette heure tardive étant partis à ma recherche. Je suis monté à l'étage de ma brigade, celle que j'avais dirigée pendant huit longues années.

Celle que je ne dirigerais plus jamais.

Ici que tout a commencé...

La voix de Laëtitia. J'ai fermé les yeux. Cette voix qui me guidait vers un nouveau crime, qui m'emportait au fond de l'abîme.

... ici que tout finira.

« Tu as raison, mon amour. »

Ils se sont levés tous les deux, me fixant avec effroi. J'ai avancé d'un pas, libérant le passage, puis j'ai regardé Damien.

« Dégage, ai-je ordonné.

— Patron, écoutez-moi... »

Patron... Comment pouvait-il encore me respecter ? Il m'a conjuré de me calmer, de m'expliquer.

« Dégage, j'ai dit.

— Non, patron, je ne peux pas...

— Tu veux finir comme Olivier ? » ai-je menacé en serrant les poings.

Personne ne pouvait se mettre entre elle et moi. Personne n'en avait le droit ni la force. J'ai vu que le holster de Damien était vide. Désarmé, il ne tiendrait pas trois secondes face à moi, Laëtitia l'avait compris.

« Va-t'en, Damien ! a-t-elle supplié. Ne reste pas ici ! »

Comme mon petit lieutenant ne bougeait pas, je l'ai chopé par sa chemise et lui ai assené un violent coup de tête, suivi d'un coup de poing. Il n'a même pas eu le temps de riposter. Il s'est écroulé à mes pieds, déjà sans connaissance.

À l'étage, il ne restait qu'elle et moi.

Seuls, à nouveau.

Dernier round, derniers instants.

Ultimes soubresauts de cette passion homicide.

Laëtitia avait reculé au fond de la pièce. Je n'avais que trois pas à faire pour m'emparer d'elle. Bouche entrouverte, elle me fixait droit dans les yeux.

Sa si jolie bouche. Son si joli visage, même si je l'avais sacrément abîmé.

Ce masque sublime derrière lequel se dissimulait un monstre. Car je n'étais pas le seul criminel, ce soir. Nous étions deux à nous affronter en un combat singulier.

Je me suis retrouvé à quelques centimètres d'elle. Dans mes veines sourdait un cocktail explosif. Le plaisir, le dégoût. L'amour, la haine. L'envie de la toucher, celle de la tuer.

« Richard... Olivier n'est pas mort. Il est encore temps de tout arrêter ! »

Encore temps ? Alors que j'avais abandonné ma femme et mes enfants ? Alors que je venais de massacrer mon meilleur ami ?

La faire taire.

La cogner, l'étrangler, lui fracasser le crâne contre le mur.

Je l'ai saisie par la nuque, je l'ai brutalement attirée vers moi. Elle a hurlé, m'a envoyé son poing dans la mâchoire. Tout juste si j'ai perçu la douleur du choc. Ma poigne s'était à nouveau serrée autour de son cou fragile. Elle me frappait, lacérait la peau de mon visage avec ses ongles, se débattait avec une énergie incroyable.

Mais rien ne me ferait flancher.

Ni son regard terrifié ni ses supplications.

Rien.

D'une main, je l'ai bâillonnée et je l'ai forcée à me suivre dans le couloir. Contrairement à ce qu'elle pensait, je ne voulais pas que ça se termine ici. Je voulais retourner où nous nous étions aimés. Sur les bords du canal. Là où je pourrais prendre tout mon temps avec elle.

Dernier tête-à-tête qui s'achèverait dans le sang.

Je l'ai murmuré à Laëtitia, j'ai vu combien ça la terrorisait. Cette terreur qui me galvanisait.

À défaut de son amour, j'aurais au moins sa peur.

Je serais au moins sa fin.

Restait à rejoindre la voiture sans encombre, sans croiser personne. Le premier qui s'interposerait ferait les frais de ma haine.

Rien ne m'arrêterait.

Ni un homme, ni un ordre, ni un flingue.

Rien.

Nous sommes arrivés en haut de l'escalier, plus que deux étages à descendre. Laëtitia se débattait encore, nos forces s'amenuisaient. J'espérais seulement qu'il m'en resterait assez pour finir ce que j'avais commencé.

C'est alors que j'ai vu Nathalie monter à notre rencontre. Elle s'est arrêtée net, ébahie par la scène qui se jouait sous ses yeux. Une fois la surprise passée, elle m'a ordonné de lâcher Laëtitia.

Mais rien ni personne, je vous l'ai dit, ne pouvait me séparer d'elle.

Nathalie a refusé de s'écarter. Je l'ai poussée et elle a basculé en arrière dans un hurlement que je n'oublierai jamais. Elle a dévalé les marches sans aucun contrôle, sa tête heurtant plusieurs fois le sol. J'ai regardé son corps martyrisé pendant quelques secondes qui m'ont paru une éternité dans les flammes de l'enfer.

Je voulais juste la bousculer, juste qu'elle me laisse passer. Je ne voulais pas la tuer...

Tuer une innocente. Une mère de famille.

Mes dernières forces m'ont abandonné d'un seul coup, Laëtitia m'a échappé. Elle a hurlé à son tour et s'est précipitée dans l'escalier.

Alertés par le bruit et les cris, deux gars qui bossaient au premier sont arrivés en courant. Ils n'ont même pas eu à me maîtriser. Je n'ai plus opposé aucune résistance.

Laëtitia avait gagné.

Elle m'avait volé mon avenir, mon âme, ma raison. Elle avait fait de moi un fou, un meurtrier, un condamné. Tandis qu'elle allait pouvoir continuer à vivre sa vie loin de moi.

Alors, je suis tombé à genoux pour ne plus jamais me relever...

Jaubert s'accorda une courte pause. Dans le couloir, adossé à la porte, il tentait de reprendre ses esprits. Au bout de quelques minutes, il retourna auprès de Richard.

— Commandant, j'aimerais vous poser une dernière question…

— Je vous écoute, commissaire.

— Tout à l'heure, vous avez dit que Laëtitia avait tout prémédité, que ce n'était plus un meurtre, mais un *assassinat*. Pourquoi a-t-elle fait cela, d'après vous ?

— Sur le moment, je n'ai pas compris. Je n'étais pas en état de comprendre.

— Et maintenant, comment l'expliquez-vous ?

— La colère. Contre moi, contre elle… La force de nos sentiments avait détruit son couple, pulvérisé sa famille, l'avait poussée à essayer de se suicider. Elle a voulu me rendre la pareille. Mais il n'y avait pas que la colère, il y avait la peur, aussi. La peur, *surtout*… Laëtitia a toujours refusé ce qu'il y avait entre nous. Toujours refusé de s'abandonner, de céder… Un jour, j'en suis sûr, elle comprendra. Elle comprendra qu'elle m'aime autant que je l'aime. Elle acceptera enfin ce qu'elle ressent pour moi… Sauf qu'il sera trop tard.

Le divisionnaire ferma les yeux un instant.

— Il est *déjà* trop tard, murmura Richard.

***

Jaubert avait rejoint la salle d'interrogatoire numéro 2 pour écouter Laëtitia raconter la fin de cette tragédie. Il se cala dans un coin, planta son regard dans celui de la jeune femme.

— Allez-y, lieutenant, on vous écoute, pria-t-il.

Elle semblait embarrassée par la présence du commissaire mais se lança.

… Richard m'a entraînée dans le couloir, m'a dit qu'il m'emmenait sur les bords du canal. Là où notre histoire devait se terminer. Là où nous nous étions aimés… Nous sommes arrivés en haut de l'escalier, je sentais que ses forces le quittaient peu à peu. Des miennes, il ne restait pas grand-chose.

Nous avons soudain vu Nathalie qui gravissait l'escalier, Richard s'est immobilisé. Comme ma collègue nous barrait le passage, il lui a demandé de dégager. Elle a refusé… Alors, tout en me tenant avec son bras gauche, Richard s'est servi du droit pour pousser violemment Nathalie. Elle s'est accrochée à la rampe, a tenté de sortir son arme. Richard ne lui en a pas laissé le temps. Il lui a asséné un deuxième coup, plus violent encore. Il… Il voulait qu'elle tombe, il n'y a aucun doute. Nathalie a perdu l'équilibre et a dévalé toutes les marches. J'ai entendu qu'elle se brisait la colonne, le crâne.

La mort fait du bruit, un bruit qu'on n'imagine pas…

Richard était paralysé. J'en ai profité pour lui échapper. Je me suis précipitée vers ma collègue, j'ai posé l'index sur son poignet, perçu les derniers soubresauts de son cœur. Ses yeux grands ouverts me fixaient… J'allais m'enfuir à nouveau lorsque deux hommes de la brigade des mineurs sont arrivés, sans doute alertés par les cris. En voyant le commandant en haut des marches, l'un d'eux a saisi son flingue.

Mais c'était inutile, Richard venait de tomber à genoux.

44

Le divisionnaire Jaubert s'enferma avec son adjoint dans le bureau de Richard. Le commandant Delaporte ne put réprimer un bâillement.

Ils firent un point détaillé de leurs auditions respectives.

— Bon, je crois que c'est bouclé, fit Delaporte avec un soulagement manifeste. On n'a plus qu'à…

— Pas si vite, coupa Jaubert. Il n'y a pas de témoin, seulement leurs aveux.

— Des aveux concordants à quelques détails près, rappela Delaporte. Je ne vois pas ce que vous…

— Mon intime conviction, Vincent.

Le commandant soupira de façon ostentatoire.

— Une inflexion dans la voix, une faille dans le regard…

— *Une inflexion* ? C'est léger ! souligna Delaporte. Dans la voix de qui, d'abord ?

— Dans la voix des deux. Et puis Ménainville évoque un accident, tandis que Graminsky parle d'un meurtre.

— Leurs versions sont quasiment identiques !

— *Quasiment*, oui. Ce qui ne me suffit pas. En outre quelque chose m'a troublé dans le récit de Laëtitia… Elle était en pleine panique, elle essayait d'échapper à Richard et elle a malgré tout pris le temps de vérifier le pouls de Nathalie. Tu ne trouves pas ça curieux ?… On va les confronter, je ne vois pas d'autre solution.

Delaporte écarquilla ses yeux fatigués.

— C'est trop dangereux ! s'écria-t-il.

— Nous prendrons les précautions qui s'imposent, trancha Jaubert. Retourne auprès de Laëtitia et préviens-la que j'arrive avec Richard. Mais ne lui dis surtout pas qu'il a avoué le meurtre de Nathalie, d'accord ?

— Patron, excusez-moi d'insister, mais je crois que ce mec est capable de tout ! Auriez-vous oublié *ce qu'elle a fait de lui* ?

— Non, Vincent, je n'ai pas oublié. Mais fais-moi confiance, tu veux ?

Avant de sortir, le commandant se retourna vers son chef.

— Et quelle est votre intime conviction, patron ?

— Je n'ai pas pour habitude de partager mes doutes, indiqua le divisionnaire avec un sourire triste. Seulement mes certitudes.

Jaubert monta au troisième étage pour rejoindre le divisionnaire Bertrand Germain. Il lui fit un rapide topo de la situation et obtint les renforts désirés. Il se rendit ensuite au distributeur de boissons fraîches du rez-de-chaussée où il tomba sur Damien Girel, dont le visage juvénile affichait les stigmates de sa rencontre musclée avec Ménainville.

— Comment vous vous sentez, lieutenant ? s'enquit Jaubert en insérant une pièce dans la machine.

— J'ai connu mieux... Vous avez du nouveau ?

— Je ne peux rien vous dire pour le moment. Il est trop tôt. Vous êtes au courant pour le capitaine Fougerolles ?

Damien hocha la tête.

— Vous avez l'air sous le choc, lieutenant...

— Je viens de perdre deux de mes collègues ! Et encore, je ne compte pas Richard et Laëtitia. Normal que je sois sous le choc, non ? Une brigade quasiment exterminée en une seule nuit...

Jaubert acquiesça d'un signe de tête.

— Et puis c'est moi qui suis allé prévenir Thomas, le fils de Nathalie, révéla Damien. Ça a été le moment le plus dur de ma vie. Ce gamin n'a pas de père, Nat était tout pour lui...

— Il a 14 ans, c'est ça ?

— Tout juste 15.

— Vous l'avez confié à qui ?

— Nathalie n'a pas de famille dans le coin. C'est moi qui le gère en attendant que ses grands-parents arrivent. Je ne pouvais pas le laisser seul, vous comprenez ? Je l'ai installé dans mon bureau.

— Vous avez bien fait, lieutenant.

Damien acheta deux boissons fraîches à la machine.

— Il n'arrête pas de pleurer, refuse de me parler. Je ne sais pas quoi faire, quoi dire... C'est tellement affreux, cette situation !

— Je suis persuadé que vous agissez au mieux, le rassura le divisionnaire.

— Si seulement j'avais été capable d'arrêter Ménainville à temps, se reprocha Damien. Si seulement…

— Personne n'aurait pu l'arrêter. Vous vous en êtes bien sorti puisque vous êtes toujours vivant.

— Je suis toujours vivant parce que le patron l'a bien voulu, rectifia Damien. Il aurait pu me tuer, il ne l'a pas fait.

Les deux hommes remontèrent ensemble à l'étage des Stups en empruntant l'escalier. Ils firent attention à ne pas piétiner la scène de crime, l'empreinte du corps de Nathalie. Une tache de sang maculait le carrelage, Damien détourna les yeux. Ils gravirent la quinzaine de marches puis Jaubert s'arrêta pour regarder en arrière. La chute avait dû être terrible, mais le major Dumont aurait pu seulement se casser un bras ou une jambe. Elle avait vraiment dû être poussée avec beaucoup de force, beaucoup de violence pour se tuer. Ou alors, elle avait simplement manqué de chance.

***

Laëtitia tournait en rond dans la pièce sous le regard épuisé du commandant Delaporte.

— Asseyez-vous, lieutenant, ordonna-t-il. Vous me filez le tournis…

Elle ne sembla même pas l'entendre, engluée dans son angoisse. Elle s'immobilisa tout de même devant la fenêtre. L'aube ne tarderait plus, elle venait d'affronter la nuit la plus longue de sa vie. Puis elle se retourna vivement vers son confesseur.

— Je vous ai dit la vérité, jura-t-elle. Alors je ne vois pas pourquoi vous m'infligez ça !

— Nous serons là, vous ne serez pas seule face à lui.

— Olivier aussi était là ! rappela-t-elle dans un éclat de voix brisée. Damien aussi était là ! Et pourtant…

— Calmez-vous, lieutenant.

Le commandant consulta sa montre. Plus d'une demi-heure qu'ils attendaient Jaubert et Ménainville.

— Vous désirez un autre café ? proposa-t-il.

— Non. Je veux partir d'ici.

— Le commissaire doit encore vous entendre.

— Richard m'accuse de quelque chose, c'est ça ? Il m'accuse d'avoir tué Nathalie ?

— Je n'ai pas à vous répondre, trancha Delaporte.

— C'est ça, j'en suis sûre… Mais il ment ! Ce salaud essaiera de me faire du mal jusqu'au bout !

Livide, Laëtitia retomba sur sa chaise. Ses mains tremblaient légèrement. Elle ferma les yeux et coula à pic dans un puits de douleur. Elle tenta en vain de repousser les images et les émotions qui l'assaillaient de toutes parts.

Le visage d'Olivier, avant qu'elle ne quitte l'appartement. Celui de Nathalie, dans l'escalier. Le regard de Richard, débordant de haine et de souffrance. Amaury qui la juge, Lolla qui la repousse.

Tout cela parce qu'elle avait débarqué un soir chez Ménainville. Parce qu'elle avait été faible et lâche.

Elle tenta de retenir ses larmes, n'y parvint pas. Delaporte posa une main sur son épaule.

— C'est ma faute, gémit-elle. Tout est ma faute…

— Calmez-vous, répéta le commandant.

Il lui tendit un Kleenex.

— Ils ne vont plus tarder. Séchez vos larmes.

***

Un gardien de la paix et un major avaient été envoyés en salle d'interrogatoire numéro 1 à la demande du divisionnaire. Impressionnés, les deux hommes en uniforme regardaient l'officier sans oser l'approcher.

— Passez-lui les pinces, ordonna Jaubert. Dans le dos, je vous prie.

Le major hésita, mais un ordre ne se discute pas.

— Vous me déférez ? supposa Richard en se laissant menotter. Je ne vais pas m'enfuir, vous savez…

— J'en suis sûr.

Ils quittèrent la salle et tournèrent aussitôt à droite.

— Où on va ? s'étonna Ménainville.

— Voir le lieutenant Graminsky. Je dois vous confronter.

— Mais je vous ai tout raconté ! Je ne vois pas pourquoi…

— Je vais vous expliquer.

Jaubert le poussa doucement mais fermement vers la salle suivante. Il prenait un risque en les réunissant dans la même pièce, mais il voulait la vérité.

Cette histoire passionnelle l'avait ébranlé jusqu'aux tréfonds de son âme et finalement, il lui importait peu de savoir qui avait tué le major Dumont. Pourtant, il ne devait pas oublier sa mission.

Il entra en premier et découvrit le visage crispé de Laëtitia, la peur au fond de ses yeux bleu-gris. Mais il n'y avait pas que de l'angoisse dans ces prunelles

628

claires. Une colère noire mêlée de fascination. Et même du plaisir, à peine dissimulé.

Jaubert s'interrogea. Était-elle heureuse que Ménainville soit menotté et encadré par deux uniformes ? Heureuse qu'il soit humilié de la sorte devant elle ?

Ou était-elle simplement heureuse de le revoir ?

Richard s'arrêta à l'entrée de la pièce, personne ne le brusqua. Sur ordre du divisionnaire, l'un des deux policiers libéra ses poignets. D'un geste, Jaubert lui désigna une chaise en face de Laëtitia. Ils s'assirent tous les quatre autour de la table, tandis que les hommes en renfort restaient à côté de la porte, prêts à intervenir si le commandant redevenait violent.

Les deux amants ne se quittaient pas des yeux. Une ligne à haute tension traversait la pièce et la température grimpa d'un seul coup. Delaporte desserra sa cravate.

Jaubert observa ses suspects un instant, essayant d'entendre ce qu'ils se disaient en silence. Depuis longtemps déjà, les mots étaient superflus. Un langage singulier qui n'appartenait qu'à eux. Un battement de cils, un léger mouvement du corps, une respiration.

— Commandant Ménainville, lieutenant Graminsky, cette confrontation a pour but de déterminer lequel de vous deux a tué le major Nathalie Dumont.

Il fit une pause, Laëtitia s'engouffra instantanément dans la brèche.

— C'est Richard, je viens de vous le dire !

— Lieutenant, vous parlerez quand je vous donnerai la parole, l'interrompit Jaubert. Lorsque la brigade criminelle vous a interrogé hier soir, commandant, vous avez seulement avoué avoir frappé le capitaine Fougerolles parce qu'il vous avait trahi en couchant avec Laëtitia Graminsky, votre maîtresse. Vous avez refusé d'en dire plus.

Il s'adressa ensuite à Laëtitia dont le regard condamnait Richard à distance.

— Lieutenant Graminsky, vous n'avez guère été plus bavarde avec nos collègues de la PJ. Vous avez dit que Ménainville avait agressé Fougerolles car il croyait que vous couchiez ensemble, ce qui était faux. Puis vous avez brièvement expliqué que le commandant avait tué Nathalie parce qu'elle s'était interposée entre vous.

Le divisionnaire attendit une réaction de part et d'autre de la table, mais il n'y en eut aucune. Laëtitia avait tourné la tête vers la fenêtre et contemplait à présent les premières lueurs de l'aube. Jaubert extirpa un scellé de sa poche. Dans le sachet en plastique, un portable basique. Laëtitia et Richard reconnurent aussitôt le téléphone d'Olivier, qui n'avait jamais voulu passer au smartphone. Jaubert le récupéra et appuya sur quelques touches avant de mettre le haut-parleur.

— Commandant Ménainville, la Crim' m'a dit qu'elle vous avait déjà fait écouter ceci hier soir, mais j'aimerais que nous le réécoutions tous ensemble.

Richard ferma les yeux un instant, ses larges épaules s'affaissèrent légèrement.

« *Message reçu hier à 20 h 40 : Capitaine, c'est Laëtitia. J'ai besoin de vous parler ! C'est urgent. Je… J'ai vu Richard, ce soir. Il m'a annoncé avoir quitté sa femme pour moi. Je lui ai dit… Enfin, rappelez-moi, je vous en prie, parce que j'ai peur. J'ai peur qu'il fasse une énorme connerie ! Rappelez-moi, capitaine. »*

Jaubert coupa le portable, le silence foudroya l'assemblée.

— En découvrant ce message, qu'avez-vous ressenti ? interrogea enfin le divisionnaire.

Richard mit plusieurs secondes à répondre. Ses yeux se replacèrent lentement dans ceux de Laëtitia.

— J'ai compris que je m'étais trompé. Que j'avais massacré mon meilleur ami alors qu'il ne m'avait pas trahi.

La voix de Ménainville accusait une profonde douleur. Jaubert se leva avant de continuer.

— Commandant, pourriez-vous me raconter une fois encore ce qui s'est passé dans l'escalier ?

Jaubert se reconcentra sur Laëtitia, guettant le moindre écho sur son visage. Ses yeux étaient à nouveau vissés dans ceux de Richard, ses mains légèrement crispées. Il aurait juré qu'ils étaient en train de se parler, il aurait presque pu toucher le fil qui les reliait.

— C'est moi qui ai tué Nathalie, répéta Richard. C'est moi qui l'ai poussée dans l'escalier.

Le regard de Laëtitia fut soudain troublé par quelques larmes.

— Mais je n'avais pas l'intention de la tuer, je voulais juste qu'elle me laisse passer.

Jaubert se pencha vers la jeune femme.

— Lieutenant Graminsky, vous validez ce que vient de dire le commandant ? questionna-t-il doucement.

Elle hésita un instant.

— Oui. C'est… C'est Richard qui a bousculé Nathalie.

— *Bousculé* ? Ce n'est pas ce que vous nous avez confié il y a une demi-heure, rappela-t-il. Vous avez affirmé que le commandant Ménainville avait poussé le major Dumont à *deux reprises* et *avec violence*. Ce qui n'est pas tout à fait la même chose et n'implique pas les mêmes conséquences.

Comme Laëtitia gardait le silence, Richard répondit à sa place.

— Je confirme la version de Laëtitia.

Jaubert tourna la tête vers Ménainville. Sur ses lèvres, l'esquisse d'un sourire.

— Commandant, je vous le demande une dernière fois, est-ce bien vous qui avez tué Nathalie Dumont ? Pousser violemment une collègue dans un escalier, à deux reprises, ce n'est pas ce que j'appelle un *accident*, assena-t-il. C'est la mettre volontairement en danger. Certes, vous n'étiez pas dans votre état normal, mais… Vous risquez la peine maximale alors que le capitaine Fougerolles est toujours en vie, ne l'oubliez pas.

— Je connais le code pénal, rétorqua Ménainville tout en continuant à fixer Laëtitia. Je sais ce que je risque… Trente ans de taule. Mais c'est bien moi qui ai poussé Nathalie du haut de l'escalier. Et à deux reprises. C'est moi qui l'ai tuée.

Laëtitia allait ouvrir la bouche, Richard ne lui laissa pas le temps de parler.

— Le lieutenant Graminsky est innocente. Libérez-la. Elle a une petite fille qui l'attend, qui a besoin d'elle.

Les lèvres de la jeune femme se mirent à trembler quelques instants, puis elle recouvra son calme.

— Bien, soupira Jaubert. Nous allons vous faire signer vos déclarations respectives. Lieutenant Graminsky, vous allez pouvoir rentrer chez vous, mais vous restez bien entendu à la disposition de la justice… Commandant Ménainville, nous allons vous déférer devant le procureur pour homicide volontaire et tentative d'homicide. Vous avez refusé hier soir l'assistance d'un avocat, mais peut-être désirez-vous que nous en appelions un désormais ? Sinon, il vous en sera commis un d'office…

Le divisionnaire devina que le commandant ne l'écoutait pas. Laëtitia non plus. Ils étaient plongés l'un dans l'autre, seuls au monde. Dans les yeux de la jeune femme, la colère avait disparu, remplacée par des braises ardentes, une fièvre qui les faisait étinceler comme jamais.

— Richard, il faut que…

— Tais-toi, mon amour. Tais-toi, je t'en prie.

Elle quitta sa chaise pour se diriger vers lui. Jaubert attrapa son poignet au passage, elle se dégagea doucement. Richard se dressa à son tour et Laëtitia s'arrêta à quelques centimètres de lui. Elle fit monter une main sur son bras, son épaule, son cou, son visage. Elle se hissa sur la pointe des pieds et lui murmura quelques mots à l'oreille.

Lorsqu'ils s'enlacèrent, s'embrassèrent, personne ne songea à les séparer.

Personne ne le pouvait.

45

Jaubert retrouva son adjoint dans le couloir. Richard et Laëtitia étaient toujours dans la salle d'audition, sous bonne garde, attendant de pouvoir signer leurs dépositions. Les deux flics de l'IGPN les observèrent un instant au travers du hublot de la porte. Contraints de rester à distance l'un de l'autre, ils se fixaient sans relâche, de vaines promesses au fond des yeux. La longue séparation approchait, chaque seconde comptait.

— Alors, patron ? s'impatienta Delaporte. Cette intime conviction ?

— C'est Laëtitia qui a tué Nathalie, répondit Jaubert. J'en suis certain.

— Comment pouvez-vous l'affirmer ?

Jaubert lui offrit un sourire un peu triste.

— Je le sais, c'est tout. Elle a dû échapper à Richard, se jeter dans l'escalier, bousculer sa collègue et la faire tomber… Cela dit, je ne peux pas le prouver. C'est donc Ménainville qui va morfler. Mais c'est son choix, après tout…

— Il a choisi de protéger Laëtitia, c'est ce que vous pensez ?

— Oui, Vincent. C'est évident.

— Après tout ce qu'elle lui a fait subir ?

— Sans doute parce que la vie sans elle n'a aucune valeur. Sans doute aussi parce qu'il n'a plus rien à perdre.

— Et vous avez entendu ce que Laëtitia lui a dit avant de l'embrasser ?

Le divisionnaire hocha la tête.

— *Pourquoi j'ai eu si peur ? De toi, de moi, de nous...*

— Pas évident de suivre le cheminement psychologique de cette nana, soupira Delaporte.

— Il a sacrifié sa femme et ses gosses pour elle, rappela Jaubert. Et il vient de *se* sacrifier pour elle. Alors, je suppose que maintenant, elle va regretter toute sa vie de ne pas avoir plongé avec lui...

Jaubert considéra à nouveau les deux amants. Une vague de douleur balaya son regard.

— Mais Richard avait raison, murmura-t-il. Il est trop tard...

***

Richard quitta la salle, encadré par les hommes en uniforme. Traverser l'hôtel de police menottes aux poignets, comme des centaines de prévenus avant lui.

Des centaines de meurtriers avant lui.

Et quelques innocents.

Il savait ce qui l'attendait désormais. Le juge d'instruction, le procès, la prison. De longues années de prison.

Pour elle.

Sans elle.

Damien vint à sa rencontre. Malgré tout ce qui s'était passé, il aurait aimé serrer la main du patron. Il se contenta d'un geste amical, rassurant.

Dans son dos, une silhouette filiforme et silencieuse se dessina au bout du couloir. Son bras armé se leva en direction d'une cible.

Stupeur, confusion.

— Pour ma mère, salopard...

Des cris fusèrent de partout.

Des *Lâche cette arme, petit !* Des *Pas de connerie, Thomas !*.

Richard fixait son bourreau, sans crainte ni colère.

— Tire, mon garçon, murmura-t-il. Tire, s'il te plaît...

Il tournait la tête vers Laëtitia lorsque la première balle pulvérisa son poumon droit. La seconde vint se loger juste à côté de son cœur.

Les flics se jetèrent sur l'adolescent pour le désarmer au moment où Richard s'effondrait. Il entendit Laëtitia hurler son prénom puis vit son visage se superposer à celui de la mort.

Une dernière fois.

Plonger mon regard dans le sien, sentir son parfum, la douceur de ses mains et de ses lèvres sur ma peau en feu. Goûter à ses étreintes, à ses larmes. Écouter sa voix me chanter ce si beau requiem. M'injecter une nouvelle, une dernière dose de cette poudre magique qui m'a conduit aux frontières de la passion, aux confins de la folie.

Elle ne m'oubliera jamais, maintenant je le sais. Je l'ai toujours su.

Surtout, ne rien regretter. Partir sans aucun remords, aucun repentir, aucune excuse.

Seulement avec son image, son visage.

Le visage de mon amour, sur lequel s'effacent soudain les stigmates de la violence qui nous a emportés.

Pas l'ombre d'une plaie ou d'une cicatrice.

Tout est vierge, tout est pur.

Comme au premier jour.

Comme si je la rencontrais en ce petit matin blême.

Comme si tout commençait à cet instant où tout finit.

46

L'éloigner de Richard. L'arracher au corps de son ennemi. À son amour.

Employer la force, encaisser les coups, les cris, le désespoir.

Les flics de l'IGPN avaient installé Laëtitia au troisième, dans le bureau de Germain. Ses yeux rouges et gonflés continuaient de saigner sans relâche. Malgré les efforts de l'été, elle tremblait de la tête aux pieds. Elle n'avait pas prononcé un seul mot depuis que Richard était mort dans ses bras. Elle avait seulement hurlé à s'en briser les cordes vocales.

Le divisionnaire Jaubert lui avait parlé d'une voix douce, n'obtenant aucune réaction. Laëtitia ne semblait plus le voir, ni lui ni Delaporte. En état de choc, elle avait quitté ce monde pour se recroqueviller dans une gangue de douleur.

Enfin, la jeune femme cessa de trembler. Ses larmes se tarirent lentement comme une source à l'abandon. Elle se leva, porta une main à sa gorge, marquée au fer rouge par la poigne de Richard.

— J'étouffe ! murmura-t-elle. J'arrive plus à respirer…

Le commandant Delaporte se hâta d'ouvrir la fenêtre.

— Voulez-vous un verre d'eau ?

Elle hocha simplement la tête et Vincent s'élança dans le couloir. Laëtitia retomba sur sa chaise et replongea dans son exil de silence, de regrets et de chagrin. Mal à l'aise, Jaubert se figea devant un cliché encadré, juste en face du somptueux bureau de Germain. Une photo de groupe sur laquelle le commandant Ménainville rayonnait. Vêtu de son uniforme d'officier, il dépassait tout le monde d'une tête. On ne voyait que lui... Son assurance, sa prestance, son sourire carnassier, son regard de fauve.

C'était avant ce fameux 22 août.

C'était avant Laëtitia.

Avant que la passion ne s'empare de lui.

La nuit qu'il venait de passer, Jaubert ne l'oublierait jamais. Ces deux êtres avaient connu ce que peu de gens effleurent. Ils avaient éprouvé un sentiment dont la puissance les transcendait.

Tenter de lui résister, de le repousser, de le vaincre.

S'y soumettre.

Traverser les ténèbres, se cogner aux étoiles avant de se consumer entièrement.

Ils avaient aimé si fort, si loin, que l'âme humaine n'avait plus aucun secret pour eux.

Ils avaient été vivants. Vraiment vivants. Libres de s'enchaîner pour l'éternité.

Ils avaient eu cette chance, avaient succombé à cette malédiction.

Jaubert quitta enfin Richard des yeux et, lorsqu'il se retourna, il vit Laëtitia enjamber la fenêtre et sauter dans le vide.

Épilogue

Deux ans plus tard, nord de la France

Lolla, pieds nus dans l'herbe. Elle court, jouant à être plus rapide que le vent.

Nous la regardons.

Nous ne nous lassons pas de la regarder. Nous ne nous en lasserons jamais.

Parfois, elle se retourne pour nous adresser un petit signe de la main.

Nous ne savons pas ce qu'elle deviendra, quelle vie elle aura plus tard. On ne peut jamais prévoir ce qui nous attend, quels pièges nous tendra le destin, quelles manigances il inventera.

Mais le destin a besoin de nous. Sinon, les ficelles qu'il s'amuse à tirer resteraient inertes.

Lolla connaîtra-t-elle la passion ? Croisera-t-elle son chemin ?

Aura-t-elle cette chance ? Succombera-t-elle à cette malédiction…

Lolla court, pieds nus dans l'herbe. Plus rapide que le vent.

Je la regarde.

Je ne m'en lasserai jamais.

Parfois, elle m'adresse un petit signe de la main.

Elle ignore que Richard est là, juste à côté de moi, tout contre moi.

En moi.

Elle ignore que sa peau touche la mienne, que son sang coule dans mes veines. Elle ignore que son regard ne me quitte pas, que son sourire répond à mes larmes.

La marque sur ma gorge est encore visible, elle refusera toujours de disparaître. Comme une chaîne autour de mon cou. Qui nous relie, peu importe la mort.

Chaque matin, je me réveille auprès de lui, chaque soir je m'endors au bord de ses rêves.

Lolla court, je ne peux que la regarder, incapable de la suivre.

Clouée sur un fauteuil pour le restant de mes jours.

Jambes, bassin et colonne fracturés.

Mon cœur, lui, était déjà brisé. Bien avant la chute.

Mais Richard me trouve toujours aussi jolie, toujours aussi désirable. Il me le répète à chaque instant. Il dit que l'amour ne s'attarde pas à ces choses-là. Qu'il est plus fort que nous, plus fort que tout.

Cette passion ne s'éteindra jamais.
Sauf si un jour, il neige sur ma vie.

Regarde… Regarde bien ce qu'elle a fait de nous.
Regarde… Regarde bien ce que tu as fait de moi.

Remerciements

Je tiens à remercier chaleureusement l'Inspecteur général Éric Arella, Directeur interrégional de la Police judiciaire de Marseille, pour l'aide précieuse qu'il m'a apportée tout au long de l'écriture de ce roman.

Composition et mise en pages
Nord Compo à Villeneuve-d'Ascq